宋元商业文明与文学

昌庆志 著

黄山书社

图书在版编目(CIP)数据

宋元商业文明与文学 / 昌庆志著. —合肥:黄山书社,
2017.6
ISBN 978-7-5461-6493-9

Ⅰ.①宋… Ⅱ.①昌… Ⅲ.①商业史-关系-文学史-
研究-中国-宋元时期 Ⅳ.①F729.44 ②I209.44

中国版本图书馆 CIP 数据核字(2017)第 168286号

宋 元 商 业 文 明 与 文 学
SONGYUAN SHANGYEWENMING YU WENXUE
昌庆志 著

出 品 人 王晓光
策　　划 汤吟菲
责任编辑 马德权
责任印制 戚　帅
装帧设计 观止堂 _ 未氓
出版发行 时代出版传媒股份有限公司(http://www.press-mart.com)
黄山书社(http://www.hspress.cn)
地址邮编 安徽省合肥市蜀山区翡翠路 1118 号出版传媒广场 7 层 230071
印　　刷 合肥精艺印刷有限公司
版　　次 2017 年 6 月第 1 版
印　　次 2017 年 6 月第 1 次印刷
开　　本 700mm × 1000mm 1/16
字　　数 350 千
印　　张 24
书　　号 ISBN 978-7-5461-6493-9
定　　价 86.00 元

服务热线 0551-63533706
销售热线 0551-63533761
官方直营书店(http://hsssbook.taobao.com)

目 录

绪论　商业文明与宋元文学发展的动力

任何事物的发展，都离不开基本动力。然而动力的来源往往是多途径的，各种动力之间的关系也是错综复杂的。特别是新的动力的加入，往往决定了事物发展的新形态的产生或新阶段的来临。就中国古代文学发展史来说，学术界一般将中国古代文学划分为先秦两汉、魏晋南北朝隋、唐宋和元明清四大阶段。将若干朝代的文学划归为一个阶段，实际隐含了一个学术见解：在若干朝代以内，文学产生与发展的基本动力结构是相对稳定的。但是，在上一个阶段的后期，必然出现了一种新的动力，开始影响原来动力结构的稳定性，并随着这一新动力逐渐强劲，终至动力结构的质性发生改变，从而使文学发展到下一阶段。在上、下两阶段文学之间，也必然有继承与新变的脉络可寻。

一、宋前文学产生与发展的动力

虽然今天我们知道商代已有甲骨文，但甲骨文的内容，所涉仅为占卜军国大事，并无文学痕迹。先秦文学的遗存，是以《诗经》《楚辞》为主要标志的。而在诸子哲学与历史文献框架下的某些篇章，实为散文，是先秦文学的另一主要样式。甚至，在诸子散文与历史散文中，往往又夹杂着寓言故事、神话传说或人物传说，这说明小说也隐然占据着先秦文学的一席之地。

笼统地说，先秦诸子散文与历史散文都是直接为现实政治服务的。前者提供各种治国理政的学术模型，后者则总结历史得失，为治国理政提供借鉴。而作为"纯文学"代表的《诗经》与《楚辞》，也是以服务现实政治为主要内容的。《诗经》中的"雅"和"颂"，或歌颂先人安邦定国之德，或指陈时政得失，无不是政治的附庸；即使是“风”，也多属“上以风风下，下以风风上”之类，同样起着理政或参政的作用。可以说，关心天下国家的集体主义精神，是《诗经》的主旋律。但是，“风”诗中也出现了歌咏男女私情的“郑卫之音”，开了中国文学个人情志表达之先河。至于《楚辞》，其中屈原的作品绝大多数直接关乎政治与教化，虽有少量主述个人价值观的篇章，也笼罩在政治意识之下。倒是宋玉的作品，将个人情志的抒发，推向了一个新境界，带有文人式的悲士不遇之感伤和男女纵情之臆想。

根据先秦文学具体内容来逆推先秦文学产生的动力，主要有两种类型：政治动力与情感动力。结合先秦时代的社会结构与生产力水平来看，这两种动力主导文学的创作方向，也是合情合理的。先秦时代分封制下，掌握文字的皆为贵族及其子弟，广大人民只能以口头语言来表达他们的愿望。作为统治阶级的贵族及其子弟，治国理政本是其基本社会职责所在，他们既负有教化下民之责，也负有内部协调、礼法制度优化与依据礼法行事之责。而当时生产力水平还较为低下，经济上以农业为主，人们的社会关系也相对简单。这样，除了与切身命运关系极大的政治诉求之外，男女情爱成为人们最本能的关注点。因此，无论是贵族的书面文学还是下民的口头文学，其产生的基本动力也只限于政治诉求与情爱追求。可以说，主要是政治动力与情感动力这两匹骏马，拖动了先秦时代文学这驾马车向前奔驰。

到了汉代，郡县制在全国施行（虽一度存在封国，郡县制最终还是确立了稳固的地位），围绕着君主与臣下共同治理天下的大局，政论文发达起来。在汉初休养生息的基础上，武帝时代国力强盛。为宣扬汉帝国的声威，大赋应运而生。在历史散文领域，司马迁以人物为中心的历史叙述，开创了纪传体文学，为后世史家和散文家所效法。然而，汉代实行的“举孝廉”和“举秀才”的用人制度，历久难新而固化，终于在东汉后期形成了世代把持官府用人权的士族阶级。一方面，士族人物关心家族荣誉，推动了司马迁确立的人物传记的历史撰述，走向汉末文人碑志文私家撰述，于是，传记体的碑志文成为汉末新兴的散文。另一方面，士族阶级雄霸官场，又导致寒门士人进退无据，他们深感怀才不遇，愤而为诗，于是，汉末文人五言诗也兴起。由于中央政权渐为士族权贵所分享，历时四百年的汉代终于不免于动乱。国力转衰、生灵涂炭之际，关心国势的文人们开始厌弃铺张扬厉的大赋，转而创作悲忧激射的抒情小赋。

总的说来，汉代文学的基本动力结构，与先秦时代情况大致相同。政论文、大赋、史传文与抒情小赋，依然是关心治国理政的产物；张衡的《四愁诗》之类文人诗与汉乐府民歌中的爱情诗，依然是追求情爱的产物。但是，从宋玉辞赋的“悲士不遇”，到司马迁撰写《史记》的“发愤”，再到汉末文人五言诗与抒情小赋的“愤世嫉俗”，体现了统治阶级内部权力争斗激烈，在汉末竟形成两大阵营！汉末文人五言诗的创作动力，直接来自于“求职”的内在需求；抒情小赋的创作动力，则来自于“求安”的内在需求。而且，在士族阶级形成之后，那些未得朝廷敕撰碑志文的私家，竟向名人购求碑志文，以虚美亡故的士族之人。这样，从其对面来看，私家碑志文撰写的动力，便属于“求利”性质。因此，汉末士族阶级形成以后，文学产生与发展的动力结构也发生了较大变化：在原先“求治”“求爱”与“求遇”三种动力之外，又新兴“求职”“求安”与“求利”三种动力。

众所周知，中国文化是累积式发展的，继承、融合与创新总是紧密结合的，在继承中有融合，因融合而创新，创新后又有继承与融合。到了魏晋南北朝隋代，中国文学发展的动力，囊括了前代的类型，也产生了新的类型。由于朝代更替频繁，整个社会动乱不断，“求治”与“求安”常常结合在一起，如“三曹”、陶渊明等人的反映乱象或怀归园田的诗篇即如此；而此时士族阶级发展得更为成熟，寒门文人与之阶级对立的情绪更浓，“求遇”“求职”与“求治”也常常结合在一起，如左思、鲍照等寒士不满士族把持官场的诗作即如此。偏安江南的小朝廷由于长江水道的便利，口岸商业繁荣，长途贩运的商人、游学游宦的文士需要歌妓的安慰，在亲密的交往过程中，他们将恋情抒发为诗，便为“吴歌”“西曲”。这些南朝“民歌”多为歌妓所作，其动力有“求爱”的因素，也难免有“求利”因素。这相对于汉末“求利”动力仅在碑志文撰写领域产生作用，便是继承中有融合，因融合而创新。

然而，东晋以来的王朝，动乱不断又偏安江南，儒家礼法随着国家分裂而崩坏，引起了人们思想上的大困惑与大解放，加之佛教与道教乘机张皇鬼神，上层统治阶级用及时行乐的人生态度从事文学创作，于是，“求色”“求美”“求放”与“宣教”,成为这一时代文学创作的新动力。在这些新动力之下,讲究“四声”而力避“八病”的宫体诗、骈文、骈赋、志人小说与志怪小说产生。

唐代以后,中国文学发展的动力结构更为复杂。不仅一体文学可能是在多种动力因素下产生的,同一种动力也从推动某一文体产生变为推动多种文体的产生。而且,不同动力在某一文体的发展中还存在此长彼消的现象,如中唐出现的“变文”,本因佛教徒“宣教”与“求利”而产生,后来为民间艺人所借用,佛教徒渐渐退出“求利”文学创作领域,至宋金时代,在“变文”基础上演化出来的话本小说、诸宫调等说唱文学,便很少与“宣教”动力有关了。

二、宋元文学动力结构的内在变化

在“学而优则仕”与“修身、齐家、治国、平天下”的信念之下,中国古代文人总是与朝政关系密切,因而“求治”在文学动力结构中,一直占据着主导的地位。而人类追求生活的快乐与种类的繁衍,“求爱”也在中国文学动力结构中占据着重要地位。至于文人关心自身前途所引发的“求遇”“求职”与“求安”,在中国文学动力结构中的地位便要等而下之了。而“求利”在儒学文化传统中,更是常常为人所不齿:在宋代以前,“求利”动力主要作用于“地下的”碑志文撰写领域,很少为人提起。但是,“求利”直接关系到个人的物质生活的质量甚至生存问题,因此,随着社会教育的扩大,文人数量越来越多,越到后世,“求利”在中国文学动力结构中所占据的地位便越高了。

宋自建国以后,采取崇文抑武政策,文人们感恩戴德,积极参政议政,在议论横生的氛围中,政论文大家不断涌现。所谓“唐宋八大家”,其中有六位出现于北宋。文风所被,诗坛亦受濡染,“以议论为诗”,竟成北宋诗歌之一“病”! 可知在传统诗文领域,“求治”乃北宋文学最大动力。

然而,作为一代文学之代表的,在宋为词。词在晚唐五代已主要为歌妓传唱,其内容自是以男女私情的倾诉为主流。至宋虽有一批馆阁文人有时“以诗为词”,但“求爱”仍是潜隐在宋元音乐文学中的最大动力。不过,在

“求爱”的主导动力之下，宋元音乐文学的产生与发展，又衍生出“求利”的冲动，如柳永为市井歌妓大量创制慢词，便体现了“求利”也是词创作的一种动力。

柳永创制的慢词，与其后文人所作慢词，在体式上不尽相同：柳永以俚语入词，以赋法叙述故事，既改变了传统小词的体制结构，又增强了曲子词为平民服务的功能。这是“求利”动力起作用的结果。柳永之后的文人，作慢词多不为“求利”，在他们的慢词中，力避俗语，并追求高远的意境，不仅“求爱”动力有了更广阔的驰骋空间，“求治”“求遇”甚至“求职”等动力也拥有一方天地。宋词创作出现了“求利”“求治”与“求职”动力，这是晚唐五代歌坛所未见的，这典型地反映出宋代文学动力结构的内在变化。

早在汉代，文人已建立了以大赋“求职”的传统，唐人杜甫得官，便是献大赋给玄宗、肃宗的结果，而中唐以来又时兴以传奇小说“行卷”之风，“求职”动力促进了传奇小说的大量产生。至于献诗求人推荐，如白居易献诗顾况，更是唐人“求职”的主要方式。唐以诗称，宋以词称，宋人以词投献名公贵人，以求取幕僚之职也不在少数。如柳永以《望海潮》词投献杭州守孙沔，刘过以《沁园春》词投献越帅辛弃疾，就是显例。当然，宋元时代以诗、词、曲、赋投献以“求职”者皆有其人，“求职”动力在宋元时代文学创作领域是呈扩张趋势的。

从整体上看，“求利”动力在宋元文学创作的动力结构中，地位上升最为显著。不仅作用于碑志文撰写和歌妓自作歌词等传统领域，也作用于市井慢词、说唱诸宫调、话本与戏曲等新兴文学创作领域。

立足于瓦舍勾栏、街巷、路歧等处表演的话本和说唱诸宫调与戏曲创作，是宋元文学创作的民间状态。其源头虽可追溯到唐代甚至更远的年代，但作为商业性表演带动的商业性创作，完全打破前代民歌创作的非“求利”特征，而且规模大作品多，大大超越了前代民间文学创作的成就。

相比于前代文人小说实录式的讲述故事，宋元话本作者基于“求利”的目的，迎合平民听众的欣赏趣味和欣赏能力，采取改编的方式，虚构成分大增，叙事技巧也更为多样，语言上采用白话形式，完全突破了旧有文人小说的特征。

宋金诸宫调则不仅吸收口语词汇，更是发明了“衬字”法，将口语的语法形态引入曲词之中，更适合未受过学校教育的平民听赏。如此讨好平民听众，不过是诸宫调作家“求利”所需。

而南戏与元杂剧基于“求利”目的，有更显著的突破，不仅将曲与白配合起来，曲本身也大量吸纳口语词汇，大多采用口语式的语法结构，并且，曲、白等文学因素之外，还与音乐、舞蹈、妆扮、武术等其他艺术更多样地结合，创造出世界上独一无二的戏曲艺术。

宋元话本、宋金诸宫调与宋元戏曲创作虽由“求利”动力主导，也是兼顾“求治”“求爱”甚至“求遇”等动力的。即以宋元话本小说为例，其中多烟粉、灵怪、棒杆、发迹变泰等故事，则“求爱”“求治”“求遇”甚至“宣教”等动力作用都是明显的。再以关汉卿杂剧为例，其《窦娥冤》《灰栏记》等“公案剧”中，“求治”动力的作用是明显的；其《救风尘》《调风月》等“风月剧”中，“求爱”动力的作用是明显的；其《单刀会》《哭存孝》等“历史剧”中，“求遇”与“求治”动力的综合作用也是明显的。

我们强调“求利”动力在宋元民间文学创作中的重要性，并不是说“求利”动力在宋元时代已在各种动力中占据主导地位。实际上，宋元文学创作潮流仍然是由上层文人引领的。柳永创制慢词为词坛作出了重大贡献，却被上层文人指责为“俗”，说明北宋文人依旧对“以文为货”现象抱有鄙弃与嫉妒双重心理，因此整个宋代词坛敢效柳永以词“求利”者寥寥无几，即使偶然为之，也很少张扬。对于公开“求利”的民间勾栏文学创作现象，上层文人一方面不予关注，如对话本小说、讲史与说经的态度冷漠，以至今日极难见到宋元时代留下的话本；另一方面，上层文人有的主动加入到民间文学的创作队伍中而以雅排俗，显示“求治”动力在文学创作中的崇高地位，如元杂剧作家中就有一批高官显宦，他们的杂剧多以曲词优美取胜，适合文人案头阅读。

但是，不可否认，宋元时代特殊的政治文化背景，造就了文学商业化创作的繁兴，“求利”动力虽不及“求治”动力在整个文学创作中的地位，但“求利”动力之下的文学创作，往往是包容“求治”“求爱”“求遇”等多种动力的。在宋元文学创作整体动力结构中，“求利”动力处于较高地位，是不容怀疑的。甚至，我们可以这样说，宋元时代“求利”动力在整个文学创作动力中所占的比重之高，即使是其后明清两代，也是难以比肩的。

三、商业文明推动宋元文学发展之价值

从宏观的社会视角来看，是商业文明为宋元文学创作者提供了“求利”的条件。正是在宽松的商业环境和积极的商业措施之下，宋元文学商业化表演的固定场所瓦舍勾栏出现，一批依赖文学商业性消费的平民作家才涌现了出来；正是由于宋元平民具备了文学商业性消费的能力，浪子文人才会为市井歌妓作词，与之分享歌词商业性演唱的利益；也正是在商业将触手伸至文学出版业之后，江湖诗人们才可能行走于江湖出售含有自己诗作的诗册。因此，宋元时代“求利”动力作用下文学的产生和发展，其背后的推手实为商业文明。换言之，商业文明的发达，既大大推动了宋元平民文学的产生与发展，也一定程度上推动了宋元文人文学的发展。那么，商业文明推动宋元文学发展，又具有什么样的价值呢？

首先，商业文明推动宋元文学发展，具有维护城市治安和社会稳定的价值。试想，当宋元城市规模扩大，人口数量增多之后，广大市民业余时间如何消遣？多余的精力最好的无害消耗方式，便是观赏文艺节目。宋代政府在各大城市纷纷建立瓦舍，不仅满足了市民日常的生活消费，也通过包括文学在内的各种技艺表演，吸引了有闲的市民，大大降低了市民无事生非的可能性，有效地维护了人口众多的城市治安。并且，由于瓦舍勾栏中演艺竞争激烈，部分艺人只好出走城市，到路歧或乡村从事演艺活动，这又能起到维护乡村治安和稳定流动人口的作用。从整个社会来看，商业文明所推动的平民文学发展，是具有维护社会稳定的价值的。

其次，商业文明推动宋元文学发展，具有提高平民素质的教育价值。在宋元社会，虽然读书人较前代大增，但在绝对数量上，未读书的平民仍占人口中的绝大多数。这些平民的素质教育，除了地方官吏施加的法律与道德影响外，只有依赖家庭有限的教育。而当这些平民通过商业消费欣赏文学艺术节目时，他们能从文学作品的内容中获取许多知识，并从人物故事中受

到启发，增强他们的社会活动能力。梁启超在《论小说与群治之关系》一文中，就指出小说对于民众具有“熏”“浸”“刺”“提”等教育功能，而清代统治者也曾将《三国演义》、《水浒传》等长篇小说列为禁书，提出“老不看《三国》，少不看《水浒》”的口号，害怕人民从中获得反抗其统治的智慧和勇气。从这正反两方面看，商业文明推动宋元平民文学的发展，也一定具有提高平民素质的教育价值。

再次，商业文明推动宋元文学发展，具有文体解放和文体新变的文学价值。由于“求利”的宋元文人饱读诗书，能够将多种文体的长处融会贯通，从而解放某一文体的固有模式。如柳永引赋法入词，大量创制慢词，为宋词走向全面繁荣奠定了基础；又如勾栏艺人或书会才人将前代历史故事或志怪、传奇小说随手拈来，加以口语化和虚构，成就了平民消费者乐于听闻的话本小说、讲史、说经、诸宫调乃至南戏和元杂剧的基本内容和体式，从而为中国小说与说唱文学增加了新的样式，也开创了中国戏曲这样的文学新品种。如果没有商业文明推动话本小说与讲史体式的新变，就不可能出现明清长篇章回小说创作的繁荣；如果没有商业文明推动南戏的产生，也不会出现明清传奇戏的创作繁荣。

复次，商业文明推动宋元文学发展，具有提高叙事水平的文学价值。中国传统文学以诗文为主，诗主抒情，文主叙事。但注重写实的散文叙事功能有限，与虚构为主的小说、戏曲文学的叙事在方法技巧上自然大有不同。宋元时代话本小说的叙述语言与戏曲文学的人物语言，都采用模式化类型化的形式。如话本小说中描写人物外貌时，往往采用“有诗为证”的模式；元杂剧中店小二出场的开场白，绝大多数也都是一样的内容。语言模式化之外，宋元话本小说借助诗词描写来增加叙事的魅力，戏曲文学以说白、曲词和科范并用的方式使叙事更为浅显明白。模式化的叙事方法与多种手段并用的叙事方式，既省事又更容易为知识有限的平民大众理解与接受。可见，宋元作家商业利益最大化的追求，也是与叙事水平提高紧密配合的。

又次，商业文明推动宋元文学发展，具有积极建设平民文化的价值。为了迎合平民的欣赏趣味，宋元青楼文学与勾栏文学或高扬婚恋自由的信念，或主张法治以追求社会公平，或以因果报应的说教来提醒人们积德行善，或以发迹变泰故事来鼓舞下民敢为天下先的斗志,或将妓女塑造成美丽多情又大胆泼辣、充满智慧的形象以张扬女性的光辉。凡此种种,都是平民文化建设所不可缺少的,同时也表明中国历史上近代化社会开始形成。

最后,商业文明推动宋元文学发展,具有弘扬传统文化的价值。在诗、词、曲领域,宋元浪子文人、江湖文人与书会才人从事商业化创作,或在传统文体中输入新的时代生活内容,使得诗体文学历久弥新;或革新旧诗体,使得诗体文学发展的道路不至断绝。在小说领域,宋元勾栏艺人将文言形态的多种文学杂糅一处,以白话语言重新展开合乎当代平民审美意识的叙述,其合乎生活逻辑的虚构,再一次展现了中国文学现实与浪漫二元对立统一的精神。并且,在宏大的历史叙事基础上,以小说形式讲述故事,催生了雅俗共赏的长篇章回体演义小说,在发展中继承了中国叙事文学的传统。在戏曲领域,宋元勾栏作家将音乐、武术、舞蹈、化妆、杂技等多种传统艺术与文学综合一处,形成中国传统艺术以文学为中心的大合流,为保存和发展中国传统艺术提供了新的平台。

总之,商业文明推动宋元文学发展,具有广泛的社会价值、文学价值和文化价值,其规模大,集约程度高,尤其是以白话小说和曲白兼具的戏曲来建构新型的社会价值观念,其方式独特而意义深远。这种方式既使文学本身焕然一新,也使传统文化有了新的依托。此后,源远流长的中国多种艺术在新体文学的引领下走向更为辉煌的近代化道路。

第一章　宋元商业文明的基本特征及其文学反映

美国学者费正清与肖赖尔在其合著的《中国：传统与变革》一书中认为，宋代人口聚居的中心已经主要是大的贸易活动中心，私人贸易使政府的商业活动相形见绌，纸币发展达到了中国古代最高水平，并且宋代时中国人逐渐开始成为海外贸易的主角，因此，8至13世纪中国商业大发展，或许可以称为“商业革命”。[①] 至于元代，虽历时较短，但商业发展仍有颇为引人注目之处：一是商业通道增多，二是棉织品成为新商品，三是色目人成为国际性商业的主角，四是纸币、银币成为全国通用的货币。这些特点早在20世纪30年代王孝通所著《中国商业史》中即已述及。[②] 当然，宋朝320年的统治又有北宋、南宋之分，其商业发展的阶段性特点也很明显。不过，由于宋代实行右文政策，宋代文人对国家政治经济极为关心，所有商业发展的细节，在文人的笔下几乎都会直接呈现。而元代因为文化落后的异族成为统治者，文人地位一落千丈，一批批文化精英投身于商业化文学创作之中，元代商业的基本特征也会在文学作品中曲折地表现出来。

---

① 费正清、肖耐尔著《中国：传统与变革》，南京：江苏人民出版社，2012年版，第134—141页。

② 王孝通著《中国商业史》，上海：上海书店，1984年版，第147—160页。

第一节　北宋商业文明的基本特征及其文学反映

宋廷以儒家仁政理想为施政目标，尽管一直存在西北边境的军事压力，朝廷需要储备大量的军需用品和钱财，却并没有像以前的朝代那样依靠加重农业税收来解决财政压力，而是通过广收商税，甚至直接对多种大宗日用商品实行官府专卖，谋取超额利润，以增加国库收入。因此，北宋时代的商业得到朝廷空前的重视，商业文明出现了诸多崭新的气象，这其中就包括参政文人对官营商业提出许多建设性的意见，也包括批评乃至抨击与官营商业诸弊端相关的商业政策。不过，由于商业文明的发展也有一个渐进的过程，北宋时代虽然已经有了勾栏文学，却还不太成熟，所以，传统的文人诗歌、散文与文言小说，仍是北宋反映商业文明的主要文学样式。

一、北宋官营商业的基本特征及其文学反映

与前代相比，北宋商业文明体现于官营商业者最为突出。一方面，北宋官营商业范围扩大，在具体制度与措施方面也有不少创新，相应地解决了北宋的财政问题，也减轻了普通农民的税赋负担。另一方面，由于“与民争利”，官营商业所激发的商人与政府之间的矛盾也更为尖锐，这本身也增加了北宋内部维持稳定的费用。这样，在以儒术治国的理念下，坚守“仁政爱民”理想的文人们，往往与执政大臣意见不一，议论蜂起，在朝者直接以政论文陈述意见，外任者或以书信形式与其他官员沟通，干预官营商业措施，或以笔记形式追述官营商业政策出台情况并作评述，偶尔也借诗歌来发表感慨。

(一) 北宋专卖类官营商业基本特征及其文学反映

宋初为平一海内，继续实行前代因军兴而起的官营商业政策。如宋人李觏《富国策第十》云：“盐始于汉，茶始于唐，取以济时，事非师古。异日邦

财饶衍，王道寖昌，弃之于民，不胜大愿。”①但是，至北宋政权稳定之后，仍未废除盐、酒、茶、矿专卖制度，并不像汉唐之世在承平时代废除官营商业，这是北宋官营商业的一大特点。

北宋官营盐、酒、茶、矿，与汉代完全官方专卖模式不同，也与唐代官方主导而官商合作的模式不尽相同。宋承唐制，但也兼用汉代模式，即既采取官府专卖形式，也用官府主导下的商卖形式。另外，北宋官营商业中的茶业与酒业同样引人注目，矿业之中的矾业也变得突出了。按《新唐书·食货志》述官营盐业共用了大约4页的篇幅，述官营茶业则用了1页加2行文字的篇幅，述官营酒业用了不足1页的篇幅，述官营矿业也用了不足1页的篇幅。而《宋史·食货志》述北宋盐业共用了46页的篇幅，述北宋茶业共用了约29页的篇幅，述北宋酒业用了约7页的篇幅，述北宋矿业共用了12页的篇幅。仅从文字所占篇幅与所增的比例上，我们也能明白宋代官营商业中的茶业地位十分突出了。而官营矿业之中，矾业在《新唐书·食货志》的矿业记述中仅有1句提及，在《宋史·食货志》中则独立出来，并用了近4页的篇幅进行记述。这种专卖类官营商业格局的变化，是北宋官营商业的又一特征。

由于北宋长期未能收复幽燕，真宗朝与辽有“澶渊之盟”，仁宗朝又有西夏元昊叛乱，宋廷被迫送给辽与西夏岁币，以图息祸安民。这样，前代单纯为了军事目标的专卖制度，到了北宋又兼有保障政治上苟安的功能，所以不但一直不废，还扩大了实施的范围并增加了种类。这势必增加北宋境内百姓的经济负担，引起了不少文人的不满。

我们不妨先通过以下两例北宋文人笔记，来看看北宋盐专卖政策的实施情况以及北宋文臣的态度：

> 咸平中，孙冕乞于江、淮、荆湖通商卖盐，许商人于边上入粮草，或京中纳钱帛，一年之内，国家预得江、淮、荆湖三路卖盐课额，而又公私

① 曾枣庄、刘琳主编《全宋文》第42册，上海：上海辞书出版社，2006年版，第178页。

之利有十倍焉。为陈恕等沮之，遂寝。①

石曼卿，王氏婿也，以馆职通判海州，官满，载私盐两船至寿春，托知州王子野货之。时禁网宽赊，曼卿亦不为人所忌，于是市中公然卖石学士盐。②

第一例中，孙冕主张扩大盐专卖范围，而陈恕等人则反对。在真宗咸平年间，尚无辽与西夏岁币银之累，所以，孙冕的提议不具有政治现实基础，他的主张不得实施。而多人反对孙冕的提议，正可看出盐专卖措施，在宋初多数文臣的心目中，是在不得已情况下才可实行的。

第二例中，石延年（字曼卿）是个比较狂傲的馆阁学士，竟然敢于违禁贩卖私盐。这与宋初帝王对学士优宠有关。在仁宗主政的景祐、宝元年间，石延年受宠尤异，本来就性格狂傲的他，才敢于“卖石学士盐”。当然，这种行为也反映出石延年对官府盐专卖制度是不满的。

但是，北宋中叶以后，因“三冗”导致财政压力增大，政府渐有入不敷出之困。至英宗治平二年（1065），“内外入一亿一千六百十三万八千四百五，出一亿二千三十四万三千一百七十四，非常出者又一千一百五十二万一千二百七十八”③，中央财政亏空明显，所以神宗皇帝即位后，“忿流弊之委积，闵财力之伤耗，览政之初，为强兵富国之计”（《元祐会计录序》）④，任用王安石变法，王安石才力主扩大官府专卖范围的。

对于北宋一直实行的专卖制度，不仅有文臣不满，还有文臣大胆提出建议。早在太宗雍熙二年（985），王禹偁在长洲县令任上就上书给许殿丞论榷酒云：

今又闻朝廷以浙江榷酤，于民不便，比岁多犯禁者，是用择能臣以

---

① （宋）王闢之撰，吕友仁点校《渑水燕谈录》，北京：中华书局，1981年版，第6页。

② （宋）孔平仲撰《孔氏谈苑》，《宋元笔记小说大观》，上海：上海古籍出版社，2007年版，第2252页。

③ （元）脱脱等撰《宋史》，北京：中华书局，1977年版，第4353页。

④ （宋）苏辙撰《栾城集》，上海：上海古籍出版社，2009年版，第1327页。

厘革之。是行也，阁下知天子不为利也，为措刑而爱人也。某窃听舆言，以为阁下将取一郡榷酒之数分于编户，然后听自酿而沽诸，是亦割赤子之肉，饫䇉民之腹也，其实惑焉。①

由于榷酒，浙江犯禁者多，太宗皇帝打算改革酒专卖制度，这是王禹偁所称赞的。但听说许殿丞要摊派酒税后，王禹偁认为这是违背了太宗皇帝"不为利""为措刑而爱人"的本意的，因而委婉地建议许殿丞就此废除在浙江的酒专卖政策，让百姓自由经营酒业。

对于茶、盐专卖制度实施所产生的弊端，文臣们更是议论纷纷。仁宗庆历年间任建州浦城县主簿的陈襄，在《与福建运使安度支书》中，认为在福建施行的茶盐专卖制度，因小吏"每令僧道色役人请买茶盐，或置簿拘管等夷人户"而遭受破坏，故而建议"罪其监守"。② 司马光在《论两浙不宜添置弓手状》中，认为茶盐专卖制度严厉实施，可能激起商民起而武装反抗的情况，建议朝廷不要对"私贩茶盐"过激反应，以稳定人心，切实地维护社会治安。③

以上三例政论文，既反映了北宋文人对于盐、酒、茶专卖制度实施具有复杂的心理，也反映了北宋盐、酒、茶专卖制度始终不废，而茶专卖在北宋官营商业中地位明显提高等特征。

至于醋专卖的出现与矾专卖范围的扩大等北宋官营商业特征，也同样有政论文进行反映。欧阳修的《论矾务利害状》与苏轼的《申明扬州公使钱状》二文可作代表。

欧阳修的《论矾务利害状》提及河东都转运司既让六户管认钱、茶年额十五万，为官卖熟矾，又官自炼矾出卖，结果侵害了六户利益，导致六户积压货卖不行。这说明北宋在晋州官营矾业，实行的双轨制是行不通的，因此欧阳修建议实行单轨制。同时，欧阳修此文也反映出北宋矾业专卖相当突出。

苏轼的《申明扬州公使钱状》谈及当时扬州市政府开支每年五千贯，其中六百贯直接来自中央财政发放，其余由地方税收解决，而官营醋业定额最

---

① 曾枣庄、刘琳主编《全宋文》第7册，上海：上海辞书出版社，2006年版，第386页。

② 曾枣庄、刘琳主编《全宋文》第50册，上海：上海辞书出版社，2006年版，第116—117页。

③ 曾枣庄、刘琳主编《全宋文》第54册，上海：上海辞书出版社，2006年版，第179—180页。

多,为二千五百贯。但官营醋业原归中央直属之转运司,后改归州府,因经营方式不同收入减少。原来经营方式是转运司给百姓承包经营,后来则是州库自己经营,且需买本库酒糟造醋。或许因为酒糟造醋与粮食造醋效率相差太大,导致收入减少。所以苏轼请求朝廷更改相关规定,以保证政府开支定额不缺。这说明醋专卖成为北宋官营商业中一个新的项目,而且其经营也因双轨制产生了弊端。

除了以政论文或书信表达对专卖制度实施情况的看法之外,北宋文人的一些记叙散文也广泛地反映了北宋专卖类官营商业的基本特征。如余靖《楚州盐城南场公署壁记》一文指出:楚州盐城虽置盐场,但疏于管理,出现"私煮盗贩,散漫不能禁"的现象,后来吴遵路建言任官督察,才消除了违禁盗贩的弊端。[①] 王安石的《虔州学记》又云:"虔于江南地最旷,大山长谷,荒翳险阻,交、广、闽、越铜盐之贩,道所出入,椎埋、盗夺、鼓铸之奸,视天下为多。"[②]据此,我们可知北宋时代南方偏远地区盗贩铜、盐严重,违禁成风。这些都从反面反映了北宋实行严厉的茶、盐、矿专卖制度。

北宋时代,文学上依然与唐代差别不大,古典型特征明显,诗歌仍是最显著最流行的文学。因此,广泛反映社会生活的诗歌中也自然会反映北宋专卖类官营商业的基本特征。反映茶专卖情况的诗歌,如宋初田锡的《思归引》、张咏的《赠刘吉》等诗,揭露了贪吏与民为敌的嘴脸,也表达了对茶专卖制度的不满;反映盐专卖情况的诗歌,如柳永的《鬻海歌》,在描述盐专卖的状况中夹杂着对煮盐户的同情与对盐专卖政策的批判;反映酒专卖情况的诗歌,如晁补之的《赠送澶州监酒税刘铨殿直》对官府专卖酒的状况作了相当客观的描述,而张耒的《孙志康许为南酿前日已闻籴米欣然作诗以问之》则揭露官府专卖酒的质量低劣;反映旷专卖情况的诗歌,如余靖的《送陈京廷评》详细地描述了岭南曲江地区矿产从开采、炼制到专卖的情况,陈襄的《寄弟衮》则既称赞了福建银矿专卖制度能使矿工和官府得益,也揭露了政府管理中存在的军人贪污纳贿现象。

---

① 曾枣庄、刘琳主编《全宋文》第27册,上海:上海辞书出版社,2006年版,第63页。
② (宋)王安石著,秦克、巩军标点《王安石全集》,上海:上海古籍出版社,1999年版,第303页。

总之,北宋专卖类官营商业比前代发达,而且贯穿整个朝代始终,获取收益远远大于前代,成为政府财政收入的主要来源。所有这些,不仅正史与宋人笔记中有较细致的记录,在政论文、记叙文与诗歌等多种样式的文学中,也得到了相当广泛的反映。

(二)北宋采购类官营商业基本特征及其文学反映

一方面,为了保障不断增加的财政支出有稳定可靠的来源,北宋政府实行盐、酒、茶、矿等专卖制度,官卖类官营商业空前发达。另一方面,为了保障军需国用、兼济民生,北宋政府同时实行绢帛、粮食等大规模的采购制度,采购类官营商业也空前发达。按北宋官府的采购制度,可以细分为和买、和籴制度。与前代相比,这些制度也都有很大的改进,即使在北宋的不同时期,也发生着演变,体现出北宋采购类官营商业独有的形态与特征。

先说北宋和买制度的基本特征。

《春秋左氏传》记昭公十六年事,有"韩子买诸贾人"一段话,唐人孔颖达《正义》云:"上云'买诸贾人',则是和买。"①如此,"和买"制度源自先秦时代政府人物与商人进行的交易。到了中唐德宗朝,"和买"制度中演变出一种恶性发展形式——"和市",闹得满城风雨,以致后人一般认为"和买"制度起源于中唐时代。到了宋初,"和买"制度逐渐发生了质的变化,不再像唐代官府向商人直接购买手工业品,而是官府专门向平民预购绢帛。

据《宋史·食货志》之"布帛"条载,太祖太宗朝"和买"尚称"和市",虽主要在于购买"丝、绵、绸、绢麻布等物",但与前代一样"烦民",所以太祖、太宗渐废"买织"制度,允许民间"织卖"。真宗咸平二年(999),马元方提出官府于春季向平民预购绢,大中祥符三年,李士衡又提出官府向平民预购军用帛,"和买"演变为"预买"并得以实施,而且,由于预购绢或帛在本质上都是为了保护平民利益,因而"和买"制度变得更为灵活,"或蚕事不登,许以大小麦折纳,仍免仓耗及头子钱"。不过,真宗朝和买制度只在京东西和河北实施,范围较小。

但是,到仁宗朝,和买地区扩大到川蜀、陕西等地,和买数量增加,也出

---

① (唐)孔颖达撰《春秋左传正义》,北京:北京大学出版社,1999年版,第1352页。

现抑配现象，更兼“吏多隐克为奸”[①]，神宗朝，和买地区再扩大到河东、淮南东西、江南东西至两浙、福建，并且在京东路出现预买绢帛折钱收回并取利息做法。到哲宗绍圣时期，“预买之息，重于常平数倍，人皆以为苦”[②]。徽宗朝和买日益变成财政搜刮的手段，不仅在不产蚕桑的地区强行和买，还任意拖欠预购款，后来在四川又出现以日益贬值的交子预购，和买之害也祸及于城镇坊郭户，徽宗末年，和买进一步演化为赋税。正如《宋史》所云：“初，预买紬绢务优直以利民，然犹未免烦民，后或令民折输钱，或物重而价轻，民力寖困，其终也，官不给直，而赋取益甚矣。”[③]

北宋和买制度不同于前代，从“预买”到“折输钱”再到“赋取”，这些特征不仅在正史中有较详细的记载，在宋人笔记中也有不少记录。如完成于哲宗绍圣二年(1095)的《渑水燕谈录》记云：

> 祥符初，王旭知颍州，因岁饥，出库钱贷民，约蚕熟一千输一缣。其后，李士衡行之陕西，民以为便。今行于天下，于岁首给之，谓之和买绢，或曰预买，始于旭也。[④]

从这则笔记中，我们知道北宋的和买演变为预买，始于王旭救济颍州饥荒，然后李士衡正式将预买作为制度在陕西一地实施，到神宗朝以后则于全国各地实施。

至于和买制度从救民到害民的演变，南宋初方勺《泊宅编》所记甚详：

> 祥符中，颍州饥，当路者奏出省钱十万缗，以纾艰食之民，令明年蚕事已缗纳缣，谓之和买。当是时，一缣之直不满千，民得本钱，经营数月，收什一之息，至期输公，颇优为也。近时，有司往往不复支钱，视物力以输缣，物价翔贵，一缣非六七千不可，官吏督责，急于水火，民不堪

① (宋)李焘撰《续资治通鉴长编》(第八册)，北京：中华书局，1985 年版，第 2469 页。
② (元)脱脱等撰《宋史》，北京：中华书局，1977 年版，第 4235 页。
③ (元)脱脱等撰《宋史》，北京：中华书局，1977 年版，第 4236 页。
④ (宋)王闢之撰，吕友仁点校《渑水燕谈录》，北京：中华书局，1981 年版，第 114 页。

命矣！此年二浙薄旱，已轸宸虑，至以亲诏下求民瘼，谓州县不给和买本钱，以致怨咨感天变。上之恤隐可谓至矣，岂知州县奉行之不谨邪？①

从方勺所记可以看出，北宋和买制度救民与害民，均始于地方官，虽然朝廷推广的预买制度，本意是肯定其救民的作用，但是，北宋末有些地方官竟"不给和买本钱"，导致"民不堪命"。

北宋和买制度在军需国用绢帛方面发展为预买制度，而且预买制度本身也不断演变，这些特征在北宋政论文中也有一些反映。如仁宗庆历七年（1047）三司使张方平《论国计出纳事》云："景祐年中，天下预买绌绢一百九十万匹，去年至买三百万匹，诸路转运司率多诉者，有司末如之何已。"②反映了因与西夏战争，北宋政府预买绸绢数量增多。而苏轼《上吕仆射论浙西灾伤书》云："去岁恩旨，宽减上供额米三分之一，而户部必欲得见钱，浙中遂有钱荒之忧。轼奏乞以钱和买银绢上供，三请而后可。"③则反映了北宋预买制度主要起着救济灾民的功能。《上执政乞度牒赈济因修廨宇书》云："今年漕司窘迫，实倍常岁。异时预买绸绢钱，常于岁前散绝，今尚阙大半，划刷之急，盖不遗余力矣。"④又反映了北宋政府一旦预买绸绢的本钱不足，就可能导致害民的情况。

"和买"一词，若从制度实施而言，在北宋主要表现在预买绢帛方面。但是，作为传统的概念，北宋人仍用它来指称政府公平地购买商人或平民的各种物品。如仁宗皇祐五年（1043）七月，诏减开封灾伤县分"和买草三分之一"，则马草也是官府"和买"的物品。此外，对于盐、香、蕃马等，北宋朝廷都曾有"和买"诏令。这种情况，在北宋人的政论文中也有反映。如神宗朝吕陶《奏乞罢榷名山等三处茶以广德泽亦不阙备边之费状》和苏辙《申本省论处置川茶未当状》，都主张在蜀地实行"和买"茶叶政策。实际上，北宋人对"和买"一词的理解是相关宽泛的，但凡官府向民间购买军需国用物品，都属

① （宋）方勺撰，许沛藻、杨立扬点校《泊宅编》，北京：中华书局，1983年版，第43页。
② 曾枣庄、刘琳主编《全宋文》第37册，上海：上海辞书出版社，2006年版，第111页。
③ （宋）苏轼撰，傅成、穆俦标点《苏轼全集》，上海：上海古籍出版社，2000年版，第1643页。
④ （宋）苏轼撰，傅成、穆俦标点《苏轼全集》，上海：上海古籍出版社，2000年版，第1646页。

“和买”范畴。

在各种“和买”之中,预买绢帛是为解决军国“衣”的问题,而“和籴”则是为解决军国“食”的问题。熙宁变法前,“和籴”主要是指官府向商人或农民采购粮食。熙宁变法后,“和籴”制度改革力度颇大。首先是“和籴”本钱改革,“熙宁五年,诏以银绢各二十万赐河东经略安抚司,听人赊买,收本息封桩备边”。其次是不仅向商人和农民采购粮食,有时还向弓箭手采购粮食,如熙宁七年,“陕西和籴,或以钱、茶、银、绸、绢籴于弓箭手”。再次是将“和籴”改名为“助军粮草”,“又有坐仓、博籴、结籴、兑籴、俵籴、寄籴、括籴、劝籴、均籴等名”,以更多途径和形式采购粮食。

尽管北宋“和籴”制度相对于唐代有较大的改革,在名称上也显得格外多样,但宋代文学中反映北宋“和籴”特征的较少,并且提及“和籴”的几篇政论文也不全是直接讨论“和籴”问题,如欧阳修嘉祐五年(1060)所写《论茶法奏状》提到河北“和籴”本与置场务专卖茶相关,而“场务尽废”之后,“和籴”必然用现钱,于公私皆不便[①],直接讨论的不过是置场务专卖茶的问题;范纯仁熙宁二年(1069)所写《条列陕西利害》提到“里外卖酒愈多,转致谷米耗竭,和籴不行”[②],目的是专论陕西专卖酒的危害性。不过,李觏《富国策第九》也有直接讨论“和籴”的内容[③],张方平《论京师军储事》还提到“和籴”本钱的来源:北宋“曲院、店宅务课利钱”是“和籴”本钱的重要来源之一;而沿边“和籴”本钱也不是每年都按常数分拨的,根据沿边粮食储备以及中央政府财政状况可以相机行事。[④]

与李觏、张方平兼论“和籴”事不同,陈襄《知河阳县乞抛降和籴小麦价钱状》,则是讨论“和籴”的专文。此文希望朝廷以“预买”方式向农民采购粮食,以图保护农民利益,借鉴的是“和买”绢帛制度,为宋廷各项制度的规范性建设提出了很好的建议。[⑤] 后来王安石熙宁变法,有“青苗法”一项,可

① (宋)欧阳修著《欧阳修全集》,北京:中华书局,2001 年版,第 1701—1702 页。

② 曾枣庄、刘琳主编《全宋文》第 71 册,上海:上海辞书出版社,2006 年版,第 170 页。

③ 曾枣庄、刘琳主编《全宋文》第 42 册,上海:上海辞书出版社,2006 年版,第 177 页。

④ 曾枣庄、刘琳主编《全宋文》第 37 册,上海:上海辞书出版社,2006 年版,第 126—127 页。

⑤ 曾枣庄、刘琳主编《全宋文》第 50 册,上海:上海辞书出版社,2006 年版,第 30 页。

视为对此建议的修改性实施。

（三）北宋常平类官营商业基本特征及其文学反映

自汉代耿寿昌首创平准制度以来，历朝国力强盛时期，都在许多地区建立常平仓，一方面借常平粮以平衡市场上的物价，一方面保障灾荒年月百姓有粮可买。北宋虽然国土面积比不上汉唐，但其国土上全是以农耕为主的人民，因此正常年月粮食产量较多，常平粮制度也有较大发展。

北宋继承后周的常平措施，太宗淳化三年（992），增加京师常平仓的储粮。真宗咸平中，福建增置惠民仓；景德三年（1006），常平仓增置于京东西、河北、河东、陕西、江南、淮南和两浙，常平制度扩大到全国大部分地区，只是沿边州郡未置常平仓；天禧四年（1020），又诏“荆湖、川峡、广南皆增置常平仓”①，常平制度几乎在北宋全境得以实施。

但是，到了仁宗朝，由于西夏叛乱，原来规划的军费来源不足，常平本钱既被挪用，加上北宋中叶人口增长、常平仓管理弊深，“法因人坏”。神宗朝王安石改革常平法，实施“青苗法”，移用常平、广惠仓钱谷为青苗本钱，抑制高利贷对农民的损害。但是，“青苗法”在实施过程中出现“抑配”现象，保守派借机强烈反对。至北宋末，青苗法时行时废。常平制度的有效维护，终成朝廷无力解决的难题。

常平粮制度的维护是北宋常平类官营商业的核心内容，由于事关民生，主张仁政爱民的文人们自然极为关注，不仅在政治上形成了保守派与变法派的斗争，在具体施政的过程中，文臣们也往往十分灵活地运用常平法从事官营商业活动。这些情况在北宋文人笔记中有着比较详细的记录。

例如，自仁宗统治中期开始挪用常平本钱，北宋中期以后常平粮储备日益减少，这种现象，在苏辙《议赈济相滑等州流民》一文就有所反映：神宗皇帝问常平粮为什么储备得这么少，苏辙说此事与低价出售常平粮以救济饥荒中的百姓有关。② 这说明在仁宗朝挪用常平粮本钱之外，后来低于成本价卖粮也是常平制度渐坏的原因之一。

---

① （元）脱脱等撰《宋史》，北京：中华书局，1977 年版，第 4276 页。

② （宋）苏辙撰，俞宗宪点校《龙川略志 龙川别志》，北京：中华书局，1982 年版，第 59 页。

不同于苏辙对常平制度渐坏有具体记述，其他宋人笔记更多地记录文臣们在地方官任上对常平法的灵活运用。如范镇撰《东斋记事》记载文潞公（彦博）利用常平仓粮食控制了市场上的粮价，其灵活之处，是在多处交通要道同时减价卖米。[①] 不过，还有比文彦博更灵活的官员，王闢之《渑水燕谈录》记吴遵路事云：

> 明道末，天下蝗旱，知通州吴遵路乘民未饥，募富者，得钱万贯，分遣衙校航海籴米于苏秀，使物价不增。又使民采薪刍，官为收买，以其直籴官米。未至冬，大雪寒，即以元价易薪刍与民，官不伤财，民且蒙利。[②]

吴遵路作为一名知州，虽未直接利用常平仓粮食，但仍然能够运用常平法，以借助民间财力采取官府控制的方法采购粮食，达到控制灾区物价、救济灾民的目的。这是非常灵活的做法。

除了正史与宋人笔记对北宋常平类官营商业基本特征有所记述，郑侠、苏轼、苏辙、晁说之等人的政论文，对北宋常平类官营商业基本特征也有不少反映，其中反映最突出的有元祐年间苏轼的《乞将上供封桩斛斗应副浙西诸郡接续粜米札子》《论浙西闭籴状》《上执政乞度牒赈济因修廨宇书》《上吕仆射论浙西灾伤书》和《奏淮南闭籴状二首》等。

从上列苏轼政论文看，苏轼论及常平类官营商业，主要反映了它的救灾方面的特征。作为地方大员，为了利用常平类官营商业救灾，苏轼除了走正常的官府程序，给省司呈状，还直接给皇帝上书，给执政大臣上书。当然，他虽在政论文中说过“在浙中二年，亲行荒政，只用出粜常平米一事，更不施行余策”，但他并非死板地利用常平仓米低价出粜给灾民，而是既考虑来常平仓米充足的来源，也考虑到常平粮本钱的来源，还考虑到灾民的购买力。

郑侠《上王荆公书》对于熙宁变法改革常平制度，以青苗法增加政府财

---

① 朱易安、傅璇琮等主编《全宋笔记》第一编六，郑州：大象出版社，2003年版，第221页。

② （宋）王闢之撰，吕友仁点校《渑水燕谈录》，北京：中华书局，1981年版，第41页。

政收入,同时打击高利贷者以保护贫困农民利益,却在实施过程中遭到贪吏扭曲,不仅无补于贫民,反而扰乱了整个农村社会,解说甚为详细。

由于源于常平制度的青苗法的弊端人皆可见,不仅北宋政论文中有反映,北宋诗人也在诗歌中多表现不满。如陈舜俞《诗二首》其一云:"石磴梯山一里高,荒烟源处税渔樵。官粗事冷人应笑,免对青苗强折腰。"明写在穷乡为官不实施青苗法的内心愉悦,暗中反讽基层地方官往往受上级强迫实施害民的青苗法。而张舜民《渔父》云:"家住耒江边,门前碧水连。小舟胜养马,大罟当耕田。保甲元无籍,青苗不著钱。桃源在何处,此地有神仙。"则明写渔父不用受青苗钱盘剥。

除了青苗法,官府对常平粮商业化经营也为诗人们所关注。不过,对此有人赞美,有人提醒,也有人抱怨。如王安石《饮裴侯家》称赞裴侯"扫除高馆邀我入,自出粜麦怜民穷",实际也是对有利于平民的常平粮经营制度的赞美;李若水《村妇谣》先借村妇之口"我闻官中新粜米,比似民间较钱数",然后告诫道:"常平常平法甚良,先帝惠泽隆陶唐。愿尔官吏且勤守,无使斯民流异方。"这是对常平粮经营者的善意提醒;张耒《粜官粟有感》云:"持钱粜官粟,日夕拥公门。官价虽不高,官仓常若贫。"便是直指常平粮经营制度已受到破坏,反映了常平本钱被挪用后常平粮储备短缺的现实。

二、北宋私营商业的基本特征及其文学反映

与官营商业关系极为密切,是北宋私营商业的最大特征。北宋官府对商业的控制远较前代为甚,关系国计民生的大宗商业由官府主导,私营商业只能在官营商业的框架内运行。但是,为了获取更大利益,一些私商冒险违禁经营,其经营规模与涉及的商品种类范围都远超前代。同时,由于北宋扩大科举用人规模,加之经济发展,文人、商人等流动人口大增,商业化的食宿服务业也更为兴隆,不仅城市酒楼旅馆增多,农村以"村店"形式出现的商业网点也激增,房屋租赁业也空前发达。另外,与职业商人活动相伴的,北宋官吏私人盗卖官物,或置产开店营利,也构成了北宋私营商业的特殊景观。这些私营商业特征,在正史、野史笔记中都有记述,在政论文、碑记、文言小

说与诗歌等文学中也都有反映。

（一）北宋私商配合官府专卖状况及其文学反映

北宋官营商业与汉代不同而直承唐代传统，由官府垄断货源批发式地销售给商人。商人则配合官府，直接以货币采购官府专卖品后进行零售，或通过以物易物方式“入中”“折中”来获取官府专卖品用于零售。可以说，私商配合官府专卖分工经营，是北宋盐、茶、酒曲、香药等官府专卖品最终到达消费者手中的主要形式。《宋史》对此有许多记述，如：

> 天圣八年，……十月，诏罢三京、二十八州军榷法，听商人入钱若金银京师榷货务，受盐两池。行之一年，视天圣七年增缗钱十五万。[①]
>
> 商贾贸易，入钱若金帛京师榷货务，以射六务、十三场茶，给券随所射与之，愿就东南入钱若金帛者听，计直予茶如京师。至道末，鬻钱二百八十五万二千九百余费，天禧末，增四十五万余贯。[②]
>
> 元丰元年，增在京酒户曲钱，较年额损曲三十万斤，闰年益造万斤。[③]

《续资治通鉴长编》（以下简称《长编》）又记太平兴国二年春正月事云：“香药库使高唐张逊建议，请置榷易局，大出官库香药、宝货，稍增其价，许商人入金帛买之，岁可得钱五十万贯，以济国用，使外国物有所泄。上然之，一岁中果得三十万贯。”[④]

《宋史》与《长编》所说“商人”“商贾”“酒户”，都是指与官府专卖活动配合的私商。因此，北宋虽有盐、酒、茶、香药等专卖制度，但普通百姓在消费这些商品时，直接打交道的仍是私商。正是私商在官府与消费者之间起着“中介”作用，才最终实现了北宋专卖类商品的流通。同时，私商配合官府专卖制度的实施，虽是常态，但是否积极配合，也与私商所能获取利润的多少

---

① （元）脱脱等撰《宋史》，北京：中华书局，1977 年版，第 4416 页。

② （元）脱脱等撰《宋史》，北京：中华书局，1977 年版，第 4478 页。

③ （元）脱脱等撰《宋史》，北京：中华书局，1977 年版，第 4517 页。

④ （宋）李焘撰《续资治通鉴长编》，中华书局，1985 年版，第 401 页。

相关。

曾巩《元丰类稿》记述真宗景德中，私商将粮食运往边塞，官府用江淮茶叶作为报酬，商人因此贩卖茶叶而获厚利。至仁宗朝，官府专卖制度屡变，盘剥私商利益，结果私商不愿与官府合作，两者利益都受到损害。[①] 可见官府专卖制度得以顺利实施的先决条件，便是私商愿意配合官府。而整个北宋官府专卖制度实施的地理范围不断扩大，又说明官府也有所妥协，私商配合官府专卖而进行的经营活动，其范围也不断扩大。

私商不仅配合官府专卖而经营茶、盐、香药之货获取利益，也经营酒曲获取利益。苏辙《龙川略志》记宋初在南都并未实行酒专卖，只实行曲专卖。神宗朝虽一度实行酒专卖，但后来还是改行曲专卖，"南都人大喜"。[②] 可见南都私商配合官府卖曲更加有利可图，而从事卖曲活动，这一直是南都私商经营的一个重要方面。

北宋私商配合官府专卖状况，除了正史与笔记中记述外，文学作品中有着更多的反映。在政论文中，一般有记述有议论，全面反映官府专卖制度的实施对私商经营的影响。如吕陶熙宁十年三月八日所上《奏具置场买茶旋行出卖远方不便事状》中有以下一段文字：

> 官中买茶，明收三分利息，方行出卖；沿路税钱，尽已批过，更无分毫侥幸。商旅兴贩，必是细算不行，难以尽数贩卖。窃闻蜀州永康一处，现今积压茶五十六万余斤在务，臣料将来出卖不尽之后，则必积压损坏，亏折官钱。若般往熙河，亦误边计。或仍旧停贮，则岁课不登，难沾赏典。建议之臣，必须均匀配卖与贩茶之家，如此则他日铺户不胜其害。伏乞指挥茶场司，具去年终已买及已卖数目申奏，仍令分析现余茶货，若经隔年岁，合如何变转。即自然见得此法可与不可经久施用，免令言利之臣有误朝廷大体。[③]

---

① 《文津阁四库全书》第三六七册，北京：商务印书馆，2005 年版，第 263 页。

② （宋）苏辙撰，俞宗宪点校《龙川略志 龙川别志》，北京：中华书局，1982 年版，第 21—22 页。

③ 曾枣庄、刘琳主编《全宋文》第 73 册，上海：上海辞书出版社，2006 年版，第 124—125 页。

除了官府抑配会损害私商的合法利益，违禁私贩者也会损害私商的合法利益。慕容彦逢（1067—1117）《论诸路弓手奏状》云："矧今推行茶盐二法，唯能禁绝私贩，然后商贾易售，官课充羡。"①违禁私贩者之所以会损害私商的合法利益，一在于他们获取茶盐的成本很低，直接从园户、盐民手中购买，可以用低价卖给消费者而获暴利，而配合官府专卖制度实施的私商，则经过官府的盘剥，他们出售的茶盐在定价上必须远高于违禁私贩者的售价才能获利，因而在销售竞争中处于不利地位。二是官府出售给私商的茶盐往往因吏作弊谋私而质量低劣，也导致配合官府专卖制度实施的私商在销售竞争中处于不利地位。所以论及官府专卖的"茶盐二法"，慕容彦逢才特别强调"唯能禁绝私贩，然后商贾易售"。

当然，北宋私商配合官府专卖制度的实施，在特定情况下是有超常的利益可图的。杨亿《议灵州事宜状》即云："自曹光实、白守荣、马绍忠及王荣之败，资粮扉屦，所失最多，将士丁夫，相枕而死。以至募商人入谷输帛，偿以数倍之价……"②在战争期间，商人不畏凶险向边境"入谷输帛"，能够得到"数倍之价"的茶盐作为回报，这就是《宋史》所说的"入中"。宋初商人因战争需要而"入中"，虽获厚利，并非一般所谓发国难财，而是冒着生命危险的支持边防行为，是一种官府与私商"双赢"的分享商业利益的模式。

不仅政论文以叙议结合的方式反映了北宋私商配合官府专卖制度的实施情况，一些传记文，也以记事写人的方式反映了北宋私商配合官府专卖制度的实施情况。欧阳修在《尚书工部郎中充天章阁待制许公墓志铭并序》中记许元事迹云：

> 自元昊叛河西，兵出久无功，而天下劳弊，三司使言公材，以主榷货。公言先时贾人入粟塞下，京师钱不足以偿，故钱偿愈不足，则粟入愈少而价愈高。是谓内外俱困。请高塞粟之价，下南盐以偿之，使东南去滞积，而西北之粟盈，曰："此轻重之术也。"行之果便。③

① 曾枣庄、刘琳主编《全宋文》第136册，上海：上海辞书出版社，2006年版，第175页。
② 曾枣庄、刘琳主编《全宋文》第14册，上海：上海辞书出版社，2006年版，第256页。
③ （宋）欧阳修著《欧阳修全集》，北京：中华书局，2001年版，第476页。

从这段叙述文字中，我们知道北宋仁宗朝西夏叛乱时再次建议通过“入中”形式解决边塞粮食问题的人物，原来是许元。不过，从欧阳修的叙述来看，给人的感觉好像是许元最先想出了“入中”的办法并行之有效的。而我们对照真宗朝杨亿的《议灵州事宜状》，知道真宗朝已采用过“入中”方法。这大概是传记类作者为表彰人物贡献而不免虚夸的常见作风吧。

当然，像欧阳修这篇以人物建言方式侧面反映北宋私商配合官府专卖制度实施的具体情况的传记文，还有不少。如黄庭坚《叔父给事行状》记其叔父元祐初“按察成都等路茶事，兼体量邛州蒲江盐井利害”，提出“除去榷卖侵刻，取息太重，搜捕苛扰，差雇不和，配卖赊欠，预俵折纳，滥赏诸弊”。其中所说“取息太重”、“配卖赊欠”弊端，①都侧面反映了私商在配合官府专卖制度实施过程中的利益受损问题。

（二）北宋私商违禁经营状况及其文学反映

为了保障盐、茶、酒、矿等大宗商品官府专卖制度，北宋朝廷制定了严厉的法律，禁私人贩卖禁物。虽然由于反对的声音太多，对私贩禁物者的惩罚有所减轻，但历经整个北宋，也未完全解禁。如《宋史》记载：

> 建隆二年，始定官盐阑入法，禁地贸易至十斤、鬻碱盐至三斤者乃坐死，民所受蚕盐以入城市三十斤以上者，上请。三年，增阑入至三十斤、鬻碱至十五斤坐死，蚕盐入城市百斤以上，奏裁。自乾德四年后，每诏优宽。②
>
> 凡民茶折税外，匿不送官及私贩鬻者没入之，计其直论罪。园户辄毁败茶树者，计所出茶论如法。旧茶园荒薄，采造不充其数者，蠲之。当以茶代税而无茶者，许输他物。主吏私以官茶贸易，及一贯五百者死。自后定法，务从轻减。③
>
> 建隆二年，以周法太峻，犯私曲至十五斤、以私酒入城至三斗者始处极刑，余论罪有差；私市酒、曲者减造人罪之半。……乾德四年，诏比

① 曾枣庄、刘琳主编《全宋文》第108册，上海：上海辞书出版社，2006年版，第30页。
② （元）脱脱等撰《宋史》，北京：中华书局，1977年版，第4415页。
③ （元）脱脱等撰《宋史》，北京：中华书局，1977年版，第4478—4479页。

建隆之禁第减之：凡至城郭五十斤以上、乡闾百斤以上、私酒入禁地二石、三石以上、至有官署处四石，五石以上者，乃死。法益轻而犯者鲜矣。①

又如《长编》云：太平兴国二年，“始颁铜禁于江南诸州”②；咸平四年，“江南转运使冯亮言：‘旧敕犯铜禁者，七斤而上并处极法，奏取敕裁，多蒙减断……。’诏自今满五十斤以上奏裁，余递减之。”③

从北宋朝廷禁令变化情况可以看出，北宋私商违禁经营现象相当严重，以致许多文臣觉得禁法太严，罚人太多，朝廷才因此逐渐减轻对私商违禁经营的处罚的。宋人笔记中，就有不少反映北宋私商违禁经营的，并且对违禁私商表示同情，对过严执法的官员表达不满，对放松执法的官员则表示赞赏。且看以下两例关于贩私盐的笔记：

福州奏贩盐贼，谋者四五人，从者四十人，大理断官赵衍、审刑详议祝谏尽断死罪。衍寻卒，临命自语曰：“冤枉杀人。”祝谏通判扬州，未几亦卒。④

群盗常恃众，恃兵仗，以贩鱼为名，挟盐以卖。（蔡）子正复令贩盐鱼者赍盐不及二十斤，众不至五人，不持兵，皆为良民，吏无得问。自是人情大安，盗自消弭，子正迄为名帅。⑤

北宋文臣的一些政论文也直接讨论盐商违禁经营问题，从不同角度提出了自己的看法和对策。如苏颂《奏乞减定淮南盐价》首先指出淮南一路私商贩盐，严重损害了官府盐专卖制度的实施，接着对此情况认真分析，认为

① （元）脱脱等撰《宋史》，北京：中华书局，1977 年版，第 4515 页。
② （宋）李焘撰《续资治通鉴长编》，中华书局，1985 年版，第 400 页。
③ （宋）李焘撰《续资治通鉴长编》，中华书局，1985 年版，第 1073 页。
④ 上海古籍出版社编《宋元笔记小说大观》，上海：上海古籍出版社，2007 年版，第 2258 页。
⑤ 朱易安、傅璇琮等编《全宋笔记》第五编一，郑州：大象出版社，2012 年版，第 202 页。

私盐质量好于官盐质量，官盐价格又过高，所在私盐商贩能占有更大份额的市场，虽然官府将盐抑配给私商出售，也无法与私盐商贩竞争，最后建议官府降低官盐价格，占有市场更大份额，辅以对私盐商贩的重罚，最终保护从事盐专卖的官府与合法盐商的利益。[1] 司马光《荒政札子》载："臣窃闻淮南、两浙今岁水灾，民多乏食，往往群辈相聚，操执兵仗，贩鬻私盐，以救朝夕，至有与官军拒斗相杀伤者。若浸淫不止，将成大盗，朝廷不可不深以为忧。盖由所司榷之太急，故抵冒为奸。"这是对淮南两浙灾民武装贩私盐行为表示同情，并指责盐专卖制度执行者"榷之太急"。[2] 范纯仁在《奏减江淮诸路盐价》一文中，也指责"江淮诸路盐价太高，致私贩之人获利转厚，及所立刑名亦重，过于盗贼"，结果导致"贩盐之人千百为群，州县之力无能禁止"，并建议减轻对私盐商贩的责罚。[3]

对于私茶商贩情况，北宋政论文也同样有大量的记述与议论，其记述私贩情况与对私盐商贩基本相同，如李新《上皇帝万言书》、司马光《论两浙不宜添置弓手状先公知杭州为作》等文即如此，此不逐一列举具体分析。

关于私贩官府专卖品，北宋文人的态度总体上倾向于同情。这在称道墓主功绩的碑志文中表现得最为突出。如陈襄《殿中御史陈君墓志铭》云："长溪濒海，无耕桑之饶，民鬻盐以为生，禁虽严而盗贩日益众。君至，一切不问，使民衣食，然后修其政刑，道之以礼义。"[4]又如刘攽《故朝散大夫尚书虞部郎中致仕上骑都尉皇甫君墓志铭》云："百姓贩私茶犯法，君曰：'贫民以茶养生，亦何异于为农?'不忍绳以重法。郡守以问，君对：'贫民不得贩茶，且为他盗，罪辟益重，不如容之，使有以自存。'"[5]陈洙、皇甫鉴为地方官时同情贩卖盐与茶的私商，得到陈襄、刘攽的称赞，表明北宋文人对贩卖官府专卖品的私商的同情具有普遍性。

由于文人与地方官的商业态度与朝廷商业政策之间的差距，私商贩卖

---

① 曾枣庄、刘琳主编《全宋文》第61册，上海：上海辞书出版社，2006年版，第61页。
② 曾枣庄、刘琳主编《全宋文》第54册，上海：上海辞书出版社，2006年版，第237页。
③ 曾枣庄、刘琳主编《全宋文》第71册，上海：上海辞书出版社，2006年版，第153页。
④ 曾枣庄、刘琳主编《全宋文》第50册，上海：上海辞书出版社，2006年版，第244页。
⑤ 曾枣庄、刘琳主编《全宋文》第69册，上海：上海辞书出版社，2006年版，第244页。

官府专卖品的现象，在文人的笔下得到了更多的反映。碑志文之外，一些记事散文乃至诗歌，也都热衷于反映私商违禁经营状况。

在记事散文中，余靖《楚州盐城南场公署壁记》提到盐城的盐场曾经“私煮盗贩，散漫不能禁”①，王安石《虔州学记》提到虔州为“交、广、闽、越铜盐之贩，道所出入”②。这些顺笔提到的情况，尤其能体现作者对私商违禁经营状况的特别重视。

在诗歌中，诗人们对私商违禁经营状况反映得更为细致多样。仁宗朝著名诗人梅尧臣《黄敏复尉新城》诗云“新城接桐庐，山茗久所利。江东亡命儿，贩不畏黥劓”，指出了江东亡命之徒大胆贩茶的事实；《闻进士贩茶》诗，表明不仅社会上的亡命之徒不畏法律的威严私贩茶叶，连“浮浪书生亦贪利”，违禁贩茶；《送朱表臣职方提举运盐》诗云“官榷利言盈，盗贩弊相汩。连艘以转致，搅灰或沉没”，说明不仅普通商人，连官府小吏也借办理盐专卖的机会，进行盗贩。而强至《送关景芬秘书赴山阳尉》又云“颇闻彼俗殊东南，例重市门轻陇亩。盐商茗贩白刃随，切与椎埋破渊薮”，反映了违禁私贩的盐商与茶商都随身带着“白刃”，武装挑战官府。

或许，私商配合官府专卖制度而经营是一种常态，不易引起社会的关注；而私商挑战官府专卖制度，成群武装私贩或小吏作弊盗贩，对社会治安与食品安全也构成了危害，更易引起社会的广泛关注。考虑到这一点，则北宋文学反映私商违禁经营状况更为细致丰富，就不难理解了。

（三）北宋私营食宿服务业情况及其文学反映

北宋财政收入以官营商业盈利和商税收入为主，商人数量激增；在崇文国策下文人数量也激增，结果是全国流动人口数量大增。这刺激了解决流动人口吃住问题的私营旅馆酒店遍布城乡。这种体现了时代变迁的崭新的微观经济面貌，正史并不重视，却也在对重要历史人物事迹的记述中顺带提及。我们不妨来看以下几例正史记述：

---

① 曾枣庄、刘琳主编《全宋文》第27册，上海：上海辞书出版社，2006年版，第63页。

② 曾枣庄、刘琳主编《全宋文》第65册，上海：上海辞书出版社，2006年版，第36页。

卢多逊在翰林，因召对，数毁短普，且言普尝以隙地私易尚食蔬圃，广第宅，营邸店，夺民利。(《长编》开宝六年六月)

(鲁)宗道为人刚正，……为谕德时，居近酒肆，尝微行就饮肆中。(《长编》乾兴元年七月)

(向)敏中因密使吏访其贼，吏食于村店……(《长编》景德四年六月)

(王曾)性俭啬，街道卒除道，侵(王)子融邸店尺寸地，至自诣开封府诉之。(《宋史》列传第六十九王曾传)

延年喜剧饮，尝与刘潜造王氏酒楼对饮，终日不交一言。(《宋史》列传第二百一文苑四石延年传)

从这几例记述可知，北宋不仅商人开旅馆和酒店，文武官员也都争相开邸店，以图商业利益。而且，旅馆和酒店不仅开在都市与州县城中，也开在乡村之中。

实际上，宋人笔记所记北宋私营旅馆、酒店的经营状况，与正史所记类似，一般也都与官员相关。如李廌《师友谈记》"客话胡翼之善教大商子"条，记番禺大商之子前往国子学就学，"儇荡其所赍千金，仍病，甚瘠，客于逆旅"[1]，张师正《倦游杂录》所记"无比店与有巴楼"，曾敏行《独醒杂志》卷二所记苏轼在大庾岭"村店"作诗事，分别记述了汴京、洛阳和大庾岭上的旅馆酒店，也同样疏离政治，但分别与官员胡翼之、赵概、李师中、苏轼有关。

与正史、笔记局限于政治或官员之事不同，北宋诗歌、散文乃至小说中对私营旅馆和酒店的反映十分多样而灵活。

在北宋诗歌中，提及兼具旅馆和酒店功能的"村店"特别多，如宋初徐铉

---

① (宋)李廌撰，孔凡礼点校《师友谈记》，北京：中华书局，2002年版，第37—38页。

《和太常萧少卿近郊马上偶吟》云“村楼野店景无限，绿水晴天思欲迷”，反映汴京近郊有“村店”；王禹偁《初入山闻提壶鸟》云“商州未是无人境，一路山村有酒沽”，反映商州山村有“村店”；林逋《池阳山店》云“数家村店簇山旁，下马危桥已夕阳”，反映池阳也有“村店”。

北宋乡村私营食宿类服务业已如此发达，城市中就更是如此了。宋初赵湘有《新定旅馆中作》、王禹偁《硖石县旅舍》、潘阆《钱塘秋夕旅舍感怀》等诗，就反映出私营住宿服务类商业遍布新定、硖石县、杭州等各级城市。

我们再看北宋散文中所反映的私营旅馆和酒店情况。宋初王禹偁的《李氏园亭记》在记李侯开园构亭情况之前，先述世情："重城之中，双阙之下，尺地寸土。与金同价，其来旧矣……非勋戚世家，居无隙地。设或有之，则又牵于邸店之利，其能舍锥刀之末，资耳目之娱者亦鲜矣。"[①]从这番世情陈述中，我们可知北宋京城中达官贵人多开设“邸店”，以获取商业利益。石介的《朋友解》叙及“居奉符之太平镇”的进士姜潜，因为“乙夜水大至”，他家的“居庐邸店，并其所以待岁时，佐伏腊之用凡百万，与所藏书数千卷，尽为水害”[②]。由此可知在北宋的小镇上也有文人开设邸店，为过往客商提供食宿服务。苏轼的《书麐公诗后并引》云“过加禄镇南二十五里大许店，休马于逆旅祁宗祥家。见壁上有幅纸题诗云”[③]，说明在偏远地区的乡村，也有私营旅店。

北宋文言小说也反映了私营食宿服务业的情况。如李献民撰《丰山庙》记书生吕焕游滁州，“寝于逆旅”，《华阳仙姻》记萧防“投故人于新淦，舍于逆旅”，反映出滁州、新淦等城市都有私营旅馆提供住宿服务；章炳文撰《方技》记长安黄翁自京师还故里，“晚泊抵店”，反映出汴京至长安途中有许多私营旅店提供食宿服务；[④]刘斧所作小说集《青琐高议》反映更为多样，如其中《茜桃》记寇准“少时过大梁，夜宿邸馆”，《吕先生续记》记崔中游岳阳，“寓宿市邸”，反映出大梁、岳阳等城市都有私营旅馆提供住宿服务；《林文

① 曾枣庄、刘琳主编《全宋文》第8册，上海：上海辞书出版社，2006年版，第68页。
② 曾枣庄、刘琳主编《全宋文》第29册，上海：上海辞书出版社，2006年版，第317页。
③（宋）苏轼撰，傅成、穆俦标点《苏轼全集》，上海：上海古籍出版社，2000年版，第238—239页。
④ 李剑国辑校《宋代传奇集》，北京：中华书局，2001年版，第400—413页。

叔》记林文叔治平年间游上都,“居之对门有茶肆”,《王实传》一篇记随州市人王实与无赖少年“连臂出入娼家酒肆”,《养素先生》记亳州人蓝方“醉游旗亭”,反映出汴京、随州、亳州等城市也有私营茶馆、酒肆和旗亭提供饮食服务;而《楚王门客》记刘大方“窜身海上”,“一日晚,醉野店”,反映出北宋蛮荒的海岛上也有私营“野店”提供食宿服务。①

实际上,除了临时性的食宿服务外,与住宿相关的北宋私营房屋租赁业也相当发达。不仅京城房屋租赁业更为发达,各地城市甚至乡村的房屋租赁业也相当繁荣。不过,北宋京城与一些大城市的房屋租赁业有不少是官营的,《长编》所记房屋租赁情况,就多属官营者。《长编》对私营房屋租赁情况的记述,一般引自官员的政论文或文人笔记。如记述庆历四年四月事,《长编》引范仲淹上书,提及“王溟得替,赁卢家宅子,称每月饶减得房钱一千”②;记述元符元年三月事,《长编》引陈天倪作《苏门下语录》云:“公谪官雷州,市中无屋可僦,独有一富家余破屋数间可赁,仍与作交易,文契分晓。”③

作为野史的文人笔记,也有记述北宋私营房屋租赁情况的。如张师正《括异志》载云“京师保康门有刘观察之别第,每僦于人”,④孔平仲《孔氏谈苑》又载参政王曾“僦寇(准)宅而居”⑤,说明北宋京城房屋租赁并非都属官营,也有私营的。

在野史性质的笔记之外,具有民间信史性质的文人书信,也记述了许多北宋私营房屋租赁情况。如欧阳修皇祐四年(1052)写的《与孙威敏公元规》云“某僦居西郊”,欧阳修所租赁房屋既在“西郊”,必然不是城中的官宅;苏轼《与陈季常》提到柳一已“僦居在蒲池寺”,既然所租赁的房屋是寺院的,就不属官宅;黄庭坚《与中玉知县书二》云:“某僦居城南,虽小屋而完洁。舍后亦有三二亩闲地,种菜植果,亦有饭后消摇之地。”⑥从他对所租赁房屋及周

① (宋)刘斧撰辑,施林良校点《青琐高议》,上海:上海古籍出版社,2012年版,第274—332页。
② (宋)李焘撰《续资治通鉴长编》,北京:中华书局,1985年版,第3585页。
③ (宋)李焘撰《续资治通鉴长编》,北京:中华书局,1993年版,第11808页。
④ 上海古籍出版社编《宋元笔记小说大观》,上海:上海古籍出版社,2007年版,第674页。
⑤ 上海古籍出版社编《宋元笔记小说大观》,上海:上海古籍出版社,2007年版,第2252页。
⑥ 曾枣庄、刘琳主编《全宋文》第105册,上海:上海辞书出版社,2006年版,第5页。

边环境来看,分明租赁的是农家房屋,并非城中成排出租的官宅。

与文人笔记、书信一样常为正史所引的文臣政论文中,也有反映北宋私营房屋租赁情况的。如蔡襄《乞罢晏殊宰相奏》云:

> 臣窃见宰臣晏殊,自登枢府,及为宰相,首尾数年,不闻奇谋异略,以了国事,唯务私家营置资产。见于蔡河岸上,托借名目,射占官地,盖屋僦赁。①

实际上,北宋官员与民争利而"盖屋僦赁"的不在少数,贵如宰相晏殊如此,贤如宋初名臣的王禹偁也如此。王禹偁《偶置小园因题》诗二首其一云:"十亩春畦两眼泉,置来应得弄潺湲。三年谪宦供厨菜,(自注:此园典三年。)数月朝行赁宅钱。(自注:其价直如此。)"②从这首诗中,不难看出王禹偁的生活开销,几乎都来自他租赁房屋(连同小园)的收入。

当然,无论在诗歌还是散文、小说中,官员多数还是承租主体,而非出租主体。我们先来看看官员(一般都是文人)因承租私营房屋而作的诗歌。文同《西冈僦居》云:

> ……今年归中都,职事叨磨铅。未免僦屋住,敢谓须华鲜。西冈颇幽僻,爱此远市廛。问得王氏居,十楹月四千。③

文同所租房屋是"王氏居",固然是民宅。其他文人所租房屋也有可能是民宅,如强至《送元恕》云"我本生穷阎,才命两乖蹇。……僦居在闲坊,门巷少人迹"④,他所租房屋既在"闲坊",也必为民宅。

我们再来看看北宋散文反映私营房屋租赁业的情况。按北宋散文提到租赁房屋的不少,但一般不特别指出所租赁的是官宅还是民宅,要想弄清这

---

① 曾枣庄、刘琳主编《全宋文》第46册,上海:上海辞书出版社,2006年版,第332页。
② 北京大学古文献研究所编《全宋诗》第二册,北京:北京大学出版社,1991年版,第738页。
③ 北京大学古文献研究所编《全宋诗》第八册,北京:北京大学出版社,1992年版,第5439页。
④ 北京大学古文献研究所编《全宋诗》第十册,北京:北京大学出版社,1992年版,第6910页。

些散文中所反映的房屋租赁业属官营还是私营，必须对作者或相关人物的生平事迹有详细的了解。如黄庭坚元符元年六月谪居戎州期间所作《任运堂铭》云："或见僦居之小堂名'任运'，恐好事者或以借口，余曰：腾腾和尚歌云：'今日任运腾腾，明日腾腾任运。'堂盖取诸此。"①单独看此铭文，并不能看出黄庭坚所租赁房屋属于官营还是私营，但根据黄庭坚年谱，可知他作此铭文时寓居南无等院②，也能明了黄庭坚这篇铭文反映的是私营房屋租赁业情况。

北宋文言小说也有反映私营房屋租赁业情况的。如刘斧小说《林文叔》中的主人公林文叔，"治平间，游上都，寓甘泉坊后巷"，从所居为"甘泉坊后巷"，基本上可判定林文叔所租住的是京城中的民宅。无名氏的小说《刘煇》说"煇好游学，寓于江州之东林佛舍中"，寓居于寺院，必然是租住，而佛舍中的房舍出租，自然属于私营房屋租赁。

从总体上来看，北宋文学反映私营食宿服务业情况，多数是侧面提及式的反映，极少直接写私人经营状况的。像孔文仲《次钱穆父新凉可喜》诗中提及"酒家券"，正面反映私营食宿服务业中常用的经营手段，是十分少见的。

第二节　南宋商业文明的基本特征及其文学反映

在金人铁蹄践踏下，北宋王朝迅速解体，康王赵构在与金人周旋中，几经波折，最终定都临安（杭州），建立起南宋朝廷。由于政权中心南移，加之战乱导致北方人口大量南迁，南方大量土地得以开发，生产力水平提高，农业经济规模扩大。在此基础上，南宋不仅城市商业更加发达，农村市镇数量也激增，乡村贸易出现了空前的繁荣。这样，商业的发展逐渐突破了区域经

① 曾枣庄、刘琳主编《全宋文》第107册，上海：上海辞书出版社，2006年版，第289页。
② 马兴荣、祝振玉校注《山谷词校注》，上海：上海古籍出版社，2011年版，第275页。

济的局限，加之政府商业管理的经验不断累积，使得南宋商业管理区域趋同化特征格外明显。同时，为解决国用军需问题，南宋政府更重视来自东南海上贸易的商税收入，同时也重视内陆边境互市以获取军需民用的马匹。在对边境与海外贸易的管理上，也出现了新的特征。

另一方面，与北宋政权一样，为保持人民生活的稳定，不增加农民负担，而是主要通过商税收入来满足国用军需，所以推行重商政策，这大大刺激了商业发展，不仅商品流通的渠道出现多元化，各类商业组织出现并且有着精巧的内在结构，商业系统结构也更为完善起来。因此，商业结构发生重大变化，是南宋商业文明的又一基本特征。

以上所述南宋商业文明的几个主要特征，不仅正史、野史资料中都有记述，诗词、散文、文言小说乃至白话小说和戏剧等各类文学中都有所反映。

一、南宋商业管理特征及其文学反映

由于宗庙文化传承因素的作用，南宋商业管理与北宋商业管理具有法理上的一致性。但由于建国初期便国势危殆，南宋政府对国防问题更加谨慎，延及商业管理领域，便是区域管理趋同化特征更为明显，在边境互市贸易管理中拒绝奢侈品输入，只允许购入战马和民用马匹，在港口市舶贸易管理中，重视招商，同时禁止战略物资外流。所有这些，不光是文臣献计献策的结果，在政论文中有所反映，也为记人叙事类散文所反映，甚至为文人诗歌所发，为文言小说所津津乐道。

（一）商业管理区域趋同化特征及其文学反映

不同区域的地形、气候不同，物产也各异。因此，因地制宜地进行统治，是中国最高统治者早已认识到并实践了的，如《尚书·禹贡》所述夏禹将中国分为九州，各州上供物品与土产直接相关。而由于自然条件的差异，各区域所形成的民俗也不同，因此在商业管理上，历朝统治者也遵循夏禹征税的基本精神，根据当时的政治形势、经济结构和科技水平的实际，不断调整政策。北宋时期，统治中心仍在中原地区，对于偏远的闽广和川陕地区仍采取特殊商业管理政策。到了南宋，国土面积大为缩小，筹措军费的压力也更大，虽然统治者认识到“大抵法贵从俗，不然不可经久”[①]，对其统治下的两浙与江南东路、两淮与江南西路、荆湖与京西南路、广南东西路、福建路、夔利及成都潼川等路实行分区治理。但由于赵宋王朝的长期统治，国家在中心地区所实施的政策已深入人心，所以在商业管理上有条件将中心地区所实施的政策推广到偏远地区，因而南宋时期在商业管理上区域趋同化特征日益明显。

我们不妨以食盐买卖情况来探究南宋商业管理的区域趋同化特征。作为官府获取财政收入的最重要手段，南宋与北宋一样，政府对食盐实行专卖制度，但在各区域的具体政策又不尽相同。例如：在两浙地区，虽然北宋前期就有杭、秀、温、台、明等州产盐，但因离政治中心较远，浙盐只在浙东及江东路的歙州行销，浙西诸州则输入淮盐。至仁宗天圣七年（1029），才废罢淮盐入浙，而浙盐行销两浙及邻近的江东路歙、宣二州，这种情况到南宋一直未变。在福建地区，基本上是濒海产盐的福、泉、漳、化四州实行“产盐法”，即百姓随税计产输钱而官给食盐；不产盐的山区建、剑、汀、邵四州实行“官卖盐法”，即不经过商人之手，直接“官般官卖”，不免抑配食盐。在广南地区，因广东较富而广西较贫，广东通商条件更好，所以高宗绍兴八年（1138），“诏广西盐岁以十分为率，二分令钦、廉、雷、化、高五州官卖，余八分行钞法。寻又诏广东盐九分行钞法，一分产盐州县出卖”。九年，“罢广东官卖，行客钞法，以其钱助鄂兵之费”[②]。后来，因金人退却，南宋政权重新掌控了淮盐专卖权，到孝宗乾道年间，在广南西路也就不再施行钞法，广盐专卖区域在法理上也不再扩张到荆湖路了。在四川地区，北宋时并不榷盐，但南宋高宗绍兴二年（1132），“四川总领赵开初变盐法，仿大观法置合同场，收引税钱，大抵与茶法相类”，后来导致“公私病之”。[③] 至于不产盐的江南、荆湖地区，自北宋时起，“岁漕米至淮南，受盐以归”[④]。因此，淮盐专卖区域最广，在南宋官府盐专卖收入中，淮盐专卖收入占一半以上。总之，南宋在盐业管理上

---

① （元）脱脱等撰《宋史》，北京：中华书局，1977 年版，第 4464 页。
② （元）脱脱等撰《宋史》，北京：中华书局，1977 年版，第 4467 页。
③ （元）脱脱等撰《宋史》，北京：中华书局，1977 年版，第 4475—4476 页。
④ （元）脱脱等撰《宋史》，北京：中华书局，1977 年版，第 4438 页。

区域趋同化主要表现在产盐区与非产盐区政策分明，即使是偏远地区，也都实施由官府进行盐专卖的政策，并且钞盐法也得以推广。

南宋政府对食盐买卖实行区域趋同化商业管理，虽然也因制盐技术改进，或法久弊生，甚至遭到一些地方民众的抵制，但官府在具体的管理措施上也不断改革，在动态中保持区域管理趋同化模式的稳定。这些具体的情况在文学作品中反映得更为细致。下面我们将重点探讨南宋两广和川陕地区盐业管理状况的文学反映情况。

关于南宋两广地区食盐买卖的商业管理情况，最早有李纲政论文《乞本司自备钱本前去广西出产盐地分计置煎盐奏状》揭示其管理混乱的局面。此文指出广西官府在食盐贸易管理上“失于措置”：一向作为淮盐行销地的荆湖南北路，因为金人南侵，淮盐无法到达这一区域，百姓只能改而购买广东食盐。而广东食盐本来只在本地行销，完全官营，此时南宋政府为了筹措“鄂兵之费”，在广东完全施行“客钞法”。由于路途遥远，广东客商“般运数目不多”，湖南北路“民间日食贵盐”，而且“私贩公然行往，实难禁止”。①

南宋前期两广地区食盐贸易趋同化管理的弊端长期存在，不仅在荆湖南北路有所表现，在两广地区也有更多的表现。范成大于乾道九年(1173)知静江府广西经略安抚使时，广西的食盐管理情况是：

> 诸郡专藉运盐之利，漕司取十六，以其四充郡计，已复尽取之，于是属州有增价抑配之弊。诏复行钞盐，漕司拘钞钱均给所部，而钱不时至，守令束手无措，极边如邕州至经年无吏俸，禁军逃亡不捕。(《资政殿大学士赠银青光禄大夫范公成大神道碑》)②

南宋政府意识到在两广地区的食盐趋同化管理措施有弊端，不断变法，但解决了旧问题，新问题又出现。王炎(1137—1218)对此评说道：

① 曾枣庄、刘琳主编《全宋文》第170册，上海：上海辞书出版社，2006年版，第79页。
② 曾枣庄、刘琳主编《全宋文》第232册，上海：上海辞书出版社，2006年版，第335页。

二广盐法，或官鬻，或商贩，其法屡变而不定。近日许商贩而禁官鬻，其意非不善，其名非不美，然利归于商贾，不惟民食贵盐，而州县经费无所从出。盖闻诸道路之言，谓广西州县之吏有累月不得俸给者。(《与潘徽猷》)①

对于食用巴蜀井盐的川陕地区的盐业趋同化管理情况，南宋文学中也有反映，但以揭露吏治腐败为主。

洪迈的小说《人死为牛》中的“王某”，作为南宋官府的盐业管理者，不仅在潼川路对食盐实施官府专卖政策，还试图豪夺百姓盐井，直接由官府来生产盐。可是这样耍弄阴谋的小人，竟然还得以升官。叶适(1150—1223)《故昭庆军承宣使知大宗正事赠开府仪同三司崇国赵公行状》记赵不息在孝宗朝乾道年间事迹，提到赵不息任夔州路官员之前，夔州大宁监的胥吏不仅集体舞弊还私自贩卖井盐，而夔州官员来开州以井盐交换百姓大米的方式购买军粮，却因胥吏的奸巧百姓实际上得不到盐。② 直到宁宗朝，大宁监胥吏对井盐买卖的管理仍然奸弊重重。魏了翁《安德军节度使赠少保郡王赵公希錧神道碑》记赵希錧任夔州路转运司帐司之时事云：

大宁盐井弊端如猬，积负至九十余万斤，公往视之，旬月偿及半，逾月则告羡矣。……商人请官盐率不及数，而官籴商米必求赢，公悉为厘正。③

尽管实施官府盐专卖制度弊端很多，或因方法不当或因胥吏腐败导致百姓苦不堪言，但南宋政府一直坚持在其治下所有区域实施官府盐专卖政策。这种对食盐买卖实行区域趋同化管理模式的由来，虽基于地方物产情况以及运输便利原则，但财政需要与商业管理传统的维系，往往起了更大作用。如方勺《泊宅编》卷中云：“若明、越、温、杭、秀、泰、沧等州，为海水隈奥

① 曾枣庄、刘琳主编《全宋文》第270册，上海：上海辞书出版社，2006年版，第77页。
② 曾枣庄、刘琳主编《全宋文》第286册，上海：上海辞书出版社，2006年版，第135页。
③ 曾枣庄、刘琳主编《全宋文》第311册，上海：上海辞书出版社，2006年版，第77页。

曲折,故可成盐。其数亦不等,唯限奥多处则盐多,故二浙产盐尤盛他路。自温州界东南止闽、广,盐升五钱,比淮、浙贱数倍。盖以东南最逼海,润下之势既如此,故可作而为咸,不必曲折也。"①由于自然地理条件优越,闽、广沿海地区比淮东、浙东生产食盐更容易,所以其地食盐价格"贱数倍",但是,南宋政府只允许闽、广地区所产食盐在本区域内销售,其目的是要维系北宋以来淮盐、浙盐的销售传统,使得离统治中心附近地区的市场稳定,保障政府有丰厚的财政收入。

然而,广大百姓却愿意食用更为精纯又价格便宜的食盐,所以邻近广东的江西、湖南、福建地区,自北宋时民间就结群私贩广东盐,打破食盐买卖区域趋同化管理制度。至南宋时期,不仅南方腹地民间私贩,其他地区各类豪强私贩现象也有增无减。为了从源头上消除私贩现象,同时便利获取更多的军费,南宋政府从宁宗朝开始,着力整治"浮盐"买卖,全面实施盐专卖政策。

据《宋史》记载,"淳熙元年(1174),诏左藏南上库给会子二十五万,收买临安、平江、绍兴、明秀州额外浮盐,其赍到钞钱,令榷货务月终输封桩库,以备循环换易会子","嘉定三年(1210)十一月,遣朝臣二人往两浙路与提举官议收浮盐","端平(1234—1236)之初,朝廷不欲使浮盐之利散而归之于下,于是分置十局,以收买浮盐,以岁额计之,二千七百九十三万斤","宝祐二年(1254)六月,罢江湾浮盐局"。虽然宝祐二年罢浮盐局,但宝祐五年(1257),朱熠建言:"莫若遵端平之旧式,收锅户之浮盐。所给盐本,当过于正盐之价",结果是"有旨从之",说明到南宋理宗末年,官府对"浮盐"的商业管理并没终止。

由于南宋端平初年专设浮盐局进行管理,实现了食盐全部由官府专卖,完全剥夺了民间的利益。面对这样的盐业管理变化情况,有人心存疑虑,有人表示理解或赞许,也有人表示强烈不满,这些现象在文学作品中都有所反映。如杜范(1182—1245)《回丞相札子》云:

至于浮盐局,大丞相所言者官司之利害,某所忧者则亭民及百姓之

① (宋)方勺撰,许沛藻、杨立扬点校《泊宅编》,北京:中华书局,1983年版,第79页。

利害。某居于海乡，目所亲睹，亭民卖私盐，游手贩私盐，百姓食私盐，盖有年矣。一旦置局，而欲尽榷之，以为官司之利，利未必尽归官司，而借拘榷之名，张巡捕之势，旁午村落，而人不胜其扰矣。①

杜范在朝廷动议设立浮盐局之初，即指明设局的目的是捕尽私盐贩，尽剥亭户之利，为官营盐业扫除障碍，然而担心盐政过苛，易激民变。

不同于杜范对设局管理东南沿海地区“浮盐”买卖颇有疑虑，徐鹿卿（1170—1249）则肯定政府统管盐业的措施，主张厉行“浮盐”管理，只是他对现实中“浮盐”私贩者的身份有不同的认识。他在《上殿奏事第二札》的“贴黄”中指出贩卖“浮盐”的主要是军人、土豪和达官等豪强，并非普通百姓。由于豪强们贩卖“浮盐”与官府争利，连带损害商人利益，更影响到官府的权威，徐鹿卿主张给予坚决打击。②

当然，徐鹿卿没有考虑到最终消费者乐于食用廉价的私盐，而是强调“利权威权，事有相关”，将经济问题与政治问题联系起来，主张惩治地方腐败以强化君权。但是，与下层文人关系密切的江湖诗人刘克庄（1187—1269）则关注社会底层的利益，对南宋政府加强对“浮盐”买卖管理的做法颇有微词，其《循梅路口四首》（其四）诗云：“三十年来边宿兵，大农无计饱连营。元来有个浮盐策，南渡诸贤未讲明。”③

按：刘克庄诗题中的“循梅”，指广东的循州和梅州。他在广东提及“浮盐策”，足以说明南宋官府厉行“浮盐”管理、全面实施盐专卖政策，不限于淮浙地区，而是涵盖了所有海盐产销地区，这是南宋商业管理区域趋同化的又一表现形式。

（二）互市贸易管理特征及其文学反映

南宋人所说的“互市”，不仅专指在内陆边境设立市场开展不同民族之间的特定商品流通，也可泛指在沿海重要港口设立市场开展不同国家之间的特定商品流通。如林之奇（1112—1176）《泉州东坂葬蕃商记》云：“泉之征

---

① 曾枣庄、刘琳主编《全宋文》第320册，上海：上海辞书出版社，2006年版，第228页。
② 曾枣庄、刘琳主编《全宋文》第333册，上海：上海辞书出版社，2006年版，第153页。
③ 北京大学古文献研究所编《全宋诗》第五八册，北京：北京大学出版社，1999年版，第36301页。

舶通互市于海外者，其国以十数……”[①]就互市贸易管理机构及管理人员而言，南宋在内陆边境设置“榷场”“博易场”或“买马司”，由军、管帅臣或州县守臣管理；在沿海港口设立“市舶司”，由转运使、州县守臣或帅臣管理。

虽然在制度上南宋直承北宋，但因国土面积以及军政需要的变化，南宋互市贸易管理也有自己的特征。内陆边境互市的地点与对象，南宋与北宋差别很大：北宋主要在河北设置榷场与辽互市，在陕西、河东设置榷场与西夏互市；南宋主要在淮河秦岭一线设置榷场与金互市，在西川置博易场与吐蕃部落互市，在邕管设置买马司与大理互市。沿海港口互市的地点与重要性，南宋与北宋也有较大差别：北宋在广州、杭州、明州、泉州、密州皆设置市舶司，泉州、密州市舶司设置较晚，迟至元祐二年(1087)和元祐三年(1088)。而南宋时，密州已属金统治地区，但泉州市舶司的地位大大提高，到淳熙初年(1174)，已与广州市舶司的地位相抗衡。

在商业管理方法上，南宋内陆边境互市更为务实，既不接受外民族政权进贡，辞退珠玉、大象之类商品，也罢却其统治区内少数民族的朱砂、珍珠等贡品，贸易的主要方法是以茶、香、金银等购买军国所需的马匹；而沿海港口互市则沿袭北宋管理方法较多，如中国商人需申请政府出具“官券”之后才能出海贸易，中外商人皆不得携带禁物与奸细之人，来华商品必须经市舶司“抽解”(征税)与“和买”(官府以较低价格购买官需之物)之后才“听市”(允许自由买卖)，积极招徕海外客商并鼓励国内商人出海贸易。

对于南宋互市贸易的管理特征，不仅正史有较宏观的记述，一些宋人笔记也在某些方面有更详尽的记述。如内陆边境互市，正史只提到官府管理，但具体情况不得而知，陆游《老学庵笔记》记西川边境筇竹杖贸易情况云：“蛮人持至泸、叙间卖之，一枝才四五钱。……蛮人言语不通，郡中有蛮判官者为之贸易。蛮判官盖郡吏，然蛮人慑服，惟其言是听。太不直则亦能群讼于郡庭而易之。”[②]其中“蛮判官”是正史所不可能细说的。又如沿海港口互市中关于“抽解”多少问题，正史记述北宋时“海舶至者视所载十算其一”，南

---

① 曾枣庄、刘琳主编《全宋文》第208册，上海：上海辞书出版社，2006年版，第76页。

② (宋)陆游撰，李剑雄、刘德权点校《老学庵笔记》，北京：中华书局，1979年版，第36页。

宋“并依旧抽解一分”，似乎宋代对外贸商品只征收什一税。但是，朱彧《萍州可谈》所载云：“凡舶至，帅漕与市舶监官莅阅其货而征之，谓之‘抽解’，以十分为率，珍珠龙脑凡细色抽一分，玳瑁苏木凡粗色抽三分，抽外官市各有差，然后商人得为己物。”[①]据此可知，在外贸商业管理实践中，政府对来华商品征税分两种：高档商品征什一税，低档商品则征什三税。

当然，一些关于南宋政府人事变动的公文，也反映了当时互市贸易管理的基本情况。如李弥逊撰《张深都大主管茶马监牧公事制》云：

> 秦蜀地连多马之野，俗富擿山之利。异时置使贸易，駃牝之蕃，动以万计。近岁官无专掌，职亦随废，而利不归于州县官矣。尔通敏之才，见于盘错，顷为使属，悉其利病。比命有司，分职建官，一循故事，而首以命尔，盖因任也。[②]

按《宋史·食货志上二》，绍兴七年十一月“以直秘阁张深主管四川茶马”，这则任命书当作于此时。所谓“近岁官无专掌”，是指宋金战争以来，北宋王朝以茶博马的西北边境互市管理一度中断。“一循故事”，便是南宋朝廷对张深到四川管理茶马贸易的要求。可见在内陆边境互市管理的组织构架与方法上，南宋与北宋是基本相同的。

又如楼钥撰《代谢除提举福建市舶启》云：

> 分侯麾于古括，始终蒙全护之私；总商舶于温陵，委曲荷生成之赐。窃以番禺置使，传自有唐；闽峤庀司，起于元祐。金山珠海，磊砢乎万宝之藏；輂赆航琛，奔走乎百蛮之广。楼船举帆而过肆，贾胡交舶以候风。岂惟贸易，而求质剂之平；抑将绥怀，而致声教之被。……[③]

从这则启文中，我们知道广州市舶司设置，源自唐代在广州设市舶使，

① （宋）朱彧撰，李伟国点校《萍州可谈》，北京：中华书局，2007年版，第132页。
② 曾枣庄、刘琳主编《全宋文》第180册，上海：上海辞书出版社，2006年版，第167—168页。
③ 曾枣庄、刘琳主编《全宋文》第264册，上海：上海辞书出版社，2006年版，第44—45页。

而泉州市舶司设置,“起于元祐”。启文标题所说“提举福建市舶”,就是主持元祐二年始设置的泉州市舶司事务。而主持市舶司事务,即管理外贸,其作用主要有二:从经济角度而言,是维护国际贸易的公平环境;从政治角度而言,是借中外商业往来传播中华文明。

不同于关于人事变动的公文,南宋的政论文,则不仅反映互市贸易管理的基本特征,更多的是为解决管理中的现实难题而献计献策。而现实难题与解决方案的提出,更能反映了南宋互市贸易管理新的时代特征。如曹勋(1098—1174)《上皇帝书十四事》有这样的建议:

> 窃以州郡之富,全赖商贾。其什一之税,则有益于公上;阜通之货,则惠养于民庶,利固不一也。方今驻跸之所,宜招徕此徒,少裨财用赡军之费。窃见广、泉二州市舶司,南商充牣,每州一岁不下三五百万计。若令两州除纻麻吉贝等粗色物货,许依旧抽解外,应细色权移就临安府抽解,候事定日依旧。庶得上供物货既皆真的,又免起发脚夫之用,是易十五之蠹耗为十全于行在也。①

这项建议打破了市舶管理的常规,将原本属于广州和泉州市舶司管理的“细色”商货,指定由临安府“抽解”,显然是南宋初一种临时经济策略,反映了宋金争战期间南宋朝廷亟需外贸商税作为经济支持,时代特色明显。又如李曾伯《再条具备御事宜奏》云:

> 访闻诸蛮,亦间有马匹到横山者,边将商旅私自贸易,略无禁止。切谓买马路通,非但可以稍慰蛮人之心,亦可因以觇敌在蛮中之动息。今欲于横山禁私易,有马到则从官买,以盐、锦、银博易,并不用招买官及文榜之类,亦不用朝廷买马银两……②

① 曾枣庄、刘琳主编《全宋文》第191册,上海:上海辞书出版社,2006年版,第12页。
② 曾枣庄、刘琳主编《全宋文》第339册,上海:上海辞书出版社,2006年版,第299页。

李曾伯奏请由买马司自备“盐、锦、银博易”，既能防止禁物外流，打击走私，又能由官府掌控贸易，顺带掌握敌情。这种边境互市管理措施显然也是南宋所特有的。

对南宋商业构成最大危害的，是外贸中铜钱大量外流，时人称为“漏泄”。然而，关于铜钱“漏泄”情况，正史提供给我们的很不具体，而包恢(1182—1268)的政论文《禁铜钱申省状》则详尽道之。包恢指出外国商人想方设法要得到中国铜钱，根源在于铸钱成本高于钱币使用价值。其中伎俩最多的要数日本(倭)海商，而无意“漏泄”铜钱最多的要数沿海“水军”。①从包恢的述评中，可见南宋海外贸易在管理上出现了较严重的新问题。

如果说南宋政论文反映出互市贸易中的新问题，也反映出时人较杰出的互市贸易管理思想。那么，南宋记人叙事类的散文则反映了互市贸易管理的实践。

我们先看胡宏(1102—1161)《向侍郎行状》中的一段话：

> 时南海贼号大棹，与福建多桨船商贩者劫掠海道，所在窃发，咸不奠居，兵将疲于奔命，讨捕不能得。公一日召胥魁诘之曰……其多桨船，命依市泊过蕃法召保给据，然后得行。于是贼党消散，河道清静。州为蕃商所聚，人多入其货而隐其直，讦讼，则书不可识，语不可晓，官必凭译者，而译者受交，隐其情实，蕃商终不能自白。公命求蕃书《千文》及他书数种，先识之矣。乃命吏以蕃书告喻，群商争来愬，尽得其情……②

从这段话可知向子諲在南宋初混乱时局中，能够运用智谋保护“蕃商”利益，也最终保护了南宋新政权的经济利益与政治利益。

再看刘克庄《西山真文忠公行状》中的文字：

---

① 曾枣庄、刘琳主编《全宋文》第319册，上海：上海辞书出版社，2006年版，第282—285页。

② 曾枣庄、刘琳主编《全宋文》第198册，上海：上海辞书出版社，2006年版，第383—388页。

公讳德秀，字希元，浦城县迁阳镇人。……除右文殿修撰知泉州。郡以番舶为命，然商人畏重征，苦官吏和买，至者绝少。公镌税额，戒官吏毋得买一物，虽诸台委倅属市物，必申州始得奉行。是年，舶至者十有八，明年二十有四，又明年三十有六，征税之入遂及绍熙旧额。[①]

真德秀于嘉定十二年(1219)知泉州，此时已值南宋中期，地方吏治腐败已相当严重。真德秀通过有效的管理手段，使得泉州外贸复兴，其意义是有普遍性的。因为他将相关规定镌刻出来，使人人可见可依，能有效防范自唐代设立市舶使以来官吏侵扰外商的诡计重演。

二、南宋商业结构特征及其文学反映

在重商思想的指导下，南宋国境内的官营和私营商业都特别发达，城市与乡镇商业网络密布，内陆边境与沿海港口的互市贸易也相当繁荣，全国商品流通呈现出多元结构。同时，为满足商品买卖规模日益增大的需求，适应不同地区的经济环境，甚至应对官府对非法商业的打击，无论官营还是私营商业组织的内部结构也日趋多样化。这些特征，在南宋文学中同样得到了相当充分的反映。

（一）商品流通的多元结构及其文学反映

为了获取足够的财政收入，南宋政府一方面直接控制大宗商品的买卖，以获取稳定的高额垄断利润，另一方面通过制定政策刺激民间商业发展，以收取更多的商税。这样，官营商业与私营商业既竞争又合作，商品流通渠道、环节或手段自然增多，为南宋政府获取多重财政收入奠定了基础。这种商品流通多渠道、多环节、多手段的多元结构，也成为一代商业文明的重要特征。

自官营商业而言，南宋有官府直接将贡品或官营产品销售给消费者的单环节商品流通形式，但更多的是多环节商品流通形式，如官府垄断性收购

① 曾枣庄、刘琳主编《全宋文》第330册，上海：上海辞书出版社，2006年版，第391页。

民间产品再销售给消费者的商品流通形式,或垄断性收购民间商品再批发给商人由商人最终销售给消费者的流通形式,或由官府组织制造产品批发给商人再由商人销售给消费者的流通形式。自私营商业而言,南宋有自产自销或将打劫所得进行销售的单环节商品流通形式,也有购买私人商品再销售或批发官府商品再销售的多环节商品流通形式。

无论如何,商品流通的环节越多,政府能够征收的商税也就越多。所以,南宋政府在急需大量财政收入时,总是倾向于人为增多商品流通的环节。如南宋初建时期,在闽广和川陕地区都开始实施钞盐政策,将本来由官府从亭户手中购盐再直接销售给民户的两重商品流通环节,变为由官府从亭户手中购盐再批发给商人最终由商人卖盐给民户的三重商品流通环节。这样,政府不仅可以如前收取垄断的购与销利润,更能在商人卖盐时再征收一笔商税。

当然,南宋商品流通多元结构的形成,不仅由于政府人为增加流通环节这样一种途径,也不仅因为官府直接参与大宗商品流通而增加了流通渠道,还源于科技进步与地方经济发展而自然形成的新的运输手段。如造船与航海技术的进步,加之北宋末南宋初大量北人涌入两广地区,两广地区的经济力量明显增强,由两广地区向闽、浙地区推进的海路长途贩运,就开辟了新的商品流通形式。长期以来的陆运与内河航运为主的二元结构商品长途流通手段,开始演变为南宋时期的陆运、内河航运与沿海航运并行的三元结构商品长途流通手段。

在南宋文学中,涉及与民生至关重要的粮食、盐、酒、茶等大宗商品流通的颇多。其中,政论文、记人叙事文乃至序文、劝谕文,都有对某一种商品流通的多元结构进行反映。

我们先来看南宋文学对粮食商业性流通的多元结构的反映。

朱熹(1130—1200)《措置两县到岸米舡事》云:

照对旱伤,细民阙食,合行出粜常平米斛,应接细民食用。切虑向去日久,有误不测赈济,况今邻郡州县收成,正是客旅兴贩米斛之际,本军已行措置,不行收税,仍放免本舡杂物税钱,招纳米舡住岸出粜,接济民户日食。其两县务亦合依此措置，招诱米舡，候有米舡到岸，即将常平米斛住粜，准备将来支用。七月十一日帖都昌县。[①]

从朱熹这篇政论文中，我们可知南宋地方官解决粮荒问题时，可以利用官营常平粮出粜和私营米贩卖米两条渠道，而且米贩也是从邻郡州县贩米来都昌县贩卖，其流通环节可分为二。无论是南宋粮食商业性流通渠道的二元结构还是米贩经营环节的二元结构，在这篇文章中都十分明显地反映了出来。

其实，不仅是私营米贩经营环节可分为二，官营常平粮买卖在环节上同样可分为二。崔敦礼（？—1189）《代江东诸司论淮东不当和籴札子》云“常平仓古今称为良法者，盖缘米贱则收籴，米贵则出粜，及价平乃止”[②]，就明确地反映出这一点。

按南宋的常平粮“出粜”的对象主要是城市平民，叶适（1150—1223）嘉泰三年《上宁宗皇帝札子二》就说过“城市之民，青黄未接，食于常平者十家而九”[③]。广大农村地区若遇粮荒，一般只能依赖私营米贩了。不过，南宋少数地方在农村也设置“社仓”以备农村粮荒。李吕（1122—1198）《代县宰社仓砧基簿序》提到邵武军光泽县社仓，由官方出资，官方与民间共管，从经营模式来看，与前人所创社仓完全由民间经营不同，而与专为城市平民服务的官营常平仓类似。

前人所创的社仓，还是有不少弊端的。王柏（1197—1274）在《社仓利害书》中指出社仓创立者过于强调公益性，受益者心贪或无力，皆不偿本而使社仓受损，以至于仓本耗尽。[④] 然而无论如何，南宋的粮食贸易，毕竟因“社仓”创立而在农村增添了一条流通渠道。长期以来在城市有官营常平“出粜”和私营米贩出售两条渠道，至南宋在农村也有了集体经营社仓“出粜”和私营米贩出售两条渠道。粮食商业性流通渠道在南宋城乡都有了二元结

① 曾枣庄、刘琳主编《全宋文》第244册，上海：上海辞书出版社，2006年版，第145页。
② 曾枣庄、刘琳主编《全宋文》第269册，上海：上海辞书出版社，2006年版，第39页。
③ 曾枣庄、刘琳主编《全宋文》第285册，上海：上海辞书出版社，2006年版，第50页。
④ 曾枣庄、刘琳主编《全宋文》第338册，上海：上海辞书出版社，2006年版，第86—89页。

构，这是我们从南宋文学中所看到的崭新的商业现象。

南宋文学不但反映了粮食商业性流通在渠道与环节上的多元结构，也反映了粮食流通手段的多元结构。南宋以前，粮食商业性流通或以陆路车载肩担手段，或以内河航运手段。到了南宋时代，又增加了海路航运手段。如朱熹《与建宁诸司论赈济札子》就反映了南宋粮食商业性流通采用海路航运与内河航运两种手段，有如下文字可证：

> 广南最系米多去处，常岁商贾转贩，舶交海中。今欲招邀，合从两司多印文榜，发下福州沿海诸县，优立价直，委官收籴，自然辐凑。然后却用溪船节次津般，前来建宁府交卸。①

我们再来看看南宋文学对盐、酒、茶商业性流通的多元结构的反映。

叶适《京西运判方公神道碑》提及方崧卿在广西面对的官营盐业状况是这样的："初，广西诸州及经略司岁用乏，朝廷命转运使煮盐给之，或官自卖，或客贩，率四五年盐积不售，仰哺竭则多科增价，而民病矣。"②广西官营盐业只有"官卖"或"商贩"两种流通形式，虽然在流通环节上也存在多元结构，但在流通渠道上并不同时具有多元结构。而南宋其他地区大多与之不同，朱熹《答陈漕论盐法书》论福建官营海仓盐法不便时，透露出这样几条重要信息：一、福建沿海下四州埕户将盐卖给私商，私商再转卖给上四州民户；二、漕司从埕户购盐再运往怀安，准备卖引及盐给商人，再由商人转卖给上四州民户；三、下四州民户可直接向埕户买盐。③ 如此，则福建食盐商业性流通渠道有三：从埕户直接到民户；从埕户到商人再到民户；从埕户到官府转商人再到民户。作为流通环节来说，后者最多，有三个环节；前者最少，只有一个环节。但总体来说，福建食盐商业性流通的渠道与环节都具有多元结构。

同样的，朱熹《奏盐酒课及差役利害状》所提浙东七州食盐商业性流通情况，也是流通渠道与环节都具有多元结构。略有不同的是，浙东台州虽放

① 曾枣庄、刘琳主编《全宋文》第244册，上海：上海辞书出版社，2006年版，第66页。
② 曾枣庄、刘琳主编《全宋文》第286册，上海：上海辞书出版社，2006年版，第291页。
③ 曾枣庄、刘琳主编《全宋文》第244册，上海：上海辞书出版社，2006年版，第233—234页。

任私盐贩卖,但收税钱;而州县同时又创立盐铺,直接"抑勒民户"买盐,类似于广西"官卖"。但总体上,浙东食盐商业性流通的渠道仍如福建有三条,流通环节最多的也有三个。此文提及官府酒专卖有四种形式:官监、买扑、拍户抱额和万户抱额。这四种形式表明浙东酒流通也有四条渠道。[①] 从朱熹对这四种形式的分析中,我们能够知道:无论哪种形式,都存在三者之间的关系,即官府、酒商与民户之间的关系,也就是说,每种酒流通的渠道中都至少存在酒商向官府买曲又向民户卖酒两个环节。

类似于朱熹文中提及浙东盐、酒商业性流通两件事,洪适(1117—1184)《荆门军奏便民五事状》也提及湖北荆门军茶、盐商业性流通两件事。此文既提到茶商向官府购买茶引,向茶园户买茶,再借助官府势力将茶摊派卖给民户,同时通过贿赂贪吏,茶商顺带私贩也能将茶摊派卖给民户,又提到民户因"吉凶聚会"用酒,需先向官府请引,官府指定酒商(酒户)造酒,而酒商在将酒摊派卖给民户之前就先收钱。[②] 这表明在南宋荆门军茶、酒商业性流通过程中,官府与私商紧密合作,商品流通环节与渠道都呈多元结构。

总之,南宋商品流通在结构上的多元化比前代更为突出,如自汉代就有常平仓设立,官府经营常平粮食买卖由来已久,但都局限于城市,至南宋才出现在农村效法常平制度设立的"社仓",这既表明农村的粮食买卖受到官僚文人的重视,也是商业从城市向农村大力扩张的表现。而能具体广泛地反映这一特征的,不能不说是南宋的文学。

(二)商业组织结构的精巧及其文学反映

外在地看,南宋的商品流通在渠道、环节与手段方面都存在多元结构,是南宋商业文明发展的重要体现;内在地看,南宋的商业组织也存在结构上的精巧,同样是南宋商业文明发展的重要体现。

由于正史以政治、军事演变为叙述中心,对与政治、军事无关的商业组织,涉及南宋的正史只字不提。如《宋史全文》载:蕃舶纲首蔡景芳招诱舶货,自建炎初年至绍兴四年,共收息钱九十八万缗,因此绍兴六年十二月,

---

① 曾枣庄、刘琳主编《全宋文》第243册,上海:上海辞书出版社,2006年版,第202—204页。

② 曾枣庄、刘琳主编《全宋文》第213册,上海:上海辞书出版社,2006年版,第106—110页。

"诏补景芳承信郎"(卷十九下);《宋史》又载:"绍兴三十二年三月,高丽纲首徐德荣诣明州,言本国欲遣贺使。"(卷四百八十七)这两则涉及南宋海上贸易的正史资料中提到外国人身份的"纲首",既名"纲首",则必以一个贸易组织为前提。但正史没有提到中国人身份的"纲首",原因只在于外国人身份的"纲首"兼有外交使命,涉及国际政治关系,而中国人身份的"纲首",对中国而言,不过是一个对外贸易的民间经济组织,没有多大政治影响。

但是,有猎奇炫博传统的野史笔记,会对一些特殊的商业组织加以记述。如南宋朱彧《萍洲可谈》中有这样两则记述:

> 海舶大者数百人,小者百余人,以巨商为纲首、副纲首、杂事,市舶司给朱记,许用笞治其徒,有死亡者籍其财。

> 北人过海外,是岁不还者,谓之"住蕃";诸国人至广州,是岁不归者,谓之"住唐"。广人举债总一倍,约舶过回偿,住蕃虽十年不归,息亦不增。富者乘时畜缯帛陶货,加其直与求债者,计息何啻倍蓰。①

这两则文字,都是记述南宋从事海外贸易活动的商业组织结构情况的。前者提及在海上的组织结构,重在人事方面;后者提及在口岸的组织结构,重在资本方面。通俗地说,前者从技术与职责的角度,明确了从事海外贸易的商业组织中各类人员之间的等级关系;后者则从投资与收益的角度,明确了从事海外贸易的商业组织中各类人员之间的股权关系。后者所及的商业组织概念,是超越于直接从事商品流通活动的人员组织的,它包括了外围的股东。

野史之外,南宋文学中也有提及从事海外贸易的商业组织的。如真德秀《申尚书省乞措置收捕海盗》载:

> 当州五月十五日承潮州公状:证会四月三十日据水军寨及小江巡

---

① (宋)朱彧撰,李伟国点校《萍洲可谈》,北京:中华书局,2007年版,第133—134页。

检司申，贼船复在大坭海，劫掠漳州陈使头过番船货，掳去水手纲首九十一人，使回深澳抛泊，出没行劫因依。当具申本路经略安抚使司及移文漳州，乞发兵船前来，会合沿海驻扎官军船只，并力收捕。①

这篇公文中不仅提到"纲首"，还提到"水手""使头"，虽在名称上与《萍洲可谈》不尽相同，但商业组织结构之精巧，依然清晰可辨。

南宋文学不仅对从事海外贸易的商业组织的结构有所反映，对当时其他商业组织的结构，也有诸多具体的反映。比如对当时民间武装盗贩茶盐的私商组织结构形式，李纲的《乞措置招捕虔州盐贼状》就有所揭示：

访闻广东盗贼一项犯南雄、英、韶等州，一项犯循、梅、惠等州，动以万计，残破诸县，杀害平民，皆是虔州诸县平时般贩私盐之人。其初千百为群，入广东界掳掠牛畜财物之类，巡尉弓兵不切用心捉杀，使之厚有所得而归，复为平民，虔州守令亦不谁何。累岁如此，浸淫不制，今年遂至有万余众。入南雄、英、韶者围郡城、劫岑水场而去，入循、惠者破龙川、长乐、兴宁、河源、博罗等县，直抵循、惠城下，至今犹未复归巢穴。②

不仅李纲的奏状反映了南宋初虔州私盐贩以"千百为群"的形式组织起来从事劫掠活动，蔡戡《割属宜章临武两县奏状》又指出："其汀赣之人每岁春时动是三二百人为群，以商贩为名，纵横于广东循、梅、惠、新、南恩州及广州外邑之境，以往广西雷、化等州掠取牛畜而归。"③蔡戡此文当作于淳熙五年(1178)至八年(1181)他任职广南东路提举常平茶盐事之时，文中所云"赣之人"，就是北宋至南宋初的虔州人，说明到南宋宁宗朝末年，江西赣(虔)州私盐贩已将组织扩张到邻近的福建汀州，劫掠的范围也有所扩大。

不仅陆上有盗贩食盐的组织，水上也有类似的组织。南宋初孙觌

① 曾枣庄、刘琳主编《全宋文》第312册，上海：上海辞书出版社，2006年版，第441—442页。
② 曾枣庄、刘琳主编《全宋文》第170册，上海：上海辞书出版社，2006年版，第18页。
③ 曾枣庄、刘琳主编《全宋文》第276册，上海：上海辞书出版社，2006年版，第105—106页。

(1081—1169)《沈相书二》云:“去年温、明州私盐百余舰往来江中,杀掠商贾,又各自立党,互相屠戮,江水为丹。军城外公然卖盐,一斤五十钱。”①南宋中期朱熹《奏盐酒课及差役利害状》又述及浙东“贩私盐者百十成群,或用大船般载,巡尉既不能诃,州郡亦不能诘,反与通同,资以自利”。

从武装结群贩卖私盐的描述中,我们只知道私盐商贩的组织能力很强,但组织结构如何呢?正史没有记述,南宋文学也缺少具体描述。但是,我们从南宋文学对盗贩私茶情况的描述中可知一二。王质(1135—1189)《论镇盗疏》载:

> 臣往在江西,见其所盗贩茶者,多辄千余,少亦百数,负者一夫而卫者两夫,横刀揭斧,叫呼踊跃以自震其威,使人有所畏而不敢迫。其在江西,则江州、兴国军屡被其害,其在江北,则舒、蕲之国不堪其扰。②

盗贩私茶者成群结队,有“负者”和“卫者”这样的内部分工,想必也有首领。陈造(1133—1203)《寄袁京尹书》载:“比读邸报,秀州华亭县保正胡询者,兴贩私盐五千斤,已捕得犯者而询,乃集亲族七百余人,被甲持杖,夺去犯人并赃物,缚去巡检张承信及捕事人张兴等十三人,杀死捕事沈旺。”③胡询有这样强的号召能力,他在“兴贩私盐”时,也必定是一方首领。因此,结合诸多文学作品的反映,我们知道南宋私贩茶盐者的组织结构大体是这样的:有首领,也有“负者”和“卫者”。成群结队的盗贩茶盐者,并非乌合之众,其群体的组织结构是相当精细巧妙的,可与专门押运财物的镖局媲美。

除了盗贩茶盐者组织的结构十分精巧,南宋其他合法商业组织的结构也很精巧。如叶适嘉泰三年(1203)《上宁宗皇帝札子》其二提到湖南产粮之乡水路交通便利,小商船依附大商船共同经营,这种组织结构既能保障粮食贩运商在贸易过程中防止同行恶性竞争,可以通过垄断性的定价获取最大商业利益,也有利于航行秩序稳定,并具备一定的反劫盗能力。所以,“父子

---

① 曾枣庄、刘琳主编《全宋文》第159册,上海:上海辞书出版社,2006年版,第67页。

② 曾枣庄、刘琳主编《全宋文》第258册,上海:上海辞书出版社,2006年版,第244页。

③ 曾枣庄、刘琳主编《全宋文》第256册,上海:上海辞书出版社,2006年版,第141页。

相袭，老于风波，以为常俗”[①]。

南宋时期，不仅私营商团组织结构十分精巧，官民合营的商业组织结构也很精巧。如南宋后期高斯得所作《湘乡县平济仓记》记述湘乡县平济仓由官府出本钱，县令总负责，县丞主办，选出若干富民协办。米储于富民之家，官省去粮仓。卖米时，县丞只管与县令商议确定米价，由富民将米运往县丞的办公场所，平民则凭优惠证件来买米，富民收钱，胥吏不得参与。然后，再由富民以收到米钱自由择机买米，恢复原先储藏的米额，而县丞只负责督促富民储米。[②] 这样的分工，既避免了官吏贪腐，也避免了富民过分榨取商业利益。如果我们将县令、县丞与富民看成是一个依托于平济仓的商业组织成员，那么这一商业组织的结构也是非常精巧的。

（三）商业系统结构的完善及其文学反映

一般人所理解的商业，是以单纯的商品流通为核心的一种职业。但是，广义的商业，即系统化的商业，还是有多重层次的：商品流通是核心，其外层是金融业与生活服务业，更外层是文化娱乐业和科技教育产业。

时至南宋，商业环境更加优越，商业有了长足的发展，其系统结构更为完善，除了传统的生活服务业，其他各个层次的商业也都出现并较为发达。下面我们就来谈谈南宋商业系统核心之外具有较大发展的金融业、文化娱乐业和科技教育产业情况。

首先，南宋的金融业，不仅有官府经营的关子、会子等纸币的发行与汇兑的业务，铜钱、铁钱等金属币的铸造与兑换业务，也有私人经营的金银铺、质库等从事的兑换、典押业务。这些情况，不仅正史、野史有所记录，南宋文学中也有不少反映。

《中国商业通史》第二卷指出：南宋先后在各个地区发行了几种地区性的纸币，如川引、关外银会子、铁钱会子、淮交、湖会。[③] 这些地区性纸币流通的领域或在西部，或在与金交界的北部。而广大东南地区包括两浙、江南、闽广都使用“官会”。所以，通常人们提到南宋的纸币，概称为“会子”。至于

---

① 曾枣庄、刘琳主编《全宋文》第285册，上海：上海辞书出版社，2006年版，第50页。
② 曾枣庄、刘琳主编《全宋文》第344册，上海：上海辞书出版社，2006年版，第233—234页。
③ 吴慧主编《中国商业通史》第二卷，北京：中国财政经济出版社，2006年版，第716页。

“交”“引”，则沿用了北宋前期在川陕流通的“交子”以及徽宗崇宁之后新行的“钱引”（在全国流通）的称呼。

由于政治军事的原因，北宋政府已在川陕路大量铸造铁钱，同时，铜钱多流向敌国以及日本、高丽和南洋诸蕃国。至南宋，铜钱外流更为严重，政府不得已大量发行纸币以弥补商业流通中铜钱的不足，并因政治军事原因在两淮也开始使用铁钱。但在具体政策的实行过程中，难免出现新的金融问题，严重影响商业流通。南宋政论文中就有不少反映了钱币改革所带来的商业问题的篇章。

南宋会子的发行，虽为私营商业节省费用提供了现实条件，有利于商品流通，但由于发行量控制不好，也易致货币短缺或通货膨胀，因而出现商业萧条的弊病。甚至在两界会子更张之时，也易出现商业问题。袁甫《论会子札子》即云：“近者因有更张之说，犹未见诸施行，而中外之人，已自惶惑。两月之间，物价骤增，会价顿削，城市荒索，气象萧条。”①

后来叶适提出了改革会子流通的方案，南宋政府采纳后，不仅淮西与江南地区的商业流通问题得以解决，湖北、四川等地区与东南地区的商业流通问题也一并得以解决了。陆九渊《与薛象先书一》提到：“荆门岁输马草二千缗，分作四季起发，赴使台都钱物库交纳。春夏已纳足，今正当输秋季钱。前此系三分输纳铜钱，本军比年系行使铁钱地分，令禁日严，无得铜钱输纳。每是将会子到鄂渚兑换铜钱，所费颇多。”②可见使用铁钱的荆门军需要铜钱时，也可用会子到鄂渚（即鄂州，邻近江南西路，南宋在此设纸币与金属币兑换处）兑换。只是因为路途较远，“所费颇多”。即是说，南宋实行区域化金融政策，虽造成了不小浪费，还是勉强可行的。

除了许多政论文指出南宋金融弊端带来商业流通上的不便，也有诗歌反映这样的现实。如陈造《钱弊》云：

为家重墙垣，为民须货殖。扬庐国北户，东南赖控扼。淮民鱼米

① 曾枣庄、刘琳主编《全宋文》第323册，上海：上海辞书出版社，2006年版，第367页。

② 曾枣庄、刘琳主编《全宋文》第272册，上海：上海辞书出版社，2006年版，第67页。

余，百货仰殊域。用铜防外泄，用铁乃奇画。一利伏一弊，救弊要得策。持货贸官券，舍此莫衣食。钱货天下用，铁乃限南北。坐令两淮民，块处断贸易。计铁取券直，十才收六七。朝贤爱淮民，此困盍矜恤。铜铁均国宝，通变岂无术？近甸视远地，未可岐畛域。况今苦倒垂，倚待振焚溺。缘江八郡尔，杂用顾何失？官券朝北来，淮俗暮安宅。即今私铸断，胡尚胶今昔？吾贫复淮人，计势不容默。[1]

陈造所揭露的，不仅是铁钱行用于两淮，给当地百姓与江浙通商带来不便，在铁钱与官券（会子）兑换时，"十才收六七"，也给当地百姓带来损失。

南宋的金融政策虽有不少弊端，对商业流通影响较大，但各地商业流通情况也因地方官而异。在一些记人叙事的散文中，就记述了这样的情况。袁燮《龙图阁学士通奉大夫尚书黄公行状》叙写黄度为了刺激金陵地区商业并将铁钱回收，知建康府兼江淮制置史黄度采用先粜米收铁钱再出铜钱、楮币兑换铁钱的办法，效果明显；而在使用新会之前，用铜钱兑收旧会并给农民以优惠，又出售官米以回收旧会来阻止商人哄抬物价。[2] 黄度的得力措施，不仅消弭了纸币与铁钱使用中的弊端，还刺激了商业流通。

除了纸币、铜钱、铁钱并行促进商品流通外，南宋金银铺或质库的开设也给商业活动提供了便利。南宋文学对此也有一些反映。如朱熹政论文《约束质库不许关闭等事》，提到"质库户平时开张库店，典质钱物，利息所入，不为不多。才值旱伤，岁时辄以阙钱关闭邀阻，遂致细民急切阙用，无处质当"[3]。文言小说《樊生》提到绍兴末年，都民质库樊生好色，为淫鬼陶小娘子所诱差点送命[4]；《夷坚志再补·裴老智数》说"裴方寓居，有质库及金珠肆在通衢"[5]；《夷坚志·李氏二童》记李元佐家童"将银卖与市铺，其重十两，得钱二十二千"[6]。

---

① 北京大学古文献研究所编《全宋诗》第四五册，北京：北京大学出版社，1999年版，第28018页。
② 曾枣庄、刘琳主编《全宋文》第281册，上海：上海辞书出版社，2006年版，第311—312页。
③ 曾枣庄、刘琳主编《全宋文》第244册，上海：上海辞书出版社，2006年版，第161页。
④ 李剑国辑校《宋代传奇集》，北京：中华书局，2001年版，第892—894页。
⑤ （宋）洪迈撰，何卓点校《夷坚志》，北京：中华书局，1981年版，第1784页。
⑥ （宋）洪迈撰，何卓点校《夷坚志》，北京：中华书局，1981年版，第959页。

金融业之外,南宋的文化娱乐业也空前发达,直接带动了生活服务类商业繁荣。如《西湖老人繁胜录》记南宋临安城内"瓦市"中有各种文艺表演活动,同时,"内有起店数家,大店每日使猪十口";城外"有二十座瓦子","夜市扑卖狼头帽、小头巾抹头子、细柳箱……"①因此,我们不得不将文化娱乐业视为南宋商业系统结构中的一环。

对于发达的南宋文化娱乐业,南宋文学也反映较多。我们仅以洪迈的文言小说集《夷坚志》中数例来发覆之。《夷坚三志》辛卷第三记华亭县普照寺僧惠明,"尝遇手影戏者,人请之占颂,即把笔书云:'三尺生绡作戏台,全凭十指逞诙谐。有时明月灯窗下,一笑还从掌握来。'"②从僧惠明的颂诗中,我们对南宋手影戏这种文娱表演就能有个大致的了解,同时也知道南宋嘉兴府华亭县流行手影戏。再如《夷坚三志》壬卷第九载永嘉诸葛贲事穿插云:"其叔祖母戴氏生辰,相招庆会,门首内用优伶杂剧。"③可见温州永嘉地区民间流行优伶杂剧表演。又如《夷坚支》丁卷第三记乾道六年冬,吕德卿等四人同出临安嘉会门外茶肆中坐,见幅纸用绯帖,尾云:"今晚讲说汉书。"④说明南宋临安讲史说话人利用茶肆做广告,都城流行说话表演。另外,《夷坚支》乙卷第六云:"江浙间路歧伶女,有慧黠知文墨能于席上指物题咏应命辄成者,谓之合生;其滑稽含玩讽者,谓之乔合生。盖京都遗风也。"⑤可知合生诗词在江浙广大地区流行。

文化娱乐业的发达与科技教育产业的发展是分不开的,只有受过一定教育者才可能从事文艺表演。而教育范围的扩展,与相关科技的发展也是分不开的。宋代的造纸业发达,雕版印刷精良,书籍成十成百倍地增长,有利于普通百姓较廉价地购买书籍,加上科举用人的增多,民间普遍重视教育,许多书院(相当于古代高等学校)新建起来。据白新良先生统计,北宋所建书院71所,南宋书院总数当在500所以上,新建书院计299所。⑥ 而南宋

---

① (宋)孟元老等著《东京梦华录(外四种)》,上海:古典文学出版社,1957年版,第124页。
② (宋)洪迈撰,何卓点校《夷坚志》,北京:中华书局,1981年版,第1406页。
③ (宋)洪迈撰,何卓点校《夷坚志》,北京:中华书局,1981年版,第1538页。
④ (宋)洪迈撰,何卓点校《夷坚志》,北京:中华书局,1981年版,第991页。
⑤ (宋)洪迈撰,何卓点校《夷坚志》,北京:中华书局,1981年版,第841页。
⑥ 白新良著《中国古代书院发展史》,天津:天津大学出版社,1995年版,第4—10页。

人口最多时也不过8500万,若以今日较为发达的广东省来作简单的比照,截至2003年年底,常住人口已超过1亿,但民办高校数量还不到100所,可见南宋时代民间教育的发达程度之高。

南宋时代科技教育产业空前发达,在文学作品中自然会得到反映。我们仅以几首南宋诗歌为例来说明这一情况。周必大《敷文阁学士李仁甫挽词十绝》其六云"千卷长编已刻闽,争传副墨价兼金",反映了当时福建图书出版业的发达;刘克庄《赠陈起》云"陈侯生长纷华地,却以芸香自沐薰。炼句岂非林处士,鬻书莫是穆参军",艾性夫《与图书工罗翁》诗又云"江湖诗板待翁来,传与鸡林读书客",都借赞美著名书商陈起反映了南宋临安图书出版业的发达与深远的社会影响。而当我们读到郑刚中《寺前书院》、张孝祥《小山书院》、冯时行《寄题何子应金华书院》、曾丰《寄题项圣予卢溪书院》等诗,仅从诗题上,即可想象到南宋书院之多以及教育产业化程度之高。

总之,从南宋文学所反映的具体内容看,无论是金融业、文化娱乐业还是科技和教育产业,虽与商品流通业有别,但无不是进行商业化运营的。这些产业与商品流通业一起,构成了南宋商业相当完善的系统结构。

第三节　元代商业文明基本特征及其文学反映

元代是中国历史上民族大融合时期,但各民族之间的关系并不都是平等的,加上国土面积的空前广大,与欧亚各国的交流更为广泛,其商业文明表现出很强的种族性、强权性、混融性和国际性特征。另一方面,由于蒙元统治者轻视汉文化,很长时期不通过科举用人,导致大量文人失去以禄谋生的机会,他们或加入商人队伍,或卖文为活,在整体上提高了民间商人的素质,也将文艺商业化推向了高潮。因此,无论从官营还是民营商业来看,元代的商业文明都发展到很高的水平。所有这些,在元代各体文学中,得到了不同程度的反映。

一、元代官营商业的基本特征及其文学反映

与中国历史上的历代王朝不同,元代实施歧视汉人又利用汉文化的政策,在商业文明上更多地表现出较为落后的游牧民族文化特征。先秦时代"工商食官"的统治形态,在元代有所复现:工匠们既被集中起来成为官奴,私营商业也多为官营商业的附庸。元代官府既主导海外贸易,又在宋代官府专卖盐、酒、茶、矾的基础上,专卖竹与铁、锡等矿产品。在官营商业的主体结构上,也发生了较大变化,色目人成为官营商业的主导者。在官营商业模式上,有官专卖、官专买、官本商卖、官办商卖、官办官卖等多种形式。元代官营商业范围空前扩大,在战乱中常常扰民,在平时也常常冲州撞府,在历代官营商业中最为声名狼藉。这些基本特征,在史料中记述颇多,在文学中也有较详细的反映。

(一)元代官营商业经营项目特征及其文学反映

官营商业在官本位文化主导下的中国有着悠久的历史,但元代统治者所实施的官营商业政策,也与游牧部族通过商业攫取大量财富的习俗有关。因此,元代,不仅将一些成功的商人吸收进官僚队伍加以重用,还扩大官营商业的经营范围,不仅官营军国所需的粮食买卖,也继续宋代的盐、茶、酒等大宗商品专卖制度,还上继汉代的铁专卖制度,并扩张至锡专卖,还在汉代以来司竹监的启发下发明了竹专卖。另外,元代官府还利用"斡脱"户经营高利贷商业,对海外贸易也实行官本商贩式的官营制度。

自中唐以后,大量北方人口南迁,长江以南的土地得到大规模的开发,中国南方的粮食产量远远超过北方,此后历两宋辽金,南粮北运都成为粮食贸易的主要形势。但是,官营粮食大规模地通过海运而非陆运或内河航运,则是从元代开始的。据《元史》记载,至元十九年(1282),伯颜始建议创行海运粮食,二十年始"颇事海运,立万户府二,以朱清为中万户,张瑄为千户,忙兀，为万户府达鲁花赤"①。

① (明)宋濂等撰《元史》,北京:中华书局,1976年版,第2364页。

官营粮食，或来自农民税赋，或来自“和买”。税赋不具商业性质，而“和买”则属商业性质。但不论粮食来自什么途径，“凡运粮，每石有脚价钞”[①]，所以官营粮食自来源看，总带有商业性质。而官营粮食出售，更是纯粹的商业形式了。元人胡助（1278—1355）《京华杂兴诗二十首有引》其五云：

> 漕渠越千古，海运连万艘。百灵咸受职，长风驾洪流。都城仰陈腐，日粜太仓筹。本根贵储蓄，经费无沉浮。巍巍庙堂上，必先天下忧。[②]

这首诗首二句“漕渠越千古，海运连万艘”，清楚地表明了元代以前官营粮食主要通过内河航运（漕渠）的形式，而元代则开始采用“海运”形式。“都城仰陈腐，日粜太仓筹”二句，又表明官营粮食足够京师食用，而官营粮食储存在“太仓”中，每天都会出售给市民，商业性质也很明显。

不仅诗歌中有反映元代官营粮食贸易的，散文中对此有更为细致的反映。如郑元祐《亚中大夫海道副万户燕只哥公政绩碑》的第一段，交代了官营粮业，自元代开始长途海运；官府置万户官主办，利用“漕民”自备船只运粮。这与《元史》所载情况相合。而“漕民”在运粮过程中受到盐司为难、海盗打劫、仓官凌虐等困苦，则是史料所未及的。[③] 因此，这篇散文为我们展示了元代官营粮业的更多细节。

除了官营粮业与前代有所不同之外，元代官府铁专卖虽源自汉代，但在组织上也自具面目。吴慧《中国商业通史》这样归纳：“元代铁矿归国家所有，在元前期的近 50 年间，冶铁全部由政府经营，政府组织匠人（拨户）开采冶炼加工成铁器。铁器由政府组织铸造、销售，属官产官销，直接专卖。国家设总管府、提举司、镔铁局等专职矿冶管理机构。”[④]

由于元代官营铁冶质量差、产量低，加上官吏贪污，遭到不少人反对，但

---

① （明）宋濂等撰《元史》，北京：中华书局，1976 年版，第 2365 页。
② 杨镰主编《全元诗》第二十九册，北京：中华书局，2013 年版，第 3 页。
③ 李修生主编《全元文》第 38 册，南京：江苏古籍出版社，2004 年版，第 736—737 页。
④ 吴慧主编《中国商业通史》第三卷，北京：中国财政经济出版社，2005 年版，第 496 页。

后来也允许私营。这些情况在元代文学中有较具体的反映。如王恽(1228—1304)《省罢铁冶户》对燕北燕南官营铁冶的运作情况作了较细致的描述。从这篇政论文的描述中可以看出,元代前期官营铁冶,由官出本钱并设立提举司,由"煽炼人户"生产铁制品,初衷是"供给边用",即是为保障军需服务的。也就是说,当时官营铁冶,所生产的主要是原铁和铁制兵器。但这些的铁制品的一部分,后来竟被有权势的私人廉价收购,出现"亏官损民"之弊。[①]

不仅如此,当时官营铁冶,由"拨户"承包生产,而生产出的铁制品价值,远不抵官府所发放的承包费,官府出现严重亏损。王恽《论革罢拨户兴煽炉冶事状》云:

> 今略举綦阳并乞石烈、杨都事、高撒合所管四处铁冶,见分管户九千五百五十户,验每户包钞四两,计该钞七百六十四定。今总青黄铁二百四十七万五千六百九十三斤半,价直不等,该价钞四百六十八定二十三两三钱三分半,比包钞亏官二百九十五定二十六两六钱半。[②]

由于官府专营铁冶有这些弊端,王恽建议罢去"铁冶户","许从诸人自治窑冶煽炼,据官用铁货给价和买"。即改官营官销为私营官买。

不同于王恽所论,胡祗遹(1227—1293)《西冶记》暗示了元代前期官营铁冶的目的不仅是提供军需品,也是为了垄断农器买卖。这篇散记中说:"我朝右武重农,田亩日辟,疆土岁扩,鼓冶铸炼,明不可废。"[③]将铁冶与"右武重农"联系起来,则官营铁冶的目的自明。但是,对于官营铁冶解决"兵需"问题,胡祗遹的态度是肯定的,对于垄断农器买卖,胡祗遹的态度却是不满的,其《农器叹寄呈左丞公》诗,对于官府专卖农器的弊端进行了多层次的剖析:一是官制铁农具质量低价格高,损害农民经济利益;二是农民购置官府铁农具要入城,路远费时多;三是官制铁农具一旦损坏,农民去城里修理

---

① (元)王恽著,杨亮、钟彦飞点校《王恽全集汇校》,北京:中华书局,2013 年版,第 3718—3719 页。

② (元)王恽著,杨亮、钟彦飞点校《王恽全集汇校》,北京:中华书局,2013 年版,第 3665 页。

③ 李修生主编《全元文》第 5 册,南京:江苏古籍出版社,1998 年版,第 319 页。

不便。[1] 总之，官府专卖铁农具，容易耽误农民及时耕作，不利于农业生产。

为了满足统治者的穷奢极欲与解决不断发动战争的军费所需，元代官府空前扩大专卖范围，不仅重拾汉代之后久废的铁专卖制度，还在汉代以来司竹监的基础上，全面实施竹专卖政策。

清人查慎行《苏诗补注》卷五对“司竹监”有这样的注解：“按《汉书》有司竹长、丞。后魏有司竹都尉，后周有司竹监及丞。唐因之，在京兆、鄠、盩厔，怀州河内界中。宋时惟鄠、盩厔一监，在凤翔。”很显然，汉代以来，虽有司竹监之设，但仅限于陕西部分地区。而元代有官管竹园，河南、怀孟、京兆、凤翔的官竹园规模都不小。至元初年，立司竹监负责专卖事务。印竹引1万道，每道取工墨费1钱，贩竹商人买引卖竹。官府不但经营官竹园，而且连民竹园也拘禁发卖，课以重税。[2]

在元代文学中，对竹专卖也有所反映。除了部分散文提及“司竹监”职官（如同恕《司竹监提领郑君墓志铭》）外，胡祗遹《民间疾苦状》指责“自立竹监并巡行官以来，不胜烦扰，民竹十废八九，官竹十损六七”，主张“罢竹监及巡行官，民间许令种竹，依价收税，官竹委付土官一员掌管发卖”[3]。而王恽《论卫辉路不宜通管竹课事状》则反对由卫辉总府管领竹课，主张专立监司管领竹课。[4]

元代官府扩大官营商业范围，不仅体现在国内贸易上有了更多名目的专卖，还体现在海外贸易领域采用“官本船”形式。关于元代官营海外贸易的情况，《元史》有这样的记载：至元二十一年（1284），“设市舶都转运司于杭、泉二州，官自具船、给本，选人入蕃，贸易诸货。其所获之息，以十分为率，官取其七，所易人得其三。凡权势之家，皆不得用己钱入蕃为贾，犯者罪之，仍籍其家产之半”[5]。此后虽然时有官营私营并行情况，甚至整个元代私营海外商业历时更长，但纯粹为了经济利益而官营海外商业，仍是其他朝代

---

① 杨镰主编《全元诗》第七册，北京：中华书局，2013年版，第59—60页。
② 吴慧主编《中国商业通史》第三卷，北京：中国财政经济出版社，2005年版，第497—498页。
③ 李修生主编《全元文》第5册，南京：江苏古籍出版社，1998年版，第591页。
④ （元）王恽著，杨亮、钟彦飞点校《王恽全集汇校》，北京：中华书局，2013年版，第3581页。
⑤ （明）宋濂等撰《元史》，北京：中华书局，1976年版，第2402页。

所未见的。

在海外贸易中采用官营形式，在元代文学中也有反映。如黄溍《松江嘉定等处海运千户杨君墓志铭》记大德五年杨枢“年甫十九，致用院俾以官本船浮海至西洋，遇亲王合赞所遣使臣那怀等如京师，遂载之以来。那怀等朝贡事毕，请仍以君护送西还”①。其中杨枢就是被官府选择“入蕃”贸易之人。也正是因为杨枢所用海船是“官本船”，西洋使臣才会搭载往还。

元代官营商业经营项目虽然多与前代有关，但囊括了前代所有的项目，而且有所扩张，如在铁专卖的基础上增加了锡专卖，竹专卖则从前代限于一隅扩大到多地，还将迥异于前代新创官营高利贷商业和官营海外贸易项目。因此，元代官营商业经营项目之多，为历代之最。而元代文学对其反映，虽然面上稍嫌不足，却十分细致生动。

（二）元代官营商业经营模式特征及其文学反映

与以前的任一朝代相比，元代官营商业项目既多，经营模式亦多。概括起来，元代官营商业的经营模式主要有六种：一、单纯和买式；二、生产直销式；三、垄断批发式；四、联动交换式；五、合力经营式；六、和买专卖式。由于单纯和买式与联动交换式这两种经营模式前代已有，元代全无创意，下文将略而不论。

所谓生产直销式，就是官府出资组织生产，除了将产品配给军队、皇室或政府以外，将剩余产品推向市场销售的经营模式。元代官府从事生产直销式商业经营，主要限于山海资源开发利用方面，包括铁、竹、盐等。如《元史》卷五记载：中统四年五月，“以礼部尚书马月合乃兼领颍州、光化互市，及领已括户三千，兴煽铁冶，岁输铁一百三万七千斤，就铸农器二十万事，易粟四万石输官。”②元代前期铁制品生产销售，政府实行垄断经营，有些竹园经营也是如此。《元史》卷九十四载：“竹之所产虽不一，而腹里之河南、怀孟，陕西之京兆、凤翔，皆有在官竹园。国初，皆立司竹监掌之，每岁令税课所官以时采斫，定其价为三等，易于民间。”元代前期，大都与两浙地区，也曾实行

---

① 李修生主编《全元文》第30册，南京：江苏古籍出版社，2004年版，第293—294页。

② （明）宋濂等撰《元史》，北京：中华书局，1976年版，第92页。

过官府盐生产直销式经营。《元史》卷九十四载："太宗丙申年，初于白陵港、三叉沽、大直沽等处置司，设熬煎办，……（至元）八年，以大都民户多食私盐，因亏国课，验口给以食盐"；"（至元）二十一年，置常平局，以平民间盐价。……三十年，置局卖盐鱼盐于海滨渔所。"①

关于元代前期官府对铁器、竹与盐生产直销式经营，在元代文学中也是有所反映的。如前举胡祗遹《农器叹寄呈左丞公》和王恽《论卫辉路不宜通管竹课事状》等诗文，已直接反映了元代官府对铁器、竹采取生产直销式经营；而郑元祐《亚中大夫海道副万户燕只哥公政绩碑》所云两浙地区长洲"漕民当岁运，每船计口买官盐而食"，也侧面反映了元代官府对盐采取生产直销式经营。

到了元代中后期，官府对于山海资源主要进行垄断批发式商业经营，而不再直销给消费者。关于这样的情况，《元史》也多有记载：

至元四年，始命制国用使司印造怀孟等路司竹监竹引一万道，每道取工墨一钱，凡发卖皆给引。

太宗庚寅年，始行盐法，每盐一引重四百斤，其价银一十两。世祖中统二年，减银为七两。至元十三年既取宋，而江南之盐所入尤广，每引改为中统钞九贯。二十六年，增为五十贯。元贞丙申，每引又增为六十五贯。至大己酉至延祐乙卯，七年之间，累增为一百五十贯。

世祖至元五年，用运使白赓言，榷成都茶，于京兆、巩昌置局发卖，私自采卖者，其罪与私盐法同。六年，始立西蜀四川监榷茶场使司掌之。十三年，既平宋，复用左丞吕文焕言，榷江西茶，以宋会五十贯准中统钞一贯。十三年，定长引短引之法，以三分取一。

诸铁法，无引私贩者，比私盐减一等，杖六十，钱没官，内一半折价

① （明）宋濂等撰《元史》，北京：中华书局，1976 年版，第 2382—2391 页。

付告人充赏。[①]

竹、盐、茶、铁等都要给“引”才可以贩卖。所谓“引”，创始自宋代，是官府卖给商人相关专卖品的凭证。这说明元代继承了宋代的榷卖制度，即政府垄断性出资生产或收购，然后批发给商人，由商人最终出售给消费者。

对于官府垄断批发式商业经营，元代文学所反映出更多的是盐与茶这两类大宗商品。如程钜夫《清州高氏先德之碑》提到“友人姚仁甫私以盐引五百寄之卖买”[②]，胡祇遹《承直郎江西等处榷茶都转运司副使李公神道碑》提到“盐法，设灶户，给工本，煮盐入官，照引出发”[③]，同恕《李君和甫墓志铭》则提到“茶户夏南乡，以茶数百引委和甫并售奉元”[④]，马臻《泗上》诗又云“泗水东流逆棹迟，远看春色眼先迷。岸花影直日亭午，鸡在茶商船上啼”[⑤]。

元代官营商业，并非完全独立经营，有些方面也与私商合作经营。合作的形式可分为两种类型：一为联动交换式，一为合力经营式。但只有合力经营式较有创意。所谓合力经营式，是指官府出资本由商人经营或商人出资本由官府经营的模式。

关于官营商业的合力经营式，前文已述《元史》所载海外贸易“官本船”情况，即官府出资商人经营模式；同书所载《食货志》“酒醋课”条云：至元二十二年三月，“其酒课亦改榷沽之制，令酒户自具工本，官司拘卖，每石止输钞五两”[⑥]，则属于商人出资官府营销模式。

“官本船”经营模式在元代文学中的反映，前文已记，此不赘述。至于酒课中的商人出资合力经营模式，元代文学中也有所反映。如唐元《松江府判致仕吕公墓铭》云：“酒课浩大，旧富户名存实空，新富者负赀求避，公力却

① (明)宋濂等撰《元史》，北京：中华书局，1976年版，第2382、2386、2393、2649页。
② 李修生主编《全元文》第16册，南京：江苏古籍出版社，2000年版，第476页。
③ 李修生主编《全元文》第5册，南京：江苏古籍出版社，1998年版，第431页。
④ 李修生主编《全元文》第19册，南京：江苏古籍出版社，2000年版，第434页。
⑤ 杨镰主编《全元诗》第十七册，北京：中华书局，2013年版，第55页。
⑥ (明)宋濂等撰《元史》，北京：中华书局，1976年版，第2395页。

之，从众定论。富户包办，公私克济。”[①]此文提到由元代浙江嘉兴富户出资从事酒生产，受到抵制，正好说明此前一直采用这种官营酒业模式。

此外，元代官营商业还有和买专卖式。所谓和买专卖式，是指元代官府经营常平粮、盐的一种模式，这种模式始自汉代平准制度，完备于唐代常平制度，宋元相沿唐制不变。关于常平粮经营，按《元史》，元代世祖至元六年(1269)始立常平仓，经营的基本方法是“丰年米贱，官为增价籴之；歉年米贵，官为减价粜之”。至元二十二年二月，又“诏江南民田秋成，官为定例收籴，次年减价出(粜)”[②]。至于常平盐经营，《元史》载至元二十一年十二月，“立常平盐局”[③]。

由于常平粮的社会影响较大，元代文学对官府和买专卖式商业经营的反映，也主要在常平粮经营方面。如王恽《论钞息复立常平仓事》回顾了这样的事实：“常平仓国家自丁巳年初立，明年戊午，宣德、西京等处霜损田禾，谷价腾涌，百姓缺食，官为减价出粜，民赖以安”，提出“行用钞库工墨钞息增余现在等钞，分标州郡，作常平粟本，就令本路转运司兼以提举收籴勾当”[④]，扩大了官营商业和买专卖式的内涵。又如释大欣《送吴希贤提举》诗云：“钱币有轻重，相权酌其宜。舟车运四海，使命速星驰。流行防壅遏，新故代有时。”[⑤]虽是对吴希贤提出的希望，却也反映了元代官营商业和买专卖式的特点。

元代官营商业在模式上借鉴前代较多，但也有不少创新之处，如官商合力经营式，为前世所无，而生产直销式、垄断批发式与和买专卖式等具体内容方面，也有局部创新。所有这些，都可看作有元一代官营商业异常发达的表征。

(三)元代官营商业经营性质特征及其文学反映

总体上说，元代官营商业是为国家整体利益服务的，但元代所实施的统

---

① 李修生主编《全元文》第24册，南京：江苏古籍出版社，1998年版，第510页。
② (明)宋濂等撰《元史》，北京：中华书局，1976年版，第2467—2469页。
③ (明)宋濂等撰《元史》，北京：中华书局，1976年版，第271页。
④ (元)王恽著，杨亮、钟彦飞点校《王恽全集汇校》，北京：中华书局，2013年版，第3597页。
⑤ 杨镰主编《全元诗》第三十二册，北京：中华书局，2013年版，第153页。

治不同于前代，其显著的特征是民族不平等，区域经济政策差异较大。因此，元代官营商业经营不仅具有经济性，还具有显著的政治性、民族性甚至掠夺性。

先说元代官营商业的经济性。由于疆域辽阔，全国南北气候差异很大，物产丰富但种类的区域性明显，所以实施大宗商品在全国的调配，是官营商业的一项经济任务。比如元代国都大都人口众多，首先要解决吃饭问题，而当时最大产粮区在江南，所以南粮北运就成了经济工作的重头戏。而元代官府对盐、铁、茶、竹、酒等实施专卖制度，有力地保障了官府的财政收入，更能显示出官营商业的经济意义重大。如《元史》指出："元之有酒醋课，自太宗始。其后皆著定额，为国赋之一焉，利之所入亦厚矣。"[①]说明元代官营酒醋业为官府带来了相当丰厚的财政收入，其经济性较为突出。

除了纯粹的经济性之外，元代官营商业有时也表现出一定的政治性。如为了平衡物价，元代也继承了前代常平粮、常平盐制度，利用官营商业进行粮食的购销与盐专卖，有效地维护了市场稳定和社会的公平，其政治意义也是十分明显的。又如吴慧在《中国商业通史》第三卷中指出：元代实施"官本船"政策，"最初的用意就在于断绝蒲寿庚等人的财路，防止他们欲以私家垄断番舶之利"，"蒲寿庚虽开初于招海外诸蕃有功，元世祖对他却颇具戒心，至元十六年即驳回蒲寿庚欲至海外扩大招商之请，对蒲氏亲族拥有大量海舶，染指海外贸易之事，一直耿耿于怀。"[②]为防止臣子弄权而实施"官本船"政策，元朝官府不惜直接投资海外贸易，也表现出了鲜明的政治性。

但是，元代官营商业既有维护社会经济健康发展与政治稳定的一面，有时也有损害普通百姓利益的野蛮一面以及进行民族压迫的一面。

关于元代官营商业损害普通百姓利益，具有一定的掠夺性，这一特征在元代文学有较多的反映。如周霆震《农谣》诗揭露在战乱期间，元代官吏打着官营商业旗号，以"和买犒军"的名义侵犯农民，导致农民逃亡而大量农田抛荒。[③]

---

① （明）宋濂等撰《元史》，北京：中华书局，1976年版，第2394页。

② 吴慧主编《中国商业通史》第三卷，北京：中国财政经济出版社，2005年版，第399页。

③ 杨镰主编《全元诗》第三十七册，北京：中华书局，2013年版，第17页。

除了"和买"为文人们所诟病,官府对大宗商品专卖过程中的罪恶,也遭到文人们的揭露和抨击。如张之翰《浙西盐仓记》云:

> 领斯仓者,或邪沟暗港,私贩旁午,私日多而官日少,可不思所屏息乎? 或仓吏纲兵,奸利相市,混晶英而杂伪恶,可不思所核视乎? 或上亏国用,下阙民食,利未兴而害未除,可不思所建白乎?[①]

主管浙西盐仓者不仅纵容私贩影响官府财政收入,还在官盐中"杂伪恶",人为地制造出劣质盐出售,损害消费者的利益,更严重的,有时导致百姓无盐可吃。元代官府盐专卖经营害民之深,由此可见一斑。

由于元代统治者为文化相对落后的蒙古贵族,直接统治人口众多且具有反抗意识的汉民族,他们感到力不从心,于是采取分而治之的办法,即将全国人民分为蒙古人、色目人、汉人、南人四等,通过等级分化与民族区别并用政策,人为制造被统治阶级之间的矛盾,方便自己以调节人的姿态出现,在某种程度上增加其统治的合理性。这种分而治之的策略,也渗透进了官营商业的实践中。前文所引《元史》中,主办官营商业者有忙兀、扎马剌丁等人,无不是少数民族出身的贵族。由于主办官营商业者多为少数民族贵族,人口占绝对多数的汉人担任官营商业主管者寥寥无几,因此元代官营商业的民族性特征十分明显。

关于元代官营商业的民族性特征,在元代碑志文中有比较集中的反映。如黄溍《敕赐康里氏先茔碑》所记墓主铁木儿达实曾在京师主持发卖的"散筹米",有"奸弊遂绝,民蒙其惠"之功,这位铁木儿达实,就是蒙古族人[②];郑元祐《亚中大夫海道副万户燕只哥公政绩碑》所记碑主是扬珠格尔主管南粮北运,扬珠格尔也是蒙古族人;许有壬《故通议大夫江西等处榷茶都转运使万公神道碑铭》记万嘉律主管榷茶事务,万嘉律也是蒙古族人。从这三例可知:在涉及国计民生以及主要财政收入领域的官营商业,都有蒙古族人主

① 李修生主编《全元文》第11册,南京:江苏古籍出版社,1999年版,第327页。
② 李修生主编《全元文》第30册,南京:江苏古籍出版社,2004年版,第63—64页。

管。而杨维桢《两浙监使司同知茂巴尔斯侯善政碑》所记主管两浙官营粮业的茂巴尔斯，为西夏人；前引张之翰《浙西盐仓记》中主管浙西盐专卖的昭信校，则是西域人。这两例也能说明元代色目人辅助蒙古人主办官营商业。总之，元代官营商业的民族性特征，在文学中是有所反映的。

至于元代官营商业的经济性和政治性特征，在元代文学中反映更多。这两点在前文关于元代官营商业的项目特征与模式特征论述所引的诸多文学作品中，即有表现，此不赘述。

二、元代私营商业的基本特征及其文学反映

元代是中国历史上规模最大的一次民族大融合时代，多民族文化交流并存的结果，不仅在官营商业方面表现出与前代不同的特征，在私营商业方面也表现出与前代不同的特征。大体说来，有这么几个方面：一、海道经商突出；二、妇女经商者增多；三、少数民族商人在商业界占有较高地位。由于正史一般以政治军事为主要描述对象，通常忽略与政治关系较远的私营商业，所以，元代私营商业的基本特征主要是在文学中反映出来的。

(一)海道经商突出及其文学反映

蒙古人开疆拓土不仅在陆地上远及东欧，也在海洋上继承了唐、宋王朝的遗产。作为一向重视商业的游牧民族，蒙古人在更大版图的中国执政，其重商政策的广泛实施，超越于汉族政权下的时代，是并不奇怪的。而唐宋以来海船建造技术与航海水平的进一步提高，为元代海上贸易的空前繁荣打下了坚实的基础。元代海上贸易不仅发生于中国与海外诸国之间，也通过海道大大影响到中国国内的贸易。因此，“海贾”“海客”“海商”等词，在元代文学作品中屡屡出现。

我们先看元代文学对海上贸易的反映情况。王恽《酬余招讨见赠诗韵》诗云：

秀孕江山气自灵，余君襟度玉亭亭。高轩过访承佳什，世事开谈见远经。秋色望空乔木国，海商争泛客槎星。又闻占籍多阴积，一户从良

近百丁。[①]

从王恽的这首诗可以看出，元代平定内乱之后，海外贸易也繁荣起来。"海商争泛客槎星"，就准确地表明了海商所从事的贸易是在海上而非内陆进行的。同样，贡师泰《泉州道中》诗中提到"海商到岸才封舶，蕃国朝天亦赐骖"[②]，也清楚地表明福建泉州商人从事海外贸易者众多。

不仅诗歌，元代散文中也有反映海上贸易发达的，如任士林《送叶伯几叙》具体描绘了元代浙江沿海地区海上贸易繁荣的景况，甚至还揭示了私营商业者与地方管理者之间的关系。[③]

我们再来看看元代文学对通过海道进行内陆贸易的情况的反映。戴表元《采藤行》诗云：

> 君不见四明山下寒无粮，九月种麦五月尝。一春辛苦无别业，日日采藤行远冈。山深无虎行不畏，老少分山若相避。忽然遇藤随意斫，手触藤花落如猬。藤多力困一鞶呻，对面闻声不见人。日昃将来各休息，妻儿懒拂灶中尘。须臾叩门来海贾，大藤换粮论斛数。小藤输市亦值钱，籴得官粳甜胜乳。明朝满意作晨炊，饱饭入山须晚归。南村种麦空早熟，逐日扃门忍饥哭。[④]

戴表元（1244—1310）是宋末元初人，他的诗歌创作主要在元代。这首诗主题是反映浙江山区农民的疾苦，揭示农民采藤作商品，比种麦更有利。但客观上又反映了元代商人继承南宋以来东南海运贩粮旧习，从海道进入山区，以粮食换取农民所采的大藤。

唐宋时代，中国的海上贸易以广东最为发达，到了元代，福建、浙江海上贸易的地位上升，广东海上贸易的地位有所下降，但仍然相当繁荣。傅若金

① （元）王恽著，杨亮、钟彦飞点校《王恽全集汇校》，北京：中华书局，2013 年版，第 953 页。
② 杨镰主编《全元诗》第四十册，北京：中华书局，2013 年版，第 332 页。
③ 李修生主编《全元文》第 18 册，南京：江苏古籍出版社，2000 年版，第 348—349 页。
④ 杨镰主编《全元诗》第十二册，北京：中华书局，2013 年版，第 103 页。

(1303—1342)《寄潮州袁经历》诗云：

去岁京华叹别离，千回坐想到州时。潮人载酒昌黎宅，海客移船广利祠。南去只凭相忆字，北来频问近题诗。岭梅处处开应好，何得春前送一枝。①

虽然这首诗没有直接描写“海客”经商的情况，但海客既然祠祀南海广利王，就是为求财，暗示了潮州海客即将出海，从事海道贸易。

东南沿海之外，经过长江内河干道，从海道过来的“海客”，在江苏沿江与沿运河城市从事贸易。这种情况在元代诗歌是有较多反映。杨维桢(1296—1370)《海客行》诗云：

海客朱雀航，下有五凤房。三月发长干，六月下淮扬。青丝牵白日，罗幕西风凉。大姬劝金露，小姬弹空桑。中姬执药馔，调冰浣肝肠。海客睡不起，明晏赛神羊。②

这首诗中的“海客”乘坐的大船被称为“朱雀航”。而朱雀是南方神物，可能暗示了此船来自广东。而这艘船从南京的港口(长干)出发，到达沟通长江与淮河的大运河两岸广大地区，可见元代来自海道的私营商业之兴盛。

与杨维桢《海客行》反映内容相似的诗歌，还有王恽《高邮道中二首》其二、陈孚《真州》两首诗，反映了元代海商通过内河可以到达高邮和真州。

(二)妇女经商突出及其文学反映

自晋代五胡乱华直至隋唐时代，北方游牧民族与汉族不断融合，虽然儒家思想一直占主导地位，但受胡人风俗影响，已有女子独自经商。不过，女性独立经商的范围较窄，主要局限于经营饮食业、销售女性化妆类商品。安史之乱后，民不聊生，开始有女子贩卖井盐，但只是个别现象。到了宋代，由

---

① 杨镰主编《全元诗》第四十五册，北京：中华书局，2013年版，第86—87页。

② 杨镰主编《全元诗》第三十九册，北京：中华书局，2013年版，第31页。

于在纯粹的汉人政权下，儒家思想又演进为理学思想，虽然随着城市经济的发展，夫妻共同经营饮食业的现象增多，但女子独立经商的反而极为少见了。

到了元代，蒙古贵族入主中原并且蒙古人、色目人地位高于汉人、南人，北方游牧民族特别重商的风气势必影响到汉族民众。加上蒙古人、色目人的文化中女性地位较高，如蒙古贵族在征服西方与南方诸国的过程中，曾经有乃马真后、海迷失后两位皇后执掌过政权，这在纯粹汉人掌控的政权中，是从来没有过的。受重商与女性拥有较高地位的风气所煽，元朝统一中国后，汉人女性也越来越多地开始独自经商，所经营的商业形态也更为多样化。

首先，元代女性虽然与丈夫一起经商的为多，但经营商品的种类有所变化。如柳贯《卢氏母碣铭》记载："卢氏母，杭州城东人，徐姓，讳妙安，归里中卢翁。翁业坐肆贩缯，母常佐之，操奇赢，联什一，稍稍致饶裕。"①徐妙安虽然与丈夫卢翁一起经商，但是不再经营饮食业，而是"坐肆贩缯"，从事特定时节使用的丝织品贸易。

其次，元代女性受家庭熏陶，有的能成为经商高手，连众多男性商人也不得不拜服。程钜夫《清州高氏先德之碑》写高庆以贩盐为主业，其女高仁寿"年十二失怙，母教之学，日诵千言，长习律令，喟然叹曰：'为吏受赇，获罪辱先；守廉奉公，衣食弗给。长芦当燕、齐之交，天下之要区也。盐鹽之利半中州之赋。豪商大贾，车击舟连，可废著为业。'乃从张运使徙居焉。中市而立，权天下之货，四方贩负，日受指画，操其要，因其势，豫其时，审其地。人什常贫，我五常富，故言利者以高氏为师"。② 一个女子，继承父风，商业思想成熟，实践成功，竟成为商界首领，成为私商共同学习的人物。这种现象，在元代之前是不可想象的。

再次，元代女性商人一般都道德高尚，且能独立经营。张之翰《题曾贞妇诗》称赞曾贞女在夫死的情况下，全节自守，誓死不再嫁，而且还能做到

---

① 李修生主编《全元文》第25册，南京：江苏古籍出版社，2001年版，第398—399页。

② 李修生主编《全元文》第16册，南京：江苏古籍出版社，2000年版，第476页。

"坐贩给薪米，居贫甘白首"，靠自己独立经商的收入养家糊口。[①]

不过，元代女性商人虽然人数增多，经营能力也突出，还具备多方面的美德，如乐善好施，守节安贫等，但多数也是因为家庭不幸才走上独立经商之路的，她们的人生路其实也是相当艰辛的。不仅曾贞妇如此，诗人杨维桢笔下的卖盐妇也如此。《卖盐妇》诗云：

> 卖盐妇，百结青裙走风雨。雨花洒盐盐作卤，背负空筐泪如缕。三日破铛无粟煮，老姑饥寒更愁苦。道旁行人因问之，拭泪吞声为君语：妾身家本住山东，夫家名在兵籍中。荷戈崎岖戍闽越，妾亦万里来相从。年来海上风尘起，楼船百战秋涛里。良人贾勇身先死，白骨谁知填海水。前年大儿征饶州，饶州未复军尚留。去年小儿攻高邮，可怜血作淮河流。中原音信绝，官仓不开口粮阙。空营木落烟火稀，夜雨残灯泣呜咽。东邻西舍夫不归，今年嫁作商人妻。绣罗裁衣春日低，落花飞絮愁深闺。妾心如水甘贫贱，辛苦卖盐终不怨。得钱籴米供老姑，泉下无惭见夫面。君不见绣衣使者浙河东，采诗正欲观民风。莫弃吾侬卖盐妇，归朝先奏明光宫。[②]

在唐人杜甫诗中贩卖井盐的女子，是违法私贩者；而杨维桢笔下的卖盐妇，则是尽孝守节、合法经营的盐商。相较之下，元代女盐商的形象更为正面、感人。

元代文学反映妇女经商人数增多、范围扩大、能力变强的现象，虽然不为正史所重视，却为我们更全面地了解元代社会私营商业的特征，提供了宝贵的资料。

（三）少数民族商业经营突出及其文学反映

游牧民族重商是普遍现象。元代的蒙古人上至皇妃、公主、驸马、王孙，

---

① （元）张之翰撰《西岩集》卷二，见《文渊阁四库全书》（电子版），上海：上海人民出版社，1999年版。

② （元）杨维桢撰《铁崖古乐府》卷四，见《文渊阁四库全书》（电子版），上海：上海人民出版社，1999年版。

下至权臣,都爱经商盈利;色目人更是依托蒙古人所给的辅佐地位,或贩盐,或经营高利贷,或远往海外经商。

据《元史》记载,元初帝妃、王子、公主、驸马等人都曾利用西域“斡脱”商人经营高利贷,元末甚至有宠妃直接开市卖物。元世祖孙威顺王宽彻普化在湖广地方“起广乐园,多萃名娼巨贾以网大利,有司莫敢忤”①。

不仅皇室成员公开利用商人代理经营以获取商业利益,蒙古贵族官员也多经营商业。不像宋代法律禁止官员经商,元代法律不禁止官员经商,所以主管盐专卖的蒙古族官员多滥用权力私卖盐引获利。如“江浙行省平章阿里,左丞高翥、安祐,佥省张祐等,诡名买盐万五千引,增价转市于人”②。

蒙古贵族之外,色目人也利用特权经商盈利,其中尤以回族人为最著名。如武宗中政院所需食羊,是由西域回族人阿老瓦丁以“买卖浙盐”所得盈利来供应的。③ 回族人倒拉沙“贷其姻家长芦盐运司判官亦剌马丹钞四万锭,买盐营利于京师”④。有个回族商人哈哈的,“自至治间货官钞,违制别往番邦,得宝货无算,法当没官,而倒剌沙私其种人,不许”⑤。大德年间,“回回富商以红剌一块重一两三钱,申之于官,估值十四万定”⑥。

不仅正史与文人笔记中记录了少数民族商业经营突出情况,元代文学也有所反映。如姚燧《提举太原盐使司徐君神道碑》提到至元二十三年(1286)“民奴有严姓者,主利多直,鬻其六七男子于商胡”⑦,所谓“商胡”,即指少数民族商人,“商胡”既然一次就购买别人的多名家奴,说明其财力雄厚,生意规模大,需要较多的帮手。又如王恽《为在都回回户不纳差税事状》云:

> 窃见中都亲官民户,每岁供给和买夫役一切等事,比之他路,实为

---

① (明)宋濂等撰《元史》,北京:中华书局,1976 年版,第 3438 页。
② (明)宋濂等撰《元史》,北京:中华书局,1976 年版,第 448 页。
③ (明)宋濂等撰《元史》,北京:中华书局,1976 年版,第 538 页。
④ (明)宋濂等撰《元史》,北京:中华书局,1976 年版,第 714 页。
⑤ (明)宋濂等撰《元史》,北京:中华书局,1976 年版,第 707 页。
⑥ (元)杨瑀撰,余大钧点校《山居新语》,北京:中华书局,2006 年版,第 221 页。
⑦ 李修生主编《全元文》第 9 册,南京:江苏古籍出版社,1999 年版,第 637 页。

繁重。今体察到:本路回回人户,自壬子年原籍并中统四年续抄,计二千九百五十三户,于内多系富商大贾、势要兼并之家,其兴贩营运百色,侵夺民利,并无分毫差役。照得钦奉先帝圣旨节该:"斡脱做买卖,畏吾儿、木速儿蛮、回回交本住处千户、百户里去者。若称有田产物业不去呵,依已前圣旨体例里,见住处不采大小差发、铺马祗应,与民户一体当者。钦此。"合无照依累降圣旨处分事意,取会见数,分豁定夺。验实有气力,与民一体当差,庶得协济贫乏,不致靠损。据此合行纠呈施行。①

这篇政论文明确指出回回人户中"多系富商大贾势要兼并之家",可见元代回族人经商成风,且享有不纳差税特权。为此,王恽不满回族商人享受特权,主张依前圣旨,让回回商人与民户同纳差税。

在元代诗歌中,也有反映少数民族商人善于商业经营的。如王沂《老胡卖药歌》云:"西域贾胡年八十,一生技能人不及。神农百草旧知名,久客江南是乡邑。朝来街北暮街东,闻掷铜铃竞来集。"②

不过,从总体上看,由于蒙古、回回等少数民族商人与汉人等级不同,汉族文人与少数民族商人之间有较大的隔阂,这决定了元代文学反映少数民族商人的经营状况,远不如反映汉族商人经营状况为多。

三、元代商业管理的基本特征及其文学反映

尽管经过残酷的战争破坏,元王朝统治区域内的人口数量相比两宋时代大减,商业总体规模缩小,繁荣程度也有所下降,但为了满足自身贪婪的财富追求,为了保障不断扩张领土的军需供应,元代统治者总是设法刺激商业活动增多,利用行政、金融、法律等手段加强对商业的管理。因此,元代商业管理还是有其特色的,主要表现在垄断性区域内商品流通管理、扩张性交易税收管理、服务性市场管理、限制性互市与海外贸易管理等方面。

---

① (元)王恽著,杨亮、钟彦飞点校《王恽全集汇校》,北京:中华书局,2013年版,第3604页。

② 杨镰主编《全元诗》第三十三册,北京:中华书局,2013年版,第42页。

(一)商品专卖管理特征及其文学反映

官府从商品流通的管道上加以直接控制,剥夺商人对某些商品的买卖权,在中国历史上许多朝代都实行过,但元代表现得更为严厉多样。如前文所述,元代不仅近承唐宋的商业措施,对盐、茶、酒、矾等进行专卖,还远绍并发扬汉代商业措施,对铁、金、银、锡等金属商品进行专卖,甚至扩大了竹的官营范围。这种专卖泛滥成风,以致有人甚至在酒醋专卖的基础上,又提出酱专卖。王恽《大元故真定路兵马都总管史公神道碑铭并序》云:"时又有言食肴之酱,请按籍计口椿散者,业以从之,公(史楫)诣行台,论其不可,曰:'盐铁本贸易物,难同差税一例配着。今民资单弱,是愈扺于困,不若依旧便。'议遂寝。"[①]若不是史楫"论其不可",元代的酱专卖制度可能会一直实行下去。

在扩大专卖范围的同时,元代官府不仅剥夺了商人的利益,也剥夺普通百姓的利益,严重影响了百姓的生活,因而这种极端的商业管理模式遭到一些有识之士的怒斥。如胡祇遹在《论聚敛》中痛斥元政府大不如前代,竟然"不规画,不会计","直挟朝廷之威而督责号令,白取于民"[②]。

面对野蛮的商业管理形势,首先发起反抗的便是有见识又有经济实力的商人。张之翰《议盗》云:

> 今盗贼繁多,在淮及北且未论,观南方归附以来,负贩之商、游手之辈,朝无担石之储,暮获千金之利。始则茶商,终则因茶而为盗。始则盐商,终则因盐而为盗。始则铜铁铅矾之商,终则因铜铁铅矾而为盗。始则海运之夫,蕃船之商,终则因海运蕃船而为盗。皆由逐什一之利,终不免为盗贼之归。是天下之盗,常起于利孔之一诱。故一旦去本趋末,舍农为商,因商作盗,或聚集于山林,或剽掠于江海。而又诱饥寒逃散之民,并作过经断之党,相附而为盗,虽致之之由不同,所以为害一也。[③]

---

① 李修生主编《全元文》第6册,南京:江苏古籍出版社,1999年版,第449页。

② 李修生主编《全元文》第5册,南京:江苏古籍出版社,1998年版,第558页。

③ 李修生主编《全元文》第11册,南京:江苏古籍出版社,1999年版,第265—266页。

张之翰将商人反抗的原因归于“舍农为商，因商作盗”，显然忽视了“饥寒逃散之民并作过”的根源。其实，商人盗贩，与官府商业管理上的腐败是紧密相关的。如果遇到贤明清廉的官员主导商业管理，盗贩现象自然消除。如大德三年（1299），戴表元在《三江盐场兴造记》中这样夸赞三江盐场官曹实：

> 盐法繁壅，户额等第不可均，民无完心。侯（指曹实）至，核枵实，酌强耗，推籍土业高下，宜增而增，宜缩而缩，不旬月逋流还归，盗贩清息。昔之焦熬憔悴，晨盱嚣嚣而莫之给者，一鞭不施，谈笑辨集。官吏坐曹而相庆，父老拥灶而交贺。①

官盐盗贩之所以盛行，一是亭户（制盐户）没能如数得到官府拨给的“官本”，为生计只好私自卖盐给商人，而巡逻兵将受到商人贿赂，也放纵商人盗贩。刘将孙（1257—？）《李运副德政碑记》即指出：“亭民伐薪樵、具牢盆，日夜力作。而官本之给，或刻减于吏胥之手。亭之长吏，又从而扰之，以耗其力。是以日煎月办，有不能及者。”②陆文圭《流民贪吏盐钞法四弊》说得更详细：“滨海之民，以牢盆为业，勤苦尤甚。春不得避风尘，夏不得避暑潦。天时不顺，则失其利；官本不敷，则失其利；盐丁逃役，则失其利。利耗民散，亭场空虚。于是迁拨之令行，而亭户重受害矣。黠者行赇而规避，弱者吞声而受役。倚权上交于台府，发愤变激于里闾，破产立偿，轻生何忍。令甲虽严于私贩，巡兵阴纵其横行。势有相容，情难独禁。”③由此可见，元代效法前代对许多商品实行专卖，但在商业管理上特别腐败，因而遭到多种形式的反抗是在所难免的。元代之所以还能维持近百年的统治，从经济角度看，还是因为有曹实、李运副（李守中）等德才兼备的官营商业管理者。

其实，元代的商业管理是有个由混乱到有序的过程的。一般而言，元代前期蒙古贵族较为野蛮的统治上风，后来慢慢汉化，经济制度逐渐完善，宋

① 李修生主编《全元文》第12册，南京：江苏古籍出版社，1999年版，第294页。
② 李修生主编《全元文》第20册，南京：江苏古籍出版社，2000年版，第271页。
③ 李修生主编《全元文》第17册，南京：江苏古籍出版社，2000年版，第467页。

代已有的便民政策在商业管理中得到继承实施。柳贯《送刘宣宁序》云：

> 予闻朝廷岁辇粟实和林、明安诸仓，至八十万斛，而屯戍将士才免饥色。核卒乘之名数，计道路之工佣，大同一府总其凡，而所部州县莅其役。比年荐祲，人畜踣死道亡者过半，有司下急符责偿，其家一不赴期，则官若吏或受谴呵。赖二三大臣画策更制，悉出户部茶盐引，募有能自挽自输者，入其粟而授其券。夫既捐利以予商人，则饷道之流云委川，会有不胫翼而飞行者矣。比见行边使还，言囷庾之赢，大约足支三四年，而山西八州去秋极丰，菽麦被野，亩收皆一钟，民去震撼击撞，而就休息安养。宣宁方百里县，然化易孚而治易致，殆莫宜于斯时也。而刘君之敏裕，而又得时与地而施设焉，则起卓鲁以从之游，尚何愧哉！①

据此可知，元代前期官营军粮收购制度缺限明显，不仅害民，连督办军粮的官吏有时都受到责骂。后来有大臣提议用茶盐引，招募商人转运军粮，不仅除却了民害，商人也因实边而富裕。这样两全其美的办法，其实在宋代早已制度化，只是元代前期不注意继承宋代商业文化而已。

（二）商业税收管理特征及其文学反映

吴慧《中国商业通史》认为，元代商税分正课与船料两种，正课是对商贾买卖所征收的市肆之税，以及买卖田宅、奴婢、牲畜等所征收的交易税；船料又称"船钞"，是对商业用船所征的税。② 也就是说，元代在对商业税收的管理上，是分两个方面的，比起前代，其管理的范围更广。

商业税收管理，离不开管理机构的设置。按《元史》记载，元代在大都设立商税管理机构"宣课提举司"，"掌诸色课程，并领京城各市"，主要官员有提举、同提举、副提举等。在各路也设立"课税所"，"凡仓库院务官并合干人等，命各处官司选有产有行之人充之。其所办课程，每月赴所输纳。有贸易借贷者，并徒二年，杖七十；所官扰民取财者，其罪亦如之"，各地又有"抽分

---

① 李修生主编《全元文》第25册，南京：江苏古籍出版社，2001年版，第135页。

② 吴慧著《中国商业通史》第三卷，北京：中国财政经济出版社，2005年版，第521页。

场提领所”，每所设提领、同提领、副提领等。[①] 可见元代的商业税收管理有着相当严密的体系。

一般而言，元代商业税收管理越来越严。在元世祖忽必烈（1260—1294年在位）时代，为了鼓励大都商业的发展，“于大都腹里设税务七十三处。其在京城者，猪羊市、牛驴市、马市、果木市、煤木所，有宣课提举司领之。利网虽密，然自酒醋而外，若鱼虾、药果之属，以及书画、藁席、草鞋、箸帚、砖瓦、柴炭、诸色灯、铜、铁、线、麻线、苎棉、草束、曲货，皆为不合税之物。”（《日下旧闻考》卷六三《官署》引《稼堂杂抄》）[②]不过，世祖严禁偷税漏税，并制定了商业税收定额制度，给予上都商业税收特惠政策。“中统四年，用阿合马、王光祖等言，凡在京权势之家为商贾，及以官银卖买之人，并令赴务输税，入城不吊引者同匿税法。至元七年，遂定三十分取一之制，以银四万五千锭为额，有溢额者别作增余。……二十二年，又增商税契本，每一道为中统钞三钱。减上都税课，于一百两之中取七钱半。二十六年，从丞相桑哥之请，遂大增天下商税，腹里为二十万锭，江南为二十五万锭。”世祖之后，成宗元贞元年（1295），“用平章剌真言，又增上都之税”。武宗至大三年（1310），“契本一道复增作至元钞三钱”。逮至文宗天历之际，“天下总入之数，视至元七年所定之额，盖不啻百倍云”[③]。

史料所载为国家商业税收管理的宏观方面，限于制度层面，而实际操作层面则有所不同。因为贪官污吏总是想办法增收商税，以显其“政绩”，便于升官或者借机饱中私囊。这种情况在元代文学中有具体反映。即如相对宽松的世祖时代，一些前代不收税的商品，也成了应税商品。胡祗遹《民间疾苦状》批评“税屋间架”商业管理措施“古今并无此例。木植苞灰丁线已行税讫，今又税屋，甚为重并”；批评“税羊”措施“既于每群内不计多少抽分讫羊口，又行收毛收皮纳税”；批评税物小吏昏庸的管理方式“税物不问时估，止由拦头合干人等高下价直，以凭取税”[④]。从胡祗遹的批评中，可知元世祖时

---

① （明）宋濂等撰《元史》，北京：中华书局，1976 年版，第 2129、2397、2205 页。

② 季羡林总编《传世藏书·文史笔记 4》，海口：海南国际新闻出版中心，1996 年版，第 436 页。

③ （明）宋濂等撰《元史》，北京：中华书局，1976 年版，第 2398 页。

④ 李修生主编《全元文》第 5 册，南京：江苏古籍出版社，1998 年版，第 590 页。

期地方官府胡乱征收商税，显示出在商税管理方面的混乱与贪婪，严重损害了普通百姓的利益，扰乱了社会正常秩序。

不仅是乱收商税，地方官府还私自增多征税机构，重复收取商税问题严重。王恽《罢规运硝减山楂等官》对这样的情况有所揭露：在收取山货等物的买卖双方课税之后，元代地方官府还设规运所、硝减局以及河泊、山查山场等机构，设置官吏再收过税，等到交易之后又收交易税。由于不合理地收取小商贩多重商税，导致小商贩“实不聊生”。王恽建议“一切创立局、司，侵夺民利等事理，合革罢，以慰民心”①。但是，直到王恽去世30多年后，顺帝至元六年(1340)二月，才“罢通州、河西务等处抽分按利房，大都东里山查提领所”②，商业税收管理方面才趋于合理。

如同唐宋时代，元代商业税收管理并不限于国内市场贸易方面，也包括海上贸易方面。《元史》“市舶”条明确记载：“元自世祖定江南，凡邻海诸郡与蕃国往还互易舶货者，其货以十分取一，粗者十五分取一，以市舶官主之。”这种抽取“舶货”的做法，叫做“抽解”或“抽分”，实为征收进出口贸易的实物税。至元二十九年(1292)，“凡商旅贩泉、福等处已抽之物，于本省有市舶司之地卖者，细色于二十五分之中取一，粗色于三十分之中取一，免其输税。其就市舶司买者，止于卖处收税，而不再抽。”至元三十年，又规定各口岸“于抽分之外，又取三十分之一以为税”。延祐元年(1314)，“禁人下蕃，官自发船贸易，回帆之日，细物十分抽二，粗物十五分抽二”③。总体趋势是海上贸易征税越来越重。

关于海上贸易商业税收管理情况，元代文学中也有一些反映。吴莱《次定海候涛山》诗云“方物抽所宝，水犀警非常”(《渊颖集》卷四)，反映的就是元代在定海口岸对外来商品进行“抽解”的情况。程端礼《监抽庆元市舶右丞资德约苏穆尔公去思碑》云：

> 国朝因唐宋于庆元、泉、广建市舶司，设提举官，酌古今之宜，颁舶

① (元)王恽著，杨亮、钟彦飞点校《王恽全集汇校》，北京：中华书局，2013年版，第3748—3749页。

② (明)宋濂等撰《元史》，北京：中华书局，1976年版，第854页。

③ (明)宋濂等撰《元史》，北京：中华书局，1976年版，第2401—2403页。

法二十有二条，抽分省官亲临，具有定制。惟是近年或委他官，选择未精，法外生弊，舶户病之。……今监抽一事，未足赞公才美……公自下车，宣谕德意，抚恤海贾，据法从事，无所拟议。……毕事之夕，乘传即行，宜舶户之额手忻忭颂德而不忘也。①

从对苏穆公的称颂中，不难看出元代“抽分”虽有制度，却因人成事，不法市舶官大有人在，贪污狼戾，“海贾”多受敲诈。唐元《松江府判致仕吕公墓铭》亦云：吕良弼“为浙东帅阃掾史也，从暗都刺宣慰抽分番货于泉州，众所啖利，如饥渴然，公独不为动。”②可见在元代海上贸易商业税收管理实践中，贪腐公行，严格按照制度征收商税的官员寥寥无几。

至于元代征收“船钞”，是元末顺帝时才开始的，明、清两代沿袭此制。元代实行这样的商业税收管理时间短，史料记录亦少，元代文学更无反映。

余论　宋元商业文明与涉商妇女形象的转型

自古以来，“用贫求富，农不如工，工不如商”，商人一向在经济上享有很高地位，而宋元时代推行重商政策，取消了秦汉以来对商人的政治歧视，商人不仅不再居于“四民”之末，反而可与士人抗衡。同时，在宋元官府积极招商的政策下，官营商业范围不断扩大，商人子弟入仕数量也不断增多。这一切都标志着士商共治的社会形态逐步形成。

在社会形态的大变革中，商人既成为打破原有社会形态的主角，那么，作为与商业关系密切的妇女，她们的社会地位势必随着商人社会地位的提高而提高，她们的群体阵容也随着商业的繁荣而扩大。因此，宋元时代涉商妇女在文学中的形象，也与前代有所不同。

---

① 李修生主编《全元文》第25册，南京：江苏古籍出版社，2001年版，第556页。
② 李修生主编《全元文》第24册，南京：江苏古籍出版社，2001年版，第510页。

一、商业文明的发展与商人妇形象的转型

在宋元时代，商人地位的提高，影响到其家庭生活与个人享乐的方式，而这一切都会体现在与商人关系最为密切的商人妇形象的塑造上。若将宋元时代商人妇形象与唐代商人妇形象作一对比，我们会发现宋元时代商人妇形象具有鲜明的时代特色。

首先，商人长年行商在外，携妇同行多有不便，因而多与娼妓往来。而娼妓一般能歌善舞，靠展示才艺赢得男人的欢心。在没有录音、录像、电视等设备的时代，商人一旦享受过娼妓的才艺表演之后，难免不对才艺表演入迷。但是，无论财力多么雄厚的商人，按国家制度规定，也是不允许拥有私家妓乐的。所以，宋元之前的大商人，往往将年长色衰的娼妓纳为小妾，以满足其在家庭中欣赏才艺的需求。如中唐白居易《琵琶行》中当年红极一时的琵琶女，便是“老大嫁作商人妇”。然而，到了宋元时代，商人的地位得以提高，一些商业文化发达的地区，市民们刻意培养女儿的才艺，嫁给大商人，以满足大商人同时享受妙龄美色与才艺欣赏的需求。如南宋陆游《长干行》诗云：

> 裙腰绿如草，衫色石榴花。十二学弹筝，十三学琵琶。宁嫁与商人，夫妇各天涯。朝朝问水神，夜夜梦三巴。聘金虽如山，不愿入侯家。郭袖庭花下，东风吹鬓斜。①

然而，大商人们往往得寸进尺，对于在当地娶来的才艺与美色兼具的妙龄女子还不满意，便将她们送到京都进行才艺培训，通过她们的再行深造来满足更高级的娱乐享受。元人王沂（约1280—1358）《和陆友仁尺五城南诗九首》（其九）即云：

---

① 北京大学古文献研究所编《全宋诗》第四十册，北京：北京大学出版社，1998年版，第25075页。

尺五城南贾客船，吴绫卖尽买茸毡。犹嫌吴女吴音拙，载入都门学管弦。①

宋元时期的大商人能在家中欣赏姬妾的才艺演出，可与蓄养家妓的王侯抗衡。不仅如此，大商人们在家中享受着多种娱乐，其家庭生活与前代贵族之家生活类似。如前引元杨维桢《海客行》一诗，其中"大姬""中姬""小姬"各执一事，从不同方面服侍拥有大海船的大商人。其写法与南朝梁代沈约《相逢狭路间》诗类似。不过，沈诗中"大妇绕梁歌，中妇回文织。小妇独无事，闭门聊且即。绿绮试一弹，玄鹤方鼓翼"②，所提及的是"大妇""中妇""小妇"，作为贵族之家的儿媳，各有一种才艺，分别服侍"大子""中子""小子"。与元代大商人的家庭生活相比，梁代贵族的享受程度远远不及。而从杨维桢的描写中，我们更可看出作为姬妾的元代商人妇形象的多样性，特别是"小姬"形象，是前代商人妇中所未见的。

宋元时代大商人在商业文化发达的社会背景下，突破了国家制度的约束，能够在家庭生活中同时享受酒色与妙龄女子的才艺表演，在客观上使得一部分商人妇的形象发生了改变，即原先缺少才艺的妙龄美妾形象，转型为才艺美色兼具的商人妇形象。

其次，除了少数拥有大海船的大商人能够携带妻妾经商，绝大多数商人妇都要留在家中，饱受独守空房的凄苦。而前代商人的社会地位不高，其所娶妻妾往往没受过闺门礼教的严格熏陶，是极易在独守生活中受到别的男子诱惑而出轨的。

晚唐柳祥《潇湘录》中所记"孟氏"，本是"寿春之妓人"，嫁给扬州大商人万贞后，不甘寂寞，竟然与鬼怪私通。③ 而盛唐李白《江夏行》诗中的商人妇也"悔作商人妇"，哀叹"青春长别离"。

到宋元时代，由于商人社会地位的提高，所娶妻妾也有深受闺门礼教熏陶的，这样的商人妇往往坚贞自守，堪与古代著名的贞妇媲美。如南宋杨冠

① 杨镰主编《全元诗》第三十三册，北京：中华书局，2013 年版，第 128 页。
② 逯钦立辑校《先秦汉魏晋南北朝诗》，中华书局，1983 年版，第 1616 页。
③ （宋）李昉等编《太平广记》，北京：中华书局，1961 年版，第 2735—2736 页。

卿《商妇吟》诗云：

> 妾本良家子，嫁作商人妇。荡子去不归，幽闺长独守。平生松柏心，岁晚柯叶茂。飘絮乱因风，肯若道旁柳。朝来寻侄娣，典衣换春酒。邮籤访水程，去问夫健否。白面谁家郎，下马清溪口。却立不肯前，邀妾相先后。宁知天壤间，贵贱从其偶。妾身虽同途，妾心终不负。①

元代黄玠《采莲女》亦云：

> 妾本鸳鸯湖上女，家在鸳鸯湖上住。去年湖上采莲时，将身嫁作商人妇。商人今年行不归，荷花欲语娇为谁？闲看鸳鸯抛翠药，颜色如花命如薏。莲有藕兮藕有丝，郎君白面谁家儿？水烟霏霏日催夕，解后相逢莫相忆。②

出身良家的商人妇，一方面对离家远出经商的丈夫思念不已，另一方面又能摆脱少年男子的诱惑，决不负心于自己的丈夫。这在宋元以前的文学作品中也是难得一见的。

除了诗中塑造出决不负心的商人妇形象，宋元小说中还塑造了勇于追随丈夫的商人妇形象。如南宋洪迈《夷坚三志》壬卷第十《邹九妻甘氏》，讲述了曾九经商逾期两年未归，其妻甘氏不告家人私自寻访，流落而死，其鬼魂终与丈夫相遇的故事；同书同卷《解七五姐》，又讲述了解七五姐得到丈夫施华密信后，知道施华因作赘婿而被迫出门经商，且"经纪不遂，今浪迹汝宁府"，便抑郁而死，其鬼魂千里追寻丈夫的故事。③ 这两则故事虽涉鬼怪而荒诞不经，却塑造出至死追随丈夫的商人妇形象。这种形象是宋元以前文学作品中未见的。

再次，宋元时代商人经济上更加富有，社会地位也提高了，但并没有接

① 北京大学古文献研究所编《全宋诗》第四七册，北京：北京大学出版社，1998 年版，第 29622 页。

② 杨镰主编《全元诗》第三十五册，北京：中华书局，2013 年版，第 206 页。

③ （宋）洪迈撰，何卓点校《夷坚志》，北京：中华书局，1981 年版，第 1541—1542、1544—1545 页。

受更多的教育，因而私生活更为放荡，一旦娶不良女子为妇，往往祸及自身乃至整个家庭。因此，恶妇形象也是宋元时期商人妇形象的新内容。

据宋元小说家话本《错认尸》载：北宋仁宗明道元年，宁海军杭州商人乔俊在外取妾周氏回家，妻高氏不容，他只得与周氏外出单住。乔俊外出经商与上厅行首沈瑞莲来往不归，周氏与新雇长工董小二通奸。高氏让周氏迁回，小二又奸骗其女玉秀。高氏杀小二，洪大工帮忙抛尸。结果皮匠妻错认尸，引起泼皮王酒酒告发，高氏一家四口全死于狱中，家财被官抄。乔俊回家知情后，投水而死。[1]

从这篇白话小说中，可知商人乔俊好色贪淫，是一家败亡的祸根，但其妾周氏不守妇道，其妻高氏愚蠢而专横，也是悲剧发生的重要因素。因此，这篇小说不仅为我们塑造了色商淫妾形象，也为我们塑造了一个崭新的商人妻形象。

又据《异闻总录》卷四《临川倡女》载：

> 临川倡女仪二十二名珏，赋性凶横，御其下尤酷。……盐商太游其家，以钱买关节为脱籍，为置于舟中为妻，悍心不悛。太先有妾，珏日夜捶骂，竟杀之，投尸于江。是夕，既有物腾蹋船舷，往来枕席间，点烛视之，无所睹。珏宛转不得寐，告其良曰："境象甚恶，眼见极非人趣，将必不免。我再入牢狱，讯掠惨苦，今岂复可堪。"太恐其自戕，以好言宽释。明日，防察备至。偶登蓬直欲取水，珏大叫求哀，若有曳其头者，迳赴水。篙工下救之，则已死，仍与先妾抱持。太自言于官，检尸不伤，自捐费数百千乃已。（据《四库全书总目》卷一四四《异闻总录》提要考证，此事本出《夷坚志》。）

南宋盐商太因娶"凶横"的倡女珏，不仅人财两空，连原有之妾也无端丧命。类似的，话本小说《曹伯明错勘赃记》讲述了大元朝至正年间一个故事：开客店的曹伯明娶妓者谢小桃，开饭店的姑母反对，结果谢小桃与倘都军以

---

[1] 程毅中辑注《宋元小说家话本集》，济南：齐鲁书社，2000年版，第507—525页。

赃陷害曹伯明入狱。最终是设计者一刺配一为奴，曹伯明昭雪。[1] 虽然最终恶妇得到了法律制裁，商人曹伯明也吃了不少苦头。而谢小桃这样谋害亲夫的商人妇形象，也是前代文学中所未见的。

复次，由于宋元时代商业发达，商人或因顾及生意，不能很好地照顾家庭，或因财而身死，都易导致商人妇遭歹人暗算。因此，宋元文学中开始出现了饱受屈辱的商人妇形象。

最为著名的，要数宋元话本小说《错斩崔宁》了。这篇小说描写了南宋商人王贵一家人的故事：王贵浑家刘氏是刘员外女儿，小娘子陈二姐是陈卖糕的女儿。商人王贵因说谎殒命。崔宁卖丝遇陈二姐遭诬，被双双问斩。盗贼杀人越货后经商，刘大娘子遭其奸骗后告发盗贼，雪冤后为尼。[2]

王贵信口开无德玩笑，身死不足惜，而其妾陈二姐却遭诬而亡，其妻刘大娘子更是被奸骗，这一妻一妾所遭受的屈辱是震撼人心的。

在宋元文言小说中，商人妇受人欺骗或设计谋害，也往往饱受屈辱。如《夷坚支癸》卷第四《郑百三妻》载：

> 饶州市民张霖，居德化桥下，贩易陶器，积以成家。生三女，次者嫁小盐商郑大郎第三子，奁具亦二千缗，居税务巷。庆元二年冬，父子同往通州取盐。郑大未有嗣息时，求一外姓儿养之。其后，妻生仲与季。仲娶屠者刘翁女，别僦舍于北街。三年二月，郑妪欲挈以归，先就本屋内治房室，其所善巫师言："今年九梁煞在门，切不可移门换户。大忌百二十日，小忌六十日，未易过得。若冲犯，必有年命衰谢之人当之。幸勿忽。"妪笑曰："果有一切方隅禁忌，我自抵当。"于是纵意修营，略不顾避，择以二十一日乙丑天明，延仲子并刘氏妇入。才及日暮，张氏忽引手拊心胸叫称极痛，遣童报父母，亟招医，已而益甚。母朝夕守视，更三四医，服药辄呕。将两月，脉证遂殆。外姻沈三来省问，女起坐曰："姑夫知否？我只怕第九个。"沈历道诸亲排行，皆无第九者。再扣之，不肯

---

① 程毅中辑注《宋元小说家话本集》，济南：齐鲁书社，2000 年版，第 499—504 页。

② 程毅中辑注《宋元小说家话本集》，济南：齐鲁书社，2000 年版，第 248—266 页。

言，但云："说时便害我性命。"明旦，医黄裳视之，呀然曰："他少间到此，是煞也。"旋踵而殂。是日乃四月二十一日乙丑，正满一甲子云。郑仲子一房还母居，而少妇遭祸，岂其命欤？楚俗趋邪，使淫巫得以借口，皆此类也。①

由于郑大父子皆外出经商，两代商人妇遭淫巫毒手，一死一屈。而《夷坚三志》己卷第二《璩小十家怪》载酒商璩小十在十里外经营酒坊，其妻李氏竟为白猿精时时奸淫，后虽杀白猿却怀孕，即使搦死小猱，也不能洗清李氏的屈辱。这两篇文言小说虽荒诞，却同样塑造了前所未有的饱受屈辱的商人妇形象。

最后，随着商业经济的发展，以及长久的商人家庭生活，商人妇中出现了一批颇有经济头脑的人物，她们在家庭变故或社会变乱面前，能够冷静对待，靠自己的智谋与果敢行动取得成功。这是宋元商人妇形象中较前代商人妇形象更精彩的一面。

南宋洪迈《夷坚支丁》卷第九《淮阴张生妻》记载：

楚民张生，居于淮阴磨盘之湾，家启酒肆，颇为赡足。绍兴辛巳冬，虏骑南下，淮人率奔京口。张素病足，不能行，漂驻扬州。已而颜亮至，张妻卓氏为夷酋所掠，即与之配。卓告之曰："我之夫在城中，蓄银五锭，必落他人手，不若同往取之。"酋喜，偕诣张处，逼夺之。张戟手恨骂。酋益喜，以为卓氏慕己，凡是行卤获金珠，尽委之，相与如真夫妇。俄亮死军回。卓痛饮酋酒，醉卧之次，拔刀刺其喉，悉囊其物，鞭马复访张。张话前事，责数，欲行决绝。卓出所携付之曰："当时不设此计，渠必不肯信付我。今日之获，乃张本于逼银耳。"于是闻者交称焉。②

商人妇卓氏在强敌面前，不拘妇节，而以制胜为要，足智多谋，既杀死强

① （宋）洪迈撰，何卓点校《夷坚志》，北京：中华书局，1981年版，第1248页。
② （宋）洪迈撰，何卓点校《夷坚志》，北京：中华书局，1981年版，第1039页。

敌，又得到大量金钱，终得人们的称赞。在宋代理学盛行的社会背景下，出现这样的商人妇形象，真是奇迹。

更有甚者，《夷坚丙志》卷第十四《王八郎》记载商人王八郎的妻子不满丈夫娶倡女，暗中转移大量家财，在与其夫决裂时，又据理力争，不仅获得了一半家产，还争取到了女儿的扶养权。离婚之后，她对前夫的指手画脚严词斥责。甚至死后女儿将其与前夫合葬，也出现了两骸“东西相背”的奇怪现象。[①] 由此可见，这篇小说为我们塑造了一位有智谋有尊严的商人妇形象。

宋代商人妇之所以能捍卫自己的尊严，与其有能力独立经商有关，也与宋代大量女子独立经商的社会大环境有关。所以，宋代文学中出现既注重实际又捍卫尊严的商人妇形象，是新的重商时代的产物，为前代所未见。

与前代文学相比，宋元时代文学对商人妇的描写，在数量上大增，商人妇形象的类型也更为多样化。这间接地表明宋元时代商人数量增多而且商业更加发达，特别是透过商人妇与商人之间关系的描述，更能揭示宋元时代商业文明的某些本质内容：商人生意越兴隆，就越有钱拥有更多的女人乃至更有才艺的女人，商人妻妾成群且讲究才艺消费，是宋元时代商人地位提高的表现，而弃妻纳娼、舍弃域外有恩之妇，也是宋元时代商人道德严重滑落的表现。

二、商业文明的发展与妓女形象的转型

宋元以前从事商业性文艺表演的妓女，要么居住在平康青楼之中接待来客，要么散落在各地流动表演。到了宋元时代，出现了专门服务于文艺表演的瓦舍勾栏；城市中茶坊酒楼增多，又为妓女文艺表演提供了新场所；加之北宋与南宋政府的官营酒业也需要妓女从事官酒促销；如此等等，都在客观上推动了宋元妓女形象的转变。

首先，市井私妓前往城市普通酒楼和村酒店中卖唱陪客，以求得客人赏赐钱物，填补了城市中豪华酒楼之外缺少商业性文艺服务的空白，也使传统

---

① （宋）洪迈撰，何卓点校《夷坚志》，北京：中华书局，1981 年版，第 484—485 页。

的私妓形象发生转变。而官营酒店为了与私营酒店竞争，采取以官妓演出为主的招徕客人措施，也使传统官妓的形象发生了重大变化。

在宋代以前，比较豪华的酒楼一般都有专业的酒家女为客人提供歌舞表演服务，如汉乐府民歌《羽林郎》中的“酒家胡”，唐诗人李白《少年行》《前有一樽酒行》等也都提到酒家女“胡姬”，《金陵酒肆留别》《对酒》等则提到“吴姬”。至宋元时代，酒家女仍活跃在豪华酒楼中，如宋代赵希逢《和早春酒家》云“丰姿越女更吴姬，一笑能令酒力微”，朱继芳《送李秋堂赴京口酒人》云“吴姬道字未端正，当垆学唱新番腔”，元代成廷珪《江南曲》云“吴姬当垆新酒香，翠绡短袂红罗裳”。这些说明了豪华酒楼中“越女”“吴姬”押酒的传统一直未变。

由于社会经济的发展，宋元时代平民的消费能力大大提高，不仅产生了现实的酒食消费需求，也产生了现实的色艺消费需求。而适合平民消费的城市普通酒楼和村酒店中，并没有专业的酒家女提供色艺服务，这就为流落各地的市井私妓卖艺讨生活提供了较为理想的场所。因此，宋元文学中便出现了下层妓女主动到酒店卖艺的形象。

话本小说《宋四公大闹禁魂张》中有这样一段描写：

> 宋四公且入酒店里去，买些酒消愁解闷则个。酒保唱了喏，排下酒来。一杯两盏，酒至三杯，宋四公正闷里吃酒，只见外面一个妇女入酒店来：
>
> 油头粉面，白齿朱唇。锦帕齐眉，罗裙掩地。鬓边斜插些花朵，脸上微堆着笑容。虽不比闺里佳人，也当得垆头少妇。
>
> 那个妇女入着酒店，与宋四公道个万福，拍手唱一只曲儿。宋四公仔细看时，有些个面熟，道这妇女是酒店擦卓儿的，“请小娘子坐则个。”妇女在宋四公根底坐定，教量酒添只盏儿来，吃了一盏酒。宋四公把那妇女抱一抱，撮一撮，拍拍惜惜，……

这段描写中，出现了一位“酒店擦卓儿的”妇女。所谓“酒店擦卓儿的”，就是“酒店里挨桌卖唱的歌妓”[①]。而她“也当得垆头少妇”，恰恰说明她来的是不提供酒家女服务的低级酒店。这种类似酒家女地位在村酒店中出现的妓女形象，是前代文学中所没有过的。

关于妓女依托酒家卖艺为生的描写，宋元诗歌中也有。如南宋吴龙翰《泊芜湖县》诗有句“酒楼歌妓集，渔市贩夫行”[②]。显然，“歌妓”充当了临时酒家女的位置，一个“集”字，表明“歌妓”是主动来酒楼的。这种倚酒楼卖艺为生的妓女形象出现，对传统妓女形象来说，是一大转变。

宋代倚酒楼献艺的，不仅有主动前往的私妓，还有“应官身”而来官酒务（或酒库）的官妓（有时也包括临时征招的私妓）。周密《武林旧事》卷六记南宋杭州城“和乐楼”等十一座官营酒楼用官妓陪客的情况云：

> 每库设官妓数十人……饮客登楼，则以名牌点唤侑樽，谓之“点花牌”。……然名娼皆深藏邃阁，未易招呼。[③]

这种以官妓卖酒的做法，在北宋时就遭到了一些文人的反对。如北宋末杨时《龟山集》卷十《语录》讥议云：

> 朝廷设法卖酒，所在官吏遂张乐集妓女以来小民。此最为害。教而必为之辞曰“与民同乐”，岂不诬哉！夫诱引无知之民以渔其财，是在百姓为之，理亦当禁。而官吏为之，上下不以为怪，不知为政之过也。且民之有财，亦须上之人与之爱惜。不与之爱惜，而巧求暗取之，虽无鞭笞以强民，其所为有甚于鞭笞矣。余在潭州浏阳，方官散青苗时，凡酒肆食店与夫俳优戏剧之罔民财者，悉有以禁之。散钱已，然后令如故。官卖酒，旧尝至是时亦必以妓乐随处张设，颇得民利。[④]

---

① 程毅中辑注《宋元小说家话本集》，济南：齐鲁书社，2000 年版，第 179 页。
② 北京大学古文献研究所编《全宋诗》第六八册，北京：北京大学出版社，1998 年版，第 42881 页。
③ （宋）孟元老等著《东京梦华录（外四种）》，上海：古典文学出版社，1957 年版，第 441 页。
④ 《文津阁四库全书》第三七六册，北京：商务印书馆，2005 年版，第 67 页。

官营商业借力文艺演出，设妓乐卖官酒，是北宋新起的现象。虽然杨时表示反对，并在自己的权力范围内加以纠正，但改变不了全国各地官营酒业利用官妓的总体状况。因此，传统的官妓形象转变成类似官营酒楼中酒家女的形象，也就成了宋元文学所反映的新现实。

其次，为适应平民消费的需要，宋元女艺人在文艺表演上也与时俱进，不仅演唱更为口语化的曲子词、元散曲，也开始了大型的戏曲演出活动。并且，因长期从事文艺表演，宋元女艺人中的佼佼者还能够即席创作诗词曲。这种更为多才多艺也更平民化的妓女新形象，在宋元文学中也都有反映。

在宋人传奇小说中，有不少述及歌妓具有多种文学创作能力的。如北宋王山撰《盈盈传》，叙述皇祐中妓女盈盈主动向文人学作词，她自己也善作歌词；秦醇撰《谭意哥记》，叙述妓女谭意哥能诗词善对联，书信亦文采斐然；南宋罗烨撰《楚娘》，叙述"皇都名娼"楚娘也擅长诗词创作；洪迈《夷坚支》乙卷第六《合生诗词》更是反映了南宋女艺人能够即席创作诗词。

至元代，平民文化更为发达，戏曲表演成了女艺人的新绝活。比如夏庭芝说过女艺人朱帘秀"杂剧为当今独步，驾头、花旦、软末泥等，悉造其妙"；陶宗仪《辍耕录》卷四记："歌儿顺时秀者，唱今乐府，其《折桂令》起句云'博山铜，细袅春风'，一句而两韵，名曰短柱，极不易作，先生（虞集）爱其新奇。"①对于这些才艺超绝的女艺人，元代文学中也反映颇多。如关汉卿在散曲［南吕·一枝花·赠朱帘秀］起首写道：

> 轻裁虾万须，巧织珠千串，金钩光错落，绣带舞蹁跹。似雾非烟，妆点就深闺院，不许那等闲人取次展。摇四壁翡翠浓阴，射万瓦琉璃色浅。②

这段曲词将朱帘秀歌声珠圆玉润，舞姿蹁跹婀娜，善于扮演旦角，光彩照人的形象展现无遗。而在夏庭芝《青楼集》中，更是为110位女艺人立传，

① （元）陶宗仪著《南村辍耕录》，济南：齐鲁书社，2007年版，第55页。
② 隋树森编《全元散曲》，北京：中华书局，1964年版，第170页。

其中反映元代女艺人具有多种文学创作才能的也不少。如记张玉莲“南北令词，即席成赋”，还曾作《折桂令》词送人。还记刘婆惜能根据全普庵拨里《清江引》首句而续成之。可见，元代妓女与宋代妓女一样，才艺更为多样，形象亦更为平民化。

最后，宋元时代的妓女多数流散于多种场所，与市井流氓有更多的接触。这样，长期浸染于市井文化的部分妓女，有的出于自我保护，变得机诈而泼辣；有的竟沾染上了不良习气，凭借着自己的色艺，参与恶少年组织的诈骗活动。对于这样让男性生畏的妓女新形象，宋元文学同样有所反映。

北宋夏噩所撰《王魁传》，写市井妓女王桂英被文人王魁负心，桂英对侍儿说：“今王魁负我盟誓，必杀之而后已。然我妇人，吾当以死报之。”[①]观其言，与唐人元稹笔下的被张生所负的崔莺莺相比，王桂英的性格是多么的泼辣！南宋洪迈《夷坚三志》己卷第四《傅九林小姐》载散乐林小姐与市井子弟傅九诈死潜逃，又可见南宋妓女在市井文化影响下已变得十分机诈。而元代关汉卿的著名杂剧《救风尘》，所描绘的妓女赵盼儿，针对恶商周舍好色的品性，救出风尘姐妹宋引章，其形象更是既机诈又泼辣。

或许是出于对轻浮文人的报复，宋代妓女中也有专门针对年轻文人设局骗财的，这同样表现了她们机诈的一面。如《夷坚志补》卷第八《王朝议》中，“平康诸妓”虽不是直接勾引沈将仕的祸首，却是利用姿色与赌博的技巧参与了恶少年的诈骗活动。在同书同卷《李将仕》中，妓女则成了直接以色艺诈骗初出门年轻男子的角色。

宋元妓女形象整体上发生了较大的转变，与商业经济力量增加的现实分不开，也与商业文明中畸形的市井文化分不开，还与妓女对文人和商人的态度改变分不开。南宋文人戴复古有一首《清平乐·嘲人》词云：

醉狂痴作。误信青楼约。酒醒梅花吹画角。翻得一场寂寞。相如

① 李剑国辑校《宋代传奇集》，北京：中华书局，2001年版，第159—163页。

谩赋凌雪。琴台不遇文君。江上琵琶旧曲，只堪分付商人。[1]

对比一下唐人白居易的《琵琶行》与这首词的内容，我们不难感知在商人与文人之间，宋元妓女与唐代妓女的选择的差别。而妓女形象的转型，与商业文明发展之关系，于此亦可见一斑。

① 唐圭璋编《全宋词》，北京：中华书局，1965 年版，第 2307 页。

第二章　宋元商业文明与商人形象的文学特征

自中唐实施盐、酒、茶等专卖制度，商人得以直接参与政府的经济活动，其政治地位日益提高，同时逐渐放开对商人子弟的限制，让他们与文士一起参加科举考试，文士相对于商人的政治优越感大大降低。至宋元时代，政府的财赋收入主要依赖商税和官营商业收入，在经济领域商人与官员的界限更为模糊，尤其是元代，长期废止科举制度，商人甚至比文士为官者更多，秦汉以来的贱商政策已荡然无存。因此，宋元时代的文士们在文化传统与现实之间徘徊，怀着相当矛盾的心情看待商人，这就使得宋元文学中的商人形象塑造，充满了高度的复杂性。

第一节　宋元商业文明与商人形象的真实性

在宋元文学中，商人形象的塑造，既离不开宋元商业文明的实际，也离不开作者的主观思想。而商业文明的实际，主要体现在商业组织与设施、商业分工、营销手段等方面；作者的主观思想，往往体现在其观察角度上，如政治视角、经济视角和道德视角等。所以，我们考察宋元商人形象的真实性，需要同时兼顾多种因素。

一、宋元商业发展与商人形象的真实性

若以商业活动中的职能分工为标准，结合宋元时代商业发展实际，并运

用当代商业术语，我们可将宋元时代的商人分为制造商、加工商、贩运商、铺户商、客店商、代理商、高利贷商、运输商、小商贩等九大类。其中，与宋元商业发展关系密切的，主要有制造商、代理商与高利贷商，下面我们就以这三类商人形象在宋元文学中的塑造情况来探讨其真实性。

首先，宋元时代的政府都注重以商税和官营商业收入来增加财政收入，这样就需要有更多的商品进入流通领域，而手工制造业能在短期内提供更多的商品，所以宋元手工制造业发展显著。又由于陶瓷制品有很大的国内外市场，宋代崇文政策带来书籍需求大增，所以制陶业与造纸业在宋元手工制造业中最为发达。这样，宋元文学中出现较多的制陶商与造纸商形象，就是很自然的事了。

《夷坚支》甲卷第二《九龙庙》塑造了"世世以陶冶为业"的潼州白龙谷陶人梁氏形象。小说中的梁氏拥有十口窑，只有一口窑所出"瓦器"最善，其余"窊邪不正"，但上市出售，很受欢迎。龙翁托梦给他，说这是白龙的九个儿子寄身在他家窑下暗暗相助的结果。梁氏在龙翁托梦后重新为白龙立祠，生意更好，其家也比以前更富。[①] 不难看出，所谓龙翁托梦之说，出于制陶商梁氏之口，不可能实有其事，他之所以变得更为富有，在于他善于借神说事，利用当时人们对神的敬畏之心，以欺骗的手段获取了暴利。

《夷坚三志》壬卷第一《冯氏阴祸》写冯四家中祸事不断，后来他向人道出隐情："吾亡父存日，以陶冶为生，尝贷二客纱帛二十千，约日偿值。及期不肯与，客诣窑所逼之，其处孤僻无人烟，因争忿之际，父率同役者共击杀之。纳尸于窑内而纵火焉，泯为灰烬，外无知者。后父以寿终，不料报乃在此。"[②]此故事中的制陶商竟然赖账杀人，焚尸灭迹，其形象十分丑恶。

如果说宋人洪迈小说中制陶商冯四父亲形象是通过转述而来，尚不够丰满的话，那么，元杂剧中同样杀人灭口的制陶商盆罐赵形象，则是十分生动逼真的。

杂剧中的盆罐赵，"开着一座瓦窑，卖些盆罐"，又开着一座客店，遇本钱

---

① （宋）洪迈撰，何卓点校《夷坚志》，北京：中华书局，1981 年版，第 725—726 页。

② （宋）洪迈撰，何卓点校《夷坚志》，北京：中华书局，1981 年版，第 1471 页。

多的便图财害命。其妻撇枝秀出身乐户,比其夫更为贪婪。汴梁人杨国用因躲百日灾,借表弟赵客家五两银子,远出做买卖。欠一日未满百日,在离家五十里的地方住进盆罐赵夫妇开的客店。撇枝秀探知杨国用两个笼子“沉点点”的,便唤其夫来劫财害命。盆罐赵胁迫杨国用,得到一个银子,其妻嫌不够;盆罐赵又胁迫杨国用,得到一头笼子,其妻仍嫌不够。最后,盆罐赵追杀杨国用于瓦窑中,并烧其剩骨,碓成粉和泥做个盆放窑中烧制。曾在开封府做五衙都首领的张𢢼古,向盆罐赵讨要个盆儿做夜盆,得到附着杨国用冤魂的盆儿。结果冤魂搅扰得张𢢼古不得安宁,张𢢼古只好带着盆儿到开封府向包待制投案,冤魂玎玎珰珰地陈诉,包待制判决盆罐赵夫妇凌迟处死,家产分给张𢢼古和杨国用的父亲。①

作为远离城市的制陶商,盆罐赵不仅将自己的产品放到张𢢼古之类市民家“寄卖”,做一名地地道道的商人,还与出身不良的妻子兼营客店,利用地处僻远的条件干些杀人图财的勾当。不过,在杀杨国用这件事上,盆罐赵的表现还是较为复杂的。在杨国用的哀求下,他也打算敲诈些钱财就放过杨国用,可是在其妻撇枝秀的贪婪逼迫下,他竟然将杨国用的两笼财物全部夺去,听到杨国用私下说要报官,才在撇枝秀的怂恿下杀人。从这样的情节中,可知盆罐赵也并非完全泯灭人性。再说,他所杀之人,并非赤贫之人,而是“有些油水”的人。他答应过送个盆儿给张𢢼古,当穷老汉张𢢼古来讨要时,他也不失信用,任由张𢢼古挑选。可以说,作为单纯的制陶商,盆罐赵是不具有杀人条件的,还算是个守信用的商人。只是作为兼营客店的商人,盆罐赵才与其妻狼狈为奸,杀人越货。

除了陶瓷制造业发达,宋元时代的造纸业也有也很大发展。宋代造纸的原料,“是过去无法与之相比的”,造纸技术“也有了不小的改进”,②而印刷术的大规模使用,更促进了造纸业的发达。元代造纸业则是宋代造纸业的“继续和发展”。③ 造纸业的发达,使得造纸商形象也就容易在文学中得到

---

① 王季思主编《全元戏曲》第六卷,北京:人民文学出版社,1999 年版,第 473—504 页。

② 漆侠著《中国经济通史·宋代经济卷》,北京:经济日报出版社,1999 年版,第 703—704 页。

③ 陈高华、史为民著《中国经济通史·元代经济卷》,北京:经济日报出版社,2001 年版,第 293 页。

表现了。《夷坚三志》己卷第二《周世亨写经》载云：

> 鄱阳主吏周世亨，谢役之后，奉事观世音甚谨。庆元初，发愿手写经二百卷，施于人持诵。因循过期，遂感疾，乃祷菩萨祈救护。既小安，即以钱二千、米一石，付造纸江匠，使抄经纸。江用所得，别作纸入肆贩鬻，周见而责之。江以贫告，复增畀其直。及售纸于肆，每幅皆断为六七。惧而急还家，悉力缉制，纳于周，周请一僧折成册，斋戒缮写。……①

小说中的"江匠"自行销售产品，其行为分明是制造商的行为，因此，今天看来，他是一名地地道道的造纸商。由于贫穷，江姓造纸商只得采取借鸡下蛋的方式积聚资本，维持纸业生产与销售。幸而遇到宽容大度的周世亨增值订购抄经纸，才暂时摆脱了困窘。

值得思考的是，小说中的江姓造纸商，为什么被称为"江匠"？同样的，《夷坚支》庚卷第九《无锡木匠》中的张木匠，"造盆器出贸于街"，显然也是一位木器制造商，但宋人仅以"木匠"称呼。另外，《夷坚支》癸卷第四《画眉山土地》中的杨文昌，"以造扇为业"，"每售扇皆有定价"，小说中不以折扇制造商称呼，而以"市井小民"称呼之；《夷坚三志》壬卷第六《蒋二白衣社》中的蒋二，"寻常装造印香贩售以赡生"，是一名印香制造商，小说也仅以"市居百姓"称呼之。为什么会出现这样的现象呢？

实际上，在中国古代，有"行商""坐贾"之说，"商"，专门用于指称贩运商人，其他类型的商人都不以"商"称呼。而宋元小说中的制造商被称为"匠"或"市井小民""市居百姓"等，是由于制造商还处于手工制造而非大机器制造的时代，他们没有雇佣工人，仅靠自己的劳动亦工亦商，并非与生产完全脱离关系的"商"或"贾"。宋元文学对制造商形象的塑造，真实地反映了那个时代制造业有较大发展但未臻全面发达的程度。既然宋元小说中的制造商们单纯地依靠自己的劳动亦工亦商，而不采用雇佣劳动以获取剩余

---

① （宋）洪迈撰，何卓点校《夷坚志》，北京：中华书局，1981年版，第1318—1319页。

价值的方式来生产，就难以获取很大商业利润，不过是一群生活较为困窘的小商人，那么，他们在经营过程中采取欺骗、图财害命或借鸡下蛋等手段，也存在为生活所迫的逻辑性，其形象之真实性是建立在现实生活基础之上的。

其次，宋元时代商业经营的组织形式也得到了较大发展，代理商的类型大为增多。早在奴隶制时代，奴隶主已让奴隶代为经商，然而，奴隶毕竟不享受商业利益，还算不上代理商。但是，这种商业经营模式已为后世代理商的出现打下了基础。到宋元时代，封建制已十分成熟，商业领域中的雇主与代理商的关系主要是经济关系，并不存在人身依附关系，代理商一般都具有独立的人格。因此，宋元文学中代理商的形象也更为鲜明。

宋元时代的代理商类型颇多，如话本小说《张主管志诚脱奇祸》中的李庆、张胜，就是受员外张士廉雇用经营胭脂绒线铺的，当时人以“主管”称呼，即今人所称代理商；宋人传奇《大桶张氏》中的“行钱”孙助教，则是受大桶张氏雇用放高利贷的代理商。当然，宋元时代最为人熟悉的代理商，要数食宿服务业中的代理商。

由于宋代科举用人规模扩大，游学游宦的文人数量大增，加之晚唐五代因战乱而南迁人口激增，南方一贯发达的商品性农业得到更大发展，商贩活动也因此激增。大量文人、小商贩的存在，决定了人口流动加速，相应的，食宿服务业空前繁荣，连南方各处的乡村都有满足旅客食宿需求的村店，城市与交通要道的酒店饭馆也增多。到了元代，虽然蒙元统治者不重文教，游学游宦的文人数量减少，但元代特别重商，商业活动增多，而元代战乱较多，统治又腐败，流离之人也不少，因而食宿服务业的盛况并不减于宋代。然而，从事食宿服务业虽然有利可图，却十分辛苦。我们从元杂剧中几乎完全类型化的酒店经营者的自我告白中可以看出：

> 买卖归来汗未消，上床犹自想来朝。为甚当家头先白，晓夜思量计万条。自家是店小二，在这东京居住。无别营生，开着个小酒店儿。但是南来北往经商客旅，常在我这店中饮酒。今日清早晨，开了这店门，

挑起望杆，烧的这镟锅儿热着，看有甚么人来。（《好酒赵元遇上皇》）①

由于经营食宿服务业十分辛苦，大商人或大财主们是不愿意亲自出马的，他们一般都是雇用职业经理人来从事此行业。如元杂剧《看钱奴买冤家债主》中的贾仁开解典库、酒店等，都是雇人经营的，其中酒店的经营者就是以“小二”来称呼的；《瘸李岳诗酒玩江亭》中的店小二说：“我这酒店，十分兴旺，是牛员外的酒店。”因此，在宋元时代，食宿服务业的经营者一般都称为“小二”或“酒保”，原因就在于他们不是真正的酒店（或旅店、饭馆）拥有人。这些“小二”或“酒保”，一般缺乏资本，虽有一定的经营能力，也只有不辞辛苦受雇于人，才能谋生。不过，他们虽受雇于人，在经营上却享有自主权，是具有独立人格的小商人。

由于店小二们受人雇用，赚钱不易，所以对钱财十分看重。在元杂剧《好酒赵元遇上皇》第二折中，上皇（即宋太祖）等三人饮酒未带钱，酒保便扭住厮打不放过。同样，在《宋上皇御断金凤钗》中，店小二得知赵鄂无钱时，就要求“还我房钱来”。又由于店小二们面对的主要是流动人口，加以酒店（或旅店、饭馆）是相对封闭的设施，具体经营一般没有外人参与，其中有些店小二还会做出非法勾当，常常成为宋元文学中道德谴责的对象。如元杂剧《包待制智勘后庭花》第三折中经营汴梁城中狮子店的店小二，见到翠鸾独自投宿酒店，就起了歹心：“好个女子也。天又晚了，人又静了，他又独自一个，我要他做个浑家，岂不是好？”翠鸾不从，店小二杀人抛尸。②

从以上元杂剧所塑造的店小二形象不难看出，酒店（或旅店、饭馆）代理商看重钱财，与他们受雇于人的地位以及经营的艰辛是分不开的，而他们临时起意做坏事，也与他们经营的设施乃至组织形式分不开的。所以，这些形象的真实性是建立在现实基础上的。

最后，宋元时代的商业规模扩大，商业资本也更为雄厚，其中有一部分商业资本转化为高利贷资本。同时，宋元土地政策也更为灵活，允许土地自

① 王季思主编《全元戏曲》第四卷，北京：人民文学出版社，1999年版，第677页。

② 王季思主编《全元戏曲》第四卷，北京：人民文学出版社，1999年版，第41—42页。

由买卖，土地兼并越来越严重，结果是农村出现了一大批财主，农业资本也有一部分转化为高利贷资本。这样，在高利贷者大量出现的背景下，高利贷商人的形象在宋元文学中也较多地出现了。

实际上，宋元时代职业性的高利贷商人以代理商为主，城乡大财主一般兼营多种产业，身份复杂多样，所以我们认定某人是高利贷商人时，仅以其与高利贷相关事迹为前提，如前文提及《大桶张氏》，其中的张氏子继承父母遗产，是个大财主，他所主事的产业多样，不独放高利贷，但《大桶张氏》这一故事中的张氏子，是以高利贷商人的面目出现的，我们姑且将他认作高利贷商人。

《大桶张氏》讲述的虽不是如何经营高利贷业务的故事，但还是较好地塑造出了高利贷商人张氏子的形象。故事内容大致如下：

> 大桶张氏子因过“行钱”孙助教家，见其女“容色绝世”，遂议婚并解下玉跳脱为信物，但后来“别议婚”，导致孙助教女情感受挫气闷而死。因人盗墓，孙氏女复活。后来孙氏女“诣张氏门”，张氏子以为是鬼，将其“推仆地”而死，张氏子也因此而死于狱中。①

从这一悲剧故事中，我们可知高利贷商人张氏子恃财狂妄，不守信用，最终也得到了报应。不仅北宋人塑造了高利贷商人的负面形象，南宋人也塑造了高利贷商人的负面形象。洪迈《夷坚三志》己卷第三《颍昌赵参政店》开篇即云：“焦务本，陈州人名田足谷，而于闾里间，放博取利，积之滋多，渔夺人子女，或遭苦胁至死，皆怨之刻骨。”焦务本这一高利贷商人贪婪无度，导致民间“皆怨之刻骨”，后来遭到冤魂报复而死。② 故事虽荒诞无稽，但高利贷商人的本性还是被揭露出来了。

元代文学中高利贷商人形象，最为人熟悉的莫过于杂剧《窦娥冤》中蔡婆的形象。不过，蔡婆并没有雇用“行钱”经营高利贷业务，而是亲自放债讨

---

① 李剑国辑校《宋代传奇集》，北京：中华书局，2001 年版，第 467—468 页。

② （宋）洪迈撰，何卓点校《夷坚志》，北京：中华书局，1981 年版，第 1327 页。

债。但亲自经营高利贷业务,虽得利很高,风险也是很大的。对于还不起债的书生窦天章,她让其女窦娥做童养媳,还算是没做亏本生意;而向医术不高的赛卢医放债,却惹得一场祸事,自己差点被赛卢医勒杀,后又被张驴儿父子讹诈,并因此断送了儿媳窦娥的性命。蔡婆这样自私、软弱而不守原则的高利贷商人形象,既符合其老妇人的身份特征,也符合元代社会管理混乱而恶势力膨胀的现实逻辑,所以这一艺术形象塑造是建立在生活真实的基础上的。

与蔡婆一样,《河南府张鼎勘头巾》中的刘平远员外也亲自经营高利贷业务,虽然他在经营过程中并没遇到还不起债的,但生活并不宁静。因为穷困的王小二在门首讨钱,二人发生争执,一时间王小二发狠说在僻巷里撞见会杀了刘员外。而刘员外的浑家与太清庵王知观私通,听了王小二的话,让王知观"所算"了刘员外,嫁祸于王小二。从与王小二的争吵中,可知高利贷商人刘平远还算怜贫之人,但毕竟财大气粗,在气头上会恃财凌人,这成了他招致杀身之祸的一个原因。

在元杂剧中,高利贷商人多数并不十分刻薄,这或许与元代高利贷盛行有关。当普通富人也放债的时候,高利贷商人中十分刻薄贪婪的反而比例下降,给人的感觉是高利贷商人并不十分可恶了。并且,高利贷商人中还出现了反省者,如《来生债》中的庞蕴,以居士自居,他十分体谅借债之人,让"行钱"拿李孝先文书和两锭银子,探望生病的债户李孝先。在得知李孝先因还不起债而忧愁成病后,他烧掉家中所有的放债文书。从庞蕴身为居士来看,信仰佛教改变了他的人生,所以这一高利贷者的形象也是以现实真实为基础的,并非完全出于作者的主观教化意图。我们可以相信,所谓物极必反,有一两位高利贷商人皈依佛教后顿然醒悟而散财,是不足为奇的,反而正是元代高利贷商业大发展的必然结果。

二、宋元商业格局与商人形象的真实性

宋元时代商业格局较前代有较大变化。除了传统的京都地区保持其全国商业中心地位以外,随着北方人口大量南迁逐渐形成若干个江南商业中

心,大江南北便有了更多的地方性商业中心;同时,海外贸易的大发展又形成了沿海地区若干个海上贸易中心;即使是偏远地区,由于生产力水平的提高,商业活动也大大增多,形成众多的城乡集贸中心。而活动于不同商贸区的商人,其形象也定然存在着明显的差异。

我们先来看看宋元文学对京都商人形象塑造的几个案例。

例一,话本小说《红白蜘蛛》中东京大商人张俊卿形象:东京张俊卿员外门首一壁开个金银铺,一壁开所质库。张员外好善,人叫他做张佛子。由于和尚化缘,张俊卿等九员外团社,前往东岳上香还愿。张俊卿在东岳庙做了一个奇怪的梦,埋藏心中。回家后因天降大雪,张员外让人开仓库,散些钱米与穷汉。郑信前来讨钱米,张员外见是梦中之人,便收留了。后因夏扯驴敲诈,郑信杀了夏扯驴,得红蜘蛛神臂弓从军。张俊卿按仙子的指示扶养郑信与红蜘蛛的一双儿女。十年后做了两川节度使的郑信派人来张俊卿家送礼通好。张俊卿便送郑信之子郑武到西蜀给郑信,郑信将女儿彩娘许配张员外之子张文,两家结姻。①

张俊卿身为京都大商人,并无恃财凌人之举,反而乐善好施,诚信忠厚。这一形象与京都商业中心是相称的,由于京都是天下最富有的地方,人们对金银等贵金属的需求量较大,所以张俊卿家会开金银铺;而京都商业最为繁荣,人们对货币周转的需求也多,所以张俊卿家会开质库。这些都能说明作者塑造张俊卿形象是以北宋的商业格局为基础的,其真实性不容怀疑。然而,富而好施是儒家的理想,所以张俊卿形象的真实性在客观上是可能存在的,但也不能说完全没有体现作者的主观意图。

例二,文言小说《临安武将》中杭州三桥黄家客店商人形象,虽然其形象不是正面塑造的,且看小说:

> 向巨源为大理正,其子士肃,因出谒,呼寺隶两人相随,俗所谓院长者也。到军将桥,遇妇人,蓬发垂泣而来,一武士着青纻丝袍,如将官状,执剑牵驴卫其后,唾骂切齿,时以鞭痛击,怒色不可犯。又有健卒十

① 程毅中辑注《宋元小说家话本集》,济南:齐鲁书社,2000 年版,第 3—22 页。

辈，负挈箱箧，行路争驻足以观。士肃讶其事，院长曰："只是做一场经纪耳！"肃殊不晓，使踪迹其由，徐而来言："浙西一后生官人，赴铨试，寓于三桥黄家客店楼上。每出入下楼，常见小房青帘下妇人往来，姿态颇美，心慕之，询茶仆曰：'彼何人？'仆蹙额对曰：'一店中为此妇所苦三年矣！'问何为，曰：'顷岁某将官携妻居此房十许日，云欲往近郡，留妻守舍，初约不过旬时，既乃杳无信。妇无以食，主人不免供其二膳，久而不能供，然又率在邸者轮供焉，未知何日可了此业债也！'生喜曰：'可得一见乎？'曰：'彼乃良人妻，夫又出外，岂宜如是！'曰：'然则少致饮馔为礼，可乎？'曰：'若此则可。'于是买合食送之。明日，妇人却以劝酒一盘答谢生，生愈注意，信宿复致饷，妇亦如前以报。生买酒自酌，使茶仆捧一杯下为寿，馈至于三，强仆必尽力邀请，妇固辞不获，勉登楼一釂，亟趋下。生觉可动，厚赂此仆，使游说。他日再至，遂留坐从容，久而不复自匿，浸淫及乱。相从两月许，妇人与生曰：'我日日自下而升，十目所视，终为人所疑。君若从而相就，似两便也。'生满意过望，立携橐囊，下置邻室，而身与妇人处。甫两夕，平旦，未栉洗，望见伟丈夫，长六尺余，自外至，妇变色颤悸曰：'吾夫也！'生遽走避，彼丈夫直入室叱詈，捽妻发乱箠，生委身从后门窜，凡所赍皆遭席卷。方恋迷时，足迹不出户庭，元未尝赴试，盖少年多资，且不解事，故为恶子所诱陷。"（《夷坚志补》卷第八）①

整篇小说中没有提到客店商人一字，但是，我们从大理寺吏"只是做一场经纪耳"的断言中，可知故事中的骗局在京都是经常发生的。而发生地点都在客店之中，店主对此心知肚明，却并不警告外地来的客人，还让店中的茶仆与骗子合作，想必骗子与店主是共同诈骗外地来的客人的。由此可知，南宋京都一些旅店成为色诱者场所，而店主（客店商人）与骗子是互相勾结的，店主之所以敢于这样做，一来是因为受色诱者自身道德缺陷决定了他不敢告官，二来也是因为外地客人来京都办事的很多，且多数人对京都多诈骗

---

① （宋）洪迈撰，何卓点校《夷坚志》，北京：中华书局，1981 年版，第 1619—1620 页。

的情况不熟悉，其中必有个别人经不住色诱而上当。这样，客店商人与骗子合作的丑恶形象，与京都接纳外来客人较多的商业格局也是分不开的。

例三，话本小说《简帖和尚》中京都小商贩的形象：北宋东京卖馉饳儿的小商贩僧儿，来到王二茶坊卖鹌鹑馉饳儿。一个官人（实为偷盗寺院财物的和尚）以买馉饳儿为名，给他五十来钱，让他送书信等物给殿直皇甫松娘子。僧儿不分青红皂白就去做了，最终导致皇甫松上当，休了娘子，和尚阴谋得逞。小商贩僧儿经不住小利诱惑，稀里糊涂地充当了坏人的帮凶。①

在宋元时代，京都的小商贩特别多，他们满布大街小巷。因为宋元时代京都的坊市制度完全破坏，居民生活区与商业区不再完全分开，生活区中也有商业网点，小商贩更是游走其间。甚至市民的日常所需几乎都依赖于随处可见的店铺或街头小贩。《东京梦华录》卷五载北宋汴梁"民俗"云："其正酒店户，见脚店三两次打酒，便敢借与三五百两银器。以至贫下人家，就店呼酒，亦用银器供送。有连夜饮者，次日取之。诸妓馆只就店呼酒而已，银器供送，亦复如是。其阔略大量，天下无之也。"②正是这样的京都商业格局，《简贴和尚》中的小商贩僧儿游走于茶坊与市民家中的形象，才让人觉得真实可信。

以上三个案例，虽然只来自两宋文学，但元代文学中也有类似案例。比如元杂剧《施仁义刘弘嫁婢》塑造了一个京都洛阳大商人刘弘形象：刘弘家开解典库，积德行善，其品行与宋人话本小说《红白蜘蛛》中的张俊卿有一比。又如元杂剧《谢金莲诗酒红梨花》中，塑造出一个京都洛阳小商贩卖花三婆形象：卖花三婆同样可以在京都各处游走，不限于商业区还是居民区。所以，从这些案例可以断定：宋元文学在塑造京都商人形象时，是考虑到其商业活动符合于当时京都商业格局的，其真实性完全立足于现实。

我们再来看看宋元文学对地方性城市商人形象塑造的几个案例。

例一，元杂剧《散家财天赐老生儿》（简称《老生儿》）中东平府商人刘从善形象：刘从善年轻时"南头里贩贵，北头里贩贱，乘船骑马，渡江泛海，做买

① 程毅中辑注《宋元小说家话本集》，济南：齐鲁书社，2000年版，第316—327页。
② （宋）孟元老等著《东京梦华录（外四种）》，上海：古典文学出版社1957年版，第29页。

做卖，挣扎下许来大家私”，后来“放钱举债”，成为高利贷商人。但由于年老仍没生儿子，他对自己的人生进行反思：“为人一世，做买卖上多有亏心差错处。”于是决定散家财，“毁烧文契，改过迁善”。结果不仅消除了老伴与侄儿的嫌隙，也妥善解决了晚辈们对财产的继承问题，更可喜的是，扶侍他的小梅还为他生下儿子。[①] 由此可知，刘从善从一个贩运商人发家后转为高利贷商人，最终因子嗣问题的困扰，从贪财转向疏财。这部杂剧展现的不是单一的人物性格，而是将实际生活状态、当时流行的社会文化与人物心理变化结合在一起，塑造出一位多重性格的商人形象。

例二，元杂剧《看钱奴买冤家债主》（简称《看钱奴》）中汴梁曹州商人贾仁形象：贾仁本是个穷人，因祷告神灵获借二十年福力。在为周荣祖家打墙时，他获得一石槽金银，自此发迹，盖起房廊、屋舍、解典库、粉房、磨房、油房、酒房，从事多种经营。贾仁虽拥有大量家财，却十分悭吝，是个十足的守财奴。因贾仁没有儿女，通过替他“收钱举债”的陈德甫，仅以两贯钞买落难的周荣祖的儿子做养子。贾仁平时一文不使，半文不用，临死前只叫养子买一个钱的豆腐给他吃，并要求养子用喂马槽当棺材为他敛葬，说身子长于喂马槽，可用斧劈折叠安放。[②] 骤然由穷变富的商人贾仁，他从前穷困艰苦的生活，决定了他对财富的绝对依恋，以至于无止限地追逐财富而刻薄自己和他人。这一商人形象的塑造，是遵守了特定的生活和心理逻辑的。

作为地方性城市的商人，刘从善与贾仁的经营形式，也都与地方城市商业格局相应。按刘从善是东平府人，北宋以前没有东平府，只有郓州，宣和元年郓州始升为东平府。到了元代，东平府改为东平路。据此可断定：《老生儿》中刘从善形象是宋代地方城市的商人形象。我们知道，古代普通的地方城市的商业格局是以实物贸易为主的，当高利贷商业（古代金融业形态）在商业结构中占一定比例，则说明这一城市的商业格局是升级了的，因为高利贷商业能为其他形态的商业提供迅速扩大经营规模的资本。而宋代郓州城升级为东平府，贩运商人刘从善最终演变为高利贷商人，这两者之间的主

① 王季思主编《全元戏曲》第二卷，北京：人民文学出版社，1999 年版，第 608—642 页。
② 王季思主编《全元戏曲》第四卷，北京：人民文学出版社，1999 年版，第 130—165 页。

要关联,就在于商业格局的升级。所以,我们可以肯定,刘从善形象的塑造,与地方城市的商业格局变化是相应的。至于贾仁,他是汴梁曹州人,按汴梁之称始于元代,可知贾仁形象为元代商人形象。曹州在元代并未升级为府,说明此地的商业格局尚未升级,实物贸易是商业的主要形态,而贾仁从事的多种经营,正是适应这种地方小城市商业格局的。不过,元代皇室都重视高利贷商业,高利贷商人几乎遍布全国所有城市,所以小城曹州商人贾仁也兼开解典库,从事高利贷业务。

与北方城市的商业格局类似,南方大城市也都有高利贷商业存在。所以元杂剧《东堂老》中扬州商人李实,在“城中有油磨坊,解典库”,《来生债》中襄阳商人庞居士也经营放债业务。李实、庞居士之类南方城市商人形象的塑造,也同样是与城市商业格局相应的。

宋元文学对京都与地方城市商人形象的塑造,无不以商人所在地区的商业格局为背景;对于偏远农村地区和海上贸易中心地区商人形象的塑造,也同样以商人所在地区的商业格局为背景。

在宋元时期的偏远农村地区,除了外来的贩运商,职业化的商人只有村店主。由于远离政治中心,教育欠发达,获取经济收入也相对困难,为了钱财而不讲道德不畏法律的人比例较高,正如孔子所云“小人穷斯滥矣”。由于社会治安力量难以覆盖偏远农村,村店主一般不敢得罪黑恶势力,或者自己就是黑恶势力的一分子。

元杂剧《朱砂担滴水浮沤记》叙写河南府王文用因算卦说他百日内有血光之灾,便到江西南昌做买卖以躲灾。但利增百倍之后,因未满百日,王文用准备往泗州去做买卖。在一家客店里,王文用遇到了强盗铁幡竿白正,因害怕而脱身赶路。王文用来到一家酒务,白正赶来。酒务店小二虽帮助王文用脱困,却也不敢得罪白正。王文用设计摆脱白正,来到三家店,告诉店小二不要接待从后面来赶他的大汉,并说要给店小二两倍的住店钱。可是白正又赶来,店小二不仅迫于白正的淫威接待了他,还被骗说出了王文用的住处,为后来白正杀害王文用提供了线索。①

① 王季思主编《全元戏曲》第六卷,北京:人民文学出版社,1999 年版,第 190—217 页。

村店主害怕黑恶势力，不能保护住店客商的人身与财物安全，有的甚至连自己的亲人也保护不了。《梁山泊李逵负荆》中的王林，在梁山下开了个小酒店，遇到了两个冒充梁山好汉的歹人宋刚和鲁智恩，两个歹人设计圈套，将王林女儿满堂娇强行带走做“压寨夫人”。幸好李逵来喝酒，知道王林的烦恼，与鲁智深一起将二贼擒拿上梁山正法。而村店主王林竟担忧杀了宋刚，会“连累我满堂娇要带前夫孝”。①

不同于元杂剧中村店主胆小而愚蠢，易为恶人所利用，宋人小说中的村店主有一些本身就是杀人越货的亦商亦盗之人。洪迈《夷坚志》中就有不少篇章记述了村店主图财害客之事。如《夷坚甲志》卷第八记寿春城外三十里有村店主“每遇客携囊橐独宿，多杀之”；《夷坚乙志》卷第三记浦城永丰境上村店主夫妇图财杀客人；《夷坚支》丁卷第四记朱四客在九江山岭下逢一盗，后来投村店，才知强盗是村店男主人；《夷坚支》癸卷第四记醴陵店主人竟然事妖鬼以谋害客人。

反映在宋元文学中的偏远地区的村店主，一般见识短浅，靠辛苦劳动谋生，以致有一些人铤而走险，靠发横财致富。这与偏远农村地区商业流通需求不多，政府没有加大对客商保护的商业格局是分不开的。

至于宋元时代的海上贸易，比前代有了很大发展。宋代在东南沿海地区新增了许多港口，还专门设立市舶司管理海上贸易，宋代政府依靠海上贸易收取了相当高额的商税。而元代政府甚至不满足于收取高额的商税，直接组织官船参与到海外贸易之中。可以说，东南沿海地区在宋元时代商业格局中扮演了相当特殊的角色。

但是，由于那时人们对海洋的控制能力有限，政府除了在近海打击海盗之外，无法从根本上保护出海贸易的商人。只是在高风险高回报的商业规律作用下，仍有一些商人冒险从事海外贸易。宋人朱长文《海贾》诗云“千艘万货集江边，争较锥刀逐利迁。生理幸逃鱼腹馁，梦魂犹怕蜃楼烟”（《乐圃余稿》卷五），就很好地说明了当时从事海上贸易的商人的心理与行为。因此，出现在宋元文学中的海商形象，总是与“风险”分不开的。

---

① 王季思主编《全元戏曲》第三卷，北京：人民文学出版社，1999年版，第186—207页。

南宋洪迈《夷坚丙志》卷第十三《长乐海寇》载云：

绍兴八年，丹阳苏文瓘为福州长乐令，获海寇二十六人。先是，广州估客及部官纲者凡二十有八人，共僦一舟，舟中篙工、柁师人数略相敌，然皆劲悍不逞，见诸客所赍物厚，阴作意图之。行七八日，相与饮酒，大醉，悉害客，反缚投海中，独留两仆使执爨。至长乐境上，双橹折，盗魁使二人往南台市之，因泊浦中以待，时时登岸为盗，且掠居人妇女入船，无日不醉。两仆逸其一，径诣县告焉。尉入村未返，文瓘发巡检兵，自将以往。行九十里与盗遇，会其醉，尽缚之。还至半道，逢小舟双橹横前，叱问之，不敢对，又执以行，无一人漏网者。①

小说中的广州海商（“估客”），从事的是近海贸易，在海盗（“篙工、柁师”）面前完全没有戒心，也没有反抗能力，全部被图财害命。这样的完全没有自我保护能力的海商形象，是与当时沿岸各地有巡检兵，经常于各大小港口处对来往商船进行检查，因而行商相对安全的商业格局，是紧密关联的。

那么，宋元时代进行远海贸易的海商又如何呢？《夷坚支景》卷第九载：“泉州杨客，为海贾十余年，致赀二万万。每遭风涛之厄，必叫呼神明，指天日立誓，许以饰塔庙设水陆为谢。”像“杨客”这样面对海上风险只能用鬼神信仰来战胜恐惧的海商形象，《夷坚志》中还有不少，如《夷坚支》景卷第九《林夫人庙》云“凡贾客入海，必致祷祠下，求杯珓，祈阴护，乃敢行”；夷坚三志》己卷第二记载了一位海商“余客”，出海“常时持诵救苦观音菩萨，饮食再卧，声不绝口”，因此被人称为“余观音”。当然，鬼神信仰能使海商在心理上有了战胜一切困难的勇气，遇到挫折不至于心理崩溃而轻弃生命，自有其不可替代的作用。但真正要战胜现实中的困难，海商还要有坚忍的耐性和随机应变的智慧。宋元小说所塑造的海商形象，一般都具有这样的品质。如洪迈《夷坚甲志》卷第十所记“昌国商人”，宣和间出海经商，因泊舟于巨岛被岛上蛮人抓住，起初遭到铁绳捆绑被强迫去耕田，后来蛮人又在酒筵上铁烙

---

① （宋）洪迈撰，何卓点校《夷坚志》，北京：中华书局，1981年版，第480页。

他以取乐。海商明白原因之后，就忍痛不叫，岛蛮就不再拿他当把戏了。三年后，他终于得到机会逃离海岛回到中国。

像昌国商人那样遭受岛蛮虐待的故事不多见，宋元小说中更多的是海商因风涛之恶而独登海岛，并与蛮女生子，等到有机会便逃归中国的故事，如《夷坚甲志》卷第七《岛上妇人》、《夷坚支》甲卷第十《海王三》、《夷坚志补》卷第二十一《猩猩八郎》、《夷坚志补》卷第二十一《鬼国母》，还有元代小说集《湖海新闻夷坚续志》中的《熊母生子》。

宋元小说中的海商寄居海岛若干年后，仍逃归中国，甚至不惜抛弃在困难中给予帮助与安慰的蛮女，一定程度上是有损其道德形象的。但是，这一切主要是当时的商业格局所决定的。海岛并没有提供海商用武之地，只是让他回归到原始社会，而中国重视海上贸易，政府为促进海上贸易在沿海保护海商的人身与财产安全，对出海的商人也进行组织协调或规范管理，为海商实现人生价值提供了必要的条件。因此，宋元小说中从海岛逃归中国的海商形象，是真实可信的，因为它建立在现实的商业格局基础之上。

三、宋元商业环境与商人形象的真实性

商人求利成功，有赖于良好的商业环境。宋元时代商业政策与措施都比前代有所改进，科技发展、人口流动所带来的经济繁荣也是空前的，所以宋元商人面临的政治经济环境都大大改善了。然而，宋元商人与前代商人一样，仍然要面对许多不利的环境：自外部而言，除了道途之艰难、风波之险恶，还有匪盗之凶暴、鬼神迷信活动之猖獗、娼妓之媚惑；自内部而言，主要是后院起火，即妻妾因奸谋害与家道变故带来的心理冲击。由于第一章中已重点论及宋元政治经济环境与商业的关系，本节论述宋元商业环境与商人形象关系，就专注于不利环境的影响了。

首先，宋元时代的自然环境仍然对商业经营的结果产生重要影响。漆侠先生曾说："穷山僻壤，行之维艰，车船难至，当然无法同交通方便的平原地区相比。……宋代峡州以西的西方诸路，不但农业、手工业远远落后于东方诸路，而且它

的商品货币经济的发展,城镇贸易也远远落后于东方诸路。”[①]此言虽针对宋代商业的地区性差异而言,却也道出了恶劣的自然环境不利于商业经营的史实。而商业自然环境的恶劣,对商人形象的塑造也有明显的影响。

《夷坚支》癸卷第六《大孤山船》载:

> 鄱阳民黄一,受庸于盐商,为操舟往淮南,还至大孤山,乘顺风张帆,健疾如飞。当白昼,与同辈十许人坐立舷外,中一人反顾,见空舟甚大,亦有十许人,主持衔舳而进。虑其或相撞触,呼众视之。同声叫后使引避,唯黄一杳无所睹。方与众争辩,且诋其妄。转盼间盐舟平沉,旋即覆翻,所载悉沦洪涛,人尽溺死。舟忽跃起,黄随而腾出,遂独免。乃知向之值遇,盖鬼神之作祟者云。庆元三年三月也。[②]

在这则故事的神怪解释的背后,实际上是船遇漩流沉而复出,黄一偶然保全性命。作为盐商雇工的运输商人,除黄一外,全部因风波之险恶而丧命。他们在盐船失事前惊慌恐惧的反应,表明他们缺乏对江流形态的充分认识。而黄一与同伴们争辩的原因,应该是后面的空舟已先沉没,黄一并没有看到,接着盐船也沉没于漩流,同伴俱亡,黄一独存。所以事实难明,同样对江流形态缺乏充分认识的黄一与普通听众,在当时鬼神信仰流行的社会背景下,将科学未能解释的问题归之于鬼神,是不难理解的。当然,运输商们惊慌失措乃至处变却耽于争辩,正是江流突发变化导致的。换言之,无知、迷信、缺乏整体协调训练的南宋运输商形象,有了异常险恶的商业自然环境为背景,才是真实可信的。

实际上,宋元时代商人受风波之险最多的不是江河上的运输商,而是从事海上贸易的海商。但是,由于人们对海外情况不熟悉,从风险中逃生的海商,往往有更多神异的故事。《夷坚支》癸卷第三《鬼国续记》云:

---

① 漆侠著《宋代经济史》,上海:上海人民出版社,1987年版,第817页。

② (宋)洪迈撰,何卓点校《夷坚志》,北京:中华书局,1981年版,第1265—1266页。

福州福清海商杨氏，父子三人，同溺于大洋，共附一木，遂漂流鬼国中，烟火聚落，悉如人世。但其人形躯枯悴，生理穷窭。每相报云“去某州某县赴法会”，则各有喜色，往往尽室以行。大率醉归，挟余馔分饷三杨，赖以充饥。或数日不值，枵腹竟夕。居数年，不堪鬼气熏蒸，父兄皆死，唯幼子存。一日，见飞符使者从天而下，访问此子。众鬼谋曰：“使去则不可，若不去又已有它姓名，将奈何？”或曰：“今随队而行亦可。”戒杨瞑目勿开。既登涂，耳畔闻风雨波涛之声甚厉，良久，脚履平地，见僧振铃咒食，众合掌尽入，引杨生蔽身大木之上，时持食物出馈。忽聆群诵大悲咒，杨少年时能之，自堕异域已废忘，一听其声，便能忆，亦随口持讽，鬼不复相亲。会散扫迹，杨彷徨到晓，往来见者指为猿猱，乃下树与人说本末。始认得夜来法席，正其家也。秀州天宁长老妙海时在彼县，亲见之。杨氏一门，且疑且畏，妻亦不敢深相求识。经日验其无它，方悲泣存问。积久，渐复人色。越岁，一切如初。①

这则故事中的海商杨氏父子三人受风涛之恶，流落到“鬼国”——热带岛国，由于气候十分湿热（“鬼气熏蒸”），几年之后只有幼子一人活下来（大约是因为年轻体壮适应能力强）。但由于长期与热带岛民生活在一起，善于爬树，加上太阳毒热晒得皮肤黝黑，杨氏幼子外貌上与普通中国人已差别较大。所以，当他被僧人寻取，“鬼国”人带上他赴他家举办的法会，并让他上树避人。等法会做完之后，僧人与“鬼国”人散去，人们见到树上的他，还以为是猿猴。显然，这则故事中的商人杨氏幼子，为海外自然环境所摧残，变得没有了“人色”。而杨氏幼子这样奇特的海商形象，在特定的海外商业环境下，是真实可信的，尽管这其中夹杂着僧人自神其教的手段，使得海商形象背后增添了一道神异色彩。

其次，对于宋元时代的商人来说，社会不良环境主要表现在匪盗横行、鬼神迷信活动猖獗以及娼妓诱惑等几个方面。而商人形象，有了这些商业环境做背景，不仅真实可信，还显得更为细腻丰满。

---

① （宋）洪迈撰，何卓点校《夷坚志》，北京：中华书局，1981年版，第1239页。

我们先看匪盗横行的商业环境下商人形象塑造。

《夷坚三志》辛卷第六《金客隔织》载：

> 乐平人白承节，淳熙初监蕲州蕲口镇。市客金生抱贩束帛，每出入镇宅甚熟。一日，酬量既毕，束缚物货顿几上，闲谈市井中事，问答颇久，出酒炙饮食之。所坐处静僻，白窃取其邵阳隔织两匹，藏箧中。胡妹婿自外至，适见之，谓与为戏耳。客馔罢，径肩所赍行，次日点阅，不见，亦但疑他人故相恼，不深介意。至暮，乃以为请，乞为询究。白怒曰："我固早贫，正是本镇官，如何擅诬做贼？我只有一子，实惜如命，若果取汝匹帛，须是与他装死。"客翻逊谢，收泪去，还家。数年后，其子夭逝，母石氏痛之极，空箧中以为殓，两隔在焉。胡妹婿来吊，见而叹息。未几，白亦卒。①

这则故事中的小商人金生，性格随和，做生意过程中还与客户"闲谈市井中事"，但没想到作为地方官的白承节，竟然会偷窃其"邵阳隔织两匹"。当他第二天发觉少了隔织，也只认为是有人故意逗他玩。而当白承节否认藏了隔织并发毒誓后，金生反而道歉。可见小商人金生性格善良，容易相信别人，对自己失去财物虽然心痛流泪，却最终忍气吞声。

作为当地小商人的金生，虽有财物损失，还不至性命之虞。而远出外地行商的贩运商，遇到匪盗就没那么幸运了。元杂剧《玎玎珰珰盆儿鬼》，就塑造了一位远出做买卖被残杀的商人形象，基本剧情如下：

汴梁人杨国用为躲百日灾而远出做买卖，欠一日未满百日，在离家四十里处住店。出身乐户的老板娘"撇枝秀"探知他的笼子沉重，便唤开瓦窑的丈夫的"盆罐赵"来劫财害命。惯于"打家截道，杀人放火"的"盆罐赵"，不顾杨国用的哀求与反抗，最终还是将杨国用杀死在瓦窑中，并把杨国用尸体放窑中烧了，剩骨碓成粉和泥烧制成一个瓦盆。后来"盆罐赵"把这个瓦盆送给了退休差吏张懒古。瓦盆"玎玎珰珰"说话，恳求张懒古带他到开封府

---

① （宋）洪迈撰，何卓点校《夷坚志》，北京：中华书局，1981年版，第1433页。

包拯处告状申冤。包拯提来“盆罐赵”夫妇，审问具实，将二人斩首，重赏张憋古。①

按：小商人杨国用对自己辛苦赚来的钱财十分看重，甚至在“盆罐赵”要杀害他时作出了反抗，但终归不是惯为盗贼的对手。但在死后杨国用化为鬼，还是报了仇。可见，元杂剧所塑造的“盆儿鬼”形象，正是一位具有反抗精神的小商人形象。而这一形象虽然荒诞，却有商业经营的不良社会环境为背景，所揭示的小商人富于反抗精神，是真实可信的。

不仅匪盗直接威胁宋元商人的财产与生命安全，当时社会上普遍流行的迷信活动，也会被坏人利用来危害商人。《夷坚支》甲卷第九《益都满屠》记屠宰商满义事云：

> 益都屠儿满义，赋性狞烈，力能扛鼎，绝不畏鬼神，醉经丛祠，辄指画嫚骂，习以为常。巫祝袁彦隆者，诈人也，密与其党最厚者谋曰：“清元真君庙摧敝岁久，吾主其香火，将一新之，而邑人莫肯相应和。满屠凶猛不信向，众耳目所共知，倘因之以假灵，必可成也。”于是邀义饮于家，酒酣，谓之曰：“我欲择某日致礼于清元庙下，至期当富有观者，子能乘酒力呼噪而来，挥斥众人，登堂正坐，以神自居，空其酒，食其肉，且大詈其神，使万目倾骇，可乎？”义曰：“此正我所愿为者，又何难哉！”袁遂以其日收合数百少年，旛旆旌幢，夹列道上，馔具牲币，种种丰腆，鼓震乐作。义直趋祠所，毅然踞坐，自言：“吾神也。”取牢醴悉啖之，而詈神。梗口良久，义忽狂作，口鼻耳目皆流血，仆地而死。皆谓义触神之怒而致祸，怖畏灵威，争捐金钱入庙，祠宇大兴。数岁而后，袁之徒因分贿不平，诣府县告其事，尽捕鞫而刑之。②

由于屠宰商满义不信鬼神，损害了巫祝利益，巫祝袁彦隆使诈，利用修清元真君庙仪式，巧妙地毒杀了满义。而满义为人粗鲁、轻信他人、不畏鬼

① 王季思主编《全元戏曲》第六卷，北京：人民文学出版社，1999年版，第473—504页。

② （宋）洪迈撰，何卓点校《夷坚志》，北京：中华书局，1981年版，第780页。

神的形象,也在巫祝举办的迷信活动中得以充分地展现出来。

宋元时期的商人在外受害,并非全在外因,也有其内因。比如,宋元时代娼妓业发达,对于单身在外又有钱的商人来说,娼妓的诱惑并非强迫力量,商人自己迷恋娼妓,还与商人好色的自身弱点相关。话本小说《错认尸》为我们叙述了一位好色贪淫的商人故事:

仁宗明道元年,宁海军杭州商人乔俊好色贪淫。在长安、东京、钱塘三处贩卖商品,一年有半年不在家,家中由仆人赛儿经营酒店。乔俊在外娶周氏为妾,回家却因妻高氏不容,与周氏外出单住。后来乔俊外出经商,又迷上了上厅行首沈瑞莲而长年不归,周氏与董小二通奸。高氏迫于名声,让周氏迁回,周氏却带回董小二。而董小二又奸骗高氏女玉秀,高氏决意杀掉董小二,洪大工帮忙抛尸。结果皮匠妻错认尸,引起泼皮王酒酒告发,高氏一家四口全死于狱中,家财被官府抄没。乔俊在沈瑞莲家财本耗空,回家闻此噩耗,投水而死。[①]

如果大商人乔俊不贪慕娼妓沈瑞莲的美色,他家中就不会出现重大变故,自己也不至于财本耗空,走上绝路。因此,话本小说塑造的大商人乔俊形象,是以当时娼妓业发达,而他经不住美色诱惑为基础的。

其实,在元杂剧中,贪慕娼妓美色而损财惹祸的商人更多,如《青衫泪》中的浮梁茶商刘一郎、《玉梳记》中的商人柳茂英、《玉壶春》中的商人甚舍等。不过,这些商人在剧中都是陪衬人物,形象多雷同。但是,宋元娼妓业的发达,使得这些商人贪慕美色的形象,具有了现实真实性。

最后,宋元时代的商人家庭各成员间的关系,也构成了影响商人经营活动的重要环境。家庭成员与商人之间的纠葛,更是商人形象生成的一个重要因素。《夷坚志补》卷第五《张客浮沤》叙述了这样一则故事:

鄂岳之间居民张客,以步贩纱绢为业。其仆李二者,勤谨习事,且赋性忠朴。张年五十,而少妻不登其半,美而且荡,李健壮,每与私通。淳熙中,主仆行商,过巴陵之西湖湾,壤地荒寂,旅邸绝少。正当旷野长

① 程毅中辑注《宋元小说家话本集》,济南:齐鲁书社,2000年版,第507—525页。

冈，白昼急雨，望路左有丛祠，趋入少憩。李四顾无人，遽生凶念，持大砖击张首，即闷仆，连呼乞命，视檐溜处，浮沤起灭，自料不可活，因言："我被仆害命，只靠你它时做主，为我申冤。"李失笑，张遂死。李归给厥妻曰："使主病死于村庙中，临终遗嘱，教你嫁我。"妻亦以遂己愿，从之。凡三年，生二子，伉俪之情甚笃。尝同食，值雨下，见水沤而笑，妻问之："何笑也？"曰："张公甚痴，被我打杀，却指浮沤作证，不亦可笑乎！"妻闻愕然，阳若不介意，伺李出，奔告里保，捕赴官。访寻埋骸，验得实，不复敢拒。但云鬼擘我口，使自说出。竟伏重刑。①

对于张客来说，他有一名勤谨忠朴又健壮的仆人跟随，经商的外环境很好；家中又有一位年少貌美的妻子，内环境也很好。从他自身来说，有这样的内环境，年已五十的他是不会在外被娼妓美色诱惑而产生悲剧的。但是，偏偏他的内环境发生了变化——其妻虽美却荡，竟与仆人李二私通。内环境的变化，连带外环境变化——得私通之乐的李二一时心生邪念，竟在荒寂之处躲雨时要将主人杀害。商人张客的形象因此内外环境的变故而开始丰满起来：在他临死之前，看到檐溜处浮沤，说靠它将来申冤。可见张客不仅平时是一位成功的商人，此时还是一位有血性的男人，虽死不忘复仇。尽管后来李二骗了张妻三年，但偶尔看见雨天浮沤，忍不住发笑而暴露自己，并受到了应有的惩罚。这样的结果，又可见张客临死前一番话所充满的智慧。小说中李二说"鬼擘我口，使自说出"，其实不然。以张客对自己仆人品性的了解，他料定李二有一天会自作聪明，以为主人蠢痴而抖出实情。以张客对自己妻子品性的了解，他料定其妻对仆人只有肉体上的需求而心灵上并不违逆道德、法律与正义。张客虽然年纪较大，但有血性、善包容、有智慧的形象，在他经商的内外环境变化之后终于凸显了出来。

但是，也有商人得知妻子与人通奸，并不像张客那样能够包容，而是主动出击的。话本小说《刎颈鸳鸯会》写北宋行商张二官娶淫妇蒋淑珍，由于前往德清收账，二人不得已分离。而淫妇蒋淑珍不耐寂寞，勾引对门的坐商

① （宋）洪迈撰，何卓点校《夷坚志》，北京：中华书局，1981年版，第1590页。

朱秉中。张二官回家,蒋淑珍对他不再热情,过了一月又出门做生意,过年也没回家,蒋淑珍终于有机会与朱秉中勾搭成奸。后来张二官回家,蒋淑珍便害相思生病,张二官悉心照料。朱秉中来张家通好,蒋淑珍听到朱秉中在座,就有说有笑,完全没病,而朱秉中此后又常常来张家,引起张二官怀疑。在见到蒋淑珍与朱秉中执手联坐后,张二官便又往德清做买卖,买了口刀,悄悄回家,藏到树上。看到奸夫淫妇张酒作乐,张二官果断将二人杀死。①

像张二官那样有情有义还遭背叛的商人形象,在宋元文学中是极少见的;像张二官那样怀疑妻子便机智地捉奸且勇敢地杀死奸夫淫妇的商人形象,在宋元文学中也是极少见的。在宋元文学中,因妻子与人私通而命丧奸夫淫妇之手的商人形象,则较为多见,如元杂剧《灰栏记》中的商人马均卿,心事只放在小妾张海棠身上,结果被同赵令史偷情的妻子刘氏药杀;《勘头巾》中的商人刘平远,被其浑家与奸夫王知观见机谋杀。这些商人,虽然同样是有着后院失火的内环境,由于他们并没有发觉其妻背叛,稀里糊涂就死了,因而在形象上并不丰满。事实上,这些剧本中,他们也不是主题人物。但是,无论如何,有了家庭成员特别是妻子的背叛为背景,宋元文学中商人的经商环境就变得更为复杂,展现出多方面性格的商人形象也让人觉得真实可信。

在宋元时代,家庭成员不仅包括有血亲联系的父母、妻妾、子女等,还包括仆役乃至认义的兄弟。这些人际关系都构成了商人经营活动的内环境。元杂剧《相国寺公孙合汗衫》(下称《合汗衫》)就演绎了商人张义在儿子张孝友认义陈虎为兄弟之后一家发生的悲欢离合的故事,其中陈虎与张家的关系,构成了商人张义父子形象塑造的最主要的内环境。《合汗衫》剧情大略如下:

河南开封马行街竹竿巷有个叫张义的商人,人称"金狮子张员外",一年冬天在雪地里救起个买卖人陈虎,张义的儿子张孝友认义陈虎为兄弟,收留在家。不料,陈虎看中张孝友妻子李玉娥,便设计诱骗张孝友和李玉娥出门掷杯珓求子,并带许多本钱,顺便做买卖。在渡黄河时陈虎把张孝友推下

① 程毅中辑注《宋元小说家话本集》,济南:齐鲁书社,2000 年版,第 462—476 页。

水，又霸占了李玉娥。李玉娥到陈虎家三日便生下儿子，经过十八年将儿子抚养成人。儿子中了武状元，在相国寺巧会张义夫妇，祖孙因双方的半块汗衫相合而相认。几经周折，贼人陈虎终被擒获，送官处斩，张义一家喜得团圆。①

从这部剧本中，我们可知高利贷商人张义本来家庭和睦，他愿意救落难之人是因为他相信因果报应，所以他的同情心与商人的投资心理是混杂于一处的。从剧本开篇我们见到的张义就是这样一位具有普泛性的宋元时代高利贷商人形象。但是，当他儿子张孝友坚持将救活的陈虎认作兄弟，并留在家帮忙"索钱"，此后他一家的命运就出现了很多波折，他的形象也更为丰满了。陈虎"搬调的张孝友两口儿"往徐州掷杯珓，张义则让张孝友留下半块汗衫作为想念。儿子儿媳刚走，一场大火将家缘家计烧空，张义老夫妇只好沿街乞讨。一直到十八年后，一家人团圆，张义老夫妇才改变了乞讨的命运。可见，高利贷商人失去资本，加之年老，就无法东山再起，只能乞讨为生。因此，陈虎成为张家一名成员之后，改变了他们父子原先的关系，商人张义原本为强者的形象终于转化为弱者形象。即是说，商人张义弱者形象的真实性，是建立于其家庭关系这一内环境的变化基础之上的。

当然，宋元文学所塑造的商人形象，并非完全与现实相符，也有不少从观念出发的虚构的成分。比如以元杂剧中商人躲百日灾，最终还是在第一百日死亡，这就是作者命定论观念所加于人物形象之上的结果；宋元小说中海商在海岛上遇仙或遇鬼，便是作者根据鬼神观念虚构出来的。而文学中商人为打破命运所作的种种努力终于白费，遇仙或遇鬼后的种种奇怪的经历，虽然使得商人形象脱离了现实真实，却也能使人们更多地看到商人的精神面貌。可以说，这些虚构的情节与商人形象都是对当时商业格局与商业环境的"折射"。

---

① 王季思主编《全元戏曲》第四卷，北京：人民文学出版社，1999年版，第214—250页。

第二节　宋元商业文明与商人形象的时代性

在中国历史上，宋代是崇文最显著的时代，尽管国家在财政上主要依赖商税，商人的经济地位有所提高，政治上也相应地允许商人子弟参加科举考试，但文人地位仍高于商人。况且，自汉代以来贱商政策长期实施，王安石变法后又强化了国有商业的地位，一定程度上打压了商人势力，导致商人在宋代社会对政府的依赖性更强，商人依然需要仰视文人。而元代社会因蒙古族的统治不重视文化，贪利的民族本性导致蒙元政权更为重商，商人的政治与经济地位都大大提高，而文人却因政府很长时期没有开科考试，无法进入统治圈中，政治与经济地位都一落千丈，以至于商人往往仪仗财力凌驾文人之上。这样，宋代文学与元代文学中的商人形象，也必然打上时代的烙印。但另一方面，由于文学毕竟是由文人控制的，文人即使社会地位低于商人，他们在文学创作中也必然要强加主观愿望，当文人与商人产生冲突时，文人们总是要在文学作品中抬高文人形象，贬低商人形象。所以，宋元文学塑造商人形象，一方面无法摆脱商业文明的现实，必然要体现其时代性，另一方面也会加上精神文化要素，使得商人形象并非完全遵从于商业文明现实。

一、宋元商业地位与商人形象的时代性

宋元时期的商业地位究竟如何？这是一个比较复杂的问题。一般而言，商税在国家财政收入中所占的比重，可以用来衡量商业在国民经济中的地位。但是，商业地位与商人地位又是不完全一致的，除了社会政治因素外，单纯从经济角度而言，商人地位是由私营商业税收在财政收入中的比重决定的。宋人所言“商税”，仅指私营商业税收，不包括官营商业税收。如李心传《建炎以来朝野杂记》载：

景祐中，天下岁收商税钱四百五十余万缗，酒课四百二十八万余缗，盐课三百五十五万余缗，和买绢二百万匹。庆历中，商税钱一千九百七十五万余缗，酒课一千七百一十余万缗，盐课七百一十五万余缗，和买绢三百万匹。绍兴末，东南及四川酒课一千四百余万缗，盐课二千一百余万缗，折帛绢三百余万匹。①

从这条记载我们不难明白：宋代官营商业税收项目分为酒课、盐课、和买绢（折帛绢），这三项税收总额大约是私营商业税收总额的两倍。单单是私营商税，在宋代财政收入中的比重就相当高，漆侠《宋代经济史》罗列的北宋商税收入及其所占财政总收入的百分比如下：宋太宗至道中，商税收入400万贯，占18%；真宗天禧末，商税收入1204万贯，占45.4%；仁宗皇祐初，商税收入2200万贯，占56.4%；仁宗嘉祐中，商税收入700万贯，占19%；英宗治平中，商税收入4400万贯，占19.23%；神宗熙宁十年，商税收入5060万贯，占17.37%。而"南宋虽然没有商税收入的总数字，但可以肯定地说，它比北宋又有了较大幅度的增加，因而在南宋财政结构中所占的比重依然很大"②。

从以上所引的资料看，宋代农业税收在财政总收入中所占比重极低，马端临《文献通考》载熙宁十年所收的"二税（农业税）"总额仅为"五千二百一万一千二十九贯石匹斤两领团条角竿"③，应该是少于私营"商税"的。结合以上所引资料，可推知宋代官营和私营商业税收总额在财政收入中占比极高，农业税收占比则极小，一般情况下不及私营商税。

我们知道，在宋代经商人员的数量远少于务农人员，而经商对国家财政的贡献却更大，这在北宋以前的中国历史上是从未出现的新现象。因此，我们说从宋代开始，商业地位在国家经济生活中远高于农业，商人的地位也因之高于农民，应该是不成问题的。

宋人在经济实践中不再"崇本抑末"，思想观念上也有更新，北宋思想家

① （宋）李心传撰，徐规点校《建炎以来朝野杂记》，北京：中华书局，2000年版，第290页。

② 漆侠著《宋代经济史》，上海：上海人民出版社，1987年版，第1009—1010页。

③ （元）马端临撰《文献通考》卷四《田赋考四》，北京：中华书局，1986年版。

如范仲淹、王安石、苏轼等人，都认为农商是平等的，至南宋叶适，认为商业更为重要，彻底打破了汉代以来轻商贱商的局面。但是，意识形态与经济基础并非完全同步，更何况宋代“崇文”极盛，思想保守的文人对商人仍然轻视，也不足为怪。这些在宋代文学对商人形象的塑造上明显地表现了出来。

南宋董嗣杲《黄池与朱一夔偕一老商款曲连日》诗云：

> 共客黄池镇，各从上江来。恓惶见谈态，僦屋傍古槐。商人接殷勤，期我不世才。晓风吹寒江，雪意又有媒。隔水界宣城，山路多早梅。旅琐逢此清，问渡休徘徊。梅梢月色佳，僧房罗酒罍。商人亦何心，两日相追陪。①

商人与文人是古代社会出门在外最多的两类人，他们在路上相遇是很正常的，但通常是没有多少共同语言的。而此诗中的商人，却“接殷勤”“相追陪”，对文人十分崇敬。诗人对此不太理解，发出了“商人亦何心”的疑问。从疑问中，我们可知文人与商人向来有隔阂，而商人地位在宋代已提高，诗人觉得他没必要巴结自己。但是，对商人来说，遇到有“不世才”的文人，就潜隐着一种机遇，有朝一日这文人做了大官，商人就好利用他来谋取商业利益。所以，南宋文人已平视商人，但商人明白自己的地位无论如何也没办法同高官相比的，所以对可能成为高官的文人，他不失时机地巴结，这正是他的精明之处。因此，这一“老商”形象的塑造，揭示了宋代商业与商人地位的复杂性，同时也具有了鲜明的时代性。

不像诗歌塑造商人形象只有寥寥数笔，小说能发挥其叙事特长，对商人形象作相当细致的描绘。《夷坚丙志》卷第十四《綦叔厚》就相当生动地描绘了一位小商人的形象：

> 綦叔厚尚书崇礼登第后，僦马出谒，道过一坊曲，适与卖药翁相值。药架甚华楚，上列白陶缶数十，陈熟药其中，盖新洁饰而出者。马惊触

① 北京大学古文献研究所编《全宋诗》第六八册，北京：北京大学出版社，1998年版，第42619页。

之，翁仆地，缶碎者几半。綦下马愧谢。翁，市井人也，轻而倨，不问所从来，捽其裾，数而责之曰："君在此尝见太师出入乎？从者唱呼以百数，街卒持杖前诃，两岸坐者皆起立，行人望尘敛避。亦尝见大尹出乎？武士狱卒，传呼相衔，吾曹见其节，奔走不暇。今君独跨敝马，孑孑而来，使我何由相避？"凡侮诮数百言，恶少观者如堵。綦素有谐辨，不为动色，徐徐对之曰："翁翁责我甚当，我罪多矣。为马所累，顾无可奈何。然人生富贵自有时，我岂不愿为宰相？岂不愿为大尹？但方得一官，何敢觊望？翁不见井子刘家药肆乎？高门赫然，正面大屋七间，吾虽不善骑，必不至单马撞入，误触器物也。"恶少皆大笑称善，翁亦羞沮，以俚语谓綦曰："也得，也得。"遂释之。井子者，刘氏所居，京师大药肆也，故綦用以为答。赵恬季和说。①

在这则故事中，小商人卖药翁虽为市井小民，可他做生意也很讲究，药架"华楚"，药罐也"新洁"，当士人綦叔厚马惊撞碎了他不少药罐之后，他十分心疼，也不问对方是谁，就"捽其裾，数而责之"。这说明卖药翁并不认为自己作为小商人比普通百姓地位低下，从他所列举的太师、大尹出门的派头来看，他在高官面前是情愿低三分的。当他知道綦叔厚已做官，并且有可能将来也做高官时，他的气焰完全熄灭了，特别是綦叔厚提到开大药肆的商家，他更觉得羞愧，连说话的用语都发生了改变，操起俚语说"也得，也得"。这一前倨后恭的小商人形象，也同样揭示了宋代商业与商人地位的复杂性，具有了鲜明的时代性。

宋代商人与文人相比，其社会地位并没有明显的优势，主要不在于文人出身，而在于文人有可能做官。实际上，官府总是凌驾于商人之上的。即使是为官府效命的小吏，也能在商人面前耍横，商人一般敢怒而不敢言。《夷坚志补》卷第六记载了这样一则故事：

金虏据中原，每胡人临州县，必择黠民通知土俗能译语者为主，大

① （宋）洪迈撰，何卓点校《夷坚志》，北京：中华书局，1981年版，第489页。

目曰本头,一府之权,皆于此乎出。寿州下蔡县,并准置榷场,大驵吴五郎主之,于南北行商之货,所得不赀,而受制于本头张政,屡被贪虐,吴抱恨虽切,无所赴愬。既而政病死,死之二年,其女嫁郭秀才,梦父来言:"我以宿业之故,堕落畜身,昨夜生于吴五郎家为骒马,汝急往恳赎,无惜厚价,必可得。"女觉而悲痛,即奔诣吴氏,吴已出榷场。厩下适生一驹。其妻问曰:"小娘子如许早来,有何事?"女以梦告,妻延入,留饭以俟。至暮吴归,女未及言,妻先为道所以,吴勃然曰:"若他人如是,吾便以送与之,不取一钱。唯张本头则不可,我为渠故,前后受鞭杖枷杻,不可胜说。今受生吾家为畜类,是天使我甘心焉,岂可释!"女泣拜不已,竟不从。豢养越岁,加以衔勒,每出必乘之,稍缓,则加鞭策不少贷。历五年,因行淮边,失足溺而毙,吴剥其皮而投诸水中。①

撇开这则故事的怪异色彩,我们知道吴五郎本来是一位很能干的中间商,所得商业利润十分丰厚。但由于金政府的小吏张政"贪虐",他竟多次"受鞭杖枷杻"之苦,虽对张政恨之入骨却无处诉冤。这充分说明商人的社会地位并不是仅由经济地位决定的。尽管金政府也重视商业,与南宋政府在边境开设了"榷场",吴五郎还是主管寿州下蔡县榷场贸易的巨商,作为当地商界领袖,其地位本应很高,却受到"本头"的欺凌而倍吃苦头,普通商人的情况可想而知。因此,吴五郎这一商人形象,是金人统治初期那一特殊时代的产物,反映了封建强权统治下商人的真实生活与思想感情。

到了元代社会,野蛮的蒙古贵族唯利是图,连皇室、权贵和一般的官僚都经商,虽然元世祖也重视农业,但并不抑商。整个元代"看不到其他朝代经常出现的打击商人、抑制商业的活动"②。由于官员、寺院、回回等少数民族都乐于经商,元代商业的地位事实上是很高的。与此相反,蒙古贵族不重视文化建设,尤其是进行民族等级划分,导致文人地位史无前例地降低,以至于"小夫贱隶,亦以儒为嗤诋"(余阙《青阳先生文集·贡泰父文集序》)。

---

① (宋)洪迈撰,何卓点校《夷坚志》,北京:中华书局,1981年版,第1606页。

② 陈高华、史卫民《中国经济通史·元代经济卷》,北京:经济日报出版社,2001年版,第451页。

这导致商人在现实中开始大胆地与文人竞争，不仅表现在个人生活方面，也表现在对社会的思考与责任心上。这样，元代文学中的商人形象，一方面反映出那个时代商人较高的地位与品格，另一方面也夹杂着对商人地位陡然提高的反弹式的贬抑。

在元代散文中，出现了一些勇于担当的商人形象，他们几乎取代传统文人以造福家庭、族裔与地方社会为己任，孝亲敬友、重教乐施、仗义解纷，以雄厚的商业财富为基础实践修身、齐家、济世的儒家理想。如吴澄（1255—1330）《金陵王居士墓志铭》这样叙述商人王进德的事迹：

> 少孤，奉母涂氏至孝。上有四兄，其一、其四蚤世，其二君祥，其三君玉，居士其五也。勤苦自植，趍时贸迁，道途不避寒暑。严事其兄如父，协力兴家。二兄既逝，君祥之子曰子清，君玉之子曰子渊、子淳、子澄，母三分其产畀一子四孙，异居异财，居士所有浸浸以羸。创立虽艰，而振恤不吝。三四十年间，每遇饥歉，施面施米，施钞施粥，日甚久，数甚伙，费甚不赀，泰然行之如常。每遇疫疠，市善药，命良医，家至户到，随证治疗。煮药之器、佐药之用，纤悉毕备。病愈能食，则啖以糜，其所全活甚众。寒卧无以盖覆者，施楮衾；贫死无以殡葬者，施棺木。公府倘有劝率，所出必倍他人。亲疏之族、内外之姻周济尤笃。礼聘名师教子。郡庠毁于火，为构讲堂，高壮宏敞，并其中陈设器具一新，计缗钱七万有奇，皆独力所办。买宅一区，割田九顷，创建江东书院，朝锡以额，设官掌其教。仿范文正公义庄规制，以赡亲属。城隍外门坏，内屋敝，运石于吴，取材于江，而更易其楹柱，而修完其栋宇。若此类布施不一，固其余事尔。配于氏，婉顺温惠，孝其姑，友其姒，如居士之事母、事兄。父母之没已多历年，凡忌日及时祭，夫妇哀感，不异初丧。宽厚谦和，崇伦纪，敦信义，未尝以赀富齿长而骄贫傲少。炎天独处，衣冠俨然，见者竦肃。病剧，语言不乱，神色不变，天历二年五月二十九日终，年八十有四。①

---

① 李修生主编《全元文》第15册，南京：江苏古籍出版社，1999年版，第628—629页。

王进德在大家庭内勤苦经商，孝母敬兄。异居之后经商更成功，为社会做贡献也更多。不仅广泛救助贫病之人，周济姻亲族人，大笔捐款用于慈善事业，还特重教育，聘名师教子之外，重建郡学，创建江东书院；又办义庄赡养亲党族属，维修城隍外门。如此广泛地造福社会，体现的正是元代商人地位较高，思想境界也随之高远起来，不再把从商当成追求个人享受的手段，而是当成了实现自身社会价值的事业。在个人修养上，王进德做到了夫妇和谐，崇伦纪，敦信义，从不骄贫傲少；又穿着整肃，语言不乱。这完全符合儒家的做人准则。因此，吴澄为我们展示的这一元代商人形象，不仅从他创书院、办义庄等具体行为上体现了明显的时代性，更从他自觉的处世风范上见出元代商人开始向前代贤人君子看齐，在文士力量衰弱的时代勇于担当，体现了商业界异军突起的崭新的时代精神。

与王进德类似的元代商人形象，还有戴良《元逸处士夏君墓志铭》中的夏荣达、刘敏中《阳丘崔氏先茔之记》中崔聚、张之翰《义商诗序》中许伯祥与张正卿形象。如夏荣达白手起家，从事海外贸易，成为定海第一大富豪。此后，他不仅孝亲友兄，接济亲戚，还挺身为家父家兄打官司，也为乡邻打官司，重视教育，好施乐义，以至集贤院为他赐号“元逸处士”。夏荣达种种德行之中，最突出的是勇于打官司，这在中国历史上是少见的。所以我们从夏荣达形象的描述中，能深切地感知到元代商业人地位高的时代特征。

当然，元代文学所塑造的商人形象，不仅体现了商人有气魄有担当的新时代精神，还体现了多样化的时代性。比如元杂剧《山神庙裴度还带》中，商人王荣想让姨侄裴度经商，而裴度不肯，告诉其妻之后，其妻训导裴度道：“裴度，想你父母身亡之后，你不成半器，不肯寻些买卖营生做，你每日则是读书。我想来：你那读书的穷酸饿醋有甚么好处，几时能勾发迹也！”“你空有满腹文章，你则不如俺做经商的受用。”[①]这番话分明是崇尚经商，而看不起读书人。王荣妻的这番话，是元人看待士与商地位的真实心声。这种情况，在崇文的宋代，是断不可能出现的。因此，在商人王荣形象的塑造中，体现了商人地位高于普通文人的时代性。又比如元杂剧《庞居士误放来生债》

① 王季思主编《全元戏曲》第一卷，北京：人民文学出版社，1999年版，第260页。

中，因行商起家的高利贷商人庞蕴，得知借债的李孝先因忧成病，便毅然烧掉别人的欠债文书。这种为他人着想并善于反省的商人形象，在前代文学中是前所未有的。不仅如此，后来庞蕴送给罗博士银子，却使得罗博士一夜不得安睡，乃至产生幻觉，要退还银子。庞蕴因此明白："我当初本做善事来，谁想弄巧成拙，兀的不都放做来生债也！"①彻底醒悟之后，他将家中仆人遣返，生畜放归山林，家财装一大船去海中沉没。这样的商人形象塑造，说明在取得很高的经济地位后，元代商人还试图占领道德高地，尽管庞蕴对人生的反思最终陷入虚无之中，却深刻体现了商人想要突破生命悲剧的时代精神。另外，元杂剧中商人依仗财力同文人争夺妓女的情节为数不少，而老鸨总是站在商人一边，这也反映出元代商人地位提高想要与文人一争高下的现实。而剧中妓女总是站在文人一边，以及有情人终成眷属的结局，不过是作家不甘心文人地位降低的意图所致，但用商人来作故事主人公的陪衬，而不是用农民或其他士人来作陪衬，恰恰表明了元代商人地位很高的时代特征。

宋元时代商业地位高，商人地位也因之提高。而商人地位提高之后，他们在社会生活中就能大有作为，甚至开始与士人竞争。商人与士人竞争的不仅是个人私欲的满足，也不仅是虚荣的颜面，还有对社会的经济贡献，对人生的深刻思考与探索，以及人格的修养。这一切作为新的时代特征，在宋元文学商人形象的塑造中都有所呈现，应当引起今天的文学研究者乃至史学研究者们的注意。

二、宋元商业基础与商人形象的时代性

商业史研究者们在描述历代商业状况时，一般都要涉及当时的商业发展的基础。我们研究宋元商人形象的时代性，自然也避不开当时的商业基础。因为商业发展的动态性决定了商业的时代性，也决定了商人形象的时代性，而商业发展的动态，恰恰是商业基础决定的。那么，与宋元商人形象

---

① 王季思主编《全元戏曲》第五卷，北京：人民文学出版社，1999年版，第398—413页。

的时代性相关的商业基础有哪些方面呢？笔者认为有三个方面：一、宋元时代新兴的商品性农产品生产，二、宋元时代新兴的手工业产品生产，三、宋无时代新兴的金融制度出台。

首先，中国自周代便以农立国，农业发展是商业发展的根本保障。但只有商品性的农产品，才有可能与商人产生必然联系。宋元时代商品性农业取得了较大发展，主要在粮食、甘蔗、茶叶、丝、麻和棉花生产等几个方面。由于粮食和丝麻生产历史悠久，真正能代表宋元时代商品性农产品生产成就的，是甘蔗、棉花，尤其是茶叶开始大量进入市场。这些情况在宋元文学中都有反映。如北宋孔平仲《梦锡遗蔗》诗云：

> 忆昔游五岭，甘蔗弥野阔。一来琅琊城，此味久所阙。商人自东南，驾海连天筏。所致虽不多，爱养尚如活。旁求未得之，分遗意特达。中凝甘露浆，外削紫玉滑。渐欣入佳境，仍喜对高节。应知方着书，持此解消渴。①

诗中提到当时甘蔗主要产于岭南，商人从东南海路运往北方销售，对于岭北人来说，甘蔗还是相当难得的新商品。不过，这首诗的重点在于表现友情，商人形象不够鲜明。而元人贾仲明的杂剧《荆楚臣重对玉梳记》（简称《玉梳记》）虽重点叙述上厅行首顾玉香与秀才荆楚臣曲折的爱情故事，但作为第三者的商人柳茂英形象也比较鲜明。

在《玉梳记》中，顾玉香与荆楚臣已“作伴”二年，此时柳茂英装了二十载棉花来松江府货卖，看中了顾玉香。老鸨见荆楚臣钱快花完了，就惦记上柳茂英的二十载棉花，主动将荆楚臣赶走。柳茂英就先留五十两银子与鸨母做茶钱，鸨母便一心成全柳茂英与顾玉香“作伴”。但顾玉香不屑柳茂英用二十载棉花作诱惑，与梅香逃离家门，却被柳茂英在路上撞见。柳茂英强逼顾玉香与他苟合，否则便要杀了她。顾玉香不肯，大叫有杀人贼。荆楚臣上京赶考及第，得官勾容县令，正好经过，让手下拿住柳茂英送往府衙治罪。

---

① 北京大学古文献研究所编《全宋诗》第一六册，北京：北京大学出版社，1993 年版，第 10832 页。

从杂剧这样的情节中,可见柳茂英是一个只知道钱财重要而色胆包天的商人,最终不敌已经为官的文人,成为阶下囚。①

而根据柳茂英的形象,我们又不难判断《玉梳记》故事发生于元代。因为松江府是元代才开始设立的行政区,并且在元代以前,棉花只在闽广一带生产,到元代才扩张到江浙一带,至元二十六年(1289),元政府"置浙东、江东、江西、湖广、福建木绵提举司,责民岁输木绵十万匹,以都提举司总之"②。棉花的生产为棉布纺织提供了原料,当时"黄道婆从海南为松江一带居民带来了比较先进的技术,促进了当地棉布生产的发展,也带来了棉花种植的扩大"③。或许是棉纺需求量特别大,松江府的棉花不足,商人柳茂英才"装了二十载绵花,来此松江府货卖"。因此,杂剧提到来松江府货卖棉花这种商品,便透露了商人柳茂英形象的时代性。

与《玉梳记》情节类似的杂剧《郑月莲秋夜云窗梦》(简称《云窗梦》),则塑造了一个茶商李多形象。当上厅行首郑月莲与秀才张均卿相伴难舍时,李多"贩了几船茶,来汴梁发卖",看到郑月莲"大有颜色","心中十分爱他"。寄身乐籍的郑氏(月莲母亲)"爱的是茶引三千道",给李多出主意,让他请月莲与张均卿赴宴。在酒席间,月莲奚落李多,郑氏赶来,要月莲嫁给钱多的李多,张均卿被迫上朝取应。张均卿去后,李多宴请郑氏和月莲,愿意将几船茶奉上,但月莲坚决不嫁茶商。一怒之下,郑氏将月莲卖到洛阳张行首家。李多叔父是洛阳府判,李多前往,求叔父李敬去向月莲提亲。而李敬却要先为女儿招婿,所招之人正是一举及第除洛阳县宰的张均卿。为婚宴助兴,李敬让夫人差人唤唱的来。来唱的恰巧是郑月莲。李敬得知情实,让张均卿与郑月莲"完成夫妇团圆"。李多只得悻悻而去。④

根据茶商李多粗鄙的形象,我们也同样能得出《云窗梦》故事发生于元代的结论。原因有二:一是李多有"茶引"三千道。而茶引制度始于宋代,北宋政府对茶叶实行专卖政策,商人贩茶必须先向政府购买"茶引",然后才能

---

① 王季思主编《全元戏曲》第五卷,北京:人民文学出版社,1999 年版,第 432—452 页。
② (明)宋濂等撰《元史》,北京:中华书局,1976 年版,第 322 页。
③ 陈高华、史卫民《中国经济通史 · 元代经济卷》,北京:经济日报出版社,2001 年版,第 138 页。
④ 王季思主编《全元戏曲》第六卷,北京:人民文学出版社,1999 年版,第 756—773 页。

贩卖相应数量的茶叶。这种制度到元代仍然继承下来。二是李多贩茶到“汴梁”发卖。按今开封市,宋人只称为“东京”或“京师”,元人称为“汴梁”,明人已称为“开封”了。因此,商人李多携带三千道茶引来汴梁发卖茶叶,其形象的时代性可谓昭然自明。

其次,宋元时代是我国科技暴发式创新的时代,中国古代四大发明有三大发明出现于宋代,就很能说明这一问题。而科技的进步,在手工业产品制造上表现得最为明显。宋元文学中的一些商人形象,就是与当时新兴的手工业产品相联系的。

宋人话本小说《山亭儿》描绘了一位既开干茶铺又开茶肆的大商人万员外的形象:万员外偶然发现手下员工陶铁僧私藏茶肆收入四五十文钱,便将他开除,还告诉整个襄阳府开茶坊的同行,导致陶铁僧再也找不到工作而怀恨在心。赶巧的是,万员外女儿秀娘死了丈夫,要搬回娘家来。陶铁僧伙同两个劫匪苗忠、焦吉杀了万小员外和仆人周吉,苗忠将万秀娘留作“札寨夫人”。万员外得知子女被打劫,便到官府告状,并出赏钱捉拿贼人。万员外邻居合哥到焦吉庄上购山亭儿出售,焦吉让他自己去挑拣。万秀娘几经周折被囚在焦吉家,看到窗外的合哥,便低声叫住他,告诉他大致情况并解下刺绣香囊给他作物证。合哥回家与父亲一起去告诉万员外,万员外去官府下状。结果由合哥带路,官兵捉拿到三个贼人,合哥得到赏钱。万员外感激曾经为救秀娘而死的尹宗,将其母亲迎到家中奉养,并为尹宗盖了一座庙宇。可见万员外虽然待下属刻薄,对家人却十分慈爱,也很讲信义,恩仇必报。

万员外这一大商人的形象是相当丰富复杂的,而牵动万员外形象完整性的,离不开宋代流行的手工产品“山亭儿”。山亭儿,在宋代以前的文献中并未见到相关记载,程毅中先生解释为“泥制的小玩具”,并引孟元老《东京梦华录》卷七“清明节”记载:“各携枣䭔炊饼、黄胖掉刀、名花异果、山亭戏具、鸭卵鸡雏,谓之门外土仪。”[①]另外,小说中提到“襄阳府”,为北宋宣和元年由襄州升置,至元代改为“襄阳路”。因此,“山亭儿”与“襄阳府”合起来,

---

① 程毅中辑注《宋元小说家话本集》,济南:齐鲁书社,2000年版,第83—99页。

我们就能确定万员外形象是宋代商人形象。也就是说,宋代新兴的手工产品“山亭儿”,是判定商人万员外形象时代性的重要标志之一。

除了“山亭儿”,“魔合罗”也是元人杂剧中出现的一种新兴手工产品,孟汉卿《张孔目智勘魔合罗》中有一位卖魔合罗的小贩,而此剧通过魔合罗为线索,描绘出女商人刘玉娘形象。换言之,刘玉娘形象的时代性也因魔合罗而得以明确。

最后,宋元时代货币结算形式有了较大变革,货币本身的形式也发生较大改变。宋代流通的金属货币主要是铜钱、铁钱,银锭也有支付功能,此外还流行纸币。北宋纸币仅流行于川陕路,到南宋,纸币在广大地区流通,绍兴二十九年(1159)官印“会子”在东南地区通行,其他地区并行的纸币还有“淮交”“湖会”“关外银会子”等。到了元朝,“由于拓宽疆土,发展商业贸易的需要,忽必烈决然以纸币为国家法币,以历代发行纸币正反两方面的经验教训作为借鉴,从而使这种银本位纸币成为唯一合法的通货”①。宋元新兴的纸币为商业活动带来了极大便利,也成为宋元文学中商人形象的时代性的标志之一。

《夷坚支丁》卷第八《王七六僧伽》载:

> 丽水商人王七六,每以布帛贩货于衢婺间。绍熙四年至衢州,诣市驵赵十三家,所赍直三百千,赵尽侵用之。王久留索偿不可得,时时忿骂。赵但巽词迁延。一夕,醉以酒,与妻扼其喉杀之,纳尸于大篰内。王常日奉事僧伽大圣甚谨,虽出行,亦以画像自随,旦暮香火瞻敬。赵恐遗物招累,卷像轴并净瓶香炉,并置篰内。俟半夜人定,欲投诸深渊。将出户,有僧数人继踵来。惧其见也,为之少止。良久再出,则遇僧如初。凡五六返,天且明。不暇顾,径舁至江滨。邻居屠者姜六一,讶其荒扰,执赵手欲就视。不隐,乃告以实,赂以五楮券。姜不听,曰:“我当诉尔于官。”赵夫妇哀祈,复增十券。姜喜,乃舍去。是日不买猪,即归而持券易钱。其妻疑之曰:“汝无事早归,不做经纪,何缘得有钱?定是

① 吴慧著《中国商业通史》第三卷,北京:中国财政经济出版社,2005年版,第298页。

做贼!”姜语之故,妻曰:“事干人命,万一败露,打一场官司不小。汝若入狱,我一家如何存活?合经官告首。”姜迟回未应,妻厉声叫呼,于是往报津逻,摭王尸于水中。其像卷傍题字曰“处州丽水县奉佛弟子王某舍钱画”。西安县遣牒质会得实,赵伏辜。始验诸僧示现,皆僧伽灵变所格,然不若救其死也。①

在这则篇幅不算长的故事中,共描绘了三位商人形象。贩运商王七六信仰佛教,却忍不住责骂拖欠货款的中间商赵十三,结果被赵十三夫妇谋杀。而赵十三夫妇抛尸不顺,被屠者姜六一撞见,怕吃官司,只好给姜六一大笔封口费。而姜六一虽有正义感,却经不住巨款的诱惑,倒是其妻识大体,逼迫他告发了赵十三夫妇。这则故事没有直接交代事发时间,但我们通过“楮券”一词,能够判断出此故事发生于南宋时代。

所谓“楮券”,又称“楮币”“楮”,是宋代纸币“交子”“钱引”“会子”等的常用称谓,因为宋代纸币所用纸“是以楮树皮为原料制造的”②。而此故事中所说“楮券”,应是南宋“会子”的代称,因为北宋“交子”“钱引”仅流通于川陕路,此故事提到的地点是浙江“衢州”,只有南宋时的“会子”在东南地区流通。因此,“楮券”这种新兴的纸币出现于故事中,又有“衢州”这一地点交代,此故事中商人形象的具体时代问题就清楚了。

除了“楮券”,宋人小说中还出现了“银券”一词。《夷坚支》景卷第一《江陵村侩》载:

江陵民某氏,世以圈豕为业。有村侩居五十里外,每为钩贩往来,积有年矣。民长子尝携银券,其直百千,并一仆,出乡间贸易,经宿不归,浸淫至累月。荆土市廛子弟,多因挟赀在手,饮博浪游,耗折父钱,无以反命,不敢归,或迤逦适他境者,民盖用此疑厥子,不深以为忧。村侩者以冬月农事毕,牵猪过其门。留少憩。别一仆视其挽索,惊曰:“此

① (宋)洪迈撰,何卓点校《夷坚志》,北京:中华书局,1981年版,第1032页。
② 陈振著《宋史》,上海:上海人民出版社,2003年版,第320页。

我家大郎所自搓者五尺,安得在汝手?"五尺者,土人称挽畜产绳绛之名也。侩色变,抵云:"昨于某处大路上拾得之,谁人无此物,何为误认?"仆以告主人,强拉侩偕往昨处。方举手指画,闻林莽间尸臭异常,掩鼻就视,则厥子与仆两尸跧仆败沟内,虽暴露过盛夏,而枯骸不损,略不为狼狐啮啖,的的可识。遂执侩以还。始言因见其有所赍,乃醉以酒而杀之。历日已久,意谓无由发觉,岂料用一索之故,自投冤网,今无所逃矣。竟伏刑于市。①

小说中提到的"银券"流通于江陵。按漆侠《宋代经济史》说"关外银会子""是以银为本位的纸币"②,而流通于东南的"会子",又可谓之"楮券",那么,小说中的"银券"当指"银会子"无疑。但是,目前的中国商业史或经济史著作中关于宋代纸币的陈述,与此或无关或龃龉。关于"银会子",史学著作中只提到"关外银会子",王孝通《中国商业史》、漆侠《宋代经济史》与吴慧《中国商业通史》都只说"银会子"仅流通于"关外",陈振《宋史》则说后来也流行于四川。但是,没有一家史学著作提到川陕以外的地区流通"银会子"。不过,南宋知成都曹彦约于宁宗嘉定十一年(1218)曾上奏道:"摄事湖广总饷,乃见其不可为矣。般江州之银券,以足襄阳;运德安之铁镪,以实随枣。移东就西,截短补长,支撑数月,仅不废事。"③从这道奏文中,可知南宋时离川陕更远的江州都有"银券",那么,更接近川陕的江陵流通"银券"就不足为奇了。而携银券"出乡间贸易"的江陵商人形象的时代性,也因"银券"得以显明。

宋代文学中商人形象的时代性,因当时商界流通的新兴纸币而显明,元代文学中商人形象的时代性,也因当时商界流通的新兴纸币而显明。

元杂剧《月明和尚度柳翠》中的高利代商人牛璘,与上厅行首柳翠做伴,知道柳翠父亡十周年要请和尚做佛事,就主动送钱给柳翠,说:"只有这一千贯钞与大姐权做经钱。"而元代以银为本位的纸币,先后印制行用的有"中统

---

① (宋)洪迈撰,何卓点校《夷坚志》,北京:中华书局,1981年版,第883页。

② 漆侠著《宋代经济史》,上海:上海人民出版社,1987年版,第1078页。

③ (明)黄淮、杨士奇编《历代名臣奏议》,上海:上海古籍出版社,2012年版,第3557页。

钞”“至元宝钞”“至大宝钞”和“至正宝钞”，全以“钞”为名。所以牛璘所说“一千贯钞”，指的就是以银为本位的纸币。而元代除前二十年中统钞声誉极好外，此后不再以足够数量的白银为预备金，发行纸币渐滥，通货膨胀越来越厉害，纸币贬值，以至于柳翠家请和尚做个佛事也大约要花费“一千贯钞”。当然，高利贷商人牛璘的形象，也因这“一千贯钞”而时代明确了。像这样因“钞”而明了其时代的商人形象，在元杂剧中还有许多，如《河南府张鼎勘头巾》中高利贷商人刘平远形象，《东堂老劝破家子弟》中的李实形象，等等。

由于元代纸币是以银为准备金的，起初民间可以直接用中统钞与向官府兑换相应数量的白银，而后来元政府滥发纸币，没有足够的准备金，民间就无法用纸币向官府兑换白银了，私下用白银交易或买卖白银的现象多见，以致元政府多次下令禁止。如至元十九年十月，中书省颁布了《整治钞法条画》，要求“买卖金银赴官库依价回易倒换”。至元二十年六月，“申严私易金银之禁”。但是，“百姓不会将自己的金银送去按官价兑换已经贬值的纸币，而钞库也没有金银可按官价兑给百姓。在官价、民间价相差悬殊的情况下，禁止民间兑换只能是一纸空文”①。因此，元杂剧《窦娥冤》中，蔡婆当年借给窦天章的是二十两银子，后来赛卢医也向她“借了十两银子”；而当张驴儿父亲要蔡婆做他老婆时，蔡婆说：“是何言语！待我回家，多备些钱钞相谢。”同一剧本中，“银子”与“钱钞”并用，说明蔡婆对张驴儿父亲是按法律办事不得胡来的语气，所以要用法定的“钱钞”来解决问题；而作为放贷人，与借贷人就是私下交易关系了，不用银子双方都不放心，特别是放贷人，因纸币贬值过快，用“钱钞”放贷与收债，结果可能会大大亏本。

“银子”与“钱钞”并用，涉商的元杂剧中还有不少，如《绯衣梦》《看钱奴》等，其中商人形象的时代性，也都因之而明。不光是杂剧中，元代诗歌中也有商人形象与银子联系在一起的。如郭钰《少年行》云：

西家少年茆屋里，床拥牛衣瓶贮米。一朝贩盐多白银，妻学官妆儿

① 陈高华、史为民著《中国经济通史·元代经济卷》，北京：经济日报出版社，2001年版，第416页。

学跪。瓮头新酒鹅儿黄，无时杀猪宴邻里。酒边自数还自矜，眼前华屋连云起。指似中男眉目强，早教读书结豪贵。黄金直可赌公卿，莫遣终身在泥滓。东家老儒笑无计，一穷到骨门长闭。百年荣悴那得知，世情直付东流水。[1]

这首诗中的少年盐商，生活极为奢侈，可他贩盐所获，并非是法定的钱钞，而是违法的私下交易通用的“白银”。这足以说明商人精明，不收贬值极快的纸币，就不会因严格守法而财产大量流失。从某种意义上说，这首诗中商人形象的时代性，也是因“白银”这种元代私下流行的通货，而明明白白。

三、宋元商业手段与商人形象的时代性

一个时代的商业发展，最显著也最关键的是经营手段的创新。由于官府拥有更多的自然资源和人才资源，宋元时代商业经营手段的创新，首先发生在官营商业领域。宋代对盐、茶、酒、矾等重要商品实施专卖制度，但并非都像汉代那样由县官直接面向市场经营，而是让民间商人向官府纳钱以取得相应数量专卖品的销售权或经营权再向市场出售专卖品。元代继承了宋代的做法，而且有所发展，主要体现在对外贸易方面，即采用官本船方式，直接获取对外贸易的商业利益，也并非仅如前代获取商税而已。事实上，宋元时代官营商业的收入在国家财政总收入中占比极高，多数年份占一半以上。如此明显的效益，自然会刺激民间商人效仿其经营手段，并有所改创。因此，宋元文学中不少商人形象，就因采用了特定时代的经营手段，表明了其时代性。

《夷坚支》戊卷第五《刘元八郎》载：

明州人夏主簿，与富民林氏共买扑官酒坊，它店从而沽拍，各随数多寡，偿认其课。历年久，林负夏钱二千缗，督不可得，诉于州。吏受

① 杨镰主编《全元诗》第五十七册，北京：中华书局，2013 年版，第 521 页。

赇，转其辞，翻以为夏主簿所欠。林先令干者八人，换易簿籍，以为道地。夏抑屈不获伸，遭囚系掠治，因得疾。……已而夏病亟，出狱而死。临命戒其子曰："我抱冤以殁。凡向来扑坊公帖并诸人负课契约，尽可纳棺中，将力诉于地狱。"才一月，八人相继暴亡。……①

故事中的富民林氏，与夏主簿一起"买扑"官酒坊，后因利益纠纷而斗得你死我活。这样的商人形象，会出现中国历史上的哪个时代呢？我们通过对其经营手段的了解，问题就会迎刃而解。从故事描述中，我们知道林氏与夏主簿是通过"买扑"手段来经营官酒坊的。所谓"买扑"，又称"扑买"，这种经营手段源自北宋初，据明人邱浚《大学衍义补》卷三二《鬻算之失》载："宋太祖开宝三年令扑买坊务者收抵当。臣按扑买之名，始见于此。所谓扑买者，通计坊务该得税钱总数，俾商先出钱，与官买之，然后听其自行取税以为偿也。"印之于这则故事，便是明州官府通计"官酒坊"该得的"税钱总数"，让林氏与夏主簿先出这笔钱给官府，然后"官酒坊"就任由林氏与夏主簿去管理经营了。而林氏与夏主簿利用官府让渡的官酒坊造酒出售的特权，发包给其他民间小酒店，从中取得更大的商业利益。这样，林氏与夏主簿这样的先出全资的承包商形象，就可确定为宋代商人形象了。

像林氏与夏主簿那样运用"买扑"手段经营，实际上是被动地接受官府预定的经营手段的。聪明的商人在掌握一定的资源情况下，完全可以效仿官府"买扑"做法，将自己的产品发包给其他商人售卖，并在产品售出之前就能收取预计的款项，以确保自己的利益。宋元话本小说中有一篇《种瓜张老》，故事的主人公张老就是这样聪明的商人。小说中有这样一段描写：

却说张公，一并三日不开门，六合县里有两个扑花的，一个唤做王三，一个唤做赵四，各把着大蒲篓来寻张公打花。见他不开门，敲门叫他，……看那大伯时，喉咙哑飒飒地出来道："罪过你们来，这两日不欢，

① (宋)洪迈撰，何卓点校《夷坚志》，北京：中华书局，1981年版，第1086—1088页。

要花时打些个去，不要你钱。……”二人打花了自去……①

按：这篇小说交代张老的故事发生于梁普通六年至隋大业二年，但又说自梁普通七年至隋大业二年，“恰好二十年”。而实际上，从普通七年（526）到大业二年（606），共 80 年，可见小说所言并不可信。考其源流，这篇小说是将唐人小说《隋文帝狮子骢》《张老》等重新整合而成，其中商人张老形象，已赋予了新的时代性。如此断言的根据，便是其商业经营的手段是宋代才兴起的。如上文所述，宋初官营商业领域已兴起“扑买”制度，这种制度同时也是一种经营手段，即通过“扑买”行为的实施，官府将垄断经营权让渡给商人，体现了一种商业协约关系。小说《种瓜张老》中所云“扑花”，意即“扑买花”，因为其中“扑花”与“打花”二词并用，说明二者有区别，“打花”是指一种获取物品的动作，“扑花”则是指商贩与花主之间的商业协约关系。张老与小商贩王三、赵四运用“扑花”手段经营花卉业务，正是对官府“扑买”手段的借鉴运用。所以，小说中商人张老的形象，包括两名小商贩的形象，已转化为宋代商人的形象，而非南朝梁代商人的形象，其时代性因商业手段“扑花”而明确。

与“扑买”手段不同的是，宋代民间资本雄厚的大商人往往直接雇人代理经营，商界职业经理因之出现。这种直接雇用经理的经营手段，既有汉魏六朝士族直接任命能干的家奴经营商业之遗意，也加入了新兴的“扑买”制下双向自由选择的因素。无论如何，这种新兴的经营手段在宋元时代毕竟出现了。《夷坚三志》辛卷第八《申师孟银》载：

枣阳申师孟，以善商贩著干声于江湖间。富室裴氏访求得之，相与欢甚，付以本钱十万缗，听其所为。居三年，获息一倍，往输之主家，又益三十万缗。凡数岁，老裴死，归临安吊哭，仍还其赀。裴子以十分之三与之，得银二万两，买舟西上。其姊嫁衡州常宁宰文廷世，将依之。正泛洞庭，风涛掀空，舟楫摧败，值渔艇在旁，乘载者仅脱死厄。风小

① 程毅中辑注《宋元小说家话本集》，济南：齐鲁书社，2000 年版，第 277—288 页。

定，募善泅者二人入水探索，获一银箧，重不可举，乃赍数笏出。后取之，惊怖而起，言异物凭据其所，若三数白牛，目光射人，不容辄近。申意为欺我，岂非待我去，拟自掩之邪！更二人以往，所见如前。于是诸人不以多寡，能致者中分之。群渔闻而争赴，不啻数百辈，即之空空，牛亦无见矣。申叹曰："吾命分如是，未复奚云！"但携见存者至衡，留数年，耗费略尽，漂转桂林，老病交攻，至于行乞。盖方行商时，必有获谴于幽明之中者。①

这则故事相当生动地塑造了一位商界职业经理申师孟的形象。申师孟替人经商三年，就能"获息一倍"，确实能干。而且经商所得，全部交给雇主，商业道德也是值得称道的。而他也获得了主家分给的不菲的报酬。这种利用他人资本以展现商业才能并获取商业利益的手段，是前所未见的。受雇于知己的申师孟，与那些靠"扑买"而获垄断厚利的茶商、盐商等虽然不同，但他与雇主之间尊重协约的精神，则与"扑买"制下商人与官府尊重协约的精神是相同的。所以商人申师孟的形象中，仍然充溢着宋代新兴的商业精神。

文言小说中出现的申师孟是在外经营的职业经理人形象，宋元话本小说与元杂剧中出现的质库或解典库"主管"则是驻点在财主家的职业经理人形象。如元杂剧《施仁义刘弘嫁婢》中刘弘妻侄王秀才，为刘弘夫妇经营解典库生意，也算得上职业经理人，他靠刻薄营利，虽不为积德行善的刘弘赏识，却体现了敬业精神。而《看钱奴买冤家债主》中的陈德甫，在大财主贾仁家坐馆，为贾家油磨坊、解典库等上些账目，同样算得上职业经理人，但他同情落难的周荣祖一家，为贾仁所不满，他忍气吞声，也体现了敬业精神。王秀才、陈德甫之类职业经理人的形象，虽不能与申师孟形象相比，却同样体现了尊重商业协约的时代精神。

如果说宋代官营商业中"扑买"手段的运用，以国家的权威性确立了商业协约精神，对此后的私人商业经营手段的创新起着规范的作用。那么，宋

---

① （宋）洪迈撰，何卓点校《夷坚志》，北京：中华书局，1981 年版，第 1446—1447 页。

代官营商业中利用文艺表演来吸引顾客的手段的运用，则对此后的私人商业经营手段的创新，虽有巨大的激励作用，也存在着社会道德上的误导。

宋人杨时(1044—1130)《语录》云："朝廷设法卖酒，所在官吏遂张乐集妓女以来小民。……余在潭州浏阳，方官散青苗时，凡酒肆食店与夫俳优戏剧之罔民财者，悉有以禁之。散钱已，然后令如故。官卖酒，旧尝至是时亦必以妓乐随处张设，颇得民利。"(《龟山集》卷十)按杨时于绍圣元年(1094)赴浏阳上任，他提到"散青苗"与官酒店经营的关系，说明王安石变法之后，官营酒业就开始出现"以妓乐随处张设"的营销手段了。官酒店创新的这种营销手段后，民间有些酒店就开始效法。南宋吴龙翰《泊芜湖县》诗中就提到"酒楼歌妓集"(《古梅遗稿》卷二)，宋元话本小说《宋四公大闹禁魂张》描写赵正扮成女子进入村酒店"拍手唱一支曲儿"[①]，骗得宋四公以为真是妓女。这一情节表明，北宋末年村酒店中都可能有妓女来谋食，酒家也利其能招揽生意而乐于合作。元杂剧《郑孔目风雪酷寒亭》有一折描写了酒店主张保的故事：张保，江西人氏，因为兵马嚷乱，"遭驱被掳，来到回回马合麻沙宣差衙里"，"如今在这郑州城外开着一个小酒店儿，招接往来客人"。但他只是一个从良人，本钱不多，所以他的酒店经营手段传统，"又无那胖高丽去往来迎，又无那小扒头浓妆艳裹，又无那大行首妙舞清歌"。这从侧面说明了元代的一些大酒店继承了宋代官酒店的经营手段，引进不同类型的妓女来揽客。而从张保否定式的自白中，也透露了这一商人所生活的时代非元代莫属，因为引进胖高丽到酒店揽客，在宋代以后只有元代才能做到。所以，酒店商张保形象的时代性，也因杂剧中提到的经营手段而明确。

在北宋官营酒店采用妓乐表演手段招揽生意的启发下，民间商人采用更多适合自己的娱乐手段来吸引顾客。元好问《续夷坚志·盗谢王君和》载：

冯翊士人王献可，字君和。元丰中，试京师，待榜次，一日晨起，市人携新鱼至，掷骰钱赌之。君和祝骰钱以卜前程，一掷得鱼，市人拊膺曰："我家数口，绝食已二日，就一熟分人赊此鱼，望获数钱，以为举家之

① 程毅中辑注《宋元小说家话本集》，济南：齐鲁书社，2000年版，第157页。

食，子乃一掷胜之，我家食禄尽矣。”君和恻然哀之，不取鱼，又以数钱遗之，市人谢而去。及下第西归，路经渑池，早发山谷间，猝为群盗所执，下路十数里，天明，阅客行囊，一少年忽直前问君和：“非京师邸中乞我鱼不取者乎？今日乃相见于此。”再三慰谢，并同行皆免。同郡徐安上记其事云。①

这则故事表明小商贩以掷骰子赌博的手段来卖鱼（元杂剧《燕青博鱼》中燕青卖鱼手段与此类同），这种娱乐手段简单易行，适合几乎没有什么本钱又无特别才艺的小商贩，一般也容易吸引小市民，因为好赌博、爱占便宜是普通小市民的本性，所以这种促销手段虽有风险，但实效性强。《夷坚乙志》卷第十五《诸般染铺》又载：

王锡文在京师，见一人推小车，车上有瓮，其外为花门，立小榜曰“诸般染铺”，架上挂杂色缯十数条。人窥其瓮，但贮浊汁斗许。或授以尺绢，曰：“欲染青。”受而投之，少顷取出，则成青绢矣。又以尺纱欲染茜，亦投于中，及取出，成茜纱矣。他或黄、或赤、或黑、或白，以丹为碧，以紫为绛，从所求索，应之如响，而斗水未尝竭。视所染色，皆明洁精好，如练肆经日所为者，竟无人能测其何术。②

这则故事中的小商人不仅擅长做广告，分别以小榜文字和实物杂色缯来吸引顾客，还让人觉得他染缸里的水虽很少却总也用不完，说明他将幻术运用到了商业服务之中以吸引更多顾客，可见其促销手段之高明。

总之，北宋后期京师“博鱼”与开设流动染铺的小商人形象，都因其带有娱乐性的促销手段，源自官酒店以文艺表演促销手段的启发，其特定的时代性不言自明。

---

① （金）元好问撰，常振国点校《续夷坚志》，北京：中华书局，1985年版，第70—71页。

② （宋）洪迈撰，何卓点校《夷坚志》，北京：中华书局，1981年版，第310页。

余论:宋元时期商人形象的时代性,往往不是通过某一个方面就能展现的,而是多个方面互相照映,才能展示出来的。并且,商人形象总是丰富复杂的,并非仅仅展示时代性这一面,甚至有商人形象的时代性十分模糊,毕竟文学是以审美为主的,对于虚构的人物有时还会打乱其形象的时代性。尽管有些文学作品直接交代了故事发生的年代,但只是给读者一种“真实”的感觉而已,其实人物形象与那个指定的年代或许并没有什么具体的关联之处。所以,我们对宋元文学中商人形象的时代性探讨,必须从更广泛的历史文化背景出发,以当时商业文明的具体形态为中心,结合文学自身的特点,包括不同体裁的差异,进行综合判断。

第三节 宋元商业文明与商人形象的逻辑性

任何人物形象的塑造,都不可能完全排斥作家的主观意图,再怎么尊重实际的作家,都会有选择性地塑造人物形象。但是,这并不妨碍作家塑造的人物形象,符合生活应有的形态或某种文化情境的客观逻辑。宋元文学中的商人形象塑造,就没有离开商人的出身,即其特有的家庭文化背景与社会期待;没有离开商人的经济实力,即其经营项目与活动形式的能力依据;也没有离开商人的信仰,即其群体文化积淀与公认有益的行为取向。因此,宋元文学中的商人形象塑造,是没有脱离当时的商业文明,尊重了商人生活与文化的客观逻辑的。

一、宋元商人出身与商人形象的逻辑性

人物的出身,代表了某类人在长期的共同的生活环境下所生成的群体性的性格心理与行为方式。所以作家描绘商人形象,首先就要抓住商人的出身,即抓住某类商人的共性,失去这一点,就会失去商人形象的逻辑基础。宋元文学描绘商人形象时,对商人出身一般都有交代,因此宋元文学中的商

人形象大多明显地符合生活逻辑。

那么,宋元时代商人出身情况如何呢？我国士、农、工、商的政治地位,至宋元时代已经平等,重要的标志是四民子弟都可参加科举考试,参政执政的机会是均等的。失去政治优越感的士、农转业工、商,也就减少了一道人为的障碍。在这样的社会背景下,宋元时代的商人出身开始呈现出多样化形态。

首先,北宋王朝开始推行崇文政策,科举制度更为完善,用人规模空前扩大,文官待遇优厚,所以刺激了不少农家子弟甚至工商子弟开始读书求仕。但是,随着文士数量不断增多,一部分寒门子弟长期应举不第,经济困窘,又多无足够的体力务农做工,加之商业利润更为丰厚,便走上改业经商之路;元代则因蒙古统治者不重视文化建设,甚至有很长一段时间没有开科考试,也导致一部分文士衣食无门,改业经商。当然,也有极少数文士是纯粹受商业利益诱惑而转业经商的。

宋元文士出身的商人渐多,为文学画廊中增添了一类崭新的形象。我们先来看看北宋诗人梅尧臣《闻进士贩茶》描绘的一位文士出身的商人形象:

> 山园茶盛四五月,江南窃贩如豺狼,顽凶少壮冒岭险,夜行作队如刀枪。浮浪书生亦贪利,史笥经箱为盗囊。津头吏卒虽捕获,官司直惜儒衣裳。却来城中谈孔孟,言语便欲非尧汤,三日夏雨刺昏垫,五日炎热讥旱伤。百端得钱事酒炙,屋里饿妇无糇粮,一身沟壑乃自取,将相贤科何尔当。①

这首诗先交代文士贩茶的背景:江南私贩茶者众多,有组织有计划地对抗官府执法,企图不交"扑买"钱而获暴利。接着写文士贩茶的特点与结局:用装书籍的箱笼偷运茶叶,被巡逻兵抓获,因为是文士身份,官府为他非法经商而惋惜。再写文士转而经商后的精神面貌与行为方式:进入城中,发表

① (宋)梅尧臣撰,朱东润校注《梅尧臣集编年校注》,上海:上海古籍出版社,1980年版,第790页。

攻击先圣时贤的言论，用尽各种机巧赚钱享乐，却不顾自己妻儿挨饿。显然，梅尧臣为我们描绘的是一位只求“利”而不顾“义”、从行为到精神都摆脱了文士身份的新型商人形象。

普通的商人虽然也求“利”而不顾“义”，但毕竟没读过多少书，无法成为商业精神的代言人。而这位出身文士的商人，因读书较多，知道先圣事迹，也就能够从商业利益角度出发，攻击先圣时贤，成为整个商人群体的代言人。因此，这一商人形象之所以不同于一般的商人形象，就在于他是进士，读过不少书，也善于思考社会问题，能够从大处着眼，敢于主动地以自己的言行来捍卫商人的利益。出身于进士，正是这一商人形象的逻辑基础。

梅尧臣描绘的商人出身不是普通文人，而是“进士”，即获取了参加进士科考试资格的文人，其学识水平与一般读书人相比，算是较高的，故而能站在社会思想变革的立场上看待“利”与“义”问题，而普通读书人经商，就未必有这样的思想高度了。南宋洪迈《夷坚支》戊卷第二《阮秀才酒钱》中的酒商阮秀才，虽然看上去是位守法的商人，却做过昧心事：曾有一位欠他十五千钱的人，到外乡贩卖货物而不回来，他就诬称那人的哥哥欠了钱，并向县衙投诉，结果那人的哥哥被抓去，被迫给了他十五千钱。①

为了不让自己的酒店受损失，阮秀才不惜诬告无辜之人。这样会耍手段的商人形象，所体现的道德水平与思想高度，与其作为普通读书人身份是相称的：做事不蛮干，讲计谋，只顾自己的私利，玩弄法律，却缺少有益于社会进步的见识与作为。而宋元话本小说《错斩崔宁》，为我们描绘了一位更为不堪的文士出身的商人形象：

刘贵“祖上原是有根基的人家”，“先前读书，后来看看不济，却去改业做生意，便是半路上出家的一般。买卖行中，一发不是本等伎俩，又把本钱消折去了。渐渐大房改换小房，赁得两三间房子”，早年取了王氏，因没子嗣，又娶了陈二姐。一日，他老丈人生日，请他和女儿王氏过去，并资助他十五贯钱，让他回家准备开个柴米店，等正式开业那天再送女儿过去祝贺。但是，刘贵晚上回家跟陈二姐开玩笑，说那十五贯钱是典卖陈二姐所得。因为

---

① （宋）洪迈撰，何卓点校《夷坚志》，北京：中华书局，1981年版，第1066页。

这一玩笑，不仅断送了刘贵自己的性命，还连累陈二姐与无辜的崔宁枉死。[①]

商人刘贵如此无能又戏言致祸的形象，与他家有根基的文士身份是紧密相关的。因为家有根基易养成孩子怠惰、散漫的习惯，怠惰直接导致刘贵在读书上无能；怠惰加上从小读书，不知“窗外事”，对社会的复杂性缺少认识，又导致他在经商方面无能。无能的结果是不断变卖家产，生活日益困窘。在卖完家产之后典卖年轻的小娘子，也就成为刘贵心理预期的下一环节。于是，在他意外获得十五贯钱之后，本来的心理预期加上散漫习惯，就演变成他的酒后戏言。虽然戏言致祸具有一定的偶然性，但作为无能商人刘贵的小娘子陈二姐的悲剧命运，则是有必然性的。

其次，宋元时代国家重视农业的基础性作用，尽力保障农民利益，财政收入主要来自官营商业收入和商税，除了每年有额定的徭役，农民的负担仅是缴纳很轻的夏、秋“二税”，所以农民通常都能安居乐业。但是，由于技术进步，尤其是南方土地得到大面积的开垦，更高产量的水稻种植，使得粮食产量大增，于是粮食种植业投入的人口出现“多余”。“多余”的人口则向三个方向分流：一是种植经济作物，从事商品性农业生产；二是让其子弟读书求仕；三是直接转向或兼营工商业。

宋元农民出身的商人渐多，也为文学画廊中增添了一类崭新的形象。我们先来看宋人文言小说中的一位商人形象：

浦城永丰境上村民作旅店，有严州客人赍丝绢一担来僦房安泊。留数日，主妇性淫荡，挑与奸通。既而告其夫云：“此客所将货物不少，而单独出路，可图也。”夫即醉以酒，中夜持刃斫之。客大叫救人，声彻于邻。彼处居者甚少，仅有一邻叟奔而至。妇走立于门，以右手遮拒使勿入，左手持客丝一把与之，叟喜而去，客遂死。夫妇共舆尸埋于百步外山崦里，仓卒荒怖，坎土殊浅，主人自意无由泄露。经数月，客之子讶父久役不返，向时固相随作商，凡次舍道涂，悉所谙熟，于是逐程体访。到此店迹绝，因驻物色。正昼闷坐，一蝇颇大，飞着于臂，挥之复来，至

① 程毅中辑注《宋元小说家话本集》，济南：齐鲁书社，2000年版，第251—265页。

于五六。子念父心切，极疑焉，祝之曰："岂非神明使尔有所告乎？但引我行。"遽飞起，此子从其后。蝇营营如语，径飞至客窆处。群蝇无数，子伸首探之，尸俨然存。走报里伍，捕凶人赴县。邻叟之过亦彰，遂为明证。店夫妇并伏诛，叟坐杖脊，官毁凶室为墟。(《夷坚乙志》卷第三《浦城道店蝇》)①

这篇小说中的店夫妇本是"村民"，其出身为农民无疑。这对村店夫妇因贪图严州商人的丝绢，不惜杀人。而他们杀人的方式是非常简单而粗暴的，处理泄密问题的手段也是简单的，杀人后处理尸体也很草率。这样图财害命、做事不严密的商人形象，与他们的农民出身关系极大。由于农民缺少教育，一般思想简单，行为粗暴，道德与法律意识淡薄；而农业利润不高，农民生活水平较低，又导致多数农民对财富的占有欲非常强烈。所以，村店夫妇图财害命，知情的邻叟也不告发，因为他也是农民，一把丝就可以收买。在利益面前，道德与正义在他们心中的分量极轻，甚至连法律也可以藐视。可以说，小说中的村店夫妇虽已转身为商，骨子里依旧是愚昧粗野的农民。他们的形象，出身农民便是逻辑基础。

同样是农民出身，背井离乡出门贩运的商人形象就有所不同了。元人戴表元《邻峰》诗云：

霜严火炬青，月淡两峰白。堂堂夜行谁，邻峰贩鹾客。贩鹾事且止，归农收又薄。技击习鞭挝，鲜肥愤烹炙。外虽刑宪拘，内实饥困迫。鹿穷有狂奔，虎跧犹恐掷。如何陇上豪，坐作沟中瘠。世无卓鲁化，名在跖蹻籍。感叹重徊徨，羁危转惊赤。②

这首诗中的商人，不愿"归农"，表明他们出身农民，只是因为农业收入过于微薄，才冒险贩卖私盐的。诗中的私盐商，为了逃避官府的捉拿，在寒

① (宋)洪迈撰，何卓点校《夷坚志》，北京：中华书局，1981年版，第204—205页。

② 杨镰主编《全元诗》第十二册，北京：中华书局，2013年版，第89页。

冷的霜夜出没于山间;平时刻苦习武以备反抗,赚了钱就痛快吃肉。这样的商人形象,也是与农民出身紧密相关的。设若他们世代为商,必有相当的资本,可以直接与官府合作卖盐,同样能以量多而获取重利。但他们出身于农民,没多少资本,只能贩卖少量的私盐以谋取暴利,否则很难改善生活条件。也因为他们出身于农民,不怕吃苦,才能忍受霜夜的寒冷出没于山间。还因为他们出身于农民,平时生活艰苦,所以冒险赚了钱之后才痛快吃肉,而对于多财的世袭商人来说,吃肉根本就是家常便饭,无须张扬。所以,诗中能吃苦、敢反抗、有武功的豪杰式的私盐商形象,也是以其农民出身为逻辑基础的。

宋元时代,务农的不仅有农民,还有地主。地主出于种种原因也有“弃农”经商的。这类商人的形象与农民出身的商人形象有更多不同之处。元人张之翰《王君行状》云:

> 君姓王氏,讳政。……君甫十八,独于县之梅亭里置田千余亩,应县首户。凡佃客不下数十辈,有幼而壮,壮而老,不忍相弃去者。然人遭岁计之难,多仰给于君。……壬辰,汴梁破,……回看曩昔之田园,已无余业,遂作往来之商贾,积有丰赀。始,父嗜饮观俳,不作治生计,日招邀友旧,或畅情自适,以萧散优游为乐。君每出,必默留亲书数帖为酒饭家所据,还则会计之。八秩庆毕而逝。母氏,河南乱,病卒,寄以荒村,君记其里名,相其地形,瞑目自祷曰:“政他日若不死,必当取母骸以葬。”后甫定,果如前言。……晚年犹务恒产,虽财雄城市,亦未尝辍居财计。故又于临漳唐宋辟土田,立市肆,皆不劳而成功。濒河地淤,惟君至之明年,首穿一井。……由是居人便于灌溉,得供蔬食之甘;行者饮以清凉,得解暑途之苦。……子可与,自幼喜读书,君尝戒之曰:“吾不幸生长乱离中,以致南奔北走,易农作商,虽不敢外乎四民之列,竟不能以儒术起家,是所恨也。故不忍再置汝于贩鬻间,汝当力学以成我志。”①

① 李修生主编《全元文》第11册,南京:江苏古籍出版社,1999年版,第345—346页。

王政是金、元之际的因战乱才弃农经商的，这个商人对父母生前尽孝死后尽哀，在生意上能将业务从城市扩展到乡村，还能惠及乡里，戒子读书求仕。这样崇儒淑世的地主出身的商人形象，与那些自私违法的农民出身的商人形象，形成了鲜明的对比。由于地主之家财力雄厚，他们无论从事什么职业都不必铤而走险，愿意与官府合作，利用自己的财力为社会做出一定的贡献，以期获得人们的尊敬，也便于自己安宁地享受富有的生活。所以，遵守社会道德法律、以高远的眼光获取更多更稳定的财富、富而不忘乡村建设的商人王政形象，正是由其地主出身作为逻辑基础的。

再次，宋元时代实行土地自由买卖制度，因天灾人祸而破产的农民或成为佃农，或进入城市谋生。而在重商崇文的环境下，宋元城市工商业者与文士数量大增，商业服务的需求也大增，这正好为破产农民进城谋生提供了大量就业岗位。这样，卖地还债后所剩无几的农民，到城市之后或为人雇用从事商业性服务工作，或从事小本经营的商贩活动。当他们到城市经历一番之后，见识了城市形形色色人物的活动，多数变成了无钱无势、靠油滑奸巧存身立世的小市民。小市民出身的商人形象，在宋元文学中有更多的表现，毕竟城市比农村的商业更为繁荣，从商人员数量也更多。

《夷坚志补》卷第七《丰乐楼》载：

临安市民沈一，酒拍户也。居官巷，自开酒庐，又扑买钱塘门外丰乐楼库，日往监沽，逼暮则还家。淳熙初，当春夏之交，来饮者多。一日，不克归，就宿于库。将二鼓，忽有大舫泊湖岸，贵公子五人，挟姬妾十数辈，径诣楼下，唤酒仆，问何人在此，仆以沈告，客甚喜，招相见，多索酒，沈接续侍奉之。纵饮楼上，歌童舞女，丝管喧沸，不觉罄百樽。饮罢，夜已阑，偿酒直，郑重致谢。沈生贪而黠，见其各顶花帽，锦袍玉带，容止飘然，不与世大夫类，知其为五通神，即拱手前拜曰：“小人平生经纪，逐锥刀之末，仅足糊口。不谓天与之幸，尊神赐临，真是夙生遭际，愿乞小富贵，以荣终身。”客笑曰：“此殊不难，但不晓汝意向所欲何事？”对曰：“市井下劣，不过欲冀钱帛之赐尔！”客笑而颔首，呼一驶卒至，耳边与语良久。卒去，少顷负一布囊来，以授沈，沈又拜而受。摸索其中，皆银酒器也，虑持入城，或为人诘问，不暇解囊，悉槌击蹴踏，使不闻声。俄耳鸡鸣，客领妾上马，笼烛夹道，其去如飞。沈不复就枕，待旦，负持归，妻尚未起，连声夸语之曰："速寻等秤来，我获横财矣！"妻惊曰："昨夜闻柜中奇响，起视无所见，心方疑之，必此也！"启钥往视，则空空然。盖逐日两处所用，皆聚此中。神以其贪痴，故侮之耳。沈唤匠再团打，费工直数十千，且羞于徒辈，经旬不敢出，闻者传以为笑耳。①

这篇小说中的酒商沈一，是"临安市民"，不仅自开酒庐，还扑买官府酒库，其对财富的攫取可谓不遗余力。可是，当一天夜里来客众多，做成一大笔生意后，竟然还想凭空获得巨额财富，对人"拱手前拜"，装可怜说自己"逐锥刀之末，仅足糊口"。结果被人戏弄一番，反而亏损"数十千"。这一商人形象，具备小市民最典型的性格："贪婪"，"奸巧"，"自负"。倘若将这一酒商出身定位为财主、文士或农民，都是不符合逻辑的。小说开篇"市民"一词，起到了为人物形象定性的作用。

作为全国经济中心的大都市临安的小市民商人形象如此，作为地方经济中心城市的小市民商人形象又如何呢？元孔齐《至正直记》载：

金陵二屠者，尝以同出买猪，情好甚密，遂为结义弟兄，往来无忌惮。一日，弟与兄妻曰："吾无妻，凡寒暑衣服，皆得藉嫂氏，破为补缀，垢为洗濯。他日得娶，当报吾兄。但今冷守空房而不能耳，若得嫂全吾一宿之愿，吾妻异日亦当侍兄。"妇乃以是言备陈其夫。夫令其妻与之通，意必弟娶不负信也。后弟娶，兄亦求奸，不从，遂持尖刀往刺杀之；复自刎，不死，乃为地方所获。闻之官，审供其情，各证其罪，悔无及矣。②

故事中的两个屠宰商表面上看很讲义气，结为兄弟，却十分猥琐、淫贱，

① (宋)洪迈撰，何卓点校《夷坚志》，北京：中华书局，1981年版，第1613页。
② (元)孔齐撰《至正直记》，上海：上海古籍出版社，1987年版，第56页。

竟然想到互淫对方的妻子，结果是一个不讲信用，另一个残暴杀人。作为小市民，个人力量有限，他们往往通过结拜的方式壮大力量，以便获得更多的利益，但毕竟容易见利忘义。而缺少修养的小市民，“饱暖思淫欲”，发生通奸的事也是多见的，如前文提到的话本小说《刎颈鸳鸯会》中开店的小市民朱秉中，就与对门的商人之妻蒋淑珍通奸。所以，猥琐淫贱，以利结拜，又以利失信的两个屠宰商形象，是以小市民的基本品性为基础来塑造的。至于残暴杀人，那是与其从事的屠宰业有较大关系的。

我们从上二例中已见大城市的小市民商人形象，那么小县城中小市民商人形象又如何呢？《夷坚丙志》卷第四《饼店道人》载：

> 青城道会时，会者万计，县民往往旋结屋山下，以鬻茶果。有卖饼家得一店，初启肆之日，一客被酒，造其居，醉语无度，袒卧门左，饼师殊苦之。与之钱，不受；饲以饼，不纳。先是，有风折大木，居民析为二凳，正临门侧，以待过者。店去江颇远，方汲水，二器未及用，客忽起，缚茆帚，蘸水洗木，揩揩逾两时，又卧其上。往来望见者皆恶之，及门即返，饼终日不得泄。客亦舍去，谢主人曰：“毋怒我，我明日携钱偿汝直，当倍售矣。”遂行，或诣凳旁欲坐，见光采烂然，乃浓墨大书“吕先生来”四字。取刀削之，愈削愈明，深透木底，上下若一，观者如堵。自此饼果大售。时绍兴三十二年二月。关寿卿亲见其洗木时，云：“一清瘦道人也。”①

大家知道，世界上根本没什么神仙，但唐代以后关于神仙吕洞宾的传闻很多，当时的人们是相信的。青城县小市民商人，在卖饼开业的那一天，就利用大众迷信心理，找人“演戏”，制造假象而生意兴隆。根据故事相关情节的描述不难推测出：饼店商早已在门前凳子上写好字，并在上面抹了胶泥灰，开业那天“醉客”乘机洗凳子，顾客一般不会注意到上面的字，因为洗得不够干净（所以才有下文的“愈削愈明”），而且“醉客”洗后又立即睡在上

---

① （宋）洪迈撰，何卓点校《夷坚志》，北京：中华书局，1981 年版，第 391 页。

面。“醉客”走后，人们看到“吕先生来”四字，传扬开去，饼店自然门庭若市了。故事看上去在写“道人”，实际上幕后的饼店商才是主角。饼店商熟知世情，十分奸巧，以至于当时人一般看不破他的伎俩。今天我们明白，饼店商这一形象，是十分精明的小市民形象。

小市民出身的商人凭着自己的奸巧固然可以欺骗普通人，但遇到劫匪，他们往往就会丧命。因为劫匪见多识广，又凶狠有力，而小市民商人无论体力还是智力都不敌劫匪，又守财如命，所以往往财与命一并被夺。如元杂剧《朱砂担滴水浮沤记》中的洛阳市民商人王文用遇劫匪白正，《玎玎珰珰盆儿鬼》中的汴梁市民商人杨国遇到劫匪盆罐赵夫妇。当劫匪要强索财物时，他俩的表现完全一样：先与劫匪讨价还价；劫匪戏言还他财物，他便说感谢的话；当劫匪全要了财物后就在背后拿扁担准备打劫匪；劫匪发现后就说连扁担也送上；然后背后说要报官，被劫匪听到而夺命。由此可见，小市民商人遇劫匪强索财物时，他们的心思完全在财物上，虽然在言行上也体现了一定的智谋，却处处失算。因此，剧作家安排王文用与杨国用这类小市民商人财命两丧的结局，是建立在小市民爱财如命、利令智昏的逻辑之上的。设若小市民商人不是以财物为重讨价还价，爱要小市民式的小聪明，而是以生命为重，舍财逃归后向官府报案捉拿劫匪，结果就会完全不同。

不仅是文士、农民（地主）、小市民出身的商人形象有各自群体的共性特征，商人世家出身的商人形象也是如此，只是限于篇幅，此不赘述。总之，宋元文学描绘的商人形象，都是以其出身所体现的群体共性为逻辑基础的。

二、宋元商人实力与商人形象的逻辑性

作为个体存在的商人，不仅具有同类出身的群体的共性，也具有同类实力的群体的共性。尽管这一共性仅表现在所拥有的资源多寡上，但俗语说“人是精神财是胆”，拥有资源的多寡，可以影响人的气度，进而改变人的性格，甚至可决定人的生活道路的选择。作为商人，财力的大小，直接影响到他职业生涯中经营的项目、规模等，影响到他在日常生活中的言行，影响到他的人生态度与追求目标。所以作家塑造商人形象，必然要以商人的实力

为前提条件。宋元文学中的商人形象塑造，也都是以商人实力作为逻辑基础的。

首先，我们来看宋元文学中小商小贩形象的塑造情况。托名北宋黄裳实为元人黄子常所撰小词《卖花声》云：

> 人过天街，晓色担头红紫。满筠筐、浮花浪蕊。画楼睡醒，正眼横秋水。听新腔、一声催起。　　吟红叫白，报道蜂儿知未。隔东西、余音软美。迎门争买，早斜簪云髻。助春娇、粉香帘底。[①]

这首词描写的卖花小商贩，挑着担子在大街上叫卖，而且还要用“新腔”来吸引客户。可见小商贩为了销售，不仅卖力，还要动脑筋，学“新腔”。这样敬业的形象背后，是小商贩经济实力弱小，只能贩卖价钱较低的花卉，且挑担到居民区叫卖；如果经济实力稍好，就可以开一个花店，在店中接待顾客，不用如此辛苦地沿街叫卖了。在整个宋元时代，这样挑着担子沿街叫卖的小商贩很多，如宋末元初陈允平《西湖明月引·寿云谷谢右司》词云：

> 朝回花底晓星明。瑞烟凝。暖风轻。修禊湔裙，时节又闻莺。绰约岸桃堤柳近，波万顷，碧琉璃，镜样平。
>
> 仙翁佩襟秋水清。渺莲舟，浮翠瀛。御楼香近，东风里、吹下青冥。鲛绡围红，春在牡丹屏。日正迟迟人正酒，画帘外，一声声，卖放生。[②]

蒋捷《昭君怨·卖花人》词云：

> 担子挑春虽小。白白红红都好。卖过巷东家。巷西家。　　帘外一声声叫。帘里鸦鬟入报。问道买梅花。买桃花。[③]

---

① 唐圭璋编《全宋词》，北京：中华书局，1965 年版，第 383 页。
② 唐圭璋编《全宋词》，北京：中华书局，1965 年版，第 3112 页。
③ 唐圭璋编《全宋词》，北京：中华书局，1965 年版，第 3442 页。

蒋捷词所描绘的小商贩形象，与托名黄裳词差别不大，而陈允平词重点是祝寿，便也顺带写出南宋沿街叫卖动物让人放生的小商贩。如果小商贩经济实力强，就没必要抓住时人信佛在过生日那天要行善放生的商机，挑着担子在大街上叫卖了。

宋元时代的小商贩基本上都是生活在城市最底层的人，不过，宋代整体经济较好，小商贩的生活还算不错。北宋周行己为我们描述了这样一个故事：

> 鄂之人有乐生者，任水鬻于市，得百钱即罢休。以其僦屋饮食之余，遨嬉于邸戏中。既归，又鼓笛以歌，日以为常。其邻人有刘氏者，饶于财而多营，身劳而心常不足，闻其贫而乐，疑之，召问其故。曰："是吾贫尔也。非得已也。然贫则易给，虽劳而无累，吾是以得自乐也。"富者入其说，怜之，举百金，使收其利而归其本。生负金而归，遂废其常业，则心营指划，贸贸然朝暮驰逐于市。及夜又计之，唯恐其不足也。惫而寐，其声呼呼。如是数日，邻之富人不闻其为笛以歌也，怪而问之。则曰："是吾昔也，虽贫而无累，故自得。今也多财而多累，故劳于心者常不足。以吾之一身，百金犹有余，是恶用其多为。愿复以是归于主人。"富者豁然悟曰："噫！是亦吾之累也。"遂焚契裂券，守其分以终身。吾闻之曰：有是哉！夫天下之不足者，生于贪。安于分者常自得。力不足而求仕，智不足而求名。噫，亦惑矣！吾可以自警也欤？故记之。（《乐生传》）①

故事中的乐生靠挑水卖每天赚得百文钱，是位典型的小商贩，但他经商所得不仅可以满足食宿等基本生活消费，还能去"邸戏"中玩乐。所以，晚上回家后他还余兴未了，吹笛自娱。结果连邻居因爱财而劳累的大财主都被他影响，把放贷的凭证全部焚毁，过上消闲无累的舒心日子。不过，从故事中可以看出，乐生只是单身生活，不用养家糊口，否则，作为一名小商贩是很

① 曾枣庄、刘琳主编《全宋文》第137册，上海：上海辞书出版社，2006年版，第155—156页。

难如此逍遥快乐的。我们不能不说这是作者将文人的财富观强加于商人形象之上的，因为作者掩盖了生活的普遍性，他所塑造的小商贩形象在逻辑上只具有可能性，并没有必然性。而从故事的局部看，小商贩得到邻居所借的巨额资本经营放贷业后，其身份便不再是小商贩了。这正好说明：小商贩与大商人的主要差别，还是在于资本实力的大小，没有足够的资本实力，是做不了大生意的。作者无意间设计的这一情节，即乐生由小商贩向大商人形象的转型，才是在逻辑上具有必然性的。

到了元代，小商贩们的生活一般都很窘迫。元人胡助《京华杂兴诗二十首》（其十五）云：

> 富馔有臭肉，贫衣无完襟。贩夫逐微末，泥巷穿幽深。负戴日呼叫，百种闻异音。马流争决拾，曝藏比干薪。苦乐谅习惯，贫富何由均。①

从诗中描述可知：元代京城的小商贩只能“逐微末”小利，不可能像大商人那样通过经营获取暴利，所以有人穷得连衣服都没有完好的，要争抢着去拾马粪做燃料。由于贫穷，有些小商贩便为了利益而不惜做出不道德的事来。元佚名作者所撰小说集《湖海新闻夷坚续志》中《米脯灌肺》载：

> 杭州旧有卖灌肺汤者，每于入夜，夯担出街，旋行调和。一夕，有太学士人乘醉到担头，忽然沤酒入于锅内，卖者不敢言，即灭灯火挑入小巷内，拭括加料而后复出。视之呕中尚有饭糁，遂插标改其名曰“米脯灌肺”，不知者皆买食之。否则一时喧哄，士人未必有偿，而一日之经纪休矣！②

小说中的小商贩对遭污的食品没有停售，而是通过改头换面的方式重

---

① 杨镰主编《全元诗》第二十九册，北京：中华书局，2013年版，第4页。

② 无名氏撰，金心点校《湖海新闻夷坚续志》，北京：中华书局，1985年版，第71页。

新出售，表明他虽有智慧，却用于非道德行为，可谓奸巧。但作者用带有同情的笔调给予评论，“一日之经纪休矣”之语，充分说明了没有足够的经济实力，在出现意外的情况下，小商贩只能做出不道德的事来。即是说，困窘的经济实力，构成了小说中小商贩的形象的逻辑基础。

其次，我们再来看宋元文学中普通商人形象的塑造情况。所谓“普通商人”，是指投资较多，获取利润较高的商人。具体到宋元时代，是指完全独立经营的“行商”和“坐贾”，他们一般经营规模较大，或经营的商品价值较高，不像小商贩在较小的固定的城市或街区从事流动的廉价商品销售工作，也不像大商人那样与官府合作经营或同时进行多种项目的经营。我们不妨分长途贩运商和坐铺商两类来论述其形象。

先说在劫难面前长途贩运商的形象。《夷坚支》戊卷第一中有这样一个故事：

> 陈公任者，福州长乐县巨商也。淳熙元年正月一日，其妾梦三人入门，其二衣绿，抱文牍大书于壁间曰：“陈公任今年四月初七日主恶死。”妾识字能读，明旦告其侣曰：“夜来梦极不祥。”相与视壁上字，一无所有，皆匿讳不敢说。久之，众商张世显、何仲立、仲济十余辈议云：“福清东墙莫少俞治船，欲以四月往浙江，可共买布同发。”如期而行。至州界凫鹰港，夜可二鼓，舟师报船无故自拆。世显遽拥衾出，是时碇泊处去岸犹丈许，觉如有人拥其背至岸。余人相继腾上，惟公任、仲立留恋货财，未肯舍。顷之舟沉，而绎出水面。二人急抱绎，逐浪上下，哀呼求救，不可忍闻。腹为绎所摇，几至于裂，竟堕死波中。正四月初七夜也。①

在“十余辈”长途贩运商人中，除了陈公任和何仲立二人死守财物，其余都在意外沉船事故中逃生。为什么其余商人都不吝惜财物呢？故事开篇即有暗示，说陈公任是“长乐县巨商”，那么，与他一起行商的，家中财力也一定比较雄厚，所以他们能够承受一次意外损失。而陈公任与何仲立格外爱财

---

① （宋）洪迈撰，何卓点校《夷坚志》，北京：中华书局，1981 年版，第 1059—1060 页。

的形象,并不是以其经济实力为逻辑基础的,而是以个性差异与侥幸心理为逻辑基础的。

但是,元杂剧《玎玎珰珰盆儿鬼》中的杨国用,则不同于以上故事中的商人,他连外出经商的五两银子(本钱)都是借来的,所以和劫匪讨价还价。杨国用输不起的形象,则主要是由他的经济实力决定的。

再说在女色面前的长途贩运商形象。作为长途贩运商,长时间远离妻子,需要女色慰藉,也在情理之中。但是,会不会与女子有什么瓜葛,还要看这长途贩运商的经济实力。如元杂剧《李素兰风月玉壶春》中的商人甚舍,以三十车羊绒潞绸来嘉兴府做买卖,看上了上厅行首李素兰。为了得到她,甚舍便先买通她的养母,以二十两银子作为茶钱,再以三十车羊绒潞绸作财礼钱,要娶李素兰。但甚舍最终还是败给情敌李斌,因为李斌在朋友帮助下做了嘉兴府同知,对民间纠纷有裁判权。商人甚舍贪慕美色而不断进攻、试图拆散他人姻缘的形象,都是建立在他经济实力基础上的。若是杨国用,即使有女子主动攀附他,估计他也不会花钱在女子身上的。当他到瓦窑店住宿时,做过妓女的撇枝秀也曾说过她丈夫不在的话,然而杨国用对她并没有什么想法,只是一心要早点带上他赚取的钱财回家。就此而言,杨国用形象的逻辑,也是建立在经济实力基础上的。

不要说长途贩运商长期在外,最能见出其人格高下的是他对财与色的态度,即使是铺户商,也是这样。宋代传奇小说《茶肆主人》记载了这样感人的故事:

京师樊楼畔有一小茶肆,甚潇洒清洁,皆一品器皿,椅卓皆济楚,故卖茶极盛。熙、丰间,有一士人,邵武军人李氏,在肆前遇一旧相知,引就茶肆,相叙渴别之怀。先有金数十两,别为袋子,系于肘腋间,以防水火盗贼之虞。时春月乍暖,士人因解卸衣服次,置此金于茶卓之上。未及收拾,旧知招往樊楼会饮,遂忘记携出。饮极欢,夜深将灭灯火,方始省记。李以茶肆中往来者如织,必不可根究,遂息心,更不去询问。后数年,李复过此肆,因与同行者曰:“某往年在此曾失去一包金子,自谓狼狈冻馁,不能得回家。今日天与之,幸复能至此。”主人闻之,进相揖曰:"官人说甚么事?"李曰:"某三四年前曾在盛肆啜茶,遗下一包金子,是时以相知招饮,夜深方觉。自知其不可寻,遂一向归安于下处,更不曾拜禀。"主人徐徐思之,曰:"官人彼时着毛衫,在里边坐乎?"李曰:"然。"又曰:"前面坐者着皂披袄乎?"李曰:"然。"主人曰:"此物是小人收得,彼时亦随背赶来送还,而官人行速,于稠人广众中不可辨认,遂为收取,意官人明日必来取。某不曾为开,觉得甚重,想是黄白之物也。官人但说得片数称两同,即领去。"李曰:"果收得,吾当与你中分。"主人笑而不答。茶肆上有一小棚楼,主人捧小梯登楼,李随至楼上。见其中收得人所遗失之物,如伞扇衣服器皿之属甚多,各有标题,曰"某年某月某日某色人所遗下者",僧道妇人即曰"僧道妇人",其杂色人则曰"其人似商贾、似官员、似秀才、似公吏",不知者则曰"不知其人"。就楼角寻得一小袱,封结如故,上标曰:"某年月日一官人所遗下",遂相引下楼。集众再问李片数称两,李曰:"计若干片,若干两。"主人闻之,与李所言相符,即举以付李。李分一半与之,主人曰:"官人想亦读书,何不知人如此!义利之分,古人所重。小人若重利轻义,则匿而不告,官人待如何,又不可以官法相加;所以然者,常恐有愧于心故也。"李既知其不受,但惭怍失言,加礼逊谢。请上樊楼饮酒,亦坚辞不往。时茶肆中五十余人,皆以手加额,咨嗟叹息,谓世所罕见焉。识者谓伊尹之一介不取,杨震之畏四知,亦不过是。惜乎名不附于国史,附之亦卓行之流也。今邵武军光泽县乌州诸李,衣冠颇盛,乃士人之宗族子孙。高殿院之子元辅乃李氏亲,尝与予具言其事。①

面对客人遗失的财物,茶肆主人知义利之分,无论多或少,替人收藏,绝不据为己有。按他自己的说法是"常恐有愧于心故也"。我们不禁要发问:难道那些爱财之人就不知义利之分吗?凭他们善于攫取不义之财的智商,他们什么都能明白,只不过难抑贪欲而已。而茶肆主人之所以能守住做人的道德底线,不光是其道德自律的自觉性起作用,设若他穷得没钱吃饭,他

① 李剑国辑校《宋代传奇集》,北京:中华书局,2001 年版,第 571—572 页。

能不“暂用”一下客人遗失的财物，甚至会将客人遗失之物视为天赐之物吗？茶肆主人的自律能维持不变，与他的茶肆“卖茶极盛”所得丰厚的利润分不开，而这丰厚利润又与他茶肆“皆一品器皿，椅卓皆济楚”分不开，就是说，雄厚的经济实力保证了他利润丰厚，利润丰厚保证了他初心不变。管子云“仓廪实则知礼节，衣食足则知荣辱”，茶肆主人重义轻利形象的逻辑基础，乃在于他茶肆“皆一品器皿，椅卓皆济楚”的经济实力。

接下来我们来看一则关于元代铺户商的故事。宋元话本小说《曹伯明错勘赃记》载：元朝至正年间，曹州城开客店的曹伯明妻亡，欲娶上厅行首谢小桃，其开饭店的姑母反对，但曹伯明贪于谢小桃的美色，还是娶了她。结果谢小桃与以前的相好倘都军以赃陷害曹伯明入狱。幸得东平府蒲左丞明鉴，将倘都军刺配三千里牢城，谢小桃罚入宫为奴，曹伯明冤情得以昭雪。[①]

商人爱娶年轻貌美又风情万种的妓女，这是种普遍存在的社会文化现象。我们若责备曹伯明好色，似乎有点过分，毕竟他妻子已亡，娶妓女也是他正当的权利。而他因此惹了一场官司，根源在于倘都军先前便与谢小桃相处五年，情感至深。本来，“小桃一心要嫁他，争奈倘都军没钱，因此还接客”。显然，谢小桃嫁给曹伯明，仅因为曹伯明有钱！可以说，经济实力强，决定了铺户商曹伯明有底气娶谢小桃，也才有他再婚后遭陷害的故事。所以作家塑造商人曹伯明的形象，也是以曹伯明的经济实力为基础的。

一般来说，宋元文学中出现的普通商人，除初入商途者，他们对钱财不太在乎，而在乎自身的生命、社会道德形象与个人的美色享受，这样的人生追求，与他们已经具有较强经济实力是分不开的。

最后，我们再来看宋元文学中大商人形象的塑造情况。

先说与官府专卖业合作的大商人形象。元人马祖常《湖北驿中偶成》诗云：

> 江田稻花露始零，浦中莲子青复青。楚船祠龙来买酒，十幅蒲帆上洞庭。罗衣熏香钱满箧，身是扬州贩盐客。明年载米入长安，妻封县君

---

① 程毅中辑注《宋元小说家话本集》，济南：齐鲁书社，2000 年版，第 499—504 页。

身有官。①

从诗中可以看出，元代盐商吃穿讲究，还能获取官职，连妻子都得封县君，这样生活奢侈而政治上受优待的大商人形象，与他能够向国家贡献大批粮食的经济实力是直接相关的。

与官府合作的大商人过上了奢侈荣耀的生活，并非只有自私的一面，他们除了能为国家贡献粮食外，在日常社会生活中也有不凡的表现。宋代传奇小说《项四郎》就描绘了一位"高义"的盐商形象：

项四郎是泰州盐商，在从荆湖贩盐回泰州途中，救起一位落水女子，"项以其贵人家女，意欲留之为子妇"。回家后，其妻认为贵家女不适合做儿媳。当富家、娼家都要来买这女子时，项四郎多次否定了妻子卖女的主张，决定出资将此女嫁给好人家。后来邻里有一金官人丧妻欲娶此女，此女也愿意，项四郎才答应了亲事。金官人对新妻十分满意，呼为七娘，并与项家如亲戚般走动。后金官人携七娘赴外任，通过审盗贼，得知七娘家人并未遇害。又偶然遇到七娘哥哥徐将仕，告知原委。徐家人感激项四郎高义，"七娘画项像为生祠，终身奉事"。②

作者描绘盐商项四郎形象，有正面描写，有侧面烘托，十分鲜明生动。然而，项四郎重义轻利形象的生成，虽有多种动因，其中有一项是十分重要的，那就是项四郎经济实力雄厚，没有这一点，他不可能过他妻子那一关，更谈不上愿出资将徐氏女嫁给好人家了。

元人同恕《李君和甫墓志铭》又为我们描绘了一位元代大商人的正面形象：

君讳用，字和甫，姓李氏。……年方逾冠，悼其家运中衰，诸父伯季死亡几尽，其父又转客潭州，不得以时归，辄感愤，掇拾遗余，服贾西来。关中土壤深厚，水泉甘美，慨然有再家之志。遂挚致妻子，当涉湖湘，以

① 杨镰主编《全元诗》第二十九册，北京：中华书局，2013 年版，第 299—300 页。
② 李剑国辑校《宋代传奇集》，北京：中华书局，2001 年版，第 568—570 页。

迎亲为事。至则口累颇众,亲意重迁,而道里之费无所于取。谓和甫曰:“我思见而妇而子辈,然后同归何如?”和甫恐伤亲意,再挈妻子就养于潭。阅年六七,航海历交趾诸国,货入优裕,私自庆曰:“有以资吾父矣。”持还上之,得侍以归。恭敬子职,十余年间,日之晨昏,时之寒暑,不使其亲意有小不得者。其殁也,买地咸宁县龙首乡铁炉坳西原。丧葬之具,必诚必信。又竭其力,徙晋宁之藏雪溪而下十八丧,与其父族葬之。此其为孝何如也?与人交,以忠信不欺为主。宁人负我,无我负人。故凡与共事者,久而益相敬爱。在潭州日,知鬻茶可为业,率数岁一往返。茶户夏南乡,以茶数百引委和甫并售奉元,约曰:“明年,我当往受直。”阅再岁,不果来,闻其人已死。和甫谓:“人以信士待我,我以信士报之。”悉橐缗钱,送至其家。其守义不回类如此。邻里乡党,均忧共乐。享年六十,以泰定四年冬十月二十一日疾卒于家。①

李和甫作为普通商人,小有成就,就有迎养父亲的想法,可他父亲知道他经济力量有限,就找了借口留在潭州而不去关中,李和甫便带妻儿到潭州和父亲一起住。后来李和甫在潭州积累资本,在潭州(治所在今湖南长沙)与奉元(治所在今陕西西安)之间贩卖茶叶,渐成大商人,而他与人合作,别人信任他,他也特别讲信义。有了足够的资本,他又从事海上贸易,终于经济实力雄厚,举家迁往关中。他在关中奉养父亲十余年,至父亡便将其厚葬于咸宁(即今西安),并迁众多祖坟与父坟合为一处,真正实现了尽孝。

从作者客观的叙事中可知,李和甫尽孝与讲信义,都是以他成为大商人后强大的经济实力为基础的。所以李和甫这一大商人形象的塑造,是完全尊重生活逻辑的。

再说经营多种项目而以放债为主的财主型大商人形象。在元人戏剧中,财主型大商人很多,一般以“员外”称之,这些大财主一般都能积德行善,或扶危济困(如《来生债》中的庞居士),或使浪子回头(如《东堂老》中的李实),或焚毁债券(如《老生儿》中的刘从善),如此等等。而这些大财主一改

① 李修生主编《全元文》第19册,南京:江苏古籍出版社,2000年版,第433—434页。

当年贩贱卖贵的唯利是图作风，正是在已获取巨额财富后反思人生的结果。他们的弃恶从善的形象因其雄厚的经济实力而有了逻辑基础。

不过，元杂剧中的大财主也有个别不太光彩的形象，如《玉清庵错送鸳鸯被》中的开解典库的员外刘彦明形象。故事基本情节如下：

河南府尹李彦实因被劾上京，一向清廉的他苦无盘缠，便央刘道姑向刘彦明借十个银子。刘彦明要李府尹立文书，其 18 岁的独生女李玉英也要签名。结果李府尹去了一年未回，刘员外知道小姐大有颜色，便借契约到期本利未还为由，托刘道姑向李玉英提亲。小姐被逼无奈，只好答应以鸳鸯被为信物，到刘道姑所在的玉清庵与刘员外悄悄偶配。结果前来赴约的刘员外被巡夜的当贼捉拿吊起来，而上京取应的张瑞卿来玉清庵投宿，被小道姑误认作刘员外，结果是李玉英与张瑞卿偶配。刘员外不肯罢休，但小姐不顺随，只好让她到酒店当卖酒女还债。张瑞卿状元及第后为官洛阳，到酒店见到李玉英，冒充李玉英哥哥，骗刘员外放还李玉英来娶亲。刘员外发现受骗后要拿二人见官。而此时李彦实官复原职，刘员外被杖四十再发有司拟罪。①

大财主刘彦明贪婪、好色、奸巧的形象，与元杂剧中其他大财主弃恶从善的形象一样，也都是以雄厚的财力为逻辑前提来塑造的。

元杂剧中的大财主形象如此，宋元话本小说中的大财主形象却有些不同。如《杨温拦路虎传》中的大财主杨玉形象：杨玉在仙居县开金银铺、质库和茶坊，在当地人缘广，势力大。只要有人向他唱喏求助，他都会送钱帮助。不过这杨员外却爱好武术，结交有武艺之人，因为当时社会比较混乱，乡间土匪横行，他父亲就被土匪借用一座旧庄子，作为修山寨的临时住所。② 因此，大财主杨玉身上带有相当浓厚的乱世豪杰气质。不过，他与元杂剧中的大财主也有相同之处，即他广结人缘，主持公道，也是靠雄厚的财力支撑的。

总之，宋元文学中的许多商人的行为方式，都与其经济实力的大小有关。哪怕是同一个商人，他的经济实力发生变化之后，他的心理与行为方

---

① 王季思主编《全元戏曲》第六卷，北京：人民文学出版社，1999 年版，第 117—141 页。

② 程毅中辑注《宋元小说家话本集》，济南：齐鲁书社，2000 年版，第 111—129 页。

式，甚至他经营的项目与手段等，也都会发生改变。商人拥有的经济实力，显然是宋元商人形象塑造的一个重要逻辑起点。

三、宋元商人信仰与商人形象的逻辑性

人类至今在物质领域仍然会遇到许多困境，而试图摆脱这种困境的方式，便是建立精神领域的信仰。在中国古代社会，信仰随时代变迁而不断发展变化，甚至还吸纳外来民族文化，以适应新的生活领域的开拓进取。比如说，宋元时代是中国海上贸易大发展时代，为了克服对海上风险的恐惧，中国商人普遍信仰外来的佛法，但也在中国传统文化的基础上，嫁接佛法信仰产生了新的海神信仰。

至宋元时代，我国商人有着多样化信仰。概括起来，主要有三大类型，即自然神信仰、道术信仰与佛法信仰。所谓自然神信仰，是指带有官本位崇拜色彩的信仰，即崇拜具有管理一方权力的神灵的信仰，如对山神、江河湖海神、土地神以及城隍神与社神等的信仰。所谓道术信仰，是指崇拜道教法术的信仰，如对烧炼、幻术、符咒、禳祷等法术的信仰。所谓佛法信仰，是指崇拜佛教法力与果报思想的信仰，如对佛家经忏、像力与轮回、地狱等的信仰。在宋元文学中，许多商人形象都是以某类信仰为逻辑基础的。

我们先说自然神信仰与宋元商人形象塑造的逻辑性。《夷坚支》癸卷第六《舒七不偿酒》载：

> 鄱阳每岁迎神之会，习俗已成，有加无减，逐庙各一兵或一民主之。至于酒浆沃犒其徒，又自随人致力，谓之心愿。大抵心识不正，以是为祸谴惊动者，间有之焉。绍熙三年春，县前居民舒七者，开酒肆，其家与县城隍祠相近，预欲以酒饮轿卒及一行诸人。既而负约，众愤怨，往往出言诅之。至七月晦日暮，从外还舍，少顷就睡。逮三更，醒寤转侧，觉卧处甚冷，伸手摸索，一物大如臂，粗涩且滑。骇而呼妻，妻熟睡弗应。拟下床，为物缠身，紧痛不能作声。猛奋擲大呼，母在邻壁云："待我来。"持灯往照，乃一蛇，呀然张口，似欲吞噬。家人尽起，无敢造前。母

忖知其故，急诣庙，招祝史买黄钱置箱内，扶请蛇去。舒遂病悸不食，以八月四日死。是夜见梦于母，言已入幽境。目今受罪，告速追偿前愿，庶得脱免。母如顺嘱，越数日，又梦云："幸得从轻，母勿过悲。"拜诀而退。舒之过不至死地，受罚亦酷矣。①

商人舒七，对于鄱阳迎神的习俗是认同的，由于信仰城隍祠神而发愿，但结果因负约而被大蛇缠身，惊悸而死。如果他与家人都不信神，直接杀死大蛇就可以了，也不会因为害怕得罪神而死。而他死后托梦给其母亲，不过是他母亲心有所约的结果而已，但也从侧面反映了商人舒七平时确实是信仰神灵的，这也算是作者对舒七形象的补充描述。从整个故事来看，酒商舒七信神，构成了作者塑造起初言而无信后来又真诚悔过的商人形象的逻辑基础。

在南方小县城里，商人信仰城隍神。离东岳泰山较近的地区，商人则普遍信仰东岳庙神，前面提到的话本小说《杨温拦路虎传》，仙居县的商人们年年去东岳庙拜神，而元杂剧《合汗衫》中的商人张孝友也被陈虎忽悠去东岳庙掷杯珓求子。下面我们就以宋元商人信仰东岳庙神的文化背景，分析元杂剧《小张屠焚儿救母》中的汴梁商人小张屠形象塑造。

由于母亲生病想吃粥，开肉铺的小张屠将故衣拿到王员外家当得二升米，给母亲熬粥。又为母亲请医用药，医士要朱砂为引子，小张屠便到王员外家买得朱砂。但王员外给的是假朱砂，不济事，小张屠夫妇只好带上儿子喜孙前往东岳庙烧香求神。结果东岳庙神炳灵公、崔府君与速报司三位神灵让李能烧死瞒心昧己的王员外儿子万宝奴，并送喜孙还家。小张屠夫妇以为丢失了喜孙，回家后母亲说他二人醉酒丢子，亏李能送回，并将李能的包袱拿出给他们看。夫妇认得是大安神州东岳庙神之系腰，再度拜谢神灵。②

很显然，杂剧中的小张屠是孝顺、忠厚、慈爱又懂得感恩之人。而这样的形象，都是以小张屠去东岳庙求神为线索得以表现的。换言之，信仰东岳

① （宋）洪迈撰，何卓点校《夷坚志》，北京：中华书局，1981年版，第1268—1269页。

② 王季思主编《全元戏曲》第六卷，北京：人民文学出版社，1999年版，第69—85页。

庙神,成为小张屠形象塑造的逻辑基础。

次说道术信仰与宋元商人形象塑造的逻辑性。《夷坚三志》壬卷第七《王道成先生》载:

> 王道成先生者,夔州人,旧射利江湖间为贾客。政和六年,忽遇异人三传内丹之妙,遂破家从王鼎学道,浮游东西二蜀。鼎亦时见荆南市中,不与人交一谈,无能识其谁何者。身长七尺,广目美须髯,状貌如四十许人。荆南父老自儿童时盖已见之。一日,与道成饮,自通姓名曰:"吾洛阳人,唐武德初事秦王为御者,奔走兵间,后得仙法,隐华岳山中,以至于今。"酒酣别去,不知所往。道成本愚民,不能从其询访大业武德中事,且验其是否。绍兴六年,道成见王晦叔于金川,讲宗盟之好,为作《古风》一篇与之曰:"龙种健儿须如棘,幼事秦府持鞭靮。战尘扑面心已灰,径上山峰弄泉石。乾坤变化五百年,人间未识地行仙。布裘落魄荆州市,丹经秘法为君传。散尽千金何所用,腹中气作蛟龙吼。功成直欲投紫霄,尚爱岷峨山下酒。年来我亦厌樊笼,乞取微言为指踪。君不见叶县双凫缑岭鹤,古来度世多吾宗。"此篇见《颐堂集》中,不终言道成之究竟也。①

故事中的商人王道成,是半路信仰道术的,但自从信仰内丹术之后,他竟然不再以经商为意,而是破家财一心求道希望成仙。这一经济实力增强之后有更高人生追求的商人形象的塑造,虽然是以经济实力为逻辑基础的,也是以道术信仰为逻辑基础的。

像王道成接触内丹术之后迷信道术的商人并不多,大多数商人信仰道术都是盲目的,或者说只是对未知领域的有关道术传闻的一种敬仰。不过,这样的信仰,往往可以带来很多财富。元代佚名作者所撰《湖海新闻夷坚续志》中《卖酒遇仙》篇载:

---

① (宋)洪迈撰,何卓点校《夷坚志》,北京:中华书局,1981年版,第1517页。

宋景定壬戌，静江府境内有林一郎者，开酒肆，味颇佳。一日，有癯瘠道人来，曰："贫道欲与公赊酒，一日一千，限一年方还钱，可乎？"林曰："一千以上亦可，一年以外亦可，只要先生饮得。"即与饮数杯而往。次日来，供以酒一千，道人饮尽。林与妻子曰："此道人不凡，决不可出言语。"自此来饮，凡六日，怀中出银一块权寄。林曰："一年之约，未得十日，何故？绝不敢受。"道人喜，又饮，却云："闻宅上有丧未葬，贫道善风水，宅上自有地在五里头某处，急宜葬，则立致富贵。"林曰："安敢望此！且饮酒。"再三再四方从。葬毕，道人在坟前索酒，连沃数觥，朗吟曰："五十日来方一醉，人间村酒胜天浆。"引手招一鹤，跨之而去，一家恳求不返。后三年，林家大发财，直子纳粟补官，果符其术。①

酒商林一郎认为道人"不凡"，就答应他不合正常商业规矩的要求，并能坚持践约，后来得到道人指点丧葬地，林家大发财。作者塑造林一郎精明、守信的形象，就是以他对道术的盲目信仰为前提的。

然而，宋元时代道术常为心术不正之人所掌握，其中一些人利用学得的幻术从事盗窃与奸淫妇女活动，这些掌握了幻术四处行窃之人被民间称为"五通神"。个别唯利是图的商人也会信仰邪恶的"五通神"。《夷坚支》癸卷第三《独脚五通》载：

吴十郎者，新安人。淳熙初，避荒，挈家渡江，居于舒州宿松县。初以织草屦自给，渐至卖油。才数岁，资业顿起，殆且巨万。里落莫不致疑，以为本流寓穷民，无由可富。会豪室遭寇劫，共指为盗，执送官。困于考掠，具以实告云："顷者梦一脚神来言：'吾将发迹于此，汝能谨事我，凡钱物百须，皆可如意。'明日，访屋侧，得一毁庙，问乡人，曰：'旧有独脚五郎之庙，今亡矣。'默感昨梦之异，随力稍加缮葺。越两月，复梦神来曰：'荷尔至诚，即当有以奉报。'凌晨起，见缗钱充塞，逐日以多，遂营建华屋。方徙居之夕，堂中得钱龙两条，满腹皆金。自后广置田土，

① 无名氏撰，金心点校《湖海新闻夷坚续志》，北京：中华书局，1985年版，第138—139页。

尽用此物，今将十年，未尝敢为大盗也。”邑宰验其不妄，即释之。吴创神祠于家，值时节及月朔日，必盛具奠祭，杀双羊、双猪、双犬，并毛血粪秽，悉陈列于前。以三更行礼，不设灯烛。率家人拜祷讫，不论男女长幼，皆裸身暗坐，错陈无别，越时而退。常夕不闭门，恐神人往来妨碍。妇女率有感接，或产鬼胎。庆元元年，长子娶官族女，不肯随群为邪，当祭时独不预。旋抱病，与翁姑相继亡。所积之钱，飞走四出，数里之内，咸有所获。吴氏虔启谢罪，其害乃止。至今奉事如初。①

从故事描述中可知，所谓“五通神”，不过是懂幻术的盗贼，假托鬼神祸害人间。而卖油的小商贩吴十郎当初因贪“钱物”而受诱骗，但后来应心知肚明，为了从“五通神”那里获得更多财富，每逢节日及“月朔日”，他就安排仪式让家中所有妇女任由“五通神”奸淫。后来因长子取官族女，不愿让“五通神”奸淫，“五通神”一怒之下便将此女与翁姑弄死，还将他家钱财全部盗走四处乱扔。为了钱财与人身安全，吴氏子孙终于向“五通神”屈服。这一故事塑造的商人吴十郎唯利是图而极其无耻并贻祸子孙的形象，正是以其对“五通神”的信仰为基础的。

最后说说佛法信仰与宋元商人形象塑造的逻辑性。

商人信仰佛法，自唐代已多，尤其以海商为盛，北宋晁补之《径山》诗写和尚钦翁来到径山重修佛寺，“三百年来响钟铙，闽商海贾输金刀”②。因此，宋元文学塑造的商人形象，其中不少与商人信仰佛法有关。且看《夷坚丁志》卷第六《泉州杨客》：

泉州杨客为海贾十余年，致赀二万万。每遭风涛之厄，必叫呼神明，指天日立誓，许以饰塔庙设水陆为谢。然才达岸，则遗忘不省，亦不复纪录。绍兴十年，泊海洋，梦诸神来责偿，杨曰：“今方往临安，俟还家时，当一一赛答，不敢负。”神曰：“汝那得有此福？皆我力尔。心愿不必

① （宋）洪迈撰，何卓点校《夷坚志》，北京：中华书局，1981年版，第1238—1239页。

② 北京大学古文献研究所编《全宋诗》第19册，北京：北京大学出版社，1995年版，第12810页。

酬，只以物见还。”杨甚恐。以七月某日至钱塘江下，幸无事，不胜喜，悉辇物货置抱剑街主人唐翁家，身居柴垛桥西客馆。唐开宴延伫，杨自述前梦，且曰：“度今有四十万缗，姑以十之一酬神愿，余携归泉南置生业，不复出矣。”举所赍沉香、龙脑、珠琲珍异纳于土库中，他香布、苏木不减十余万缗，皆委之库外。是夕大醉。次日，闻外间火作，惊起，走登吴山，望火起处尚远，俄顷间已及唐翁屋，杨顾语其仆：“不过烧得粗重，亦无害。”良久，见土库黑烟直上，屋即摧塌，烈焰亘天。稍定还视，皆为煨烬矣，遂自经于库墙上。暴尸经夕，仆告官验实，乃得藁葬云。①

海贾杨客本来是信仰佛法的，而且因此得到神明护佑，但他在危难时许愿只要神明保佑就“饰塔庙设水陆为谢”，可安全上岸后他就忘记了。在神明的提醒下，他答应还家便“赛答”。后来在钱塘居停财货，全遭焚毁，只好自尽。杨客致死都认为自己未守信而遭神报复，足以说明他对佛法信仰之深。此故事中杨客不守信、失利后轻生的形象的生成，皆由其信仰佛法而奠定了逻辑基础。

由于中国商人出海贸易，远涉外洋，就会超出国家保护的势力范围，所以唐代以来的中国古代政府唯一能做的便是优惠招徕外商，不主张甚至禁止中国商人出海贸易。而私自出海博取厚利的中国商人，一般沿海岸线航行，万一遇险方便上岸获救，他们出南洋下西洋，沿岸诸国多信仰佛教，而自唐代以来，小乘佛教在中国民间也得到了广泛信仰，所以他们出海贸易一旦遇险，就很自然地祈求佛教诸神明保佑了。实际上，在这佛法信仰背后，不仅是以佛法作为抗拒海上风险的精神支柱，更重要的是“海贾”借此文化纽带容易与沿岸各国人民沟通，从而获取可靠的贸易利益。

不仅是“海贾”，那些在国内从事大宗商品交易的商人，如盐商、茶商等，虽然能得到父母官的保护，但多涉水路风险，生命财产安全很难得到根本性的保障。如元人傅若金《覆舟叹》诗云：“吴中富儿扬州客，一生射利多金帛。去年贩茶湓江东，今年载米黄河北。远行香火倚神明，从来风水少遭惊。近

① （宋）洪迈撰，何卓点校《夷坚志》，北京：中华书局，1981年版，第588—589页。

日舡行御河里，顺流日日南风喜。笑人上水风打头，岂拟自家船入水。前船各自向前行，后者还来逢哭声。妻子家中未知死，同侣将书报乡里。道傍叹者独何为，昨日宁闻今日悲。岂不见他平地上，风波顷刻少人知。”①所以，这些大商人面对不可抗拒的风险时，他们也同样需要借佛法信仰来作为精神支柱。《夷坚三志》辛卷第七记鄱阳盐商阎大翁夫妇“皆好布施，诸寺观无不沾其惠，而独于安国寺出力尤多”，《夷坚三志》壬卷第八又记信州盐商孙十郎“奉佛喜舍，日课诵观世音名万遍。每入市，逢人携飞禽走兽，及生鱼鳖虾蛤，必买而放之”②，都是当时社会现实的反映。而这些小说开篇即记盐商信仰佛法的各种作为，又非常清楚地反映了作者对这些商人形象的塑造，都是以商人信仰佛法为逻辑基础的。

当然，我们强调商人出身、商人实力与商人信仰是宋元文学商人形象塑造的逻辑基础，是出于论述的方便，其实宋元文学商人形象塑造的逻辑基础往往是多方面的。比如盐商孙十郎乐善好施的形象塑造，既是以其经济实力为逻辑基础的，也是以其信仰佛法为逻辑基础的。

第四节　宋元商业文明与女性商人形象的特殊性

随着宋元时代商业地位的提高，女性从商人员也开始增多。她们不仅像前代女商人一样从事饮食服务业或做小商小贩，有的甚至与男性商人合作从事长途贩运业，还有的从事高利贷业务。因此，宋元文学中的女商人形象比前代要丰富得多。但是，女性与男性的自然差别及其社会差别是客观存在的，宋元女性商人形象与男性商人形象相比，其特殊性也是明显的。

---

① 杨镰主编《全元诗》第四十五册，北京：中华书局，2013 年版，第 45 页。

② （宋）洪迈撰，何卓点校《夷坚志》，北京：中华书局，1981 年版，第 1439、1526 页。

一、商人身份确立与女性商人的家庭形象

“男主外，女主内”，这是几千年来中国社会性别分工的一种概括说法。宋元文学中大多数女性商人的形象证实了这一点。女性商人即使从事商业活动，大多不出家庭圈子，就算是离开家庭在外贩运，也以家庭组合模式进行。

《夷坚志补》卷第十一《钱生见前世母》载：

> 乾道二年，豫章钱某赴省试，馆于贡院前姚氏店。试罢即归，临出门，姚媪忽持其手而泣，钱不胜惊讶。须臾，邻里聚观塞途，至数十百人。媪曰：“非有他也，此官形貌绝似吾亡儿，故不觉恸哭耳！吾儿亦读书，曾补国学，不幸以某年月日去世，今十八年矣！有遗文一册尚在。”钱时正年十八，问其亡日，又与己生日同，悚然而叹。请媪入取书，乃《周礼》义六篇，展读之，盖已发解及省闱程文，不差一字，相对感怆，为留数日始归。约曰：“若获科第，当再来。”是岁登科，调官后，迎姚媪至家，事之如母。建阳刘懋亦同时待试在彼店，亲见之。①

故事中钱某调官后将姚氏店中的姚媪“其迎至家，事之如母”，由此可知姚媪家中已无人，她本人就是姚氏店店主，是独立经商的老妪。不过，这位独立经商的老妪，心中时时想起她的亡儿，并且向形貌绝似的钱某诉说，已见其家庭观念很强，而后来钱某将她迎至家中奉养，她也没有拒绝，更可见她对家庭依赖性很强。

“在家从父、出嫁从夫，夫死从子”，这是中国古代社会对女子德行的要求，这种要求又未尝不是一种福气。上面提到的姚媪被钱某迎至家中奉养，相信没人不认为是一种福气。即使是有独立经济能力的年轻女子，因为性别的关系，她们若离开家庭单身从事社会活动，会有极大的人身风险。在缺

① （宋）洪迈撰，何卓点校《夷坚志》，北京：中华书局，1981 年版，第 1647 页。

少亲人保护的背景下,如果女性经商,也最好是从事坐地商业活动,这样容易得到邻居的照顾与官府的保护,免受不法男性的侵害。《夷坚志再补》之《义妇复仇》载:

> 宋福州赵某作江夏簿,任满,寓邑寺。日久,僧厌之。簿每旦诣殿炷香,僧伪信与其妻,置炉下,簿见诘,妻不能明,讼离之。僧受杖归俗为商。簿赴临安知录。妻与婢寓鄂州,卖酒自给。僧托媒问姻,越数年,生二子矣。值中秋对月饮乐,僧偶言故,妻伺其醉,并二子杀之,赴官首焉。官义之,免其罪。时簿再任和州知录,闻其事,复合焉。时理宗朝淳祐戊申年也。①

故事中的赵某妻被迫离婚后,与女仆流寓鄂州,卖酒为生,这足以说明她已从家庭主妇转身为商人了。她与女仆"卖酒自给",即使是官府保护,估计也会经常受男性骚扰,所以当僧人"归俗为商"后托媒问姻,她也就答应了。家庭生活对女性商人来说,是非常重要的。但是,一旦她得知新夫原来是拆散她与前夫的恶棍,毅然将与他所生二子也一同杀死。这说明女性商人对正常家庭生活的追求之热烈,其贞妇形象因此得以树立。后来她与前夫"复合",更进一步证明了女性商人离不开家庭生活。所以,这则故事与上则故事一样,都表明了宋代女性商人并不能从家庭中完全独立出来,她们的形象依然是依附于男性的形象。

宋代女性商人如此,元代女性商人又如何呢?张之翰《题曾贞妇诗》云:

> 楚称白贞姬,汉美陈孝妇。孝妇金见赐,贞姬璧弗受。夫亡不改醮,自古亦稀有。悠悠千载下,其事复相偶。曾本平州人,聪慧出人右。早岁归东安,为渠执箕帚。长号失所天,几绝十八九。赖有遗腹子,全节以自守。尊者欲嫁之,誓死言不苟。坐贩给薪米,居贫甘白首。至今黄鹄歌,悲音动窗牖。何当劝天下,尽使风俗厚。此诗虽不工,或用传

---

① (宋)洪迈撰,何卓点校《夷坚志》,北京:中华书局,1981年版,第1797页。

永久。[1]

诗中的曾贞妇“坐贩给薪米”，说明她在丈夫死后靠经商维持生活，但她毕竟不能离开家庭，只能“坐贩”而非“行贩”，她之所以不愿嫁人，就因为她有“遗腹子”，“夫死从子”成了她自觉的德行追求。没有她的全节自守，她的孩子将没有一个完整的家庭。为了家庭其他成员的幸福，可以牺牲自己的幸福，这就是元代女商人的一种家庭形象。此外，《湖海新闻夷坚续志》之《相知寿数》记载一老妪“开小酒店以谋活”，说明她就是店主，而她“常泪眼不干”，因为有相士说她儿子会夭折。[2] 这一女性商人形象，与曾贞妇形象本质上并无二致，都是以家庭为中心的商人形象。

宋元文学中做“行商”的女性虽然存在，但都与男性相伴，或者与经商的男子在行贩途中组成临时家庭，或者直接嫁给士人为妾而自己行贩以养活士人，她们对相依的男子都死心塌地，甘心做小伏低。如《夷坚支》乙卷第一《翟八姐》载：

> 江、淮、闽、楚间商贾，涉历远道，经月日久者，多挟妇人俱行，供炊爨薪水之役，夜则共榻而寝，如妾然，谓之婢子，大抵皆猥倡也。上饶人王三客，平生贩鬻于庐寿之地，每岁或再往来，得居婢曰翟八姐。翟虽为女妇，身手雄健，膂力过人，其在涂，荷担推车，赪肩茧足，弗以为劳，壮男子所不若也。性又黠利，善营逐什一，买贱贸贵，王获息愈益富，锱铢收拾，私所蓄藏亦过千缗，密市黄白。而更无姻眷，年且四十，欲谋终身计。王客，狡诈大驵也，虽丑鄙其色，而以财货动心，诱之为妻，翟罄橐中物畀付。他日，将渡江，先一夕，同宿旅舍，未旦先起，挈装赍登舟，趣解缆。及翟至水滨，其去已远，悲恸移时，念进退无门，径赴水死。……[3]

---

① (元)张之翰撰《西岩集》卷二，见《文渊阁四库全书》(电子版)，上海：上海人民出版社，1999 年版。

② 无名氏撰，金心点校《湖海新闻夷坚续志》，北京：中华书局，1985 年版，第 80 页。

③ (宋)洪迈撰，何卓点校《夷坚志》，北京：中华书局，1981 年版，第 802—803 页。

从故事描述中，女商人翟八姐比男性商人王三客在商业经营方面更能干，但由于她十分渴望过上正常的家庭生活，甚至将私房钱都全部交给王三客。结果被王三客拿走全部钱财，她只得投水自尽。显然，在临时组建的流动家庭中，女商人翟八姐在经济能力方面是完全具备独立性的，在心理上却存在依附性。这一女商人的家庭形象，完全是那个时代的社会文化决定的，与其商人职业身份并不相称。

宋元文学中的女性商人无一例外地以家庭为中心，总是在情感上依附于某一男性，她们经商的唯一目的就是创造幸福的家庭，这就与男性商人形象有了区分。宋元文学中的男性商人重视家庭生活的也是大多数，但他们没有谁对家庭成员具有依附性。所以，女性商人的家庭形象，相对于男性商人来说是具有特殊性的。

二、商业项目选择与女性商人的社会形象

宋代以前，女性商人经营的项目十分有限，主要在饮食服务业与女性用品贩售业两大领域，如汉乐府诗《羽林郎》中“酒家胡”卖酒，晋干宝小说《搜神记·卖胡粉女子》中年轻女子卖化妆品，唐人小说《墉城集仙录·广陵茶姥》中老妪卖茶，唐人施肩吾《途中逢少女》诗中的少女卖镜等。到了宋元时代，商业活动水平提高，女性商人所经营的项目也开始增多，因而女性商人的社会形象更为丰满了。

在唐人杜甫《负薪行》诗中，已出现“死生射利兼盐井”的女性私盐贩子形象，但合法卖盐的职业女商人形象则始于宋代。《夷坚志补》卷第二十五《李二婆》载：

> 鄂州民媪李二婆，居于南草市，老而无子，以鬻盐自给。淳熙乙巳，市中大火，自北而南凡五里，延烧屋庐数千间，虽楼居土库亦不免。媪之四邻已焚，媪屋独存。门外盐两席，凡所挂苇荐，缘以青布，略无少损，一郡叹异。郡守赵善俊、军帅郭杲呼问之曰：“天灾如此，汝屋何以得免，亦有说乎？”对曰：“无所长，但每日所货盐，来买一斤，以十八两与

之。所凭以活残年者，一秤而已。”赵、郭闻而加敬，厚遗钱帛而遣之。①

小说中的李二婆因为“老而无子”，才选择“鬻盐”这一利润丰厚的商业项目的。不过，她非但不缺斤少两，还每斤多给客户二两，说明她只求较低利润以维持生活，并无贪心。这样充满正能量的女商人形象，改写了历来盐商贪得厚利的社会形象。

宋代不仅有女商人卖盐，还有女商人卖私酿酒。《夷坚支》癸卷第九《吴六竞渡》载：

永年监兵方五死，孀妻独居，营私酿酒。每用中夜雇渔艇运致，传入街市酒店，隔数日始取其直，常使吴六辅行。前三年，方妻挟八岁儿俱出，掠十数千，还置舟内。到新桥，暴风起，儿惊惧，立不能安，遂堕水，母遽引手援得之，吴利其赀，翻挤陨于中流。夜深人静，更无见者。吴但以两千付方氏，云：“皆倾覆湖心，仅揽得此。”方只一子，既并命，邻里共为捞尸殓之，子母尚相持不舍。它园丁见吴乍有钱，稍知其故，以利害不关，亦弗问。今年春，吴与等辈张网，闻水中呼曰：“吴六，尔却元来这里！”如是者三，余人怪之。吴瞿然怖汗，强自激昂，磨刀向之曰：“落水鬼敢尔，才出来，便一刀两段！”叱之至再，声乃息。然自后眠食不自安。是日正挥梃勃跳，顿足高视，傲睨之气，旁若无人。俄而及于祸。吴最能泅，急湍中有若平地，岂料竟死于拍浮。方氏冤厉之报彰灼也。②

按宋代实行酒专卖制度，卖私酿酒是违法行为。但其夫方五因当兵而死，作为独力承担养家重任的“孀妻”，她选择女性商人历来擅长经营的酒业，是适合她的基本能力的。不过，官府既实行酒专卖，则“营私酿酒”会获取暴利，官府对此巡查特别严厉，所以她不敢明目张胆地经营，而是半夜运酒到街市酒店中，过好几天才去取酒钱。这说明她是一位很世故的精明商

① （宋）洪迈撰，何卓点校《夷坚志》，北京：中华书局，1981年版，第1775页。
② （宋）洪迈撰，何卓点校《夷坚志》，北京：中华书局，1981年版，第1287—1288页。

人。在被吴六暗害之后，她化鬼复仇，又可见她还是一位烈妇。这位女商人敢于选择私酿酒项目，并在经营过程及结果中，逐步显现出她有魄力、世故又贞烈的社会形象。

宋元时代德行高迈、魄力不减男儿的女性商人还是不少的。宋初王禹偁《唐河店妪传》就塑造了一位有勇有谋、大有民族气节的女商人形象，其文如下：

> 唐河店南距常山郡七里，因河为名，平时敌至店饮食游息，不以为怪。兵兴已来，始防捍之，然亦未甚惧。端拱中，有妪独居店上，会一骑至，系马于门，持弓矢坐定，呵妪汲水，妪持绠缶趋井，悬而复止，因番语呼之为王，且告之曰绠短不能及也。妪老力惫，王可自取之。敌因系绠弓杪，俯而汲焉。妪自后推之堕井，跨马诣郡。马之介甲具焉，鞍之后复悬一彘首。常山民吏观而壮之。噫！国之备塞，多用边兵，盖有以也。以其习战斗而不畏懦矣。一妪尚尔，其人可知也。近世边郡骑兵之勇者，在上谷曰静塞，在雄州曰骁犍，在常山曰厅子，是皆习干戈战斗而不畏懦者也。闻敌之至，或父母辔马妻子取弓矢，至有不俟甲胄而进者。顷年敌马南下，不过上谷者久之，以静塞骑兵之勇也。会边将取静塞马分隶帐下以自卫，故上谷不守。今骁犍、厅子之号尚存，而兵不甚众，虽加召募，边人不应。何也？盖选归上都，离失乡土故也。又月给微薄，或不能充所赐，介胄鞍马皆脆弱羸瘠，不足御胡。其坚利壮健者，悉为上军所取。及其赴敌，则此辈身先，宜其不乐为也。诚能定其军，使有乡土之恋；厚其给，使得衣食之足，复赐以坚甲健马，则何敌不破？如是得边兵一万，可敌客军五万矣。谋人之国者，不于此而留心，吾未见其忠也。故因一妪之勇，总录边事贻于有位者云。（宋王禹偁撰《小畜集》卷十四）①

从经营项目选择上来看，唐河店妪还是比较传统的，但她在民族争战的

① 曾枣庄、刘琳主编《全宋文》第八册，上海：上海辞书出版社，2006年版，第114—115页。

时代能够运用智谋不失时机地杀敌，这一社会形象是崭新的。又《夷坚志补》卷第十三《曹三香》载：

> 元祐末，安丰县娼女曹三香得恶疾，拯疗不痊，贫甚，为客邸以自给。尝有寒士来托宿，欲得第一房，主事仆见其蓝缕甚，拒之，三香曰："贫富何择焉！"便延入。少顷，士闻呻痛声甚苦，问其故，仆以告，士曰："我能治此症。"三香大喜。士以箸针其股，曰："回心，回心。"三香问先生高姓，亦曰："回心，回心。"是时殊未晓。门外有皂荚树甚大，久枯死，士以药粒置树窍中，以泥封之。俄失士所在。是夕树生枝叶，旦而蔚然，三香疾顿愈，始悟回之为吕，遂弃家寻师。邑人于其地建吕真人祠。绍兴十四年，三香忽还乡，颜貌韶秀，邑老人犹有识者。武翼大夫于泽为郡守，召问之，不肯深言，后不知所之。①

曹三香虽不像唐河店妪那样面敌不惧，她选择开旅店为业也是迫于"得恶疾"而无法继续从事娼妓业，似乎并不光彩，但她开店招待客人，能说出"贫富何择焉"的话，也是相当豪迈而有见识的。结果得到神仙吕洞宾的救治，在时隔五十多年后还乡，竟然还"颜貌韶秀"，可见她也很有悟性，追随吕洞宾得道成仙了。故事虽然有虚构成分，但女商人见识高迈、为人豪爽、敏悟果决的社会形象，在此前的文学中是从未见过的。

宋元女商人性格豪爽，不仅从惊心动魄的时局、神异法术的运用中表现出来，也从男女情事这样日常琐事中表现出来。元杂剧《王月英元夜留鞋记》叙述了这样的故事：

少女王月英和母亲开胭脂铺，落第文人郭华与她一见钟情。王月英主动"亲笔写下一首诗"，让梅香送给郭华。郭华见诗，知道"今夜在相国寺观音殿中相会"。借口元宵看灯，月英摆脱母亲管束来相会，而郭华却醉卧观音殿，月英只好以香罗帕包一只绣鞋儿放他怀中。郭华醒来后悔莫及，吃了香罗帕而死，不知缘故的郭华琴童便扭和尚见官。包拯受理，将二人收监，

---

① （宋）洪迈撰，何卓点校《夷坚志》，北京：中华书局，1981 年版，第 1665 页。

并用计安排张千捉拿到事主王月英。张千押王月英到观音殿,见郭华口边有香罗帕一角,“扯将出来,这秀才便活了”。于是包拯让二人“永远团圆”。①

从经营项目的选择来看,王月英是遵从母亲安排的,甚至在经营中她也是处于从属地位的。但她并不是没有主见、胆小怕事之人,她主动写诗约会,不仅显示了其才情,也显示了其大胆与机智;约会时给对方留下信物,又显示了其包容与心细;后来承认郭华之“死”与己相关,显示出其勇敢;扯出郭华口中的香罗帕,更显示出其泼辣与明慧。集如此多样美好品格的女商人的社会形象,在此前文学中是绝对没有的,即使是宋元时期的男性商人,也不见有如此形象。

然而,多样性的商业项目选择,所体现的女性商人社会形象也是多样的,其中也有一些负面的形象。如《夷坚丙志》卷第九《郑氏犬》便塑造了一位走门串户卖花粉之属的女商人形象:这位女商人被客户家一惯温驯的狗咬了,结果客户家半夜被盗,原来这位女商人是专为盗贼探路的。② 她选择卖花粉之属这样的商业项目,是方便她上客户门探查情况,这样狡诈、卑鄙的女性商人社会形象,在中国文学史上是首次出现的。

从宋元文学中女性商人对商业项目的选择来看,一般都是适合女性专营的项目,但也有少数老妪贩盐、贩缯、卖私酒,进入到传统男性商人经营的领域。而在不同项目选择中,所展现出的或美好或丑恶的女性商人社会形象,都不是男性商人所具有的,甚至与前代女性商人的社会形象也大为不同。这与宋元时代商业大发展,许多女性也开始涌入商业大潮,在沧海横流中各显本色,是有直接关系的。

三、经商手段运用与女性商人的职业形象

宋代以前的女性商人,不仅经营的项目有限,所运用的经商手段也很简

① 王季思主编《全元戏曲》第10卷,北京:人民文学出版社,1999年版,第683—706页。
② (宋)洪迈撰,何卓点校《夷坚志》,北京:中华书局,1981年版,第444页。

单，因而她们的职业形象相对固化而单调。到了宋元时代，女性商人在经营项目选择上扩大了范围，经营的手段也多样，但一般都带有女性特征，所以职业形象也更为鲜明而独到。

《夷坚三志》壬卷第六《罗山道人》载：

> 信阳军罗山县，荒残小邑也。有沈媪者，启杂店于市，然亦甚微。三月三日，有道人扣门觅饭，媪曰："别无好蔬菜伴食，少俟碾面可乎？"即入就坐，面饭毕，驯进茶，道人谢曰："本非旧知闻，荷媪垂顾，无以为报，唯有治酒一方，当以相付，如媪家有识字者，可令随我寻药。"媪曰："女婿王甲舍居，却识几个字。"唤出相见，即偕适野，大抵所采如苍耳、马蓼、青蒿之类，凡十二种，皆至贱易得。既还，使王生书其方，仍命缀一布囊贮之，戒曰："善藏此方，虽他的亲人亦不可传，传之则不灵矣！今年此日采药，可终岁供用。明年三月三日，再换新者，遇酒或酸涩欲败，以药投之，则无有不美。以此终沈婆一世，表吾所以报也。"其后皆验。武官刘舍人家春酿数十瓮，色味已坏，或言王甲善医酒，遣招致之，引入视，王暗糁刀圭于瓮中，刘不知也。复出坐，佯若料理作法，少顷云："请舍人看。"刘亟走其处，悉变为香清滑辣矣！刘大喜，以半直谢之。媪家常干储此药，遇乏酒之时，沽诸邻里，不校好恶，有最薄者，得药少许，皆化为醇醪。媪死，婿继亡，方书不传。①

在偏远小县城的沈媪经营"杂店"，比较实用，因为客户过少，开专营店势必亏本。不仅在经营项目慎重选择，在经营手段上，沈媪也有过人之处。由于缺少蔬菜，她便建议"道人"吃面食，吃完之后她还态度温和地"进茶"。如此殷勤，感动了"道人"，道人送给她"治酒之方"作为报答。有了药方，沈媪一生都能做出好酒。有道是"酒香不怕巷子深"，做出好酒，她的生意很好也就可知了，故事中说"遇乏酒之时，沽诸邻里"云云，足以说明她家的酒比别人家的销售快。这样，沈媪这位女商人的职业形象，与普通旅店老板的职

① （宋）洪迈撰，何卓点校《夷坚志》，北京：中华书局，1981年版，第1508页。

业形象比较，就有了明显区别：沈媪头脑更灵活、服务更周到、造酒技术更是过人。而这些过人之处，正是其独到的经商手段。

类似的，元人小说集《湖海新闻夷坚续志》之《井化酒泉》篇，也为我们塑造了一位女商人崔婆独特的职业形象，其文云：

> 常德府城外十五里，地名河洑，有崔婆者，卖茶为活，遇有僧道过往，必施与之。一道人往来凡十余次，崔婆见之，必与茶。道人深感之，与之曰："我欲使汝改业卖酒如何？"崔婆喜。道人以杖拄地，清水迸出，为崔婆言："此可为酒。"崔婆取之以归，味如酒，浓而香，买者如市。若他人汲之归，则常品水也。崔婆大享其利。道人重来，崔婆再三谢之，但云："只恨无糟养猪。"道人怒其贪心不足，再以杖拄泉，则复成水，无复酒味矣。其井至今尚存。①

故事中卖茶的崔婆，有选择性地施茶，这是她经商的一种高明手段。不出所料，终于有道人给予极优厚的答谢——劝她改业卖酒，并送给她取之不竭的美酒，崔婆因此"大享其利"。然而，当道人重来时，她使出"再三谢之"的手段，并暗示道人再送给她酒糟养猪。结果道人"怒其贪心不足"，崔婆连美酒也失去了。从经商手段来看，崔婆强于攻心，但心术不正。不过，这样的女性商人职业形象也是前所未见的。

不像前两则故事中女性商人因偶遇"道人"而展现的职业形象，多少带有一点神秘色彩，元代南戏《杨德贤妇杀狗劝夫》中开客店的王大姑职业形象，完全基于日常生活现实。戏中描述王大姑开客店三十年，按房间等次每月收取房银：上等的一两，中等的五钱，下等的三钱。先住满月再付房钱。当孙荣无钱付房租且啼哭之时，王大姑便让店小二剥了他衣服赶出去，逼得孙荣要投汴水自杀。② 可见王大姑经营手段简单，对无钱付房租者手段粗暴。这样的描述所展示的是一位经营有法度而毫无人情味的女性商人职业形象。

---

① 无名氏撰，金心点校《湖海新闻夷坚续志》，北京：中华书局，1985 年版，第 139 页。

② 王季思主编《全元戏曲》第 10 卷，北京：人民文学出版社，1999 年版，第 5—120 页。

宋元女性商人并非都是坐地商，也有一些贩运商，但从事贩运的女性商人，作家一般不关注她们的经营手段，而关注她们的命运，因此，宋元文学中塑造的女性贩运商的职业形象，至多与她们经营方式相联系。如北宋刘斧《青琐高议》中擅长作诗的李珣，“适江夏人王常，同泛舟射利江湖间”[①]；元代杨维桢诗中的卖盐妇，靠背负盐筐贩售食盐。装载商品的舟船与背负的盐筐，成了女性贩运商职业形象的重要标志。

总体上看，宋元时代女性商人的经营手段比较简单，没有什么弄虚作假行为，也没采用广告宣传、联合资本、算计竞争对手或设计促销等行为，这与她们主要从事服务性商业有关，但她们的职业形象差别很大，即使是从事贩运的女商人职业形象也是这样。

① 李剑国辑校《宋代传奇集》，北京：中华书局，2001年版，第284页。

第三章　宋元商业文明与文学商业化创作潮流

文学商业化自西汉武帝时代已有零星出现，至唐代，不仅贵族圈的文学商业化得到了较大发展，市民圈的文学商业化也开始出现了，但种类、频次与规模都相当有限。到了宋元时代，富豪圈、高官圈与普通市民圈的文学商业化都有更大的发展。这种发展与宋代以来崇文政策的实施、科举考试制度的完善及用人规模的扩大都是分不开的，与宋元时代商业地位提高、全社会消费能力增强更是分不开的。

第一节　宋元商业文明与文学商业化创作的条件

在宋元以前，中国文学商业化创作已在某些领域产生并有扩大趋势。到了宋元时代，朝廷的重商政策导致整个社会商业化水平提高，连一些贵主、高官也经商取利，商人地位抬升，下层文人与商人相比，往往自叹不如，宋元文人从事文学商业化创作的心理障碍基本移除；加上生产力水平大大提高，普通民众的消费能力增强，除了多样化的物质消费之外，文艺消费也成为宋元时代平民生活之一，为文学商业化创作提供了新的需求。因此，宋元文学商业化创作队伍也相应扩大，文学商业化的形态更为多样。

一、商业文明传统与宋元文学商业化创作条件

自秦汉起，大一统的中国在政治上重农轻商。但是，中国的农耕经济具

有多元结构，地主租赁土地给佃农的同时也多经营工商业；而国家出于财政与国防安全的需要，往往对盐、铁和军需品采取专卖政策。因此，无论是官本位文化还是以农为本的文化，都是包融商业文化的。所谓“轻商”，不过是抑制私营商业的发展和降低商人的政治地位，商业在国家层面上并未受到贬低，只不过商业文明的形态更为多样化罢了。

由于商业文化包融于国家主流文化之中，人们对文学商业化创作并没有刻意压制，相反，文学商业化创作形成一定的规模，正是上层社会首先催生出来的。

自汉末至唐，士族在政治上掌握了话语权，在经济上拥有十分雄厚的基础，在文化上特别重视门第，因而不惜重金为先人求购墓志铭，这成为士族主导的一种社会风气。这种风气造就了一批著名文人被动地从事文学商业化创作。到宋元时代，尽管士族已荡然无存，但仍有当朝建功立业的重臣，在他们死后，其子弟依然承续传统，请求当代名流撰写碑志文。所以，在宋元时代碑志文写作领域，仍旧保有一支商业化创作队伍。

另外，自隋代开始，草制者接受“润笔”现象已存在，但毕竟没有制度化，算不上普遍存在的现象。到宋初，“内外制凡草制除官，自给谏、待制以上皆有润笔物。太宗时立润笔钱数，降诏刻石于舍人院，每除官则移文督之，在院官下至吏人、院驺皆分沾”。这样，草制者接受“润笔”便制度化了。直到神宗朝，“元丰中改立官制，内外制皆有添给，罢润笔之物”①。在北宋后期，草制者接受“润笔”制度废除，但不代表此后草制受“润笔”现象消失。南宋与元代，草制受“润笔”仍时有所见，并且有人主动索取“润笔”，使得草制受“润笔”行为蜕变为文学商业化创作者的主动行为。无论如何，宋元时期负责草制的中书舍人和翰林学士，也就组成了一支“隐性”的文学商业化创作队伍。

为先人纪功而求购碑志文，为册封贵主、高官而授意翰林学士或中书舍人草拟制文，都是社会上层借用文学来“润色鸿业”，以满足贵族、高官及其后人强烈的“荣誉心”，同时激发人们为国家、社会建功立业，这些于家于国都不乏深远的意义。在这种上层社会文化影响下，一些下层文人也有意无

① （宋）沈括撰《梦溪笔谈》，上海：上海书店出版社，2009 年版，第 12 页。

意地以文学美誉当朝达官贵人，往往受到达官贵人的赏赐。相比于“应求”而撰写碑志与“应命”而草拟制文的文学商业化创作队伍，这支“主动”作文而受赏的文学商业化创作队伍，不再由“大手笔”们组成，而主要是由才情富赡、经济困窘的“才子”们组成的。

自唐代科举取士以来，以文学见长成为士人的重要特征，而先秦以德行、政事、言语、文学并举的士人风范，渐为士流所淡忘。这样，进士轻薄便成为唐五代以来的一种社会弊病。这种弊病虽经宋初诸帝与有识之士的整治与垂范而有所减轻，但科举制度在宋初进一步完善，士人的“文人化”势头并未减退。特别是扩大科举考试规模以后，大量“文人”产生，而国家官职有限也有阶，下层文官与白衣文人中的寒门子弟，受困于经济拮据，不得不以诗文为“货”，向达官贵人乞取衣食之费。自中唐时代开始，碑志文撰写已不再专由“大手笔”垄断，出身寒门的“才子”们已加入竞争行列；而寒门“才子”以诗文博取达官贵人赏赐的行为，更是越来越多见了。

时至宋代，科举考试录取进士的人数是唐代的好几倍，加之朝廷在官员中施行“崇文抑武”政策，更刺激了整个社会各阶级子弟读书应举。虽然下层文官因官俸较高于前代而不必“以文为货”以补助衣食之费，但更大规模的白衣寒门文人要维持生存，必须寻找新的生活出路。其中一部分寒门“才子”，以他们的传统诗文上的才华博取达官贵人的青睐，或游走乞讨于四方，或成为达官贵人的清客门人，与唐代寒门“才子”文学商业化创作模式差别不大；另一部分寒门“才子”，适应读书人越来越多的新市场需求，与书商合作，出版诗文集，四处兜售以谋生，形成了一支崭新的文学商业化创作队伍。

二、商业文明新变与宋元文学商业化创作条件

由于社会经济的快速发展，宋元时代的城市规模扩大，人口增多，两宋都城开封和临安人口都超过了百万，元代大都号称“人烟百万”，城内实际人口高达 93 万，而南方杭州城人口则超过百万。如此众多的人口，本身就有很大规模的商业消费，加上与外地渠道众多的商品流通，宋元都城商业规模更大，并在五代商业都市发展的基础上，进一步打破了传统的坊市制度，“开始

具备了近代城市所应该具备的某些功能，如它的贸易功能（特别是它的大众贸易功能）、服务功能、大众娱乐功能等等”①。至于其他地方性的中小城市，人口也同样增多，商业也更为繁荣，市民社会不断发育，对各种消费包括文艺消费的需求日渐增长。

除了达官贵人与兵士等城市管理者之外，宋元市民主要是工商业者和服务人员，他们构成了城市平民的主体。这些平民所接受的文化教育水平普遍较低，因而他们的文艺消费主要是娱乐性质的，并不像文人官员那样欣赏高远超脱的文学境界。换言之，直接诉诸听觉与视觉的、以商业性表演方式传播的叙事类文学的生产，成为宋元时代城市平民最主要的文艺需求。

城市平民的文艺需求，不仅与他们的生活趣味相关，也与他们的消费能力相关。像“大手笔”们一篇碑文或制诰文所获“润笔”价值数万，或者是寒门才子一篇奉承的诗文竟致获赏数千至数十万钱不等，显然都不是普通平民所能支付得起的。那么，谁愿意为这些消费能力有限的平民服务，从事贴近民众生活趣味的文学商业化创作呢？

前文已述，宋代因科举取士制度的完善与崇文抑武政策的实施，激发了大量寒门子弟读书，其中一些既无能力中举为官，在传统诗文领域又缺乏竞争力的寒门读书人，他们既不能依赖官家，也不能依傍达官贵人，甚至在普通的读书人市场也无法立足，那么，他们最适合的谋生出路，便只有服务于平民文艺市场了。

一方面，在传统诗文领域缺乏竞争力的寒门读书人，他们的学识与才华可能得不到读书人的赏识，但较之未读书人，还是有很大优势的。只要他们顺应平民生活趣味，将所学的文言故事，用白话形式叙述出来，加以一定的渲染、假借与捏合，就会对平民产生吸引力。另一方面，这些寒门读书人能否放下身段，为平民文艺市场提供文学服务呢？自汉代以来，贱商政策的施行，使得文人普遍形成了轻商观念。但是，到宋元时代，商人社会地位得到提高，落泊文人往往不如商人。如南宋陆游《估客乐》诗云：

---

① 吴刚著《中国古代城市生活》，北京：商务印书馆，1997年版，第34页。

牛车辚辚载宝货，磊落照市人争传。倡楼呼卢掷百万，旗亭买酒价十千。公卿姓氏不曾问，安知孰秉中书权。儒生辛苦为一饱，趑趄光范祈哀怜。齿摇发落竟不顾，诗书满腹身萧然。自看赋命如纸薄，始知估客人间乐。

从这样的苦乐对比中可以看出，宋代落泊文人完全失去了社会精英的优越感，他们在商人面前不仅觉得经济上寒碜，在人格上也失去了尊严。因此，宋代不少落泊文人选择改行经商的道路，但他们毕竟是读书人，经商并非他们的长处，所以他们经商也多数失败。如话本小说《错斩崔宁》中的刘贵，"先前读书，后来看看不济，却去改业做生意，便是半路上出家的一般。买卖行中，一发不是本等伎俩，又把本钱消折去了。渐渐大房改换小房，赁得两三间房子……"[①]如此看来，平民文艺市场为宋代寒门读书人提供了谋生出路，他们应该是暗自庆幸的，因为他们进入此道，可以用其所长。事实上，宋元一部分落泊文人不再轻视以商人为主的平民，或直接投身平民文艺市场，用平民习惯的白话语言叙述故事，将文学商业化创作与文艺表演结合起来，或与俳优倡伎合作，为他们演出提供文学底稿，从事单纯的文学商业化创作。

当然，宋代服务于平民文艺市场的文学商业化创作，也离不开专业性表演场所——瓦舍勾栏的出现。自中唐以来，平民文艺市场已开始发育，但由于坊市制度的限制，唐代的"戏场"只设于兼作商业活动场所的寺院，如长安的"戏场"就设于大相国寺。到了北宋，汴京城中的"坊(居民区)"墙受晚唐五代以来的战乱破坏，商业发展也要求打破"坊"与"市"的界限，这样，毁弃残缺的坊墙，直接将商业活动引入"坊"中，也就成了顺理成章的事了。而原先在寺院中与其他商业活动相伴的"戏场"活动，也转移到"坊"中，并建立了相应的商业娱乐一体化设施——瓦舍(又称"瓦""瓦肆"或"瓦子")，在瓦舍中主要设有专业性的表演场所——勾栏。

据《东京梦华录》卷二之"东角楼街巷"条载："街南桑家瓦子，近北则中

① 程毅中辑注《宋元小说家话本集》，济南：齐鲁书社，2000年版，第251页。

瓦,次里瓦。其中大小勾栏五十余座。内中瓦子莲花棚、牡丹棚,里瓦子夜叉棚、象棚最大,可容数千人。自丁先现、王团子、张七圣辈,后来可有人于此作场。瓦中多有货药、卖卦、喝故衣、探搏饮食、剃剪纸画、令曲之类。"对照该书卷五之"京瓦伎艺"条,可知在诸棚"勾栏"中"作场",所涉文艺表演有说书、小唱、嘌唱、演杂剧、讲史、小说、演合生、演唱诸宫调等。显然,这种商业性文艺表演的专业场所的创设与使用,不仅表明北宋市民文艺消费规模已经很大,文学商业化创作种类也是很多的。

到了南宋,由于南戏在温州一带兴起,在临安之外的更多城市中当有瓦舍勾栏存在。而元代的瓦舍勾栏,"除了大都之外,保定、石家庄、邢台、平阳、洛阳、汴京、东平、武昌、扬州、金陵、松江、杭州等地,都有大小勾栏演出杂剧"①。这样,戏剧创作在南宋出现,至元代则渐成商业化文学创作的大宗。

从北宋开始,由于平民文艺需求旺盛以及读书人内部阶级分化,再加上专业性表演场所——瓦舍勾栏出现,为大规模的文学商业化创作提供了前提条件。到了元代,蒙古统治者曾长期不开科举,读书人"失业"的更多,连一批优秀的文人也进入为平民服务的文学商业化创作队伍。元杂剧艺术成就的取得,正与此相关,前贤已多有述论。

可见,宋元时代商业文明的发展,既保留了传统的文学商业化创作条件,又提供了新的条件,使得文学商业化创作队伍扩大,文学商业化的类型也增多。

第二节　宋元商业文明与文学商业化创作的形式

由于宋元商业文明是汉唐商业文明的继续发展,它所提供的文学商业化条件更为多样,文学商业化创作的形式也相应地比前代更多,但概括起

① 吴晟著《瓦舍文化与宋元戏剧》,中国社会科学出版社,2001年版,第29页。

来，不外四种类型：作文受赠、应购求而作、现场作诗出售和为商业化文艺表演而创作。

一、商业文明与作文受馈赠

在唐代，文人不经意所作诗文，也有受到达官贵人馈赠的先例。不过，这种“无心插柳柳成荫”的文学商业化现象，在宋元时代基本不存在了。宋元时代作文受赠主要有两种途径：一是词臣奉命草制或作诗文而得“润笔”；二是文人有意作词博取达官贵人的赏识以获取财物。

先说词臣奉命撰写诗文而得“润笔”。宋初太宗皇帝大约是从“崇文”国策出发，将隋代以来“草制”得“润笔”的私人行为，确立为官方制度。此后至真、仁、英宗三朝，严格执行这种制度并且有扩大化倾向，《钱氏私志》云：

> 岐公在翰苑时，中秋有月，上问当直学士是谁，左右以姓名对。……上悦甚，令左右宫嫔各取领巾、裙带或团扇、手帕求诗。……上云：“岂可虚辱，须与学士润笔。”遂各取头上珠花一朵，装公幞头。簪不尽者置公服袖中，宫人旋取针线缝联袖口。①

按王珪（岐公）于仁宗朝“在翰苑”为学士，此时仁宗皇帝对他十分欣赏，既令宫嫔向王珪求诗，又令她们给付“润笔”。王珪作诗受赠大量“珠花”，荣宠极甚。

除了偶尔受命作诗得“润笔”，北宋词臣还有奉敕为亡故功臣作碑志文而得“润笔”的。《容斋续笔》卷六列举自汉末以来文人作碑志文得“润笔”的情况之后，说：“本朝此风犹存，唯苏坡公于天下未尝铭墓，独铭五人，皆盛德，故谓富韩公、司马温公、赵清献公、范蜀公、张文定公也。此外，赵康靖公、滕元发二铭，乃代文定所为者。在翰林日，诏撰同知枢密院赵瞻神道碑，

---

① 朱易安、傅璇琮等编《全宋笔记》第二编七，郑州：大象出版社，2006年版，第66—67页。

亦辞不作。"[①]这则资料说明宋代碑志文不仅有大量"私撰"现象存在，也存在词臣奉敕撰写现象。而无论哪种情况，撰碑志文必受"润笔"，只不过朝廷没有规定"润笔"的具体数额而已。

那么，苏轼为什么不愿意为人"铭墓"以至于不奉诏呢？历代文人中都有一些"清高"之士，他们认为作文受赠，便是文学商业化，则作者行为无异于商人行为。而秦汉以来商人受贱视，"清高"文人岂愿降格如商人？实际上，即使宋初太宗朝已将词臣草制受"润笔"定为制度，但"清高"的词臣总不愿接受"润笔"。以下二例可证：

> 初，（王）禹偁尝草李继迁制，送马五十匹为润笔，禹偁却之。

> 初，词臣作诰命，许受润笔物。王安石与（祖）无择同知制诰，安石辞一家所馈不获，义不欲取，置诸院梁上。安石忧去，无择用为公费，安石闻而恶之。[②]

太宗朝的王禹偁与仁宗朝的王安石"草制"，按制度规定当接受"润笔"，却都不愿接受，王安石甚至对同官祖无择用润笔物"为公费"也十分不满。即使是绝大多数词臣都谨遵制度接受草制"润笔"，也有人表现出"清高"的姿态来。如《能改斋漫录》卷十二载：

> 杨文公亿，以文章幸于真宗，作内外制。当时辞诰，盖少其比。朝之近臣，凡有除命，愿出其手。俟其当直，即乞降命。故润笔之入，最多于众人。盖故事，为当笔者专得。杨以伤廉，遂乞与同列均分，时遂著为令。[③]

杨亿因文章著名而几至垄断"草制"权，所得"润笔"也特别多，但他并不

① （宋）洪迈著，夏祖尧、周洪武校点《容斋随笔》，长沙：岳麓书社，1994年版，第187页。
② （元）脱脱等撰《宋史》，北京：中华书局，1977年版，第9795、10659页。
③ （宋）吴曾撰《能改斋漫录》，上海：上海古籍出版社，1979年新1版，第364—365页。

高兴，而是认为这样会“伤廉”，请求真宗皇帝将其所获“润笔”均分给其他词臣。真宗皇帝应允，并“著为令”，即在太宗皇帝所确定的制度上再加上一条，进一步完善了草制得“润笔”的制度。

然而，借着神宗皇帝赞成“变法”之机，王安石为首的新党人物还是废除了草制的“润笔”制度。毕竟，这种制度打破了儒家的义利观，虽满足了一些贪财文士，也容易让人诟病。王安石等新党人物虽不敢对本朝定下的制度进行非议，只是借故废除这一制度，而此后王朝中的文人还是有明确而严厉的指责：

> 唐宋儒臣草制或溢美以市谀，或丑诋以泄忿，或且公受馈遗谓之润笔，亵王言而辱国体，莫此为甚。①

> 唐代始设翰林学士，以专知制诰，而中书舍人分掌外制。迨宋而其职益重，号为两制，宣名锁院，啧啧艳称。然当时制草多尚骈俪，体涉浮华。……又其陋者，且因交游请乞，利其润笔，为之饰词取悦。终至入主出奴，互相排诋，恩怨纠结，党论繁兴，浸酿清流之祸，其弊有不可胜言者。②

清代馆臣们论及宋人草制受“润笔”，重在谴责其党争与贪利，也兼及词臣受“润笔”制度化有辱国体，却忽略了宋代皇家“崇文”的传统与商业文明对某些词臣的影响。

实际上，即使北宋神宗朝已废除词臣受“润笔”制度，但词臣受“润笔”的现象仍未断绝。周密《武林旧事》卷八《册皇后仪》云：“先一日宣押翰林院学士锁院草册后制词，赐学士润笔金二百两。”③周必大《淳熙玉堂杂记》卷中又谈及绍兴二十四年（1154）春王纶以监察御史暂权知制诰，“适草刘婉仪进

---

① （清）刘统勋等编《评鉴阐要》卷八，见《文渊阁四库全书》（电子版），上海：上海人民出版社，1999年版。

② （清）纪昀等奉敕撰《钦定历代职官表》卷二十三，见《文渊阁四库全书》（电子版），上海：上海人民出版社，1999年版。

③ （宋）孟元老等著《东京梦华录（外四种）》，上海：古典文学出版社，1957年版，第483页。

位贵妃制，太上称其有典诰体，润笔殆万缗，赐砚尤奇”①。可见南宋词臣草制依然受“润笔”，只不过“润笔”直接来自皇帝或太上皇的赐予，而不再是受封之人。

不仅为皇家受封之人草制可能会得到皇帝赐给的“润笔”，为皇家作其他文章也可能得到皇帝赐给的“润笔”。叶绍翁《四朝闻见录》载：

> 会京尹赵师睪奏请尽以西湖为祝圣池，禁捕鱼者，作亭池上甚伟，穹碑摩云。高（按：高文虎）实为记，其文有曰：“鸟兽鱼鳖，咸若商历以兴。”既以镌之石，石本流传，殆不可掩，改“商”为“夏”，隐然犹有刊迹。无名子作为词以谑之云：“高文虎称伶俐，万苦千辛作个《放生亭记》。从头没一句说着朝廷（一作“官家”），尽把师睪（一作“太师”）归美。这老子忒无廉耻。不知润笔能几。夏王说不是商王，只怕伏生是你。（一作“夏王事，却作商王，那鸟兽鱼鳖是你。”）②

南宋高文虎既为“祝圣池”上所建亭撰写了《放生亭记》，为此得到了“润笔”，则此“润笔”无疑为皇帝所赐给。南宋皇家继承“崇文”传统，赐“润笔”给奉敕撰文的文人，这不难理解。而元代也有皇帝效法前代“崇文”，赐“润笔”给奉敕撰文者。《元史》卷一百八十三载孛术鲁翀事云：

> 从幸上都，尝奉敕撰碑文，称旨，帝曰：“候朕还大都，当还汝润笔赀也。”③

宋元帝王赐给文臣“润笔”，或定出制度让请托人给词臣“润笔”，表明文臣们的文学商业化创作在形式上是被动的。但是，既定为制度或作为习惯，词臣们也就有了心理预期，从早有心理准备上来看，宋元词臣文学商业化创作也有主动的一面，否则，清人就不会有“溢美以市谀”“为之饰词取悦”之类

① 朱易安、傅璇琮等编《全宋笔记》第五编八，郑州：大象出版社，2012年版，第297页。
② （宋）叶绍翁撰《四朝闻见录》，北京：中华书局，1989年版，第192页。
③ （明）宋濂等撰《元史》，北京：中华书局，1976年版，第4221页。

的谴责语了。更有甚者,在词臣草制受“润笔”制度废除之后,还有词臣主动索取“润笔”的。《建炎以来系年要录》卷一百九十一载殿中侍御史杜莘老揭发周麟之“主封驳,则因书黄而潜受金瓶;在翰苑,则因草制而多求润笔”。在周麟之心中,公文写作与文学商业化创作是没有分别的。而周麟之能够得逞,说明当时社会上也普遍存在这种思想。只不过周麟之更为贪婪,竟然还有“违法而酤私酝”劣迹,说明他深受宋代商业文明的负面影响,他视制文写作为文学商业化创作并非孤立事件。

或许,有人要说,按现代标准衡量,制文应算公文范畴,而公文并非文学,宋元词臣草制受“润笔”,与文学商业化写作无关。这种看法是以今例古,不符合历史事实的。要知自唐代以来,词臣都是由文才见长者为之,况且他们草制时“溢美以市谀”“为之饰词取悦”,其所撰写的制文,既以实用性为指归,文学审美功能也是显而易见的。

正是因为宋元词臣所撰写的制文文采飞扬,才使得碑志文的求购成为词臣们的又一财源。从《全宋文》与《全元文》中所收录的碑志文看,其作者大多为词臣,便是很好的例证。不过,详情且待下文细说。我们现在先要说说作文受赠的另一种情况。据《游宦纪闻》载:

寿皇锐意亲征,大阅禁旅,军容肃甚。郭杲为殿岩,从驾还内,都人昉见,一时之盛。改之以词与郭云:“玉带猩袍,遥望翠华,马去似龙。拥千官鳞集,貂皮蝉争出;貔貅不断,万骑云从。细柳营开,团花袍窄,人指汾阳郭令公。山西将,算韬钤有种,五世元戎。　　旌旗蔽满寒空,鱼阵整、从容虎帐中。想刀明似雪,纵横脱稍;箭飞如雨,霹雳鸣弓。威撼边城,气吞胡虏,惨惨尘沙吹北风。中兴事,看君王神武,驾驭英雄。”郭馈刘,亦逾数十万钱。①

南宋刘过(字改之)主动作词献给郭杲,获得郭杲馈赠“逾数十万钱”。这种行为,与北宋柳永作《望海潮》词献给杭州守孙沔如出一辙,都是一种文

① (宋)张世南撰,张茂鹏点校《游宦纪闻》,北京:中华书局,1981年版,第4—5页。

人“乞丐”行为。自唐代以来，布衣文人通过献赋作诗褒美达官贵人以获取馈赠而自养，已然成为一种风气。宋洪社《唐代举子游丐资读》一文便指出：中唐以来，贫寒士子靠作文向地方长官丐钱以完成学业，是一种较普遍的现象。[①] 到了宋代，这种文人“游丐”之风并未停息，至南宋竟然发展为直接谋生的手段。这类文人学术界称之为“江湖文人”。如姜夔靠文学才华成为不同的达官贵人家的“清客门人”，而刘过则单走献文受赠之路，成为变相卖文的典型。《桯史》载其效辛弃疾作《沁园春》词，“致馈数百千”，并被邀酬唱，临别时辛弃疾又“周之千缗”。[②]《游宦纪闻》复载刘过因作词续蜀帅黄由所书《赤壁赋》之后，黄由因而“厚有馈贶”。[③]

到了元代，以“游丐”方式献词受赠的文人，依然存在。如白朴在其所撰“垂杨”词序中说：“壬子冬，薄游顺天，张侯毛氏之兄正卿，邀予往拜夫人。既而留饮，撰词一咏梅，以玉耳坠金环歌之，一送春，以垂杨歌之，词成，惠以罗绮四端。”[④]

无论是按制度规定撰写制文受赠，还是主动奉承达官贵人而作词，宋元作家都能获得相当丰厚的报酬，这颇能体现上流社会文学市场的基本特征。

二、商业文明与应购求而创作

物极必反，这一规律在宋代文学的地位上体现了出来。一方面，草制获“润笔”的风气得到了宋初皇帝的认可并制度化，将文学推向了极贵的地位；另一方面，崇文国策刺激了宋代文人大量涌现，部分寒门布衣文人遂将谋生出路转向繁荣的平民文化市场。从此，以市场价值尺度来衡量，传统诗文的尊贵地位受到挑战，通俗文学渐流为廉价的商品。到元代，文人政治地位降低，无论是传统诗文还是通俗文学，其社会地位越发低下。不过，从生产形态上看，文学商业化创作却显得更为繁荣多样。

---

① 宋洪社《唐代举子游丐资读》，《甘肃社会科学》2011 年第 3 期，第 55—58 页。

② （宋）岳珂撰，吴企明点校《桯史》，北京：中华书局，1981 年版，第 23 页。

③ （宋）张世南撰，张茂鹏点校《游宦纪闻》，北京：中华书局，1981 年版，第 4 页。

④ 唐圭璋编《全金元词》，北京：中华书局，2000 年版，第 643 页。

首先，向著名文人求购墓志铭，依然是宋元社会常见的现象。《钱通》卷十四《圣宋掇遗》载：

> 徐铉初自南唐入京，市宅以居。岁余，见故主贫甚，铉怜而召之曰："得非售宅亏价而致是也？余近撰碑获润笔二百千，可偿尔矣。"其主坚辞不获，亟命左右辇以付之。

徐铉在南唐已是一流文人，曾为知制诰、翰林学士，入宋为太子率更令。因此，其名声在外，刚入宋不久，即有人请求他撰写碑文，且付润笔金额高达二百千。而徐铉不惜将这二百千送给在汴京所购宅旧主，说明他撰碑文获润笔绝非偶然机会，他应人求购而从事碑志文商业化创作由来已久。按其今存碑文，在南唐时已撰33篇。可见，唐、宋、元名人不计官俸，仅靠撰写碑文也能成为巨富者。

由于替人作碑志文属于文学创作商业化行为，那么"拿人钱财，替人消灾"就成了潜规则，一般作者都要称赞墓主功绩而隐讳其过，这不免引起时人的嘲讽。如唐代韩愈作碑志文获"润笔"，已被其文友刘叉讥为"谀墓金"；南宋孙觌《鸿庆集》"太半铭志，一时文名猎猎起，四方争辇金帛请，日至不暇给"，也被岳珂讥讽为"盖谀墓之常"。[①] 这就导致不少"清高"文人或拒绝他人求购，而放弃作碑志文获巨额润笔的发财机会，或虽应求作碑志文却拒收润笔。《容斋随笔》"文字润笔"条云：

> 唯苏坡公于天下未尝铭墓，独铭五人，皆盛德故，谓富韩公、司马温公、赵清献公、范蜀公、张文定公也。此外赵康靖公、滕元发二铭，乃代文定所为者。在翰林日，诏撰同知枢密院赵瞻神道碑，亦辞不作。曾子开与彭器资为执友，彭之亡，曾公作铭，彭之子以金带缣帛为谢。却之至再，曰："此文本以尽朋友之义，若以货见投，非足下所以事父执之道

① （宋）岳珂撰，吴企明点校《桯史》，北京：中华书局，1981年版，第70页。

也。”彭子皇惧而止。此帖今藏其家。①

不仅北宋苏轼拒绝一般人求购墓志铭，元代也有名人拒绝替他人作墓志铭的。《南村辍耕录》“不苟取”条载：

胡汲仲先生长孺，号石塘，特立独行，刚介有守。赵松雪尝为罗司徒奉钞百锭，为先生润笔，请作乃父墓铭。先生怒曰：“我岂为宦官作墓铭邪?”是日，先生正绝粮，其子以情白，坐上诸客咸劝受之，先生却愈坚。②

当然，友人子弟求作墓志铭，一般名人都不好推辞，但“清高”者会坚辞不受“润笔”。《容斋随笔》所记曾子开如此，《古今事文类聚》所记范仲淹、《高斋漫录》所记欧阳修、《鸡肋编》所记周邦彦亦如此：

范文正公为人作铭文未尝受遗。后作范忠献铭，其子欲以金帛谢，拒之。乃献以所蓄书画，公悉不收，独留《道德经》而还书戒之曰：“此先君所藏，世之所宝，仲淹窃为宗家惜之，毋为人得也。”③

欧公作王文正墓碑，其子仲仪谏议送金酒盘盏十副、注子二把作润笔资，欧公辞不受，戏云：“正欠捧者耳。”仲仪即遣人如京师用千缗买二侍女并献。公纳器物而却侍女，答云：“前言戏之耳。”盖仲仪初不知薛夫人严而不容故也。④

周邦彦待制尝为刘昺之祖作埋铭，以白金数十斤为润笔，不受。刘

① （宋）洪迈著，夏祖尧、周洪武校点《容斋随笔》，长沙：岳麓书社，1994年版，第187页。
② （元）陶宗仪著《南村辍耕录》，济南：齐鲁书社，2007年版，第51页。
③ 《文津阁四库全书》第三〇七册，北京：商务印书馆，2005年版，第466页。
④ 《文津阁四库全书》第三四五册，北京：商务印书馆，2005年版，第433页。

无以报之,因除户部尚书,荐以自代。①

然而,宋元绝对“清高”者毕竟凤毛麟角,名人受人求购而作墓志铭得润笔是常态。《邵氏闻见后录》载:

某公在章献明肃后垂箔日,密进《唐武氏七庙图》,后怒抵之地曰:“我不作负祖宗事。”仁皇帝解之曰:“某欲但为忠耳。”后既上宾,仁皇帝每曰:“某心行不佳。”后竟除平章事。盖仁皇帝盛德大度,不念旧恶故也。自某公死,某公为作碑志,极其称赞,天下无复知其事者矣。某公受润笔帛五千端云。②

对于此条记载中没有明说的“某公”,费衮指出密进图者为程文简(琳),作碑志者为欧阳公(修)。③ 虽然费衮极力为欧阳修辩解,说他不可能“受润笔帛五千端”,但当时作碑志受润笔是习惯,而欧阳修为他人作碑志文甚多(今存一百余篇),未必皆不受“润笔”。

由于清高文人的存在,许多墓主家人怕碑志文作者不受“润笔”,便在“润笔”形式上动脑筋,开始送一些文人喜爱的文化用品之类的物品。如《双桥随笔》卷十提到“宋杜君懿以许敬宗风字砚为润笔物而求志于孙莘老”;周必大《四朝国史误字》提到“予作梁汝嘉神道碑,其子季秘以玉石砚为润笔”(《文忠集》卷一百八十一);《石林燕语》卷十又记“王禹玉作庞颍公神道碑,其家送润笔金帛外,参以古书名画三十种、杜荀鹤及第时试卷,亦是一种”。

更多的文人在故作“清高”的姿态下对求购碑志文的“润笔”采取照收不误的做法,甚至还有因怨恨墓主生前行为而“讥薄”的。《儒林公议》载:

故相陈尧佐既终,家居于郑。翰林学士李淑知郑州,诸子纳其父行实于淑,求神道碑文。淑怨尧佐素不荐引,虽纳其润赂,文有讥薄之意。

① (宋)庄绰撰,萧鲁阳点校《鸡肋编》,北京:中华书局,1983年版,第70页。
② (宋)邵博撰《邵氏闻见后录》,北京:中华书局,1983年版,第171页。
③ (宋)费衮《梁溪漫志》,上海:上海古籍出版社,1985年版,第95页。

陈子哀诉，求为改削，淑终不从。[①]

由于作碑志文利益十分丰厚，宋元时代一篇碑志文“润笔”所值钱财往往抵得上一名中上品官员的一年薪俸，所以一般名声不太显赫的文人对别人求购碑志文是非常得意的。《孔氏谈苑》谈到：“陆经多与人写碑铭，颇得濡润。人有问子履近日所写几何？对曰：‘近日写甚少，总在街上喝道行里。’”[②]南宋李幼武撰《宋名臣言行录》续集卷一又载：

元祐中，先生（黄庭坚）与赵挺之俱在馆阁，先生以其鲁人，意常轻之。……赵又尝曰：“乡中最重润笔，每一志文成，则太平车中载以赠之。”先生曰：“想俱是萝卜与瓜虀尔。”赵衔之切骨，其后挤排不遗余力，卒致宜州之贬。[③]

陆经与赵挺之对自己为人作碑志文获“润笔”，显然是十分自豪的，否则，对于黄庭坚的讥讽，赵挺之也不会“衔之切骨”。

除了碑志文，当时社会上还流行求购行状、榜铭等，按照撰写碑志文之例，也都有“润笔”。如南宋杨万里因张主簿求购其父行状，而获“贶以高庙日历全书”[④]，苏轼也因赵景贶以诗求东斋榜铭，因听说其家寄酒来，也戏和一诗，“求分一壶作润笔”[⑤]。虽然这类“润笔”价值很小，更多是体现朋友间的交情，但至少反映了当时社会上求人作文要付给“润笔”的风气。

到元代社会，随着散曲的兴起，甚至也有人求购散曲作品，将被动式的文学商业化创作推向一种新途径。伍光辉《论元代广告散曲》一文指出：“新建勾栏，也要请名人写赞曲，歌唱以扩大影响，提高知名度，汤式的《般涉调·哨遍·新建勾教坊求赞》就是应教坊之请而为其写作的广告曲。”不仅如

① 朱易安、傅璇琮等编《全宋笔记》第一编五，郑州：大象出版社，2003年版，第132页。
② 上海古籍出版社编《宋元笔记小说大观》，上海：上海古籍出版社，2001年版，第2251页。
③ 赵铁寒主编《宋名臣言行录五集》，台北：文海出版社，1967年版，第799—800页。
④ （宋）杨成里撰《诚斋集》卷一百九《答张主簿》。
⑤ （宋）苏轼撰，傅成、穆俦标点《苏轼全集》，上海：上海古籍出版社，2000年版，第423页。

此，伍光辉还认为像咏苏小卿那样的元代散曲，“原是由不同作者在不同时间替各勾栏写的演剧广告”①。这种判断是符合逻辑的。

三、商业文明与现场作诗出售

在宋代以前，文学商业化创作基本上都是被动的，其基本形式主要有两种：一、因求购而创作；二、创作之后受赏赐或赠予。尽管中唐以后出现了竞争为求购者创作碑志文的局面，但毕竟仍然是求购在先。而宋元时代，文学商业化创作形式又多出一种全新的形式，即文人主动创作，依托市场出售作品。由于这种自产自销形式的出现，文人才摆脱了凭文才“入仕”这条谋生途径，而开辟了脱离政治、凭文才在市场上自由谋生的途径。从此，中国纯粹的“作家”才开始出现。

从创作者的身份来看，宋元时代直接向市场出售自己作品的主要有四类人，即落泊文士、方外人士、神童和女艺人。其中，以落泊文士最为引人注目。

我们先看方外人士在市场现售诗作的情形。王闢之《渑水燕谈录》载：

> 往岁，有丞相薨于位者，有无名子嘲之。时出厚赏，购捕造谤。或疑张寿山人为之，捕送府。府尹诘之，寿云：“某乃于都下三十余年，但生而为十七字诗，鬻钱以糊口，安敢嘲大臣。纵使某为，安能如此着题。”府尹大笑，遣去。②

按“山人”一词，一般指与世无争的高人，隐士、道士、术士或山野之人皆可称为“山人”。在古代文化语境中，这一词语主要用于同积极仕进的文人相对称。所以，“山人”主要指方外之人。张寿既是“山人”，就不可能以自己的文学才能求“仕进”，所以他写诗“鬻钱以糊口”，所走的是凭文才在市场上

---

① 伍光辉《论元代广告散曲》，《中国文学研究》2003 年第 2 期，第 98 页。

② （宋）王闢之撰，吕友仁点校《渑水燕谈录》，北京：中华书局，1981 年版，第 125 页。

自由谋生的人生之路，是纯粹的“作家”。

在宋代，不只是男性方外之人在都市即兴作诗出售的，也有女性方外之人以此手段谋生。《夷坚三志》己卷第八载：

> 曹道冲售诗于京都，随所命题即就。群不逞欲苦之，乃求《浪花诗》绝句，仍以红字为韵。曹谢曰：“非吾所能为，唯南熏门外菊坡王辅导学士能之耳，他人俱不可也。”不逞曰：“我固知其名久矣。但彼在馆阁，吾侪小人耳，岂容辄诣？”曹曰：“试赍佳纸笔往拜而求之，必可得。”于是相率修谒下拜有请，王欣然捉笔，一挥而成。……①

按曹道冲乃北宋著名女道士，世号曹仙姑，据《罗浮山志》记载，她因“徽宗广求学仙之徒与工诗赋奇女”，“征至京师”，“尝作《大道歌》，深得要旨”，“敕封文逸真人”。可能正因为她成了宋徽宗朝的名人，才得与馆阁学士王辅导有较深的交往，并且因她是方外之人，才会在京城靠现场作诗出售来自食其力。

由于宋代推行“崇文”政策，特别重视教育，民间出现具有文学才能的“神童”，并不奇怪，如著名文人杨亿 11 岁、晏殊 14 岁皆以“神童”入试考取进士。但也有家长急于求利，利用文学才能出众的孩子赚钱，而不异荒废其学业，以致误其美好前程的。蒋正子《山房随笔》载宋末事云：

> 三山林观过年七岁，嬉游市中，以鬻诗自命，或戏令咏转失气，云：“视之不见名曰希，听之不闻名曰夷。不啻若自其口出，人皆掩鼻而过之。”林曾试神童科，不甚达。②

林观过七岁就能现场随便命题作诗，称其为神童并不过分。而他在市场上卖诗，虽对其学业深造不利，却反映了当时文学商业化创作已蔚成风气

① （宋）洪迈撰，何卓点校《夷坚志》，北京：中华书局，1981 年版，第 1367 页。
② 上海古籍出版社编《宋元笔记小说大观》，上海：上海古籍出版社，2001 年版，第 6540 页。

的现实。

作为从事表演活动的女艺人，往往也有一定的文学创作才能，其中“合生”表演者即是以现场作诗词出售为能事者。《夷坚支》乙卷第六《合生诗词》载：

江浙间路歧伶女，有慧黠知文墨能于席上指物题咏应命辄成者，谓之合生；其滑稽含玩讽者，谓之乔合生。盖京都遗风也。张安国守临川，王宣子解庐陵郡印归次抚，安国置酒郡斋，招郡士陈汉卿参会。适散乐一妓言学作诗，汉卿语之曰：“太守呼为五马，今日两州使君对席，遂成十马。汝体此意做八句。”妓凝立良久，即高吟曰：“同是天边侍从臣，江头相遇转情亲。莹如临汝无瑕玉，暖作庐陵有脚春。五马今朝成十马，两人前日压千人。便看飞诏催归去，共坐中书秉化钧。”安国为之嗟赏竟日，赏以万钱。予守会稽，有歌诸宫调女子洪惠英正唱词次，忽停鼓白曰：“惠英有述怀小曲，愿容举似。”乃歌曰：“梅花似雪，刚被雪来相挫折。雪里梅花，无限精神总属他。梅花无语。只有东风来作主。传语东君，宜与梅花做主人。”歌毕，再拜云：“梅者惠英自喻，非敢僭拟名花，姑以借意。雪者指无赖恶少也。”官奴因言其人在府一月，而遭恶子困扰者至四五，故情见乎词。在流辈中诚不易得。①

风尘女子能诗，自南朝已多见，但未见直接以创作表演方式谋生的。而宋代新出现的“合生”艺术，完全建立于文学商业化创作基础之上，不能说与宋代影响渐大的诗歌市场无关。在宋代，关于布衣文人卖诗的记录很多。如马纯《陶朱新录》载“吕吉甫知维扬日，有吕川者卖诗于市，句有可采者。常与吉甫赓和”②；元初人佚名《东南纪闻》卷二对宋代诗客朱少游卖诗情况记述更细：

---

① （宋）洪迈撰，何卓点校《夷坚志》，北京：中华书局，1981 年版，第 841 页。

② 朱易安、傅璇琮等主编《全宋笔记》第五编十，郑州：大象出版社，2012 年版，第 149 页。

昔有诗客朱少游者，在街市间立卓卖诗，以精敏得名。一日，有士人命以“掬水月在手”一句为题，客应声云：“十指纤纤弄碧波，分明掌上见姮娥。不知李白当年醉，曾向江边捉得么？”又有持芭蕉一茎俾赋之，即书云：“剪得西园一片青，故将来此恼诗情。怪来昨夜窗前雨，减却潇潇数点声。”诚可谓精矣。①

至于江湖诗派卖诗的情况，则有更多记录。如戴复古《市舶提举管仲登饮于万贡堂有诗》云“七十老翁头雪白，落在江湖卖诗册”，《谢王使君送旅费》诗云“黄堂解留客，时送卖诗钱”，则分别交代了他自己和王使君都卖诗的情况；宋陈思编《两宋名贤小集》卷二百九十九载江湖诗人徐集孙“每作一诗，甫脱稿，人即争购，相为传诵”②。

至元代，文人作诗现售的情况依然存在。如元杂剧《金凤钗》叙述赵鄂中状元后因失仪削为民，只好向周桥上题笔卖诗，首次卖诗得二百钱。这样的情节既然出现在元杂剧中，表明在元代也不是少见的。而元人王旭《兰轩集》卷六《病起》诗云“卖诗欲买云山隐，又恐云山不疗饥”，则可作为实证之案例。

尽管宋元文人现作诗词出售，价格很低，在收入上无法与因他人求购所作诗文的“润笔”相比，但毕竟这种文学商业化创作形式，适应了经济实力不强的平民市场，使雅文学也成为大众消费的产品，打破了上流社会欣赏雅文学的专利，某种意义上是具有文化革命意义的。

四、商业文明与文艺表演性创作

早在唐代，立足于下层文化市场的民间变文、词文与青楼曲子词，就是为商业化文艺表演而创作的。到宋元时代，立足于下层文化市场的青楼酒馆曲子词、市人小说、勾栏戏曲，也都是为商业化文艺表演而创作的。因此，

---

① 《文津阁四库全书》第三四六册，北京：商务印书馆，2005 年版，第 154 页。

② （宋）陈思编《两宋名贤小集》卷二百九十九，见《文渊阁四库全书》（电子版），上海：上海人民出版社，1999 年版。

宋元时代这种“分一杯羹”式的文学商业化创作,形式更为多样。

唐五代青楼曲子词,主要来自于文人和歌妓,但文人通过曲子词创作“分一杯羹”的现象极为少见,所知名者,大概也只有温庭筠一人。到了宋代,这种文人则多了起来。如柳永一部《乐章集》,“赠妓、咏妓、狎妓之词俯拾即是,更有甚者,直接写男女交媾始末之词亦不止一见。……柳词中提到的名妓即有师师、秀香、瑶卿、安安、虫虫、香香、英英、冬冬、楚楚、宝宝、心娘、佳娘、酥娘等多至十八个,以宋观柳,说他‘薄于操行’似不为过;以今观柳,简直就是嫖妓专业户了。……试想柳永混迹汴京十数年甚或数十年,其父已死,其叔能有多少钱去代他狎妓?……唯其在赠妓词中讨润笔,柳永方能长期在汴京混下去。”①而北宋其他著名词人如秦观、周邦彦等也有过与汴京市井妓交往之迹,虽然他们以柳永为前车之鉴,不再那样张狂,但都具有音乐、诗歌双重才能,在市井妓圈子里名声大著,以他们的经济状况,“在赠妓词中讨润笔”,也应是难免的。

但是,宋代更多“分一杯羹”式的曲子词创作者,并非著名文人,而是表演集团中的无名“艺人”。这批“艺人”的曲子词创作,与著名文人曲子词创作,在艺术上有明显的区别。沈义父《乐府指迷》明确指出:“如秦楼楚馆所歌之词,多是教坊乐工及市中做赚人所作,只缘音律不差,故多唱之。求其下语用字,全不可读。”②

至于宋元时期的戏剧商业化创作,则多由“书会”来完成。吴晟先生在《瓦舍文化与宋元戏剧》中指出:

> 随着勾栏演艺的商业性竞争,一些戏班在勾栏立不住脚,重新沦为“打野呵”的路歧班;一些戏班则长期占据一座勾栏,由业余戏班发展为职业戏班。但戏班专业化后,并不意味着站稳了勾栏,因为广大市民观众的审美需求同时也在不断增长,他们需要大量的、更高质量的节目来满足文化需求。在这种文化娱乐市场的供需刺激下,为戏班编写脚本

---

① 《乐章集校注·前言》,薛瑞生校注《乐章集校注·前言》,北京:中华书局,1994年版。

② 唐圭璋主编《词话丛编》,北京:中华书局,1986年版,第281页。

的新型组织——书会出现了。[1]

不可否认,南戏的剧本编写有九山书会、古杭书会、敬先书会等,元杂剧的剧本编写有玉京书会、元贞书会等。但是,并非所有的剧本都由书会集体编写完成,也有许多剧本是书会成员独自完成的。如今存关汉卿所编杂剧18部,即是关汉卿个人编写的。然而,不论是以书会集体编写形式还是个人编写形式,编剧者既为戏班服务,甚至有些编剧者也粉墨登场参与戏剧演出,则这些编剧者从戏剧商业化演出中"分一杯羹",也是必然的。

稍有不同的是,宋元时期的"说话"艺术,主要是"说话"艺人的即兴创作,这种创作虽然有"底本",但在表演时,也会即兴增损。无论是表演时的即兴发挥的内容,还是"底本",也多是"说话"艺人创作的(也有少数"话本"是书会编写的)。所以,这种创作者与表演者并无分工的"说话"作品,其创作并非是"分一杯羹"的形式,更多的是与商业化表演"一体化"的形式,因而是一种特殊的文学商业化创作形式。

第三节　宋元商业文明与文学商业化创作的规模

宋元时期取消了前代的"贱商"政策,实现了"四民"平等,遂使文人们不以经商为耻:北宋前期草制受润笔制度化,为大多数翰林学士所接受;南宋流落江湖的下层文人以其创作成果丐钱成风,或者直接于街市作诗现卖,或者组织起来印制诗集出售;南宋末至元代文人组成书会为戏班编写戏剧作品。而传统的受请托有偿创作碑志文的风气,不仅未见消歇,反而向某些新的文艺创作领域衍射。这一切都决定了宋元文学商业化创作规模在整体上远远超越了前代。

---

① 吴晟著《瓦舍文化与宋元戏剧》,北京:中国社会科学出版社,2001年版,第95—96页。

一、商业文明与诗词商业化创作规模

文人诗词的商业化创作,主要发生在两宋时期。不过,诗词商业化创作的情形并不单一,因而对于宋元诗词商业化创作规模的评估,也就显得较为复杂。

首先,宋代精通音乐的下层文人,往往为市井妓作词,从而获取商业利益,或者得到免费招待。这种情况可谓之风流才子式的文学商业化创作。其中柳永的创作最为著名。罗烨《醉翁谈录》云:

> 耆卿居京华,暇日遍游妓馆。所至,妓者爱其有词名,能移宫换羽;一经品题,声价十倍。妓者多以金物资给之。①

不仅从市井妓那里"分一杯羹",柳永通过词创作也从教坊乐工那里"分一杯羹"。叶梦得《避暑录话》卷下云:

> 柳永,字耆卿,为举子时多游狭邪,善为歌辞。教坊乐工每得新腔,必求永为辞,始行于世,于是声传一时。②

按:教坊乐工既然求柳永撰写歌辞,必然会付给报酬。这进一步表明,柳永《乐章集》中不仅直接"品题"妓女的词,凡是与"新腔"配合的词,都可能是商业化创作的结果。而当时柳永配合"新腔"制成的慢词,数量上几乎占《乐章集》篇数的三分之二。由此可见,单就柳永个人词创作而言,商业化创作规模十分巨大。

不仅是柳永,被苏轼斥为"学柳七作词"的秦观,也有许多"应歌"之词。徐培均先生指出:

---

① (宋)罗烨撰《醉翁谈录》,上海:古典文学出版社,1957 年版,第 32 页。

② 朱易安、傅璇琮等主编《全宋笔记》第一编十,郑州:大象出版社,2003 年版,第 258 页。

秦观早期的词大都为应歌而作，往往流播于青帘红袖之间。到了汴京以后，他进一步受到歌唱艺术特别是瓦子艺人的影响，常常撰写一些唱词。《调笑令》十首和《忆秦娥》四首，便是这类作品。①

虽然宋人并无关于秦观作词获取妓女所给"好处"的言论，但关于秦观与妓女关系密切以及经济状况困窘的记述颇多，则按柳永作词受歌妓资助的歌坛风气来看，秦观作词给妓女，也必能获得金钱资助或热情招待，具有文学商业化创作的本质。只是在这种创作的规模上，不及柳永。

其次，在柳永以俚俗语入词之外，北宋中后期歌坛兴起滑稽无赖语入词之风。王灼《碧鸡漫志》卷二载：

长短句中作滑稽无赖语，起于至和，嘉祐之前犹未盛也。熙丰、元祐间，兖州张山人以诙谐独步京师，时出一两解。泽州孔三传者，首创诸宫调古传，士大夫皆能诵之。元祐间王齐叟彦龄，政和间曹组元宠，皆能文，每出长短句，脍炙人口。彦龄以滑稽语噪河朔。组潦倒无成，作《红窗迥》及杂曲数百解，闻者绝倒，滑稽无赖之魁也。

……

今少年妄谓东坡移诗律作长短句，十有八九不学柳耆卿则学曹元宠。虽可笑，亦毋用笑也。

……

今之士大夫学曹组诸人鄙秽歌词……其风至闺房妇女，夸张笔墨，无所羞畏，殆不可使李戡见也。②

从张山人"时出一两解"，到曹组"作《红窗迥》及杂曲数百解"，可见以滑稽无赖语入词的创作规模渐大。而王灼所说"张山人"，应该就是王闢之所说"为十七字诗，鬻钱以糊口"的张寿山人，《东京梦华录》卷五"京瓦伎

---

① （宋）秦观撰，徐培均校注《淮海居士长短句·前言》，上海：上海古籍出版社，1985年版。

② （宋）王灼撰，罗济平校点《碧鸡漫志》，沈阳：辽宁教育出版社，1998年版，第9—12页。

艺”条又载“张山人说诨话”，可知张山人乃民间艺人，其诙谐词创作性质上属于文学商业化创作。同样，王灼所说孔三传“首创诸宫调古传”，则孔三传分明也是民间艺人，其诸宫调实由同一宫调的多个词篇连缀而成，是文学商业化创作的创新形式。由此二人词创作情况可推知，王齐叟、曹组以滑稽无赖语入词，也必是一种文学商业化创作的新形式。

北宋中叶至南宋中叶词坛文学商业化创作形式虽有更新，却都是下层民众所易于接受并乐于接受的。而上层文人创作的雅词，并不受下层民众欢迎，其根源之一大约就是《乐府指迷》所说的：“前辈好词甚多，往往不协律腔，所以无人唱。如秦楼楚馆所歌之词，多是教坊乐工及闹井做赚人所作，只缘音律不差，故多唱之。”张山人、孔三传可以肯定是“闹井做赚人”，而王齐叟、曹组则曾是与他们为伍的下层文人，在柳永词用语模式之外，摸索出一种折衷的形式——娱乐大众却极力回避艳情，从而为词坛文学商业化创作赢得了新的生机。

然而，今存《全宋词》中，除柳永、秦观若干词篇得到保留，自北宋中叶到南宋中叶的教坊乐工、“闹井做赚人”与以滑稽无赖语入词的下层文人的词作，绝大多数已被文人当作不入流之作“淘汰”了。但从南宋人的记述中，我们仍不难推想他们在大众流行歌坛所进行的文学商业化创作规模之宏大。

再次，自北宋中叶始，上层文人词创作已开始走“向上一路”，先有晏殊在家宴上与客人歌颂太平盛世，次有范仲淹与欧阳修抒写庆历革新失败之愤懑及镇守边塞之况味，后有苏轼以“自是一家”的心态骄首高歌，引发苏门弟子群起响应，词创作渐渐脱离当时流行音乐，与诗虽有文体特征之区分，却并无社会功能之差异。影响及至南宋中叶以后，上层文人交游唱和终于发展为应社作词，完全脱离了流行歌坛，成为纯文学。由于这样的流变，南宋中叶江湖文人不仅继承了中唐以来寒士以“献诗”“献赋”为谋生手段的传统，同时也有人开创了以“献词”为谋生手段的新局面。不过，这种“献词”以博取贵人馈赠的商业化创作，由于市场极为狭窄，在宋元时代只是个别现象，因而创作规模也极为有限。

复次，如果我们仅从元杂剧反映的情况来看，宋元文人落难时谋生的手段，无论男女，几乎都是提着灰罐卖诗。这种在街市作诗现卖的文学商业化创作现象，显然被模式化。不过，这种模式化的反映，也告诉我们当时这种文学商业化创作是有一定规模的。若从现存的诗歌作品来看，则南宋中后期兴起的江湖诗派的创作规模更引人注目。

张宏生《江湖诗派研究》将江湖诗派成员人数定为138人，这些成员主要是社会地位较低的布衣、游客诗人。他们之所以被看作一派，是由于书商陈起将他们的诗作挑选出版，先后有《江湖集》《江湖后集》等，虽然《江湖集》早已亡佚，但陈起所刊印的江湖诗人作品，囊括了南宋中兴四大诗人之后的绝大部分诗人的作品，而且完全是商业化经营所出版的诗集，一些江湖诗人甚至亲自四处卖诗册，这就使得南宋中叶以后诗歌创作在整体上印上了商业化色彩。因此，书商陈起多次选印的江湖诗集，直接展现了南宋诗歌商业化创作的宏大规模。

最后，宋元时期的“话本”中也穿插连缀有不少诗词，由于“话本”是直接用于商业性表演的，其中的诗词创作，也是商业化创作的组成部分。关于话本小说中穿插连缀诗词现象，学界已有不少研究成果。如何春环《论宋元话本小说词文结合的创作模式》指出：

> 宋元话本小说大多有曲子词穿插点缀：有的放在话本篇首作为入话，仅引一首词，或是连缀着与主题相类的若干首词；有的则穿插于叙述之中，与故事情节融为一体；有的则放在话本篇末，作为对故事主题的总结或评述。这些词或是引用前人作品，或是托名书中人物所作，或是以作者自己的手笔写出。①

凡是“托名书中人物所作，或是以作者自己的手笔写出”的诗或词，都是宋元话本编写者的创作。这种创作对于“说话”表演获得商业利益来说，是不可或缺的重要因素，因而也是文学商业化创作的一种较隐蔽的形式。而这种创作的规模也是不可小觑的。据笔者统计，在《宋元小说家话本集》收录的40种话本小说中，引用与创作的完整诗词共118首，其中诗74首，

---

① 何春环《论宋元话本小说词文结合的创作模式》，《新疆大学学报》2004年第3期，第114页。

词44 首。

二、商业文明与散文商业化创作规模

不同于诗词商业化创作从贵族文化市场走向市民大众文化市场，宋元散文商业化创作基本上仍在上层社会圈子内，而且主要局限于制文与碑志文两种文体。但是，由于北宋在约一百年时间内施行内外制撰写受润笔的制度，因而“被动的”制文商业化创作形成了一定的规模；而唐代盛行碑志文商业化创作的风气，至宋元仍未消歇，清初王士禛《香祖笔记》卷十一云：“予生平为人家作碑版文字多矣，惟安德李氏以杨孟载手书《眉庵集》一部相饷耳。宋时至有督润笔者，不以为非。……今则谀墓之金殆绝响矣。”可见宋元碑志文商业化创作规模更为巨大。

北宋内外制官撰写制文受润笔制度化，始自太宗朝，但究竟是太宗朝何年，史料未及。因此，若要了解北宋制文商业化创作的规模，就比较困难了。但是，《宋史》提到王禹偁草李继迁制不受润笔之事，我们不妨以王禹偁端拱二年(989)十月知制诰为起点，以元丰五年(1082)改官制为终点，通过在此期间曾任内外制官的王禹偁、杨亿、宋祁、欧阳修、王安石 5 人平均每年所作当受润笔的制文的篇数，就可大略推知北宋制文商业化创作的规模了。

据《续资治通鉴长编》卷三百三十四“元丰六年三月”条载：

> 学士院言：本院久例：亲王、使相、公主、妃并节度使等除授并加恩，并送润笔钱物。自官制既行，已增请俸，其润笔乞寝罢。并中书省亦言：文臣待制、武臣横行副使及遥郡刺史已上除改，自来亦送舍人润笔，乞依学士例罢之。并从之。①

从此条内容可知，宋代元丰六年(1083)之前，并非所有的制文当受润笔。按照此条标准，笔者将以上所提 5 人当受润笔的制文篇数等情况制成表

① （宋）李焘撰《续资治通鉴长编》（第八册），北京：中华书局，1985 年版，第 8040 页。

格如下：

作者(生卒年)	知制诰年份	知制诰总时间(年)	制文篇数	年均篇数
王禹偁(954—1001)	989－991;994－995;997－998	4	8	2.00
杨亿(974—1020)	1001－1013;1020	13	1	0.08
宋祁(998—1061)	1034－1036;1039－1045;1046－1048;1052	11	14	1.27
欧阳修(1007—1072)	1043－1045;1054－1055;1055－1060	8	9	1.13
王安石(1021—1086)	1061－1063;1065－1067;1067－1069	6	13	2.17

上表中的制文篇数,来自《全宋文》所录。很明显,杨亿知制诰13年,仅有制文1篇,而《能改斋漫录》所言杨亿草制得润笔最多,可见其草制文多有亡佚。因此《全宋文》收录杨亿制文情况实属例外,不足为凭。而其余四人制文篇数,平均每年约为1.5篇。由此可知,北宋制文商业化创作的规模并不大,总篇数为150篇左右。

那么,北宋碑志文商业化创作的规模又如何呢?我们同样可以采用以上办法来推算,不过在项目上有所增益。且看这一表格:

作者	寿岁	碑志文篇数	作者总文数	商业化占比	年均篇数
王禹偁	47	20	340	5.9%	0.43
杨亿	46	16	324	4.9%	0.35
宋祁	63	30	1181	2.5%	0.48
欧阳修	65	107	2484	4.3%	1.65
王安石	65	128	1584	8.1%	1.97

实际上,若要考察北宋前中期碑志文作者每年的创作数量,上表还显得粗略,因为就算古人开始创作年岁较早,平均也最少10岁以上才开始创作。如果从上列作者寿数中统一扣除10年作为实际创作年数,则北宋作者每年

碑志文创作的篇数,参照上表数据才更为近似。如此,北宋前中期每年每位作者碑志文创作篇数,约为 1.3 篇;而每位作者碑志文商业化创作在其整个散文创作中平均占比,则为 5.1%。

实际上,笔者通过电子版检索《全宋文》发现,输入“碑”“墓”二字检索篇名,可以搜罗出其中所有的碑志文。但是,带有“碑”或“墓”字的篇章,并非全是可以获取“润笔”的碑志文。带“碑”“墓”二字篇名的作品中,王禹偁有 24 篇,杨亿 17 篇,宋祁 33 篇,欧阳修 229 篇,王安石 128 篇。与上表所列五人实际碑志文创作数作一比较,可知是有一定出入的,五人实际创作的碑志文数,约占篇名带“碑”“墓”二字的 70%。那么,据此比例推论,《全宋文》中篇名带“碑”“墓”二字的共有 6025 篇,两宋商业化创作的碑志文总数大约为 4220 篇。可见,两宋碑志文商业化创作规模是相当宏大的。

运用同样的方法,我们也可以得知元代碑志文商业化创作的大致规模。我们不妨先看以下表格:

作者(生卒年)	寿岁	碑志文篇数	作者总文数	商业化占比	年均篇数
元好问(1190—1257)	67	94	263	35.7%	1.40
郝经(1223—1275)	52	29	205	14.1%	0.56
刘因(1249—1293)	75	15	121	12.4%	0.2
张养浩(1270—1329)	59	28	101	27.7%	0.47
杨维桢(1296—1370)	74	58	920	6.3%	0.78

如果同样将作者创作时间设为寿数减去 10 年,则元好问、郝经、刘因、张养浩、杨维桢五人平均每年创作碑志文约 0.8 篇。就此指标而论,元代文人在碑志文创作方面比不上宋代文人。当然,他们在人均散文创作的总数上也远远不及宋人。这或许与元代战乱较多,文人缺少闲暇创作,加之蒙古贵族与色目人不重厚葬有关。

从创作结构来看,《全元文》中凡篇名带“碑”“墓”二字无不是商业化创作的碑志文,说明元代文人对古碑文的研究缺少兴趣,他们的生活远不如宋代文人优裕,对现实经济生活的关注远胜于对传统文化的兴趣,整个文人圈中的商业气息十分浓郁。而五位作者碑志文商业化创作在其整个散文创作中平均占比，则高达13.9%，这同样说明元人比宋人文学创作更重商业利益。

通过电子检索《全元文》，以上五人碑志文篇名同时带“碑”“墓”二字的，共有13篇，即是说，篇名带“碑”“墓”二字的五人碑志文，电子检索的有效率达到94.5%。而通过检索，《全元文》中篇名带“碑”“墓”二字，共4035篇。准此有效率，则元代碑志文的实际总篇数约为3810篇。这样的创作规模，从年均数量上来看，是大大超过宋代的。

三、商业文明与小说戏剧商业化创作规模

不像诗词散文那样难以确定其商业化创作的规模，宋元小说戏剧的商业化创作规模是容易确定的。因为市人的“说话”表演和艺人的戏剧演出，是完全商业化的，直接服务于“说话”与“戏剧”演出的话本与剧本创作，也都是“分一杯羹”式的文学商业化创作。所以，只要我们确定宋元话本与剧本的数量，则宋元小说戏剧商业化创作规模也就自然揭晓了。

首先，我们来考察宋元话本的现存数量。现存的宋元话本，主要是小说话本与讲史话本，也有极少量的说经话本。据程毅中先生搜集整理出的《宋元小说家话本集》，现存宋元小说话本为40篇；据罗筱玉女士《宋元讲史话本研究》所确立的讲史话本研究对象，“包括《梁公九谏》《五代史平话》《宣和遗事》《薛仁贵征辽事略》《全相平话五种》”①，则现存宋元讲史话本为9篇。这49篇篇目完整的话本便于研究，当下学术界多据此展开对宋元话本的深入研究。

但是，今存宋元话本并非仅为49篇，而亡佚就更多了。陈桂声先生《话本叙录》一书，所叙录的宋元话本今存本为86篇，残本为4篇，另有亡佚单篇147篇，亡佚话本集4部②。而已故学者舒群《中国话本书目》所录宋话本为326篇，宋元话本为81篇(部)③。虽然学术界对宋元话本的界定尚存分歧，

① 罗筱玉著《宋元讲史话本研究》，北京：中国社会科学出版社，2010年版，第15页。

② 陈桂声著《话本叙录》，珠海：珠海出版社，2001年版，第36—349页。

③ 舒群著《中国话本书目》，北京：文化艺术出版社，2012年版，第71—314页。

但从以上二书叙录的情况来看,宋元时代的话本总数量为二三百篇,当是可能的。何况"话本的作者差不多者是无名氏","话本在当时并没有人把它看作文学创作,不为人所重视"①,无人著录的篇章当不在少数。只是我们无法确切知道无人著录的篇章数量,姑且以著录的篇章数量来权作当时话本创作的实际数量。

尽管宋元话本有许多只存故事梗概,且话本仅作为"说话"人的底本,但据此敷衍的"说话",则是地地道道的商业化文学创作。从学者们著录的话本数量上,可以推知宋元"说话"这种小说口头创作(包括再创作)的大致规模。

同数百部小说口头创作的规模相比,宋元戏剧文学创作的规模似乎更大。"宋杂剧、金院本的目录包括两种,一是宋元间周密《武林旧事》卷10的《官本杂剧段数》,著录280种;二是元明间陶宗仪《南村辍耕录》卷25《院本名目》,著录690种。"②至于宋元南戏,数量也较大,钱南扬先生在《宋元戏文辑佚·前言》中提到"可以考见的宋元戏文名目","共计凡一百六十七本。其中有传本者十五本,全佚者三十三本,有辑本者一百十九本。"③不过,若以存目统计言,钱南扬先生的统计或许值得商榷。王季思主编《全元戏曲》之《前言》指出:

> 以传本计,元代南戏、杂剧两种类型的作品,合达二百种以上;以存目计,南戏有二百种上下,杂剧则逾五百种。至于早已散失、不见著录的,更难以估计。④

仅元代存目的南戏就有"二百种上下",就不用说加上宋代的了。

由于元杂剧比宋杂剧、金院本在篇幅上长很多,所以创作数量上少于宋杂剧与金院本,是可以理解的。而南戏篇幅更长,数量也更少,同样是可以

---

① 程毅中著《宋元话本》,北京:中华书局,2003年版,第31页。
② 赵山林《宋杂剧金院本剧目新探》,《南京师大学报》2001年第1期,第131页。
③ 钱南扬《宋元戏文辑佚·前言》,北京:中华书局,2009年版。
④ 《全元戏曲·前言》,王季思主编:《全元戏曲》,北京:人民文学出版社,1999年版。

理解的。因此,我们考察宋元小说戏剧商业化创作规模时,不仅要以篇目数量为标准,也要兼用作品篇幅长短为标准。如果我们不考虑“早已散失、不见著录”的宋元话本与戏剧篇目数量,那么,总体上说,宋元小说商业化创作的规模,是比不上戏剧商业化创作的规模的。

第四节　宋元商业文明与文学商业化创作的趋势

正如吴晟先生所说:宋代商品经济的繁荣,为市民的文化娱乐消遣提供了经济来源,而市民文化娱乐的需求,又催生了集演艺、市集为一体的供市民常年冶游的大型游乐场——以勾栏为中心的瓦舍。[①] 瓦舍既为文艺商业性演出而创设,活跃于其中的演艺圈必然进行商业性竞争,遂使宋元时代的“说话”、宋杂剧、金院本、诸宫调、南戏与元杂剧等文学艺术走向成熟。不过,在瓦舍中不断走向成熟的各种文学艺术创作之前或同时,宋元传统文学商业化创作也处于不断发展之中。那么,宋元时代文学商业化创作的发展趋势到底如何呢?

一、商业文明与文学商业化创作领域的扩张

在传统诗文创作领域,除了北宋前中期部分制文创作存在被动的商业化创作性质之外,碑志文创作一直是商业化创作的主流形态。但是,诗歌创作在北宋已出现了在街市上现作现售的商业化创作模式,这种模式一直历后世各代而不衰。并且,到南宋中后期,文人主动卖诗现象发生了变化,江湖诗人与出版商合作出版诗集,或由出版商坐肆销售,或由诗人们携带四处出售,于是,一种崭新的与科技进步结合起来的诗歌商业化创作模式诞生了。同时,随着曲子词创作在北宋中后期渐渐为纯文学的词创作取代了主

① 吴晟著《瓦舍文化与宋元戏剧》,北京:中国社会科学出版社,2001 年版,第 25 页。

流地位，到南宋前期，效法前代诗人以诗乞赏的做法，词人中出现了以词创作博取经济利益的现象，这种现象到元代依然延续。

如果说宋元时代传统诗文在商业化创作领域有所扩张，那么，为市民服务的文学在商业化创作领域则有更多的扩张。在曲子词领域，晚唐温庭筠已有为市井妓作词以换取服务的迹象。但那时市井妓所服务的对象主要是文人与读过书的大商人，因而温庭筠所作词用的尚是通俗的文言。至北宋中叶，由于整个社会经济水平的提高，市井妓的服务对象更多的是有钱而未读多少书的商人了，因而柳永为市井妓所作词用的多是俚俗语言，曲子词商业化创作第一次出现了为市民提供终端服务的现象。此后，为市民服务的曲子词随着市井妓的分化，从妓馆酒楼走进瓦舍勾栏，并进一步融入宋杂剧、金院本、诸宫调、“说话”、南戏等艺术之中。为市民服务的文学商业化创作领域，便从最初的曲子词商业化创作领域，扩张至片段式戏剧、诸宫调、说话等说唱文学乃至成熟的戏剧商业化创作领域。

当然，宋元“说话”商业化创作，虽有很大一部分涉及曲子词，因而在表演中不废唱的成分，但毕竟有“说话”渐渐以讲说为主，这与隋唐以来的“市人小说”的创作表演有更多直接的联系。只是隋唐“市人小说”服务的对象主要还是贵族或官员，到北宋瓦舍产生之后，“说话”才直接为市民服务，话本创作或“说话”口头创作才完全进入为市民服务的商业化创作领域。

至于宋杂剧、金院本、诸宫调、南戏与元杂剧等，完全是宋元时代新兴的文学艺术，都是随着市井妓的分化而繁荣起来的。随着北宋商业的繁荣与市民整体消费能力的增强，市井妓队伍发生了分化。上等声色伎艺的市井妓仍在家中接客，她们服务的对象是多金的文人或大商人，有的以“作伴”形式长期（数月至几年不等）服务于某一多金的文人或大商人；中等声色伎艺的市井妓则举家为戏班，进入瓦舍勾栏，以宋杂剧、金院本、诸宫调、南戏与元杂剧艺术表演，换取众多小市民的“入场费”；下等声色伎艺的市井妓则流落路歧，从事多样化的艺术表演服务，收取小市民甚至农民的“赏钱”。这样，自北宋起，文学商业化创作领域也因之大大扩张。直接为上等声色伎艺的市井妓提供文学创作的，仅是曲子词商业化创作；直接为中下等声色伎艺的市井妓提供文学创作的，则有曲子词、宋杂剧、金院本、诸宫调、南戏与元杂剧等多种文学商业化创作。并且，中下等声色伎艺的市井妓有的还能自作诗词，开创了“合生诗词”这种完全即兴创作表演的文学商业化创作形式。

宋元文学商业化创作领域的扩张，是与文学商业化创作领域变化紧密相联的。除了曲子词、诸宫调商业化创作自北宋一直延续至元代外，宋杂剧商业化创作只贯穿于两宋，金院本商业化创作仅流行于金代，合生诗词商业化创作则始现于南宋，南戏商业化创作又自南宋入元，元杂剧商业化创作则自元代始。

二、商业文明与文学商业化创作组织的形成

在宋代以前，文学商业化创作虽然已经突破了传统诗文领域的界限，为市民服务的说唱文学商业化创作也已产生，但创作者皆为个人，尚无文学商业化创作组织。这既与当时流行的文学样式有关，也与文学传播的方式、艺术表演的复杂程度有关。

到了宋代，由于政府实行重商政策，至神宗朝王安石变法，官营商业更为多样化，文人们也从不再轻视商业与商人，到利用商业形式谋生，不仅有更多的文人直接经商，也出现了街头现场作诗出售现象。随着雕版印刷术越来越多地施用于文学作品的出版，南宋文人中终于出了一位开始经营书籍出版业的陈起，将谋生不易的江湖诗人们聚集到身边，合作出版诗集。于是，以陈起为纽带，以刘克庄为盟主的江湖诗人们便形成了一个文学创作组织。

在以陈起为纽带的诗歌商业化创作组织产生之前，文学创作组织早已存在，如宋初的白体诗人、西昆体诗人，北宋中后期的苏门文人与江西诗派等。不过，这些文学创作组织不以商业利益为意，只是互相唱和，或消磨无聊的时光，或切磋文艺，或政治上同气相求。这些组织的发起人多是享有较高俸禄的高官，与南宋江湖诗派发起人陈起的落泊文人身份不同，所以组织的目标也不同。江湖诗派的诗人之间虽然也不免切磋文艺、同气相求，但通过合作谋取商业利益则是组织的根本目标。

不过，江湖诗派还不一定是南宋第一个文学商业化创作组织。周密《武

林旧事》卷三“社会”条，记载宋代出现了许多研习各种伎艺的民间会社，与文学相关的就有搞杂剧的绯绿社，搞小说的雄辩社。这些会社的成员既是民间艺人，他们的创作想必属于文学商业化创作。今存唯一的南戏剧本《张协状元》，据学者们的主流意见，便是南宋温州的九山书会编写的。到了元代，书会在杂剧创作方面也起了重大作用。李汉秋先生说过：

> 元代的书会非常发达，见诸载记者，大都有元贞书会、玉京书会、御京书会，杭州有古杭书会、武林书会，苏州有敬先书会，温州有九山书会，它们在组织创作力量、提供戏曲脚本、促进戏曲繁荣方面起到了重要作用。《蓝采和》的主人公对主顾说：“甚杂剧请恩官望着心爱的选……这的是才人书会刬新编。”他所演的杂剧是“才人书会”编的。①

书会成员包括下层文人和民间艺人，虽然多数作品都是下层文人（一般称为“才人”）单独创作的，但也有下层文人与民间艺人共同创作的。如明代贾仲明在元人钟嗣成《录鬼簿》“李时中”条下补挽词云：“元贞书会李时中、马致远、花李郎、红字公，四高贤合捻《黄粱梦》。”其中李时中、马致远是下层文人，花李郎、红字公（即红字李二）则是民间艺人。无论是单独创作还是共同创作，作者既在书会之中为成员，则免不了成员之间互相熏陶与切磋，共同的好尚与趣味总会或多或少地在作品中有所显现。因此，宋元书会文人的小说、唱赚、戏剧等创作，不同于单纯的个人创作，都属于有组织的文学商业化创作。

实际上，最早期结社或组织书会的是普通文人，他们组织起来只是为了互相切磋文艺、增长见闻，与文学商业化创作并无联系。后来由于娱乐圈中各种伎艺表演的商业性竞争十分激烈，民间艺人效仿文人自发组织起来，结社以互相交流表演伎艺；或为了求助于有才华的文人，加入文人书会，渐将书会文人引导到为伎艺表演服务的文学商业化创作上来，从而改变了书会的原有质性。并且，最终因商业性竞争推动多种伎艺走向融合，形成综合性

① 李汉秋《关汉卿——瓦舍书会哺育的伟大戏曲家》，《安徽大学学报》1980年第4期，第70—71页。

艺术——戏剧十分发达的局面，而综合性艺术创作无疑比单种伎艺的创作难度更大，需要多种伎艺的创作互相配合，因而书会“才人”（即有才华的文人）才成为最主要的戏剧编写者。

一方面，宋元时期的文学商业化创作，在单纯的个人创作之外，开始出现有组织的创作，是商业化的出版业与娱乐业走向成熟的结果。另一方面，宋元时期文学商业化创作组织的形成，又是满足文学商业化创作领域不断扩张以及各种伎艺走向融合的现实需要。

第四章　宋元商业文明与文学的商业性传播

宋代国土面积较隋唐小了许多,因而人口更为集中,这有利于荒地的进一步开垦和农业技术的交流,也有利于一部分农业人口分流到手工业和商业领域,所以农耕经济比前代更为发达,城市也比前代更多且规模更大,工商业经济十分繁荣。加上政府财政收入更多地来自商税和官营商业利润,农业税赋大大减轻,在崇文政策的诱导下,有更多的平民子弟有意愿也有经济能力走向读书入仕之途,因而读者文化市场空前扩大。而从事工商业甚至农业的平民,也有一定的经济能力支付文化娱乐消费,因而观众(或听众)文化市场也空前扩大。更多榜上无名的平民文人,为了谋生,一部分“才子”便利用这两大文化市场,从事商业化艺术生产。到了元代,文人不受重视,读者文化市场大大萎缩,但观众(或听众)文化市场却更为繁荣。在这样的经济与文化背景下,宋元文学的商业性传播总体上更为频繁,也有了更多的途径与方式。

第一节　宋元街市与文学的商业性传播

自宋代开始,城市的最大变化,莫过于“坊”与“市”界限的突破。而“坊”与“市”界限的突破,体现于“街市”的形成。即是说,自宋代开始,商品并非全部在固定的市场上流通,而是可以在“街市”中流通了。由于这样的变化,作为文化商品的文学作品在“街市”中流通,也就成了宋元时代文学商业性传播的新景观。

一、宋元街市繁荣与茶坊酒肆文学商业性传播

早在北宋时期,城市街道上已呈现出空前繁荣的商业景象。如宋初解旦《富顺》诗中写四川西部也有"街巷家家小酒旗"景观,梅尧臣《李审言遗酒》诗提到京城开封"当街卖杏已黄熟",张耒《二月十五日》诗又说淮阳"街头时有卖花儿",北宋末释正觉《偈颂》则说赵州"十字街头人大叫,平铺买卖没相猜",可见北宋时各地城市都打破了"坊"与"市"的界限,大街小巷中都存在商业活动情况。而张择端的《清明上河图》更是描绘了北宋汴京街道上商业繁荣的盛况:"两旁并列着各种牌号的店铺、作坊,其中有酒楼饭店,也有金银铺、质库和医铺,如'刘家上色沉檀楝香'(香药铺)、'王家罗锦匹帛铺'(绸缎店)、'刘三叔精装字画'(博古斋裱画铺)、'久住王员外家'客店以及'杨大夫经口汤'、'赵太丞家'等医铺,至于街上的小商小贩,更是数不胜数。"①

不过,在北宋城市街巷中,作为固定的非专门的文艺表演场所,并非任何作坊或铺子,而是与文娱消费紧密相关的茶坊酒肆。因为文娱消费与人的精神满足相关,属于较高层次的消费,只有当人们满足了衣食等肉体需要之后,才会将其当作生活的点缀或延展。因此,让客人在茶余酒后欣赏各种文艺表演,就成了商家招徕顾客的一种手段。而能够最便利地使用这种手段的商家,无过于茶坊酒肆。

正是借助于茶坊酒肆中的文艺表演,宋元时代的文学得到了广泛的商业性传播。孟元老《东京梦华录》卷之二"饮食果子"条,记述北宋汴京茶坊酒肆中商业繁荣景象,就包含了文学商业性传播的具体方式:

> 凡店内卖下酒厨子,谓之"茶饭量酒博士"。至店中小儿子,皆通谓之"大伯"。更有街坊妇人,腰系青花布手巾,绾危髻,为酒客换汤斟酒,

---

① 姜庆湘、萧国亮《从〈清明上河图〉和〈东京梦华录〉看北宋汴京的城市经济》,《中国社会科学》1981年第4期,第197页。

俗谓之“焌糟”。更有百姓入酒肆,见子弟少年辈饮酒,近前小心供过使令,买物命妓,取送钱物之类,谓之“闲汉”。又有向前换汤斟酒歌唱,或献果子香药之类,客散得钱,谓之“厮波”。又有下等妓女,不呼自来筵前歌唱,临时以些小钱物赠之而去,谓之“札客”,亦谓之“打酒坐”。又有卖药或果实、萝卜之类,不问酒客买与不买,散与坐客,然后得钱,谓之“撒暂”。如此处处有之。……诸酒店必有厅院,廊庑掩映,排列小阁子,吊窗花竹,各垂帘幕,命妓歌笑,各得稳便。①

无论是“厮波”还是“札客”行为,都是在酒席上以提供“歌唱”服务而换取少量财物,而专门在酒店“厅院”中从事“歌笑”服务的妓女,当会收受更多的财物。这种服务性商业繁荣的背后,都伴随着歌词的商业性传播。

不仅是《东京梦华录》,其他宋元文人笔记中也屡屡提及茶坊酒肆中的商业活动是伴随着对文学的商业性传播的。如宋末元初人周密《武林旧事》卷六载,南宋杭州城内的熙春楼、三元楼、五门楼、赏心楼、严厨、花月楼、银马杓、康沈店、翁厨、任厨、陈厨、周厨、巧张、日新楼、沈厨、郑厨、蛇螟眼、张花等酒楼饭店,“每处各有私名妓数十辈,皆时妆袨服,巧笑争妍。夏月茉莉盈头,春满绮陌,凭槛招邀,谓之‘卖客’。又有小鬟,不呼自至,歌吟强聒,以求支分,谓之‘擦坐’。又有吹箫、弹阮、息气、锣板、歌唱、散耍等人,谓之‘赶趁’。……歌管欢笑之声,每夕达旦,往往与朝天车马相接,虽暑雨风雪,不少减也。”这则记录的是南宋都城杭州酒楼中歌词的商业性传播情况。元人钟嗣成《录鬼簿》卷上记赵明道有贾仲明吊曲云:“钟公《鬼簿》应清朝,《范蠡归湖》手段高。元贞年里,升平乐章歌汝曹。喜丰登,雨顺风调。茶坊中嗑,勾肆里嘲:明明德,道泰歌谣。”②此曲又反映了元代茶坊中说唱文学商业性传播情况。

除了宋元文人笔记中记录了茶坊酒楼中歌词、戏曲商业化传播的情况,宋元文人诗中也有反映。宋初杨备《长洲》诗就写到太湖岸边的长洲县城中

① (宋)孟元老等著《东京梦华录(外四种)》,上海:古典文学出版社,1957年版,第16—17页。
② (元)钟嗣成撰《录鬼簿(外四种)》,上海:上海古籍出版社,1978年版,第15页。

“管弦歌动酒家楼”，南宋刘过《建业酒楼落成预点灯》诗云“彻夜笙歌催腊尽”，元初陆文圭《过朝天门留题茶肆壁》诗云“歌童舞女钱塘路”，也都反映了城市茶坊酒楼中歌词商业性传播的事实。

不仅是私营茶坊酒楼中普遍存在歌词商业性传播现象，在两宋时代的官营酒楼中，也存在这种现象。吴自牧《梦粱录》卷二十载南宋官酒库卖酒情况云：

> 自景定以来，诸酒库设法卖酒，官妓及私名妓数内，拣择上中甲者，委有娉婷秀媚，桃脸樱唇，玉指纤纤，秋波滴溜，歌喉宛转，道得字真韵正，令人侧耳听之不厌。官妓如金赛兰、范都宜、唐安安、倪都惜、潘称心、梅丑儿、钱保奴、吕作娘、康三娘、桃师姑、沈三如等，及私名妓女，如苏州钱三姐、七姐、文字季惜惜、鼓板朱一姐、媳妇朱三姐、吕双双、十般大胡怜怜，婺州张七姐、蛮王二姐、搭罗邱三姐、一丈白杨三妈、旧司马二娘、裱背陈三妈、屐片张三娘、半把伞朱七姐、轿番王四姐、大臂吴三妈、浴堂徐六妈、沈盼盼、普安安、徐双双、彭新等，后辈虽有歌唱者，比之前辈，终不如也。①

显然，吴自牧所记为南宋官府利用官妓和私名妓歌唱来促销官酒，反映的是官营酒楼中歌词商业性传播的情况，只是这种商业性传播带有附属色彩。

在宋元时期，茶坊酒楼中文学商业性传播还有另外一种形式：文人为茶坊酒楼经营所作的广告式的诗文。北宋张师正《括异志》载张白事云：

> 张白字虚白，自称白云子，清河人。……居常饮崔氏酒肆，崔未尝计其直。家人每云：“此道士来则酒客辐凑。”尝题其壁云：“武陵溪畔崔家酒，地上应无天上有。南来道士饮一斗，卧在白云深洞口。”自是沽者

① （宋）孟元老等著《东京梦华录（外四种）》，上海：古典文学出版社，1957年版，第309—310页。

尤倍。[①]

从这则故事可知,文人张白为酒肆作题壁诗,具有为酒家作广告宣传语的作用,并且,这一行为本身也是含有以诗文偿酒债的意图的。而张白题壁诗在酒客中的传播,自属商业性传播无疑。据此,宋元文人的酒肆题壁诗应该都有这一性质。而宋元时期酒肆题壁诗数量也是相当可观的。如南宋洪迈(1123—1202)《容斋随笔》之"油污衣诗"条载"予甫十岁时,过衢州白沙渡,见岸上酒店败壁间,有题诗两绝,其名曰《犬落水》《油污衣》",足见北宋人有酒店题壁诗。此外,两宋之交的冯观国有《题化龙坊酒楼壁》诗,南宋李天子有《题句容酒肆壁》诗、陆游有《戏题酒家壁》诗,而元代吴澄《题玉霄赠西山胡氏笔工》诗云"一望茶坊酒肆中,壁上家家玉霄字",不仅说明元代酒肆有题壁诗,茶坊也有题壁诗。

茶坊题壁诗与酒肆题壁诗一样具有商业广告作用。王毅《元散曲艺术论》说:"李德载的《赠茶肆》(十首)代茶馆老板做招揽生意的广告。"[②]既然李德载的十首《赠茶肆》散曲作为茶坊的广告词,则茶坊老板一定会将其挂在茶坊墙壁上。这与茶坊题壁诗的功能应该是一样的。在《全元诗》中,今存有杨弘道一首《代茶榜》诗,诗题既云"代茶榜",则这首诗也一定会被茶坊老板挂在茶坊墙壁上的。既然某些诗与散曲成为茶坊经营的广告词,又通过茶坊为广大消费者所熟知,那么,这类文学也就得到了商业性传播。

商业的普遍繁荣,带动了宋元餐饮服务业与文化娱乐业的繁荣。以餐饮服务为基本功能的宋元茶坊酒肆,又大多附带文娱活动,使得城市居民与流动人口能够在品茶进食之时或茶余饭后欣赏歌舞乃至说唱艺术表演。这样的文娱活动,不仅使得歌词与说唱文学在城市居民间进行商业性传播,还能在南来北往的大众中进行商业性传播,对于宋元文学大面积传播起着极为重要的作用。

---

① (宋)张师正:《括异志》,见《宋元笔记小说大观》,上海:上海古籍出版社,2001年版,第678页。

② 王毅:《元散曲艺术论》,长沙:岳麓书社,1997年版,第26页。

二、宋元街市繁荣与大街小巷文学商业性传播

街市商业的繁荣，在外部形态上固然以众多拔地而起的商铺与服务类的建筑设施为主要标志，但也包括穿插于大街小巷的人来车往的流动贩售点。宋元的城市，流动贩售业十分繁荣。《东京梦华录》卷三“诸色杂卖”条载：

若养马，则有两人日供切草；养犬则供饧糟；养猫则供猫食并小鱼。其锢路、钉铰、箍桶、修整动使、掌鞋、刷腰带、修幞头帽子、补角冠。日供打香印者，则管定铺席人家牌额，时节即印施佛像等。其供人家打水者，各有地分坊巷，及有使漆、打钗环、荷大斧斫柴、换扇子柄、供香饼子、炭团，夏月则有洗毡淘井者，举意皆在目前。或军营放停，乐人动鼓乐于空闲，就坊巷引小儿妇女观看，散糖果子之类，谓之“卖梅子”，又谓之“把街”。每日如宅舍宫院前，则有就门卖羊肉、头肚、腰子、白肠、鹑兔鱼虾、退毛鸡鸭、蛤蜊、螃蟹、杂燠、香药果子，博卖冠梳领抹、头面衣着、动使铜铁器、衣箱、磁器之类。亦有扑上件物事者，谓之“勘宅”。其后街或闲空处团转盖屋，向背聚居，谓之“院子”，皆小民居止，每日卖蒸梨枣、黄糕糜、宿蒸饼、发牙豆之类。①

此条所记，基本上都是北宋汴京大街小巷中户外流动贩售情况。而流动贩售的不仅是日用物品，也包括乐人于“放停”期间在坊巷从事“鼓乐”表演。《梦粱录》卷十三“夜市”条记“杭城大街”事云：

大街关扑，如糖蜜糕、灌藕……沙戏儿。春冬扑卖玉栅小球灯、奇巧玉栅屏风……香鼓儿等物。夏秋多扑青纱、黄草帐子……诸般果子及四时景物，预行扑卖，以为赏心乐事之需耳。衣市有李济卖酸文，崔

① (宋)孟元老等著《东京梦华录(外四种)》，上海：古典文学出版社，1957年版，第23页。

官人相字摊，梅竹扇面儿，张人画山水扇。并在五间楼前大街坐铺中瓦前，有带三朵花点茶婆婆，敲响盏，掇头儿拍板，大街游玩人看了，无不哂笑。又有虾须卖糖，福公个背张婆卖糖，洪进唱曲儿卖糖。又有担水斛儿，内鱼龟顶傀儡面儿舞卖糖。①

从这条记录看，南宋都城杭州比北宋都城汴京大街小巷中贩售的商品种类更为多样，而且文艺商品也开始多起来。不光有“李济卖酸文”这样单纯的文学商业化行为，还有“张人画山水扇”，“洪进唱曲儿卖糖”，以“鱼龟顶傀儡面儿舞卖糖”等形式，将日用商品买卖与文艺表演结合起来，以文艺表演方式来促销商品。因此，与固定的茶坊酒肆相比，南宋街巷中流动贩售点对文学的商业性传播，在形式上更为灵活。

宋元时代不仅小商贩口头传播文学以促销商品，还直接贩售文学作品。张师正《倦游杂录》载“张退夫读《乐记》中第”事云：

张客省退夫自言，应举时，因醉，乘驴过市，误触倒杂卖担子，其人喧争不已，视担中，只有《乐记疏》一册，遂五十钱市之，其人乃去。张初不携文籍而行，遇醉醒，止阅所买《乐记疏》。无何，省试《黄钟为乐之末节论》，独《乐记》为详，论擅场南省，遂高选，明年擢甲第。②

张退夫在街市上碰到的“杂卖担子”中有《乐记疏》，此书虽不是文学作品，但可推知杂卖者之中，也一定有人出售文学作品的。而《湘山野录》所载诗僧秘演卖欧阳修碑文事可确证这一点：

欧公撰石曼卿墓表，苏子美书，邵𫗧篆额。山东诗僧秘演力干，屡督欧俾速撰，文方成，演以庚（银）二两置食于相蓝南食殿砻讫，白欧公写名之日为具，召馆阁诸公观子美书。书毕，演大喜曰：“吾死足矣。”饮

① （宋）孟元老等著《东京梦华录（外四种）》，上海：古典文学出版社，1957 年版，第 242 页。
② （宋）张师正《倦游杂录》，见《宋元笔记小说大观》，上海：上海古籍出版社，2001 年版，第 743 页。

散，欧、苏嘱演曰：“镌讫，且休得打。”竟以词翰之妙，演不能却。欧公忽定力院见之，问寺僧曰：“何得？”僧曰：“半千买得。”欧怒，回诟演曰：“吾之文反与庸人半千鬻之，何无识之甚！”演滑稽特精，徐语公曰：“学士已多他三百八十三矣。”欧愈怒曰：“是何？”演曰：“公岂不记作省元时，庸人竞摹新赋，叫于通衢，复更名呼云‘两文来买欧阳省元赋’，今一碑五百，价已多矣。”欧因解颐。徐又语欧曰：“吾友曼卿不幸蚤世，固欲得君之文张其名，与日星相磨；而又穷民售之，颇济其乏，岂非利乎。”公但笑而无说。①

不仅秘演以“半千”之价出卖欧阳修所撰碑文《石曼卿墓表》给定力院寺僧，而且欧阳修作省元时所作新赋，也早已被人摹写在大街上叫卖。这种以流动贩售纸质文学作品的现象，为文学的商业性传播开拓了新形式。

然而，宋元时期在大街小巷流动性的文学商业性传播，与商业性文艺表演有着更紧密的联系。《都城纪胜》之“市井”条记杭州盛事云：

执政府墙下空地（旧名南仓前）诸色路岐人，在此作场，尤为骈阗。又皇城司马道亦然。候潮门外殿司教场，夏月亦有绝伎作场。其他街市，如此空隙地段，多有作场之人。②

所谓“路岐人”，就是不隶名军籍的“散乐”，北宋刘攽《中山诗话》解释“何市乐”时说：“世语优人为何市乐，说者谓南都石驸马家乐甚盛，诋诮南市中乐人，非也。盖唐元和时《燕吴行役记》，其中已有河市字，大抵不隶名军籍而在河市者，散乐名也。”③南宋初章渊《稿简赘笔》据此进一步指出：“河中在处临河者，皆曰河市。如今之艺人于市肆作场，谓之打野泊，皆谓不着所。今谓之打野呵。”而宋末元初周密《武林旧事》卷六“瓦子勾栏”条解释得更为明白：“或有路岐不入勾栏，只在要闹宽阔之处做场者，谓之‘打野

① （宋）文莹撰《湘山野录》，北京：中华书局，1984年版，第59页。
② （宋）孟元老等著《东京梦华录（外四种）》，上海：古典文学出版社，1957年版，第91页。
③ （清）何文焕辑《历代诗话》，中华书局，1981年版，第293—294页。

呵’，此又艺之次者。”①

自北宋时起，“路岐人”（不隶属于官府的民间艺人中伎艺较次者）就在人流较大的城市宽阔处进行文艺表演，具体的表演内容为“散乐”。所谓“散乐”，宋王溥的《唐会要》载：“散乐历代有之，其名不一。非部伍之声，伶优、歌舞、杂奏，总谓之百戏……” ②其中涉及文学的，除了歌词，还有体制短小的独幕剧。通过“打野泊”或“打野呵”式的流动性文艺表演，两宋民间艺人实现了歌词与独幕剧的商业性传播。到了金元时期，这种“打野呵”式的流动性文艺表演，已发展为金院本与诸宫调表演，这从南戏《宦门子弟错立身》、元杂剧《诸宫调风月紫云庭》相关内容可以看出。

除了日常有路岐人文艺表演，在两宋时期的一些节令日，官府也组织文艺表演活动。这样的活动也有一部分是商业性的。如《梦粱录》“元宵”条载：

> 今杭城元宵之际……舞队自去岁冬至日，便呈行放。遇夜，官府支散钱酒犒之。元夕之时，自十四为始，对支所犒钱酒。十五夜，帅臣出街弹压，遇舞队照例特犒。街坊买卖之人，并行支钱散给。此岁岁州府科额支行，庶几体朝廷与民同乐之意。姑以舞队言之，如清音、遏云、掉刀、鲍老、胡女、刘衮、乔三教、乔迎酒、乔亲事、焦锤架儿、仕女、杵歌、诸国朝、竹马儿、村田乐、神鬼、十斋郎各社，不下数十。更有乔宅眷、汗龙船、踢灯、鲍老、驼象社。官巷口、苏家巷二十四家傀儡，衣装鲜丽，细旦戴花朵□肩、珠翠冠儿，腰肢纤袅，宛若妇人。③

本来隶属于官府管辖的“舞队”，自上一年的冬至日“便呈行放”，到了元宵节，舞队表演会得到“所犒钱酒”，说明在特定时期舞队的表演是商业性的。通过舞队的众多形式表演，歌词与傀儡戏等说唱文学自然会得到商业性传播。

---

① （宋）孟元老等著《东京梦华录（外四种）》，上海：古典文学出版社，1957 年版，第 441 页。

② （宋）王溥撰《唐会要》，北京：中华书局，1955 年版，第 611 页。

③ （宋）孟元老等著《东京梦华录（外四种）》，上海：古典文学出版社，1957 年版，第 140—141 页。

三、宋元街市繁荣与佛教寺院文学商业性传播

坐落在商业繁华的街市中的佛寺，除了俗众布施与法事收入之外，它的经济来源主要靠商业收入。宋元以前，佛寺商业形式主要有：与拜佛相关的香烛制售业，经营僦柜为贵族、巨商保管财物的租赁业务，出租多余房舍给举子读书业务，以及制茶招待文人的品茶业务。到了宋元时代，由于"坊"与"市"的界限打破，普通市民的日常商业活动也开始利用佛寺开阔的场地。佛寺从自身的经济利益与佛学思想出发，定期大开"方便之门"，任由百姓交易，甚至寺僧也参与交易。

宋元时代佛寺商业最繁荣的，首推北宋东京的相国寺。南宋初王铚《燕翼诒谋录》云："东京相国寺乃瓦市也，僧房散处，而中庭两庑可容万人，凡商旅交易，皆萃其中，四方趋京师以货物求售、转售他物者，必由于此。"①孟元老《东京梦华录》记其商业盛况更为详明：

> 相国寺每月五次开放万姓交易，大三门上皆是飞禽猫犬之类，珍禽奇兽，无所不有。第二三门皆动用什物，庭中设彩幕露屋义铺，卖蒲合、簟席、屏帏、洗漱、鞍辔、弓剑、时果、腊脯之类。近佛殿，孟家道院王道人蜜煎，赵文秀笔，及潘谷墨，占定两廊，皆诸寺师姑卖绣作、领抹、花朵、珠翠头面、生色销金花样幞头帽子、特髻冠子、绦线之类。殿后资圣门前，皆书籍玩好图画及诸路罢任官员土物香药之类。后廊皆日者货术传神之类。……每遇斋会，凡饮食茶果，动使器皿，虽三五百分，莫不咄嗟而办。②

由于相国寺内有"书籍"买卖，而自唐以来文人与僧人交往密切，便于在相国寺购买书籍，所以此处为纸质文学在文人间进行商业性传播提供了便

① （宋）王栐《燕翼诒谋录》，北京：中华书局，1981 年版，第 20 页。

② （宋）孟元老等著《东京梦华录（外四种）》，上海：古典文学出版社，1957 年版，第 19 页。

利。宋初杨亿《杨文公谈苑》载穆修事云：

晚年得《柳宗元集》，募工镂板，印数百帙，携入京相国寺，设肆鬻之。有儒生数辈，至其肆，未评价直，先展揭披阅，修就手夺取，瞋目谓曰："汝辈能读一篇，不失句读，吾当以一部赠汝。"其忤物如此。自是经年不售一部。①

穆修虽然未能卖出一部柳集，但他既在相国寺"设肆"售卖，又有儒生"披阅"，这种"披阅"过程，也是文学传播过程。而这种传播，既因商业活动而起，归之于商业性传播，也不为过。但是，打破时空局限的文学商业性传播，是需要书籍买卖完成的。而书商中极少有像穆修那样"忤物"的人，所以完成书籍买卖是常态。据吴处厚《青箱杂记》卷三载：

乡人上官极，累举不第，年及五十，方得解，赴省试，游相国寺，买诗一册，纸已熏晦，归视其表，乃五代时门状一幅……②

邵博《邵氏闻见后录》又载：

真宗尝问杨大年："见《比红儿诗》否？"大年失对。每语子孙为恨，后诸孙有得于相国寺庭杂卖故书中者。③

岳珂《桯史》载：

建中靖国初，有宿儒曰徐常，持节河朔，风采隐然，重于时，然持论与时大异。曾文肃布恶之，尝具诋先烈人姓名，陈之乙览，常列其间，然未有以罪也。会市肆有刊《武夷先生集》(P152)者，乃常所为文，文肃之

① 上海古籍出版社编《宋元笔记小说大观》，上海：上海古籍出版社，2001 年版，第 556 页。
② （宋）吴处厚《青箱杂记》，北京：中华书局，1985 年版，第 31 页。
③ （宋）邵博《邵氏闻见后录》，北京：中华书局，1983 年版，第 131 页。

子纡适相国寺，偶售得之。首篇乃熙宁间《上王荆公书》，诋常平法者，纡以置几案间，不为意。①

不仅北宋时代东京相国寺出售文学作品集，金灭北宋后，南京相国寺仍然商业繁荣，文学商业性传播活动依旧存在。元好问（1190—1257）《校笠泽丛书后记》载：

右《丛书》，予家旧有二本。一本是唐人竹纸、番复写，元光间应辞科时，买于相国寺贩肆中。宋人曾校定，涂抹稠叠，殆不可读。此本得于阁内翰子秀家，比唐本有《春寒赋》《拾遗诗》《天随子传》，而无《颜荛后引》。其间脱遗有至数十字者。②

元好问买唐本《笠泽丛书》，时间为其应辞科时，并说"宋人曾校定"，显系其在金时之事。而北宋东京相国寺商业繁荣，带来众多文学作品集商业性传播，这种情况不仅继存于金国，也对南宋佛寺商业形态有所影响。南宋舒岳祥（1219—1298）所撰《重建台州东掖山白莲寺记》云：

余童冠以应乡举，过临海、宁川两界之岭，曰桐岩，日晏则息宿于白莲庄，至此过岭，可半矣。地势稍盘礴，有民庐田舍，设馆扫庭以延纳举子。其倚山临路，乃白莲寺之庄宇也。炊黍未熟，举子亦得而游息焉。其主庄僧颇好事，设为书肆，凡举业之所资用、学者之所宜有者，皆签揭而庋列之。或就取而观之，无拒色，亦不为二价。涧穷壑绝，见此小佳，余尝记之在心目也。③

南宋后期，连一所乡间交通要道处的佛寺，都有僧人卖书给过往的举子。可见北宋以来街市中以东京相国寺为首的佛寺商业的繁荣，对后来佛

① （宋）岳珂撰，吴企明点校《桯史》，北京：中华书局，1981年版，第152—153页。
② 李修生主编《全元文》第1册，南京：江苏古籍出版社，1998年版，第386页。
③ 曾枣庄、刘琳主编《全宋文》第353册，上海：上海辞书出版社，2006年版，第29页。

寺中文学商业性传播影响之深远。实际上，北宋东京相国寺不仅出售书籍，使文学作品得以商业性传播，相国寺出售的其他文化用品如书画、金石等，只要附载有文学作品，也是文学商业性传播的一种形式。洪迈《容斋随笔》之“赵德甫金石录”条载：

> 东武赵明诚德甫，清宪丞相中子也。著《金石录》三十篇……其妻易安李居士，平生与之同志，赵没后，愍悼旧物之不存，乃作后序，极道遭罹变故本末。今龙舒郡库刻其书，而此序不见取，比获见元稿于王顺伯，因为撮述大概云：“予以建中辛巳归赵氏，时丞相作吏部侍郎，家素贫俭，德甫在太学，每朔望谒告出，质衣取半千钱，步入相国寺，市碑文果实归，相对展玩咀嚼。后二年，从宦，便有穷尽天下古文奇字之志，传写未见书，买名人书画，古奇器。有持徐熙《牡丹图》求钱二十万留信宿，计无所得，卷还之，夫妇相向惋怅者数日。”①

赵明诚所买“碑文”，虽载体为石，其内容则为文学作品。因为赵明诚的购买，才会有不少碑文能够传之后世。可见北宋相国寺的金石市场，也为文学商业性传播提供了可贵的平台。

除了相国寺，北宋其他著名寺院中也有借文化商品为载体，实现文学商业性传播的。如《嘉泰会稽志》卷七载绍兴府开元寺“岁正月几望为灯市，方十数郡及海外商估皆集玉帛、珠犀、名香珍药、组绣髹藤之器，山积云委，眩耀人目，法书名画，钟鼎彝器、玩好奇物亦间出焉，士大夫以为可配成都药市。”②一般而言，“法书”内容基本都是文学作品，“名画”也有不少是配有诗文的。绍兴府开元寺在灯市期间有“法书名画”售卖，不可谓不存在文学商业性传播的情况。

文学作品除了得以文字形态进行商业性传播，在北宋相国寺内，也得以表演形态进行商业性传播。王安石《相国寺启同天道场行香院观戏者》诗

---

① （宋）洪迈著，夏祖尧、周洪武校点《容斋随笔》，长沙：岳麓书社，1994年版，第451—452页。

② 中华书局编辑部编《宋元方志丛刊》，北京：中华书局，1990年版，第6822页。

曰："侏优戏场中，一贵复一贱。心知本自同，所以无忻怨。"侏儒戏演述故事，使王安石深有感慨，故咏之于诗，足见相国寺商业活动促成文学商业性传播，不止于文字形态。

到了金代，寺院中还出现了歌词商业性传播现象。元好问《续夷坚志》之《梁梅》载：

寿阳歌妓梁梅，承安、泰和间，以才色名河东。张状元巨济过寿阳，引病后孤居，意不自聊。邑中士子有以梅为言者。时已落籍，私致之，待于尼寺。梅素妆而至。坐久干杯，唱"梅花"《水龙吟》。张微言："六月唱梅词，寿阳地寒可知。"然以其音调员美，颇为改观。唱至"天教占了百花头上，和羹未晚"，乃以酒属张，张大奇之。赠之乐府，有"谁知幽谷里，真有寿阳妆"之句。为留数日而行。①

金代状元张楲（字巨济）在寿阳尼寺中约见歌妓梁梅，自然是一种商业消费行为。而梁梅为他所唱歌曲，是由北宋词人晁元礼所作以"梅花"为题的《水龙吟》。这样，经由梁梅演唱，晁元礼的这首《水龙吟》便得到了商业性传播。

总之，宋元时期的城市中的佛寺，虽然商业活动有时间限制，但毕竟在社会上的影响还是很大的。而且，在这样特定的环境下文学商业性传播的形式也是多样的，既有通过文字和表演直接传播的形式，也有通过金石或书画载体间接传播的形式。

第二节　宋元书坊与文学的商业性传播

我国雕版印刷术自唐代已在民间使用，只因当时读书人数量尚少，雕印

---

① （金）元好问撰，常振国点校《续夷坚志》，北京：中华书局，1985 年版，第 68 页。

文学类书籍出售难以盈利，所以书坊雕印文字仅限于销量很大的日历、佛经等。到了宋代，崇文政策实施，读书人数量日增，书坊雕印文学书籍数量也日增。但是，由于不同地区经济发展上的差异，导致读书人数量上也有差异，而市场决定生产，所以宋元时期的书坊，生存状态与印书质量都有着明显的地域差异。另外，作家的社会声誉、书商与作家的关系等主客观因素也影响雕印书籍的整体态势。这一切对于书面文学的商业性传播，都有着决定性的影响。

一、宋元书坊的地域分布与文学商业性传播

自宋代开始，我国雕版印刷事业开始发达起来，其中最关键的因素是规模较大的市场形成，刻书售卖有利可图。同时，北宋政府与以前历代不同，重视举办官营商业作为国库的主要收入来源。这样，不仅以盈利为核心目标的民间书坊大量刻书，实现了文学商业性传播，就连原本带有公益性的服务于国家教育的官方刻书业，也走向商业化经营的道路。不光国子监有刻书出售的传统，各地的公使库也刻书赢利，甚至熙、丰之际的市易务也刻书赢利。[①]

不过，官方资本雄厚，刻书并非全部用于售卖，也有提供皇室、贵戚子弟或赏赐大臣的，即使商业化经营，也有学校作为售书的固定市场，可以在各地刻书售卖。私家刻书，则主要供子弟阅读或收藏之用。唯有书坊，完全是商业化经营的，自产自销，故而又有“书肆”“书铺”“书籍铺”等异称。书坊既无官方与私家的经济实力，则其经营不光要尽量降低刻书成本，还必须考虑售书成本与潜在的售出数量。因此，只有读书风气浓厚的地域，才会有较多的书坊出现。

那么，宋代的书坊在地域分布上到底如何呢？李致忠先生《宋代刻书述略》称：“坊肆遍及全国各地，特别是浙、蜀、闽、赣、皖尤盛。”[②]林剑华先生则

---

① 朱迎平著《宋代刻书产业与文学》，上海：上海古籍出版社，2008 年版，第 115—118 页。

② 李致忠《宋代刻书述略》，《文史》第十四辑，北京：中华书局，1982 年版，第 145—174 页。

说:“到了宋代,坊肆的发展渐趋普遍。其中以福建建阳、浙江杭州最为兴盛。……当时福建建宁府有黄三八郎书铺等七家,浙江有杭州大隐坊等五家,江西有临江府新喻吾氏一家,四川有西蜀崔氏书肆等两家,另有陕西咸阳书隐斋、山西汾阳博济堂各一家。”①二人所说“遍及”“普遍”,不过是从当时大的行政区划来说的,至于偏远的地方州县,读书人极少,集制售功能于一体的“书坊”应该是不存在的。二人所特别提到的书坊发展兴盛的地域,也略有不同,当是各人所据材料差别所致。不过,二人都提到了浙、蜀、闽、赣为宋代书坊兴盛之地,至于排序上有差别,或与其立论基础有关,且不细论。可是,二人都忽略了北宋汴京这一重要地域,虽然李致忠先生后来在其专著《古代版印通论》中作了补充:“东京汴梁、杭州、建阳崇化、麻沙等地,坊肆不但很多,而且很有名。”②

实际上,早在上世纪八十年代末,张秀民先生就说过:“刻书印卖有利可图,故开封、临安、婺州、衢州、建宁、漳州、长沙、成都、眉山,纷纷设立书坊,所谓‘细民亦皆转向模锓,以取衣食’。”汴梁“当时书铺一定很多,可惜现在可考的只有大相国寺东荣六郎家与集贤堂书铺而已”。③ 后来,宿白先生又指出:靖康之变时,“金人索监书藏经……皆指名索取,仍移文开封府,另见钱支出收买。开封府直取于书籍诸铺”④。

到了南宋,由于建都杭州,东南文化学术比北宋时更为发达,浙江、福建甚至广东的印书业也更为繁荣。不仅临安、婺州、衢州、建宁、漳州有不少书坊存在,泉州、南雄也有书坊。方彦寿《南宋泉州官私刻书考述》一文说:

> 我们今天所能知道的南宋泉州书坊刻书堂号,仅有“泉州提举市舶司东吴阿老书籍铺”一家,传世的刻本只是一部被傅增湘先生称为假冒“泉州提举市舶司东吴阿老书籍印”的《王状元集百家注分类东坡先生

① 林剑华《宋代官府对坊肆刻书的管制》,《闽江学院学报》2006 年第 4 期,第 38 页。
② 李致忠著《古代版印通论》,上海:上海古籍出版社,2006 年版,第 118 页。
③ 张秀民著《中国印刷史》,上海:上海人民出版社,1989 年版,第 57、63 页。
④ 宿白著《唐宋时期的雕版印刷》,北京:文物出版社,1999 年版,第 60 页。

诗》。[①]

南宋杨万里《跋陈与权印五经善本》云：

> 南雄陈经于光尧朝，以童子科免秋赋，诣太常，未得志于有司。退而叹之曰："有司之门，则不可以径而入也，圣人之门，其不可以径而入哉？"益读古书，以溉其心，以树其躬，以晔其辞章，盖退而后进者也。病夫书肆之刻《五经》者，字画之不精，脱讹之不更，求善书者为而刻之，使来者皆得以印印之。[②]

两宋时期书坊的分布情况，学者们所述已较全面。那么，金元时期书坊的分布情况又如何呢？李西亚先生对金代书坊分布情况有如下论述：

> 山西的平阳为金代刻书业中心，"书坊时萃于此"，山西刻书最突出特点是各类书籍均有刻印。……1909年黑水城遗址发现了金代平阳书坊所刻《刘知远诸宫调》。……书坊中和轩坊主王文郁曾在平阳的出版管理机构中任职。王氏是金代有名的出版家，于正大六年(1229)刻印出版影响较大的《平水新刊韵略》，此书在元代还曾重刊作为考试用书。张存惠的晦明轩是平水书坊之一，直到元代仍然从事刻书业。另外，如陈氏书轩、平阳姬氏、平阳徐氏等都是平水有名的书坊。[③]

当然，金代的书坊并不限于山西平阳一地，李西亚先生在其《金代刻书地点考》一文中便提到金人将宋徽宗的谢表收集起来，以《宋徽宗谢表》为名刊刻出来拿到宋金之间的榷场售卖，说明上京路也有书坊存在[④]。而又金的

---

① 方彦寿《南宋泉州官私刻书考述》，《泉州师范学院学报》2007年第3期，第17页。

② (宋)杨万里撰，辛更儒笺校《杨万里集笺校》，北京：中华书局，2007年版，第3763页。

③ 李西亚《金代各地刻书的差异性探析》，《兰台世界》2010年3月上，第60—61页。

④ 李西亚《金代刻书地点考》，《北方文物》2010年第2期，第100页。

中都(今北京)在辽代时已有书肆,曾“刻子瞻诗数十篇,谓之《大苏小集》”①,金破汴梁时,又迁移部分书肆于中都。因此,金代中都也是有不少书坊存在的。

至于元代,蒙古统治者在征服其他民族过程中,特别重视收用有技术的工匠,对于战俘,“唯匠得免”,“一些自宋朝就以刻书为业的书坊,如余氏勤有堂、叶氏广勤堂等保存了下来,并在元代继续发展”②。不仅福建建安地区的书坊在元代继续活跃,“元代江西的坊刻亦有一定的规模,台北洪氏出版社《版本学通义》称庐陵(吉安)是当时全国的坊刻中心之一,可惜无刻本传世,亦无文献记载,难以考证其详”③。而杭州书坊之盛,自宋至元仍旧不变,如元人杨维桢于至正二年(1342)壬午春正月所作的《丽则遗音·序》中,就有这样的陈述:

> 余蚤年学赋,尝私拟数十百题,不过应场屋一日之敌尔,敢望古诗人之则哉?既而,误为有司所采,则箧簏所有,悉为好事者持去。近至钱塘,又有以旧所制梓于书坊,卒然见之,盖不异房桐卢之见故物于破瓮中也。

由此可见,在杨维桢的赋集《丽则遗音》刊刻之前,他的许多赋已被“钱塘(杭州)”的书坊刻印发售了。

而元大都(今北京),作为文人聚集的首都,书坊自然也不少。除了文人考试用书外,大都书坊还出售民间文学作品。“高丽的汉语教科书《老乞大》讲到,在大都购买的书籍中有《三国志评话》。《朴通事》也说:‘我两个部前去买文书去来。买甚么文书去?买《赵太祖飞龙记》《唐三藏西游记》去’。”④

宋元时期的书坊,在地域上分布较广,除了开封、北京、杭州等大都市

① (宋)王闢之撰,吕友仁点校《渑水燕谈录》,北京:中华书局,1981年版,第89页。
② 李致忠《元代刻书述略》,《文献》1981年第4期,第203页。
③ 漆身起、王书红《江西宋元刻书事业初探》,《江西图书馆学刊》1993年第1期,第71页。
④ 马建农《北京书肆发展史考略》,《北京社会科学》1988年第2期,第110页。

外，北至山西，南达广东，西包四川，东括浙江，东南覆盖江西、福建，东北极于黑龙江诸省，皆有分布。由于宋元书坊在全国地域分布上相对均衡，构成网格状的书籍流通态势，这对文学的广泛传播，起了十分重要的作用。

从传播的范围来看，宋元书坊对文学的商业性传播，可分为在当地传播、向四周传播和向国外传播三种类型。北宋李觏（1009—1059）《上叶学士书》中提到：

> 自时而后，积十余年，游目于书肆，则熟执事之文采；侍坐于先进，则饱执事之治声。窃然如望梧桐之宫，听鳳凰之鸣，徒知其谐和中律，嗈嗈盈耳，而云雾隔之，终不克一见其容状。不意今兹旅食都下，而执事方在省局，门墙伊迩，有请见之路，是用上问兴居，以适所愿。①

按李觏乃江西抚州人，他这封书信是写给苏州人叶清臣（1000—1049）的。据书信所述，李觏在十六岁时因叶清臣的策论流行天下，读其策论而生敬佩之情，十余年后在书肆中又看到叶清臣的文学作品。此时，李觏在家乡抚州以教学谋生，则可知抚州的书坊对于时贤文学在当地文人中的传播起了很大的作用。

宋初柳开《与韩洎秀才书》又载：

> 开于十年前，在京城书肆中见唐诸公诗一策，内有玉川生诗约四十余章，《与马异结交诗》为首篇，余寻托亡兄辟用百钱市而得之。时有郑州宋严从予学文，卒与亡兄相遇，取而与之。至明年，严死，卢诗没而无复返矣。②

此信中提到从“京城书肆”中买唐人诗集，后又将诗集送给郑州宋严。可知，唐人文学经由北宋汴京书坊，以商业流通方式，向京城周围的文人圈

① 曾枣庄、刘琳主编《全宋文》第41册，上海：上海辞书出版社，2006年版，第342页。

② 曾枣庄、刘琳主编《全宋文》第6册，上海：上海辞书出版社，2006年版，第338页。

中传播。又，南宋杨万里《杉溪集后序》引王庭珪所言北宋徽宗朝事云："是时，书肆畏罪，坡、谷二书，皆毁其印。独一贵戚家刻印印之，率黄金斤易坡文十，盖其禁愈急，其文愈贵也。"①由此可知，北宋后期书坊传播苏轼、黄庭坚文集，不仅流布于地方州县，也流布至京师。

宋代书坊使得文学在国内各地文人圈中传播，这是主要的方面，但也有一些文学会向国外传播。如至和二年（1055）欧阳修所上《论雕印文字札子》云：

> 臣伏见朝廷累有指挥禁止雕印文字，非不严切，而近日雕板尤多，盖为不曾条约书铺贩卖之人。臣窃见京城近有雕印文集二十卷，名为《宋文》者，多是当今论议时政之言。其首篇是富弼往年让官表，其间陈北敌事宜甚多，详其语言，不可流布。而雕印之人不知事体，窃恐流布渐广，传入虏中，大于朝廷不便。②

金元时期，书坊的商业性文学传播活动情形与宋代大致相同。如上文提到高丽人从元大都买到《三国志评话》《赵太祖飞龙记》与《唐三藏西游记》，说明民间小说传播到了外国。而元人王旭《客从书肆中得先君遗墨一纸》诗云："谁将遗墨到燕都，手泽如新世事殊。宝玉来归今在否？金瓯缺坏付嗟吁。吾翁墓木俄然拱，先帝山陵早已芜。五十三年成一梦，天涯流落泪如濡。"③从此又可推知元代文学在国内通过书坊传播的大致情况。

大体说来，宋元书坊分布的地点虽不多，但涉及范围颇广，大体上与当时读书人的市场需求相适应，对于当时文本文学的传播起着相当重要的作用。特别值得一提的是，书坊对于民间文本文学的传播，尤为重要。因为官方与私家刻书，重在为儒生或子弟走上仕途，与民间商业化文学扞格不入，只有书坊唯以商业利益为重，才肯制售民间文学文本。

---

① （宋）杨万里撰，辛更儒笺校《杨万里集笺校》，北京：中华书局，2007 年版，第 3352 页。

② （宋）欧阳修著《欧阳修全集》，北京：中华书局，2001 年版，第 1637 页。

③ 杨镰主编《全元诗》第十三册，北京：中华书局，2013 年版，第 56 页。

二、宋元书坊的雕印选择与文学商业性传播

由于书坊因商业利益而起，其所服务的范围也广泛，或为儒生科举考试服务，或为文人间的文艺交流服务，或为市民娱乐与美化生活服务。相应的，服务对象不同，其所选择雕印的书籍种类就不同，采用的传播策略也有所不同。

首先，为了直接服务于参加科举考试的儒生，宋代的书坊制售时文，是极为常见的事。南宋真德秀《送全永叔序》云："世习日陋，后生小子所志不越簪裳之末，所玩不逾程试之文，百金谒书肆，闭门而诵之，曰吾业足矣，明师良友，近在州里，且弗暇过而问焉，况远乎？"①欧阳守道《青云峰书院记》亦云："近岁士习趋下，号称前辈者或亦止于传习场屋之文，谩不省讲学为何事，幸而收科，自谓一第如探囊中物，不复增益其所未能。后学效之，凡书肆所售，谓之时文，空囊市去，如获至宝，而圣贤格言大训、先儒所为孳孳讲切以觉人心者，反弃置之，以为非举子日力暇到。自吾里中士不免病此，他郡之来学者何讥焉。"②刘爚、欧阳守道所言，是针对士风与科举考试的弊端而发的，但客观上也透露出南宋书坊出于商业利益，投合士人的需求，选择时文雕印出售，成为应试文学传播的最主要媒介。

其次，为了提高一般文士的文学修养，同时吸引广大文士消费，宋元书坊也选择雕印前代名家与当代名家的诗文集出售。如祝尚书先生《试论宋人文集的编刻》一文中提到，张咏《许昌诗集序》称"依旧本例编为十卷，授鬻书者雕印行用"，范仲淹《丹阳集》八卷、《欧阳文忠公集》《东坡集》也都有坊刻本，"满足了社会的需要"③。李致忠先生《元代刻书述略》一文，提到元代书坊所刻文学作品有：《黄氏补千家集注杜工部诗史》三十六卷（至元二十四年）；元好问《中州集》十卷《乐府》一卷（至大三年）；苏轼《东坡乐府》二卷（延祐七年）；刘因《静修先生文集》二十二卷（至顺元年）；范梈《范德机诗

① 曾枣庄、刘琳主编《全宋文》第313册，上海：上海辞书出版社，2006年版，第134页。

② 曾枣庄、刘琳主编《全宋文》第347册，上海：上海辞书出版社，2006年版，第115页。

③ 祝尚书《试论宋人文集的编刻》，《宋代文学探讨集》，郑州：大象出版社，2007年版，第218页。

集》七卷(后至元六年);揭傒斯《揭曼硕诗集》三卷(后至元六年)[①]。

当然,宋元书坊所雕印出售的文集,决不止祝、李二位先生所提到的那几部。如陆游《跋魏先生草堂集》便提到宋初魏野的《草堂集》,“庆元戊午,得之书肆”;《跋祠部集》又云“祠部叔祖诗文至多,今皆不传。此小集,得之书肆,盖石氏所藏也”[②]。又如《四库提要》说明陆游《放翁诗选》为“宋罗椅、刘辰翁所选陆游之诗也”,“在胜国时书肆尝合而梓行,以故转相抄录,迄今渐出……其《前集》《后集》之目,盖元时坊贾所追题矣。”可知《草堂集》《祠部集》与《放翁诗选》等诗文集因书坊的雕印,得以在宋元文化市场广泛传播。

再次,宋元书坊还雕印当时著名的落泊诗人的诗作出售,既促进了文人间的诗艺交流,也解决了一些未第诗人或下层官员诗人的生活出路问题,开了“现代型”书商与诗人直接合作的先河。

南宋福建长乐人陈藻《赠许秀才》诗云:“祖工俪句集刊行,业贩儒书乃父能。莫耻向人佣作字,世裨文教后须兴。”此诗称赞许秀才父亲作为职业书坊主,为文学商业性传播作出了贡献。而《赠故乡人》一诗又云:“我家已破出他乡,如连如卓方阜昌。岂料囊金随后散,一齐开铺鬻文章。”[③]连他自己在家道破落之后也开始变成书坊主,从事文学商业性传播活动了。

诗人落泊成为书坊主,一般都会同情同道中人,与其他诗人合作,出版诗集,在解决自身生活出路的同时,也为当代文学的传播事业尽自己的一份心与力。在这方面,最为知名的当数南宋临安诗人陈起。王新荣先生在《陈起父子刻书考评》一文中说:

> 陈起书籍铺设在当时“皇家学院”旁,消费者不仅有较高的文化素质,还有强大的购买能力,良好的经营环境使陈起的书籍铺成为当时的旺铺。陈起书籍铺主要以刊刻和销售诗集、文集为主,同时经营金石、

---

① 李致忠《元代刻书述略》,《文献》1981年第4期,第215页。

② 曾枣庄、刘琳主编《全宋文》第223册,上海:上海辞书出版社,2006年版,第13、68页。

③ 北京大学古文献研究所编《全宋诗》第五〇册,北京:北京大学出版社,1998年版,第31337、31322页。

书画等艺术类书籍，具有较高的文化品位。……陈起父子出版了一大批唐宋诗文别集，刻印精美、价格低廉，在南宋书市占据重要的一席，不仅对江湖诗人群体作品的保存和传播作出了巨大成就，还促进了唐宋时期基本文化典籍尤其是艺术类书籍的续集和传播。①

像陈起这样以书坊为据点联络江湖诗人的诗人，在宋元时期并非仅有，除了南宋福建长乐人陈藻，还有元代江西吉州人罗西林。元人蒋正子《山房随笔》记载了这样一则故事：

吉州罗西林集近诗刊，一士囊诗及门，一童横卧枨阑间，良久，唤童起曰："将见汝主人求刊诗。"童曰："请先与我一观，我以为可则为公达。"客怪之，曰："汝欲观我诗，汝必能吟，请赋一诗，当示汝。"童请题，客曰："但以汝适来睡起搔首意为之。"童即吟曰："梦跨青鸾上碧虚，不知身世是华胥。起来搔首浑无事，啼鸟一声春雨余。"客骇伏，同入见。西林款之数日，取其菊诗，云："不逐春风桃李妍，秋风收拾短篱边，如何枝上金无数，不与渊明当酒钱。"童子，罗之子也。②

从这则故事中罗西林的童年之子能应命吟诗以及罗西林能够选择士人的诗作来看，罗西林分明也是诗人。而罗西林的职业身份则是"集近诗刊"的书坊主。实际上，江西在宋代已不乏传播当代诗集的书坊主，如《夷坚乙志》卷第十六记载：南宋饶州德兴县诗人董颖"穷至骨"，但他的诗得到当世名流韩子苍的激赏以及徐师川、汪彦章的改评。他死后托梦给"开书肆"的宗人董应梦，董应梦便为他出版了诗集《霜杰集》。此故事虽或有杜撰成分，但宋代江西有书坊主出版当代诗集应是实情。而诗集的出版，有利于更多文人参与诗艺交流。南宋危稹《赠书肆陈解元》诗云："兀坐书林自切磋，阅人应似阅书多。未知买得君书去，不负君书人几何。"此中便透露了书坊主

① 王新荣《陈起父子刻书考评》，《古籍整理研究学刊》2013年第3期，第102—103页。
② 上海古籍出版社编《宋元笔记小说大观》，上海：上海古籍出版社，2001年版，第6545页。

陈起(陈解元)雕印江湖诗集对于文人间诗艺交流的作用。

最后,宋元书坊主的目光并非仅限于传统文人圈中,还满足于民间对文学娱乐活动的需求,如雕印小说、戏曲等作品,为当时民间文学的保存与传播作出了贡献。如王星麟《宋代的刻书业》一文中,就提到南宋坊刻本有杭州"张家书籍铺《唐三藏取经诗话》",并指出当时坊刻本包括"都市生活所需的曲谱、唱本、平话小说"①;侯秀林《辽金时期山西刻书业繁荣的原因》一文中,又提到辽金时期山西平水坊刻本有俗文学《刘知远诸宫调》残卷②。

宋元书坊主为了商业利益,不但选择雕印的书籍种类多样,其雕印的手段也有明显的特点,这对于文学的传播也产生了或好或坏的影响。

南宋刘昌诗《芦浦笔记》载光宗朝事云:"比见书坊时文赋,有以《上廉远地则堂高》命题者,窃疑焉。"③这说明南宋人已发现当时书坊雕印的文学作品内容有舛误的现象。刘克庄《题永嘉黄仲炎文卷二首》其一云"书坊黄册诱儿童,朝取封侯夕拜公"(《后村集》卷十三),反映了当时书坊雕印文学作品急功近利,助长了文人躁进的风气。这又从社会效应的角度批评了书坊主在文学传播中的负面影响。陈善《扪虱新话》下集卷四《编次文字或是或非》云:"今市书肆,往往逐时增添改换,以求速售,而官不禁也。虽欧公集已经东坡纂类,至今犹有续添之文,而况未编者乎?"④这又反映书坊主为了多赚钱,不惜以次充好,以假冒真,在文学传播中的影响更是恶劣。

但是,宋代书坊雕印手段的运用,虽以盈利为目的,对文学传播也不尽有害。《四库提要》提到《东坡诗集注》时说:"核书中体例,与《杜诗千家注》相同,殆必一时书肆所为,借十朋之名以行耳。"可见,书坊只是借名人之序促进文学类书籍商业性流通而已,对当时社会并无不良影响。而书坊某些雕印手段的运用,是出于方便读者使用的目的,对于文学传播在一定程度上也是产生了正面影响的。如徐鸿均《略论南宋浙东刻书业的地域特征及其类型》一文说:"吴宅桂堂刻意采用巾箱本、中字本二种版式刊印《三苏文

① 王星麟《宋代的刻书业》,《史学月刊》1986年第1期,第32页。
② 侯秀林《辽金时期山西刻书业繁荣的原因》,《忻州师范学院学报》2010年第6期,第63页。
③ (宋)刘昌诗,《芦浦笔记》,北京:中华书局,1986年版,第3页。
④ (宋)陈善撰《扪虱新话》,长沙:商务印书馆,中华民国二十八年(1939)版,第91页。

粹》，以供学子科考采掇；同样地，婺本《点校重言重意互注尚书》也以其独特的编例方式，便利了学子在深刻理解文意的基础上记忆《尚书》。既然婺州坊刻业以学子的当前或潜在需求为出版宗旨，自然更能激发学子的认同感，进而在这种认同感的驱使下，自发或自觉地选择坊刻本。”①

至于金元时代书坊雕印文学类书籍的手段，当代学者有一些述评，颇有新意。现举两例如下：

> 由于书坊均是以盈利为目的，为了提高效率、降低成本，难免有校对不精、纸张和用墨较差的情况。②

> 书铺图快，书手图简，刻工图省，于是在刻书过程中，特别是一些书铺子所刻的书，就将平时一些常用的简体字或俗体字也用上了。③

不管怎样，宋元书坊选择的雕印手段，既是为了减少成本，也是为了促销书籍。而这一过程，同样是加速和加大文学传播的过程。虽然在文学传播的过程中，存在“类多舛误，质量往往不高”④等问题，但毕竟也给人们带来快速获得时贤名流作品的便利，诚如南宋吴泳《陈侍郎文集·序》所言，即使当时文人“名未成，盖棺之事未定，往往编蒲锓梓已遍满于书坊经肆矣”（《鹤林集》卷三十六），同时，书坊雕印的书籍价格也便宜，“有铜钱数百，即可得《语录》若干”（南宋欧阳守道《送黄信叔序》，《巽斋文集》卷七）。因此，由于书坊雕印书籍现象的出现，宋元以后中国文学的传播速度与规模都大大超越了前代。

---

① 徐鸿均、唐燮军《略论南宋浙东刻书业的地域特征及其类型》，《宁波大学学报》2004 年第 6 期，第 62 页。

② 李西亚《金代各地刻书的差异性探析》，《兰台世界》2010 年 3 月上，第 60—60 页。

③ 李致忠《元代刻书述略》，《文献》1981 年第 4 期，第 219 页。

④ 祝尚书《宋代文学探讨集》，郑州：大象出版社，2007 年版，第 218 页。

第三节　宋元戏场与文学的商业性传播

在宋代以前,服务于市民的专业戏场并未形成,这是由城市发展水平决定的。到了宋代,整个社会生产力水平提高,商业经济在国民收入中地位大大抬升,城市规模扩大,市民人数既多,他们的消费能力也增强。在这种新的经济结构与形势下,市民文化市场充分发育。而科举教育规模扩大,大量未入仕文人的存在,又为民间文艺创作提供了数量可观的人才队伍。同时,为顺应规模扩大了的文化消费需求、传统歌妓与民间艺人表演队伍也进一步分化,从平康青楼表演队伍独大的局面,渐分为平康青楼、瓦舍勾栏和会所私宅三支表演队伍各据一方的态势,而其中新兴的瓦舍勾栏表演队伍最为壮观。

由于宋元时期的文艺表演以场面更大的小说、戏剧表演为主,我们不妨以"戏场"一词来统称宋元时期的文艺表演场所。而随着宋元不同"戏场"发育得越来越成熟,文学商业化传播的规模也越来越大,传播形式也更为多样。

一、平康青楼与文学的商业性传播

"青楼"一词,本来泛指豪华精致的雅舍,后来专指妓家或妓院。而"平康青楼"则专指妓家或妓院,因为"平康坊(里)"是唐代都城长安专门划定的妓女聚居之地,宋元时人便以"平康"一词代称妓女聚居之地,如南宋罗烨《醉翁谈录》丙集卷二云:"平康里者,乃东京诸妓所居之地也";宋末周密《武林旧事》卷六云:"平康诸坊,如上下抱剑营、漆器墙、沙皮巷、清河坊、融和坊、新街、太平坊、巾子巷、狮子巷、后市街、荐桥,皆群花所聚之地";明初贾仲明为元曲作家费唐臣(费君祥之子)所写的吊词有云:"双歌莺韵配鸳鸯，一曲鸾箫品凤凰，醉鞭误入平康巷，在佳人，锦瑟傍。”①

宋元时代平康青楼中的妓女，在生活方式上与唐代妓女几无差别，都是靠才艺表演乃至以色侍人谋生。而这样的生活方式，决定了她们成为商业性传播文学的一支重要力量。那么，她们在平康青楼中到底传播了哪些文学呢？

首先，平康青楼中的妓女通过歌唱方式传播了传统的流行歌词。南宋王山《答盈盈》诗云："盈盈初见十五六，眉试青膏鬓垂绿。道字不正娇满怀，学得襄阳大堤曲"；邹登龙《青楼曲》云："青楼女儿十五六，翠掠云鬟妙装束。千金学舞拜部头，新来教得凉州曲"；元代郑允端《赠妓阿多》诗云："吴下娇娃唤阿多，合欢髻子绾双螺。十三便解识音律，唱得江南水调歌"。② 所谓"大堤曲"，是南朝时期就流行的歌曲；而"凉州曲"，则是唐代开元年间始流行的歌曲；"水调歌"，亦为始于唐代流行的歌曲。因此，就文学的商业性传播而言，盈盈、阿多等青楼妓女通过美妙的歌喉，传播了传统流行歌词。

其次，平康青楼中的妓女通过歌唱方式传播了"新声"歌词。南宋诗人苏泂《金陵杂兴二百首》有云："柳思花情分外娇，青楼消息夜迢迢。金陵看得新歌舞，不数吴音共楚腰。"

元代诗人孙蕡《广州歌》又云："朱楼十里映杨柳，帘栊上下开户牖。闽姬越女颜如花，蛮歌野曲声咿哑。"③所谓"新歌舞"，自是脱不开"新声"歌词；而"蛮歌野曲"，也一定是"新声"民间歌词。即是说，无论是金陵还是广州，都有平康青楼歌妓商业性传播"新声"歌词。

最后，平康青楼中的妓女通过即兴创作方式传播了自己的诗歌。罗烨《醉翁谈录》谈到北宋东京平康妓的具体聚居地及其等级、才艺等情况云：

> 妓中最胜者，多在南曲。其曲中居处，皆堂宇宽静，各有三四厅事，前後多植花卉，或有怪石盆池，左经右史，小室垂帘，茵榻帷幌之类。凡举子及新进士、三司、幕府，但未適朝籍，未直馆殿者，咸可就游；不吝所

---

① (元)钟嗣成等撰《录鬼簿(外四种)》，上海：古典文学出版社，1957年版，第20页。
② 杨镰主编《全元诗》第六十三册，北京：中华书局，2013年版，第120页。
③ 杨镰主编《全元诗》第六十三册，北京：中华书局，2013年版，第268页。

费，则下车水陆备矣。其中诸妓，多能文词，善吐谈，亦评品人物，应对有度。……中曲者，散乐杂班之所居也。夫善乐色技艺者，皆其世习，以故丝竹管弦，艳歌妙舞，咸精其能。凡朝贵有宴聚，一见曹署行牒，皆携乐器而往，所赠亦有差。暇日群聚金莲棚中，各呈本事，来观之者，皆五陵年少及豪贵子弟。就中有妖艳入眼者，俟散，访其家而宴集焉。其循墙一曲，卑下凡杂之妓居焉。二曲所居之妓，系名官籍者，凡官设法卖酒者，以次分番供应。如遇并番，一月止一二日也。①

从这样的描述中可知，不须外出，只在平康青楼中表演才艺的，是“妓中最胜者”。她们具有同文人打交道的高超技艺，除了善于“评品人物”“应对有度”外，还“多能文词”。这“多能文词”，就包括即兴创作诗词。例如，北宋吕渭老《木兰花慢·重午》下阕有云：“此日青楼，花缺处、倚阑干。记小扇清歌，蛮笺妙墨，不觉更残。”所谓“蛮笺妙墨”，即用典故暗指歌妓即兴题诗。而南宋王山《答盈盈》诗提到盈盈“莺啄含桃未嚥时，便会吟诗风动竹”，这便直接交代了歌妓会“吟诗”了。

到了元代，平康青楼中的妓女不仅有能即兴创作诗词的，还有能即兴创作散曲的。夏庭芝《青楼集》所载张怡云便“能诗词”。一次在酒宴上侍奉贵人，著名文人姚燧偶然说出“暮秋时”三字，阎复要求她“续而歌之”，张怡云应声作《小妇孩儿》。同书又载张玉莲也能“南北令词，即席成赋”，散曲作家班彦功与她交好，当班彦功离别时，玉莲“作小词《折桂令》赠之”②。

不同于唐代平康青楼中的歌妓以唱诗为主，宋元时代平康青楼中的歌妓是以唱词与唱曲为主的。并且，由于平康青楼中的消费者中已有不少是未接受过学校文化教育的市井小民，宋元歌妓所唱之词曲，就主动适应市井小民的文化水平与理解力，越来越口语化，故事性也增强了。也就是说，宋元平康青楼中的歌妓，对文学的商业性传播，是有商业性选择的。

众所周知，北宋词之所以繁荣至极，与柳永大力创制慢词是分不开的。

---

① （宋）罗烨《醉翁谈录》，上海：古典文学出版社，1957 年版，第 35—36 页。

② （元）夏庭芝撰，孙崇涛笺注《青楼集笺注》，北京：中国戏剧出版社，1990 年版，第 64、174 页。

而柳永大力创制慢词，直接原因便在于平康青楼中歌妓适应新情况的需求。清人宋翔凤云："慢词盖起宋仁宗朝。中原息兵，汴京繁庶，歌台舞席，竞赌新声。耆卿失意无俚，流连坊曲，遂尽收俚俗语言，编入词中，以便伎人传习。一时动听，散播四方。"①原来柳永的慢词创作，正是配合"新声"而起，而仁宗朝歌坛在天下安定环境下"竞赌新声"，导致歌妓们特别钟爱柳永所作慢词。柳永自己在词作中就反映了这种情况，如《玉蝴蝶》云"要索新词，殢人含笑立尊前"，《如鱼水》云"被举措、艺足才高，在处别得艳姬留"。柳永"新词"因歌妓传播越广，他的名声也越大。这样，若他的词作内容涉及到某位歌妓，则这位歌妓的身价也会提高。当时汴京的歌妓们纷纷"贿赂"柳永以求"新词"。南宋罗烨《醉翁谈录》载："耆卿居京华，暇日遍游妓馆。所至，妓者爱其词名，能移宫换羽；一经品题，身价十倍。妓者多以金物资给之。"②因此，歌妓们传播柳永所作慢词，前前后后都是充满了商业性气息的。

在柳永之后，为平康青楼歌妓制作歌词的文人并未断绝。如苏门学士秦观，他的俗词就"多为青楼应歌之作"③，又如南宋诗人华岳《寄仵判院八首》(其五)云："毫端风雨走蛟螭，人物风流冠一时。要向行云问踪迹，青楼何处没新词。"由此可知，南宋的仵判院也是当时为平康青楼歌妓制作歌词的著名文人。既然文人为平康歌妓制作歌词不绝，那么，平康青楼歌妓进行商业性传播文人词作也不会断绝。

至于元代在平康青楼中营业的歌妓，在人数上已大为减少，因为前往瓦舍勾栏或达官贵人进行家宴表演，已成当时社会风气。元人夏庭芝《青楼集》中所记妓女事迹，就是以在勾栏瓦舍中上演杂剧为主的。但是，毕竟色艺一流的妓女，坐守平康青楼，等待客人来"作伴"或征歌看舞的，仍有人在。李文忠《元代散曲在当时的口头传播》一文中说："青楼是元散曲演唱的主要场所，在这里歌妓们通过美妙的歌声吸引客人。"④虽然"青楼是元散曲演唱的主要场所"这种论断值得商榷，但他所引元人徐琰〔双调·蟾宫曲〕《青楼

① (清)宋翔凤《乐府余论》，唐圭璋编《词话丛编》，北京：中华书局，1986年版，第2499页。
② (宋)孟元老等著《东京梦华录(外四种)》，上海：古典文学出版社，1957年版，第32页。
③ 王晓骊著《唐宋词与商业文化关系研究》，北京：中国社会科学出版社，2004年版，第175页。
④ 李文忠《元代散曲在当时的口头传播》，《电影评介》2012年第22期，第109页。

十咏》之例，是可以用来证明元代青楼也是歌妓商业性传播文学的场所的。因为徐琰所咏的，正是发生于青楼之中的“艳曲低讴”情形，不管“艳曲”到底是词还是散曲，也不管“艳曲低讴”情形所出现的频率，是否高于在瓦舍勾栏或公私宴会上的妓女歌唱。而元人郑允端《歌姬入道》诗云：“高歌一曲妙无伦，今日青楼别此身”①，也足以证明元代平康青楼仍是妓女商业性传播文学的场所。

需要指出的是，在以上所引数例中，平康青楼中歌妓演唱的对象，无一涉及市井小民。那是由于古代史实记述的话语权掌握在文人手中，而文人对于妓女在平康青楼中活动的记述，又是以切身经验为基础的，因而几乎不见市井小民在平康青楼中听歌看舞的文献记述。但是，从柳永等人慢词用俚俗之语以及元散曲更为口语化的情形，不难推测出：宋元时代歌妓在平康青楼中，也向市井小民进行商业性文学传播。

二、瓦舍勾栏与文学的商业性传播

不同于平康青楼中只有歌妓对文学进行商业性传播，宋元时期的瓦舍勾栏中，对文学进行商业性传播的，还有众多的男性艺人；并且，商业性传播的文学样式，也不局限于歌词，还包括形态多样的小说和戏曲。因此，宋元时代的瓦舍勾栏，是文学商业性传播最为繁荣的场所。

在宋元“瓦舍”（又称“瓦子”“瓦市”）中，分布着一座座“勾栏”（又称为“棚”）。如《东京梦华录》载北宋汴京东角楼街巷情况云：“街南桑家瓦子，近北则中瓦，次里瓦。其中大小勾栏五十余座。内中瓦子、莲花棚、牡丹棚、里瓦子、夜叉棚、象棚最大，可容数千人。”②而“勾栏”，宋元人又写作“勾阑”“构栏”等。

作为宋元时代一种商业性表演场所，瓦舍勾栏不独存在于京城，也存在于地方州县。如北宋张师正《括异志》卷九《毛郎中》讲述熙宁初年荆州毛晦

---

① 杨镰主编《全元诗》第六十三册，北京：中华书局，2013 年版，第 113 页。

② （宋）孟元老等著《东京梦华录（外四种）》，上海：古典文学出版社，1957 年版，第 14 页。

家中出现女鬼的故事：有一次，女鬼说："我今往瓦市游看。"毛晦便"密遣仆，使探其伎艺者。归而询之，一皆符合。"[①]故事中既出现了"瓦市"与"伎艺者"字样，则北宋熙宁初年荆州是存在瓦舍勾栏的。又如明人李日华《六研斋笔记·二笔》卷四载宋高宗晚年无嗣，单州砀山县刘僧遇"每看影戏唱词，私记其宫殿中龙凤之语，附会称说"。据此，则南宋初年砀山县也有供影戏演出的瓦舍勾栏。这种情况，至元代依然不变。夏庭芝《青楼集志》即云："内而京师，外而郡邑，皆有所谓构栏者，辟优萃而隶乐，观者挥金与之。"[②]

那么，"勾栏"到底是怎样构成的呢？孙崇涛先生认为："勾栏内有戏台、戏房（后台）、神楼、腰棚（看席）。"[③]无疑，从文学商业性传播视角来看，其中的戏台是"勾栏"中最核心部分。那么，这一核心部分又是什么样的呢？表演者又是如何利用戏台演出的呢？且看如下两则地下发掘材料：

（一）1982年，安徽省岳西县店前乡司空村墓葬出土一只元代青白釉戏台形瓷枕：

> 枕面为如意头形，面微凹，两端翘起，弧度适合，出檐，枕座为三开间戏台式造型，以贴塑和镂雕的手法，塑造出勾栏、踏道、柱廊等建筑结构，十分精致。殿堂和回廊中共塑十八个古代人物像，有男有女，或端庄打坐，或恭敬肃立，或拱手施礼，或捧果献物，或相视而语，姿态各异，人物衣褶毕现，裙带似随风飘忽，惟妙惟肖，栩栩如生，似表现作场的场景。经研究和考证，认为其可能表现的是一幅"八仙庆寿"场景。[④]

（二）1994年，安徽省安庆市郊出土一只元代青白釉戏剧人物瓷枕：

> 枕的造型为一座戏台，以塑雕和镂雕的手法，塑造出舞台和戏剧人物，再现了元代戏剧舞台"勾栏瓦舍、舞厅露台"的结构样式。台柱上以

---

① 上海古籍出版社编《宋元笔记小说大观》，上海：上海古籍出版社，2001年版，第698页。
② （元）夏庭芝撰，孙崇涛笺注《青楼集笺注》，北京：中国戏剧出版社，1990年版，第43—44页。
③ （元）夏庭芝撰，孙崇涛笺注《青楼集笺注》，北京：中国戏剧出版社，1990年版，第55页。
④ 张柏主编《中国出土瓷器全集》，北京：科学出版社，2008年版，第208页。

龙纹和勾连如意云纹作装饰。舞台上正在上演着一场戏剧。[①]

根据这两只瓷枕的形象，我们不难知道：勾栏中的戏台，上有顶，下有基，背面为屏；面向观众的三面相对敞开，主要由台柱支撑台顶与台基；正面门柱间距离较大，稍后由踏道而上的是悬空的高台；门两侧台柱间上有“勾”下有“栏”联结；高台与台柱之间则构成回廊。演出时，演员或在高台之上，或在高台之下的回廊间，从事各自的角色表演。联系到岳西县出土的瓷枕上“八仙庆寿”场景，以及元代钟嗣成所著《宴瑶池王母蟠桃会》杂剧也有“八仙庆寿”场景，我们不难作出这样的结论：那只瓷枕上的“戏台”，可看作元杂剧商业性传播的核心场所的一个缩影。

在宋元时期的瓦舍勾栏中，商业性传播的文学，仅限于影戏、元杂剧等戏剧文学吗？远非如此。《东京梦华录》卷之五“京瓦伎艺”条载：

崇、观以来，在京瓦肆伎艺：张廷叟，《孟子书》。主张小唱：李师师、徐婆惜、封宜奴、孙三四等，诚其角者。嘌唱弟子：张七七、王京奴、左小四、安娘、毛团等。……般杂剧：杖头傀儡任小三，每日五更头回小杂剧，差晚看不及矣。悬丝傀儡，张金线。李外宁，药发傀儡。……孙宽、孙十五、曾无党、高恕、李孝祥，讲史。李慥、杨中立、张十一、徐明、赵世亨、贾九，小说。王颜喜、盖中宝、刘名广，散乐。……董十五、赵七、曹保义、朱婆儿、没困驼、风僧哥、俎六姐，影戏。丁仪、瘦吉等，弄乔影戏。……孔三传、耍秀才，诸宫调。……吴八儿，合生。张山人，说诨话。……霍四究，说《三分》。尹常卖，《五代史》。[②]

《都城纪胜》之“瓦舍众伎”条载：

教坊大使，在京师时，有孟角球，曾撰杂剧本子；又有葛守成，撰四

① 张柏主编《中国出土瓷器全集》，北京：科学出版社，2008年版，第209页。

② （宋）孟元老等著《东京梦华录（外四种）》，上海：古典文学出版社，1957年版，第29—30页。

十大曲词；又有丁仙现捷才知音。……唱赚在京师日，有缠令、缠达：有引子、尾声为"缠令"；引子后只以两腔互迎，循环间用者，为"缠达"。[①]

从这两条记述看，北宋瓦舍勾栏中商业性传播的文学样式，除了影戏之外，还有歌词、傀儡戏、讲史、小说、合生、诸宫调、杂剧、大曲、缠令、缠达等。

到了南宋，瓦舍勾栏中商业性传播的文学样式，在北宋基础上又增加了赚和南戏。所谓"赚"，南宋耐得翁云："中兴后，张五牛大夫因听动鼓板中，又有四片太平令，或赚鼓板（即今拍板大筛扬处是也），遂撰为'赚'。赚者，误赚之义也，令人正堪美听，不觉已至尾声，是不宜为片序也。今又有'覆赚'，又且变花前月下之情及铁骑之类。凡赚最难，以其兼慢曲、曲破、大曲、嘌唱、耍令、番曲、叫声诸家腔谱也。"[②]所谓"南戏"，明人徐渭《南词叙录》云："南戏始于宋光宗朝，永嘉人所作《赵贞女》《王魁》二种实首之，故刘后村有'死后是非谁管得，满村听唱蔡中郎'之句。或云：'宣和间已滥觞，甚盛行则自南渡，号曰"永嘉杂剧"，又曰"鹘伶声嗽"。'其曲，则宋人词而益以里巷歌谣，不叶宫调，故士夫罕有留意者。"虽然南戏起初"即村坊小曲而为之，本无宫调，亦罕节奏，徒取其畸农、市女顺口可歌而已"[③]，但作为比北宋杂剧更成熟的一种戏剧样式，它"最早确立了由演员分行当（生、旦、净、末、丑、外、贴）扮演角色演述故事这一戏剧的本体地位"[④]，因而从永嘉（即温州）向周边传播，渐至整个东南地区，南戏不仅活跃于乡村，更多地活跃于城市，成为瓦舍勾栏商业性传播的文学样式之一。

实际上，除了讲史与小说外，宋元时期活跃于瓦舍勾栏的艺术表演，历时既久又很著名的大概要数傀儡戏与宋金杂剧了。

首先，傀儡戏的种类较多，除了《东京梦华录》提到的杖头傀儡、悬丝傀儡和药发傀儡外，《都城纪胜》还提到水傀儡和肉傀儡（以小儿后生辈为之）。

---

① （宋）孟元老等著《东京梦华录（外四种）》，上海：古典文学出版社，1957年版，第96—97页。

② （宋）孟元老等著《东京梦华录（外四种）》，上海：古典文学出版社，1957年版，第98页。

③ （明）徐渭撰，李复波、熊澄宇注释《南词叙录注释》，北京：中国戏剧出版社，1989年版，第5、15页。

④ 张烈《南戏的起源和传播——兼谈潮、泉戏剧对南戏的传承》，《中国戏剧》2004年第3期，第25页。

其次,傀儡戏不只是直接表演的文学样式,也与讲史、小说一样,都是有“底本”的。“凡傀儡敷演烟粉灵怪故事、铁骑公案之类,其话本或如杂剧,或如崖词,大抵多虚少实,如巨灵神朱姬大仙之类是也。”①今人一提到“话本”二字,多以为只有小说话本,其实傀儡戏也是有“话本”的。正是因为如此,宋元文人对傀儡戏的内容与形式都十分熟悉,他们在诗词中提到傀儡戏的频率,远高于提到讲史、小说之类。如北宋王安石《拟寒山拾得十九首》(其十一)云:

傀儡只一机,种种没根栽。被我入棚中,昨日亲看来。方知棚外人,扰扰一场呆。终日受伊谩,更被索钱财。

南宋洪咨夔《谨和老人初冬寓笔十绝》(其四)云:

当场弄出百般奇,傀儡棚中老偃师。满眼机关无着处,到头线索有收时。

元代姬翼《感皇恩》词云:

传火付前薪,花联叶缀。咽下顽涎弄神鬼。戏台子上,抹土搽灰相继。是非名利里、虚生死。　　谷董谩他,葛藤自系。试看棚头五田子。声销线断,伎俩都无如此。谩峥嵘不省、谁驱使。

三人所写傀儡戏表演,都道出了傀儡戏“多虚少实”的文学本质。明显不同的是,洪咨夔所写的属于悬丝傀儡戏表演,姬翼所写的应属肉傀儡戏表演。而王安石所写的,虽看不出傀儡戏的种类,却因一句“更被索钱财”,道出了勾栏中的傀儡戏表演是一种商业性的文学传播行为。

至于宋金杂剧,《都城纪胜》解释较为详细:

---

① (宋)孟元老等著《东京梦华录(外四种)》,上海:古典文学出版社,1957年版,第97—98页。

在京师时，有孟角球，曾撰杂剧本子……杂剧中，末泥为长，每四人或五人为一场，先做寻常熟事一段，名曰艳段；次做正杂剧，通名为两段。末泥色主张，引戏色分付，副净色发乔，副末色打诨，又或添一人装孤。其吹曲破断送者，谓之把色。大抵全以故事世务为滑稽，本是鉴戒，或隐为谏诤也，故从便跣露，谓之无过虫。①

从北宋开始，杂剧就有了“本子”，说明宋金杂剧表演一般也是有“底本”的。而且，杂剧在角色上已分为末泥、引戏、副净、副末和孤五种，在体制上由艳段和正杂剧两部分构成；其内容是“故事世务”，其风格是“滑稽”，其功能则是鉴戒或谏诤。因而宋金杂剧已具有戏剧的基本要素，有学者将其视为中国式的独幕剧。

不独是耐得翁向我们指出了宋杂剧以“滑稽”为主的艺术风格，南宋人的诗中也透露了这样的信息。如南宋吴潜《谢世颂》诗云：“生在湖州新市上，死在循州贡院中。一场杂剧也好笑，来时无物去时空。”谢枋得《赠道士阮太虚何存斋》诗亦有句云“譬如弄杂剧，徒取傍人笑。”诗人们对宋杂剧如此熟悉，也说明南宋杂剧文学不独在普通市民中进行商业性传播，也向文人圈中传播。

当然，到了元代，在瓦舍勾栏中进行商业性传播的文学种类，最主要的还是体制上更为成熟的元杂剧或南戏。元人夏庭芝《青楼集》中记载的坤角人物，赵半闲《构栏曲》诗云：

街头群儿昼聚嬉，吹箫挝鼓悬锦旗。粉面少年金缕衣，青鬟拥出双娥眉。呆翁前趋詈母诮，丑姬妒嗔狂客笑。虬髯奋戟武略雄，蜂腰束翠歌唇小。眼前幻作利名场，东驰西骛何苍惶。栖栖犹是蓬蒿客，须臾唤作薇垣郎。新欢未成愁已作，危涂堕马千寻壑。关山万里客心寒，妻子衰灯双泪落。纷然四座莫浪悲，是醒是梦俱堪疑。红铅洗尽歌管歇，认

① （宋）孟元老等著《东京梦华录（外四种）》，上海：古典文学出版社，1957 年版，第 96 页。

渠元是街头儿。①

这首诗描述勾栏中所表演的戏剧具有相当复杂的情节，绝非宋金杂剧；而从角色的装扮上看，也决非傀儡戏，要么是元杂剧，要么就是南戏。

在瓦舍勾栏这样专业化的宋元戏场中，由于竞争对手较多，各种文学在商业性传播的过程中，有些得到了充分的发展，有些走向衰落甚至被淘汰。如《都城纪胜》谈到说话四家时，说“最畏小说人，盖小说者能以一朝一代故事，顷刻间提破”，可见小说这种文学在商业性传播中有着走向繁荣的必然趋势；而宋金杂剧、院本，由于体制过于短小，至元代被元杂剧和南戏完全取代了。

三、会所私宅与文学的商业性传播

除了青楼与勾栏这样专门的戏场，宋元时代也有临时性的戏场。临时性的戏场主要有两种场所：一是各种会社成员集会时选定的娱乐场所，可统称为“会所”；一是达官贵人私家举行较大宴会时的场所，可统称为“私宅”。在这些临时性的戏场中，各种文艺表演，同样起了文学商业性传播的作用。

宋元时代，在城市中有许多会社，其中文艺性组织的“社”最为多样。《武林旧事》卷三“社会”条载：

> 二月八日为桐川张王生辰，霍山行宫朝拜极盛，百戏竞集，如绯绿社杂剧、齐云社蹴球、遏云社唱赚、同文社要词、角抵社相扑、清音社清乐、锦标社射弩、锦体社花绣、英略社使棒、雄辩社小说、翠锦社行院、绘革社影戏、净发社梳剃、律华社吟叫、云机社撮弄。②

这些“社”中，专业从事商业性文学传播的有绯绿社、遏云社、同文社、雄辩社、绘革社等。不过，作为临时戏场的并不是这些“社”。

① 杨镰主编《全元诗》第六十五册，北京：中华书局，2013 年版，第 13 页。

② （宋）孟元老等著《东京梦华录（外四种）》，上海：古典文学出版社，1957 年版，第 377 页。

作为临时戏场的“社”“会”，实为消费者提供的“公所”。这种“公所”，多与举办春秋报赛活动以及向神灵祈福的节日有关。《东京梦华录》卷八“六月六日崔府君生日二十四日神保观神生日”条记载：

> 二十四日州西灌口二郎生日，最为繁盛。庙在万胜门外一里许，敕赐神保观。二十三日御前献送后苑作与书艺局等处制造戏玩，如球杖、弹弓、弋射之具，鞍辔、衔勒、樊笼之类，悉皆精巧，作乐迎引至庙，于殿前露台上设乐棚，教坊钧容直作乐，更互杂剧舞旋。……
>
> 至二十四日，夜五更争烧头炉香，有在庙止宿，夜半起以争先者。天晓，诸司及诸行百姓献送甚多。其社火呈于露台之上，所献之物，动以万数。自早呈拽百戏，如上竿、趯弄、跳索、相扑、鼓板、小唱、斗鸡、说诨话、杂扮、商谜、合笙、乔筋骨、乔相朴、浪子、杂剧、叫果子、学像生、倬刀、装鬼、砑鼓、牌棒、道术之类，色色有之。至暮呈拽不尽。①

由于灌口二郎生日，官府与民众共同举办庙会，“所献之物，动以万数”，才会有各种文艺表演，其中包括“小唱”“说诨话”“合笙”“杂剧”等。而庙殿前露台成为临时戏场，以此处为中心，多种类型的文学得以向广大民众进行商业性传播。

《东京梦华录》卷八“秋社”条又载：

> 市学先生预敛诸生钱作社会，以至雇倩、只应、白席、歌唱之人。归时各携花篮、果实、食物、社糕而散。春社、重午、重九，亦是如此。②

北宋时东京的学校，每逢春社、秋社、重午、重九，都会师生集资举办节庆活动，包括请人歌唱娱乐。这同样是以“市学”为临时戏场，歌词这种文学，才得以向师生进行商业性传播。

---

① （宋）孟元老等著《东京梦华录（外四种）》，上海：古典文学出版社，1957 年版，第 47—48 页。

② （宋）孟元老等著《东京梦华录（外四种）》，上海：古典文学出版社，1957 年版，第 50 页。

到了南宋，基于节令、赛神等的各种“社”“会”，依然少不了商业性的文艺表演。如陆游《稽山行》诗云：“禹庙争奉牲，兰亭共流觞。空巷看竞渡，倒社观戏场”；《梦粱录》卷二十“妓乐”条载：“今士庶多以从省，筵会或社会，皆用融和坊、新街及下瓦子等处散乐家，女童装末，加以弦索赚曲，祗应而已。”[1]每当“从省”、“筵会”或“社会”，普通民众延请散乐家等表演文艺，通常都是集资来支付报酬的，因而赋有“公所”性质的“社”“会”，就是临时的戏场。在这样的戏场中，普通民众既是消费者，也就必然是文学商业性传播的对象了。

实际上，随着南方经济的繁荣，南宋时的小市镇甚至农村也出现了不少临时性的戏场。由于各种节令或婚丧嫁娶等事务安排，经济条件较好的村镇也出现了农民集资举办文艺表演活动的现象。陆游《初夏闲居》诗云“高城薄暮闻吹角，小市丰年有戏场”，说明南宋中叶遇到丰年，在村镇的市场内，也会有临时性的戏场。刘克庄《纵笔》诗云“荒村偶有优旃至，且伴儿童看戏场”，这又说明到了南宋末，连荒村中也偶尔出现临时性的戏场。

为什么艺人们不在城市表演文艺，而愿意不辞辛苦，来到村镇表演文艺呢？吴潜《秋夜雨·依韵戏赋傀儡》词给出了一个答案。其词云：“腰棚傀儡曾悬索，粗瞒凭一层幕。施呈精妙处，解幻出、蛟龙头角。谁知鲍老从旁笑，更郭郎、摇手消薄。歧路难准托。田稻熟、只宜村落。”像傀儡戏这种艺术表演，在城市“歧路”已为市民所熟厌，只能在丰收时到村落中去表演了。而农民，也因而成为文学商业性传播的对象。

宋元时代，不仅因“会”“社”“村”“市”等“公所”被作为临时性的戏场，文学得以进行大面积商业性传播，也因达官贵人或富户的“私宅”被作为临时性的戏场，文学得以进行小范围商业性传播。《梦粱录》卷二十“妓乐”条载：“如府第富户，多于邪街等处，择其能讴妓女，顾倩祗应。”同书卷二十“嫁娶”条又载：

> 至迎亲日，男家刻定时辰，预令行郎，各以执色如花瓶、花烛、香球、沙罗洗漱、妆合、照台、裙箱、衣匣、百结、青凉伞、交椅，授事街司等人，

① （宋）孟元老等著《东京梦华录（外四种）》，上海：古典文学出版社，1957年版，第309页。

及顾借官私妓女乘马，及和倩乐官鼓吹，引迎花檐子或粽檐子藤轿，前往女家，迎取新人。其女家以酒礼款待行郎，散花红、银碟、利市钱会讫，然后乐官作乐催妆，克择官报时辰，催促登车，茶酒司互念诗词，催请新人出阁登车。既已登车，擎檐从人未肯起步，仍念诗词，求利市钱酒毕，方行起檐作乐，迎至男家门首，时辰将正，乐官妓女及茶酒等人互念诗词，拦门求利市钱红。①

妓女或被请到"府第富户"的私宅中讴歌，或被"嫁娶"之家请入私宽念诗词，少不了酬金赏赐或"利市钱红"，她们的文艺表演是商业性质的。而同时，妓女们也将文学商业性传播给了这些家庭成员以及众宾客。

文学在私宅中进行商业性传播的现象，不仅存在于宋元时代的都市中，也存在于地方城市乃至小镇上。南宋洪迈《夷坚志补》卷第二十二《王千一姐》又载：

隆兴府樵舍镇富人周生，颇能捐赀财以歌酒自娱乐。绍兴四年六月，有经过路歧老父，自言为王七公，挟一女曰千一姐来展谒。女容色美丽，善鼓琴弈棋，书大字，画梅竹。命之歌词，妙合音律。

一个小镇上的富人，也能够"捐赀财以歌酒自娱乐"，在这种娱乐的过程中，本来服务于城中人的歌词，也因商业性消费，传播到他家。与此同时，他的私宅，也充当了临时性的戏场。

到了元代，歌词等文学不仅因商业性消费传播到周生这样的富人私宅中，也会传播到高级官员的私宅中。在宋代，法律只允许高官蓄养家妓。因此，宋代高级官员私宅侍宴的基本都是家妓，其私宅中不存在商业性文学传播的情况。宋代中低级官员可以在官府宴会上享受免费的官妓文艺表演，但既无权蓄养家妓，也无经济能力通过商业关系让市井妓来私宅侑觞表演，其私宅中也不存在商业性文学传播的情况。宋代只有无官职的富人，有能

① （宋）孟元老等著《东京梦华录（外四种）》，上海：古典文学出版社，1957 年版，第 305—306 页。

力通过商业关系在私宅享受市井妓的文艺表演，虽然他们既无权蓄养家妓，也不能享受免费的官妓文艺表演。而元代则有所不同。“家妓发展到元明清时代已为强弩之末。由于程朱理学从元代开始被奉为官方的唯一哲学，至明清更成为理学专制的时代，封建礼教对于一般官僚的约束便逐渐加强，因而元明清时代一般官僚蓄妓者已不如唐宋普遍。”①因此，元代高官私宅举办宴会，同富人做法一样，一般都是从市场上请来歌妓，无论其身份为官妓还是市井妓，都以商业关系进行娱乐消费。比如，元人夏庭芝《青楼集》中有这样两则人物故事：

解语花

姓刘氏，尤长于慢词。廉野云招卢疏斋、赵松雪饮于京城外之万柳堂。刘左手持荷花，右手举杯，歌《骤雨打新荷》曲。诸公喜甚，赵即席赋诗云：“万柳堂前数亩池，平铺云锦盖涟漪。主人自有沧洲趣，游女仍歌《白雪》词。手把荷花来劝酒，步随芳草去寻诗。谁知咫尺京城外，便有无穷万里思。”

一分儿

姓王氏。京师角妓也。歌舞绝伦，聪慧无比。一日，丁指挥会才人刘士昌、程继善等于江乡园小饮，王氏佐樽。时有小姬歌《菊花会》南吕曲云：“红叶落火龙褪甲，青松枯怪蟒张牙。”丁曰：“此《沉醉东风》首句也。王氏可足成之。”王应声曰：“红叶落火龙褪甲，青松枯怪蟒张牙，可咏题，堪描画。喜觥筹，席上交杂。答剌苏，频斟入，礼厮麻，不醉呵，休扶上马。”一座叹赏，由是声价愈重焉。②

从“游女”“声价”二词，我们不难明白“解语花”和“一分儿”都是侍宴的

① 武舟著《中国妓女文化史》，上海：东方出版中心，2006年版，第176页。

② （元）夏庭芝撰，孙崇涛笺注《青楼集笺注》，北京：中国戏剧出版社，1990年版，第76、209页。

歌妓，而且并非家妓或官妓，她们的陪侍是商业性的。而万柳堂、江乡园分别是廉野云（即廉希宪，元初大臣）、丁指挥二人的私宅，歌妓在此商业性表演才艺，这样的私宅实际上也就充当了临时性的戏场。“解语花”唱《骤雨打新荷》曲，“一分儿”改创《沉醉东风》曲，也都是向私宅中宴会上的主人、客人商业性传播慢词、散曲之类歌词。

除了夏庭芝集中记录了众多元代名妓在高官私宅商业性传播歌词的故事，元代风流诗人杨维桢也有一首散曲《双飞燕》并序，记载了类似的故事，其文词云：

> 十月六日，云窝主者设燕于清香亭，侑卮者东平玉无瑕张氏也。酒半，张氏乞手乐章。为赋双飞燕调，俾度腔行酒以佐主宾。其曲曰：“玉无暇，春无价。清歌一曲，俐齿伶牙。斜簪髻髻花，紧嵌凌波袜。玉手琵琶弹初罢，怎教他流落天涯。抱来帐下，梨园弟子，学士人家。”①

“云窝主者”的身份今不可考，但他的私宅中有“清香亭”，又以当代大文豪杨维桢为座上宾，估计他身为高官或曾经身为高官。至于“玉无瑕”，杨维桢说她“清歌一曲，俐齿伶牙”，又怜惜地说“怎教他流落天涯”，可知她也是一位商业性侍宴的歌妓，而非“云窝主者”的家妓。在杨维桢所描述的故事中，“云窝主者”的私宅成为临时性戏场，“玉无瑕”通过侍宴向在座的主客进行了商业性的歌词传播。

宋元时代的戏场主要有以上所说的平康青楼、瓦舍勾栏与公所私宅三种类型，但并不仅限于这三种类型，所以，通过戏场实现商业性文学传播的途径，更为多样化。比如说，宋元时代有一种被专称为“路歧”的艺人，他们是以流动的方式主动确定临时戏场的，并不由消费者来确定戏场。《梦粱录》卷十二“湖船”条载云：

---

① （元）杨维桢撰《东维子集》卷三十，见《文渊阁四库全书》（电子版），上海：上海人民出版社，1999 年版。

又有小脚船，专载贾客妓女、荒鼓板、烧香婆嫂、扑青器、唱耍令缠曲，及投壶打弹百艺等船，多不呼而自来，须是出着发放支犒，不被哂笑。①

南宋杭州的湖中，有小脚船上的妓女等人主动向游客表演才艺，但游客必须“发放支犒”。这样，湖中的某一地点，也就成了临时戏场，而单个或组团游玩的游客，也因而成为商业性传播“耍令缠曲”之类文学的对象。

不仅杭州的湖中有艺人主动献艺，在城市所有较宽敞的民众会聚场所，也同样有艺人主动确定戏场来献艺。周南《刘先生传》中有这样一段话：

市南有不逞者三人，女伴二人，莫知其为弟兄妻姒也。以谑丐钱，市人曰是杂剧者，又曰伶之类也。每会聚之冲，阛阓之市，官府听讼之旁，迎神之所，画为场，资旁观者笑之，自一钱以上皆取焉。然独不能啬空，其所仿效者、讥切者、语言之乖异者、巾帻之诡异者、步趋之伛偻者、兀者、跛者，其所为戏之所，人识而众笑之。②

很明显，南宋时表演杂剧的伶人利用市民会聚的各种公共场所，作为临时性的戏场，而观众一般也会给予或多或少的报酬。所有围观的市民，也就都成了文学商业性传播的对象。

第四节　宋元商品与文学的商业性传播

宋元时期是商品经济空前发达的时期，不仅大宗商品如粮食、茶叶、瓷器、丝绸等产量大、品种多，城市的繁荣与乡镇集市的大增，更拓宽了商品流

① （宋）孟元老等著《东京梦华录（外四种）》，上海：古典文学出版社，1957年版，第235页。
② 曾枣庄、刘琳主编《全宋文》第294册，上海：上海辞书出版社，2006年版，第167页。

通的渠道,而南方的开发与海路的新航线的利用,更加快了商品流通的速度。但是,商人总是要利用一切机会来扩大商品的销量以获取更多利润的,自汉代起,商人就开始利用社会上对文学的爱好,将商品与文学结合起来,实现其商品增值或促销的目标。到了宋代,由于统治者实施崇文政策,扩大了科举用人规模,文人社会地位提高,文学受到社会上更广泛的欢迎,商人也更广泛地将商品与文学捆绑起来销售,这在客观上大大促进了文学的商业性传播。

一、日用商品与文学的商业性传播

并非所有日用商品都适合做文学的载体,只有具有较大外表面积的商品,适合书写、镌刻、模铸或织入,才可能成为文学的载体,实现文学的商业性传播。因此,宋元时代日用商品种类虽多,但可以通过自身的商业流通来实现文学商业性传播的日用商品,还是相当有限的。再者,多数日用商品并非耐用品,可历久传世的日用商品也是有限的,我们今天能够看到的宋元时代日用商品,主要有瓷器和铜镜这两类耐用商品,下面我们就来看看这两类商品对文学商业性传播所起的历史性作用。

宋元时代的瓷器,不仅讲究色泽、线条、花纹、图案的优美,有一些还以诗词曲赋构图,在外在形式美之上,增添意蕴之美。虽然在瓷器上书写诗文的情况,在唐代就已出现,但这种情况只局限于湖南长沙铜官窑等个别南方地区。宋元时代生产的瓷器,在其上刻划或书写诗词曲赋的,在地域上已突破南北界限,广布于许多省市,但主要分布于中国北方地区。

根据张柏主编《中国出土瓷器全集》记述,宋元时期瓷器上题写了诗词的,其地域包括了今北京市、河北省、山西省、河南省、陕西省。如 1980 年北京市白塔寺塔基后侧出土的白地黑花诗文盖罐,属元代河北磁州窑烧造,其腹部以黑彩书诗《游十洲》一首:“夹岸苍苔蔽绿苔,红林黄叶画屏开。彩船遥指十洲去,一派韶音天畔来。”河北省衡水市冀州出土的宋代绿釉划花诗文椭圆形枕,枕面划刻一周弦纹,中间题诗文:“我有三江水,人无四海心。有身不使用,死后一长空。”现藏于山西省长子县博物馆的金代白地黑花诗文椭圆形枕,枕面绘黑色宽边框,中间书五言四行诗文:“野水通溪冷,秋泉入户鸣。乱来人不到,寒草上阶生。”1986 年河南省三门峡市某部队工地出土北宋白釉珍珠地划花椭圆形枕,枕面长方形开光内划刻苏轼《水龙吟》词:“露寒烟冷兼家老,天外宾雁嘹呖。银河秋伴,长门灯暗,一声初至。莫压消湘,岸要人净,水多孤寐。望长天囗布,徘徊欲下,依前被,风惊起,须信行阳万里。是谁家。锦书遥记,千重云断,斜行横阵,才疏又缀。仙掌月明,石头痕下,影摇寒水。念征衣未倒,佳人拂杵,有盈盈泪。”陕西省西安市师家营南墓葬出土金代黑釉划刻诗文梅瓶,瓶上腹刻诗:“迷人学道外求仙,不觉神仙被妄缠。回首金鸟逝阆花,一转清日耀禅天。”[①]

当然,至今出土的宋元时代瓷器,其上刻划或书写诗文的,所涉地域范围并非仅存于中国北方地区,南方的一些地区也有发现。如:1974 年 6 月南京江宁县出土一件元代吉州窑瓷枕,“枕上有墨书《相思引》和《隔蒲莲》词各一首,并有墨绘花果。两首词均为北宋词人周邦彦的作品”[②];1980 年江西省吉安永和窑址出土一件元代釉下彩绘诗文束腰形枕,枕面书写《踏莎行》词一首[③];广东海康宋代窑址出土的诗文枕,枕面中央用行书题写七言小诗一首:“枕冷襟寒十月霜,小窗闲放小梅香。暗香入被侵人梦,花物依人乐洞房。”[④]

从出土的宋元诗文瓷所属窑口看,无论是磁州窑、吉州窑、耀州窑还是海康窑,都属民窑,而且这些民窑在地理位置上属于经济文化相对落后地带。形成鲜明对比的是,宋元时代定、汝、官、哥、钧五大名窑,目前并无诗文瓷出土或存世。这不能不让人想起同样出土了诗文瓷的唐代长沙窑情况。

在唐代,河北邢窑与浙江的越窑瓷器最为著名,湖南长沙窑瓷器在国内名声不大。为了取得区域性竞争优势,长沙窑生产商一面以“五文”的廉价适应经济落后的潭州一带的民众较低的消费能力,一方面在质量较粗劣、制作工艺简陋的瓷器上,针对特定的消费群体题写诗文,增加产品的文化含

---

① 张柏主编《中国出土瓷器全集》,北京:科学出版社,2008 年版,第 116、148、137、145、193 页。

② 李蔚然《南京出土吉州窑瓷枕》,《文物》1997 年第 1 期,第 95 页。

③ 彭明瀚、赵可明《吉州窑精品鉴赏之一——吉州窑瓷枕》,《收藏界》2006 年第 12 期,第 84 页。

④ 申家仁著:《岭南陶瓷史》,广州:广东高等教育出版社,2003 年版,第 91—92 页。

量，以满足文化也落后的潭州一带的民众的文化需求[①]，从而借文学传播促销了商品，也在销售商品的同时传播了文学。

唐代长沙窑产销诗文瓷的情况既如此，宋元诸窑产销诗文瓷的情况也应类似。比如海康(雷州)，地处僻远的南国海滨，北宋元符二年(1099)秦观在此留有《海康书事十首》诗，写到海康经济状况，是"裔土桑柘希，蚕月不纺绩。吴绡与鲁缟，取具舸船客。一朝南风发，家室相怵迫。半贾鬻我藏，倍称还君息"；写到海康文化状况，是"粤女市无常，所至辄成区。一日三四迁，处处售虾鱼。青裙脚不袜，臭味猿与狙"。由此可见，北宋中后期的海康，处于经济文化极为落后的状态。又如吉州，地处赣南山区，交通不便，经济落后，民性暴虐，两宋时期都出现大规模的民众武装贩卖私盐甚至于冬闲时往广东劫掠的现象。而自中唐以后，经济文化重心南移，中国北方地区相对衰落，至北宋，文人多出于福建、江西和四川等南方省份，国家的财赋收入也仰仗于东南地区。这样，口碑不如定、汝、官、哥、钧五大名窑的海康窑、吉州窑、耀州窑和磁州窑，为了生存和发展，就采取了唐代长沙窑在瓷器上题写诗文以促销的做法，终成众窑口中的第二梯队。不过，这第二梯队在文化上，却比五大名窑多了一大贡献，即向经济文化相对落后的地区商业性传播了文学，有利于促进落后地区民间文化的发展。

但是，宋元产销诗文瓷诸窑，与唐代产销诗文瓷的长沙窑情况也有所不同。目前出土的长沙窑瓷器上的103首诗，有93首题写在瓷壶上，7首题写在瓷碗上，仅有2首题写在瓷枕上。但目前出土的宋元窑瓷器上刻划或书写诗词曲赋的，以瓷枕为主。这种差别的存在，大约与瓷枕、瓷壶、瓷碗的大小以及在其上题写诗文的运笔方式有关。

唐代长沙窑的诗文枕较小，以著名的狮座诗枕为例，其高7.3厘米、长13厘米，宽8.1厘米，在其上题写的一首七绝28字，几乎占用了整个枕面的面积，这对于书写者来说，显然没有多少自由可言。而唐代长沙窑的诗文壶与诗文碗，如"春水春池满"壶，高19厘米、口径9.2厘米、底径10厘米，"岭上平看月"诗文碗，高4.5厘米、口径14.4厘米，题五绝或七绝于壶嘴下方的

---

① 周柳燕《唐代长沙窑瓷诗的商品意识刍议》，2008年9月19日《光明日报》。

腹部或碗内面，显然比题于枕面更自由，因为壶腹与碗内面的面积更大。这样，从题写的面积提供的自由度看，我们就不难明白：题诗的唐代长沙窑瓷中，以瓷壶最多，瓷枕最少了。

宋元时期的瓷枕，体积增大了许多。如 1972 年西平县出土的一件宋代墨书行草瓷枕，长 26.7 厘米、中宽 18 厘米、高 8.7—9.1 厘米，枕面开光内只书写 10 个字①；1969 年洛阳东郊出土一件金代北曲三彩瓷枕，高 14 厘米、长 25 厘米、宽 14 厘米，四面各有书一首北曲小令（最多的一首只有 33 字）②；1995 年磁县东艾口出土一方白地黑花长方枕，长 43 厘米、中宽 17 厘米、前高 10.5 厘米、后高 14 厘米，枕面上书元代民谣一首 95 字③。从面积与字数的比例看，宋元时代在瓷枕上书写诗文，显然有更多自由的空间。或许，正是因为瓷枕的枕面面积增大，不逊于瓷壶腹面积而更大于瓷碗内面积，加之枕面相对较平，书写起来也不像在瓷壶腹、瓷碗内需要悬腕，这种书写空间的自由与运笔方式的轻松，决定了宋元时期瓷器中以瓷枕成为商业性传播诗文的主要载体了。

至于宋元诸窑在瓷器上题写诗词曲赋而唐代长沙窑瓷在瓷器上题写诗歌，这在形式上看似有别，在本质上却是无别的。理由有二：其一，宋元时期瓷枕的表面积更大，有足够的空间题写词、曲或赋，而唐代的瓷枕、瓷壶、瓷碗可题写的表面，空间上都不足以容纳一首词、曲的文字，更不用说赋了。所以，在瓷器上题写诗，或词、曲乃至赋，是民间所用器物时尚变化的结果；其二、为了取悦顾客便于促销产品，窑工总是要根据民间对文学的爱好来题写诗文，唐人爱诗，生产商就题诗，宋元人爱词曲，生产商就题写词曲。总之，尊重消费时尚，在促销产品的主观努力下，客观上向经济文化相对落后地区的民众进行商业性文学传播，是唐代长沙窑主与宋元磁州、吉州、耀州与海康诸窑主的共同点。

那么，在宋元诸窑口中，为什么磁州窑形成区域面积很广的窑系，目前出土与历世珍藏的磁州窑瓷器上诗词曲赋数量多达一百多首（篇），而吉州、

① 康晓华《介绍一件宋代墨书行草瓷枕》，《中原文物》1988 年第 1 期，第 42 页。
② 黄明兰《一对金代北曲三彩枕》，《中原文物》1987 年第 1 期，第 38 页。
③ 马小青《一方磁州窑白地黑花民谣枕》，《文物春秋》2000 年第 10 期，第 39 页。

耀州与海康窑瓷器上仅存诗词数首呢？从自然地理上看，磁州窑各窑口“均建于漳、滏河及其支流近旁，水源充足，既便于制瓷，又给瓷器这种不便车运的货物提供了方便、廉价、高效的水上运输条件”①；从人文地理上看，相对于吉州、耀州与海康诸窑，磁州窑最接近北宋、金、元的政治中心汴京（开封）、南京（开封）和大都（北京）；从产品开发看，磁州窑“创造了以白地黑绘装饰为特色的产品及三彩、红绿彩、翡翠釉等色彩鲜艳的作品”②。因此，地理文化与技术开发优势，决定了磁州窑成为当时生产诗文瓷最著名的民窑。就连生产诗文瓷仅次于它的吉州窑，也有人认为是它在南方的支派。换言之，在宋元时代，磁州窑系的生产商，是通过诗文瓷销售，实现文学商业性传播的主体力量。

以磁州窑为代表的宋元民窑生产的瓷器，因其广泛使用的性质，一旦作为文学的载体，就成了实现文学在民间商业性传播的最主要的日用商品。不过，通过瓷器商业性传播文学，并不是毫无弊端的。首先，由于器表面积的限制，瓷器只适合商业性传播诗、词、曲之类体制短小的文学，虽然西汉南越王博物馆今藏一只“漳滨逸人”制作的元瓷赋枕，赋文长达266字，也只能算是例外情况。其次，由于瓷窑中的“书手”们“受到知识水平的限制，在引用诗文或创作时，常常根据自己头脑中的印象来书写”，错别字较多③，这会造成误导民众的不良影响。

瓷器因其不易腐烂、用量较大又便于书写，成为宋元时代诗词曲赋的最佳商品载体，这是不容置疑的。而仅次于瓷器的，当属铜镜。实际上，作为文学的载体，铜镜比瓷器有更悠久的历史。至少在西汉时代就出现了铭文铜镜，而且，汉代一些铜镜上有纪氏铭文，如“王氏作竟真大好”“朱氏明竟快人意”“杜氏作竟四夷服”等等，表明汉代“铜镜逐渐成为一般化的商品”④。到宋元时代，商业在社会经济中的地位大大提高，人们作镜铭更多地是标上

---

① 马忠理《磁州窑概述》，见郝良真等著《磁州窑古瓷》，西安：陕西人民美术出版社，2004年版，第4页。

② ［日］蓑丰《前言》，见郝良真等著《磁州窑古瓷》，西安：陕西人民美术出版社，2004年版，第1页。

③ 王兴编著《磁州窑诗词》，天津：天津古籍出版社，2004年版，第21—22页。

④ 孔祥星、刘一曼《中国古代铜镜》，北京：文物出版社，1984年版，第111页。

商号，铜镜上可称为文学作品的铭文并不多，但是铭文的类型还是有不少创新的。

首先，宋代民间在文学上更加重视词作，铜镜铸造商为了迎合时尚，便在旧有的铜镜形式上注入词作内容。如北京市文物研究所1982年收藏了一枚南宋时代的八菱花形铭文镜，在此镜的钮与环带周围有一首《满江红》词，从“雪共梅花”起首到“须相忆”结束，共93字[①]。这首《满江红》词作者不详，仅见于铜镜铭文。并且，早在清人冯云鹏、冯云鹓兄弟所加《金石索》一书中，就著录了另一件《满江红・咏雪梅》菱花镜，形制、纹饰、铭辞与此镜大同小异。相异处一在书中镜边棱上梅花带枝，而此镜上无枝；二在书中“怅望关河无驿使”句无误，而此镜上“望”“关”二字颠倒。从整体看，两镜当出自同一匠师之手[②]。因此，宋代匠师制售的铜镜，对这首《满江红・咏雪梅》词的商业性传播起到了至关重要的作用。

其次，由于宋元时代北方曾被契丹、女真和蒙古贵族统治过，此时的铜镜铭文也打上了民族文化交流的烙印。1971年6月吉林省大安县出土一枚八角形铜镜，铜镜背后的铭文为契丹文字，铭文大意是：“时不再来，命数由天；逝矣年华，红颜白发；脱超网尘，天相吉人。”[③]由于契丹文是以汉字为基础创立的，所以这篇铭文无论在表达方式上还是思想情感上，都让我们感到并不陌生，铭文所体现的契丹人珍爱生命与超脱人生的意趣，充分体现了契丹文化对汉文化的吸收。当然，通过这枚铜镜，辽代文学也得到了历时很久的商业性传播。

再次，由于宋代皇帝信奉道教，反映道教文化思想的诗文也成了宋代铜镜铭文内容之一。“大地成，日月明，五狱灵，四渎清，十二精，八卦贞，富贵盈，子孙宁，皆贤英，福禄并”，“古镜顽铜不纪年，道袍一拂冷光鲜。分明照得人间事，卖与无盐不值钱”，“正其衣冠，尊其观视，明明德心，惟我与尔”[④]等铭文，充分表明了道教在当时的重大影响。

---

① 孔祥星、刘一曼编著《中国铜镜图典》，北京：文物出版社，1992年版，第790页。

② 程长新《北京发现宋〈满江红〉词菱花铜镜》，《文物》1985年第1期，第82—83页。

③ 王沫《辽契丹文八角铜镜》，2005年1月4日《吉林日报》。

④ 谢正禄《铜镜上的诗词和铭文》，2003年6月21日《羊城晚报》。

不可否认,宋元时代的铜镜铭文也有完全继承前代作法的一面。比如说,“菱芳耀日,冰光照室”“皎月澄河,晓云清波”之类夸张描写铜镜功能的语句,“团圆青鸾镜,莫将明月比;明月有时缺,此镜长如此。将镜比佳人,佳人隔千里;谁知团圆心,却与月相似”之类怀情相思的诗文①,早在汉代的铜镜铭文中就有了类似的内容表达。又比如铜镜上的铭文通常在一圈之内,因而很适合用回文诗作铜镜铭文,“至少到魏晋南北朝时期,有意识地利用铜镜的特点来排列文字的回文镜铭就开始出现了”②。而宋代铜镜上仍有不少铭文可视为回文诗。富屯山人《宋“四言回文诗”圆形带柄铜镜》一文中写道:

> 宋代铜镜上以诗词铭文的笔者只见过两面。笔者早年于闽北邵武农村也收得一断柄圆形诗文镜……镜背面上圆环形凸铸有“河澄皎月,清波晓云”八字阳文,……“云”字居中,上顶右读为“河澄皎月,清波晓云”;回文反读为“云晓波清,月皎澄河”,顺读回读,文理俱通,用字排列,极为对仗佳妙。又以“云”字为头,还可以解读为:“云波清月,皎澄河晓”;“云清月皎,澄河晓波”;“云月皎澄,河晓波清”;“云皎澄河,晓波清月”;“云澄河晓,波清月皎”;“云河晓波,清月皎澄”。③

不论是创新还是继承前代铜镜铭文类型,宋元时代铸镜师既然制售了大量铭有诗词的铜镜,就必然向大众商业性传播了所铭诗词。

除了诗文瓷和铭文铜镜这两类耐用商品,成为宋元时代文学商业性传播的良好载体,面积很大的织物也偶尔作为文学作品的载体,在宋元时代起到了商业性传播文学的作用。只不过前二者能以出土或存世文物的形式昭示于后人,后者只能在文人的文本记述中为后人所知。北宋欧阳修《六一诗话》载:

---

① 陈柏泉《宋代铜镜简论》,《南方文物》1983 年第 3 期,第 53 页。

② 姚小鸥、秦瑞利《铜镜铭文与回文诗》,《寻根》2006 年第 1 期,第 61 页。

③ 富屯山人《宋“四言回文诗”圆形带柄铜镜》,《收藏界》2007 年第 3 期,第 99 页。

苏子瞻学士，蜀人也。尝于流井监得西南夷人所卖蛮布弓衣，其文织成梅圣俞《春雪诗》。此诗在《圣俞集》中，未为绝唱。盖其名重天下，一篇一咏，传落夷狄，而异域之人贵重之如此耳。子瞻以余尤知圣俞者，得之，因以见遗。①

王闢之《渑水燕谈录》又载：

鲁人李廷臣顷官琼管，一日过市，有獠子持锦臂鞲鬻于市者，织成诗，取而视之，仁庙景祐五年赐新进士诗也，云："恩袍草色动，仙籍桂香浮。"仁祖天章掞丽，固足以流播荒服，盖亦仁德酝厚，有以深浃夷獠之心，故使爱服之如此也。廷臣以千文易得之，帖之小屏，致几席间，以为朝夕之玩。②

这两则故事情节类似，都是说北宋时代南方少数民族商人利用当地人对汉族诗人的仰慕心理，将汉族著名诗人（梅尧臣和仁宗皇帝）的整首诗或诗句织进衣物出售，正好被识货的汉族官员碰到并买下，才成了文人笔记的材料。其实，在汉族官员碰到并买下之前，织有时人诗歌的衣物，一定在南方少数民族地带的市场上有相当数量的交易。即是说，织有诗文的衣物，是北宋时代南方少数民族地区文学商业性传播的重要载体之一。

到了元代，著名诗人的作品依然会被人用文字形式织进衣物出售。明人瞿佑《归田诗话》卷下"翰院忆江南"条载：

虞邵庵在翰林有诗云："屏风围坐鬓毵毵，银烛烧残照暮酣。京国多年情尽改，忽听春雨忆江南。"又作《风入松》词云："画堂红袖倚清酣，华发不胜簪。几回晚直金銮殿，东风软花里停骖。书诏许传宫烛，轻罗初试朝衫。御沟冰泮水挼蓝，飞燕语呢喃。重重帘幕寒犹在，凭谁寄银

① （清）何文焕《历代诗话》，北京：中华书局，1981年版，第265页。

② （宋）王闢之撰，吕友仁点校《渑水燕谈录》，北京：中华书局，1981年版，第5页。

字泥缄？报道先生归也，杏花春雨江南。”盖即诗意也，但繁简不同尔。曾见机坊以词织成帕，为时所贵重如此。张仲举词云：“但留意江南，杏花春雨，和泪在罗帕。”即指此也。①

元代著名诗人虞集的《风入松》词被机坊织成帕，那么销售量一定是相当大的。由于帕在民间使用很广，虞集的《风入松》词也就会因商业性传播而风靡一时。影响所至，连文人张仲举也书其事入词。

宋元时代文学在民间的商业性传播，所依托的日用商品载体，远不止于瓷器、铜镜和衣物这三种，只是因为实物难以保存至今或不为文人所关注记述，我们今天很难得知而已。但通过管窥宋元商人销售诗文瓷、铭文铜镜和织诗衣物所带动的文学商业性传播情况，我们不难想象到当时民间通过日用商品载体进行商业性传播文学的风气之盛。

二、文化商品与文学的商业性传播

说起文化商品，作为中国人，一般都首先想到棋、琴、书、画，但要成为文学的载体，还得有一定的条件。棋因外表面积太小是无缘的；琴的主体是外表面积较大的木料，适合承载文学作品；而书、画一般都以纸张为载体，纸张在承载书法与绘画的同时，也能承载文学作品。特别是书法，其本身往往就是由文学作为内容的。这样，铭刻了诗文的琴、以文学为内容的字贴、题写了诗文的绘画作品，一旦流入市场成为商品，就成了文学商业性传播的载体。

作为文化用品，琴一般是古代文士传达幽情别绪的工具，如此与诗意相联的乐器，在其上铭刻诗篇，是很自然的。但是，这种文化用品，作为商品，其价格不菲，不是一般人都容易拥有的。所以，以琴作载体，实现文学商业性传播的范围，也局限于经济条件较好的以文士（包括僧人、道士）为主的小圈子。北宋王闢之《渑水燕谈录》载有这样一则故事：

① 丁福保辑《历代诗话续编》，中华书局，1983年版，第1273页。

钱塘沈振蓄一琴，名冰清，腹有晋陵子铭云："卓哉斯器，乐惟至正。音清韵古，月澄风劲。三余神爽，泛绝机静。雪夜敲冰，霜天击磬。阴阳潜感，否臧前镜。人其审之，岂独知政。"书"大历三年三月三日上底，蜀郡雷氏斫。"凤沼内书"贞元十一年七月八日再修。士雄记。"声极清实。山茌陈圣与名知琴，少在钱塘，从振借琴弹，酷爱之。后三十年，圣与官太常，会振侄述鬻冰清，索百千不售。未几，述卒，其妻得二十千，鬻于僧清道，转落于太一道士杨英。久之，圣与以五十千购得，极珍秘之。[①]

从这则故事中，不难看出宋代文人士大夫对唐代名家雷氏所斫之琴十分挚爱，而"晋陵子"所作琴铭，也因雷氏所斫之琴的反复交易而渐次扩大传播范围。但是，所有的买琴人都能如陈圣与那样"名知琴"而不被卖家忽悠吗？我们再来看看南宋岳珂《桯史》中的故事：

嘉定庚午，余在中都燕李奉宁坐上，客有叶知几者，官天府，与焉。叶以博古知音自名。前旬日，有士人携一古琴，至李氏，鬻之。其名曰"冰清"，断纹鳞皴，制作奇崛，识与不识，皆谓数百年物。腹有铭，称晋陵子题……凤沼内书正元十一年七月八日再修，士雄记。李以质于叶，叶一见色动，掀髯叹咤，以为至宝。客又有忆诵《渑水燕谈》中有是名者，取而阅之，铭文岁月皆吻合，良是。叶益自信不诬，起附耳谓主人曰："某行天下，未之前觌，虽厚直不可失也。"李敬受教，一偿百万钱。鬻者撑拒不肯，曰："吾祖父世宝此，将贡之上方，大珰某人固许我矣，直未及半，渠可售？"李顾信叶语，绝欲得之；门下客为平章，莫能定。余觉叶意，知其有赝，旁坐不平，漫起周视，读沼中字，皆历历可数。因得其所疑，乃以袖覆琴而问叶曰："琴之媺恶，余姑谓弗知，敢问正元何代也？"叶笑未应，坐人曰："是固唐德宗，何以问为？"余曰："诚然，琴何以为唐物？"众哗起致请，乃指沼字示之，曰："元字上一字，在本朝为昭陵讳，沼中书正从卜从贝是矣，而贝字阙其旁点，为字不成，盖今文书令

① （宋）王辟之撰，吕友仁点校《渑水燕谈录》，北京：中华书局，1981年版，第104页。

也。唐何自知之？正元前天圣二百年，雷氏乃预知避讳，必无此理，是盖为赝者。徒取《燕谈》，以实其说，不知阙文之熟于用而忘益之，且沼深不可措笔，修琴时必剖而两，因题其上。字固可识，又何疑焉。”众犹争取视，见它字皆焕明，实无旁点，乃大骇。李更衣自内出，或以白之，抵掌笑。叶惭曰：“是犹佳琴，特非唐物而已。”李不欲逆，勉强薄酬，顿损直十之九得焉。①

从岳珂所述可知，卖琴者与“知音”的中间人有时也会联手欺骗买主。实际上，早在北宋末，赵明诚《金石录》卷三十《唐冰清琴铭》已载：“冰清琴铭，词翰皆不俗，可喜。题曰‘晋陵子’，而不著名氏，岂非隐者欤？琴藏太常寺协律郎陈沂家。沂死，纳于圹中云。”在陈沂（即陈圣与）死后，“冰清”琴已随葬，至南宋嘉定庚午，“冰清”琴至少已没世 80 年。而要卖给李奉宁的琴，其上文字与“冰清”琴上文字基本相同，显为宋人所斫而假冒唐琴者。但无论如何，宋人所斫冒名“冰清”之琴，还是交易成功了，晋陵子所作琴铭也因之得到了商业性传播。

尽管许多斫琴者本身有一定的文化素养，但请名士作琴铭，似乎早已是一种风气，如上述唐代雷氏所斫“冰清”琴，琴铭并非斫琴者雷氏所作，而是有才华的晋陵子所作。此风至宋元不减，北宋著名诗人黄庭坚就曾受其沾亲同乡张益老请托作琴铭。黄庭坚《答张益老求琴铭书》道此事甚详：

顿首。少同里闬，又接懿亲，科场中亦闻绪言。而从食南北，缺然音问不通者二十余年。忽奉来教，存问勤恳，慰此占思。承游意尘埃之外，得妙手于梓匠之斧斤，又过辱推许以学古之意，欲遍为诸琴品藻称述。诚愿附名于不朽，然法不孤起，仗境方生，此公之所闻也，要须他日得一披拂，乃下笔尔。人回，匆匆上状。②

---

① （宋）岳珂撰，吴企明点校《桯史》，北京：中华书局，1981 年版，第 155—156 页。

② 曾枣庄、刘琳主编《全宋文》第 104 册，上海：上海辞书出版社，2006 年版，第 331 页。

从张益老“得妙手于梓匠之斧斤”“欲遍为诸琴品藻称述”的叙述中，可知张益老自认为斫琴技术高明，希望黄庭坚为他制作的一批琴创作铭文。后来黄庭坚为他作了《涧泉》《香林八节》《号钟》《玉磬》《松风》《娲簧》《南风》《舞胎仙》《秋思》《渔榱》《九井璜》《天球》等十二篇琴铭，可知张益老并非为自己制琴，而是要批量生产以出售的。而黄庭坚的十二篇琴铭，想必因张益老制售之琴，也曾在北宋得到过商业性传播。

作为私人财产，琴主总是愿意自己所购之琴能够保值以至升值，所以宋元时代的文人买了琴之后，多请名士作琴铭。如北宋苏轼作有《文与可琴铭》、南宋李弥逊作有《苏粹之吟龙琴铭》、元代刘埙作有《陈氏琴铭》。有了名士的铭文，琴便有了升值的可能，而一旦有铭文的琴重新流入市场，也会因铭文的商业性传播而使作者扬名。所以，宋元时代也有名士为自购之琴作铭文的，元人吴澄就作过《山钟琴铭》：

> 八音悉谐于律，然律之于钟名者四，他音不与焉。律岂特为金之一音设乎？曰非然也。金者，八音之长也。长尸其名，属从之矣。金音之钟可以名八音之律，岂不可以名丝音之琴哉？此琴之所以名山钟也与？琴自饶而升，号为众琴之甲。前后铭者不一，临川吴澄复嗣铭之。铭曰：
>
> 横理庚庚，流响泠泠。日暖风轻，月明露清。吾志所贞，触指成声。如山钟灵，气应自鸣。主姓四更，今既昔程。寔一其名，寿百千龄。[①]

从吴澄“主姓四更”的叙述中，可知山钟琴作为商品一再被买卖，而山钟琴上的多篇铭文也随之在不同买主间进行商业性传播。在“前后铭者不一”的情况下，他竟“复嗣铭之”，大约不仅是为此琴增值着想，也是对其铭文在后世商业性传播有所预期。

不同于普通日用商品，文化商品多可世代相传，而且因为它所承载的文化内涵愈加丰富，其作为商品的价值也会增加。所以，我们不难理解元人吴

① 李修生主编《全元文》第15册，南京：江苏古籍出版社，1999年版，第327页。

澄在山钟琴上继续作铭。并且，对于宋元文化商品，我们在理解上还得宽泛一些：从前代流传至宋元的文化商品，只要继续在市场上交易，它就是宋元时代"现实的"商品。比如说，晚唐"飞泉"琴，池旁原刻铭文中有"至人珍玩，哲士亲清。达舒蕴志，穷适幽情"之句，"显然系作为商品出售之琴"①，直至 1944 年还在民间收藏。而五代至北宋时的"金言学士卢讚"在此琴上留有篆书双边长方印，说明当时已为他所拥有。在宋元三百多年的时间内，此琴必然还会多次易主，而当它作为宋元"现实的"商品流通时，其上的琴铭也就得到了商业性传播。

到了宋元时代，随着平民文化市场的扩大，书画成为更为流行的商品，附着于书法或绘画作品的文学，也在平民中得到了更广泛的商业性传播。不过，需要指出的是，在崇文国策下，宋代著名书画家基本上都身为高官，他们的书画作品或因一时兴致而作，或为献艺于帝王而作。所以宋代著名书画本非商品，只是当其于后世流落社会，遂被人视为商品转相买卖，而其中以诗文为内容的书法作品或题有诗词的绘画，在转相买卖过程中，其上之诗文也得以商业性传播。如《游宦纪闻》载：

> 嘉定甲申夏，有持颍滨先生帖十数幅求售。踪迹所自，知非赝物明甚。有《黄楼赋》一篇，读之，其间"前则项籍、刘戊"一句，《观澜文》作刘备，《颍滨集》作刘季。②

所谓"颍滨先生"，乃北宋著名文人苏辙。陶宗仪《书史会要》云苏辙号颍滨遗老，"书瘦劲可喜，风味绝高，真可以兄弟东坡"③。苏辙作《黄楼赋》，估计当时并未自视为书法作品，更不可能拿到市场出售。但到南宋嘉定甲申（1224）夏（此时苏辙离世已 112 年），就有人将苏辙许多文字当字帖出售了。而这些字帖的内容，估计都是像《黄楼赋》这样的文学作品。因此可以认定，南宋时代苏辙的文学作品商业化传播，有一部分是以书法作品形态出

① 郑珉中撰《前言》，见《故宫古琴图典》，北京：紫禁城出版社，2010 年版，第 15 页。

② （宋）张世南撰，张茂鹏点校《游宦纪闻》，北京：中华书局，1981 年版，第 58 页。

③ 卢辅圣主编《中国书画全书》第三册，上海：上海书画出版社，1992 年版，第 45 页。

现的。

又如藏于故宫博物院的《珊瑚笔架图》，是北宋书法家米芾现存的唯一绘画作品。这一作品曾经南宋内府，元代郭天锡、季宗元、施光远、肖季馨，清代梁清标、王鸿绪、安岐、裴伯谦等递藏，后归张伯驹。在民间换了许多主人，可见它早已作为文化商品行世了。而这幅画上的笔架纯用书法笔意，属北宋文人画类型，其上绝大部分空间为题诗所占，诗云："三枝朱草出金沙，来自天支节相家。常日蒙恩预名表，愧无五色笔头花。"因此，此画长期被书法界视为《珊瑚帖》，也是有一定道理的。无论如何，作为诗、书、画三位一体的文人画，它既在宋元时代的市场上流通过，则其上所题诗便已完成商业性传播了。

除了文人画流落民间作为商品，宋代也有院体画从宫廷收藏转为民间收藏，加入了文化商品流通的队伍。如南宋马麟的院体画《层叠冰绡》，其上有宋宁宗皇后的妹妹杨妹子题诗一首："浑如冷蝶宿花房，拥抱檀心忆旧香。开到寒梢尤可爱，此般必是汉宫妆。"诗后附"赐王提举"三字，说明此画于南宋时已由宫廷流入民间，虽然起初是作为赏赐物而非商品存在，但后来就由私家流入市场了。这幅画在宋元时代的市场流通情况不详，但曾有明代顾从德、项元汴，清代宋荦旧藏。此画今藏台北"故宫博物院"，左旁标有"明嘉靖丙寅秋，顾从德用四十五金得"①字样，说明绘画作品在民间流转一般都是商业方式完成的。而杨妹子的题诗，也由此画的商业性流转，为世人所知。

相较唐代，宋代文人多热衷于书画创作，如北宋苏轼、黄庭坚、米芾、蔡襄都是诗文、书法、绘画兼擅的名家，而唐代如李白、杜甫、韩愈、白居易、李商隐等文坛巨子，在书法、绘画领域却没有显声。同时，宋代书画市场上出现不少收藏家。如北宋苏辙《汝州龙兴寺修吴画记》云"予先君宫师平生好画，家居甚贫，而购画常若不及"，②张方平《朝散大夫守尚书户部侍郎致仕上柱国太原郡开国公食邑二千九百户食实封五百户赐紫金袋王公墓志铭并序》提及王贽"好书画，能鉴赏，古之名笔多购得之，聚书万余卷"③，米芾《跋

① 北平故宫博物院古物馆编《故宫书画集》第11期，北京：北平故宫博物院，1931年印，图一。
② （宋）苏辙著，曾枣庄、马德富校点《栾城集》，上海：上海古籍出版社，2009年版，第1396页。
③ 曾枣庄、刘琳主编《全宋文》第38册，上海：上海辞书出版社，2006年版，第266页。

王右军帖》说他自己曾以十五万向姻家购得王羲之《王略帖》[①]；南宋郑兴裔《跋淳化帖》提到“黔人秦世章于长沙买石摹僧希白《法帖》十卷”[②]；刘克庄《郭熙山水障子》云“吾闻河阳子贵购父画，一笔不许他人藏”[③]。正是文坛名流与收藏家互动，宋代的书画市场才空前繁荣，而附着于书画之上的文学作品，也得到更广泛的商业性传播。

到了元代，蒙元统治者不重视文化，一些文人便不与统治者合作，而是潜心于文艺，或以卖书画谋生，或将书画赠与交往之人。这样，无论是有意无意，还是生前死后，这些民间艺术家的书画作品多半流入市场。而附着于这些书画作品之上的诗文，也直接或间接地得到商业性传播。

例如，生于元初的吾丘衍（1272—1311）“自比郭忠恕，性刚，希偶贵人，求见者辄拒不纳”，“工隶书，精小篆，兼通声音律吕之学”[④]，有《竹素山房诗集》行世。他的书法作品当时很受欢迎，成为市场上的紧俏货。徐一夔《跋吾子行墨迹后》载：

> 吾子行（名丘衍）先生篆隶得周秦石刻之妙，前辈论其字画殆千百年而一见，此诚不刊之论。……崔彦晖氏工篆书，雅慕先生墨迹而不可得。一日，在市肆中忽见先生篆书《瘗鹤铭》一通、隶书《寄友人》近体诗一首共一张，因购得之，不啻如获重宝。彦晖请余识于纸尾。熟视久之，叹曰：“使此纸落于他人之手，不过故纸视耳。而彦晖得之，真有合哉！”因为识之，且庆其有此获也。[⑤]

又如生活于元后期的王冕（1300—1359），字元章，“少明经取科第不中，遂放旷江海间”，“名贵咸侧目”[⑥]。王冕便隐居会稽九里山，种梅千枝，自号

---

① 曾枣庄、刘琳主编《全宋文》第121册，上海：上海辞书出版社，2006年版，第9页。

② 曾枣庄、刘琳主编《全宋文》第225册，上海：上海辞书出版社，2006年版，第96页。

③ （宋）刘克庄撰，辛更儒笺校《刘克庄集笺校》，北京：中华书局，2011年版，第420页。

④ 《竹素山房诗集·提要》，见《文渊阁四库全书》（电子版），上海：上海人民出版社，1999年版。

⑤ 《竹素山房诗集》附录，见《文渊阁四库全书》（电子版），上海：上海人民出版社，1999年版。

⑥ （元）王逢撰《梧溪集》卷五《题王冕墨梅有引》，见《文渊阁四库全书》（电子版），上海：上海人民出版社，1999年版。

梅花屋主。他“善画梅，不减杨补之。求者肩背相望，以缯幅短长为得失之差，人识之，冕曰：‘吾藉是以养口体，岂好为人家作画师哉！’”[①]当然，王冕画梅，也多在画上题诗的，清人孙承泽《庚子销夏记》卷二载：

王元章画梅。元章墨梅一株，信笔挥洒，直以古逸取势。自题一诗：“我家洗砚池头树，个个花开淡墨痕。不要人夸好颜色，只留清气满乾坤。”

王冕的画作是自己当作商品售与别人的，吾丘衍的书法作品则是死后被商人转售的。与王冕、吾丘衍一样不与元统治者合作的吴镇（1280—1354），字仲圭，自号梅花道人，“性高介，善画山水竹石，每题诗其上，时人号为‘三绝’。富室求之不得。惟贫士则赠之，使取直焉。”他的画作自己不出售，却赠给贫士出售。正因为此，市场上出现了伪作。《文渊阁四库全书》编者所作《梅花道人遗墨二卷·提要》云：

镇画深自矜重，不肯轻为人作。后来假名求售，赝迹颇多。亦往往有庸俗画，贾伪为题识，如题画骷髅之《沁园春》词，无论历代画家，从无画及骷髅之事，即词中“漏泄元阳，爹娘搬贩，至今未休”诸句，鄙俚荒谬，亦决非镇之所为。

吾丘衍、吴镇和王冕的书画作品，或以诗文为内容，或有题诗，是宋代以来文人诗文、书法与绘画相融的体现。虽然在市场上他们的作品是以书法或绘画作为商品的总称，却在商品流通的过程中也传播了其上的诗文。

在元代四大画家中，除吴镇外，倪瓒、王蒙也从未在元政府任过职，黄公望只一度做过小吏。但是，不与统治者合作的文人并非主流，毕竟“学而优则仕”是绝大多数中国文人的理想。而且，在元代官员文人中，也出现了一些书画名家，如赵孟頫、柯九思等人。

---

① 宋濂《王冕传》，罗月霞主编《宋濂全集》，杭州：浙江古籍出版社，1999年版，第1474页。

赵孟頫(1254—1322)入元后官越做越高,死后被封为魏国公。他在明中叶曾被列入"元四大家",后来董其昌认为他应有更高的位置,就将倪瓒替换了他。赵孟頫博学多才,台北"故宫博物院"今存他一幅画作《疏林秀石》,上有他自题"大德三年七月廿六日为杨安甫作",又有柯九思(1290—1343?)题诗一首:"碧浪湖头云色,苕溪晚岫烟萝。一迳疏林秀石,水精宫里婆娑。"我们不清楚此画为杨安甫作是否为商业行为,但到明代,此画有史鉴、邢侗、张孝思诸人收藏过,则必是进行了商业性流转的。而柯九思在《疏林秀石》图上的题诗,也必然因画作的商业性流转而不断传播。

如果我们考虑到赵孟頫的夫人管道升的绘画情况,或许可以认定赵孟頫当时有不少画作是作为商品存世的。《图绘宝鉴》载管道升绘画成就云:"善画墨竹、梅、兰。晴竹新篁,是其始创。寸绡片纸,人争购之。"[①]既然赵孟頫夫人的画"人争购之",赵孟頫名声更大,他的画当更是他生活时代书画市场的"宠儿"了。与赵孟頫画作《疏林秀石》一样,管道升的画作也有他人题诗,《画史会要》载管道升事云:"尝画悬崖朱竹一枝,杨廉夫题云:'网得珊瑚枝,掷向篔筜谷,明年锦绷儿,春风生面目。'"杨廉夫(杨维桢)是元代著名诗人,有了他的题诗,管道升的画作就容易卖出高价,而杨维桢的诗也跟着画的卖出而实现商业性传播。

元代与宋代一样,不仅文人大量创作书画作品,也有收藏家大量购求书画作品。元好问《五翼都总领豪士信公之碑》指出碑主信光祖"破家所购法书名画,无虑数十百种"[②],赵孟頫《义士吴公墓铭》也指出墓主吴森"无声色之娱,唯嗜古名画,购之千金不惜"[③],吴澄《跋孙过庭千文》又说"孙过庭所书千文,豫章李昶德明能购得而宝藏之"[④],赵孟頫《德清闲居》诗也提到他自己"贫尚典衣贪购画,病思弃研厌求书"[⑤]。收藏家大量购求书画作品,正意味着元代大量的书法诗文与题画诗实现了商业性传播。

---

① 北平故宫博物院古物馆编《故宫书画集》第十二期,北京:北平故宫博物院,1931年版。
② 李修生主编《全元文》第1册,南京:江苏古籍出版社,1998年版,第657页。
③ 李修生主编《全元文》第19册,南京:江苏古籍出版社,2000年版,第264页。
④ 李修生主编《全元文》第14册,南京:江苏古籍出版社,1999年版,第569页。
⑤ 杨镰主编《全元诗》第十七册,北京:中华书局,2013年版,第250页。

宋元时代附着于某些日用商品或文化商品之上的文学作品，在商品流通过程中得到商业性的传播，论其规模是比不上专门的文本文学传播的。但是，这种文学传播形式是普通民众所喜闻乐见的，在对普通民众的文学熏陶上，是专门的文本文学传播形式难比的。因此，这种商品上的文学传播堪与专门的文本文学传播、戏场的口头文学传播三足鼎立。

第五章 宋元商业文明与文学旨趣的转变

学术界一般将中国古代社会划分为上古、中古与近古三个发展阶段。宋元时期正是中国近古时代特征逐渐明显的时期,表现在文学发展上,便是立足于下层文化立场的大众化文学开始走上了历史前台,与立足于上层文化立场的小众化文学形成并驾齐驱的局面,建立了文学生态圈中的半壁江山。这一切变化的根源,从经济形态来看,便是商业经济支撑的平民文化开始活跃起来,给文学生产提供了新的接受群体。正是商业消费型的文学接受群体大规模出现,使得宋元文学从主题倾向、题材选择、语言风格到创作流派,都发生了旨趣的转变,体现出近古时代文化特征。

第一节 宋元商业文明与文学主题的转变

中唐以来,随着经济中心的南移,生产力水平的提高,国内商业活动更为频繁,城市规模扩大,乡镇草市增多,边境贸易与海上贸易也更为发达,政府加强了对私营商业的管理,并以官营商业来控制国民经济。至宋代,商业利润与税收已占政府财政收入的绝大部分,彻底改变了以农业税收为主的财政局面。这样,商业经济的活力推动了以市民文化为主导的平民文化的诞生与繁荣,市民文学占据了平民文化市场,吸引了一批文人加入市民文学生产队伍,市民文学生产开始形成规模,传统的文人文学队伍也出现了分化。随之而来的,便是宋元文学的主题发生了新变:突破对个人情欲的抑制,情人要求团圆成了新的主题;突破伦理政治的禁区,反叛统治秩序成了新的主题;突破追求财富的片面性,反思商业价值也成了新的主题。

一、商业文明与情人要求团圆主题

在南朝民歌《那呵滩》中,就有两首男女对唱的歌,女唱:“闻欢下扬州,相送江津湾。愿得篙橹折,交郎到头还”,男对:“篙折当更觅,橹折当更安。各自是官人,那得到头还”。对于男子的对答,著名学者朱东润引张玉谷《古诗赏析》云:“官人,妇人呼夫之称。各自是官人,言我到彼,亦有呼我为官人者,与汝真各自以为是也。”[①]由此可见,在商人的职业生涯中,通常是人到不同地方,就有不同女人陪侍的,他们只看重商业利益,罔顾女人的情感需求。唐人白居易《琵琶行》诗中的琵琶女“商人重利轻别离”的感叹,代表了历来商人妇痛切的认识。

到宋元时代,妓女们多数都意识到与商人的关系只是一时的金钱与色艺交换的关系,与商人“作伴”是不可能有理想的结果的。即使商人最终将妓女娶回家,看上去妓女实现了愿望,但还是有可能遭受意想不到的苦难。一种情况是,商人认为有钱就能买来妓女,妓女不过是冲着自己的钱财才愿意“作伴”的,所以将妓女娶回家后就不再怜惜。此时妓女出身的商人妇,必会大为失落而痛觉前非。如元杂剧《救风尘》中的窦天章,一心要嫁商人周舍,可是,周舍将她娶回家后却经常殴打她,她只好求昔日好姐妹赵盼儿将自己救出魔窟。另一种情况是,就算遇到了体己知心的商人,妓女被娶回家后,也不过是小妾的地位,要受到主妇的嫉恨与折磨。如元杂剧《灰栏记》中的妓女张海棠,做了商人马均卿的小妾,大娘子便养奸夫药死马均卿并陷害张海棠。既然妓女嫁商人有难以摆脱的风险,绝大多数名妓是拒绝富商“作伴”请求的,她们宁愿将终身托付给尚未发达而经济条件较差的书生。比如多本元杂剧都提到的北宋妓女苏小卿,就对书生双渐迷恋至深,并最终摆脱大茶商冯魁,与双渐复为夫妇。但是,宋元时代的妓女一般都受制于鸨母,而鸨母贪得富商的钱财,总是想方设法让妓女做富商的伴侣,导致妓女与心

---

① 朱东润主编《中国历代文学作品选》,北京:人民文学出版社,1979年版,第183页。

爱的书生难以结成美满的婚姻。这样，无论是妓女还是书生，都对自己的人生渴望有个“有情人终成眷属”的大团圆结局。

有了妓女和书生的强烈愿望，宋元文学中大团圆主题就自然成为一种时尚。因为从表演者角度而言，瓦肆勾栏中从事讲史、小说之类的“说话”艺人，他们的出身基本上都是书生；从事戏曲演出的女演员，出身都是妓女。“说话”艺人与女演员在表演时，自然乐于接受书生与妓女的爱情，而鄙弃他们爱情生活中起到间阻作用的人。妓女与书生一起同鸨母斗争，最终得以夫妇团圆，成了宋元“说话”艺人津津乐道之故事，也成了元杂剧女演员倾情演出的重要情节。唐人《一枝花话》和传奇《李娃传》，被宋元“说话”艺人改编为《李亚仙》，又被元杂剧作家改编为《曲江池》，改编后的故事侧重于李亚仙与鸨母斗争与救护书生郑元和，而删去李娃参与鸨母用欺骗手段赶走郑元和的情节，足见宋元时代文学特重书生与妓女团圆的主题。

宋元时代“说话”艺人与杂剧作家，多属“书会才人”一类，他们从事文学创作甚至直接从事文艺表演，本身就是一种商业行为，是宋元商业文明景观中的一大重要现象。他们出身于有才华的书生，生活中多半风流倜傥，当然希望有才华的书生都能有美女长伴身边。所以，从创作者角度而言，宋元文学热衷于自主恋爱的书生与美女大团圆的主题，是毫不奇怪的。话本小说《卓文君》《崔护觅水》《鸳鸯灯》等，元杂剧《西厢记》《墙头马上》《谢天香》《金线池》《云窗梦》《玉梳记》等，无不围绕自主恋爱的书生与美女大团圆主题演绎故事。

当然，现实生活中瓦舍勾栏里的受众（听众或看客），并非只有书生，也有官员文人，更多的是小商小贩、杂役雇工、兵士游民等。小商小贩、杂役雇工、兵士游民等一般没有财力接触色艺双全的妓女，也很少有民间美女能看上他们，但他们暗恋美女想要抱得美人归，也是正常的要求。勾栏作家们为了吸引这批受众，也创作了一些普通平民与美女邂逅而终成眷属的作品。如话本小说《红白蜘蛛》，叙宋时东京汴梁开封府张员外家人郑信，因打死人入狱，后奉命入一井探怪，“先后与红蜘蛛变化之日霞仙子、白蜘蛛变化之月华仙子成夫妇。二仙子为争夫而斗。日霞仙子将一神臂弓递与郑信，射中月华仙子。三年后，郑信与日霞仙子生有一男一女。郑信执意返回人间，以图发迹。遂出洞投军,藉神臂弓之力,屡立战功,十余年间,做到两川节度使。日霞仙子将子女托于张员外,张员外又送归郑信。后郑信白日见日霞仙子命驾来接,无疾而终。"①《喜乐和顺记》又叙南宋临安家开杂色货铺的乐和,少时与间壁喜将仕女顺娘同学读书。学中取笑道:"你两个姓'喜乐和顺',合是天缘一对。"二人有意,私下约为夫妇。及长,男女有别,难以一见。一年八月十八,潮生日,乐和往观,见顺娘,二人相视凄惶。不意大潮上岸,将喜娘卷入浪中。乐和亦随波而滚,直入水底,至潮王庙中,求潮王相救。潮王将喜娘送出,二人沉浮水中,为人救起,犹交股偎抱。醒后,乐、喜二家遂结为姻亲。②

由于社会地位低下又财力不济、缺少才艺,宋元普通平民要么靠幸运要么靠神佑才得以与美女结为夫妇。作家这样创作既符合现实的生活逻辑,又能因神秘力量的作用而使受众更为兴奋,从而吸引更多的受众观赏表演,有利于作家从中获取更大的商业利益。

宋元商业文明影响作家创作出情人要求团圆主题的作品,并不限于勾栏作家,还包括两类文士。一类是眠花宿柳的才子词人,他们与市井妓女合作,通过创作新词使妓女们获取更多的营业收入,自己也分享到妓女的温情款待;一类是江湖词客,他们与达官贵人合作,通过投献诗词以获赏赐或做"清客门人"谋生。这两类文士都曾为了求官求职而四处奔波,但前者最终如愿做了朝廷命官,而后者则终身为布衣之士。在四处求官求职的旅途困顿中,他们有时不免产生与心爱的人欢聚的心情,凭借词作来表达,书写出要求团圆的时代主题。

在第一类文士中,柳永最为知名,他的羁旅行役词中,多半是不忘花街柳巷中的红粉知己,倾诉其不得长相守的苦恼。如其〔正宫〕《雪梅香》词云"想佳丽……雅态妍姿正欢洽,落花流水忽西东。无憀恨、相思意,尽分付征鸿",〔中吕〕《彩云归》词云"别来最苦……牵情处,惟有临歧,一句难忘",〔仙吕〕《引驾行》云"想媚容、耿耿无眠,屈指已算回程"。凡此种种,都写出

① 陈桂声著《话本叙录》,珠海:珠海出版社,2001 年版,第 40 页。
② 陈桂声著《话本叙录》,珠海:珠海出版社,2001 年版,第 199 页。

了在畸形的商业文明圈子里同样存在着有情人想要团圆的愿望。

自柳永之后,其他词采出众的文士,也时有同样主题之作。被时人公认为效柳永作词的秦观,其代表作《满庭芳》词云“此去何时见也,襟袖上、空惹啼痕”,《水龙吟》词云“玉珮丁冬别后,怅佳期、参差难又”,《风流子》词云“青门同携手,前欢记,浑似梦里扬州。谁念断肠南陌,回首西楼?算天长地久,有时有尽;奈何绵绵,此恨难休”,就反映了同样的时代主题。与柳永齐名的北宋末词人周邦彦,其《荔枝香近》词云“大都世间,最苦唯聚散。到得春残,看即是、开离宴。细思别后,柳眼花须更谁剪。此怀何处消遣”,《拜星月慢》词又云“念荒寒、寄宿无人馆。重门闭、败壁秋虫叹。怎奈向、一缕相思,隔溪山不断”,也同样传达了情人要求团圆的时代主题。

在第二类文士中,姜夔最为知名,他当年在合肥靠卖字画谋生,与一卖唱的女子相恋相依,后因旅食吴门而分离。他的《踏莎行》词云“别后书辞,别时针线。离魂暗逐郎行远”,《鹧鸪天 · 元夕有所梦》词云“春未绿,鬓先丝。人间别久不成悲。谁教岁岁红莲夜,两处沉吟各自知”,无不以凄美动人的笔调书写了渴求团圆的主题。姜夔之外,刘过也颇知名。刘过虽然倚身达官贵人之门,却性格狂放,“坐则高谈风月,醉则恣眠芳草”(《水调歌头 · 晚春》),与不少市井妓女交好并应求赠词,甚至为争妓女还与朋友打过架,但他始终只将妓女当作玩物,最爱的还是自己的小妾。他的词集中只有想与小妾团圆的篇章,如《天仙子 · 初赴省别妾》云“别酒醺醺容易醉。回过头来三十里。马儿只管去如飞,牵一会,坐一会。断送杀人山共水”,把他不愿与小妾分别的深情写得十分透彻。当小妾去世后,他还有《念奴娇 · 七夕》悼亡词云“不管天上人间,秋期月影,两处相思苦”,都隐隐表达了他要求与小妾团圆的主题。

从以上三类与商业文明关系极为密切的作家来看,他们都在作品中传达了情人要求团圆的时代主题,只是所站的立场有所不同而已。以瓦舍勾栏为依托的“书会才人”们,他们是天下有情人的代言人,主张所有的有情人都成眷属;以秦楼梦馆为依托的“才子词人”们,他们站在自身与妓女的立场,希望自己能与妓女长相厮守;以达官贵人门庭为依托的“江湖词客”们,他们站在自身小家庭的立场,希望与自己心爱的终身伴侣得以团圆。无疑,

"书会才人"们对情人要求团圆的主题表达得最为突出,最具广泛意义,因而最能体现宋元时代精神。

二、商业文明与反叛统治秩序主题

从某种意义上讲,宋元时代情人要求团圆也是反叛秩序的一种。因为宋代重视儒学,理学从北宋兴起,至南宋已发展得相当完善,而元代则直接以理学为官方哲学了。从宋元哲学观念下的道德与法律来看,只有源自"父母之命,媒妁之言"的夫妇团圆才是值得提倡的,至于以儿女私情为基础的团圆要求,都是反叛现存秩序的。但是,从我们当今的社会共识来看,以儿女私情为基础的团圆要求才是合乎道德与法律的。因此,本书将以儿女私情为基础的要求团圆的主题单独拈出,以便与其他反叛秩序的主题相区别。

在宋元市民社会,因商业经济繁荣而带来的"饱暖思淫欲"现象相当严重,传统的妓女不仅继续在秦楼楚馆中营业,还分化出到瓦舍勾栏、路岐中去表演的。这说明社会上的商业性消费能力增强,消费的范围扩大了。有了商业性消费能力却缺少文化教育的市民,不仅有动物性本能求乐的追求,也开始在思想意识上膨胀,对现在统治秩序的多个方面加以否定,一定程度上体现出反文明的暴民倾向。而当时瓦舍勾栏作家,为了商业利益,投合这些市民(文艺受众)的欣赏趣味,创作出不少以反叛统治秩序为主题的作品来。

首先,宋元勾栏作家通过对历史人物故事的改编,塑造出一大批人品恶劣却能以暴力手段获得"成功"的人物形象,以投合市民(文艺受众)反叛现存伦理政治要求的心理。下面试举话本小说《史弘肇传》来作具体分析。

《史弘肇传》写后唐史弘肇本为开道营长行军兵,阎招亮因梦而置酒请他。史弘肇还席,因无钱夜盗人锅,被人追赶,逃入阎招亮妹阎行首宅中,阎行首不但将其放走还嫁给了他。后来史弘肇往孝义店转递军期文字,只因他有钱,别人对他的无礼行为都避让。而他的结义弟兄郭威,在东京抢夺潘八娘子的钗子,潘八娘子见他异相,认做兄弟,养在家中,可他又因去瓦舍看演出,杀了勾栏里的演员,于是逃到郑州投奔史弘肇。二人在孝义村每日赌博,又偷鸡摸狗,弄得村里人人痛恨。赶上后唐闵帝即位,令后宫内人外嫁,有柴夫人善望气,找到有贵相的郭威并嫁给他,又让他去投靠符令公。郭威痛打索贿的部署李羁遇,手刃恶棍尚衙内,被捕下狱,为符令公所救,并让他投奔太尉刘知远。刘知远见他生得清秀,留为牙将。再后来,刘知远因得罪宰相桑维翰出知太原府,在路上遇到史弘肇迎接,又留史弘肇为牙将。史弘肇与郭兄弟二人再次见面。后因契凡灭了石晋,刘太尉命二人为先锋驱除了契丹。刘知远得以代晋而建立后汉政权,史弘肇也果如阎招亮所梦,做了单、滑、宋、汴四镇令公,而郭威后来还做了后周皇帝。[①]

此话本小说虽名为《史弘肇传》,但对史弘肇的结义兄弟郭威用笔颇多,很明显在于迎合听众的兴趣。小说对后来做了后周皇帝的郭威事迹重笔描写,在小市民看来,也是为了陪衬史弘肇的,因为他结义兄弟厉害,史弘肇也就厉害。这就是小市民的逻辑。而就是这样有着好赌、好偷、敢抢、滥杀等品质的史弘肇、郭威,因天生异相异能而逢凶化吉,不仅有美人主动嫁给他们并襄助他们,他们还有种种军事与政治机遇,最终做到四镇令公与皇帝。这样的人生结局,正是不想通过自身努力而看重命运的市井无赖所梦想的。所以,“说话”艺人塑造史弘肇与郭威出身社会底层,却能在乱世之中发迹变泰,其着眼点不在于人物发愤培养军事技能和增进智慧上,而在于命定的外部环境,甚至是种种恶行,这对于要求人自修上进、重德施仁的伦理政治要求来说,无疑是一种反叛。

像《史弘肇传》这样表现反叛伦理政治主题的话本小说、杂剧还有不少。如话本小说《宋四公大闹禁魂张》、讲史话本《新编五代史平话》、南戏《白兔记》等。成海霞女士谈到宋元戏曲中“发迹变泰”人物时,曾细数过《白兔记》时中刘知远的劣迹:

> (刘知远)将继父泼天家业挥霍殆尽而被继父逐出门墙,他游手好闲,无所事事,日间寄身于赌坊,是典型的“流氓无产者”。远走投军之后,为了入赘岳帅府以依附权贵达到向上爬的目的,他故意隐瞒自己已

① 程毅中辑注《宋元小说家话本集》,济南:齐鲁书社,2000 年版,第 601—636 页。

有妻室的事实，娶了岳节度使的女儿岳绣英，即使升任至九州节度使，他也未设法营救在家中受尽兄嫂虐待的李三娘。①

然而，就是有诸多劣迹的刘知远，在乱世中才能"成功"。在瓦舍勾栏中的市民受众才会从小说到平话再到戏剧，屡赏不厌。他们梦想发迹变泰的背后，恰恰是对重视传统道德和法律的伦理政治的反叛。

其次，由于市民受众绝大多数没有很高的文化素养，他们希望文人或高士与自己一样在社会道德上有诸多污点，以获取文化心理上的平衡，宋元勾栏作家又塑造了一些在道德上有缺限的文人高士形象，来传达反叛现存精神统治的主题。话本小说《柳耆卿记》《五戒禅师私红莲》《王魁负心》，杂剧《西厢记》《玉清庵错送鸳鸯被》，南戏《琵琶记》等，都是如此。为节省篇幅和照顾人物类型的代表性，我们仅对《五戒禅师私红莲》《玉清庵错送鸳鸯被》两部作品为例来作些分析。

（一）《五戒禅师私红莲》内容大要：宋英宗治平年间，浙江路宁海军钱塘门外南山净慈孝光禅寺，有五戒禅师和明悟禅师二位高僧。一日忽听山门外小儿啼哭，五戒禅师命道人清一出外察看，见一女婴被弃于雪地之中。清一将其抱入寺内，从女婴怀中纸条得知名为红莲。五戒禅师命清一抱回房中养育。到红莲十六岁时，五戒禅师忽然忆起当年事，见红莲生得清楚，便将她奸淫。明悟禅师觉察此事，以诗劝谏。五戒禅师心中解悟，题写《辞世颂》后坐化。明悟禅师得知后，也坐化相追。五戒禅师托生为苏轼，明悟禅师托生为佛印和尚，追随苏轼。苏轼终老后得为大罗天仙，佛印圆寂为至尊古佛。②

这部小说中，市民最感兴趣的无非是口念"色即是空"的高僧，也忍不住犯色戒，而这前世色欲未泯的高僧，又转世为文人最崇拜的苏轼。这一故事结局又暗含苏轼于高名之下难掩其色魔之本质。一部小说，将高士与文人见色难抑的丑态全部网罗，与其说是对理学统治下禁欲主义的丑化，还不如

① 成海霞《论宋元戏曲创作中的"变泰发迹"情结》，《徐州教育学院学报》2003年第1期，第42页。

② 程毅中辑注《宋元小说家话本集》，济南：齐鲁书社，2000年版，第447—461页。

说是照顾具有道德自卑感的市民的心理平衡，因为从宋元小说、戏剧整体看，商人好色十分普遍，普通市民之间也偷情成风。

（二）《玉清庵错送鸳鸯被》内容大要：李彦实府尹因被劾上京，清廉无盘缠的他央刘道姑借十个银子。刘道姑找到开解典库的刘员外，刘员外要求李府尹立文书，连他十八岁的独生女李玉英也要签名。李府尹一去一年，本利都无，刘员外知小姐大有颜色，想要娶作浑家。在软硬兼施之下，刘道姑只好向小姐提亲。小姐被逼，以鸳鸯被为信，到玉清庵与刘员外成亲。没想到刘道姑有施主请做斋，分付徒弟办理相关事宜。而刘员外来赴约，被巡夜的当贼捉拿吊起来了。张瑞卿上京取应，到玉清庵中投宿。小道姑开门以为刘员外来了，张瑞卿随机应变，不让点灯。小姐来到，竟与张瑞卿成亲，并送鸳鸯被给张瑞卿做信物。张瑞卿也发誓不负心。刘员外不肯罢休，但小姐不随顺，只好让她到酒店当卖酒女。张瑞卿状元及第，为官洛阳，到酒店吃酒见到李玉英，问知究里后冒充他哥哥，骗得刘员外来娶亲。刘员外迎亲，发现被骗，拿二人问官。结果李彦实回来仍为河南府尹，并拥有敕赐势剑金牌。李彦实判决刘员外被杖四十再发有司拟罪，张瑞卿、李玉英夫妇团圆。①

尽管全剧是赞赏门当户对婚姻的，但在与李玉英成亲的过程中，张瑞卿入住玉清庵心机叵测、色胆包天，还是将文人的人品“丑恶”处揭露出来了。虽然故事结局也算是有情人终成眷属，可当张瑞卿乘虚而入之际，谁又能保证李小姐一定是乐意的呢？按今天的法律来说，张瑞卿与李玉英“成亲”，其性质实为强奸，只是事后李玉英不提告而已。而剧中张瑞卿卑劣的做法，对于市民观众而言，一定是深受赞赏的，这从剧名突出一个“错”字可知。就此而言，此剧也从道德层面展示了反叛统治秩序的主题。

除了因商业利益的关系，宋元勾栏作家创作了不少反叛统治秩序主题的小说和戏剧，像柳永那样依托市井妓女谋生的才子词人，有时也会创作出反叛统治秩序主题的词来。如柳永进士落第后所写的《鹤冲天》词中，就说“才子词人，自是白衣卿相”，否定了北宋统治者设计的“学而优则仕”的文人

① 王季思主编《全元戏曲》第6卷，北京：人民文学出版社，1999年版，第117—142页。

道路，也就体现了反叛现存统治秩序的主题精神。

在服务于市民的宋元勾栏文学与青楼文学中，出现反叛现存统治秩序的主题，虽然在一定程度上反映了当时市民的伦理政治与道德法律要求，但并非都是值得肯定的。就如黄赌毒至今也为下层社会民众所好，但我们的作家并不能因为它符合人民大众的要求，就去鼓吹黄赌毒给人生带来的乐趣，而是要站在提高整个民族身心健康的角度去引导受众。自中唐以来服务于市民的文学不断发展壮大，但一直不为传统文人看重，恐怕不光是它外在语言形式粗俗鄙陋，同时与它总体上较为低下的思想道德内容也是分不开的吧。

三、商业文明与反思商业价值主题

关心人生价值问题，始终是中国圣哲与普通文人的一种情怀。如宋初宋庠与宋祁兄弟，就曾对人生价值问题有过争论：宋庠写信责备弟弟官大之后生活奢侈，忘了当年读书时刻苦的精神；宋祁回信反驳道，当初那样刻苦读书，不就是为了今天能过豪华的生活么？那么，随着商业在社会生活中的重要程度越来越高，饱经职业生涯波折的商人与关注商业发展的作家，也都必然会对商业生活及与之相关的人生价值问题进行拷问。这种拷问反映到文学创作中，就出现了反思商业价值的主题。

基于商业文明现实的宋元文学对于商业价值的反思，至少有四种层面：第一种层面是反思商业利益对于个人生活究竟有着怎样的价值；第二种层面是反思商业活动对商人家庭有何价值；第三种层面是反思商业上的帮助究竟对于受助者是否有正向价值；第四种层面是反思个人的商业活动是否具有正面的社会价值。

先说宋元文学第一种层面反思商业价值的主题。

据生活于两宋之交的施德操的《北窗炙輠录》卷下记载：

> 旧闾巷有人以卖饼为生，以吹笛为乐，仅得一饱资，即归卧其家，取笛而吹，其嘹然之声动邻保，如此有年矣。其邻有富人，察其人甚熟，可

委以财也。一日，谓其人曰：“汝卖饼，若何不易他业？”其人曰：“我卖饼甚乐，易他业何为？”富人曰：“卖饼善矣，然囊不余一钱，不幸有疾患难，汝将何赖？”其人曰：“何以教之？”曰：“吾欲以钱一千缗，使汝治之，可乎？平居则有温饱之乐，一旦有患难又有余资，与汝卖饼所得多矣。”其人不可，富人坚谕之，乃许诺。及钱既入手，遂不闻笛声矣。无何，但闻筹算之声尔。其人亦大悔，急取其钱，送富人退之。于是再卖饼，明日笛声如旧。①

这则故事中的卖饼者，通过自身的商业实践意识到：多取商业利益，就一定会花费更多的时间，人生其他方面的乐趣就可能因此而断绝。所以他权衡一番之后，决定如旧卖饼谋生，换得闲暇吹笛为乐。而这则故事的主题，无疑是反思商业利益的多寡对于个人生活质量的影响问题。当然，从更深层次来看待这一故事，则其主题是反思更多的商业利益对于不同个体的价值。对于“以吹笛为乐”的卖饼者来说，更多的商业利益反而使人生没有价值；对于他的邻居富人来说，更多的商业利益对于人生具有更可靠的保障的价值。

但是，反思更多的商业利益之于个人价值的问题，上述故事并未穷尽。如元杂剧《看钱奴》与话本小说《宋四公大闹禁魂张》，其中的贾仁与张富员外，都极力攫取更多的商业利益，但商业利益对他们而言，只满足了极度贪婪的心理需要，他们对经商所得的钱财爱惜到变态程度，连基本的生活消费都舍不得花销。这类描写悭吝的商人宋元文学作品，所揭示的又是商业利益之于个人的价值产生异化的主题。

次说宋元文学第二种层面反思商业价值的主题。

话本小说《山亭儿》写襄阳府市中有个开干茶铺和茶坊的万员外，因茶博士陶铁僧偷了四五十钱，便将他解雇，并分付一襄阳府同行都不要聘他。陶铁僧怀恨在心，遇强盗苗忠、焦吉，合伙将万员外儿子万小员外和当直周吉杀死，苗忠将万员外女儿万秀娘捉去做压寨夫人。万秀娘欲自杀，遇尹宗

① 朱易安、傅璇琮等主编《全宋笔记》第三编八，郑州：大象出版社，2008 年版，第 199—200 页。

帮助，但尹宗还是被三个强盗杀死了。后来因卖山亭儿的告发，三个强盗被官府捉住处死。万员外感恩，为尹宗建了一座庙宇。①

从以上故事不难看出：商人万员外在经营过程中对下属过于苛刻，是导致他儿子被杀害、女儿被虏虐的根源。即是说，对于其家庭来说，万员外的不当的商业经营活动，带来的是负面价值。而故事的结尾以"万员外刻深招祸"点题，也足以表明小说家所要揭示的正是反思商业活动对于商人家庭有何价值的主题。

类似的，宋代文言小说《绿窗新话》中商人卢叔宪在四川经商长期不回家，导致妻子在家与仆人通奸；话本小说《错认尸》中的商人乔俊长期在外经商不归，迷恋妓女，导致家破人亡；元杂剧《朱砂担滴水浮沤记》中王文用到外地经商，其智商与武力都不敌强盗白正，也导致家破人亡。这些作品也都以反思商业活动对于商人家庭有何价值为主题。

再说宋元文学第三种层面反思商业价值的主题。

元杂剧《来生债》中的高利贷商人庞蕴探望生病的李孝先，结果发现李孝先因做买卖折本而还不起借他的银子才忧愁成病。庞蕴回家后便烧掉所有别人欠债的文书，还主动送银子给罗博士，让他做生意。但罗博士却一夜睡不着，去牲口棚听到牛、驴、马对话，说当初少了庞居士银子，才死后变来还他的。发现帮助别人却给别人带来现实的精神负担，甚至误放了来生债，庞蕴便送银遣散家中仆人，将家中畜生全部释放到山外水草处，然后将家财装一大船去沉海。②

不同于《来生债》揭示出商业上的帮助并无正向价值的主题，话本小说《张孝基陈留认舅》写张孝基帮助小舅子过迁成为高利贷商人，杂剧《东堂老》写商人李实帮助扬州奴而终使浪子回头，所揭示的却是商业上的帮助具有正向价值的主题。所以，宋元文学反思商业上的帮助是否具有正向价值的主题，不胶柱于一端，总体上是符合辩证法的。

最后说说宋元文学第四种层面反思商业价值的主题。

---

① 程毅中辑注《宋元小说家话本集》，济南：齐鲁书社，2000年版，第83—110页。

② 王季思主编《全元戏曲》第5卷，北京：人民文学出版社，1999年版，第397—425页。

话本小说《杨温拦路虎传》写杨玉员外家开金银铺、质库和茶坊，好施又通匪，人缘极广。但是，他家既通匪，那些商业设施不过是洗黑钱的处所，且兼有掩人耳目的作用。与《宋四公大闹禁魂张》中老盗贼宋四公家开茶坊、其徒弟侯兴夫妻卖人肉馒头，在性质上是一样的，都危害社会治安与个人生命财产安全。因此，这些小说所揭示的是盗贼经商具有负面社会价值的主题。而杂剧《施仁义刘弘嫁婢》中的高利贷商人刘弘主张开解典库为济人，则这一剧本揭示的是个人的商业活动具有正面社会价值的主题。

宋元文学反思商业价值的主题，是宋元商业高度繁荣的结果，也是文人与商业关系更为密切，其中不少文人开始文学商业化创作的结果。这种主题多层面的出现，反映了宋元商业文化进入了新的阶段，开始从单纯的经济领域向广泛的社会领域扩张，从个人的物质享受领域向个人的精神享受领域扩张。

第二节　宋元商业文明与文学题材的选择

汉唐以来，文学的触角在上层社会诸领域已有相当充分的伸展，宋元文人继续在上层社会拓展的余地已大大缩小。加上教育范围的扩大，识文断字者日多，宋元时代知识分子已然形成一个更贴近基层的规模庞大的社会群体，超过了统治集团的用人需要。同时，本身就来自社会基层的一些文化精英开始向下看，更加重视国家精神建设的基础了，北宋中叶以后这种视角得到了越来越多的文人的呼应。而商业文明的发展，至宋元时代也诞生出规模更大的商业性文艺消费群体，为文学创作提供了新的出路。在向下看的总体文化趋势下，部分文人开始进行文学商业化创作，渐而形成团体。这些文人既为商业性文艺消费者服务，在文学题材的选择上，就不能完全自主。选择消费者感兴趣的题材，实乃文学商业化创作的天然“契约”。

一、商业文明与英雄题材选择

宋元时代，在瓦舍勾栏与城乡“路岐”观赏文艺表演的，几乎全是平民；在青楼观赏文艺表演的，虽仍有文士，已多为富商了；在官私宴会上观赏文艺表演的，多为达官贵人与一般文士。因此，宋元时代商业性文艺表演的观赏者，主要是平民。作为平民，一般社会地位低下，他们渴望发迹变泰，参与到政治、军事的权力角逐之中，但现实中他们绝大多数缺少能力或必要的社会条件，只能幻想有神灵保佑、贵人襄助，从而轻松地实现自己的抱负。这样，选择历史上由社会基层发迹的雄霸豪杰与才俊明贤事迹作为文学题材，就能触及平民受众的兴奋点。

没读过多少书或不愿读书的平民，他们一般在心理上对文人既厌烦又仇视，向往乱世豪杰的生活，那些靠使用武力要横要赖的历史人物，往往就是这些平民受众心目中的英雄。如前文所述的话本小说《刘弘肇传》、讲史话本《新编五代史平话》所叙写的朱温、刘知远、刘弘肇、郭威等人物，在发迹之前与发迹过程中，无不具有流氓无赖的面目。但这样的历史人物题材正是平民受众所喜爱的。因此，宋元话本小说与讲史中，这类“雄霸豪杰”式的英雄题材广受欢迎，元杂剧中这类题材同样广受欢迎。

比如，元杂剧《单刀会》就是一部“雄霸豪杰”式的英雄题材的力作。在《单刀会》中关羽只维护结义兄弟刘备所领导的集团的利益，根本不讲信用。当初鲁肃担保将荆州暂借给刘备，等刘备有了新的地方可待便还给东吴。但刘备占据蜀川之后，仍然由关羽赖在荆州。在这种情况下，鲁肃只好设宴邀请关羽，婉言索还荆州。但关羽凭着武力要赖，威胁鲁肃说：“我这剑戒，头一遭诛了文丑，第二遭斩了蔡阳，鲁肃呵，莫不第三遭到你也?”在关羽的威胁下，懦弱的鲁肃只得放了关羽，荆州没能要回，关羽的“英雄”形象因此更加高大了。

就是这样一个只讲私义不讲信用而滥用武力的关羽，却成了受商业文化长期熏陶的小市民心目中的“英雄”！之所以这样认定，是因为关汉卿的戏剧作品被人称为“场上之曲”，他的杂剧《单刀会》的创作，也应是建立在瓦舍勾栏平民观众的思想基础之上的。

宋元时代的平民，大多没有读过多少儒家诗书，他们的思想认识主要来自眼见的事实。对于这类只以生活经验活着而没读过多少诗书的市民，我们一般称之为“小市民”。在小市民的视野中，见识最多也最切近他们生活的人物便是商人。而商人以假冒真、以次充好、恃强凌弱、敲诈外地客人等行为历来不绝，然而历来民间最富有的也一定是商人。因此，只管利益不管道义，是小市民从眼见事实中得出的结论。推而广之，他们就认为人生一切都应如商业，得到利益才最为重要。

小市民往往因为个体力量的弱小，便通过结义的形式组成小团体，从而更好地维护他们的私利。刘备、关羽、张飞桃园三结义之前几乎都是小商人身份，结义之后紧密团结做成了一番大事，这对以小商人为主体的小市民而言，是一段激动人心的历史。所以宋元以来流行于瓦舍勾栏中的三国故事，“尊刘”便成了迎合小市民受众的必然选择。有学者认为“尊刘”是因元代异族统治，汉人小市民“尊刘”便是“尊汉”，“尊刘”是民族意识的体现，这种说法有一定道理。但小市民对刘、关、张的身份认同，也应该是一种更切实的原因。在身份认同之下，只讲利益不讲信用的经验性认识，就发挥出了更明显的作用，表现在对关羽单刀会的“英雄”形象绝对膜拜，以致后来的长篇章回小说《三国演义》也继承了杂剧《单刀会》上的情节。

在小市民之外，宋元平民中也有一部分是读过儒家诗书的下层文人，他们乐于观看《单刀会》这样的杂剧，大约完全是因为文人们存在着更深的民族情怀和文化情怀。毕竟，蒙元统治之前的宋代，发扬传统儒家文化，推行崇文政策，让文人恋恋不忘。在异族统治下的元代文人，自然会忽略关羽不守信用的一面，而欣赏其以“尊刘”的形式来“尊汉”的态度。因此，《单刀会》这样的英雄题材杂剧，应是受到元代文艺消费者最广泛的欢迎的。

除了以武力为基础的“雄霸豪杰”式英雄题材，以文才为基础的“才俊明贤”式英雄题材，也受宋元商业性文艺消费者的广泛欢迎。宋人话本小说《吕相青云得路》、元杂剧《吕蒙正风雪破窑记》，都写文人吕蒙正通过苦读而一举成名拜为宰相；宋元话本小说《俞仲举题诗遇上皇》、元杂剧《好酒赵元遇上皇》，又都写落泊文人靠幸运偶遇皇帝而得高官。这两类下层文人发迹题材,一再为勾栏作家所采用,就足以说明"才俊明贤"式英雄题材也是很受文艺消费者欢迎的。

如果说瓦舍勾栏中的文人受众喜爱"才俊明贤"式英雄题材的"说话"或戏剧,还是容易理解的。毕竟前代"才俊明贤"也是读书人,他们的发迹,给勾栏中文人受众带来莫大的希望,使文人受众能在人情淡薄的世间更有信心地生活下去。那么,很少读书的小市民为什么也欢迎这种题材呢?这大概要归因于"才俊明贤"文人未发迹时的生存状态。小市民日逐小利,生活还能过得平易快乐,如前文提到的卖饼者温饱不愁还能吹笛自乐,史弘肇之类偷鸡摸狗更是生活自由畅快。而吕蒙正那样苦读的穷文人只能住在破窑中,"每日长街市上,拗笔为生"(《破窑记》),靠卖诗文赚点零钱养家,自己还需要吃寺院施舍的斋饭才能勉强度日,这种生活从经济上看与乞丐几乎无别。对于这样的"穷酸饿醋"文人,小市民自然在心理上有优越感,不会仇视他们。而他们卖诗文谋生的经济行为,又与小市民中的小商小贩没有多大差别,所以小市民容易将他们视为同类中的弱者。这样,"才俊明贤"文人发迹,小市民在心理上视之为同类中的弱者发迹,也照样能给他们以鼓舞。

由于瓦舍勾栏中的文艺消费者处身社会下层,无权无势,他们往往会受到社会上邪恶势力的压迫,所以他们都特别渴望受冤屈者能得到保护。就连那些平日偷鸡摸狗的无赖,只要敢于用武力打杀权豪势要,表现出行侠仗义的一面,都会被他们视为"英雄",那些铁面无私、善于断案能使冤情昭雪、坏人受惩的"神明判官",自然更是他们心目中的"青天大老爷",是"英雄"中的"英雄"。因此,宋元文学中一批"公案类"的小说和戏剧也应运而生了。著名的如话本小说《三现身包龙图断冤》,元杂剧《灰阑记》《蝴蝶梦》《陈州粜米》《魔合罗》等,叙述了包拯、张鼎等人断案的精彩故事,其中以包拯断案最为著称。从形式上看,这些小说、杂剧作品的题材确实是"公案"类的,但若从受众对故事中断案如神人物的情感态度来看,则其题材也是"英雄"一类的。

对"英雄"的崇拜是人类的共性,但宋元时代勾栏作家所选择的"英雄"题材又是特定的,分别是与平民受众切身关系甚为紧密的雄霸豪杰、才俊明贤与神明判官题材,而非神话世界的英雄题材或出身上层社会的英雄题材。

这样的题材选择，其浅层原因固然是作家为商业利益而迎合受众，其深层原因则在于占勾栏受众大多数的小市民受商业文化长期熏陶而特重实际利益，占勾栏受众较少数的文人又恰恰生于文人地位两极化的宋元时代，还在于元代统治为背离汉文化的异族统治，社会上权豪横行，治安极差。

二、商业文明与美人题材选择

英雄与美人，是人类文学中长盛不衰的题材。但是，不同国度不同时代甚至不同类型的作家，对英雄与美人题材的选择还是有差别的。宋元勾栏作家对英雄题材的选择是与商业文明分不开的，对美人题材的选择也同样如此。

宋元勾栏作家所选择的美人题材中，妓女题材是最为突出的。这一方面与宋元妓女随着城市人口的增长与经济的繁荣而激增有关，另一方面也与勾栏作家对市井妓女的生活非常熟悉有关，还与勾栏中的平民受众对妓女的风流韵事有浓厚兴趣有关。

大家都比较熟悉的今存关汉卿 18 部杂剧中，就有《救风尘》《谢天香》《金线池》《望江亭》《玉镜台》《诈妮子》等 6 部选择了美女题材，其中前 3 部的主角都是妓女。关汉卿剧作选择妓女题材，与他自己长期在“烟花路儿上走”“偶倡优而不辞”有关。他对妓女中的才色艺俱佳者充满了尊重与怜惜，不仅在杂剧中选择妓女题材，在散曲中也选有妓女题材，如［南吕］《一枝花·赠珠帘秀》，就是以勾栏妓朱帘秀为描写对象的。

而元代散曲名家张可久所写的小令曲，也有很多妓女题材内容，直接咏、赠妓女的就有［双调］《折桂令·赠歌者秀英》、［越调］《小桃红·赠琵琶妓王氏》、［正宫］《醉太平·席上有赠》、［商调］《梧叶儿·席上有赠》、［中吕］《齐天乐过红衫儿·元夜书所见》、［中吕］《普天乐·赠白玉梅》、［越调］《寨儿令·妓怨》三首、［中吕］《朝天子·席上有赠》、［越调］《天净沙·明月楼上有赠》、［双调］《落梅风·歌姬张氏睡起》、［双调］《落梅风·睡起》、［双调］《庆宣和·歌者花花》、［双调］《拨不断·琵琶姬王氏》、［中吕］《满庭芳·樊氏素云》、［双调］《燕引雏·张氏玉卿》、［南吕］《金字经·刘氏瑞莲》、[中吕]《满庭芳·歌者素绢》、[双调]《折桂令·席上有赠》、[越调]《柳营曲·歌者玉卿》、[中吕]《朝天子·筝手爱卿》等22首。至于写文人与妓女情缘而以妓女描写为核心的,就更多了,如[南吕]《四块玉·客席胡使君席上》云:"舞态轻,歌喉稳,十里香尘柳边春,一声《金缕》樽前韵。敛绣巾,整翠云,点绛唇";[中吕]《迎仙客·歌姬程心玉有帘卷新凉之语遂足成之》云:"窈窕娘,淡梳妆,夫容鬓边茉莉香。翠荷觞,锦荔浆。帘卷新凉,人醉西楼上";[中吕]《普天乐·收心》二首云:"姓名香,行为俏。花花草草,暮暮朝朝。关心三月春,开口千金笑。惜玉怜香何时了,彩云空声断鸾箫。朱颜易老,青山自好,白发难饶""旧行头,家常扮。鸳鸯被冷,燕子楼拴。偷将心事传,掇了梯儿看。系柳监花乔公案,关防的不似今番。姨夫暗攒,行院斗侃,子弟先趔"。

如前文提到的,元代妓女相对自由,除"应官身"之外,平日都从事商业性营业,出现了应招前往达官贵人开设的宴席上陪侍的风气。张可久小令曲所赠所咏的妓女,基本上都属这一类。可以说,元代文人选择妓女题材,并非都是为投勾栏中平民受众所好的,其中有一部分是因妓女提供商业性服务,文人动情难忘或逢场作戏的结果。

实际上,北宋柳永所写妓女题材的曲子词,也大多是因市井妓商业性服务使他动情难忘的结果。不过,为了让市井妓能吸引更多顾客而作妓女题材的曲子词,也是一个动因。至于类似于柳永的秦观、黄庭坚、周邦彦等人所作的妓女题材曲子词,一般也都是词人自身动情的结果。不从自身遭际出发的宋元话本小说与戏剧作家,他们选择妓女题材,才多是单纯地投勾栏平民受众所好的结果。

宋元勾栏中平民受众热衷于妓女题材,与他们经济能力提高,在日常生活中有机会接受妓女提供的商业性服务有关。据《东京梦华录》卷二"饮食果子"条载:"又有下等妓女,不呼自来筵前歌唱,临时以些小钱物赠之而去,谓之札客,亦谓之打酒座。"可见,生活于宋元都市中的平民,一般都有机会接受下等妓女的商业性服务了。但是,只有大商人与文人才多有机会接受上等妓女的商业性服务,普通小市民对此往往是艳羡不已的。在心理上,他们自然渴望了解上等妓女的风流韵事,而"说话"艺人和杂剧作家便投其所好，选择上等妓女题材撰述故事。我们今天所能看到的话本小说与元人杂剧中写到妓女的，一般都会指出她们的身份是“上厅行首”“角妓”之类上等妓女。

基于同样的心态，勾栏内平民受众热衷的其他美人题材，也是自己通常无法接触到但渴望接触到的类型：与现实生活相应的，便是身份富贵的小姐或少妇题材；在幻想世界中，便是主动献身的妖精鬼仙题材了。

在程毅中先生辑注的《宋元小说家话本集》40 篇作品中，涉及富贵之家的小姐少妇题材的有《山亭儿》《简帖和尚》《风月瑞仙亭》《快嘴李翠莲记》《张生彩鸾灯传》《燕山逢故人郑意娘传》《金鳗记》《闹樊楼多情周胜仙》等 8 篇，可见这一题材在宋元时代深受欢迎。

这些小说中的美女或富或贵，但都是平民难以接触的女子，除了得遇才子文人为夫之外，其余都命运悲惨，或被盗贼、和尚淫辱，或遭兵乱身亡，或不为婆家所容只得出家为尼。很明显，小说中这些富贵人家小姐少妇的命运，在实际生活中出现的几率极低。小说中如此偏至地描写她们的命运，不能不归因于作家为了耸人听闻以吸引受众来谋取商业利益。同时，平民受众乐于接受小说家这样的描写，或许反映了平民受众对自己得不到的便加以毁灭的阴暗心理。

宋元话本小说对富贵人家美女题材的选择具体情况如此，那么，同样属于商业化文学的元杂剧中的情况又如何呢？在今存冠名作者的 115 部元杂剧中，涉及富贵人家美女题材的约 20 部。在这些作品中，富贵人家美女道德完美且人生顺遂的极少，要么不守闺门礼教而嫁给文人，如《西厢记》、《墙头马上》、《东墙记》、《金钱记》、《倩女离魂》、《萧淑兰情寄菩萨蛮》等剧，写宦门小姐未经父母之命而与文人私通或私奔；要么多灾多难，且不说众所周知的窦娥，即如《李云英风送梧桐叶》中李林甫孙女李云英，因安史兵乱被掳；《临江驿潇湘秋夜雨》中张翠鸾在秀才崔通中举得官后被弃，还遭受诬陷发配；《望江亭》中谭记儿因杨衙内贪恋她的美色而陷害她的再婚丈夫，谭记儿不得不与杨衙内周旋；《裴度还带》中韩太守女儿琼英因父亲遭诬陷入狱，不得不辛苦筹资以救其父；《拜月亭》中的王瑞兰因兵乱逃难而遇秀才蒋世隆，在招商店结为夫妇后，却不被父亲王尚书承认。了解这些，我们可知元杂剧中富贵人家美女即使与文人最终有大团圆的结局，也是与小市民一样有着道德污点或饱受磨难的。作家这样编剧，无非是满足小市民在道德与命运上的“平等”要求，尽管这样的要求与其阴暗猥琐的心理有关。

由于勾栏中的平民受众在现实中地位较低，他们很难获得美女的青睐。无论是穷书生、低级官员还是市井小商，他们都幻想有美女直接投怀送抱，于是女性妖鬼狐仙与平民男子有一段风流情缘的故事，就成了宋元商业化文学中喜闻乐见的了。宋元话本中的《红白蜘蛛》《西山一窟鬼》《西湖三塔记》就分别是女妖女鬼与大商人家主管郑信、书生吴洪、低级官员奚宣赞的风流故事。到了元杂剧中，《张生煮海》《柳毅传书》皆述书生与龙女姻缘，《张天师断风花雪月》《刘晨阮肇误入桃源》皆述书生与仙女姻缘，这或许与元代文人地位极低而书生幻想尤多有关。

总之，宋元勾栏作家选择美女题材，无论是哪种类型的美女，其背后都带着平民受众的喜好。不光是宦门美女，妖女、鬼女、龙女、仙女等美女，一般都大胆、主动、泼辣，婢女也是这样，如《诈妮子调风月》中的燕燕、《㑇梅香骗翰林风月》中的樊素、《西厢记》中的红娘，无不对男主人公极尽调侃、嘲讽之能事。在一定程度上，这些美女与妓女在性格上是类似的，只是妓女更为多才多艺而已。因此，这些类型的美女，也是勾栏作家自己所喜爱的，与宋代风流词人对妓女的情有独钟并无二致，所以勾栏作家对美女题材的选择，也不完全是照顾商业化消费者的心理，也是有主动的一面的。或者说，勾栏作家本身就是平民中的一部分，与勾栏中的平民受众有着共同的兴趣爱好与阴暗心理。

三、商业文明与神仙道化题材选择

自晚唐以来，民间就流传道士吕洞宾修道成仙的故事。《全唐诗》记其事云“咸通中举进士，不第，游长安酒肆，遇钟离权得道，不知所往。诗四卷。”由于吕洞宾是在酒肆中遇钟离权度脱成仙的，所以后人总是以为神仙喜欢出没于酒店中。北宋仁宗朝石延年与刘潜在京师沙行王氏新开酒楼

"对饮终日,不交一言",第二天就出现了"王氏酒楼有二酒仙来饮"的传闻。[①] 而吕洞宾有诗四卷,说明他有文学才能。所以至北宋,刘斧《青琐高议》前集卷八记崔中在岳阳客肆中遇到一个补鞋人作《沁园春》词,问其姓氏,回答道"吾生于江口,长于山口,即今为守谷之客,姓名不知也",后来岳阳太守据此推测作词人为吕洞宾。[②]

然而,神仙只将本属仙界下凡的度脱人间重回仙界,或者将有仙缘的人或物度脱成仙。对于普通民众来说,能有什么样的吸引力呢?北宋末蔡絛《铁围山丛谈》载:

> 往时川蜀俗喜行毒,而成都故事,岁以天中重阳时开大慈寺,多聚人物,出百货。其间号名药市者,于是有于窗隙间呼"货药"一声,人识其意,亟投以千钱,乃从窗隙间度药一粒,号"解毒丸",故一粒可救一人命。夫迹既叵测,故时多疑出神仙。[③]

南宋《中吴纪闻》又载一事云:

> 郭氏,本郡中一小民。所谓林酒仙者,每至其家,必解衣以醉之。酒仙迁化前数日,语郭氏曰:"畴昔荷相接之勤,以药一杯为报。"郭氏以味恶颇难之。力强之,饮至三呷而止。酒仙自举而尽,遂授以朱砂圆方曰:"惜乎,富及三世尔!"郭氏竟售此药,四方争求买之,自此家大富。三世之后,绝无有欲之者。[④]

显然,在民间的"神仙"不过是精通制药的道士,而普通民众稀罕他们也不过是为了治疑难杂症。此外,道士们往往精通一些"法术",如化丹为金术

① (宋)欧阳修撰,李伟国点校《归田录》,北京:中华书局,1981 年版,第 34 页。

② (宋)刘斧撰《青琐高议》,北京:中华书局,1983 年版,第 82 页。

③ (宋)蔡絛撰,冯惠民、沈锡麟点校《铁围山丛谈》,北京:中华书局,1981 年版,第 104—105 页。

④ (宋)龚明之撰《中吴纪闻》,见《宋元笔记小说大观》,上海:上海古籍出版社,2001 年版,第 2890—2891 页。

与各种“幻术”(即今人所称“魔术”)。所以,中古以来,人们对有法术的道士一般都敬畏如神仙。北宋张师正《括异志》载道士张白“每遇风雪苦寒,则必破冰深入,安坐水中,永日方出。衣襦沾湿,气如蒸炊,指顾之间,悉以干燥。或与人为戏,仰视正立,令恶少数辈尽力推曳,略不少偃。又或仰卧,舒一足,令三四人举之。众但面赧,其足不动。居常饮崔氏酒肆,崔未尝计其直。”①

由于道士利用法术可以在酒肆中骗吃骗喝,而酒肆也因“神仙”广告效应生意兴隆。所以商人们热衷于编造神仙故事,文人们也热衷于对神仙故事加以记录。《夷坚志补》卷第十二《华亭道人》载:

> 绍兴二十八年,华亭客商贩芦席万领往临安,巍然满船。晚出西栅,一道人呼于岸,欲附载。商曰:“船已塞满,全无宿卧处,我自露立,岂能容尔!”道人曰:“与汝千钱,但辍一席地足矣!”商曰:“遇雨将奈何!”道人曰:“更与汝百钱,买芦席一领,遇雨自覆。”商利其钱,使登舟,坐于席上,仅容膝,不见其饮食便溺,在途亦无雨,到北关,乃辞去,曰:“谢汝载我,使汝多得二十千以相报。”商殊不晓。适是年郊祀大礼,青城用芦席甚广,临安府惧乏,凡贩此物至者,每领额外增价钱二文,尽买之,遂赢二万。搬卸既毕,最下一领有墨书六大字,曰“吕洞宾曾附舟”,字画遒劲,好事者争来观视,知为仙翁。明日,商入城,过众安桥,逢此道人卖姜于市,揖之曰:“你原来是吕先生,想能化黄金,可多与我。”道人笑曰:“为我守姜,今还店取金来。”痴守至暮,不复来,乃尽辇姜归。商庸人也,不复懊恨,闻者为之太息。②

不同于文言小说简练地记录神仙传闻,勾栏作家则敷衍故事,将普通的神仙传闻敷衍成神仙道化故事,或将原有的神仙道化故事编撰成杂剧,以满足消磨时间的平民受众的精神追求。如宋元话本小说《种瓜张老》,本于唐

① (宋)张师正《括异志》,见《宋元笔记小说大观》,上海:上海古籍出版社,2001年版,第679页。
② (宋)洪迈撰,何卓点校《夷坚志》,北京:中华书局,1981年版,第1655—1656页。

人牛僧孺《续玄怪录》中的《张老》。文言小说《张老》仅交代张老是“灌园叟”,话本小说中则不仅说张老种瓜,还敷衍出有小商贩来张老园中“扑花”的情节;《张老》中故事历时仅局限于梁天监中及其后数年,话本小说则将时间延伸到隋炀帝大业年间;《张老》中除张老外,人间只有韦氏成了神仙,话本小说中开生药铺的申公也是神仙,韦义方也可受“城隍都土地”。如此等等。

很显然,宋元话本小说对唐人文言小说作了改编,敷衍出更丰富的情节,也加入了新时代的社会内容(“扑花”,宋代才出现“买扑”),而改编后的故事也更符合平民的欣赏趣味,如唐人小说中只交待扬州卖药王老辨识故席帽时,“有小女出青布帏中”,而话本小说则敷衍成:“叫浑家出来看。青布帘起处,是个十七八岁的女孩儿出来”,韦义方心中道:“却和那张公一般,爱娶后生老婆”。在现实生活中,“老夫少妻”自是勾栏中平民受众所艳羡的。勾栏作家这一改写,是深知平民受众的趣味与心理的。可以说,勾栏作家选择张老故事,并通过张公之口交代“我本上仙长兴张古老,文女乃上天玉女,只因思凡,上帝恐被凡人点污,故令吾托此态取归上天”,分明将一个单纯的神仙故事敷衍成神仙道化故事。而选择这样的题材,一方面是对人世生活巨大变迁的不满,可宣泄作家与平民受众的内心苦闷,也便于迎合平民受众的享乐观念与人生趣味。

除了《种瓜张老》外,程毅中先生辑注的《宋元小说家话本集》中还收入一篇《福禄寿三星度世》,也是神仙道化题材故事。与此二篇类似的,还有《陈可常端阳仙化》《花灯轿莲女成佛记》,分别叙述的是和尚成仙、莲女成佛的故事。也许,在宋代平民眼中,仙和佛的界限并不明显,所以才会有陈可常以罗汉化身之和尚入了“仙境”,而非“西方净土”“极乐世界”之类。

但是,到了元代发生了重大变化,人们开始重道轻佛了。那是因为蒙古统治者尊崇藏传佛教,其教徒随蒙古大军南征,丧尽天良地掘开南宋皇陵、对待汉族平民更是为所欲为。在现存元杂剧中,“神仙道化”题材的杂剧有《西华山陈抟高卧》(简称《陈抟高卧》)、《马丹阳三度任风子》(简称《任风子》)、《吕洞宾三醉岳阳楼》(简称《岳阳楼》)、《邯郸道省悟黄粱梦》(简称《黄粱梦》)、《老庄周一枕蝴蝶梦》(简称《庄周梦》)、《吕洞宾度铁拐李岳》

（简称《铁拐李》）、《张天师断风花雪月》（简称《张天师》）、《严子陵垂钓七里滩》（简称《七里滩》）、《陈季卿悟道竹叶舟》（简称《竹叶舟》）、《吕洞宾三度城南柳》（简称《城南柳》）、《马丹阳度脱刘行首》（简称《刘行首》）、《刘晨阮肇误入桃源》（简称《误入桃源》）、《瘸李岳诗酒玩江亭》（简称《玩江亭》）、《铁拐李度金童玉女》（简称《金童玉女》）、《吕洞宾桃柳升仙梦》（简称《升仙梦》）、《汉钟离度脱蓝采和》（简称《蓝采和》）、《沙门岛张生煮海》（简称《张生煮海》）、《萨真人夜断碧桃花》（简称《碧桃花》）、《吕翁三化邯郸店》（简称《邯郸店》）等19部之多，约占元杂剧总数的十分之一，而“佛门道化”题材的杂剧仅见《月明和尚度柳翠》（简称《度柳翠》）、《布袋和尚忍字记》（简称《忍字记》）、《观音菩萨鱼篮记》（简称《鱼篮记》）3部。

那么，元杂剧作家如此热衷于选择“神仙道化”题材，到底有哪些原因呢？学术界目前总的看法如下：一、道教全真派与文人、隐士关系密切，形成了汉人社会强大的文化力量，这为“神仙道化”题材选择提供了社会文化基础；[①]二、元代惨酷的现实导致作家与市民观众都希望借此题材宣泄不满情绪，这为“神仙道化”题材选择提供了社会情感基础；[②]三、主人公未被度脱前对物质生活的沉迷、对世俗享乐的执着，与市民观众的物质欲望达到了一定程度的契合，这为“神仙道化”题材选择提供了欣赏趣味基础。[③]

其实，除了以上三个原因，应该还有两个原因：一是上文提到的宋代以来神仙故事在民间广为流传，所以“说话”艺人把握住受众喜谈神仙的兴趣，于话本小说中先行翻用“神仙道化”题材，元杂剧作家则顺势而起，也选择“神仙道化”题材以更丰富的表演形式来满足受众的需求；二是元代刑法规定：“诸民间子弟，不务生业，辄于城市坊镇演唱词话，教习杂戏，聚众淫谑，并禁治之”，[④]杂剧若选择“神仙道化”题材，就能避开“聚众淫谑”罪名，以否定的结局大谈“酒、色、财、气”，以投合平民受众的低级趣味。

---

① 么书仪《元杂剧中的“神仙道化”戏》，《文学遗产》1980年第3期，第65页。

② 邹鹏志《元代神仙道化剧盛因考》，《山西师大学报》1994年第3期，第44—45页。

③ 张进德，张韶闻《马致远神仙道化剧再认识——兼论元代神仙道化剧兴盛的原因》，《广西师范学院学报》2011年第1期，第40页。

④ （明）宋濂等撰《元史》，北京：中华书局，1976年版，第2685页。

笔者所补充的第一个原因不难理解，且前贤们已述及元杂剧对唐传奇和宋元话本题材的因袭，故此无须例证；对于第二个原因，尚须作些申述。比如，在《老庄周一枕蝴蝶梦》剧中，庄周本是天上大罗神仙，因在玉帝前见金童玉女“不觉失笑”而被贬下凡间。当太白金星来度他归位时，他说自己无法戒除“酒、色、财、气”，但剧本突出了庄周对“色”的贪恋。蓬壶仙长和玉帝先后派八位仙女点化他，才有起色。但在剧本结尾处，庄周已被众仙迎接脱离凡间，庄周仍问：“四个女子，与我在一处炼丹，被三曹官捉去，如今不知在那里？”太白金星回答：“你既无思凡的心，寻那四个女子做甚么？若上帝闻知，怎了？”这样的对白，仍给人以庄周难泯色心之感。对于平民来说，杂剧如此结尾，其趣味深永，远比鼓吹“道化”更合他们的口味。杨毅先生分析元代 7 部“神仙道化”剧中仙女形象后，曾有这样一段总结：

> 上界仙女们降临凡间亲历性爱情欲，竟都是神仙们的有意安排；……作为世俗情欲象征的性色彩，不仅没有受到神仙们的鄙视和抛弃，反而成了通往神圣仙道的正道，成为仙女重新登临仙境所必经的途径！①

从这段总结不难看出，元杂剧作家选择“神仙道化”题材，实际上暗中满足了平民受众的“性”趣。而这样低级的趣味，若不披上宣扬道教文化的外衣，是难免被元代统治者定个“聚众淫谑”的罪名的。

上述元杂剧作家选择“神仙道化”题材的五个原因，有着一个共同特点：充分考虑了平民受众的情感与趣味需求。而这一考虑，实际上是由杂剧生产者与消费者之间商业性的关系决定的。就此而言，元杂剧作家对“神仙道化”题材的选择，是与元代商业文明有着密切关系的。

---

① 杨毅《圣洁中的性色彩——元代神仙道化剧仙女形象新论》，《四川戏剧》2009 年第 2 期，第 39 页。

第三节　宋元商业文明与文学语言风格的流变

至宋元时代,以词、曲为代表的“一代文学”,其语言风格已与中古文学语言风格大不相同。最根本的原因就在于词、曲所服务的对象是广大平民,是面向文化市场的商品,而不再是文人圈中的互赠品与把玩品,也不再是用于治国理政的形制优雅的工具。所以,带有浓郁的文学商业化气息的文学语言,与宋元时代物质文化领域的其他新兴现象一样,标志着一个新的时代的来临。与词、曲充分发展相伴的古白话小说,也一样打开了语、文倾向于合一的大门,展现了文学语言的新风格。

一、商业文明与形式俗白的语言

由于北宋中叶经济繁荣,越来越多的商人成为平康妓家的常客。唐五代以来与小令词相应的体制较短小的乐曲,并不能引起商人们的兴趣,于是配合市井歌伎演唱的作曲界首先掀起了一场“风暴”——与长调词作相应的“新声”大量被创作出来。这种形势,需要有大量的长调词创作。

此时,精通音乐的才子柳永,适于京师应举,留连于花街柳巷,便开始大量创制长调的慢词,因此柳永大得歌伎青睐,其词经歌妓传播,以至“凡有井水饮处,即能歌柳词”。而柳永所作之慢词,不仅是适应音乐上的长调,也在歌词的语言上作了很大的改革。这种改革,最明显的反映便是大量使用俗白的“俚语”。清人宋翔凤云:“耆卿失意无聊,流连坊曲,遂尽收俚俗语言入词中,以便伎人传习,一时动听,传播四方。”(《乐府余论》)这种说法传达了柳永在“坊曲”中的俗词创作具有商业性这一信息,但并不完全正确。因为柳永并非在落第后“失意无聊”才开始使用俚俗语言入词的,而是因使用俚俗语言入词,才落第“失意无聊”的。前人关于柳永遭仁宗皇帝黜落便去访问宰相晏殊的故事,便可证明这一点。宋人黄升云“柳永长于纤艳之词,然多近俚俗，故市井之人悦之”，这种说法是比较可靠的。今观柳永《乐章集》，用语俚俗的词篇确实不少，如其《爪茉莉》云“巴巴望晓，怎生捱、更迢递。料我儿、只在枕头根底，等人来、睡梦里”，《木兰花令》云“有个人人真堪羡。问著佯羞回却面。你若无意向他人，为甚梦中频相见”，其中“巴巴”“怎生”“我儿”“根底”“人人”“问著”“为甚”，都是俚俗之语。

由于柳永是近古第一位在歌词中多用俚语的人，清初戏剧家李渔《多丽》一词云“柳七词多，堪称曲祖”，晚清况周颐《蕙风词话》卷三云“柳屯田《乐章集》，为词家正体之一，又为金元已还乐语自出”，近人夏敬观《手评乐章集》云柳永“俚词袭五代淫让之风气，开金元曲子之先声”。这些评论都道出了柳词与元曲之间的联系。元曲与柳永俚俗词都是商业性创作的产物，服务终端对象都是市民，它们之间有紧密联系是毫不奇怪的。

不过，元曲对俚俗语言的运用更为多样。王国维说：“独元曲以许用衬字故，辄以许多俗语，或以自然之声音形容之。此自古文学上所未有也。”①王氏说元曲以许多俗语“形容之”，这看法是不错的。如康进之《李逵负荆》第二折中李逵的唱词：

> ［叨叨令］那老儿一会家便哭啼啼在那茅店里，他这般急张拘诸的立。那老儿一会家便怒吽吽在那柴门外，他这般乞留曲律的气。那老儿一会家便闷沉沉在那酒瓮边，他这般迷留没乱的醉。那老儿托着一片席，头便放在土坑上，他这般壹留兀渌的睡。似这般过不的也么哥，似这般过不的也么哥，他道我梁山泊水不甜，人不义。

显然，“急张拘诸”“怒吽吽”“乞留曲律”“迷留没乱”“壹留兀渌”等词语，全是用来“形容”的俚俗之语。但王氏说“此自古文学上所未有也”，就没有说服力了。在宋代风流浪子的词中，就有以俚俗之语“形容之”的现象，如前所举柳词中“巴巴望晓”的“巴巴”便是。又如受柳永影响的秦观词，其《满园花》中有一句“非常罗皂丑”，《品令》中又有一句“好好地恶了十来

① 王国维著《王国维戏曲论文集》，北京：中国戏剧出版社，1983 年版，第 87 页。

日”,其中“非常罗皂”“好好地”也都是用来“形容”的俚俗之语。

宋代风流浪子词中不仅存在用来“形容”的俚俗之语,名词、动词等类词中也存在俚俗之语。如秦观《满园花》《品令》二词中就用了“孛罗”“恰而今”两个属于俚俗之语的名词,“撋就”“僝僽”“乞织”“压一”“沾识”等多个属于俚俗之语的动词。这样的情况在宋元话本、戏剧中也存在。如话本小说《红白蜘蛛》中出现的动词“坐地”,便是宋元俚俗之语,其义相当于“坐着”,程毅中先生解释此词道:

> 宋元时常见。《三现身》:“当日押司娘和迎儿在家坐地。”《山亭儿》:“万员外复身来凳子上坐地。”《拦路虎》:“见一坐茶坊,入去坐地。”《五代史平话·梁史》卷上:“黄巢和那朱温、朱全昱、朱存三个兄弟,一同入那酒店里坐地。”《前汉书平话》续集卷中:“人言:‘大夫在小庭坐地。’”王明清《挥麈余话》卷二:“张太尉先与一个和尚何泽点着灯坐地说话。”①

看王明清《挥麈余话》中的那句话,除了“坐地”一词外,与今日口语已完全相合了。可见那句话在当日也必为适俗口语。因此,程先生关于“坐地”这一俗语,所引用的宋元话本小说与讲史中的多个案例,足以说明宋元话本中所用俚俗之语,也是包含动词的。又如顾学颉先生对关汉卿《救风尘》杂剧所作注释中,“作伴”一词释为“与一般作伴侣的意义稍别,似犹今言‘同居’”,“谎彻梢虚”一语释为“扯谎,说假,虚与委蛇,表面敷衍”,②说明“作伴”“谎彻梢虚”都是元杂剧中使用的动词性质的俚俗之语。

至于俚俗的名词在宋元话本、戏剧中的使用情况,我们不妨来看下程毅中先生所释“顶老”“招儿”这两个名词:

> 顶老——称妓女的隐语。徐渭《南词叙录》:“顶老,伎之诨名。”

---

① 程毅中辑注《宋元小说家话本集》,济南:齐鲁书社,2000 年版,第 30 页。

② 顾学颉《元人杂剧选》,北京:人民文学出版社,1998 年版,第 50 页。

《宋四公》:“我不是擦卓儿顶老,我便是苏州平江府赵正。”《玩江楼记》:“这三个顶老陪钱,争养着那柳七官人。”商衜《一枝花·叹秀英》套曲:“生把俺殃及做顶老,为妓路剗地波波。”

招儿——招帖,广告。《俞仲举》:“只见一个先生,手里执着一个招儿,上面写道:‘如神见。’”无名氏《蓝采和》杂剧一折曰:“昨日贴出花招儿去,两个兄弟先收拾去了。”又称“招子”。《金鳗记》:“只见一家门前招子上写道:酿成春夏秋冬酒,醉倒东西南北人。”《张协状元》戏文三十七出:“旦提招子上唱。”①

“顶老”是隐语,“招儿”又称“招子”,足以说明这两个名词都是民间俚俗口语之词,而这两个分指人、物的名词,在宋元话本、戏剧中有足够多的使用案例,加上前举动词、形容词的使用情况,足以说明多种词性的俚俗之语在宋元商业性的文学中都有运用。王国维认为只是到了元曲中才运用俚俗的“形容”词的观点,显系片面的。

宋元时代商业空前繁荣,在商品流通的同时,各地方言俚语的交流也得到了加强。因此,市民与服务于市民文化市场的作家也都掌握了大量的俚俗之语,并且将这样的语言作为流行的“时髦”用语加以运用。这样,以俚俗之语为代表的俗白语言,便成为宋元为市民服务的文学中大量使用的语言形式。

二、商业文明与姿态活泼的语言

可以说,宋元时代为市民服务的文学,在使用大量俚俗之语以追求时髦的同时,也使得文学用语更为鲜活,一定程度上增加了语言活泼的姿态。但是,即使不用俚俗之语,为了迎合市民受众的欣赏趣味,作家们也通过别的手段创造出姿态活泼的文学语言来。

---

① 程毅中辑注《宋元小说家话本集》,济南:齐鲁书社,2000年版,第42、70页。

宋人陈世崇《随隐漫录》载云：

有一货炒栗人，坐亡。无准秉炬云："平生辟辟剥剥，做尽万千手脚；今朝撒手便行，这回炒得离壳。"随隐拈云："未敢相许。"①

文人"无准"嘲讽炒栗人的四句诗，是完全符合炒栗人的职业身份的，语言姿态十分活泼。但陈世崇表示"未敢相许"，大约是不同意过于贬损已死的炒栗小贩，带有宽容逝者的儒家情怀。不过，这样的诗还是得到市民喜爱的，不然也不至于流传开来，为陈世崇所收录。《随隐漫录》还有一则类似的记录：

云间酒淡，有作《行香子》云："浙右华亭，物价廉平。一道会、买个三升。打开瓶后，滑辣光馨。教君霎时饮，霎时醉，霎时醒。　听得渊明，说与刘伶。这一瓶、约迭三斤。君还不信，把秤来秤。有一斤酒，一斤水，一斤瓶。"呜呼，岂知太羹玄酒之真味哉。②

对于有人作《行香子》词嘲讽酒商为攫取暴利而有意以劣质酒出售的现象，陈世崇委婉地表达了赞同之意见。而这首《行香子》词，显系滑稽词一类，其语言表现出活泼的姿态，同样是深得市民喜爱的。

在宋代，适应市民文化要求的滑稽词创作，曾风靡一时。据王灼《碧鸡漫志》卷二载：

长短句中作滑稽无赖语，起于至和，嘉祐之前，犹未盛也。熙丰、元祐间，兖州张山人以诙谐独步京师，时出一两解。……元祐间王齐叟彦龄，政和间曹组元宠，皆能文，每出长短句，脍炙人口。彦龄以滑稽语噪河朔；组潦倒无成，作《红窗迥》及杂曲数百解，闻者绝倒，滑稽无赖之魁

① （宋）陈世崇撰《随隐漫录》，北京：中华书局，2010 年版，第 9 页。
② （宋）陈世崇撰《随隐漫录》，北京：中华书局，2010 年版，第 19 页。

也。……其后祖述者益众，嫚戏污贱，古所未有。[1]

当然，语言姿态活泼而常常令“闻者绝倒”的宋人滑稽词创作，并非都因商业文明而起，但都是适应商业文明基础上产生的市井文化需要的。而另一类语言姿态活泼的歌词的产生，则直接源于商业文明，这类词当时人称为“吟叫”。北宋高承《事物纪原》卷九载：“京师凡卖一物，必有声韵，其吟哦俱不同。故市人采其声调，间以词章，以为戏乐也。今盛行于世，又谓之吟叫也。”[2]南宋吴自牧《梦粱录》卷二十又载：“今街市与宅院，往往效京师叫声，以市井诸色歌叫卖物之声，采合宫商成其词也。”[3]

语言姿态活泼的宋词，除了直接与商业相关的滑稽词和吟叫词，还有服务于商业性文艺市场的赠妓词。柳永赠妓词中就有不少语言姿态极为活泼，如以下二首：

意中有个人，芳颜二八。天然俏、自来奸黠。最奇绝。是笑时、媚靥深深，百态千娇，再三偎着，再三香滑。　　久离缺。夜来魂梦里，尤花殢雪。分明似旧家时节。正欢悦。被邻鸡唤起，一场寂寥，无眠向晓，空有半窗残月。（柳永《小镇西》）

有个人人真堪羡。问著佯羞回却面。你若无意向他人，为甚梦中频相见。　　不如闻早还却愿。免使牵人虚魂乱。风流肠肚不坚牢，只恐被伊牵惹断。（柳永《木兰花令》）

《小镇西》词中，“天然俏”之后来个“自来奸黠”，有点脑筋急转弯的味道，很能投合市民“坏坏的”脾胃；“再三偎着”之后又来个“再三香滑”，同样是出人意料。这样的语言所唤起的意象，摇曳多姿，活泼动人。《木兰花令》词中，“问著佯羞回却面”一句，在一句之后来个意象转折，而整首词语言又那样轻快佻达，极易为欢场男女接受。

---

① （宋）王灼撰，罗济平校点《碧鸡漫志》，沈阳：辽宁教育出版社，1998年版，第9—10页。
② （宋）高承撰，金圆、许沛藻点校《事物纪原》，北京：中华书局，1989年版，第495页。
③ （宋）吴自牧《梦粱录》，杭州：浙江人民出版社，1984年版，第193页。

与服务于商业性文艺市场的赠妓词一样,宋元话本也展现了姿态活泼的语言。在宋元话本小说中,语言姿态活泼最主要体现在叙述性的语体与描写性的语体不断轮换上。一般叙述性的语体是散文式的白话语体,而描写性的语体则是韵文式的浅近文言语体,这样的语体不断轮换,使得话本小说保持了通俗易懂又不乏味的魅力。而有些作品不仅如此,在叙述性的语体内部,语言姿态也很活泼。且看《刎颈鸳鸯会》对蒋淑珍的一段描写:

> 这女儿心性有些跷蹊,描眉画眼,敷粉施朱,梳个纵鬓头儿,着件叩身衫子,做张做势,乔模乔样,或倚槛凝神,或临街献笑,因此闾里皆鄙之。

在对蒋淑珍的装扮描写后,来上"做张做势""乔模乔样"两句带评论性的话语,再以其神态描写相接,最后以闾里的反应作间接描写,这样语言显得特别活泼,摆脱了板滞的形式,使得听众能产生一种直接参与进故事人物现场的感觉,与今日3D电影带给观众的亲临现场感类似。

不同于话本小说以完全依赖语言技巧,元杂剧通过演员的表演直接诉诸观众的视觉,这是胜于"说话"艺术的重要手段。但是,元杂剧在语言上也没有忽视活泼姿态的展示,而是特别注重以语言的诙谐幽默来营造喜剧效果。

比如《金线池》杂剧写上厅行首杜蕊娘的妈妈将秀才韩辅臣赶出门后,韩辅臣上京赶考前找杜蕊娘,而杜蕊娘嫌他半个多月没上门来,加以拒斥,韩辅臣竟然下跪"请罪",还说什么"你打我几下罢",完全不像一个儒生,与小市民德行无二。在这样市民趣味很浓的一节戏里,滑稽可笑、姿态活泼的人物语言,显得十分突出。

又如《谢天香》第二折中,柳永与上厅行首谢天香告别前,去求府尹钱可照顾谢天香,而谢天香因参见府尹没得好脸色,就劝柳永道:"你休见罢,这相公不比其他的!"柳永回答道:"不妨事,哥哥看待我比别人不同。"等见过钱大尹再回见谢天香时,柳永才想起去见钱大尹的目的,谢天香又说:"耆卿,你休去!这相公不比其他的。"柳永又回答道:"不妨事,哥哥待我较别哩。”等他再见钱大尹说清楚后，回见谢天香，谢天香觉得钱大尹的话不可靠，柳永便要三见钱大尹，谢天香说：“耆卿，你休过去。”柳永回答道：“不妨事，哥哥待我较别哩。”就这样，柳永总共五见钱大尹，每次见面前都对谢天香说：“不妨事，哥哥待我较别哩。”其实钱大尹知道柳永请他照顾妓女谢天香后，就没好气地回答了，柳永仍不知趣，直到钱大尹完全翻脸才罢休。柳永五回见钱大尹前都对谢天香说“不妨事，哥哥待我较别哩”，这样的语言，看似重复呆板，实则十分活泼有趣，活画出一个轻狂又憨痴的柳永形象，真正体现了“物极必反”的道理。

总之，宋元话本小说家与杂剧作家，由于要为商业性消费的市民大众服务，他们都努力塑造出在人品上接近市民的人物形象，往往以喜剧性的姿态、活泼的语言来展示人物的“缺点”，从而使市民产生自我人格上的满足感，进而喜爱上这样的文学艺术形式。

三、商业文明与粗俗下流的语言

无论何时，商业文明中都少不了畸形的内容。这大约与商人唯利是求的职业追求有关。所以从道德角度来看，古代商业社会里基本上全是只可“喻以利”的“小人”。从人物语言层面上说，“小人”的语言缺少净化，其中是包括了大量粗俗下流成分的。为了“接地气”以赢得商业性共生局面，或者为了真实地刻画“小人”形象，宋元服务于市民文化市场的作家，无不在文学作品中夹杂着粗俗下流的语言。

我们不妨先说说服务于市民大众的宋代市井歌伎所歌唱的曲子词。浪子文人柳永为歌伎所作的《凤栖梧》下阕云“旋暖熏炉温斗帐。玉树琼枝，迤逦相偎傍。酒力渐浓春思荡。鸳鸯绣被翻红浪”，相当露骨地描述了嫖客与妓女的性活动，这首词语言之下流是不言而喻的。再看他的一首《西江月》词：

调笑师师最惯，香香暗地情多。冬冬与我煞脾和。独自窝盘三个。
管字下边无分，闭字加点如何。权将好字自停那。奸字中间着我。

这首词虽没有直接描述性活动，却也道出一个嫖客同时与三个妓女在一起的基本情况，而且是以自鸣得意的语气来写的。这样的语言虽未明示性活动，也同样是下流的。另外，这首词下阕全用字谜形式达意，用语也显得俗气。清人冯煦《蒿庵论词》云："耆卿词，曲处能直，密处能疏，奡处能平，状难状之景，达难达之情，而出之以自然，自是北宋巨手。然好为俳体，词多媟黩，有不仅如《提要》所云，以俗为病者。"①所谓"俳体"，当指这类以俗气的不严肃的语言结撰的词作，所谓"媟黩"，当与使用明示或暗示性活动的下流语言相关。

效法柳永作词，同样深得市井歌伎崇拜的秦观，也有一首赠妓词《迎春乐》：

> 菖蒲叶叶知多少，惟有个、蜂儿妙。雨晴红粉齐开了，露一点、娇黄小。　　早是被、晓风力暴，更春共、斜阳俱老。怎得香香深处，作个蜂儿抱。

尽管秦观这首词表面咏物，但读者还是"会因为蜜蜂抱花意象而联想到男女欢会"，②如《古今词话·词品》卷下有这样一番话："谀媚之极，变为秽亵。秦少游'怎得香香深处，作个蜂儿抱'，柳耆卿'愿奶奶兰心蕙性，枕前言下，表余深意'，所以'销魂当此际'，来苏长公之诮也。"从这样的评论中，我们可知秦观学柳永作词，且都有涉及"秽亵"内容的语言下流之作。

不同于曲子词中表现词人自我形象所用俗气下流的语言，宋元话本小说中对人物形象的塑造，有时也会根据人物身份以粗俗下流的语言去描写。如《错认尸》中商人乔俊的小妾周氏因丈夫长年不回家，便主动与小二通奸，有这样一段描写：

> 周氏叫小二到床前，便道："小二，你来，你来，我和你吃两杯酒，今

---

① 孙克强编《唐宋人词话》，郑州：河南文艺出版社，1999年版，第140页。

② 徐培均、罗立刚编著《秦观词新释辑评》，北京：中国书店出版社，2003年版，第110页。

夜就和你做了夫妻,好么?”小二道:“不敢!”周氏骂了两三声“蛮子”,周氏双手把小二抱到床边,口口而坐,便将小二扯过,怀中解开主腰儿,交他摸胸前麻团也似白奶。小二淫心荡漾,便将周氏脸搂过来,将舌尖儿度在周氏口内,任意快乐。

这段描写比起词人自述与妓女绸缪之状,更为露骨而“秽亵”,可谓用语十分下流。同样的,话本小说在语言粗俗方面,也是超过曲子词的。如《简帖和尚》中对皇甫殿直家的丫环迎儿的描写:

短胳膊,琵琶腿。劈得柴,打得水。会吃饭,能屙屎。

宋元话本小说如此粗俗下流的人物描写,除了本于生活的真实,便是能够满足市民的低级趣味,实为商业性文艺表演的一种客观要求。

比起话本小说来,宋元戏剧中出现了更多粗俗下流的人物语言描写,如南戏《张协状元》第十二出小二挑担的唱词[字字双]:

一石两石米谷,也一担担。两桶三桶臭物事,也一担担。四把五把大栃柴,也一担担。豆腐一头酒一头,也一担担。

这样的人物语言,十分粗俗,符合一个农民出身的小二身份,是作家按生活真实来塑造人物的结果,同时,这种体现了乡下人头脑简单的语言,也是针对市民观众的优越心理而设计的。又如元杂剧《张孔目智勘魔合罗》第四折中,审案官张鼎与卖魔合罗的高山有如此对话:

(正末云)兀那老子,比及你见刘玉娘呵,城中先见谁来?(高山云)我想起来也!我入的城来,撒了一泡尿。

这样的对话,同样反映了小商人高山语言粗俗,在粗俗的背后是愚笨。而元杂剧中展现了人物语言下流,则与这些出身于农村的愚笨的人物无关,多与城乡中各种恶势力的代表人物有关。

如《鲁大夫秋胡戏妻》第二折，讲述李大户强迫罗大户将女儿罗梅英改嫁给他，当罗大户收下他红定后，李大户说了这样一番话："那老子许了我也，愁他女儿不改嫁我！如今将着羊酒表里，取梅英去。待他到我家中，扢搭帮放番他，就做营生，何等有趣！"这番话既粗鲁又下流，就很适合农村流氓土豪的身份。

再如《裴度还带》第二折中净行者云："阿弥陀佛！阿弥陀佛！南无烂蒜吃羊头，娑婆娑婆，抹奶抹奶。"当商人王彦实问师父哪里去了时，净行者云："去姑子庵里做满月去了。"此言无理下流，符合元代藏传佛教恶僧的身份；又诙谐入俗，投合市民观众的低级趣味。

又如《救风尘》第一折中，赵盼儿劝宋引章不要过早嫁给周舍，宋引章回答道："有甚么早不早？今日也大姐，明日也大姐，出了一包儿脓"；第二折中，写周舍在娶宋引章回郑州的路上，自说自话道："我揭起轿帘一看，则见他精赤条条的，在里面打筋斗。"顾学颉先生解释宋引章的话时，特意指出"出了一包儿脓"，"即与嫖客性交的隐语"。[1] 可见，妓女宋引章与商人周舍的语言都是下流的。这样的人物语言，既符合人物的职业特点，也与他们的人品相符。对于瓦舍勾栏中的平民受众来说，听到这些下流语言，是倍感熟悉而亲切可人的。

实际上，俗白的语言、姿态活泼的语言乃至粗俗下流的语言，都特别能受到市民听众的认同，甚至博得他们的笑声。因为这样的语言，才适合他们的欣赏水平与欣赏趣味。因此，为了更好地服务于消费者，弥补元杂剧体制上的不足，元杂剧作家们还在人物语言运用上创造出以诙谐幽默为主要特征的"插科打诨"模式。正如王汉民先生所指出的："一人主唱的形式限制了剧中其他角色的表演，像净、丑，他们几乎没有唱曲的机会，即使唱一两支曲子也是曲尾或属打诨性质。这不利于表现丰富多彩的社会生活，也不利于塑造更多的鲜明的人物形象。为此，作为一种补救措施，元剧中净丑和其他

① 顾学颉选注《元人杂剧选》，北京：人民文学出版社，1998 年版，第 52 页。

角色便在说白领域里发展,丰富表演内容,科诨是其中重要的组成部分。”①

第四节　宋元商业文明与文学新流派的衍生

中国文学的旨趣,本非决定于文学消费者的欣赏要求,而是决定于文学创作主体抒写个人情志的愿望或积极事功的态度。到了宋元时代,平民文化市场出现固定化、规模化经营,文学创作才步入了商业化创作的快车道,创作主体才出现了较大的分化,专门从事商业化文学创作的新流派,不仅因新文体走向完备的需要而产生,也因落泊文人寻找新的谋生出路而产生。

一、商业文明与才子词派的衍生

自晚唐“以文为货”的温庭筠始,才子词人与商业关系紧密,便成了一个重要的历史文化现象。而才子词人的基本特征,依据温庭筠的人品才艺与生存状态,也有了初步的内涵规定性:即生存状态上沉沦不遇,人品上风流浪荡,才艺上擅长吟诗作词。到了宋代,由于文艺市场的进一步发育与分化,市民文艺市场规模扩大。在歌词消费领域,小市民成为最大的消费群体,因而才子词人便增加了一个新的特征:词作的适俗性。对照这几个基本特征,宋代的才子词人,既有早出的柳永,又有后继的秦观、黄庭坚、周邦彦、康与之和刘过等人。从具有诸多共性这一点来看,宋代的才子词人们实际上已构成了一个历时性的流派。先师刘扬忠就将这一群才子词人称为“俚俗词派”(有时简称为“柳派”)。本着不以一人掩众美与不以一短掩众长的思路,笔者采取保守的做法,以人品气质与艺术趣尚等共性来命名这群宋代词人,称之为“才子词派”。

在“才子词派”中,核心人物是柳永。“才子词人”一语,便出自柳永《鹤

---

① 王汉民撰《元杂剧科诨的特征》,《湘潭师范学院学报》1994年第4期,第20页。

冲天》词。在词中,柳永自我标榜道:“才子词人,自是白衣卿相”。出此豪言的背景:柳永无需走上仕途,仅凭借其擅长作词的才情,通过商业化创作就能谋生并获得平民大众的敬仰。

那么,柳永是怎么成为第一位“才子词人”的呢?先师刘扬忠先生有一段精辟的论述:

> 宋代写词的多半是文人士大夫,但唱词的多半是市井坊曲之伎,听词的也多半是普通市民。他们要求词人写一些与他们的心理、情趣及实际生活合拍的东西,以便唱的唱得顺畅,听的听得懂,听得舒服愉快。这就需要词更加向口语靠近,同时更要加长篇幅,以便具体描绘人物心理和铺叙都市风光与市民生活。用民间流传的“今体慢曲子”来填写长调慢词,是解决此项需求的重要途径。而高高在上、根本瞧不起市井俗流并且只习惯于用短章小令含蓄概括地抒写士大夫闲情逸致的晏殊等人,是不可能也不愿意来参与这种开拓革新工作的。仕途失意流落市井坊曲的柳永,却因其才之所长、性之所近与身之所处,乃与乐工歌伎打成一片(如同后来元代的“浪子班头”关汉卿那样),潜心琢磨新声新曲,做起宋代俗文学的开山祖师来。①

从这段话中,我们不难看出,正是宋代商业文明的发展,商业性文艺消费的主体已转型为“普通市民”,柳永这样带有“浪子”气质的才士,才应运而起,成了创制“适俗”的慢词的祖师。

与柳永类似,徽宗朝才子词人周邦彦,在京师十年蹉跎未仕,流落市井坊曲,赢得了市井词坛盛名,以至徽宗皇帝所喜爱的名妓李师师,都钟情于他。尽管后来周邦彦依附奸臣蔡京官运好转,甚至跻身于学士行列,以至后人说他“二百年来乐府独步,贵人学士市儇妓女,知美成词为可爱。”②但他年轻时所作,大多是赠妓词,以艳情为主,大得妓女欢心,却并不受贵人学士称

---

① 刘扬忠著《唐宋词流派史》,北京:中国社会科学出版社,2007年版,第168页。

② 孙克强编《唐宋人词话》,郑州:河南文艺出版社,1999年版,第362页。

道。宋末张炎曾有这样的批评：

> 词欲雅而正，志之所之，一为情所役，则失其雅正之音；耆卿、伯可不必论，虽美成亦有所不免；如“为伊泪落”，如“最苦梦魂，今宵不到伊行”，如“天便教人霎时得见何妨”，如“又恐伊寻消问息，瘦损容光”，如“许多烦恼，只为当时，一晌留情”，所谓淳厚日变成浇风也。（《词源》卷下）

张炎在指责周邦彦（字美成）这类“为情所役”词之前，先是否定柳永（字耆卿）与康与之（字伯可）的“为情所役”词的。这种否定，本身就暗含了指责柳永为罪首。王灼则更明白地说：周邦彦的词“深劲乏韵，此遭柳氏野狐涎吐不出者也。”（《碧鸡漫志》卷二）

至于康与之，虽没有柳永、周邦彦根据“新声”创制慢词的本领，却更为“浮浪”。他少年时代家居宛丘，就曾“驰游京都，沾染冶游之习”，养成耽于享乐、寄情青楼的放浪不羁性格。北宋灭亡后南渡，“绍兴初，监杭州太和楼酒库，因狎妓所费，盗取库钱，坐免官，落魄无所依。八年，谒常同于湖州，为检察御书，不久离去。”他之所以离开好友常同，是因为常同每月给他三万薪水，被他胡乱花光，常同知情后将薪水直接交给他母亲。“（绍兴）十九年，周三畏知苏州，康与之往游，为乐伎赵芷脱籍，携以去。周三畏谋之通判苏师德，师德劝阻之，遂追还赵芷。与之因此怀恨在心。不久，常同去世，与之遂诬周三畏、苏师德及其子苏环，谓祭文中有攻击宰相之语，秦桧震怒，因起大狱，迫害忠良，牵连无数。”①因此，清人李调元说：“词至南宋而极，然词人之无行亦至南宋而极，而南宋之无行至康与之尤极。”（《雨村词话》卷二）

从谋生的方式上看，康与之也与柳永、周邦彦不同。叶梦得《避暑录话》卷下云：“柳永，字耆卿。为举子时，多游狭邪。善为歌辞，教坊乐工每得新腔，必求永为辞”，王灼《碧鸡漫志》卷二云：“江南某氏者解音律，时时度曲，

---

① 刘尊明，徐海梅撰《宋南渡词人康与之生平事迹考述》，《兰州大学学报》2010 年第 2 期，第 27—29 页。

周美成与有瓜葛，每得一解，即为制词，故周集中多新声”，可见柳永与周邦彦都能通过给歌伎乐工作词获取报酬养活自己。而康与之所作“为情所役”词虽然也与商业文明有关，仅限于“狎妓所费”。他落泊时谋生的方式，是靠投奔友人谋职以获取大笔钱财。

尽管康与之与柳永、周邦彦有诸多不同，但前人论词，还是将他们并提，如上文所提到的张炎《词源》就是这样。又如清王士祯《倚声初集序》云："有词人之词，柳永、周美成、康与之之属是也。”但更多的评论家仅将康与之与柳永并提。如宋罗大经《鹤林玉露》云："伯可专应制为歌词，谀艳粉饰，于是声名扫地，世但以比柳耆卿辈矣。”(《词林纪事》卷九引)沈义父《乐府指迷》云："康伯可、柳耆卿，音律甚协，句法亦多有好处，然未免有鄙俗语。”同样的，评论家们也更多地将周邦彦与柳永并提。如宋赵以夫《虚斋乐府自序》云："我朝太平盛时，柳耆卿、周美成羡为新谱，诸家又增益之，腔调备矣。”明王世贞《艺苑卮言》云："美成能作景语，不作能情语；能入丽字，不能入雅字，以故价微劣于柳。”而且，还有人认为康与之词与周邦彦词各不相干，如宋柴望《凉州鼓吹自序》云："词起于唐而盛于宋，宋作尤莫盛于宣、靖间，美成、伯可各自堂奥，俱号称作者。”(《强村丛书》)明此，我们便能明白：在才人词派中，柳永是核心人物，周邦彦与康与之都只是侧翼人物。

前人评柳永词时，也有时提到秦观词和黄庭坚词，如清人尤侗《词苑丛谈序》云："秦、黄、周、柳，得少陵之体。”蔡宗茂《拜石山房词序》云："自姜、张以格胜，苏、辛以气胜，秦、柳以情胜，而其派乃分。”(《清名家词》)樊增祥《东溪草堂词选自叙》云："柳七、黄九并负盛名”。(《樊山集》卷二十三)而苏轼曾直接说过秦观学柳七作词，黄庭坚词有句“女边著子，门里安心”，这种字谜式的作词法，显系学柳永词句“管字下边无分，闭字加点如何”而来。但是，秦、黄二人后来都成为苏门学士，学苏轼作词。他们年轻时学柳永所作俗词，在词集中只占很少比例，所以秦、黄二人充其量只能算才子词派的附庸而已。

同样的，南宋刘过一直被人看作辛派词人，但清人刘熙载《词概》说“刘改之[沁园春]《咏美人指甲》《美人足》二阕，以亵体为世所共讥”，冯煦《蒿庵论词》又说他“[小桃红]亵矣而未甚也，[天仙子]则皆市井俚谈”，可见刘过也有少数词与柳词在语体和品格上是相通的。而从人品来看,刘过与柳永同属“浪子”,从谋生手段来看,又同样有以词献媚地方官的经历。所以将刘过与秦观、黄庭坚一并看作才子词派中的附庸,并不为过。

综合前人众多评论来看,宋代才子词派的创作特征,主要是语言俚俗、内容鄙亵,但同时也反映出盛世繁华景象;在这些特征的背后,则为商业繁荣、色情与文艺市场活跃的“市井气”。商业文明不仅为这些才子词人提供了新的谋生出路,也在一定程度上规定了他们创作的内容、语体与趣味。换言之,是商业文明的发展,催生了宋代才子词派。

二、商业文明与江湖诗派的衍生

在传统的文人与歌伎之间的商业关系中,诞生出一个历时性的才子词派,这是北宋中叶至南宋中叶文坛上的一个重要现象。而传统的文人文学市场在宋代不断发育,至南宋中后期又诞生出一个有组织的共时性的江湖诗派,这是宋代文坛上又一个重要现象。

随着瓦舍勾栏的出现,宋代文艺市场面向大众的时代便开启了。个别落泊的文人靠敏捷的诗才,也在城市人流较多的街市或桥头面向大众卖诗。这种卖诗的形式不同于书商卖书,诗人所出卖的是尚未完成的作品,诗人只携带笔墨纸张和桌椅,让顾客现场自由命题,诗人则应题挥毫,即时与顾客成交。可以说,这样的卖诗人,便是最早的凭借商业方式谋生的江湖诗人。

但是,像这样在街市上立桌现场应题吟诗挥毫出售的方式,从商业角度来说是不合算的。因为出售诗歌的对象一般是普通市民,所得报酬一般是很少的,而且现场创作出的诗歌只进行了一次性销售,在已有雕版印刷术行世可将诗篇反复多次出售的时代,这种卖诗行为虽属创新,但也很原始落后。从诗人的声誉来看,也非好事。因为没有人能够每次应题作诗都能作出艺术精品来。长期如此,质量不高的诗作流散民间,就成了不可避免之事,而这样会毁了一个诗人的良好声誉。或许正因为有此等弊端,宋代的落泊文人,极少专门从事这样的卖诗活动。只有在遭际经济极度困窘时,他们才会以此卖诗方式作为临时应急之用。

绝大多数落泊江湖的诗人，依然采用唐代以来游幕乞丐的方式，即投献诗文给地方高级官员，以博得较为丰厚的赏赐，甚至获得一个有长期薪水可拿的幕僚职位。在宋代，甚至有人将此种谋生方式作为一种职业，每次乞丐只求丰厚的赏赐而不要幕职。当然，到了南宋时代，多数江湖诗人更愿意做达官贵人家的清客门人，或联成帮派，互相吹捧，以获取丰厚的赏金，住入都城附近的豪华别墅区，靠侍宴陪谈或吟诗伴游安闲度日，其盛况赛过战国时代齐国的稷下学士。

然而，高居都城的达官贵人毕竟数量有限，不太善于同达官贵人交际而创作水平较高的诗人，他们无法或耻于跻身帮闲文人行列，又如何寻找生活出路呢？凡事都有两面性，宋初以来一直推行崇文政策，读书人大增，而朝廷所能提供的官位有限，势必使越来越多的文人变成落泊江湖人士。但同时，越来越多文人也使得传统文人文化市场的需求空前扩大，这为传统文学的商业运营提供了良好的时代条件。

南宋黄升在其《中兴以来绝妙词选》卷一载康与之词集版本事云："书市刊本，皆假托其名。今得官本，及其婿赵善贡及其友陶安世所校定，篇篇精妙。"①可见本以歌唱形式流行的词，在南宋因传统文人文化市场需求的扩大，不仅有"官本"，还有"书市刊本"存在。在这样的文学商业化运作的现实刺激下，江湖诗人或利用自己的专长改行做书商，或与书商合作，编选江湖诗人新作出版发售，以文学生产与高科技支撑的商业流通方式紧密结合，走出一条江湖诗人的新出路。在南宋中叶的都城临安，就出现了由江湖诗人改行的书商陈起，他团结当时众多江湖诗人，开起了书籍铺，专门编辑出版江湖诗人的优秀诗选，一个有组织的新的诗歌流派——江湖诗派便应运而生了。

对于以陈起为联络人的南宋江湖诗派的定名、人员构成与组织目的，胡明先生早已指出：

> 南宋理宗宝庆初年陈起（宗之）编集《江湖诗集》《续集》《后集》等

① 孙克强编《唐宋人词话》，郑州：河南文艺出版社，1999年版，第511页。

集子,江湖诗派之定名完全是这套诗集的缘故。诗集之定名则缘于集中所录诗人之身份——大都是穷窘文士、山林隐逸、小职卑官、游幕食客,故统归入"江湖"一类。为什么写诗呢?因为"家国不宁,进退无据",便结友招群,唱和酬咏,借以消遣岁月。当然也还为了稻粱之谋甚而以为干谒之资。①

从胡明先生的研究结论中,我们不难看出江湖诗派的成员,也包括经济上并无依附需求的一些人,如"山林隐逸",但大多数还是有经济上依附需求的。而江湖诗派的存在,当时的政治形势也是重要的原因,并非只有经济原因。

然而,毕竟在江湖诗派中起着声气联络的是书商陈起,这位"巧为射利"的书商,不仅刊刻了江湖诗人的作品,也"刊刻了许多中晚唐诗人的作品,迎合了当时江湖诗人的审美心理,满足了他们的学习需要。"②并且,他所刊刻的江湖诗集,也是要诗人们参与销售,按一定的规则来分享商业利益的。如许棐《赠叶靖逸》诗云"朝士时将余俸赠,铺家传得近诗刊",戴复古《市舶提举管仲登饮于万贡堂有诗》云"七十老翁头雪白,落在江湖卖诗册",(《石屏诗集》卷一)都表明了江湖派诗人参与销售诗集活动。以商业运营来谋生,是江湖诗派的一个重要标志。

从江湖派诗人向外推销诗集的对象看,江湖诗派仍是依赖传统文人文化市场生存的,而非依赖新兴的市民文化市场生存。因为要阅读诗集,需要一定的语言文化功底,只有"朝士",即官员文人,才有钱也有意愿大量购买诗集自用或给亲故子孙阅读。普通平民大多文化水平有限,即使有钱购买诗集,也没能力看懂,因此,精明的诗人是不会专门到普通平民中推销诗集的。这表明江湖派诗人与在街市立桌卖诗的诗人的差别,不仅在于有无组织,也不仅在于诗歌作品到底是不是一次性商品,还在于销售市场的本质之别。

---

① 胡明撰《江湖诗派泛论》,《文学遗产》1987 年第 4 期,第 88 页。

② 陈书良撰《论书商陈起对于南宋江湖诗派的作用》,《湖南商学院学报》2004 年第 4 期,第 95—96 页。

虽然江湖派诗人卖诗集活动有别于干谒活动，是一种全新的文化商业活动。但江湖派诗人在推销诗集时，也利用早已熟练的干谒手段。如前面提到戴复古卖诗集情况，其《市舶提举管仲登饮于万贡堂有诗》一诗中，除了首二句“七十老翁头雪白，落在江湖卖诗册”，还有“平生知己管夷吾，得为万贡堂前客。嘲吟有罪遭天厄，谋归未办资身策”四句，通过姓氏来奉承市舶提举官，就是干谒者常用的方法；通过诉说自己没钱归养来暗示希望得到市舶提举官的丰厚赏赐，也是干谒者常用的方法。也就是说，江湖派诗人推销诗集的过程，有时与干谒的过程是难以分清的。

特别值得一提的是，江湖诗派形成之后，曾因一些诗人对政治问题有所褒贬，导致了“江湖诗祸”的产生。张宏生先生认为“江湖诗祸，是围绕着济王废立之事，由权臣史弥远一手策划的。”其结果是《江湖集》被劈板，诗人曾极、刘克庄和陈起也都坐罪。[①] 这表明江湖诗派并非唯商业利益是求，而是热衷于议论国事的。但在客观上，“江湖诗祸”使得江湖诗派名气大涨，为后来江湖诗集的一再续刊提供了商机。

与同样沉沦下僚的才子词派相比，江湖诗派并未醉心于偎红倚翠，将携美贪乐视为人生第一要务，他们没有走上违背一般社会道德的歧途，更没有攀附奸臣乃至残害良善。江湖诗派的诗歌，更多的是抒发忧国忧民之怀、行谒江湖之悲以及思乡念友之情，所展现的艺术风格，虽与才子词派一样不避俚俗，但纤而不艳，率真之中传达的是清高趣味。

总之，南宋江湖诗派的诞生与发展都离不开商业活动，但江湖诗派的成员非常复杂，他们谋生的手段依然多样，并非全部依赖单纯的商业活动。江湖诗派的创作，更是不为商业利益所左右，保持了儒家关心政治、珍视友谊的面貌，虽受到市民文化影响，外在形式上不避俗语，手法纤巧，但摆落浮艳习气，追求清高的人生意趣，在“气格”上是高于才子词派创作的。

---

① 张宏生著《江湖诗派研究》，北京：中华书局，1995年版，第358—363页。

第六章　宋元商业文明与文学体式的演进

在中国古代，诗歌与散文都能干预政治，很早就在文人圈中流行，属于文言体系的正统文学；词曲、小说与戏剧则不具政治功能，属于平民文化圈中以娱乐为主的非正统文学。而且，自中唐以后，小说与戏剧才随着平民文化市场的逐渐成熟而得到发展。至宋元时期，部分流落下层社会的文人，开始从事商业性文学创作活动，词曲、小说与戏剧才在体式上日渐完备，为中国文学开辟出另一番新世界。

第一节　宋元商业文明与诗体文学体式的演进

诗歌是中国文学中最早发达的文体，在各文体的演进过程中，诗歌往往是率风气之先的。在中唐时代，因弥平战乱的需要，唐王朝开始重视商业，城市商业经济畸形繁荣起来，市民队伍扩大，开始形成一定规模的市民文化市场。为适应市民的文化需要，同时更丰富地表情达意，长短句形式的小令体为主的曲子词，开始兴起，历五代至宋，终于完全取代绝句的地位，成为新体歌词。而作为对更为发达的北宋市民文化市场的回应，慢词也经柳永的大力创制，与小令体词平分秋色，共存歌坛。此后，慢词体制不断完善，为宋词成为一代文学之代表，奠定了基础。同样的，到金元时代，北方少数民族音乐的介入，少数民族汉化过程中北方方言声调的变化以及少数民族影响下的下层平民的欣赏趣味发生变化，都要求商业化传播的散曲在体式上作相应的演进，从而为元曲成为一代文学奠定了基础。

一、商业文明与慢词体式的演进

由于柳永留连坊曲，为乐工所制"新声"而填词，适应市民需要的以叙事为主要手段的慢词大量产生了。后人对柳永创制慢词的方法，沿用诗经六义之说，指为"赋法"。对于很少读书的市民而言，在词中讲说故事，自然更易听懂也觉得更为生动。因此，柳永所作之慢词，大得歌伎欢迎。柳永除了能获得歌伎投怀送抱之外，还能"从歌者手里得到一些酬金"。①

然而，正是因为柳永创制慢词带有商业功利性，他的慢词在体制上也难免"受市井俗文学影响"，"在章法结构上逐渐固定化和模式化"，②采用固定化模式化的创作方法，无疑更适合市民对词作内容的理解，也有利于柳永自己批量生产慢词，获取最大的商业效益。

为适应市民所欣赏的"新声"，柳永慢词在体式上多有创新，与其他词人按词牌格律填词的做法大为不同，他只按音律填词，具体可归纳为三个方面：一是借原有小令词牌名，作为其新创的慢词的词牌名；二是词牌名相同而调名不同的慢词，往往格律完全不同；三是即使同调名同词牌名的慢词，也只协音律，不守诗律。关于第一个方面，木斋《论柳永体对民间词的回归》一文指出：

> 《浪淘沙》《木兰花》《应天长》《长相思》《玉蝴蝶》等，本来都是小令，柳永都度为慢曲长调。以《浪淘沙》为例，中晚唐时代的刘禹锡等皆作七绝，如刘禹锡《浪淘沙》九首、皇甫松《浪淘沙》二首、白居易《浪淘沙》六首，皆为七言绝句，五代时候李后主所作为长短句"往事只堪哀"，是后来定型化的五十四字的样式，而柳永并不接受这样的定型，直接从民歌中将《浪淘沙》作为慢词新声。如："梦觉。……数寒更思忆"，一百三十四字。柳永的《卜算子》也同样是长调："江枫渐老，……数更更相

① 王洪撰《近代俗文化的先声——柳永词论》，《江西社会科学》1998年第3期，第81页。

② 孙雪霄撰《以赋为词：柳永的市井之"俗"》，《河北学刊》2011年第11期，第257页。

忆”“《乐章集》入‘歇指调’。八十九字，前片四仄韵，后片五仄韵。”①

关于第二个方面，我们只要比照一下柳永《乐章集》中的同一词牌名的慢词，即能明白。如其仙吕宫《倾杯乐》上片五仄韵五十四字，下片六仄韵五十四字，而其大石调《倾杯乐》则是上片六仄韵五十九字，下片四仄韵五十七字。又如其中吕调《引驾行》上片六仄韵五十字，下片六仄韵五十字，而其仙吕调《引驾行》则是上片六仄韵七十四字，下片六仄韵五十一字。

关于第三个方面，也是同样显而易见的。如他的正宫《斗百花》三首，皆为上片四十五字，下片三十六字，从句数与字数上看，都是严守诗律的，但从平仄上看，则是有出入的。如上片第三四句，三首词分别为“长门深锁悄悄，满庭秋色将晚”“池塘浅蘸烟芜，帘幕闲垂风絮”和“刚被风流沾惹，与合垂杨双髻”，若按诗律来判断其平仄类型，则分别为“平平仄仄仄仄，平平仄仄仄仄”“平平仄仄平平，仄仄平平仄仄”“仄仄平平仄仄，仄仄平平仄仄”的活用型。显然，第二首的情况最符合诗律要求，第三首虽然重复单调，也符合诗律基本要求，第一首则完全打破了诗律要求。

但是，就音律而言，柳永的正宫《斗百花》第一首的平仄搭配并无不妥之处。因为“悄悄”二字皆为上声，与平声差别不大。清初万树《词律·发凡》即云：“三声之中，上入二者可以作平，去则独异。”即是说，“上入可作平，歌之则为平声或接近平声”，②这样，“长门深锁悄悄”一句在歌唱之中，其平仄类型与“平平仄仄平平”无异，是完全符合音律要求的。同样的道理，“晚”字也是上声，在实际歌唱之时，“满庭秋色将晚”一句的平仄类型，也与“平平仄仄平平”无异，是完全符合音律要求的。

从柳永只管协音律而不顾诗律要求来看，柳永创作慢词时，只考虑文艺市场上的消费者小市民的听歌要求，根本不去考虑谨守诗律的文士的感受。换言之，商业文明对他的慢词体式起了决定性的影响。

到了北宋中后期，秦观也为市井歌伎作过慢词，且学柳痕迹未扫尽，被

---

① 木斋撰《论柳永体对民间词的回归》，《东方论坛》2005年第4期，第50—51页。

② 邱世友撰《柳永词的声律美》，《文学遗产》2002年第4期，第69页。

苏轼戏谑为“山抹微云秦学士，露花倒影柳屯田”。今观柳永《破阵乐》（露花倒影）一首，除“灵沼波暖”一句不合诗律之外，其余皆不违诗律基本要求。而秦观《满庭芳》（山抹微云）一首，则无不合诗律之处。秦观一生都保持了与市井歌伎相当紧密的关系，即使进身馆阁为校对黄本书籍之后，也未能免，以致于受朔党弹劾而不得升职，这是其词适合音律要求的根本原因。但秦观不同于柳永，他追随苏轼，又需取容于士大夫文化，因而其词兼顾音律与诗律，又以作小令词常用的比兴手法入慢词，做到了“情韵兼胜”，故能得到市民圈与文士圈的双重肯定。“当代词手，秦七黄九”之说，最能说明这一点。

而北宋末词人周邦彦，学柳比秦观更进一步，元初刘将孙云“及柳耆卿辈以音律造成新声，少游、美成以才情畅制作，而歌非朱唇皓齿如负之矣。自是以来，体亦屡变，长篇极于［哨遍］［大酺］［六丑］［兰陵］”，（《养吾斋集》卷九《新城饶克明集词序》）所谓“［大酺］［六丑］［兰陵］”诸长篇，皆为周邦彦始作，足见周邦彦在为市井歌伎创制新体慢词方面之努力。已故邱世友先生说周邦彦“既受耆卿雅调影响，亦自作新声，是精于乐律词律，是最有影响集大成的人物”。[1] 综合二人所说，可知周邦彦在秦观的基础上，更进一步发扬了柳永创新慢词体式的精神。而周邦彦能够“二百年来乐府独步，贵人学士市儇妓女，知美成词为可爱”，（《藏一话腴》乙集卷上引陈郁之言）反映的正是北宋词人在商业文化与士大夫文化之间妥协，终使慢词体式更为完善的事实。

其实，慢词体式的演进，不仅跟歌坛的需求相关，也跟书籍雕售的商业文化相关。宋代以赢利为目的的书商，曾出版过许多坊刻本词集，王晓骊女士指出：

> 宋词坊刻本有《百家词》，长沙坊刻本，见《直斋书录解题》卷二十一；《草堂诗余》二卷、《类分乐府》二十卷、《群公诗余》前后编二十二卷、《五十大曲》十六卷、《万曲类编》十卷等，见《直斋书录解题》卷二十

① 邱世友撰《柳永词的声律美》，《文学遗产》2002年第4期，第73页。

一;《典雅词》,陈氏书棚刊行;《琴趣外篇》南宋福建书肆刻本;《金奁集》,宋时坊间刻本;《阳春录》,有长沙坊刻本;姜夔《白石道人歌曲》六卷,南宋嘉泰壬戌钱希武刻本。宋词坊刻本以总集为多,以满足不同读者的不同需求以及不同审美口味。由于坊刻本主要是为了满足城市平民的文化消费需要,购买者也以市民歌伎居多,他们不可能刻意地收集保存书籍,因此坊刻宋词已流散殆尽,但我们可以推想,当时的民间流行的宋词辑本(包括钞本和刻本)绝不止这些。①

既然文人词作并不完全投放到以市民消费者为主体的歌坛,而有一部分开始以词集雕版发售的形式流行于文人文化市场,那么,这种商业方式必然会带动新声慢词体式的文人化创作趋势,即词律与诗律的更加接近。同样是自创新体慢词,柳永的林钟商《倾杯乐》中就有"暮雨乍歇,小楫夜泊"这样两个连用的全为仄声构成的句子,完全打破了诗律要求平仄交错的基本要求,而周邦彦新创的《六丑》、姜夔新创的《暗香》等词作中是不见这种情况的。周、姜虽自由命意而作,也必与诗律平仄交错的基本要求相妥协。如《六丑》中的"钗钿堕处遗香泽",出现"钿堕处"三个仄声字连用,这虽然不合诗律,但其前后皆为平声字,"钗"与"钿"构成平仄交错,"堕处"与"遗香"也构成平仄交错,这种做法只能视为与诗律妥协的结果。又如《暗香》中的"叹寄与路遥,夜雪初积",其中"夜雪初积"便不合诗律,但在三个仄声字中,还是用一个平声的"初"字相隔,不违诗律平仄交错的基本要求。

实际上,宋代大量的新体慢词,渐被其他文人诗律化,更是一种常见的现象。比如,生卒年稍晚于柳永的张先、南宋的程珌都填过《倾杯乐》词,但每句都遵守诗律平仄交错的基本要求。不过,也存在个别特殊现象,如周邦彦的《兰陵王·柳》自创一体,其末两个三字句全用仄声,后来辛弃疾、刘辰翁、陈允平等主战人物,也都沿用此体不改,大约是末二句全用三字仄声,方能表达激烈的情怀吧。

从总体上来看,宋代慢词创调创体,是由商业化的歌坛催生的,因而慢

① 王晓骊著《唐宋词与商业文化关系研究》,北京:中国社会科学出版社,2004 年版,第 122 页。

词体式主要是由音律决定的。尽管新的慢词体式在流播的过程中也受到上层士大夫文化的影响，甚至以文本形式商业化运作也会受到普通文人消费者的影响，诗律的基本要求不能不对新体慢词的词律加以束缚或修正，但妥协后的词律，毕竟与诗律还是存在着差别的。而传统的小令词，与之相比，词律与诗律是更为接近的。

二、商业文明与散曲体式的演进

金元散曲（北曲）是由民间音乐发展带动而产生的，文人创作散曲，主要不是为了文人间交际或自我抒情与娱乐，而为了适应歌伎商业性演唱需要的。罗斯宁先生说："散曲多用于酒宴歌台，艺伎多充任赏或侑酒歌者"。①李文忠先生又指出：元散曲演唱的主体是歌伎；演唱的环境和场所主要是在酒席宴会等娱乐环境及青楼楚馆、僧舍等场所。② 这些观点表明，商业文明与金元散曲的创作、传播有着密切的关系。那么，商业文明也必然影响到散曲体式的形成与创新。

清人沈曾植《菌阁琐谈》附录《海日楼丛钞》"词变为曲之关键"条云：

> 北方于韵，平仄既通，于字少声多之难过去者，往往加字以济之。字少之词，乃遂变为字多之曲。哩啰在词为虚声，而在曲为实字。最显证也。此端自柳耆卿已萌芽，乐章集同一调而不同字数者剧多。彼盖深谙歌者甘苦，又其时去五代未远，了知诗变为词，即缘字少声多之故。既演小令为慢词，遂不惜增减字句，以除磊块，使无大晟之整齐，美成之严谨，词化为曲，不必待却特殊时代矣。③

沈曾植从演唱的实际需要出发，认为北方音韵与音乐的发展，使得散曲取代了曲子词而流行开来，又举柳永作慢词情况为例，说明诗变为词与音乐

---

① 罗斯宁《元代艺伎与元散曲》，《中山大学学报》1998 年第 1 期，第 56 页。

② 李文忠《元代散曲在当时的口头传播》，《电影评介》2012 年第 22 期，第 109 页。

③ 唐圭璋主编《词话丛编》，北京：中华书局，1986 年版，第 3618 页。

的关系至密以及柳永慢词与散曲体式上存在共同特征。这种说法暗示了金元散曲与柳永慢词一样都是为商业性演唱服务的，体式相当灵活，这是有一定道理的。但他的“不必待却特殊时代”之说，则混淆了曲子词与散曲的界限，并不可取。

因为柳永时代的音乐，与金元时代的音乐毕竟是有所区别的。金元时代与散曲配合的音乐多来自胡曲（即女真乐曲）、北地汉族俗曲和军歌等，即使与宋曲子词同曲牌的，也大多同是来自唐代教坊曲。所以李昌集先生说：“到宋代，更多的民歌俗曲转入文人圈，终于导致宋文人词的兴盛。但宋文人词同时也定型化，它对北曲的形成无实质性影响。在这个意义上，绝不能笼统简单地说北曲乃‘词之变’”。[①] 明人王世贞《艺苑卮言》云：“自金元入主中国，所用胡乐，嘈杂凄紧，缓急之间，词不能按，乃更为新声以媚之。”此语亦足证金元散曲绝非完全渊源于宋词。

但是，“从诗歌形式的渊源来看，散曲的体制确实与词有较深的渊源关系，这两种诗体都是长短句，所以，有人将散曲称为‘词余’，正如有人称词为‘诗余’一般。”“词余”之说，实就金元散曲中的单支令曲而言的。金元令曲与唐宋小令词有部分渊源关系，“却也并非全从词衍出，还受俗歌俚谣及说唱艺术的影响，而且词可分上下片，散曲小令一般来说是单支曲，少数才有‘幺篇’，也与词的上下片不同。”至于金元散曲中的“套曲”，其“体制的渊源却与词无太大关系，也与词的‘中调’‘长调’不同。它的渊源最早可追溯到一调多遍相联的唐宋大曲，以后的鼓子词、传踏等则是一两个词调的反复吟唱以叙述一个故事，至宋金时的诸宫调与唱赚，已具联套规模，对套曲的形成影响最大。”[②]

无论如何，金元散曲中的令曲体制部分地受说唱艺术的影响，套曲体制也受宋金时的诸宫调与唱赚的影响，而说唱艺术（包括诸宫调与唱赚）在宋元时期是勾栏商业化演出的主要品种之一，则商业文明在散曲体式的演进中是确乎起着重大作用的。

---

① 李昌集著《中国古代散曲史》，上海：华东师范大学出版社，1991年版，第34页。

② 吕薇芬、黄卉《散曲流派简论》，长春：吉林人民出版社，1999年版，第6—7页。

商业文明对散曲体式演进的作用，具体说来，有以下几个方面：一、“衬字”在服务于勾栏演出的“书会才人”笔下的散曲中大量出现，打破了诗词式的体式束缚；二、满足于勾栏受众喜爱故事的要求，富于喜剧性的叙事体的“套数”出现；三、满足于新的受众的语言要求与音乐趣味，金元散曲在押韵、对仗方面不同于诗词，显示出体式的新变。

先说散曲规定格式中加入“衬字”与商业文明的关系。吕薇芬、黄卉在《散曲流派简论》中说：“曲虽与词一样按谱填字，受句式的限制，但因有衬字，字句可以增损，就另辟了一条在整体稳定中求得局部变异的蹊径”；“散曲中衬字的运用，要比诗词整而不化的句式更符合诗歌语体化，即诗歌语言接近口语的趋向。在衬字的运用中，我们也可以看出戏剧与小说对散曲的影响，尤其是杂剧，因为是代言体，为了肖似人物的口气，必定大量使用口语，就必须突破句式的束缚，衬字既可符合人物口吻，又不影响音律，是一种较好的方式。”①此言明确了散曲中“衬字”的运用，是受戏剧、小说影响的结果。而此处所言戏剧、小说又与口语相关，则当属供给勾栏商业性演出的俗文学无疑。这样，散曲中“衬字”出现，成就了散曲独特的体式的同时，其与商业文明的密切关系，也就甚为明显了。

另外，金元散曲中多用“衬字”，或许与散曲作家极端自由的情感表达要求相关。“金、元时知识分子政策极端反动，下层士人的社会地位十分低下。仕途失落的知识分子，或为生计，或为抒愤，大量涌向勾栏瓦肆，转而以‘书会才人’的身份与勾栏艺人合作，在散曲、杂剧的创作中寻求自我人生价值的实现。”②可见，金元散曲作家在仕途上备受打击，特别是元代前期长时间停开科举，断送了文人的前程，必然使得文人们感到人生无望，造成一定程度上的心灵扭曲。当他们被迫步入“书会”创作散曲时，必然将极端压抑的心情表露无遗，在散曲的体式上便体现为常常突破规定的格式，多用“衬字”。如关汉卿〔南吕〕《一枝花·不伏老》套曲尾声云：“我是个蒸不烂、煮不熟、捶不匾、炒不爆响当当一粒铜豌豆，恁子弟每谁教你钻入他锄不断、斫

① 吕薇芬、黄卉《散曲流派传》，长春：吉林人民出版社，1999 年版，第 8 页。

② 邓建《论金、元二代柳永词的传播与接受》，《渤海大学学报》2006 年第 1 期，第 37 页。

不下、解不开、顿不脱慢腾腾千层锦套头。……天那，那其间才不向烟花路儿上走！”此曲头两句按曲律正格都是七句字，但“作者巧妙地利用了写曲可以加衬字之便，驱遣一连串的短语作为衬垫把 14 个字的句子增到 53 个字，淋漓尽致地塑造了活生生的形象，强烈地抒写出满腔的愤世之情、抗世之意”。[①] 这种以书会才人身份创作的散曲，在体式上突破定格，且能得到广大受众的欢迎，也可见出元代商业文明对于散曲特殊体式的容受。

再说喜剧性叙事体“套数”与商业文明的关系。由于散曲有一部分是面向勾栏平民大众传播的，为了便于平民大众理解，就更加注重故事性而减少描写与抒情；为了投合平民大众的欣赏能力与趣味，就更加注重语言的俗白化与故事的喜剧色彩。郑振铎曾说：“或者，元曲是特别适宜于写若庄若谐的叙事歌曲的罢？……我们觉得元曲是，‘俗’则佳，趋‘雅’则要变成恹恹无生气的了。”[②]所以，适应勾栏商业性演出的一批喜剧性叙事体“套数”应运而生，如马致远的〔般涉调〕《耍孩儿·借马》、睢景臣的〔般涉调〕《哨遍·高祖还乡》、杜仁杰的〔般涉调〕《耍孩儿·庄家不识勾栏》等的出现，我们并不觉得奇怪。

关于马致远的《借马》，王毅说它“以代言体的形式，成功地塑造了一个爱马如命的吝啬人的形象”，[③]郑振铎则说：“这是马致远的真正的崇高的成就。诙谐之极的局面，而出之以严肃不拘的笔墨，这乃是最高的喜剧；正和最伟大的哲人以诙谐的口吻在讲学似的；他的态度足够严肃的，但听的人怡然地笑了。”[④]懿民更直接从舞台效果出发，认为“作者根据戏曲特点，巧妙地运用了人物的背唱（指旁白式的曲文，指戏曲角色背着台上其他剧中人对观众唱的词儿）和对唱（指戏曲中用人物道白式的曲文）。”[⑤]

类似的，黄卉认为杜仁杰的《庄家不识勾栏》和睢景臣的《高祖还乡》也是具有喜剧性的叙事体“套数”。其《谈〈庄家不识勾栏〉和〈高祖还乡〉的创

---

① 刘扬忠《面子疑于放倒，骨子弥复认真——关汉卿〔南吕一枝花〕〈不伏老〉赏析》，《古典文学知识》1995 年第 6 期，第 30 页。

② 郑振铎著《中国俗文学史》，北京：商务印书馆，2005 年版，第 458 页。

③ 王毅《元代“代言体”散曲论略》，《中国文学研究》1992 年第 3 期，第 46 页。

④ 郑振铎著《中国俗文学史》，北京：商务印书馆，2005 年版，第 408 页。

⑤ 懿民《〈借马〉——一出最高的喜剧》，《东吴教学》1989 年第 Z1 期，第 24 页。

作艺术》一文云：

《庄家不识勾栏》和《高祖还乡》结构线索都是单纯的，但并不平板无味，而是有其引人入胜的特色，更明确地说两支套曲线索的关键和结点，即运用误解——“不识”，达到喜剧效果。……“不识”这两个字，是全曲的关键，它决定了作品嬉笑怒骂的基调。也正是这两个字，使得《庄家不识勾栏》和《高祖还乡》在贯穿的一条线索中有了不少结点，而这些线索和结点便构成了这两支套曲的最突出的特点——叙事性。①

实际上，商业文明对金元散曲体式的影响，不仅在于适应消费者的需要，接近“剧曲”结构体式的以叙事见长的“套数”的形成，还在于押韵、对仗形式有别于诗词的变化。王季思等学者认为：

用韵方面，曲和诗词也有不同。诗词韵分平仄（字分平上去入四声，以上去入三声为仄声），不能错押，但是有时可以转韵。曲则没有入声，平上去三声通押，一韵到底，而且用韵较密，差不多是每句一韵。……这种押韵方法可以使曲词更加顺口动听，有浓厚的声调美。

除了正常的格调之外，散曲还有各种俳体，如短柱体、独木桥体、顶真体、叠字体等。这些俳体的存在，增加了曲的特别风趣。对仗的种类也增加了，象鼎足对，就是诗词中没有的，它以三句为一组，互为对仗，往往形成对事物淋漓尽致的刻画。②

所谓“有浓厚的声调美”，就是为了满足消费者的审美需求；而“增加了曲的特别风趣”“形成对事物淋漓尽致的刻画”，也是为了投合金元少数民族与汉族平民受众消费者的欣赏趣味。散曲作家们这样做，实为“与倡优为

---

① 黄卉《谈〈庄家不识勾栏〉和〈高祖还乡〉的创作艺术》，《中国典籍与文化》1996 年第 2 期，第 76 页。

② 洪柏昭撰《元散曲选注·前言》第 20—21 页，王季思等选注《元散曲选注》，北京：北京出版社，1981 年版。

伍，为她们写清唱的曲词，演出的脚本”的商业合作者的行为。

总的说来，金元散曲在体式上的诸多特点以及对唐宋可歌的诗词来说所作的体式上的演进，固然离不开时代变化所带来的音乐、语音流变等原因，但由于散曲是以歌伎商业性传播为主的，散曲作家又多为歌伎商业性文艺演出的合作者，这决定了商业文明是金元散曲体式演进的重要动力。

第二节　宋元商业文明与说唱文学体式的演进

纵观中国文学史，白话体为主的说唱文学，在宋元时期最为繁荣。这与宋元时期社会生产力水平大大提高，城市平民的文艺消费能力提升分不开，也与白话文学进入商业化创作与传播的新的历史阶段分不开。而说唱文学在体式上，则在商业利益的驱动下，顺着中唐以来民间文学发展的轨迹有所创新，不仅对包括文人文学在内的多种文学加以改编与整合，也沿用并革新前代民间文学的体式，从而实现了说唱文学体式的历史性演进。

一、商业文明与话本小说体式的演进

单从文本形态看，多数宋元话本小说似乎与文言小说一样，看不出其中“唱”的痕迹。但流行于市场的宋元话本小说，却是地地道道的说唱文学。胡士莹先生在《话本小说概论》一书中曾说：“‘小说’一家与‘讲史’不同，‘讲史’完全是散说体，‘小说’在初期是韵散综合在一起的。像《刎颈鸳鸯会》那样的话本是可以唱的。‘奉劳歌伴，再和前声’的例证也说明某些话本在讲唱时还有音乐伴奏。因为在表演时，如能‘吐谈万卷曲和诗’，有说有唱，确能引起听众的兴趣。”[①]胡先生所引“吐谈万卷曲和诗”一句，出于南宋罗烨《醉翁谈录》之“小说开辟”条，说明南宋人眼中的小说是有说有唱的。

① 胡士莹著《话本小说概论》，北京：中华书局，1980年版，第90页。

程毅中先生在《宋元话本小说集·前言》中说：

从现存的某些刻本看，它基本上还保留着说唱文学的特征，如：

〔一〕保存着前有"入话"、后有"留文"之类的格式；

〔二〕保存了"话本说彻，权作散场"之类的专业用语；

〔三〕保存了说话人的插话和评论；

〔四〕较多地使用当时市井平民的日常语言，反映了市井社会的生活风貌和思想意识；

〔五〕它往往是说话艺人"老郎留传"或"先人书会留传"的旧本，出于群体的创作，属于世代累积型的作品，因而没有留下作者的姓名。

这种说法与胡先生的说法大同小异。但程先生又说："我们不能忽略，话本是一种说唱文学。它具有民间文学的某些特征，除了口头性无法保存之外，还有集体性和变异性的特征。"可见程先生的意思是宋元话本小说在实际表演时确实是说唱文学，但在现存的文本形态上只有"某些刻本""保留着说唱文学的特征"。①

以说唱故事为主要形式的宋元话本小说，是有着很深的历史渊源的。程国赋先生指出：

上古时代，已经出现讲故事的说唱文学，如《荀子·成相篇》，一般认为是根据当时民间的讲唱文学体裁加工的。三国时曹植背诵过"俳优小说"……这种"俳优小说"融表演与说唱于一体，当是说话艺术的雏型。"说话"这个名称，隋唐时开始出现，唐代"说话"风靡一时，上自宫廷，下至民间，无不存在。……宋元以后，经济迅猛发展，城市规模扩大，人口增加。……随着市民阶层的兴起和壮大，他们对通俗性文艺的需求量也越来越大，传统的说话技艺在此基础上不断兴盛。②

① 程毅中辑注《宋元小说家话本集》，济南：齐鲁书社，2000 年版。

② 程国赋《从唐传奇到话本小说之嬗变研究》，《江苏社会科学》1995 年第 1 期，第 110 页。

学术界一致认为:“话本”是“说话”人用的底本或“说话”的记录本;话本小说是“说话”之一种。那么,话本小说便是“说话”人用以谋生的一种文学。宋元以前,“说话”人谋生多依赖于皇室或富贵之家,到宋元时期,却有很大的改变。张勇先生说:

从唐至宋,说话逐渐走向繁兴的根本原因是它实现了商业化。在宋代城市商业经济的浪潮中,立足于瓦子勾栏这个固定化的市场,说话人、听众联结成了一种商业买卖关系。一个变伎艺为商品的商业活动得以形成。宋代说话由此走向繁兴。这个活动既是商业活动,又是艺术活动,是受到商业关系制约的艺术活动。①

张勇先生只提瓦子勾栏中的“说话”,而忽略了宫廷中的“说话”,所以将宋元“说话”繁兴完全归因于商业化,是有绝对化嫌疑的。但宋元时期的话本小说主要是商业文明的产物,则是可以肯定的。那么,宋元商业文明对话本小说的影响,从内容到体式,也都是客观存在的。

自唐代起,商业文明已催生出不少新的文学品种,活跃于平民文化市场的变文、讲经文等,已创立说唱文学的基本体式。这些体式,多为同样是商业文明主导下的宋元话本小说所继承与发展。胡士莹先生说:

就现存的通俗文学底本来看,在形式、体裁和说唱方式上对话本的影响较大。变文的韵散合组,有唱有讲;讲经文的有押座文、解座文:都和话本很相似,可见其承袭的关系。而所有的通俗文学,其叙述方法,几乎都是起首结尾,来龙去脉,交代清楚,力求反映矛盾的全过程。而且大抵语言通俗,解释周详。这些群众化的优点,话本也都继承并发展了。②

---

① 张勇《说话的艺术特征及其对话本小说的文体影响》,《苏州大学学报》2001 年第 2 期,第 80 页。

② 胡士莹著《话本小说概论》,北京:中华书局,1980 年版,第 30 页。

宋元话本小说体式的演进,不仅是继承唐代通俗文学的结果,也是继承唐代传奇小说的结果。程国赋先生认为,唐传奇"诗赞、议论兼备",宋元话本也是这样,"在情节叙述中间,穿插诗词,兼发议论。不过唐传奇中出现的诗词唱和,多是作者卖弄诗才,对于小说情节发展没有多少作用,议论多在文章结尾,阐明主旨;话本小说一般由题目、篇首、入话、头回、正话、篇尾几部分构成,作者有意识地利用诗词来描写人物、环境,为人物性格的演进、情节的发展作必要的铺垫;议论也带有较多的劝诫色彩,宣扬因果报应,讥讽世态炎凉,以达到劝善惩恶的教育作用。"①宋元话本小说在体式上多继承唐传奇的做法,但在功能上有所不同,话本小说家不再自顾自地卖弄诗才,正体现了他们具有商业服务意识,同时也是说话人为了拉近与听众的心理距离,从而稳定听众队伍的商业手段。可以说,宋元话本小说体式功能的演进,是商业文明的基本要求。

实际上,宋元话本小说体式结构上每一部分的功能,都与商业文明息息相关。比如说"入话"这一部分,其存在就与说话人的商业利益相关。胡士莹先生说:

> 话本为什么要有入话呢?这是因为说话人都是卖艺谋求衣食的,聚集听众当然越多越好。他们不论在街头或在瓦肆中讲说,都得拖延一些时间,以便招徕更多的听众,还要稳定住已到的听众。到了适当的时刻才"言归正传"。并且,仅仅有了简短的诗词,的确还不能把正话的意义点清楚,在章法上也不易引入正话,就需要入话来承上启下,铺叙说明了。如此看来,入话是整个锁链上不可缺少的一环,它起着肃静观众、启发听众和聚集听众的作用。②

除了对篇首诗词进行解说的"入话",话本小说在"正话"之前有时还有"头回"。"头回"的外在形式是一个自成一体的小故事,"大多与'正话'内

① 程国赋《从唐传奇到话本小说之嬗变研究》,《江苏社会科学》1995年第1期,第115页。
② 胡士莹著《话本小说概论》,北京:中华书局,1980年版,第137页。

容相类或相反，可以起到对‘正话’进行烘托、铺垫、映衬，有加强读者对‘正话’内容的理解与印象的作用。”①但是，从说话人的角度来说，这种小故事也是在“正话”开始前为“拖延一些时间、以便招徕更多听众”而说的，归根到底还是为了获取更多的商业利益。

另外，宋元话本小说中作为“篇首”的诗词与“正话”中穿插的诗词，从叙事角度而言，往往呈现出一种“总—分”式的结构。相对于“正话”叙事部分而言，它们都起着“预叙”的作用。“一个是对故事作整体性的预叙，一个是对故事作局部性的预叙”，它们“使叙事频率加快，预告结果更为明晰，调动了受众的心理期待，造成了必要的心理紧张，提升了说话的艺术效果，这对着意于在场性的听说艺术来说，尤其具有凝聚人心聚拢人气的效果。”②就是说，宋元说话人如此妙用诗词构成话本小说体式上的独特形态，并非是一种“为文造体”的游戏，而是为了紧紧抓住“受众”，方便获取商业利益的一种手段。

关于宋元话本小说“正话”在体式上的特点，罗筱玉女士曾说过这样一番话：

> 话本正文在语言结构上往往韵散结合，奇行散句中多夹杂骈辞俪句，包含诗词、骈语、歌谣、俗谚等。这种现象源于宋元说话人继承了变文俗讲“白不离歌，歌不离白”的传统，他们在演说故事中，呀讲说或演唱。反映到话本中，讲说部分即散文，演唱部分即韵文。随着说话艺术尤其是讲史艺术的发展，讲说部分日益加强，演唱部分越来越弱，以致最后成了单一的讲说，歌便成了诵。③

从这番话中，我们知道商业化演出的宋元话本小说“正文”的体式，既继承了前代商业化演出的变文俗讲的体式，也吸收当代商业化演出的讲史的

① 吴礼权《话本小说“头回”的结构形式及其历史演进的修辞学研究》，《复旦学报》2006年第2期，第102页。

② 夏明宇《宋元话本小说的预叙艺术》，《文艺评论》2014年第8期，第16页。

③ 罗筱玉著《宋元讲史话本研究》，北京：中国社会科学出版社，2010年版，第185页。

体式。这说明宋元话本小说在体式的演进过程中,既借用了前代商业化文学的助力,又受到了当代商业化文学的竞争压力。

当然,宋元话本小说并非仅仅依靠吸纳兄弟艺术的手段就能生存,它既以"篇首、入话、头回、正话、篇尾"相配合的体式,超越了前代商业化文学的体式,又"以一朝一代故事,顷刻间提破"的特长,在宋元"戏场"的商业性竞争中保持强大的吸引力。从某种意义上说,正是向讲史靠近,将韵文的诗词仅作吟诵之用,而不再配乐演唱,才使得话本小说走向衰落。相反地,一部分艺人注重在演唱上下功夫,广泛吸收各种演唱艺术特别是新兴的唱赚艺术,同时也吸收讲史体制上的长处,衍生出体制空前宏大的说唱艺术——诸宫调,逐渐取代了话本小说的辉煌地位。

总之,宋元话本小说立足于"戏场"商业氛围,在体式上显示出不同于一般小说的特征。它以"说书人"为中心,运用韵散结合的方式,韵文主唱,散文主说,充分调动"受众"的积极性,从而实现了小说演出商业化与小说创作体式演进的独到的历史形式,对中国小说民族风格的形成产生了深远的影响。

二、商业文明与诸宫调体式的演进

除了话本小说,宋元时代的说唱文学还有鼓子词和诸宫调。但是,宋元时代鼓子词仅存北宋赵令畤的《元微之崔莺莺商调蝶恋花词》,"当是宴会的时候,供学士大夫们一宵之娱乐的"。[①] 从其所用散文语体看,尚为文言,根本不适合在平民文化市场演出。真正与话本小说一样可以在瓦舍勾栏进行商业性演出的说唱文学,便只有诸宫调了。

目前已为学术界考定的诸宫调作品,完整的只有金代董解元的《西厢记诸宫调》(简称《董西厢》)。另有比《董西厢》更早的《刘知远诸宫调》残本(简称《刘知远》),原书共分十二卷,现仅存第一卷(缺第四页)、第二卷、第三卷(仅存第一、二页)、第十一卷(缺第一、二、三页)和第十二卷,其余将近

① 郑振铎著《中国俗文学史》,北京:商务印书馆,2005 年版,第 301 页。

原书三分之二的篇幅已失。而南宋戏文《张协状元》的“副末开场”也自名为“诸宫调”，一些学者遂将其定为南宋诸宫调。元人钟嗣成《录鬼簿》于王伯成条下注云：“有《天宝遗事》诸宫调行于世。”然而《天宝遗事》已无完本，只有残存于《雍熙乐府》《九宫大成》和《太和正音谱》等书中的五十多套曲子，失去说白。因此，本书讨论商业文明与宋元诸宫调体式演进之关系时，也就只能以此四部作品为例。

与话本小说不同，说唱诸宫调在体制上更为复杂，这是由其更长的篇幅决定的。郑振铎先生指出：诸宫调是宋代“讲唱文”里最伟大的一种文体，“不仅以篇幅的浩翰著，且也以精密、严饬的结构著。”①而这样宏大的说唱文学体制，自叙事角度而言，显然吸收了讲史话本的长处。如《刘知远诸宫调》，本身用的就是历史题材，与《五代史平话》的关系应该是十分紧密的。

由于涉及历史人物故事，头绪纷繁，无论是讲史话本还是诸宫调，都有必要进行单位划分。讲史话本分卷，卷下又分目。诸宫调也分卷或分则（如《西厢记诸宫调》共分为八卷，《刘知远诸宫调》共分为十二则），虽不分目，但其唱词则分不同宫调。而诸宫调的分卷或分则，是通过惊人的叙事手段运用，巧妙地安排情节以形成关目来实现的。这样重视叙事情节的体式构架，与诸宫调商业演出的经济利益诉求是分不开的。罗筱玉女士在谈到讲史话本分回时说：

> 说话艺术本身特有的商业文化物质使得分回讲说也是势在必行的，因为那些瓦舍中讲史艺人靠此为生，为了自己的经济收益，就必须拉住一批比较稳固的听众，而为了吸引听众，最好的办法还是在故事发展的紧要关头突然打住，宣称“预知后事如何，且听下回分解”，使得听众欲罢不能，追着故事听下去。②

诸宫调在演出时也完全与此类似。否则，诸宫调“讲唱的时间，不止一

① 郑振铎著《中国俗文学史》，北京：商务印书馆，2005年版，第327页。

② 罗筱玉著《宋元讲史话本研究》，北京：中国社会科学出版社，2010年版，第162页。

天两天，也许要连续到半月至三两月”，[①]就不可想象了。在诸宫调讲唱中，特别讲究关目处理，就是艺人为了实现自己的商业利益，从而拉住听众的手段。郑振铎先生以《西厢记诸宫调》和《刘知远诸宫调》为例说：

> 在莺莺与张生唱和着诗时，张生正欲大踏步走到莺莺跟前，却被一人高声喝道："怎敢戏弄人家宅眷！"这来的是谁？来的是谁？在莺莺被围普救寺，正欲跳阶自杀，却见着有一人拍手大笑。众人皆觑笑者是谁？是谁？在张生绝望，自杀，已把皂绦系在梁间时，又有一人从后把他拖住，这人是谁？是谁？……
>
> 像这样的笔调是举之不尽的。《刘知远诸宫调》也是这样的：每在一个紧要的关目，即在每一个节目的终了处，便都有一种令人听了不知究竟而又不能不听下去的待续的口调……[②]

可以说，故弄惊人的叙事手段，促成了诸宫调关目，吸引了听众，也为诸宫调说唱艺人较稳固的收入提供了保障。实际上，诸宫调的精心组织的关目，正是决定其分卷或分则的基础。换言之，出于商业利益追求的惊人叙事手段的运用，成就了诸宫调在整体结构上的情节划分。

诸宫调的情节结构整体上是由“说”和“唱”两部分共同完成的。但“说”(散文)与“唱”(韵文)在诸宫调中的地位是否相同呢？郑振铎先生立足于《刘知远诸宫调》和《西厢记诸宫调》，猜想诸宫调与话本小说的区别在于：话本小说以“说”为主，诸宫调以“唱”为主。[③] 这种猜想为大多数学者所接受，但也有人提出异议。如宋克夫先生在《诸宫调体制源流考辨》一文中说：

> 在《张协状元》“副末开场”中，用于叙述故事的文字八百二十个左

---

① 郑振铎著《中国俗文学史》，北京：商务印书馆，2005 年版，第 327 页。

② 郑振铎著《中国俗文学史》，北京：商务印书馆，2005 年版，第 341 页。

③ 郑振铎《宋金元诸宫调考》，《郑振铎全集》第五卷：《中国文学研究》(下)，石家庄：花山文艺出版社，1998 年版，第 27—28 页。

右，其中，用于说白的有六百七十字左右，用于歌唱的只有一百五十字左右，其说白文字占全文的百分之八十强。从这个简要的数字来看，早期诸宫调确实接近于“以说为主”的话本。①

宋克夫先生所列数据是很有说服力的，对郑振铎先生的猜想似乎击中了要害。但是，《张协状元》毕竟产生于南宋，宋克夫先生将“张协诸宫调”定为“早期诸宫调”，以为比《刘知远诸宫调》都更早，这是学术界所不能承认的。龙建国先生认为《刘知远诸宫调》应是北宋后期的作品，而宋克夫先生并未提供“张协诸宫调”产生早于南宋的证据。这说明宋克夫先生的立论是让人怀疑的。况且，宋克夫先生在行文中，也有很不严谨的地方，如他对“唱赚”与“缠令”关系的理解就是错误的：

对诸宫调体制的变革产生重大影响的文体是缠令。缠令的作品今虽无一存者，但从灌圃耐得翁《都城纪胜》中，我们仍然可以窥见其体制的大致轮廓：

唱赚在京师日，有缠令、缠达：有引子、尾声为缠令；引子后只有以两腔互迎，循环间用者为缠达。中兴后，张五牛大夫因听动鼓板中，又有四片〔太平令〕，或赚鼓板，即今拍板大筛扬处是也，遂撰为〔赚〕。……凡赚最难，以其兼温曲、曲破、大曲、嘌唱、耍令、番曲、叫声诸家腔谱也。

以此看来，唱赚和缠令是两种既有联系，又有区别的文体。它们虽然都以套数的形式出现，但缠令产生于北宋，唱赚在缠令的基础上形成于南宋。两者最显著的区别在于：唱赚必须有以“赚”为字样的曲牌。……②

---

① 宋克夫《诸宫调体制源流考辨》，《文学遗产》1989年第6期，第4页。
② 宋克夫《诸宫调体制源流考辨》，《文学遗产》1989年第6期，第6页。

很明显，南宋人耐得翁认为“唱赚”在北宋时代有“缠令”和“缠达”两种形式，至南宋，又包括“赚”了。但宋克夫先生偏偏混淆“赚”与“唱赚”两个概念，认为套曲源自北宋已有的“缠令”而非“唱赚”，并以此否认郑振铎先生关于套曲源于“唱赚”的观点。这样的理解实在让人啼笑皆非。

或许正因为如此，学者们多撰文对宋克夫先生旁敲侧击。毕竟，《张协状元》“副末开场”并非独立的诸宫调，作为整个南戏《张协状元》的一部分，或许在体制上进行了简略化，以至出现了歌唱文字少于说白文字的现象。因此，宋克夫先生所罗列的数据，并不足以推翻郑振铎先生“诸宫调以唱为主”的结论。

实际上，在宋元时代瓦舍勾栏中，受众更欢迎“唱”的文学艺术。如《东京梦华录》第五卷“京瓦伎艺”条，所记北宋涉及“唱”的文学艺术就有“小唱”“嘌唱”“散乐”“小说”“诸宫调”等，《都城纪胜》之“瓦舍众伎”条，所记南宋涉及“唱”的文学艺术又有“散乐”“诸宫调”“唱叫小唱”“嘌唱”“叫声”“唱赚”等。因此，自唐代以来的说唱文学经两宋发展，至有以唱为主的诸宫调产生，实为适应平民文化市场需求而作的艺术变革。而民间艺人孔三传初创以唱为主的诸宫调，正是基于他商业化创作的人生选择的。因此，诸宫调以“唱”为主的体式，也是与宋代商业文明的新形态分不开的。

在孔三传之后，南宋瓦舍中的艺人张五牛发展了唱赚，对诸宫调的贡献颇大。今存《董西厢》中的唱词，有些缠令中是包含“赚”的，而早于《董西厢》的《刘知远》中虽有缠令，却不见“赚”的痕迹。这说明南宋艺人从事唱词商业化表演过程中的发明，直接影响到此后诸宫调唱词的构成，表明南宋商业文明推动了诸宫调体式的演进。

另外，金元时期的诸宫调所用词调，与南宋诸宫调所用词调是有差异的。龙建国先生指出：

> 从词律上看，金代诸宫调所用的词调不像文人词那样格律整饬，字数句式固定，而是多用衬字，以求语句通俗、明白、婉转。用韵也不依据词韵，而用曲韵（《中原音韵》）。具体地说，《刘知远》基本上用曲韵，《董西厢》已完全押曲韵。正因如此，有人认为金代诸宫调的唱辞是曲

而不是词。①

金代诸宫调中的“词调”，之所以不像南宋“张协诸宫调”中的词调“格律整饬，字数句式固定”，用韵也依据词韵，我想应与中国北方女真人的汉化有很大关系。孟东风先生在《金代女真人的汉化与民族融合》一文中说：

女真人“自幼惟习汉人风俗”，竟达到连本族文字、语言咸不通晓的地步。此外，女真人改汉姓的也很多，如完颜改汉为王、乌古论曰商、乞石烈曰高、蒲察曰李、斡准曰赵等。大定二十五年(1185)，世宗东巡到上京时，看到女真风习的变化曾说：“吾来胡乡数月矣，今回期已近，未尝有一人歌本曲者，……风物减耗，殆非昔时，于乡于里，皆非初始”。可见，女真的内地汉化程度之深。②

李秀莲女士在《金代女真人的汉化及其误失问题初探》一文中又说：

世宗为挽救女真民族文化的颓势，曾以法律的手段，实施强行政策：“禁女真人学南人装束，犯者抵罪”；禁止女真人改易汉姓；要求身边的应卫士学女真语，“不得汉语”；鼓励皇子、王孙学习女真语，章宗初封原王时，“入以国语谢”，令世宗感动不已。③

可见女真人的汉化程度越来越高，相应地，在变化汉语语音上所起的作用也越来越大。因为女真人用汉语交流时，必然因新学汉语不够熟练而发音较缓慢，这样，原先汉语中发音收尾很快的入声，便被人为地破坏了语音，转入平、上、去三声中去。而女真人是当时中国北方的统治者，汉人与之对话也必然迁就他们，久而久之，就连当时中国北方的汉人所说的话中，也不见入声了。整个金国汉语中失去入声，则诸宫调表演，其词调中也自然失去

① 龙建国《诸宫调的发展历程探讨》，《江西师范大学学报》2004年第4期，第20—21页。
② 孟东风《金代女真人的汉化与民族融合》，《东北师大学报》1994年第6期，第10页。
③ 李秀莲《金代女真人的汉化及其误失问题初探》，《黑龙江农垦师专学报》2002年第1期，第16页。

入声。这大概就是龙建国先生所说的金代诸宫调“用韵也不依据词韵，而用曲韵”的缘由吧。

同样的道理，金代诸宫调在表演时，一定会受到包括女真人在内的广大受众的欣赏能力与欣赏趣味影响，导致诸宫调中的“词调”（实为“曲调”）不再“格律整饬，字数句式固定”，以女真人受众较低的汉语水平为准，也必然使得诸宫调商业化表演者“多用衬字，以求语句通俗、明白、婉转。”可以说，北中国诸宫调在体式上的这种变化，同样是与商业文明的适俗性分不开的。

实际上，宋元时代的说唱文学种类可能还包括傀儡戏、影戏等。据《东京梦华录》载：“凡傀儡敷演烟粉灵怪故事、铁骑公案之类，其话本或如杂剧，或如崖词，大抵多虚少实，如巨灵神朱姬大仙之类是也。”①今人一提到“话本”二字，多以为只有小说、讲史与说经“话本”，其实傀儡戏也是有“话本”的。由此推理，或许影戏也是有“话本”的。只是由于目前未见傀儡戏与影戏的写本遗存，我们无法直接分析商业动力下傀儡戏与影戏“话本”的体式演进情况。但从傀儡戏“敷演烟粉灵怪故事、铁骑公案之类”的记述可知，傀儡戏的“话本”应与小说“话本”无异。那么，傀儡戏、影戏体式演进情况，也当与小说话本体式在商业动力下的演进情况类似。

第三节　宋元商业文明与戏曲文学体式的演进

在宋代以前，服务于宫廷的“百戏”、俳优“杂剧”乃至逐渐走向民间的“参军戏”“影戏”“傀儡戏”已出现。至北宋，初步具备“戏”“文”与“曲”的“杂剧”也出现，但仍局限于宫廷表演。真正走向瓦舍勾栏面向市民进行商业化表演的“戏曲”，是南宋的“温州杂剧”（又称“永嘉杂剧”）——南戏以及稍后的元杂剧。在以“曲”为主，“戏”“文”兼备的“戏曲”形成过程中，商业

① 孟元老等撰《东京梦华录（外四种）》，北京：古典文学出版社，1957年版，第97—98页。

文明起着极为重要的作用。但是，随着上层文人加入创作与消费队伍，宋元戏曲文学走向脱“俗”入“雅”的道路，很少适于“场上”表演，渐成案头文学。因此，宋元戏曲体式进一步演进的过程，恰恰是市井商业文明渐为上层文化冲击与削弱其发展势头的过程。

一、商业文明与南戏体式的演进

早在唐代，“参军戏”已有走向市民文化市场的。晚唐李商隐《骄儿诗》云：“忽复学参军，按声唤苍鹘”。李商隐幼小的儿子既学参军戏，则晚唐时参军戏必非仅限于宫廷演出，而是出现于市民文化市场之中的。实际上，中唐时期已有参军戏在市民文化市场演出的了。唐范摅《云溪友议》卷下载云：

> （元稹）乃廉问浙东。别（薛）涛已逾十载。方拟驰使往蜀取涛，乃有俳优周季南、季崇及妻刘采春，自淮甸而来。善弄陆参军，歌声彻云，篇韵虽不及涛，容华莫之比也。元公似忘薛涛，而赠采春诗曰：“新妆巧样画双蛾，慢裹恒州透额罗。正面偷轮光滑笏，缓行轻踏皱文靴。言词雅措风流足，举止低回秀媚多。更有恼人肠断处，选词能唱《望夫歌》。”《望夫歌》者，即罗唝之曲也。（原注：金陵有罗唝楼，即陈后主所建。）采春所唱一百二十首，皆当代才子所作。其词五、六、七言，皆可和矣。①

既然“弄陆参军”的周季南、周季崇和刘采春三位俳优是“自淮甸而来”浙东的，则为“冲州撞府”式演出的先导，而他们的演出性质，也可确定为商业化演出了。至于刘采春“歌声彻云”“所唱一百二十首”“其词五、六、七言”，又说明在中唐市民文化市场上演出的参军戏，有“科”（“偷轮”“轻踏”“低回”之类），有“白”（“言词雅措”），但“曲”更是主要的成分。日本学者

① 上海古籍出版社编《唐五代笔记小说大观》，上海：上海古籍出版社，2000年版，第1308页。

青木正儿认为，“参军戏是由主角参军和配脚苍鹘二人扮演的滑稽问答歌曲也”，[①]大体上是不错的。走向市民文化市场的参军戏所具备的“滑稽问答歌曲”体式，突破了宫廷俳优演参军戏以“科”“白”为主的局面，将宫廷俳优以滑稽调笑方式进行讽谏的传统，变异为以歌舞激发情感为主来娱乐大众的形式。这种变异表明，商业文明直接推动了参军戏体式的演进。

从目前学者们所搜罗的唐五代弄参军戏的资料来看，绝大多数参军戏的演出场所是宫廷，且表演形式主要以“科”、“白”构成。所以，任半塘先生说：“参军戏是由古俳优发展的最高阶段。科白并重，有时并合歌舞”。[②] 以宫廷为演出场所的俳优们是被豢养的，他们的演出以及“科白并重”的参军戏体式，皆与商业文明无关。

到了宋代，参军戏的演出不在宫廷便在官府，并非商业化演出的瓦舍勾栏或市井通衢。因此，单就参军戏本身而言，其体式中不曾有歌舞内容的记载，只是“上承春秋战国时期优孟衣冠的优谏传统，下秉东汉后赵‘弄参军’之衣钵，都是直接取材于当时现实生活，以针砭时政、嘲讽赃官、箴规当政者为主的滑稽小戏”。[③] 然而，宋元时代参军戏通过融入其他戏曲形式走入平民文化市场，继承了唐代以来民间演出以“曲”为主的体式。宋元戏文又被称为“鹘伶声嗽”（徐渭《南词叙录》），所谓“鹘伶”，应该是指参军戏中扮“苍鹘”的演员。那么，参军戏融入到南宋以来的“戏文”中，也应是可以确认的。黄仕忠先生在《南戏北剧之形成与发展》一文中说：

> 由唐代曲子词发展而来的宋词，极一代之盛；唐宋大曲蓬勃发展，拥有一批具有叙事特征的舞曲之目；转达、唱赚、词话、诸宫调等以讲唱见长的叙事体裁产生并日益繁盛；宋杂剧以滑稽表演为主体，在唐人参军戏的基础上，逐渐形成以末旦为中心的角色体制，拥有众多“官本杂剧”“段数”；还有影戏、傀儡戏等表演形式，也极受民众欢迎；说唱文学在变文和唐人小说的基础上，更是有了长足的进步，讲史、俗讲盛极一

---

① ［日］青木正儿著《元人杂剧概说》，北京：中国戏剧出版社，1957 年版，第1 页。

② 任半塘著《唐戏弄》，北京：作家出版社，1958 年版，第 351 页。

③ 曾凡安《宋代参军戏考辨》，《艺术百家》2003 年第 3 期，第 39 页。

时，说话人家数有四，尤以“小说”最为“可畏”，最能吸引观客听众；城市兴盛，勾栏瓦舍叠现，为上述伎艺提供了表演的场所，为市民大众提供了消遣的去处。当其时，各种伎艺争芳斗艳，互相吸收，在多种文学艺术高度发展的情况下，以代言体表演加之于说唱叙事的早期戏曲形式的出现，便只待捅破最后一层薄纸而已。只是捅破这最后一层纸的，历史选择了南渡之初汇集于温州的的艺人。①

由此可见，到了宋代，中国戏曲的角色体系、音乐体系、叙事要素，以及支持戏曲活动所需的剧场观众和商业经济条件，都真正具备了。南渡之初温州若干民间艺人灵机一动，以市场谋利为目的，将多种适合戏曲表演的条件综合起来，便创作出体式自由又适合民众欣赏习惯的南戏来。

从南戏作者角度看，起初“基本上都是书会才人，其中有很多还是艺人”“这些作者本身就身处下层，他们从事创作是为了养家糊口，把戏曲剧本当作换取经济利益的商品”，因此，他们必然追求商业利益最大化。在创作上不作艰苦的努力，直接“以人物的上下场为结构单元组成若干个场面”，所唱多用来自南方村坊俚巷的俗曲，“每场戏的曲调不必出自同一宫调，用韵也较为自由”。②

从南戏消费者——观众角度看，作为下层平民，他们欣赏水平不高，对于深层次的情感表达与细腻的景物描写无法理解，只有曲折的故事情节和滑稽搞笑是他们所热切期待的。为迎合消费者的欣赏趣味与理解能力，南戏多创作成长篇巨作，“讲究情节的穿插逢迎，故事的悲欢离合，结构的完整有致，场面的冷热相济”“从现存最早的南戏《张协状元》开始，字字双曲牌就是唱滑稽内容的，该剧第二出用了这个曲子，是丑扮小二上场时所唱，曲词如下：‘一石两石米和谷，也一担担。两桶三桶臭物事，也一担担。四把五把大枥柴，也一担担。豆腐一头酒一头，也一担担。’此曲从一说到五，用数字制造了谐趣。”③

---

① 黄仕忠《南戏北剧之形成与发展》，《文学遗产》1997 年第 4 期，第 80—81 页。

② 穆海亮《论南戏和北曲杂剧在形式体制上的差异及原因》，《殷都学刊》2005 年第 4 期，第 60 页。

③ 邹蓉《论南戏、传奇中的曲牌与科诨》，《戏剧文学》2015 年第 8 期，第 63、104 页。

一般而言,戏曲中插科打诨是滑稽搞笑的主要手段。而宋元南戏中的部分曲子竟然也与科诨合一,追求平民欣赏的庸俗打趣的舞台效果。这足见宋元南戏完全为商业文明的阴影所遮蔽,不仅曲白都俚俗浅露,缺乏文采,思想内容上也不见一丝高远启世的社会理想与深切入微的个性情感表达。

然而,尽管宋元南戏的作者没有高远的志趣和高度的社会责任感,他们却善于利用商业化的文学传统来构建南戏艺术大厦并有所创新发展。比如说,南宋艺人张五牛改进了"唱赚"体,使得传统的缠令、缠达形成有结构完备的套曲,南戏作者便及时吸收这种新兴的艺术体式进入南戏。胡雪冈先生曾针对今存最早的南戏作品《张协状元》说:

> 有两支赚曲都是四叠构成套曲,如第十四出:〔薄媚令〕、〔红衫儿〕、〔赚〕、〔金莲子〕、〔醉太平〕、〔尾声〕。全套八曲均属〔南吕宫〕。但第二十出的用曲就不同了,如〔南吕过曲·懒画眉〕、〔黄钟过曲·狮子序〕二支、〔南吕引子·临江仙〕、〔南吕过曲·柰子花〕三支、〔仙吕引子·醉落魄〕、〔仙吕过曲·四换头〕、〔越调过曲·赚〕二支、〔中吕过曲·绛罗裙〕、〔中吕过曲·呼唤子〕、〔尾声〕。以上共十四支曲,分属〔南吕宫〕、〔黄钟宫〕、〔仙吕宫〕、〔中吕宫〕、〔越调〕等五个不同宫调。这种以不同宫调的曲牌组成的赚曲的出现,如果说是受了诸宫调的影响,那不如说是受到南曲屡易宫调的联套组合的影响,因为以董解元的〔西厢记诸宫调〕来看,计用赚曲套数二十五套,但都是从属于一个宫调,而不是由多个宫调所组合。这一情况说明早期南曲既受唱赚联套的影响,又有所发展和突破,以至形成南曲套数的一种特有的格式,如《琵琶记》第三十六出的〔鹊桥仙〕赚曲联套就分属〔仙吕宫〕、〔南吕宫〕、〔双调〕、〔越调〕等四个不同的宫调。这种组合也被明清传奇所沿袭使用。①

又比如说,南戏作者所用的曲子,不仅来自于村坊俚曲,对北宋以来发

① 胡雪冈《从早期南戏〈张协状元〉看南曲组合规律》,《温州师专学报》1985年第2期,第42页。

展成熟的词也加以创造性地利用。这种利用,立足于南戏的地方文化传统与戏曲人物的身份特点。刘芳女士指出南戏引子多用宋人词并守宋词格律,又以《张协状元》为例具体说明:

> 生饰演具有状元之才的张协,自可出口成章,他出场所唱的曲调,基本符合格律要求。副末开场所唱诸宫调,基本采用词调,且合词律,末饰演客商、土地神、判官、学子、士子等人物时,所唱曲调亦基本合律,仅在作李大公、门子且和净合唱时,才不守格律。除了生、末唱词往往有律,外、后二脚作夫人、胜花出场时也唱律曲,符合她们名门淑女的身份。与此类有学识、身份的脚色相对,旦的唱词则仅有7首合律,11首不合律,符合贫女自幼失怙、居住破庙的身份。而净丑的独唱则基本不合律。丑在剧中的作用是插科打诨,因此即便丑作王德用出场,也唱俚曲而不守律。因此,《张协状元》的曲律随着人物学问、出身的不同而严疏各异,有学问、书香门庭者唱律曲较多;贫女村妇小二等民间百姓唱非律曲较多。①

为了照顾商业化演出的效果,南戏作者特别注重戏曲人物的类型化处理,在设置戏曲人物的唱词时,巧妙地以格律的严紧程度来展示戏曲人物的文化程度。换言之,商业文明的作用在南戏曲律的要求方面也体现了出来。

当然,为了投合观众欣赏趣味并适应其欣赏能力,南戏作者不仅让所有角色都可以唱曲,还在宾白上更为用力,“白”在南戏结构中所占比重较大,曲白相生是南戏的一大特点。吴梅先生比较北曲与南词时指出:“南词则一套之中,唱者既系多人,意境势难合一,不独生丑同场,必须分清口角;即同是一生,同是一旦,措词亦各有分寸,名为一套,实则一曲一意,而于关捩转折之际,能显其优美之趣者,则全在乎宾白”②。

直到元末,南戏创作都离不开文艺表演市场,是名副其实的“场上之

---

① 刘芳《从〈张协状元〉曲调格律看早期南戏的律化倾向》,《温州大学学报》2015年第6期,第40页。

② 吴梅著《顾曲麈谈 中国戏曲概论》,上海:上海古籍出版社,2005年版,第67页。

曲”,但随着元末文人高明开始南戏创作,在提高了南戏思想境界与语言艺术的同时,也使南戏转向明清传奇的发展道路,虽说是改进了南戏,也在一定程度上使南戏解体了。对此,俞为民先生有这样的结论:

> 由于早期南戏的作者皆为民间艺人,他们编撰南戏剧本的目的,是用于娱人的,即只是供演员演出用的,通过演员的演出,让观众观赏。为了能使观众喜爱自己的剧作,以获得好的经济收益,故十分重视剧作的故事情节,以丰富曲折的故事情节与形象生动的舞台人物来吸引观众。因此,早期南戏剧作在内容上具有叙事性强而抒情性弱的特征。而在后期南戏中,随着文人逐渐参与南戏的创作,由于文人编撰南戏的目的主要是用于自娱,或抒发自己的志趣,或显示自己的才华,因此,后期南戏在内容上与前期南戏相比,抒情性大为增强。这反映在用于抒情的曲调的安排上,早期南戏每出所用的曲调较少,而后期南戏每出所用的曲调较多。……也正因为如此,早期南戏被称为是“戏文”,“戏”,即戏弄,扮演之意,“文”即话文、故事之意,意谓扮演故事。而到了后期,南戏又有了“南曲”“南词”“南曲戏文”等名称,也就是用于抒情的曲调在剧中所占的比重增大了。①

二、商业文明与元杂剧体式的演进

从中国戏曲发展史的角度看,宋元戏曲发展最为完善的并非南戏,而是元杂剧。学术界公认“元曲”为元代文学之代表,可见一斑。究其原因,主要在于元杂剧一开始便是一流文人主导创作的结果,民间艺人即使有参加编剧的,也是极少数,改变不了元杂剧创作的大局。然而,元杂剧何以能够一出现便成为一种成熟的“场上之曲”的呢?仅仅有一流文人主导创作就可以吗?

首先,在元杂剧产生之前,宋金杂剧风行已久,至金后期更发展出院本

① 俞为民《〈张协状元〉与早期南戏的形式特征》,《戏剧艺术》2003年第4期,第70页。

来。宋金杂剧与金院本为适应商业性舞台演出,不仅发展出唱、念、诨等演出方式,也发展出末泥、引戏、副净、副末等演出角色,同时为保证商业收入的稳定性,在正杂剧表演之前一般有艳段,之后一般有杂扮。后起的元杂剧对此种种不仅加以吸收还有所发展,以至成为"场上之曲"的成熟形态。据南宋吴自牧《梦粱录》卷二十"妓乐"条载:

> 杂剧中末泥为长,每一场四人或五人。……末泥色主张,引戏色分付,副净色发乔,副末色打诨。或添一人,名曰"装孤"。……大抵全以故事,务在滑稽唱念,应对通遍。①

元人夏庭芝《青楼集志》又载:

> 宋之戏文,乃有唱念,有诨。金则"杂剧""院本"合而为一。至我朝乃分"院本""杂剧"而为二。"院本"始作,凡五人:一曰副净,古谓参军;一曰副末,古谓之苍鹘,以末可扑净,如鹘能击禽鸟也;一曰引戏;一曰末泥;一曰孤。又谓之"五花爨弄"。②

显然,在角色体制上,金院本对宋金杂剧稍有发展。而"早期的元杂剧脚色与金院本脚色颇为相类,可以看到两者一脉相承的亲缘关系。"但是,后来元杂剧在角色方面有较大的发展。除了"末类"和"净类"外,元杂剧还发展出"旦类"。并且,"每一类又可细分一些名目。末类名目有'正末''外末''外''副末''冲末''大末''小末''老末'等;旦类名目有'正旦''外旦''贴旦''副旦''老旦''搽旦''大旦''小旦'等;净类名目有'净'、'正净''外净''贴净''丑'等;另外还有一些角色如'孤''卜儿''倈儿'等等。"③

在演出方式上,元杂剧虽然继承了金院本的"唱"、"念"、"诨",但重在

---

① (宋)孟元老等撰《东京梦华录(外四种)》,上海:古典文学出版社,1957 年版,第 309 页。

② (元)夏庭芝撰,孙崇涛笺注《青楼集笺注》,北京:中国戏剧出版社,1990 年版,第 43 页。

③ 延保全《从戏曲文物看宋金元杂剧的脚色行当》,《中华戏曲》2006 年第 2 期,第 139—140 页。

"唱",并且发展出"科"(或称"介"),在"诨"之外也发展出一般性的推动故事情节的"白"。当然,宋金杂剧与金院本都继承了唐代"变文"的演出方式。若溯远源,元杂剧的演出方式竟与变文演出方式也是有关的。任半塘先生认为,变文"唱白分明",有的作品中"吟""诗""白"等提示语"皆标在各文之上端,竟与后世剧本内之形式相同。"①

在整体结构上,元杂剧对宋金杂剧同样有继承有创新。日本学者青木正儿认为:"杂剧由艳段(一段)——正杂剧(两段)——杂扮(一段)之四段而成,其后元杂剧之以四折为定型之体制,已萌芽于此,惟其各段所演之内容并不相互连络耳。"②

其次,元杂剧与元散曲被后人统称为"元曲",可见其文学体式中的"曲"(演出方式为"唱")是作家最为用力的。而元杂剧的"曲"之所以独步一代,又与宋金诸宫调的充分发展分不开。郑振铎先生指出:"'杂剧'乃是'诸宫调'的唱者穿上了戏装,在舞台上搬演故事的剧本,故仍带着很浓厚的叙事歌曲的成分在内。"③张大新先生说得更具体:

> 以"胡乐"为主导的新兴俗乐的风行,促使诸宫调的体制和唱法发生一系列变革,突出表现为故事容量的增加和词调向曲调的转化。它吸收唱赚用同一宫调的乐曲演唱故事的长处,将不同宫调的套联成长套,歌唱时频换宫调,自由换韵,并适应北方语言的变化,将入声派往平、上、去三声。其叙事更为细腻,注重人物刻画,唱词更富于文采。它对北曲杂剧的决定性影响,一在代言体叙事方式的出现,二在北曲联套体的确立。作为前者,主要表现于正旦或正末主唱体制的形成。诸宫调说唱艺人有男有女,通常由一人采用第三人称的口吻说唱一个完整的故事,而北曲杂剧正是吸收了这一长处,全剧由正旦(或正末)担任主角儿,并主唱到底。所不同者只在于诸宫调通常用第三人称,而北杂剧

---

① 任半塘著《唐戏弄》,北京:作家出版社,1958 年版,第 933—934 页。
② [日]青木正儿著《中国近世戏曲史》,上海:上海文艺联合出版社,1954 年版,第 28 页。
③ 郑振铎著《插图本中国文学史》,人民文学出版社,1957 年版,第 635 页。

一律用第一人称,以便集中抒发戏剧主人公的思想感情。[1]

如果我们撇开舞台表演这一视角,单纯从剧本文学的体式来看,元杂剧的演进依然与商业文明的具体要求关系至密。

众所周知,元杂剧的文本在结构上由"曲"、"白"、"科"(或"介")组成。就文学语言而言,"科"("介")仅作提示语,不足多论;"曲"在所有的北杂剧剧本中,所占篇幅都是最大的,表明作家用力最专,也最为著称;"白"的语言形态多样,学术界讨论也相当热烈。下面我们分述"曲"与"白"的体式与商业文明的关系。

元杂剧中的"曲"(供一人主唱),在体式上与商业文明直接相关的表现,至少有两点:一是使用"通语";一是采用"套数"。

先说"通语"情况。元人周德清《高安周挺斋论曲》云:"凡经史语、乐府语、天下通语,可入杂剧。"[2]所谓"经史语",是典型的文言,是前代文人习用的书面语,也是前代能够在全国无障碍流行的"通语";所谓"乐府语",早先虽自民间各地俗语而来,但经过乐府机关加工为全国无障碍流行的"通语",后来文人们的拟作,自然也属"通语"范畴。总之,"经史语"、"乐府语"都是前代"通语",至元代社会依然具有广泛流行的趋势。而"天下通语",当指元代"官话",即为时下全国无障碍流行的"通语"。周德清的话是从杂剧创作的语体要求来说的,元杂剧的创作实践是否满足其所指出的要求呢?从当今许多学者研究的结果来看,是大体可以肯定的。如李蕊女士在《元代山西人杂剧用韵研究》一文中指出:

不同地区曲家的用韵一致,说明《中原》(按:即周德清《中原音韵》)反映了元代戏曲家的用韵习惯,他们在创作时并不是以某种方言为基础的,而是使用的当时的通语,只是偶尔会涉及到自己的方言。[3]

---

① 张大新《金政权南迁与北杂剧的成熟》,《文艺研究》2005年第12期,第87页。

② (明)臧懋循《元曲选》第一册,北京:中华书局,1958年版。

③ 李蕊《元代山西人杂剧用韵研究》,《语言研究》2009年第1期,第23页。

元杂剧“曲”之语体采用“通语”，说明作家们在创作时，是考虑到所作杂剧能够在不同地区广泛演出的需要的。他们这样做，就是为了尽力争取到更多的观众，从而为自己和演员们获得最大化的商业利益。

再说“套数”情况。如前引张大新先生所说，北曲“套数”初现于诸宫调中，元杂剧之“曲”直接吸收说唱文学诸宫调的做法，以“套数”组曲，而不再作出大的变动。这样做，也是为了直接拉住说唱文学所吸引的观众队伍并培育“戏曲”观众，最终为元杂剧创作的商业利益服务。黄仕忠先生《南戏北剧之形成与发展》一文说得明白：

> （元初）说唱艺术已经极度繁盛，拥有广大的观众；杂剧的表演方式犹受制于说唱，习惯于说唱表演的观众尚在向熟悉戏曲特性转化之中。惟其若此，真正符合戏曲本质特性的表演艺术也有待于建立。毕竟古人虽已有过“前戏剧”的尝试，却并非先有一个先验的戏曲“理念”，然后予以“模仿”的。“戏曲”这一“理念”的全部含义也是在历史的进程中，经过不断的探索，才逐渐为人们所认识和完善的。故戏曲的发展历史，也是合于戏曲特性的表演艺术的成长过程，同时还是能够欣赏、理解戏曲独特魅力的观众的培养过程。……从戏曲的本质意义而言，元人杂剧一人主唱的体制是“畸形”的；但这种“畸形”的体制似乎恰好满足了此刻社会对于戏曲的要求。①

一般而论，元杂剧文本特别重“曲”，而于“白”则不甚看重。古今学者都指出元刊杂剧中很少有“白”，如清代戏曲理论家李渔云：“北曲之介白者，每折不过数言，即抹去宾白而止阅填词，亦皆一气呵成，无有断续，似并此数言亦可略而不备者。”②甚至，有人认为元杂剧中的“白”主要出自元明艺人而非元代作家之手。其中，解玉峰先生的观点较为突出：

---

① 黄仕忠《南戏北剧之形成与发展》，《文学遗产》1997 年第 4 期，第 83 页。

② （清）李渔撰《闲情偶寄》，上海：上海古籍出版社，2000 年版，第 61 页。

> 元刊杂剧三十种每剧的四套曲词皆完整无缺，但其宾白较明本要少得多，常常只有光秃秃的曲词，元刊本常用“一折了”“云了”“说关了”等形式省略宾白。……语言学家梅祖麟先生曾根据元明间的四种语言现象为关汉卿《救风尘》《窦娥冤》等杂剧作断代性考察，他认为关汉卿杂剧的宾白主要是明初甚至于明代中叶以后的语言。这就是说，关汉卿剧作曲词的产生时代与宾白产生时代相距近百年。……现存元人杂剧的宾白可能主要出自元明杂剧艺人。杂剧家为杂剧制曲时，也可能会兼作一些宾白，某些作家甚至可能会比较完整（如后期的杂剧家朱有燉）。但作家之白未必完整无缺，即使“全宾”也未必完全适于场上，戏剧搬演时仍有赖伶人按场上一般套路加以编改。所以，白出自伶人比之出于作家，更近实情。①

但无论如何，元杂剧的“白”与“曲”是紧密配合而共同推动故事情节发展的。特别是在元杂剧套曲之间的“带云”，作为“白”的一种形式，其“作用在于衔接前后两句唱词，补充唱词难以表达的内容，推动情节的发展。这种在曲中的特殊位置，也就决定了它只能使用富有韵律美的念诵，来使前后两句唱词实现自然衔接与过渡”，②更为典型地体现了“曲白相生”的元杂剧艺术。

元杂剧中的“白”，语体形态较为复杂，既有人物出场与退场的上场诗、下场诗形态，也有主唱者“带云”富有韵律美的形态，也有一般角色基于滑稽内容的散说的形态。散说的“白”（多为“诨”语）既以滑稽为意，目的显然是投合观众的趣味，与宋金杂剧几无差别，都是为了演出的商业利益而撰写。至于以念诵为特征的人物上场诗，其内容多为模式化、类型化的人物身份概括语，如店小二出场陈词几乎一致，《黑旋风双献功》（第一折）、《狄青复夺衣袄车》（第二折）中店小二上场诗云：“买卖归来汗未消，上床犹自想来朝。为甚当家头先白，一夜起来七八遭”；《好酒赵元遇上皇》（第一折）、《包待制智赚生金阁》（第三折）、《郑孔目风雪酷寒亭》（第三折）、《相国寺公孙合汗

---

① 解玉峰《论元曲杂剧之多重构成》，《文学评论》2008 年第 2 期，第 116—117 页。

② 康保成《元杂剧的“宾白”与“表白”》，《学术研究》2002 年第 11 期，第111 页。

衫》(第一折)、《死生交范张鸡黍》(第一折)中店家(店小二)上场诗云:“买卖归来汗未消,上床犹自想来朝。为甚当家头先白,晓夜(日夜、每日)思量计万条。”这样模式化、类型化刻画次要人物,既便于观众理解,又无须作者像个性化描绘人物那样多费时间,是极为经济有效的商业化创作手法。

当然,元杂剧中涉及“念”的上场诗,基本上都是与“散白”文字相配合的。如《黑旋风双献功》(第一折)中店小二“念”完上场诗后,便有这样的一段“散白”:

> 小可是这火炉店上一个卖酒的,但是南来北往官员士庶人等进香的,都在我这店中安歇。我今日开开板搭,烧的镟锅儿热,看是有甚么人来。

《好酒赵元遇上皇》(第一折)中店家“念”完上场诗后,也有类似的一段“散白”:

> 自家是店小二,在这东京居住。无别营生,开着个小酒店儿。但是南来北往经商客旅,常在我这店中饮酒。今日清早晨,开了这店门,挑起望杆,烧的这镟锅儿热着,看有甚么人来。

可以说,上场诗首先从较大的范围囊括一切生意人的辛苦状态,“散白”文字则简括“店小二”的基本职业形象并切入故事主要情节之中。这样做可将人物的类型化形象极为简洁、有趣地白描出来,便于平民观众理解,是“拉住”观众的有效手法。

像这样近乎打油诗的元杂剧人物上场诗,其作用与话本小说中描写人物形象的诗词是一样的,不仅可以类型化地白描人物形象,还能以“诗”的语言带给平民听众“品位高”的感觉,某种程度上是一种增进听众兴味的“调味剂”。即空观主人在《拍案惊奇·凡例》中说“小说中诗词等类,谓之蒜酪”,就十分准确地阐明了商业化小说中为人物形象服务的诗词的功能。我们以此来看待商业化创作的元杂剧中的人物出场诗,当亦不为过。

随着时代的发展，元杂剧的文学体式也有所发展。"早期北杂剧的演唱方式基本遵循'一人主唱'的体例，到了元杂剧发展盛期，该体例就逐渐被打破，王实甫的《西厢记》就是一个范例"；"到了元末明初阶段，杂剧的体制发生了极大的变化，很重要的一点即表现在曲体的变化上：或北南合套，或北曲杂用南曲，或不用尾声作结，或使用'带过曲'等等"。[①] 之所以发生这样的变化，很大程度上是与南戏体制上更为灵活而富于市场竞争力有关的。为了扩大市场份额，争取南方的观众，当元杂剧演出遇到南戏演出强劲挑战之时，元杂剧作家只能借鉴南戏之长来弥补元杂剧体式上的缺陷，从而保证自身商业利益最大化。

余论　宋元商业文明与文人小说体式的演进

受商业利益驱动的平民文学创作，历来不被文人看好。其中固然因低俗的市民趣味不入正统文人的法眼，即从艺术上来看，这类平民文学创作也较为粗糙。因此，早在唐代，元稹、白居易、刘禹锡诸人，就对当时乐坛流行的歌词颇为不满，开始创作文人词对新兴的曲子词加以"改造"。到了宋元时代，规模更大的商业化勾栏文学在小说、戏曲领域异军突起，但由于大量使用散体的白话语言，使擅长使用文言讲究格律的文人无所措手，因而并未出现传统文人产生"改造"它们的冲动。而由于"散曲"类似于曲子词，其语言形式讲究韵律，元代不少上层文人也加入"散曲"创作行列，导致后期元散曲"雅化"，与宋词差别渐小。不过，借着散曲"套数"与元杂剧"套数"的同形同质，"剧曲"也受到文人圈的普遍认同与赞赏，越来越多的中下层文人加入元杂剧创作队伍。受此影响，元代中后期也有一些中下层文人开始加入白话小说创作队伍，将雅文学的基因移植到白话小说之中，雅俗共赏的文人长篇章回小说开始产生了。

到了元代，话本小说尤其是讲史话本不仅以手写本为勾栏演出使用，还

---

① 王平《试论杂剧体制在元末明初的变化》，《戏曲研究》第七十五辑，北京：文化艺术出版社，2008 年版，第 142—145 页。

出现了直接供人阅读的刊本，这表明商业文明在白话小说领域开始展露出新的面目。比如说，《新编五代史平话》“实宋人旧编而为元人所刊印”，《新刊大宋宣和遗事》“当为宋人旧编元人刊印之本”，《全相平话武王伐纣书》上中下三卷、《全相平话乐毅图齐七国春秋后集》上中下三卷、《全相秦并六国平话》上中下三卷、《全相平话前汉书续集》上中下三卷、《新全相三国志平话》上中下三卷、《吴越春秋连象平话》、《薛仁贵征辽事略》都是“元人编刊者”；①而“《全相三国志平话》是元至治年间新安虞氏的刊本，虽然‘词不达意，粗具梗概而已’，但是它上图下文的格式表明，这本书并不是说话人口头说书的简单记录，而是专供市井百姓所传阅的书面读物。”②在这种时代背景下，元代中后期部分文人如罗贯中、施耐庵等在接触讲史读本之后，便萌生了改造它们的思想。郑振铎先生在《宋元明小说的演进》一文中，便称赞撰写《三国志通俗演义》的罗贯中“以文雅救民间粗制品的浅薄，同时又并没有离开民间过远。”③

关于罗贯中、施耐庵的生平及他们创作《三国志通俗演义》与《水浒传》的具体时间，学术界还是有所争议的。目前，关于罗贯中的生活时代与《三国志通俗演义》的创作时间，主要有四说：“元末明初”说，以鲁迅发端，郭豫适、周汝昌、冯沅君等老一辈学者“仍绳其祖武”，新中国学者冯其庸、游国恩、陈铁民、欧阳健、任昭坤、刘世德、周兆新等人也持此说；“宋代乃至以前”说，由周邨提出，不过此说疑点颇多；“元代中后期”说，20 世纪 80 年代以来此说甚为流行，章培恒、马美信提出，袁世硕、刘友竹、杜贵晨从不同角度各有论证；“明中叶”说，认为《三国志通俗演义》出于明中叶，否定了罗贯中的著作权，主要持论者是张国光、张志合、李伟实等人。④ 关于施耐庵的生活时代与《水浒传》的成书时间，主要有五说：元代说，陈中凡、王利器、黄霖持此说；元末明初说，胡适、鲁迅、郑振铎、袁世硕、徐仲元持此说；明初说，周维衍

① 胡士莹著《话本小说概论》，北京：中国社会科学出版社，2010 年版，第712—730 页。

② 赵璐《〈三国演义〉成书的文体演变》，《前沿》2011 年第 24 期，第 215 页。

③ 郑振铎著《郑振铎古典文学论文集》，上海：上海古籍出版社，1984 年版，第 381 页。

④ 韩伟表《〈三国演义〉成书年代和作者生活时代研究述略——〈三国演义〉文献学研究之一》，《浙江海洋学院学报》2001 年第 2 期，第 46—49 页。

主张此说；成化弘治说，李伟实主张此说；嘉靖说，戴不凡最早提出，张国光、石昌渝论证此说。五说之中，元末明初说最为流行。①

综观诸家所论，笔者宁愿相信《三国志通俗演义》成书于元代中后期，而《水浒传》则成书于元末明初。要之，二书自元代已开始撰写，其基本体式受当时讲史话本影响最深，其目的也在于通过出版业以文人章回小说与市人话本小说进行商业性竞争，从而确立通俗小说在阅读圈中的文人主导地位。

首先，撰写于元代的章回小说《三国志通俗演义》和《水浒传》（或者当时名《宋江》之类），仍然保留了"说话"的痕迹，分明是对话本体式的继承与发展。如《三国志通俗演义》每一回末都以诗词为结尾，再加一句套话，如"此人是谁""后来如何"等诘问句式，或毕"竟如何，且听下回分解"这样诱导读者继续阅读的肯定句，这分明是勾栏中"说话"人的口声。又如《水浒传》第九十回写宋江攻克秀州后，与吴用商议进军杭州时，书有有一段插话："看官听说，这回话都是散沙一般。先人书会留传，一个个都要说到，只是难做一时说，慢慢敷演关目，下来便见。"这番话前句分明是施耐庵集撰众说的口声，后句则是宋元说话人的口声。二书作者之所以这样安排，是因为《全相平话五种》之类讲史话本已图文并茂地刊出，以满足粗通文字的平民商业化阅读的需要，二书作者欲以竞争的姿态出现，同样极力将粗通文字的平民"听众"拉入"读者"圈中，扩大章回小说的读者群，以保证章回小说作者与出版商有商业利益可图。

其次，章回小说《三国志通俗演义》和《水浒传》在讲史话本分节立目的基础上发展出"回目"来，是中国小说体式发展史上一大亮点。石麟先生在《章回小说回目的来源演变及其文化意蕴》中指出：宋元讲史话本分节立目的方式有两种。一种是上图下文的，在下栏的文字中以黑地"阴文"标目，覆盖在相关处的"阳文"之上；另一种情况是在全书的卷首刊有目录。到了章回小说中，则发展为置于每回回首的"回目"。并且，《水浒传》还将讲史话本以来由单句作目变而成为偶句作目。② 这种"回目"的出现，显示出作者对故

① 许勇强、李蕊芹《百年〈水浒传〉成书时间研究检讨》，《中华文化论坛》2010 年第 4 期，第 148—150 页。

② 石麟《章回小说回目的来源演变及其文化意蕴》，《明清小说研究》2004 年第 1 期，第 22—30 页。

事讲述节奏更好的把握以及对故事高潮情节更精心的设计，同时有利于读者对小说故事情节的有效掌握，提高他们的小说欣赏水平，并吸引读者在小说关键节点暂时结束故事后急于继续阅读下去，是比说话人商业演出手段更精巧的运用。

最后，章回小说《三国志通俗演义》和《水浒传》不再一味地斤斤于个体英雄人物的传奇性描写，更注重传达文人的历史意识和社会理想。如《三国志平话》的结构基本是单线的，较为扁平，刘备集团不仅占据了数量上的优势，而且在描写的丰富性上，也远远超过了曹、吴集团，到了《三国志通俗演义》才较好地体现了三分的结构布局，使得历史上三足鼎立的格局得以比较好地展示。[①]《演义》如此结构故事，便于突出天下"久合必分，久分必合"的历史观。又如话本《大宋宣和遗事》是一种多线向中心点集中，再以一人为主，共同形成一条主线向前推进的多线与主线相结合并具有一定开放性的框架结构。施耐庵的《水浒传》采用了这一框架结构，但以宋江为中心和主线，以杨志、晁盖、武松等个人和小群体为支柱，将一部分人物插入其间。[②]相比于话本《遗事》，《水浒传》突出了宋江的作用也突出了"忠义"这一具有社会理想特色的主题。另外，"章回小说普遍遵循故事的自然时序，很少扭曲故事时间；对故事发生的立体时间，叙述者一般采用'花开两朵，各表一枝'的策略，最终转化为按照故事发生的先后顺序展开叙述。"[③]这些相对于话本的体式结构方面的变化，便于拓宽读者的历史与社会视野，提高他们的思想文化素质，在一定程度上，也是在提高围绕出版圈的元代商业文明水平。

此外，章回小说《三国志通俗演义》和《水浒传》一旦成为读物而流行开来，必然会引起说话人的关注，他们转而会将这些章回小说当作"说话"的底本，在传统勾栏中作更高水平的商业表演。毕竟，广大未读过书的平民仍需要"说话"艺术的存在。不过，这种情况主要是明代以后才出现的事了。

---

① 李继华《从〈三国演义〉成书过程看平话与演义结构之比较》，《郑州大学学报》2011年第5期，第99页。

② 李永祜《施耐庵和罗贯中对〈水浒传〉成书的贡献》，《菏泽学院学报》2011年第4期，第27页。

③ 刘晓军《"四大奇书"与章回小说文体的形成》，《学术研究》2010年第10期，第138页。

结　语　商业文明在中国文学近代化进程中的作用

应市民文化需求而兴起的词曲、小说、戏剧，逐渐与传统的诗、文、赋相抗衡，是中国文学近代化的主要标志。而词曲、小说、戏剧的兴起与繁荣，离不开宋元政府对商业的高度重视，离不开城市商业的高度发达，离不开一批优秀文人转型为民间艺人或市民文学作者。正是重商的政府建立了瓦舍，才使得宋元时代文艺有了商业化的专门市场；正是城市商业的发达，才产生了有文艺消费财力的平民大众；正是优秀文人加入市民文学生产与表演队伍，才出现了平民大众文学创作的繁荣。

远在南朝时期，长江沿岸的发达城市就出现了一批商业化服务的歌伎，那时她们以最新体式的五言诗作为歌词（即所谓“吴歌”与“西曲”），通过惊艳的歌舞表演，打动了来来往往的运输商和游学游宦的文人，初步实现了规模化的文学商业性传播。然而，此时的诗歌文学创作的服务对象，并非普通的市民，而是外来的客商与文人。因此，这种为文学商业性传播而进行的南朝诗歌创作，并没有接触到近代化的社会，只是中国文学近代化的先声。

到了中唐时代，由于安史之乱不断摧毁贵族的堡垒，战争的费用也使得朝廷大大削减官员的薪俸，贵族自由支配的经济能力骤然降低。这样，自南朝以来一直依靠贵族信众“布施”的城市寺院，不得不将“求布施”的眼光投向广大市民。一些僧人开始将传统的“僧讲”演变为“俗讲”，以招引市民大众。更有甚者，一些俗讲僧还将佛教故事与绘图结合起来，并以市民喜闻乐见的形式重新编排故事，形成风靡一时的“变文”。这样，具有近代化色彩的文学创作，首先在中唐时代的佛教寺院产生。随后，民间艺人纷起仿效，“变文”中佛教故事的内容为民间故事内容所取代，出于商业利益追逐与争夺的民间创作，在形式上又增加了诸如“词文”“论议”“俗赋”等，逐渐汇聚为文学近代化的洪流。不过,由于中唐至五代经济整体上的凋弊,这种立足于商业文明基础上的文学近代化的社会影响,还是相当有限的。这种文学的表演场所依然以佛教寺院为主,在不固定的街巷、路岐乃至"冲州撞府"的表演,只占少数。

时至北宋,未收复幽云十六州的痛感,始终在太祖太宗以来诸帝的心头存留,因而蓄积财力以图收复之,成为北宋诸帝扩大官营商业范围的内在动力。但是,北宋诸帝并没有采取增加农民负担的做法。相反,北宋农民税赋占国库收入不到20%,除了商税收入,国库收入主要由官营商业利润构成。中唐以后,官营商业主要限于经营盐、铁、酒三种大宗日用商品,而北宋则又增加了茶、醋、矾、竹等大宗日用商品。另外,在城市中,北宋政府还建造大量官舍出租,包括建造瓦舍,在其中设置勾栏,出租给民间艺人从事商业性文艺表演。

在崇文抑武国策之下,北宋社会安定,经济发展迅速,城市数量与人口数量都大增,商业更为发达,市民的生活水平与消费能力大大提高,追求休闲娱乐成为时尚,因而瓦舍勾栏中的文艺表演是不会缺少听众的,甚至在大街小巷、重要路口乃至农村集市都常有商业性文艺表演活动。

北宋以后,文人数量大增,一部分文人走向市民文化市场,或如浪子文人柳永为歌伎作词,或如书会才人为勾栏艺人编写小说、讲史、说经等话本。至南宋与金元时期,书会才人更为活跃,不仅编写话本,还创作散曲,编写南戏、诸宫调和元杂剧等。浪子才人与书会才人通过创作或编写文学作品,分享艺人商业化文艺表演所获利益,成为宋元商业文明中大规模出现的新景观。宋元表演者与创作者分离且共享文艺商业化利益,是立足于市民文艺消费基础之上的。因此,新型的商业文明成为文学近代化进程中的重要推手。

作为近代化文学的俗词、散曲与小说、戏剧等,服务对象主要是缺少较高程度文化学习的市民大众。这种服务对象的特殊性,要求这些文学在表达方式与语言形态的选择上倾向于适应较低的理解力。叙事成为宋元词曲、小说、戏剧最核心的表达方式,为的是适应缺少艺术修养的平民大众的较低的理解力;更多地使用了白话语体,或者借助"唱"来延时,也同样为的是适应缺少艺术修养的平民大众的较低的理解力。同时,商业表演者通过“演唱”叙事文学中的诗、词、曲,将抒情与描写的内容延时传达给平民大众,特别是通过角色动作或表演者的声情配合,加之以唱词之“雅言”对“说白”内容的重复,有助于平民大众从多渠道理解文学艺术的内容,能逐渐提高平民大众的艺术修养。

然而,取得了功名的上层文人,不甘儒家文化传统的坠失,也不甘文学发展的方向为下层文人与民间艺人所掌控。新兴文学俗词、散曲与小说、戏剧的创作或编写一味投合文化素质较低的市民大众,这使上层文人深为不满,他们亲自捉刀,或创作俗词、散曲,或编写小说、戏剧,以“救弊”的入世情怀加入到市民文学的写作中来。这样,商业文明必然在文学近代化进程中受限。可喜的是,上层文人以超越商业利益的姿态,打破下层文人(民间艺人、浪子才子和书人才人)分享文学商业化表演利益的创作格局。比如元散曲和杂剧早期主要是“场上之曲”,语言风格十分泼辣,情节表现也酣畅淋漓,但后期则渐变为“案头之曲”,语言风格变得从容舒缓,情节表现讲究精巧的安排。出现这种现象的主要原因,就在于元代前期约70年间没开科举考试,一部分高才文人只得以书会才人身份编写杂剧,分享文学商业化表演利益来谋生,因而必须创作出符合市民大众欣赏趣味与欣赏能力的“场上之曲”;而元代后期既开科举考试,散曲、杂剧多为取得功名的上层文人所编写,无须追求商业利益的上层文人,或以挽救世风为职志,以高雅精致取代低俗粗陋,使得散曲、杂剧渐变为适合文人们阅读的“案头之曲”。

不过,宋元商业文明并不因上层文人的高尚行为而自动撤销其私利诉求性。当上层文人将平民文学低俗趣味剔除并同时在语言上以雅济俗之后,书坊主便将这些“通俗”文学作品刊印为书籍出售。至明代中叶,商业文明以它再生的新面孔,出现于文学近代化进程中,不仅刊出了一大批宋元话本、陶真(词话)、通俗历史演义类小说,还刊出了明代文人撰写的拟话本、世情小说乃至传奇戏文作品。

总之,商业文明在中国文学近代化进程中,始终起着重要推手的作用。商业文明自身在不同时代的演进,与文学近代化的形式、内容方面的新特点,也是密不可分的。

参考文献

一、史学史料类

陈振著《宋史》,上海:上海人民出版社,2003 年版。

漆侠著《中国经济通史 · 宋代经济卷》,北京:经济日报出版社,1999 年版。

漆侠著《宋代经济史》,上海:上海人民出版社,1987 年版。

陈高华、史卫民著《中国经济通史 · 元代经济卷》,北京:经济日报出版社,2001 年版。

王孝通著《中国商业史》,上海:上海书店,1984 年版。

吴慧主编《中国商业通史》第二卷,北京:中国财政经济出版社,2006 年版。

吴慧主编《中国商业通史》第三卷,北京:中国财政经济出版社,2005 年版。

(唐)孔颖达撰《春秋左传正义》,北京:北京大学出版社,1999 年版。

(唐)崔令钦撰,罗济平校点《教坊记》,沈阳:辽宁教育出版社,1998 年版。

(宋)王溥撰《唐会要》,北京:中华书局,1955 年版。

(宋)李焘撰《续资治通鉴长编》(第八册),北京:中华书局,1985 年版。

(宋)李幼武纂集,(明)张鳌山等校《宋名臣言行录 续集》,哈佛大学汉和图书馆珍藏本。

中华书局编辑部编《宋元方志丛刊》,北京:中华书局,1990 年版。

(元)脱脱等撰《宋史》,北京:中华书局,1977 年版。

(元)马端临撰《文献通考》,北京:中华书局,1986 年版。

(元)钟嗣成撰《录鬼簿(外四种)》,上海:上海古籍出版社,1978 年版。

(明)宋濂等撰《元史》,北京:中华书局,1976 年版。

(明)黄淮、杨士奇编《历代名臣奏议》,上海:上海古籍出版社,2012 年版。

费正清、肖耐尔著《中国:传统与变革》,南京:江苏人民出版社,2012 年版。

吴刚著《中国古代城市生活》,北京:商务印书馆,1997 年版。

白新良著《中国古代书院发展史》,天津:天津大学出版社,1995 年版。

武舟著《中国妓女文化史》,上海:东方出版中心,2006 年版。

申家仁著《岭南陶瓷史》,广州:广东高等教育出版社,2003 年版。

郝良真等著《磁州窑古瓷》,西安:陕西人民美术出版社,2004 年版。

张柏主编《中国出土瓷器全集》,北京:科学出版社,2008 年版。

孔祥星、刘一曼著《中国古代铜镜》,北京:文物出版社,1984 年版。

孔祥星、刘一曼主编《中国铜镜图典》,北京:文物出版社,1992 年版。

郑珉中撰《故宫古琴图典》,北京:紫禁城出版社,2010 年版。

卢辅圣主编《中国书画全书》第三册,上海:上海书画出版社,1992 年版。

易培基署《故宫书画集》,北京:北平故宫博物院,1931 年版。

张秀民著《中国印刷史》,上海:上海人民出版社,1989 年版。

宿白著《唐宋时期的雕版印刷》,北京:文物出版社,1999 年版。

李致忠著《古代版印通论》,上海:上海古籍出版社,2006 年版。

商务印书馆四库全书出版工作委员会编《文津阁四库全书》第三〇七册,北京:商务印书馆,2005 年版。

商务印书馆四库全书出版工作委员会编《文津阁四库全书》第三四五册,北京:商务印书馆,2005 年版。

商务印书馆四库全书出版工作委员会编《文津阁四库全书》第三四六册,北京:商务印书馆,2005 年版。

商务印书馆四库全书出版工作委员会编《文津阁四库全书》第三六七

册,北京:商务印书馆,2005年版。

商务印书馆四库全书出版工作委员会编《文津阁四库全书》第三七六册,北京:商务印书馆,2005年版。

季羡林总编《传世藏书·文史笔记4》,海口:海南国际新闻出版中心,1996年版。

北平故宫博物院古物馆编《故宫书画集》,北京:北平故宫博物院,1931年印。

(宋)陈思辑《两宋名贤小集》,《文渊阁四库全书》电子版,上海人民出版社,1999年版。

(清)刘统勋等编《评鉴阐要》,《文渊阁四库全书》电子版,上海人民出版社,1999年版。

(清)纪昀等奉敕撰《钦定历代职官表》,《文渊阁四库全书》电子版,上海人民出版社,1999年版。

二、笔记小说类

(宋)苏辙撰,俞宗宪点校《龙川略志 龙川别志》,北京:中华书局,1982年版。

(宋)李廌撰,孔凡礼点校《师友谈记》,北京:中华书局,2002年版。

(宋)蔡絛撰,冯惠民、沈锡麟点校《铁围山丛谈》,北京:中华书局,1981年版。

(宋)王闢之撰,吕友仁点校《渑水燕谈录 归田录》,北京:中华书局,1981年版。

(宋)文莹撰《湘山野录》,北京:中华书局,1984年版。

(宋)吴处厚撰《青箱杂记》,北京:中华书局,1985年版。

(宋)刘昌诗撰,《芦浦笔记》,北京:中华书局,1986年版。

(宋)张世南撰,张茂鹏点校《游宦纪闻》,北京:中华书局,1981年版。

(宋)王铚,王栐《燕翼诒谋录》,北京:中华书局,1981年版。

(宋)岳珂撰,吴企明点校《桯史》,北京:中华书局,1981年版。

（宋）庄绰撰，萧鲁阳点校《鸡肋编》，北京：中华书局，1983 年版。

（宋）邵博撰《邵氏闻见后录》，北京：中华书局，1983 年版。

（宋）李心传撰，徐规点校《建炎以来朝野杂记》，北京：中华书局，2000 年版。

（宋）朱彧撰，李伟国点校《萍州可谈》，北京：中华书局，2007 年版。

（宋）方勺撰，许沛藻、杨立扬点校《泊宅编》，北京：中华书局，1983 年版。

（宋）陆游撰，李剑雄、刘德权点校《老学庵笔记》，北京：中华书局，1979 年版。

（宋）陈世崇撰《随隐漫录》，北京：中华书局，2010 年版。

（宋）费衮《梁溪漫志》，上海：上海古籍出版社，1985 年版。

（宋）孟元老等著《东京梦华录（外四种）》，上海：古典文学出版社，1957 年版。

（宋）沈括撰《梦溪笔谈》，上海：上海书店出版社，2009 年版。

（宋）洪迈著，夏祖尧、周洪武校点《容斋随笔》，长沙：岳麓书社，1994 年版。

（宋）吴曾撰《能改斋漫录》，上海：上海古籍出版社，1979 年新一版。

（宋）罗烨撰《醉翁谈录》，上海：古典文学出版社，1957 年版。

（宋）王灼撰，罗济平校点《碧鸡漫志》，沈阳：辽宁教育出版社，1998 年版。

（宋）高承撰，金圆、许沛藻点校《事物纪原》，北京：中华书局，1989 年版。

（宋）吴自牧《梦粱录》，杭州：浙江人民出版社，1984 年版。

（元）夏庭芝撰，孙崇涛笺注《青楼集笺注》，北京：中国戏剧出版社，1990 年版。

（宋）陈善撰《扪虱新话》，长沙：商务印书馆，中华民国二十八（1939）年版。

（元）陶宗仪著《南村辍耕录》，济南：齐鲁书社，2007 年版。

（元）杨瑀撰，余大钧点校《山居新语》，北京：中华书局，2006 年版。

(元)孔齐撰《至正直记》,上海:上海古籍出版社,1987 年版。

(宋)上海古籍出版社编《宋元笔记小说大观》,上海:上海古籍出版社,2007 年版。

朱易安、傅璇琮等主编《全宋笔记》第一编五,郑州:大象出版社,2003 年版。

朱易安、傅璇琮等主编《全宋笔记》第一编六,郑州:大象出版社,2003 年版。

朱易安、傅璇琮等主编《全宋笔记》第一编十,郑州:大象出版社,2003 年版。

朱易安、傅璇琮等主编《全宋笔记》第二编七,郑州:大象出版社,2006 年版。

朱易安、傅璇琮等主编《全宋笔记》第三编八,郑州:大象出版社,2008 年版。

朱易安、傅璇琮等主编《全宋笔记》第五编一,郑州:大象出版社,2012 年版。

朱易安、傅璇琮等主编《全宋笔记》第五编八,郑州:大象出版社,2012 年版。

朱易安、傅璇琮等主编《全宋笔记》第五编十,郑州:大象出版社,2012 年版。

三、文学总集类

逯钦立辑校《先秦汉魏晋南北朝诗》,中华书局,1983 年版。

(宋)李昉等编《太平广记》,北京:中华书局,1961 年版。

赵铁寒主编《宋名臣言行录五集》,台北:文海出版社,1967 年版。

李剑国辑校《宋代传奇集》,北京:中华书局,2001 年版。

程毅中辑注《宋元小说家话本集》,济南:齐鲁书社,2000 年版。

唐圭璋编《全宋词》,北京:中华书局,1965 年版。

曾枣庄、刘琳主编《全宋文》第 6 册,上海:上海辞书出版社,2006 年版。

曾枣庄、刘琳主编《全宋文》第 7 册,上海:上海辞书出版社,2006 年版。
曾枣庄、刘琳主编《全宋文》第 8 册,上海:上海辞书出版社,2006 年版。
曾枣庄、刘琳主编《全宋文》第 14 册,上海:上海辞书出版社,2006 年版。
曾枣庄、刘琳主编《全宋文》第 27 册,上海:上海辞书出版社,2006 年版。
曾枣庄、刘琳主编《全宋文》第 29 册,上海:上海辞书出版社,2006 年版。
曾枣庄、刘琳主编《全宋文》第 37 册,上海:上海辞书出版社,2006 年版。
曾枣庄、刘琳主编《全宋文》第 38 册,上海:上海辞书出版社,2006 年版。
曾枣庄、刘琳主编《全宋文》第 42 册,上海:上海辞书出版社,2006 年版。
曾枣庄、刘琳主编《全宋文》第 46 册,上海:上海辞书出版社,2006 年版。
曾枣庄、刘琳主编《全宋文》第 50 册,上海:上海辞书出版社,2006 年版。
曾枣庄、刘琳主编《全宋文》第 54 册,上海:上海辞书出版社,2006 年版。
曾枣庄、刘琳主编《全宋文》第 61 册,上海:上海辞书出版社,2006 年版。
曾枣庄、刘琳主编《全宋文》第 65 册,上海:上海辞书出版社,2006 年版。
曾枣庄、刘琳主编《全宋文》第 69 册,上海:上海辞书出版社,2006 年版。
曾枣庄、刘琳主编《全宋文》第 71 册,上海:上海辞书出版社,2006 年版。
曾枣庄、刘琳主编《全宋文》第 73 册,上海:上海辞书出版社,2006 年版。
曾枣庄、刘琳主编《全宋文》第 105 册,上海:上海辞书出版社,2006 年版。
曾枣庄、刘琳主编《全宋文》第 107 册,上海:上海辞书出版社,2006 年版。
曾枣庄、刘琳主编《全宋文》第 108 册,上海:上海辞书出版社,2006 年版。
曾枣庄、刘琳主编《全宋文》第 136 册,上海:上海辞书出版社,2006 年版。
曾枣庄、刘琳主编《全宋文》第 137 册,上海:上海辞书出版社,2006 年版。
曾枣庄、刘琳主编《全宋文》第 159 册,上海:上海辞书出版社,2006 年版。
曾枣庄、刘琳主编《全宋文》第 170 册,上海:上海辞书出版社,2006

年版。

曾枣庄、刘琳主编《全宋文》第180册,上海:上海辞书出版社,2006年版。

曾枣庄、刘琳主编《全宋文》第191册,上海:上海辞书出版社,2006年版。

曾枣庄、刘琳主编《全宋文》第198册,上海:上海辞书出版社,2006年版。

曾枣庄、刘琳主编《全宋文》第208册,上海:上海辞书出版社,2006年版。

曾枣庄、刘琳主编《全宋文》第213册,上海:上海辞书出版社,2006年版。

曾枣庄、刘琳主编《全宋文》第223册,上海:上海辞书出版社,2006年版。

曾枣庄、刘琳主编《全宋文》第232册,上海:上海辞书出版社,2006年版。

曾枣庄、刘琳主编《全宋文》第243册,上海:上海辞书出版社,2006年版。

曾枣庄、刘琳主编《全宋文》第244册,上海:上海辞书出版社,2006年版。

曾枣庄、刘琳主编《全宋文》第256册,上海:上海辞书出版社,2006年版。

曾枣庄、刘琳主编《全宋文》第258册,上海:上海辞书出版社,2006年版。

曾枣庄、刘琳主编《全宋文》第264册,上海:上海辞书出版社,2006年版。

曾枣庄、刘琳主编《全宋文》第269册,上海:上海辞书出版社,2006年版。

曾枣庄、刘琳主编《全宋文》第270册,上海:上海辞书出版社,2006年版。

曾枣庄、刘琳主编《全宋文》第 272 册，上海：上海辞书出版社，2006 年版。

曾枣庄、刘琳主编《全宋文》第 276 册，上海：上海辞书出版社，2006 年版。

曾枣庄、刘琳主编《全宋文》第 281 册，上海：上海辞书出版社，2006 年版。

曾枣庄、刘琳主编《全宋文》第 285 册，上海：上海辞书出版社，2006 年版。

曾枣庄、刘琳主编《全宋文》第 286 册，上海：上海辞书出版社，2006 年版。

曾枣庄、刘琳主编《全宋文》第 294 册，上海：上海辞书出版社，2006 年版。

曾枣庄、刘琳主编《全宋文》第 311 册，上海：上海辞书出版社，2006 年版。

曾枣庄、刘琳主编《全宋文》第 312 册，上海：上海辞书出版社，2006 年版。

曾枣庄、刘琳主编《全宋文》第 313 册，上海：上海辞书出版社，2006 年版。

曾枣庄、刘琳主编《全宋文》第 319 册，上海：上海辞书出版社，2006 年版。

曾枣庄、刘琳主编《全宋文》第 320 册，上海：上海辞书出版社，2006 年版。

曾枣庄、刘琳主编《全宋文》第 323 册，上海：上海辞书出版社，2006 年版。

曾枣庄、刘琳主编《全宋文》第 330 册，上海：上海辞书出版社，2006 年版。

曾枣庄、刘琳主编《全宋文》第 333 册，上海：上海辞书出版社，2006 年版。

曾枣庄、刘琳主编《全宋文》第 338 册，上海：上海辞书出版社，2006

年版。

曾枣庄、刘琳主编《全宋文》第 339 册,上海:上海辞书出版社,2006 年版。

曾枣庄、刘琳主编《全宋文》第 344 册,上海:上海辞书出版社,2006 年版。

曾枣庄、刘琳主编《全宋文》第 347 册,上海:上海辞书出版社,2006 年版。

李修生主编《全元文》第 1 册,南京:江苏古籍出版社,1998 年版。

李修生主编《全元文》第 5 册,南京:江苏古籍出版社,1998 年版。

李修生主编《全元文》第 6 册,南京:江苏古籍出版社,1999 年版。

李修生主编《全元文》第 9 册,南京:江苏古籍出版社,1999 年版。

李修生主编《全元文》第 11 册,南京:江苏古籍出版社,1999 年版。

李修生主编《全元文》第 12 册,南京:江苏古籍出版社,1999 年版。

李修生主编《全元文》第 14 册,南京:江苏古籍出版社,1999 年版。

李修生主编《全元文》第 15 册,南京:江苏古籍出版社,1999 年版。

李修生主编《全元文》第 16 册,南京:江苏古籍出版社,2000 年版。

李修生主编《全元文》第 17 册,南京:江苏古籍出版社,2000 年版。

李修生主编《全元文》第 18 册,南京:江苏古籍出版社,2000 年版。

李修生主编《全元文》第 19 册,南京:江苏古籍出版社,2000 年版。

李修生主编《全元文》第 20 册,南京:江苏古籍出版社,2000 年版。

李修生主编《全元文》第 24 册,南京:江苏古籍出版社,2001 年版。

李修生主编《全元文》第 25 册,南京:江苏古籍出版社,2001 年版。

李修生主编《全元文》第 30 册,南京:江苏古籍出版社,2004 年版。

李修生主编《全元文》第 38 册,南京:江苏古籍出版社,2004 年版。

北京大学古文献研究所编《全宋诗》第二册,北京:北京大学出版社,1991 年版。

北京大学古文献研究所编《全宋诗》第八册,北京:北京大学出版社,1992 年版。

北京大学古文献研究所编《全宋诗》第十册,北京:北京大学出版社,

1992年版。

北京大学古文献研究所编《全宋诗》第一六册,北京:北京大学出版社,1993年版。

北京大学古文献研究所编《全宋诗》第一九册,北京:北京大学出版社,1995年版。

北京大学古文献研究所编《全宋诗》第四十册,北京:北京大学出版社,1998年版。

北京大学古文献研究所编《全宋诗》第四五册,北京:北京大学出版社,1999年版。

北京大学古文献研究所编《全宋诗》第四七册,北京:北京大学出版社,1998年版。

北京大学古文献研究所编《全宋诗》第五〇册,北京:北京大学出版社,1998年版。

北京大学古文献研究所编《全宋诗》第五八册,北京:北京大学出版社,1999年版。

北京大学古文献研究所编《全宋诗》第六八册,北京:北京大学出版社,1998年版。

王季思主编《全元戏曲》第1卷,北京:人民文学出版社,1990年版。

王季思主编《全元戏曲》第2卷,北京:人民文学出版社,1990年版。

王季思主编《全元戏曲》第3卷,北京:人民文学出版社,1999年版。

王季思主编《全元戏曲》第4卷,北京:人民文学出版社,1999年版。

王季思主编《全元戏曲》第5卷,北京:人民文学出版社,1999年版。

王季思主编《全元戏曲》第6卷,北京:人民文学出版社,1999年版。

王季思主编《全元戏曲》第7卷,北京:人民文学出版社,1999年版。

王季思主编《全元戏曲》第8卷,北京:人民文学出版社,1999年版。

王季思主编《全元戏曲》第9卷,北京:人民文学出版社,1999年版。

王季思主编《全元戏曲》第10卷,北京:人民文学出版社,1999年版。

王季思主编《全元戏曲》第11卷,北京:人民文学出版社,1999年版。

王季思主编《全元戏曲》第12卷,北京:人民文学出版社,1999年版。

隋树森编《全元散曲》,北京:中华书局,1964 年版。
杨镰主编《全元诗》第七册,北京:中华书局,2013 年版。
杨镰主编《全元诗》第十二册,北京:中华书局,2013 年版。
杨镰主编《全元诗》第十三册,北京:中华书局,2013 年版。
杨镰主编《全元诗》第十七册,北京:中华书局,2013 年版。
杨镰主编《全元诗》第二十九册,北京:中华书局,2013 年版。
杨镰主编《全元诗》第三十二册,北京:中华书局,2013 年版。
杨镰主编《全元诗》第三十三册,北京:中华书局,2013 年版。
杨镰主编《全元诗》第三十五册,北京:中华书局,2013 年版。
杨镰主编《全元诗》第三十七册,北京:中华书局,2013 年版。
杨镰主编《全元诗》第三十九册,北京:中华书局,2013 年版。
杨镰主编《全元诗》第四〇册,北京:中华书局,2013 年版。
杨镰主编《全元诗》第四十五册,北京:中华书局,2013 年版。
杨镰主编《全元诗》第五十七册,北京:中华书局,2013 年版。
杨镰主编《全元诗》第六十三册,北京:中华书局,2013 年版。
杨镰主编《全元诗》第六十五册,北京:中华书局,2013 年版。

四、文学别集类

(宋)欧阳修著《欧阳修全集》,北京:中华书局,2001 年版。
(宋)梅尧臣撰,朱东润校注《梅尧臣集编年校注》,上海:上海古籍出版社,1980 年版。
(宋)王安石著,秦克、巩军标点《王安石全集》,上海:上海古籍出版社,1999 年版。
(宋)苏轼撰,傅成、穆俦标点《苏轼全集》,上海:上海古籍出版社,2000 年版。
(宋)苏辙著,曾枣庄、马德富校点《栾城集》,上海:上海古籍出版社,2009 年版。
(宋)秦观撰,徐培均校注《淮海居士长短句》,上海:上海古籍出版社,

1985 年版。

（宋）（宋）刘斧撰辑，施林良校点《青琐高议》，上海：上海古籍出版社，2012 年版。

（宋）黄庭坚撰，马兴荣、祝振玉校注《山谷词校注》，上海：上海古籍出版社，2011 年版。

（宋）杨万里撰，辛更儒笺校《杨万里集笺校》，北京：中华书局，2007 年版。

（宋）洪迈撰，何卓点校《夷坚志》，北京：中华书局，1981 年版。

（宋）刘克庄撰，辛更儒笺校《刘克庄集笺校》，北京：中华书局，2011 年版。

（金）元好问撰，常振国点校《续夷坚志 湖海新闻夷坚续志》，北京：中华书局，1985 年版。

（元）王恽著，杨亮、钟彦飞点校《王恽全集汇校》，北京：中华书局，2013 年版。

罗月霞主编《宋濂全集》，杭州：浙江古籍出版社，1999 年版。

（元）杨维桢撰《铁崖古乐府》，《文渊阁四库全书》电子版，上海人民出版社，1999 年版。

（元）杨维桢撰《东维子集》，《文渊阁四库全书》电子版，上海人民出版社，1999 年版。

（元）张之翰撰《西岩集》，《文渊阁四库全书》电子版，上海人民出版社，1999 年版。

（元）王逢撰《梧溪集》，《文渊阁四库全书》电子版，上海人民出版社，1999 年版。

五、选注集评类

（明）臧懋循《元曲选》，北京：中华书局，1958 年版。

（清）何文焕辑《历代诗话》，北京：中华书局，1981 年版。

王季思等注《元散曲选注》，北京：北京出版社，1981 年版。

顾学颉《元人杂剧选》,北京:人民文学出版社,1998 年版。

朱东润主编《中国历代文学作品选》,北京:人民文学出版社,1979 年版。

唐圭璋主编《词话丛编》,北京:中华书局,1986 年版。

孙克强编《唐宋人词话》,郑州:河南文艺出版社,1999 年版。

丁福保辑《历代诗话续编》,北京:中华书局,1983 年版。

徐培均、罗立刚编著《秦观词新释辑评》,北京:中国书店出版社,2003 年版。

六、文评专著类

(明)徐渭撰,李复波、熊澄宇注释《南词叙录注释》,北京:中国戏剧出版社,1989 年版。

(清)李渔撰《闲情偶寄》,上海:上海古籍出版社,2000 年版。

(日)青木正儿著《中国近世戏曲史》,上海:上海文艺联合出版社,1954 年版。

(日)青木正儿著《元人杂剧概说》,北京:中国戏剧出版社,1957 年版。

王国维著《王国维戏曲论文集》,北京:中国戏剧出版社,1983 年版。

郑振铎著《中国俗文学史》,北京:商务印书馆,2005 年版。

郑振铎著《中国文学研究》,石家庄:花山文艺出版社,1998 年版。

郑振铎著《插图本中国文学史》,人民文学出版社,1957 年版。

郑振铎著《郑振铎古典文学论文集》,上海:上海古籍出版社,1984 年版。

任半塘著《唐戏弄》,北京:作家出版社,1958 年版。

吴梅著《顾曲麈谈 中国戏曲概论》,上海:上海古籍出版社,2005 年版。

胡士莹著《话本小说概论》,北京:中华书局,1980 年版。

钱南扬《宋元戏文辑佚》,北京:中华书局,2009 年版。

程毅中著《宋元话本》,北京:中华书局,2003 年版。

刘扬忠著《唐宋词流派史》,北京:中国社会科学出版社,2007 年版。

吴晟著《瓦舍文化与宋元戏剧》,北京:中国社会科学出版社,2001 年版。

罗筱玉著《宋元讲史话本研究》,北京:中国社会科学出版社,2010 年版。

陈桂声著《话本叙录》,珠海:珠海出版社,2001 年版。

舒群著《中国话本书目》,北京:文化艺术出版社,2012 年版。

朱迎平著《宋代刻书产业与文学》,上海:上海古籍出版社,2008 年版。

祝尚书著《宋代文学探讨集》,郑州:大象出版社,2007 年版。

王晓骊著《唐宋词与商业文化关系研究》,北京:中国社会科学出版社,2004 年版。

王兴编著《磁州窑诗词》,天津:天津古籍出版社,2004 年版。

张宏生著《江湖诗派研究》,北京:中华书局,1995 年版。

李昌集著《中国古代散曲史》,上海:华东师范大学出版社,1991 年版。

吕薇芬、黄卉《散曲流派传》,长春:吉林人民出版社,1999 年版。

七、期刊论文类

么书仪《元杂剧中的“神仙道化”戏》,《文学遗产》1980 年第 3 期。

李汉秋《关汉卿——瓦舍书会哺育的伟大戏曲家》,《安徽大学学报》,1980 年第 4 期。

李致忠《元代刻书述略》,《文献》1981 年第 4 期。

柏泉《宋代铜镜简论》,《南方文物》1983 年第 3 期。

程长新《北京发现宋〈满江红〉词菱花铜镜》,《文物》1985 年第 1 期。

胡雪冈《从早期南戏〈张协状元〉看南曲组合规律》,《温州师专学报》1985 年第 2 期。

王星麟《宋代的刻书业》,《史学月刊》1986 年第 1 期。

黄明兰《一对金代北曲三彩枕》,《中原文物》1987 年第 1 期。

胡明《江湖诗派泛论》,《文学遗产》1987 年第 4 期。

康晓华《介绍一件宋代墨书行草瓷枕》,《中原文物》1988 年第 1 期。

马建农《北京书肆发展史考略》,《北京社会科学》1988 年第 2 期。

懿民《〈借马〉——一出最高的喜剧》,《东吴教学》1989 年第 Z1 期。

宋克夫《诸宫调体制源流考辨》,《文学遗产》1989 年第 6 期。

王毅《元代“代言体”散曲论略》,《中国文学研究》1992 年第 3 期。

漆起身、王书红《元刻书事业初探》,《江西图书馆学刊》1993 年第 1 期。

邹鹏志《元代神仙道化剧盛因考》,《山西师大学报》1994 年第 3 期。

王汉民《元杂剧科诨的特征》,《湘潭师范学院学报》1994 年第 4 期。

孟东风《金代女真人的汉化与民族融合》,《东北师大学报》1994 年第 6 期。

程国赋《从唐传奇到话本小说之嬗变研究》,《江苏社会科学》1995 年第 1 期。

李蔚然《南京出土吉州窑瓷枕》,《文物》1997 年第 1 期。

黄仕忠《南戏北剧之形成与发展》,《文学遗产》1997 年第 4 期。

罗斯宁《元代艺妓与元散曲》,《中山大学学报》1998 年第 1 期。

王洪《近代俗文化的先声——柳永词论》,《江西社会科学》1998 年第 3 期。

马小青《一方磁州窑白地黑花民谣枕》,《文物春秋》2000 年第 10 期。

赵山林《宋杂剧金院本剧目新探》,《南京师大学报》2001 年第 1 期。

张勇《说话的艺术特征及其对话本小说的文体影响》,《苏州大学学报》2001 年第 2 期。

李秀莲《金代女真人的汉化及其误失问题初探》,《黑龙江农垦师专学报》2002 年第 1 期。

康保成《元杂剧的“宾白”与“表白”》,《学术研究》2002 年第 11 期。

邱世友《柳永词的声律美》,《文学遗产》2002 年第 4 期。

伍光辉《论元代广告散曲》,《中国文学研究》2003 年第 2 期。

曾凡安《宋代参军戏考辨》,《艺术百家》2003 年第 3 期。

谢正禄《铜镜上的诗词和铭文》,2003 年 6 月 21 日《羊城晚报》。

成海霞《论宋元戏曲创作中的“变泰发迹”情结》,《徐州教育学院学报》2003 年第 1 期。

俞为民《〈张协状元〉与早期南戏的形式特征》,《戏剧艺术》2003 年第 4 期。

石麟《章回小说回目的来源演变及其文化意蕴》,《明清小说研究》2004 年第 1 期。

何春环《论宋元话本小说词文结合的创作模式》,《新疆大学学报》2004年第3期。

徐鸿均《略论南宋浙东刻书业的地域特征及其类型》,《宁波大学学报》2004年第6期。

张烈《南戏的起源和传播——兼谈潮、泉戏剧对南戏的传承》,《中国戏剧》2004年第3期。

陈书良《论书商陈起对于南宋江湖诗派的作用》,《湖南商学院学报》2004年第4期。

龙建国《诸宫调的发展历程探讨》,《江西师范大学学报》2004年第4期。

穆海亮《论南戏和北曲杂剧在形式体制上的差异及原因》,《殷都学刊》2005年第4期。

王沫《辽契丹文八角铜镜》,2005年1月4日《吉林日报》。

木斋《论柳永体对民间词的回归》,《东方论坛》2005年第4期。

张大新《金政权南迁与北杂剧的成熟》,《文艺研究》2005年第12期。

邓建《论金、元二代柳永词的传播与接受》,《渤海大学学报》2006年第1期。

姚小鸥、秦瑞利《铜镜铭文与回文诗》,《寻根》2006年第1期。

延保全《从戏曲文物看宋金元杂剧的脚色行当》,《中华戏曲》2006年第2期。

林剑华《宋代官府对坊肆刻书的管制》,《闽江学院学报》2006年第4期。

彭明瀚、赵可明《吉州窑精品鉴赏之一——吉州窑瓷枕》,《收藏界》2006年第12期。

富屯山人《宋"四言回文诗"圆形带柄铜镜》,《收藏界》2007年第3期。

方彦寿《南宋泉州官私刻书考述》,《泉州师范学院学报》2007年第3期。

周柳燕《唐代长沙窑瓷诗的商品意识刍议》,2008年9月19日《光明日报》。

解玉峰《论元曲杂剧之多重构成》,《文学评论》2008 年第 2 期。

杨毅《圣洁中的性色彩——元代神仙道化剧仙女形象新论》,《四川戏剧》2009 年第 2 期。

李蕊《元代山西人杂剧用韵研究》,《语言研究》2009 年第 1 期。

李西亚《金代各地刻书的差异性探析》,《兰台世界》2010 年 3 月上。

李西亚《金代刻书地点考》,《北方文物》2010 年第 2 期。

刘尊明《宋南渡词人康与之生平事迹考述》,《兰州大学学报》2010 年第 2 期。

许勇强、李蕊芹《百年〈水浒传〉成书时间研究检讨》,《中华文化论坛》2010 年第 4 期。

侯秀林《辽金时期山西刻书业繁荣的原因》,《忻州师范学院学报》2010 年第 6 期。

刘晓军《“四大奇书”与章回小说文体的形成》,《学术研究》2010 年第 10 期。

宋洪社《唐代举子游丐资读》,《甘肃社会科学》2011 年第 3 期。

李永祜《施耐庵和罗贯中对〈水浒传〉成书的贡献》,《菏泽学院学报》2011 年第 4 期。

孙雪霄《以赋为词:柳永的市井之“俗”》,《河北学刊》2011 年第 11 期。

赵璐《〈三国演义〉成书的文体演变》,《前沿》2011 年第 24 期。

李文忠《元代散曲在当时的口头传播》,《电影评介》2012 年第 22 期。

王新荣《陈起父子刻书考评》,《古籍整理研究学刊》2013 年第 3 期。

夏明宇《宋元话本小说的预叙艺术》,《文艺评论》2014 年第 8 期。

刘芳《从 < 张协状元 > 曲调格律看早期南戏的律化倾向》,《温州大学学报》2015 年第 6 期。

邹蓉《论南戏、传奇中的曲牌与科诨》,《戏剧文学》2015 年第 8 期。

姜庆湘、萧国亮《从〈清明上河图〉和〈东京梦华录〉看北宋汴京的城市经济》,《中国社会科学》1981 年第 4 期。

刘扬忠《面子疑于放倒,骨子弥复认真——关汉卿〔南吕一枝花〕〈不伏老〉赏析》,《古典文学知识》1995 年第 6 期。

黄卉《谈〈庄家不识勾栏〉和〈高祖还乡〉的创作艺术》,《中国典籍与文化》1996 年第 2 期。

韩伟表《〈三国演义〉成书年代和作者生活时代研究述略——〈三国演义〉文献学研究之一》,《浙江海洋学院学报》2001 年第 2 期。

吴礼权《话本小说“头回”的结构形式及其历史演进的修辞学研究》,《复旦学报》2006 年第 2 期。

王平《试论杂剧体制在元末明初的变化》,《戏曲研究》第七十五辑,北京:文化艺术出版社,2008 年版。

张进德《马致远神仙道化剧再认识——兼论元代神仙道化剧兴盛的原因》,《广西师范学院学报》2011 年第 1 期。

李继华《从〈三国演义〉成书过程看平话与演义结构之比较》,《郑州大学学报》2011 年第 5 期。

后 记

由于本校人文与传播学院曾规划开设“中国商业文明与文学”这一特色课程，我便积极地投入到相关研究之中。在我的专著《唐代商业文明与文学》于 2010 年 8 月出版之后，“宋元商业文明与文学”研究，就很自然地成为我接下来的研究目标。正好学校要求评教授职称一定要有省部级以上的课题，我便以“宋元商业文明与文学”为题申请教育部一般项目，结果得以顺利立项。在我心目中，此课题立项，应该算是对我在宋前商业文明与文学研究领域的成果给予确认和奖励。于是，从 2011 年 9 月开始，我便正式开始了“宋元商业文明与文学”课题研究工作。

不过，接下来的研究大约中断了一年半时间。直接起因是评教授有名额限制，本校并没因为我拿到教育部项目就将我评审材料送往省教育厅，理由是我没在学校划定的 BⅡ类以上重要期刊上发表过论文，于是我只好继续深造。几经周折，于 2012 年 12 月底我前往中国社会科学院文学研究所访学，以提高自己的学术水平。在学校规定的半年访学期间，我除了前往导师家中受业，便终日泡在图书馆中，将我博士学位论文“北宋馆阁词研究”（完成于 2006 年年底）加以充实和修改，并积累了大量的资料。所幸两年之内，我的博士学位论文在继续修改与整理后，以“北宋馆阁文人词创作研究”为名出版，同时我也发表了几篇较有影响的论文，其中有一篇发表在本校划定的 AⅡ类重要期刊上，总算是满足了本校送出评教授材料的要求，也可以安下心来继续我的课题研究了。

不分周末还是寒暑假，我都必须投入大量精力“赶”课题，在平均每周上 15 节课的间隙里，也基本上是这样。不仅尽量推掉人际应酬，锻炼身体的事也只好抛到一边。终于，在教育部最后通牒发出之前的半年内，我的书稿出来了。这终于消除了我严重的焦虑感,近于衰弱的身体也得以有时间去锻炼了。

我想,以后再也不去申报尚无直接成果的项目了,等直接成果大量出来之后再去申报后期研究项目,人不焦虑,也能更从容更深入地思考问题,学术研究的质量才会有较高的保障。毕竟,像10年前不申报研究项目而埋头从容地做研究的想法是不现实的,高校对教师学术水平的评价指向研究项目的有无与级别,我也得随大流,免得成为拖后腿的那一个。

最后,感谢教育部立项使我的研究加快了步伐,也感谢本校科研处同志的理解与宽容,感谢本校图书馆的工作人员积极为我查找资料,感谢课题组成员的大力支持,同样也感谢我妻子唠哩唠叨地催促。

2016年6月12日